本书为安徽省教育厅项目（2007年度）

安徽省社科规划后期资助项目（2015年度）

相山学术丛书

郭全芝◎著

WAN REN WEN XUE YAO JI JIE TI

皖人文学要籍解题

中国社会科学出版社

图书在版编目(CIP)数据

皖人文学要籍解题/郭全芝著. —北京：中国社会科学出版社，
2017.4

(相山学术丛书)

ISBN 978 - 7 - 5161 - 9549 - 9

Ⅰ.①皖⋯　Ⅱ.①郭⋯　Ⅲ.①中国文学—古典文学研究—安徽
Ⅳ.①I206.2

中国版本图书馆 CIP 数据核字(2016)第 325562 号

出 版 人	赵剑英
责任编辑	郭晓鸿
特约编辑	席建海
责任校对	韩海超
责任印制	戴　宽

出　　版	中国社会科学出版社
社　　址	北京鼓楼西大街甲 158 号
邮　　编	100720
网　　址	http://www.csspw.cn
发 行 部	010 - 84083685
门 市 部	010 - 84029450
经　　销	新华书店及其他书店

印刷装订	北京君升印刷有限公司
版　　次	2017 年 4 月第 1 版
印　　次	2017 年 4 月第 1 次印刷

开　　本	710×1000　1/16
印　　张	28.5
插　　页	2
字　　数	459 千字
定　　价	99.00 元

目　录

撰写说明

　　《皖人文学要籍解题》的撰写，源于著者申请的安徽省教育厅同名课题（2007 年度）。所谓"皖"，以今日安徽版图为主，同时也包含传统的与安徽关系密切并且自建省（1667 年）以来曾归属安徽的领地，包括历史上属于江苏而今属安徽的萧县、砀山地区，也包括今属江西而历史上属于安徽徽州的婺源。皖人也者，以籍贯为重，但也包括长期居皖者，故曹操父子、吕祖谦、朱熹、明皇室后裔如朱权及淮南王刘安等均划归在内。"文学要籍"者，指自先秦至 1840 年以前（以作者生年为准）皖籍文学家创作的现存重要文学作品（主要是成集的作品），或编选的重要文学作品集，或编撰的重要诗话文论。

　　体例上以要籍介绍为主。这是为了能兼顾作家多方面的成就。例如张孝祥，一般注意的是其词作，本撰则兼顾其诗歌和散文成就。周紫芝，目前研究局限于他的词以及诗，而其 400 余篇文章却乏人研究；许棠的散文、小说也乏人介绍……本解题俱为之补缺。又如朱熹《诗集传》，一般仅视之为经学著作，本撰则介绍了这部典籍在文学批评方面的多重内容表现：它对诗歌的产生、《诗经》古诗的创作主体、体式特征，表现手法、篇章结构、格律韵式及阅读欣赏等文学问题表达了看法。一般来讲，本解题对作家要籍涉及的文体大类都有说明。

　　本书所录要籍为现有存世者。历史上皖人著述丰富，但留存情况各朝代并不平衡，唐代之前较少留存，之后留存渐多。本编于唐代之前成集的凡带有某些文学因素的著述都期望备举；对先秦、两汉作品更是期望竭泽，因这一时期文学按通常看法尚未独立，学术著作中兼有文学性内容。魏晋时期属于皖籍作家者众，著述亦甚为丰富，本撰原则上收录作品存世较多的作家，兼顾其作品的文学性。例如《薛综集》存文十二篇、诗二首，予以收录，而丁仪、丁廙两兄弟虽原都有集，但各自现存文不过两三篇而已，本撰就不再顾及。又如曹髦存世作品虽有文二十四篇，但当中二十一篇俱是篇幅短小的诏文，且多系残文（有的仅几句），另有论和赋各一篇，也仅存数行，故也未收录。再如曹毗之集虽已亡佚，但严可均《全晋文》著录其文不少，逯钦立《先秦汉魏晋南北朝诗》也著录了一些诗歌，《晋书·乐志》中还另外保存了曹毗10篇"宗庙歌诗"，作品数量已然不少，故此本书收录了《曹毗集》。南北朝时期，皖地作家趋少，他们的存世作品往往一篇或两篇，故本撰沿魏晋之例，仅录取何尚之所作一部；何氏家族还有一些较为重要的作家，其著述简介置于"何尚之《何尚之集》"条末尾。唐代及其以后著述存世趋多，尤其是明清两朝，本书选择亦趋严格，一般是重要作家、重要文选编辑者、重要文学批评家的撰集或有时代特色的文学性撰集方才予以解题。此外，由于所录要籍为现有存世者，有的著述虽然也很重要，但因未能亲睹，不敢贸然提要，只能放弃。例如唐代吴少微系当时著名文学家，与富嘉谟、谷倚一起被称为"北京三杰"，但因其诗歌只有六首、文章仅只一篇传世，故不著录。明代著名女作家方维仪著述，据胡文楷《历代妇女著作考》，计有《清芬阁集》8卷、《楚江吟》1卷、《闺范》《宫闺诗史》《宫闺文史》《宫闺诗评》1卷、《尼说七惑》1卷、《归来叹》等八种，其中《宫闺诗史》一书收录古代妇女诗作，十分难得；其自作《清芬阁集》诗文兼收，创作、评论都为人称道，惜皆已失传，故亦不再著录。

此外，本书选择原则，一般为成集的、文学性较强的著述，但偶有例外。如有的不成集，但在文学史上出现较早，又有一定地位的（如汉代淮南小山《招隐士》），也一并作介。

因为古人有关文学的概念较为宽泛，古人著述也往往诗文杂论合编，故本书所收"文学要籍"也沿其旧，原则上以个人别集为单位进行收录，不将其中文学作品单独抽出，只是在解题时偏重于文学作品或文学性较强的著述。

本书以文存人，故不论其人道德或事迹优劣，而只关心作品内容与艺术质量。因此人生或有劣迹但作品上乘者如阮大铖其作，也予以列目。

本书内容是以安徽古代作品为主要介绍对象同时兼顾其作者或编者情况。具体来说，每题通常由以下四部分构成。

（一）作家生平事迹简介。这一部分除重点介绍作家生平事迹外，也尽可能描述其为人及性情等情况。对作家生平事迹的叙述，尽量依据较原始、可靠的材料。如顾云生平事迹，史书不载，《唐诗纪事》等记载较早也较集中，但一般只是记述其考进士及作文、做官事迹，不够完善，像其因仕途不顺而多次投启以自荐就缺乏记录。本撰除利用《唐诗纪事》外，还根据顾云本人18篇"启"做了补充。此外，本撰还尽可能多提供资料来源等相关信息。如"戴名世《南山集》《忧庵集》"题下，先行指出了载记戴名世事迹的材料：《清史稿·文苑传》（卷四八四）本传、《清代人物传稿》（上编第八卷）、戴名世本人的一些书信及传记文、清代如戴均衡《戴名世先生年谱》等多种《年谱》、民国十一年敬胜堂重修桐城《戴氏宗谱》（残本），以及今人王树民整理之《戴名世集》（中华书局1986年版）附录，法国学者戴廷杰的巨著《戴名世年谱》（中华书局2004年版）。有些作家，其事迹材料较易得则介绍偏少，反之则尽可能多作介绍，以方便读者知其人。

（二）著述情况及要籍版本介绍。这一部分一般会提及作家所有著述以及要籍版本存留。著述情况部分，不仅介绍要籍，也适当介绍作家的其他文字和相关材料。例如"吴敬梓《儒林外史》"题下，在重点介绍《儒林外史》版本时，将作者的其他现存著述等情况也加以说明："《文木山房集》收作者四十岁之前所作诗词赋，共四卷（赋一卷，共四篇；诗二卷，共一百三十七首；词一卷，共四十七首），最早的刻本为清乾隆时期所刊印，此本还另附有吴敬梓长子吴烺的诗词。李汉秋点校的《吴敬梓吴烺诗文合集》，收录了《文木山房集》；另收吴敬梓佚文三十二篇另两句，题'文木山房集外诗文'，收集较全，附录亦多，于1993年由黄山书社出版。吴敬梓还有学术著述《文木山房诗说》，为研究《诗经》的经学专著，现存有四十三则。此籍，长期湮没无闻，直到1999年周兴陆先生在上海图书馆发现手抄本，又整理刊布，学界始闻。"对要籍版本，则尽可能记述最早的版本及现有重要版本以及通行本，并特别着意于现存或今人的精校精注本。如介绍钱澄之作品的相关情况："钱澄之是明末清初学问大家，也是著名诗人。他的几种学术著作《田间易学》《田间诗学》《庄屈合诂》，被四库全书著录（后一种为存目）。文学创作方面也有《藏山阁集》《田间诗集》《田间文集》等多种集子问世。以上诸集，除《藏山阁集》外，初印均在康熙二三十年间，由钱澄之亲自督工校雠。2002年，上海古籍出版社出版的《续修四库全书》影印了康熙刻本《藏山阁集》（诗存十四卷，文存六卷）、《田间尺牍》四卷（见第1400—1401册），2010年该社出版的

《清代诗文集汇编》影印出版了清康熙刻本《田间文集》《田间诗集》(见第40册)。《藏山阁集》,同治时期发现钱氏族人手抄本;光绪年间据抄本排印,为龙潭室丛书之一。2004年,黄山书社出版汤华泉据此版校点的《藏山阁集》。其他诸集,并钱澄之另一著述《所知录》,黄山书社亦分别在20世纪90年代至21世纪初出版了点校本(均属该社之《钱澄之全集》)。点校本收集了作者年谱、传记及诗文评等多种附录材料,甚为齐全(主要见于诸伟奇等人整理之《所知录》后附)。"个别典籍的原貌存在争议,后人或有一些"复原"整理本,例如《庄子》,张远山近年提出《庄子》在战国末期时有一初始本、汉代另有大全本,并对两本做了复原性工作,解题也予以简略介绍。

(三)总体文学成就。这部分通常是对作家创作成就也包括文学理论和批评等方面的建树做总的评价。一般依据原典及古今重要研究成果。

(四)要籍即单部作品的文学成就。这部分是解题重点,同时也是对总体文学成就的具体说明,内容包括文体、内容、艺术等方面。具体论述中,也会适当利用古今重要文论和目前较新研究的成果,例如对《儒林外史》的成就,就将古人如程晋芳,现代学者如胡适、鲁迅及当代学者如陈美林、李汉秋等人还有国外学者的研究成果作了介绍。在尊重前人研究的基础上,本书也根据情况提供自己的看法,以原典为据,不人云亦云。通常情况下,对学界录论甚少或不论或所论明显不合原作实际的作品,解题都尽量予以完善或纠正。例如程敏政《篁墩集》,因卷帙浩繁,内容体式众多,研究乏人,本书列举出集中所有数十种文体,分析了文学性较强的几种体式,具体到作品本身的艺术特色等重要方面。曹叡、曹毗、何尚之、王铚、舒頔……不少作家的文学成果也都类似于此,本书都相应做了处理。此外,如施闰章的诗、文,研究者较少;且就文而言,一般只论散文,本人则将其赋作特征也做了介绍。曹丕诗歌,长期以来被评以体小、柔弱,本书指出曹丕也写征战,也抒豪情,且不少作品贯穿孤独情感。唐诗人周繇,学者以为其多登临题咏之作,但周繇现存诗歌在内容题材上是以送别、酬赠唱和为主,本书做了弥补。吴潜诗,四库馆臣评价不高,今人研究其词者多,研究其诗者乏人,本撰则论述了其诗歌虽平衍意象但有情感线索贯穿,故此往往不显琐细,且时有奇趣。凡此种种,不在少数。本书对重要结论或看法,还都尽量结合原作进行简要分析说明,以使读者有直观感受,也使解题更具说服力。

皖地历史上出现了不少文学家族，凡此，则择其成就大者予以专题著录，对其他人员的相关材料则有选择地附着其后予以简要说明。如夏侯湛介绍文字后附其弟夏侯淳介绍，因两人当时文学上齐名，但后者留存作品较少，故不专门列题。

以上为举大端。书中难免例外之处甚且谬误不合理之处，敬希方家是正。

凡　例

一　本课题对籍贯为安徽的重要作家作品进行解题，原则上以成集的存世作品为对象。

二　本书之"安徽"指安徽建省（1667年）以来直至今日安徽曾有过的所有属地。故有的作者其籍贯历史上属于安徽、现在不属（如朱熹），其作品也予收录。

三　有的作者籍贯虽不属皖籍，但封地或主要生活在安徽，其作品也予以收录（如淮南王刘安）。

四　收录时间范围：以作家生年为准，自先秦始，至公元1840年终。

五　先秦时期由于作家少，且时文史哲不分，故凡皖籍者撰著尽予收录。唐以来，作家渐多，则选录标准为有影响的大家或创作上有时代特色的作家（例如唐代苦吟诗人，宋代朱熹、吕祖谦，元代方回，明代朱载堉、汪道昆，清代桐城派作家及小说作家等）作品。

六　作家者，包括文学作品创作者和诗文评论者以及总集编选者。

七　古人作品，名或有异，目录所示为较常见者或收集作品较全者，其异名则于正文中介绍。

八　本撰大体按时间先后排序。若遇同时者，以作者姓氏拼音字母前后为序。若为同一家族成员，生活时间又大体一致，则尽可能前后相次。

九　解题内容及体例：作者生平（主要包括生平事迹及性情爱好）、著述情况（原则上包括已知所有著述名称，主要文学著作留存状况、版本以及目前较通行的本子等）、文学要籍的文学成就（主要包括内容及文学性等）。

十　作者生平、著述所依据材料，首先考虑正史、政书、目录学文献、作者自传或同时期人所记材料，其次为古人作品"纪事"如《唐诗纪事》等，以使内容可靠；也间或采用今人所作年谱等材料，但今人所撰评传类著述一般不作为依据。

十一 本书在论述要籍文学成就时注意吸纳，凡采录新见或有影响的看法，或引述文字较集中者，在正文中均注意说明材料来源；但对于沿袭已久、众口一致的说法，则为防行文琐碎，除非直接引文，不再一一注明出处。

先　秦

安徽现辖地区在先秦时期南北文化不一。古代皖北地区实际可看作中原的一部分，无论气候条件、地理形貌还是文明程度及文化都与中原一致，因地理位置关系还兼容了齐、楚等文化。春秋战国时期诸子百家争鸣，皖北亦有与焉。在先秦，这一地区集中诞生了数位重要的文化领袖，即政治家管仲、思想家老子和庄子。他们人数不多，但贡献巨大，影响深远。他们或极其务实，或重视哲学思辨，或探索理想人生，兴致不同，但在当时都达到了各自领域的高峰。

先秦时期文史哲不分，皖籍三位先贤的著述既是专业性、学术性很强的文字，同时也具有明显的文学性，尤其是《庄子》更被公认为是先秦诸子散文中文学性最强的典籍。后世从中不仅受到文学熏陶，而且也汲取了文学观念，遂使创作形成了某些文学传统。

一　管仲《管子》

管仲（前725？—前645），姬姓，管氏，名夷吾，字仲，又称敬仲，春秋时期颍上（今属安徽阜阳市颍上县）人。著名政治家、军事家、经济学家。生平事迹主要见于《左传》《史记·管晏列传》，《管子》本身多所记载，《淮南子》亦有所著录。梁启超有《管子传》，但论多述少，主要是论说管子的政治、经济等学说，其中所及管子生平事迹多出自《史记》。

管仲是齐国人。其父亲为齐大夫。管仲少时丧父，生活贫苦，与母亲相依为命。稍长，经商为业。当时与朋友鲍叔牙合作，而所获钱财往往为管仲多得。鲍叔牙体谅他的难处，亦不以为意。后来还是在鲍叔牙的力荐之下，管仲开始辅佐齐桓公。之前，他曾为自己辅佐的齐公子纠而用箭矢攻击过公子小白（即后来的齐桓公）。及后者成为国君，公子纠被杀，管仲一度被囚。但由于信任鲍叔牙，桓公看重管仲的才能，也不计前嫌，委之以重任。

管仲任齐国上卿（宰相）之时，为国家确立了远大的政治目标，即称霸诸侯，进而一匡天下。为此，他制定了一系列富国强兵的政策，例如重商积财，对内加强管理的同时又强调与俗同恶，对外则采取"尊王攘夷"的外交策略。三年时间，齐国就大治称霸，桓公成为五霸之首。管子为政，还善于"因祸而为福，转败而为功"（《史记·管晏列传》）。前后执政达四十年。去世之后，其政策对齐国继续发挥重要作用："管仲卒，齐国遵其政，常强于诸侯。"（《史记·管晏列传》）孔子对他的政治才能大加褒奖："桓公九合诸侯，不以兵车，管仲之力也。"也赞赏他在保障华夏文明方面的作用："微管仲，吾其被发左衽矣！"（《论语·宪问》）但又认为"管仲之器小"（《论语·八佾》）。按司马迁解释，后者当是对管仲不能辅佐桓公成为"至王"的遗憾之叹。

管仲之为人，以其远大的人生目标为重而不拘于小节小义。用他自己的话来说即是"不羞小节而耻功名不显于天下"（《史记·管晏列传》）。《史记》记载他除了与鲍叔合做生意，常常多占利润外，还为了赡养母亲，曾在战场上多次当逃兵。此外，管仲谋事从政，也曾多番不利，以致曾"三仕三见逐于君"。多亏管仲自己坚韧，加上挚友鲍叔牙力挺，终于显功名于天下。他还获得齐人衷心拥戴。所谓"管仲富拟于公室，有三归、反坫，齐人不以为侈"（管仲僭用诸侯之制，国人却不以为忤），正是他不羞小节而有功天下，因此受到民众爱戴的极佳例证。

《管子》概况：

今存《管子》一书，署名作者为管仲。但书中内容驳杂，容有法家、儒家、道家、阴阳家、纵横家、名家、兵家和农家等诸多思想观点，故被认为成于众手。《四库全书总目》用刘恕《通鉴外纪》引傅玄曰"管仲之书，过半便是后之好者所加"，因其"乃说管仲死后事，《轻重篇》尤复鄙俗"。又引叶适《水心集》说："《管子》非一人之笔，亦非一时之书，以其言毛嫱、西施、吴王好剑推之，当是春秋末年。今考其文，大抵后人附会多于仲之本书。其他姑无论，即仲卒于桓公之前，而篇中处处称桓公，其不出仲手，已无疑义矣。"（《四库全书总目·子部·法家类》）四库馆臣还分析其书标目与内容，认为原书有经，有解，有管子所自著，亦有后人记其语录或逸事，还有后学之笺疏，但今本已是混杂难别，"由后人混而一之，致滋疑窦耳"（《四库全书总目·子部·法家类》）。此书撰写，一般认为始自战国，至秦汉完成，最终由西汉文献学家刘向编定。初为八十六篇（《汉书·艺文志》著录），至宋已仅余七十六篇（见《郡斋读书志》著录）。因《管子》"言道法为多"（王欣夫：《郭沫若先生〈管子集校〉叙录之商榷》），故而《汉书·艺文志》归为道家，《隋书·经籍志》归为法家。

是书因为年代久远，讹误较多，号称难读，后人不断予以整理校注。今存最早的注本是唐人尹知章所为，其注本共二十四卷，仍题《管子》。目前能见到的最早的《管子》（含尹知章注）版本，是宋代杨忱刻本（藏国家图书馆）。此本标明为唐玄龄注，但一般认为实即尹知章注。（《郡斋读书志》引杜佑《管氏指略序》云："唐房玄龄注。其书载管仲将没，对桓公之语，疑后人续之。而注颇浅陋，恐非玄龄，或云尹知章也。"）《四部丛刊》本即为影印杨忱本。明代赵用贤于万历十年刊印的《管韩合刻》本则较通行，《四库全书》即以此本为底本。其后较著名的整理本有清代陈奂校宋刊《管子》钞本、戴望的《管子校正》（孙殿起《贩书偶记》指出戴氏此书多用日人安井衡《管子纂诂》中材料），近人颜昌峣的《管子校释》（成书于民国时期，由郭嵩焘的儿子郭焯荣批注，1996年岳麓书社出版），郭沫若等人的《管子集校》。

陈奂所校为宋代蔡氏墨宝堂刻《管子》，陈氏校本现存手钞本。陈氏为清代著名训诂学家，其所校质量很高，尝为王念孙《读书杂志》取用。陈氏学生丁士涵亦研究《管子》，有多种著述。戴望《管子校正》对丁士涵的成果颇有吸收。《管子集校》初为抗战时期西南联大的学者许维遹教授所撰，原名《管子校释》，约40万字。闻一多参校三分之一。1953年，郭沫若开始在这部遗稿的基础上，广泛搜集宋明版本达17种以及古代校注著作四十余种，并补以己见。前后用时两年撰成，改用现名，1956年科学出版社出版（详参林申清《郭沫若遗札及其〈管子集校〉》一文，载《图书馆杂志》1999年第3期）。《管子集校》学术价值很高，但因"非为一般读者"所作，未附原文。后来黎翔凤在《管子集校》的基础上，撰成《管子校注》，将《管子》原文录入加注。是书由中华书局2004年出版，成为目前学界推崇的《管子》注本。另有朱迎平、谢浩范的《管子全译》（修订本），兼有译注，由贵州人民出版社1996年出版。是书以赵用贤本为底本，对《管子》原文作了标点，校注则吸收了历代注释及今人如郭沫若等人的看法，译文采用直译。学界对管子的研究方兴未艾，国内有《管子学刊》，另有不少研究专著和论文。但长期以来，研究极少涉及文学领域。近年来这种情况有了较明显的变化，如张固也在其博士论文基础上完成的专著《〈管子〉研究》（2006 年出版）有章节研究《管子》的文学性，尹清忠的同名博士论文（曲阜师范大学，2009 年）也从《管子》的管子形象和文体特点角度较多地关注了《管子》的文学表现。

文学成就：《管子》在古代曾被誉为"天下奇文"（语出宋人张嵲《读管子》），内容实用且丰富，论说则详备具体，叙事则颇为生动，风格呈多样化表现。

《管子》一书分为《经言》（九篇），《外言》（八篇），《内言》（七篇），《短语》（十七篇），《区言》（五篇），《杂篇》（十篇），《管子解》（四篇），《管子轻重》（十六篇）等八个部分共 86 篇。但《王言》《谋失》《正言》《言昭》《修身》《问霸》《牧民解》《问乘马》《轻重丙》《轻重庚》10 篇已经失传，有目无文，实存 76 篇。全书约 16 万字，鸿篇巨制，为先秦罕见。《管子》以富国强兵为主旨，内容涉及政治、经济、军事、法律、哲学和伦理道德等诸多领域，思想也容赅众家。史学家罗根泽《管子探源》中曾举例说："《心术》、《白心》诠释道体，老庄之书未能远过；《法法》、《明法》究论法理，韩非《定法》、《难势》未敢多让；《牧民》、《形势》、《正世》、《治国》多政治之言；《轻重》诸篇又多为理财之语；阴阳则有《宙合》、《侈靡》、《四时》、《五行》；用兵则有《七法》、《兵法》、《制分》；地理则有《地员》；《弟子职》言礼；《水地》言医；其他诸篇亦皆率有孤诣。各家学说，保存最夥，诠发甚精，诚战国秦汉学术之宝藏也。"此书反映出管仲学派的特色。思想方面偏重于道、法（今人潘俊杰认为《管子》反映的是先秦杂家思想："《管子》无论吸取了多少学派的思想，都只有一个目的，即'王治'，而'王治'是先秦杂家学派的根本主旨。"见其《〈管子〉为杂家著作考》，《管子学刊》2007 年第 3 期）；政治上主张礼法并重，强调民心向背的重要，故而以顺民心、利民生为原则，讲究天道与人情；经济上主张国家重农但也无须抑商，应多敛资财，使民富国强："故为国者，不能来天下之财，致天下之民，则国不可成。"此书有三分之二的篇章涉及经济，反映出重功利与务实的特点。总之这是一部内容广博且便于实用的典籍，是一部政治经济学著作。它经世致用，体现出作者非凡的政治理想与智慧及超前的经济头脑。如书中认为"凡治国之道，必先富民"（《轻重丁》），所谓"仓廪实而知礼节，衣食足而知荣辱"，并提出一系列具体举措。其政治经济主张对后世影响深刻。如其主张的盐铁官营，在汉代直接影响到桑弘羊《盐铁论》思想。甚至有些主张至今仍然显得新鲜实用，如其所谓"无市则民乏"（《乘马》），反映出重视商业、重视市场的经济思想。《管子》在汉代甚为流行，司马迁称"其书世多有之"。而自汉代始，管子所倡导的礼法并用也被各朝统治者实施于政。

文学性方面，《管子》也有较突出的表现。在文体上，以议论和说明文字为主，但也有一些以记叙为主要内容的文字。因为管仲的社会地位特殊，故其论多说明，且不忌详明具体，又具有"其旨确，其词核，其步骤闲雅不乱"（明汤宾尹：《历子品粹·管子》）的特点。例如第四篇《立政》认为统治者治国要注意"三本"，安国则要注意"四固"，富国则须注意"五事"，并一一予以具体说明，从容有序。同篇论"首宪"，更是具体入微："分国以为五乡，乡为之师；分乡以为五州，州为之长；分州以为十里，里为之尉；分里以为十游，游为之宗。十家为什，五家为伍，什伍皆有长焉。筑障塞匿，一道路，博出入，慎管键，管藏于里尉。置闾有司，以时开闭。闾有司观出入者，以复于里尉。凡出入不时，衣服不中，圈属群徒，不顺于常者，闾有司见之，复无时。若在长家子弟、臣妾、属役、宾客，则里尉以谯于游宗，游宗以谯于什伍，什伍以谯于长家，谯敬而勿复。一再则宥，三则不赦。凡孝悌忠信、贤良俊材，若在长家子弟、臣妾、属役、宾客，则什伍以复于游宗，游宗以复于里尉，里尉以复于州长，州长以计于乡师，乡师以着于士师。凡过党，其在家属，及于长家；其在长家，及于什伍之长；其在什伍之长，及于游宗；其在游宗，及于里尉；其在里尉，及于州长；其在州长，及于乡师；其在乡师，及于士师……"（说明如何管辖区域：将都城所辖之地分为五乡，每乡再分为五州，每州再分为十里，每里再分为十游，一直划分到每五家为一个最基层单元，单元无论大小都有专人负责。这还不算，还需筑墙堵路，只设一条路、一个门户以供出入，且要注意门户、钥匙安全，钥匙要由里尉掌管。再由专人按时开关、并观察出入之人，凡是不按时进出或穿戴不合规矩或其他举止有异常表现的，都要及时上报。之后，再由上而下逐层训斥，直至家长。并且，初犯、再犯可以原谅，若出现三次则不赦免。另外，若发现"孝悌忠信、贤良俊材"也要及时逐层上报，由什、伍直至乡师，再由乡师报于士师……）详明细致，便于操作。管子文章有时用语铺排且辅以大量比喻，句式整齐而富有节奏感，表现出华彩美辞的一面。如第二篇

《形式》开篇："山高而不崩，则祈羊至矣；渊深而不涸，则沉玉极矣。天不变其常，地不易其则，春秋冬夏不更其节，古今一也。蛟龙得水，而神可立也；虎豹得幽，而威可载也；风雨无乡，而怨怒不及也。贵有以行令，贱有以忘卑，寿夭贫富，无徒归也。"接下来的文字也都是这种风格，颇似荀子《劝学》。此外，由于书中"有少量历史传说、寓言故事和逸事趣谈，亦颇具小说意味"（谭家健：《先秦散文艺术新探》）。《管子》的叙事文字多以历史人物为主人公，绝少荒诞离奇的情节，但叙述较生动。如《大匡》《中匡》《小匡》都是记叙管仲、鲍叔牙等辅佐齐桓公之事，所记与史实大多相符。且三篇以人物对话为主体，描述生动。《大匡》开篇写鲍叔牙不愿侍奉公子小白，"称疾不出"，朋友召忽认为他做得对，因为小白一定不会继位，故愿为之担保，而管仲则不以为然，三人反复讨论，终于统一了意见，鲍叔牙许诺要"大事君者无二心"。《管子》中的寓言故事也很难与历史传闻区分，显示出亦真亦假的特征。这类文字还往往有叙事曲折的特点。《管子》书中还有不少精粹的语言流传而成为格言或成语。如"仓廪实而知礼节，衣食足而知荣辱"，"十年之计，莫如树木；终身之计，莫如树人"（十年树木，百年树人），"令则行，禁则止"（令行禁止），"处虚守静"，"夏处阴，冬处阳"，等等。

二 老子《道德经》

老子（约前571—前471），姓李，名耳，字伯阳，又称老聃（《史记·老子韩非列传》谓其"字聃"），春秋时期楚国苦县厉乡曲仁里（今属安徽亳州市涡阳县，一说为今河南鹿邑县太清镇）人。著名思想家，道家学派的始祖，位居世界百位历史名人之列。其著作《道德经》被译成多种语言，在世界范围内流传。生平事迹见于《史记·老子韩非列传》，《庄子》及《韩非子》中也有一些记载，《道德经》一书则对老子的个性有所反映。

老子担任过周柱下史，转任"守藏室之官"（《史记·老子韩非列传》），属于史官，掌管藏书室。据《庄子》及《史记》记载，孔子曾问学于老子，故后世有老子是孔子老师的说法。老子因为周王朝政治衰微，乃辞官离开王都，西进入秦。经过函谷关时，关令尹喜待而迎之，强使著书，于是作《道德经》上下两卷（参见《史记·老子韩非列传》）。后不知所终。司马迁还记载传闻说老子大概活了一百六十多岁，甚至于两百多岁。由于老子的思想主张及其长寿传说，自汉代开始，就有以老子为神仙的看法。如托名刘向的汉代仙话集《列仙传》中，老子被描述为生于殷商，在二百岁时被称为隐君子，乘青牛离开周都，"过函关，关令尹喜待而迎之，知真人（仙人）也"。道教产生后，老子被奉为道祖即道德天尊。唐朝时被追认为唐皇始祖，唐高宗亲临鹿邑拜谒，封老子为"太上玄元皇帝"，武则天当政时又封其为太上老君。

作为思想家，老子的学说对后世产生了非常深远的影响。明人宋濂《诸子辨》认为不少重要思想派别或个人都受其影响："聃书所言，大抵敛守退藏，不为物先，而一返于自然。由其所该者甚广，故后世多尊之行之。'视之不见名曰夷，听之不闻名曰希，搏之不得名曰微'，道家祖之。'谷神不死，是谓玄牝，玄牝之门，是谓天地根'，神仙家祖之。'吾不敢为主而为客，不敢进寸而退尺，是谓行无行，攘无臂，扔无敌，执无兵，祸莫大于轻敌，轻敌几丧吾宝，故抗兵相若，哀者胜矣'，兵家祖之。'道冲而用之或不盈，渊乎似万物之宗，挫其锐，解其纷，和其光，同其尘，湛兮似若存，吾不知谁之子，象帝之先'，庄、列祖之。'将欲翕之，必固张之；将欲弱之，必固强之；将欲废之，必固兴之；将欲夺之，必固与之'，申、韩祖之。'以正治国，以奇用兵，以无事取天下'，张良祖之。'我无为而民自化，我好静而民自正，我无事而民自富，我无欲而民自朴'，曹参祖之。"其学说见于所著《道德经》一书。

《道德经》概况：

今天能见到的《道德经》最早古本是1993年在湖北荆门郭店楚墓出土的战国中晚期简本《老子》，学者从竹简形制方面将其分为甲、乙、丙三种。竹简文字与传世文字多不相同，思想主张也有差异，主要体现为竹简本与儒家思想有一些融通之处。其次是1973年在马王堆汉墓出土西汉初年的帛书《老子》甲、乙两种版本，甲本不避汉高祖刘邦名讳，乙本避刘邦讳而不避文帝名讳，故甲本早于乙本。帛书《老子》与传世本文字颇有不同，但思想内容一致。近年学者濬海若将两种出土古本进行合校，发表了《简帛〈老子〉古本合校》。20世纪初期，在敦煌莫高窟藏经洞还发现了多种《老子》唐写本残卷，其中有无注本（如《老子道德经五千文》卷上，藏国家图书馆），也有注本（如《老子河上公注》、《老子想尔注》、成玄英《老子注疏》、李荣《老子注》、唐玄宗《老子注疏》等）。朱大星《敦煌本老子研究》第二章《敦煌本〈老子〉叙录》对有关情况说明详尽。《道德经》在历史上经过长期流传，还形成了很多不同的传世本。其中流传较为久远、影响也较大的是汉代河上公（据四库馆臣考据，见《四库全书总目·子部·道家类·老子注二卷》）注本和曹魏时期王弼的注本。河上公是汉代人，但其《老子注》"详其词旨，不类汉人"（《四库全书总目》），因而究竟是否为他所注受到质疑。《老子河上公注》今存最早的刻本是宋本，较通行的四部丛刊本即为影印宋刊本（常熟瞿氏铁琴铜剑楼所藏）。今存王弼的《老子注》也不完全是原貌。传世本中又有宋人范应元所撰《老子道德经古本集注》二卷，为宋刻本（藏国家图书馆）。《续古逸丛书》本《老子道德经古本集注》即据后者影印。近代以来，多人对《老子》加以整理和注释。近人马叙伦《老子校诂》是一部质量上乘的整理本。马氏收集众多异文，以多种古文献为材料，运用校勘学、训诂学、文字学、音韵学等理论方法提出自己在校勘和训诂方面的看法，有的看法已在帛书中得到证实。此外，朱谦之的《老子校释》、高亨的《老子正诂》是学界看重的现代注本；任继愈的《老子今译》则为众所认同的翻译文本。还有沙少海、徐子宏的《老子全译》（贵州人民出版社 1989 年版），该籍对原文有校勘有注释也有翻译，校勘吸收了前人的成果，并且与马王堆帛书做了对校，内容精审。

《道德经》，初名《老子》，后又名《道德真经》，道家经典之一。全书由《道经》和《德经》两部分构成，共 5000 余字，81 章。前 37 章为上篇《道经》，后 44 章属下篇《德经》。《道德经》的传世文本都是《道经》在前，《德经》在后。但帛书《老子》甲、乙两种写本都是《德经》在前，《道经》在后，之前在 20 世纪初由敦煌藏经洞中发现的《老子》或《德道经》，也多是《德经》为上篇，《道经》为下篇。与先秦文献反映的情况类似。韩非子《解老》《喻老》引述老子著述时，也是"德"在前。由此，学界认为魏晋以前的《老子》当为"德道经"。

《道德经》中的"德""道"有道德的内涵，还有明德归道、以德养道的意思。此书内涵丰富，思想深邃。该著论述的核心范畴是"道"。"道"的含义复杂，有天道即自然之道的意思，也有宇宙本原的意思（《道德经》："道生一，一生二，二生三，三生万物。"），同时也相关世道和人道。但天道是根本。"道"作为化生万物的本原，又是自然无为的（"道常无为，而无不为"），自然万物的产生与发展也都遵循道的精神。由此出发，老子认为治理国家和人的生活境界也都应符合道法自然的精神，所以老子宣扬绝圣弃智，小国寡民，人人顺应自然而生的状态。老子还具有朴素的辩证法思想，认为一切事物都是"有"与"无"的统一，又都有正反两方面，并能相互转化。"有"与"无"之间的关系是"有无相生"（《道德经》第二章），而"无"是基础："天下万物生于有，有生于无。"（《道德经》第四十章）《道德经》深刻影响了后世 2000 多年的华夏思想文化。

文学成就：《道德经》的文学成就表现在两个方面，一是其中蕴含的以自然为美的艺术思想对后人启迪深刻，二是《道德经》本身具有的文学性有多方面表现。

由于作者提倡"道法自然"，主张无为而治，以原始社会的淳朴生活为理想境界，所以对美、乐、巧饰等艺术状态或形式均持否定态度，提出"五色令人目盲，五音令人耳聋"（《道德经》第十二章）的观点。但实际上，他对艺术并非一概反对，他反对的只是世俗之美："天下皆知美之为美，斯恶矣。"（《道德经》第二章）故其所论往往如他自己所说的"正言若反"。他提出的"大音希声，大象无形"（《道德经》第四十一章）、"大盈若冲，其用不穷""大巧若拙"（《道德经》第四十五章）等主张，体现出道家学派文主自然的观点，对后世文学思想影响至深。

《道德经》一书的文学性也较明显。由于内容睿智玄妙，精深幽微，文意十分耐人寻味，从文学角度看是具有诗性精神的。如开篇："道可道，非常道。名可名，非常名。无名天地之始，有名万物之母。故常无欲以观其妙，常有欲以观其徼。此两者同出而异名，同谓之玄。玄之又玄，众妙之门。"千百年来，引无数智者涵咏咀嚼、解释纷繁，至今而未休讼。老子文章多采用整齐的句式，有时还用韵文，且词语往复，一唱而三叹，抒情性强，兼以形容描述而极富于诗意。例如第二十章："众人熙熙，如享太牢，如春登台。我独泊兮其未兆，如婴儿之未孩；儡儡兮若无所归。众人皆有余，而我独若遗。我愚人之心也哉，沌沌兮！俗人昭昭，我独昏昏；俗人察察，我独闷闷。澹兮其若海，飂兮若无止！众人皆有以，而我独顽且鄙。我独异于人，而贵食母。"（任继愈《老子今译》："众人是那样无忧无虑地欢喜，好像参加盛大的宴席，好像春日登台眺望那样畅适。独有我，却淡淡地，无动于衷，像婴儿还不会发出笑声，疲倦地，竟像无家可归宿！众人都有多余的东西，而独有我，却像什么也不足。我真是愚人的心肠啊，混混沌沌地！一般人是那么清楚，我却这么昏昏！一般人是那么严苛，我却对一切宽宏——辽阔啊，像无边的大海；无尽啊，像疾吹的长风！众人都有一套本领，而独有我显得拙笨无能。我偏要跟人家不同，把吃饭奉为根本。")这段行文参差错落，多用排比、对偶和比喻，并以鲜明的对比和褒贬分明的语意表现出强烈的自我意识和愤世嫉俗的感情，极富感染力。《道德经》中还有很多精妙智慧的语句已经成为成语或格言广泛传颂，如"天长地久""上善若水""国之利器""大器晚成""大音希声""大象无形""大巧若拙""不出户知天下""出生入死""知者不言""治大国若烹小鲜""祸兮福之所倚，福兮祸之所伏""轻则失根，躁则失君"，等等。

三 庄子《庄子》

庄子（约前369—前286，据马叙伦《庄子年表》），名周，战国时期宋国蒙（今安徽亳州市蒙城县，一说今河南商丘）人。他继承和发展了老子的学说，是中国古代著名的哲学家、思想家，道家学派的代表人物，也是先秦道家思想的集大成者。生平事迹，主要见于《史记·老子韩非列传》（即《老庄申韩列传》），《庄子》一书也多有记载。

庄子与梁惠王、楚威王、齐宣王和孟子大致同时而稍晚，曾担任过蒙漆园吏。平时生活贫困，主要靠打草鞋为生，有时需要借贷粮食度日。尽管如此，他也不愿接受高官厚禄。《史记·老子韩非列传》记载，楚威王曾派人用重金聘请他管理政事，且许以为相，庄子却坚辞不从："我宁游戏污渎之中自快，无为有国者所羁。终身不仕，以快吾志。"主张凡事顺应自然，不为功名利禄束缚，齐万物，等生死，使精神获取绝对自由，人生因此逍遥自在。所以，不为世用、甘于贫困是他自觉主动的人生选择。庄子与当时名家代表人物惠施常有辩论，惠施去世，他失去辩手，非常难过。

庄子对先秦诸子皆有研究（《庄子》有《天下》一篇论述各家主张及得失，司马迁亦说"其学无所不窥"），而自尊老子，其学具有道家学派的鲜明特点，"其要本归于老子之言"（《史记·老子韩非列传》）。因为对道家学说的贡献，后世常常将他和老子并称为"老庄"。

《庄子》概况：

《庄子》一书作者为庄子与其后学。自战国开始修撰，完成于西汉初期。唐时玄宗天宝元年下诏"庄子号为南华真人……所著书改为真经"

（《旧唐书·玄宗纪》），所以《庄子》又名"南华真经"，简称"南华经"。全书分为内篇、外篇和杂篇三个部分，内篇为庄子本人所著，外篇和杂篇出自于后人。原书按司马迁说法应有十万余言，今本《庄子》仅有六万五千多字。又《汉书·艺文志》记载"《庄子》五十二篇"，现存只有33篇。《郡斋读书志》认为是"晋向秀、郭象合为三十三篇：《内篇》八，《外篇》十五，《杂篇》十一"。今学者一般认为是经过晋人郭象的删减所致。张远山近年提出《庄子》在战国末期有一初始本，共29篇，出自于庄子再传弟子魏牟之手，《荀子》《韩非子》《吕氏春秋》及贾谊的骚体赋并《韩诗外传》都有大量引述；汉代另有大全本（52篇）出自于刘安；西晋郭象的本子对刘安本有删改（删去了刘安本的19篇），其解说也远离庄子真义。张远山还对魏、刘两本做了复原性工作，出版了《庄子复原本注释》（江苏文艺出版社2010年版）。

《庄子》现存最早的写本为湖北江陵张家山136号汉墓出土的西汉竹简《庄子·盗跖》篇，藏湖北省荆州市博物馆（据《国家第一批珍贵古籍名录》）。另有唐代残卷（系敦煌出土古籍，保存于海外），今人傅增湘曾利用海外所存敦煌古钞残卷及多种传世本，对明代世德堂刊本《南华真经注》做了精心校勘的工作（详见傅增湘《藏园群书题记》、王菡《傅增湘以古写本校勘南华真经注》，《文学遗产》2008年第4期）。现存最早的刻本为宋本。

《庄子》在魏晋时期受到玄学家重视，与《周易》《老子》一起被并称为"三玄"，不少学者予以注解阐发。其中以向秀、郭象的注释较早，影响也较大。《世说新语》认为郭象注大多为剽窃向秀注而成。四库馆臣有辨析，认为郭注与向注确有不少相同文字，但也有差异。《旧唐书·经籍志》尚著录向秀注二十卷、郭象注十卷，其后向秀注亡佚。现存较早的注本是郭象的《庄子注》，其现存最早的刻本为宋刊，题名《南华真经》，十卷，藏国家图书馆。中华书局收入《古逸丛书三编》，1988年影印出版。民国时期，张元济主持的商务印书馆影印的《南华真经》（郭象注）十卷，前七卷为南宋刻本，后三卷为北宋刻本，所用即是已知现存最早的刻本。唐代陆德明撰《经典释文·庄子音义》，保留了一些魏晋六朝的有关注释。唐代成玄英《庄子注疏》也是一部重要注本，这部注释不仅有简要的字词训诂，还讲解段句内容，文笔富有文采而颇类《庄子》。现存最早的注疏刻本为宋本，黎庶昌于19世纪后期在日本寻访得到，收入其编选的《古逸丛书》（之八）出版，名"南华真经注疏"（扉页题"覆宋本庄子注疏"）。清末郭庆藩的《庄子集释》收录了以上几种注释，又选录了清代朴学家如王念孙、俞樾等人的重要训诂考证成果，并辅以己见，还在校勘方面下了很大功夫。中华书局 1961 年出版了标点本。清末王先谦《庄子集解》则以郭庆藩的《庄子集释》为基础，加以删略，注释简明扼要，并时下己意。王书，中华书局于 1987 年亦出版了标点本。此外，近现代马叙伦的《庄子义证》和刘文典的《庄子补正》，也都是较为重要的注本，它们的解说皆重依据，从而较具说服力。今人的注本则以曹础基《庄子浅注》（中华书局 1982 年版）、陈鼓应《庄子今注今译》（台湾商务印书馆 1974 年版，中华书局 1984 年修订版，台湾商务印书馆 1995 年第二次修订本，商务印书馆 2007 年最新修订本）较为著名，也较通行。尤其是后者经多次修订，注译质量为学界所瞩目。陈鼓应还撰有《老庄新论》一书，对老子、庄子的学说有比较研究的内容。近年方勇译注的《庄子》（中华书局 2010 年版）是一部全注全译文本，它以中华本郭庆藩《庄子集释》为底本。由于译注者对庄子有长期而深入的研究（早在 1998 年就有专著《庄子诠评》出版），其译注颇显其为学功力。书前"前言"论述了庄子生平事迹、《庄子》注释及研究史，尤其是重点介绍了庄子的哲学思想、美学思想以及《庄子》的文学性表现，对初读者极有帮助。方勇另有《庄子学史》（人民出版社 2008 年版）一书，则是一部系统研究从先秦至民国时期的庄学产生、发展变化、影响及研究史的专著，书末还附有近百年来庄子研究的书目文献。

　　《庄子》一书反映了庄子的基本思想。作为哲学家，"道"是庄子哲学的基本范畴。他认为道存在于宇宙万物当中，事物的产生、发展、变化都显示出道的主宰，但道本身又是自然无为的，也是感官无从触的。从庄子的描述中可以看出，和老子对道的看法一样，庄子之"道"也是宇宙的本原，又是类似于自然规律的东西。但老、庄之"道"又是有差异的："老子的'道'，本体论与宇宙论的意味较重，庄子则将它转化为心灵的境界。其次，老子特别强调'道'的'反'的规律以及'道'的无为、不争、柔弱、处后、谦下等特征，庄子则全然扬弃这些概念而求精神境界的超升。"（陈鼓应：《老庄新论》）所以"道"在庄子是属于精神性的存在。庄子在认识论上提出"齐万物"主张，将老子朴素的辩证法发展成极端的相对主义。认为贫富、寿夭、生死、长短、物我等一切差异都是相对的，在"道"的面前其本质都是相同的，而且可以相互转化，所以说："天下莫大于秋毫之末，而泰山为小；莫寿于殇子，而彭祖为夭。"（《齐物论》）并由此主张不仅齐物，也要齐论。庄子思想以人生观为核心。他的人生态度是顺应自然，无为处世。面对复杂社会，人需要做的就是不为名利所累，让精神处于绝对自由的状态，无论贫富寿夭都安之若命，不做抗争与努力。这种消极的人生态度来源于庄子的认识论，反映出庄子内心深沉的悲哀。对于人与自然的关系，庄子主张"天与人一也"（《山木》）。《庄子》一书对后世影响极大。由于强调自然无为、逍遥自在，庄子哲学具有诗性的特征。

文学成就：《庄子》的文学成就与《道德经》一样，也表现在其中蕴含的艺术思想和其文章本身具有的文学性两个方面。《庄子》崇尚自然、追求言外之意的艺术精神对后世文学产生了巨大影响，《庄子》散文则是先秦诸子散文中文学性最强的一部。

宗白华认为"庄子是具有艺术天才的哲学家，对于艺术境界的阐发最为精妙"（宗白华：《艺境》）。庄子崇尚自然朴素之美，为了与世俗之美即人为之美相区别，而称之为"大美""至美"。他认为道正是能"覆载天地，刻雕众形，而不为巧"（《大宗师》），因而倡导朴素之美："朴素而天下莫能与之争美"（《天道》）。他的"得意忘言"之说虽然谈的只是思想与语言表达问题，但在后人的解读过程中却被赋予了追求文学作品言外之意的艺术内涵。

《庄子》一书，文学性表现十分醒目。清人刘熙载《艺概》谓其"意出尘外，怪生笔端"。这主要是指其想象力超群，内容尤其是其中大量的寓言怪异神奇。鲁迅《汉文学史纲要》则评价说："庄子著书十余万言，大抵寓言，人物土地，皆空言无事实。而其文则汪洋辟阖，仪态万千。晚周诸子之作，莫能先也。"其艺术特色，《史记》本传说："故其著书十余万言，大抵率寓言也。……其言洸洋自恣以适己，故自王公大人不能器之。"用寓言比喻代替抽象的论说，且多怪诞描述；行文汪洋恣肆，续断重复令人难测；叙事与描写或论说、抒情常在一文出现，文笔变化多端。总之，风格"恢诡谲怪"（《齐物论》），行文气象万千，是庄子文章的重要特征。

庄子文章大量使用寓言，他自己也说其"寓言十九，重言十七"（《寓言》）。不少篇章是以寓言为主体内容的，一个接一个的寓言令人目不暇接。庄子用寓言是因为"以天下为沉浊，不可与庄语"（《天下》）。庄语，指庄重严肃之语。重言是指权威人士即名人、尊者的话语，庄子常用以加强自己论说的可信性。其实这些重言往往是庄子虚构出来的。因此重言有时与寓言相杂，如《逍遥游》大鹏鸟的寓言中加入了"齐谐"之语；有时本身也可当寓言看，例如同篇引述棘对商汤的话，主体内容仍然是讲述大鹏鸟的故事。寓言和重言的广泛运用，使庄子文章充满了令人眼花缭乱的故事或对话。《逍遥游》一文只有极少量的"卮言"用以连接寓言或阐述观点；《秋水》一篇则全由寓言、传闻或重言构成，计有河伯（河神）观水、夔羡蚿、孔子游匡、井底之蛙、庄子于钓濮水、惠子相梁、庄子与惠子游于濠梁等，全文因此生动有趣。《庄子》的寓言不仅多，而且想象丰富，构思奇特，其夸张的笔墨常出人意外。如其写大的事物："任公子为大钩巨缁，五十犗以为饵，蹲乎会稽，投竿东海，旦旦而钓，期年不得鱼。已而大鱼食之，牵巨钩，铭没而下，骛扬而奋鬐，白波若山，海水震荡，声侔鬼神，惮赫千里。任公子得若鱼，离而腊之，自制河以东，苍梧以北，莫不厌若鱼者。已而后世辁才讽说之徒，皆惊而相告也。夫揭竿累，趣灌渎，守鲵鲋，其于得大鱼难矣。"以五十头犗牛为鱼饵，钓鱼者在会稽投竿东海，整整一年才有所获。所钓之鱼由于体形巨大，出水翻腾，竟使海面白波如山，海水震荡之声似鬼神，以致千里之外都因之惊骇。而鱼本身更是大到满足了浙江以东到苍梧以北的所有食客的需要。写小的事物也极尽夸张之能事："有国于蜗之左角者，曰触氏，有国于蜗之右角者，曰蛮氏。时相与争地而战，伏尸数万，逐北旬有五日而后反。"（《则阳》）触氏与蛮氏都只是蜗牛触角上的小国，两军为争夺城池开战。打了十五天，各自死伤数万。由于多用寓言，所以《庄子》还有比喻丰富的特点。庄子寓言都是为了比喻，借此代替抽象的说理。如任公子钓鱼故事结尾写后人模仿任公子，但却固守河沟，因而再难钓上大鱼，是用以说明琐碎浅薄的话语离大道甚远；未曾了解任公子钓鱼的精神，离经世治国的能力也相距甚远："饰小说以干县令，其于大达亦远矣。是以未尝闻任氏之风俗，其不可与经于世亦远矣！"触蛮之争的故事是比喻诸侯之争只不过是为了蝇头小利而使国家灾难深重、民不聊生。《庄子》使用内容奇特的寓言，文章生动新鲜，引人入胜。清人刘熙载《艺概·文概》谓云："……自《庄》《列》出而一变，佛书入中国又一变，《世说新语》成书又一变，此诸书，人鲜不读，读鲜不嗜，往往与之俱化。"

　　《庄子》行文汪洋恣肆，是指文章不遵矩度，当连似断，当断似连，或跳宕或重复，"若承日月，骑风云，上下星辰而莫测其所之"（宋濂：《诸子辨》），或议论或叙述，笔法变幻莫测。由于寓言多，寓言之间又往往缺乏连接过渡之语，或者用不同表述重复同一个故事，所以《庄子》显得散漫无拘，跌宕跳跃，或累叠重复。如《逍遥游》开篇讲述"北冥有鱼"的故事，中间没有任何交代忽然插入"野马也，尘埃也，生物之以息相吹也"之句，以至于闻一多以为是衍文（其实可理解为，庄子是借"野马"句说明大到几千里的大鹏鸟其行动须要凭借风力，细微到游气、尘埃这类小的事物也须借助外力才能奔腾飘浮）。此篇有关大鹏鸟的故事和接下来"蝉与学鸠"的故事，以大同小异的笔法叙述了两次，一是直接描述，二是借引述"汤之问棘"又完整讲述一遍。看起来前后牵扯，当断不断，累赘重复，其实第一次叙述多有插入其他内容的现象，第二次则为集中讲述。两次所阐发的道理也各有侧重。第一次为说明大的物类其运行须凭借更多外力，小的则凭借相对较少。第二次则是说明大与小的差异是相对的。所以刘熙载指出："庄子文看似胡说乱语，骨子里却尽有分数。"（刘熙载：《艺概·文概》）

　　《庄子》的语言也很有特点，词汇富赡，节奏鲜明，而且往往用词生动，语含情感。《齐物论》有描述洞穴形状与风声大小的文字："夫大块噫气，其名为风。是唯无作，作则万窍怒呺，而独不闻之翏翏乎？山林之畏佳，大木百围之窍穴，似鼻，似口，似耳，似枅，似圈，似臼，似洼者，似污者；激者，謞者，叱者，吸者，叫者，譹者，宎者，咬者，前者唱于而随者唱喁，泠风则小和，飘风则大和，厉风济则众窍为虚。而独不见之调调之刁刁乎？"将大木身上各种各样的"窍穴"和风吹过这些窍穴发出的不同声响都通过不同的词语做出千差万别的描绘，词汇异常丰富。加上大量形式整齐的句式，文章富于激情和气势。《逍遥游》末段："今子有大树，患其无用，何不树之于无何有之乡，广莫之野，彷徨乎无为其侧，逍遥乎寝卧其下。不夭斤斧，物无害者，无所可用，安所困苦哉！"风景的空旷广袤，性情的逍遥自在，又善用排比，人物的精神气质及其追求得到形象的反映，且充满诗意。《庄子》多描述文字，其中不少看似闲笔赘言，但却显出生动传神的语言特点。《秋水》："鹓雏发于南海，而飞于北海，非梧桐不止，非练实不食，非醴泉不饮。于是鸱得腐鼠，鹓雏过之，仰而视之曰：'吓！'"高贵与卑下两相对比，文字幽默讽刺。一个"吓"字更是传神地写出了鸥的虚张声势，将其担心恐惧、意欲恫吓对方的复杂心态表现出来。《列御寇》开篇写列御寇听从伯昏瞀人的建议，不久就使众人归心，但伯昏瞀人眼见得其"户外之屦满矣"的盛况，却"北面而立，敦杖蹙之乎颐，立有间，不言而出"。原来他不满意列御寇显迹于外的做法，"敦杖蹙之乎颐"（将拐杖竖立在地撑着下巴）生动地传递出其神情和心态。

《庄子》文章的奇异与作者哲学思想有关。如其主张齐万物，于是笔下畸怪形象时时出现，而畸怪形象又往往具有顺应自然的睿智见解。如《大宗师》里的子舆病到身体变形，但他自己却十分欣赏，对造物主的神力大加称赞："伟哉夫造物者，将以予为此拘拘也！曲偻发背，上有五管，颐隐于齐，肩高于顶，句赘指天。"（伟大啊，那造物主！把我变得这样佝偻蜷曲！弯腰驼背，五脏出口处于上方，下巴却在肚脐底下，肩高过头，颈椎也变形隆起朝天。）并且进一步假设说："浸假而化予之左臂以为鸡，予因以求时夜；浸假而化予之右臂以为弹，予因以求鸮炙；浸假而化予之尻以为轮，以神为马，予因以乘之，岂更驾哉！"（如果再把我的左臂变化成公鸡，我就用它来报时；把我的右臂变化成弹丸，我就用它打下斑鸠做烤肉吃；把我的臀部变化成车轮，把我的灵魂变化成马儿，我就用来骑乘，难道还用得着更换另外的车马吗？）有了这样的境界，于是自谓可以"安时而处顺，哀乐不能入也"。又如庄子主张绝对的相对主义，于是《逍遥游》开篇即将表"鱼子"（指小鱼）之义的"鲲"一词用以命名形体大至几千里的巨形之鱼，而鱼又变化成巨鸟，接着又以描述的形式指出小至游气（"野马"）、尘埃都与硕大无比的鲲鹏一样不逍遥。这些畸怪形象及其忽大忽小、变化多端的状态形成独特的文学风景，让人瞠目结舌。

《庄子》对后世文学的影响极其深远。清人方东树认为："庄以放旷，屈以穷愁，古今诗人，不出此二大派，进之则为经矣。"（方东树：《昭昧詹言》）

汉

中国文学发展至汉，阵容已然扩大，具有纯文学特征的诗、赋作品趋多，以致《汉书·艺文志》将二体单独列出，初步显示出文学独立的观念。另外，学术类文体仍然保留着先秦传统，具有文学因素。

汉代文学成就主要表现在政论文写作和辞赋创作两个领域，这与开国皇帝刘邦有关。刘邦为安天下、"守四方"，令辩士陆贾探讨天下兴亡的原因，后者因之写出系列政论文并结集为《新语》。这些论文反过来又受到从皇帝到朝臣的重视。不少士人受到鼓舞，也葆有高昂的政论兴致，如文帝时的贾谊、景帝时的晁错。此外，作为楚人，刘邦及其臣僚喜欢楚风，导致辞赋创作成为两汉文学主流。皖地北部的砀山、萧县等地与刘邦故土（今江苏沛县）接壤，故皖地士人更易接受楚辞影响。

此时皖地文学阵营逐渐难移，创作兴盛于淮河流域。

西汉淮南王刘安在其封地组织多人编写了宏著《淮南子》，刘安本人还创作了82篇辞赋，其臣属则有赋44篇（据《汉书·艺文志》记载）。皖人在淮南形成创作热潮。

但至汉武帝"罢黜百家，独尊儒术"政策施行以来，有独特观点的政论文写作一度式微。至东汉，随着依附皇权的意识淡化，情况又为之一变，士林日出新见，甚而敢于品评公卿。因此，皖地桓谭观点独到鲜明、敢于针砭时弊的政论文集《新论》此时出现，并非偶然。《新论》影响很大，如王充以"疾虚妄"为主旨的政论著作《论衡》的撰写就与之有直接关系。

四 刘安《淮南子》

刘安（约前179—前122），因封地在淮南国（都寿春。寿春即今安徽淮南市寿县），后世多称其"淮南王"。西汉沛郡丰（今江苏丰县）人。他是古代著名思想家和文学家。生平事迹，主要见于《史记·淮南衡山列传》《汉书·淮南衡山济北王列传》。

刘安是汉高祖刘邦的孙子。其父为淮南厉王刘长。刘长骄恣，以地方王身份却"不用汉法"，僭用皇帝仪仗，"自为法令，拟于天子"，试图谋逆。事发之后，汉文帝废其王位，发配蜀郡。刘长性刚勇，于流放途中绝食而死。几年后，文帝将原属刘长的封地一分为三，分别封予刘长的三个儿子。刘安时十六岁，以长子身份袭封刘长爵位，为淮南王。景帝时，吴楚叛乱，刘安的两个弟弟拒绝参加七国之乱，刘安却一心参与，但因他的国相"不听王而为汉"的缘故未能如愿。武帝时，又试图谋反，事情败露，被迫自杀。刘安试图谋反的主因，按司马迁的说法，是对父亲的自杀心怀怨懑："时时怨望厉王死，时欲畔逆。"（《史记·淮南衡山列传》）

刘安才学广博，"为人好读书鼓琴，不喜弋猎狗马驰骋"（《史记·淮南衡山列传》）。还喜欢撰作。他同门客一起完成巨著《淮南子》，又自作辞赋等近百篇。《汉书·淮南衡山济北王列传》记述了《淮南子》的编撰，云："（安）招致宾客方术之士数千人，作为《内书》二十一篇，《外书》甚众，又有《中篇》八卷，言神仙黄白之术，亦二十余万言。时武帝方好艺文，以安属为诸父，辩博善为文辞，甚尊重之。每为报书及赐，常召司马相如等视草乃遣。初，安入朝，献所作《内篇》，新出，上爱秘之。使为《离骚传》，旦受诏，日食时上。又献《颂德》及《长安都国颂》。每宴见，谈说得失及方技赋颂，昏莫然后罢。""内书""外书""中篇"也者，即《淮南子》完本；"内书"也者，即今传《淮南子》（"外书""中篇"两种失传）。

刘安还爱好道术，"天下方术之士，多往归焉"（《史记·淮南衡山列传》）。其中八位最为著名，号称"八公"：苏非、李尚、左吴、陈由、伍被、毛周、雷被、晋昌。淮南八公山得名于此。刘安召集他们炼丹，结果发明豆腐。明人罗颀在《物原》中提到刘安做豆腐，李时珍在《本草纲目》中也说："豆腐之法，始于前汉淮南王刘安。"

刘安还善于安邦治国，并有自己的治国理念。他在封国采用黄老思想治理国家，"亦欲以行阴德拊循百姓，流誉天下"（《史记·淮南衡山列传》）。

《淮南子》概况：

刘安著述甚丰。他除组织并参与编撰《淮南子》一书外，还奉武帝之命撰作《离骚传》。后者是最早对屈原及其作品《离骚》进行撰注并作出高度评价的文献。《史记·屈原列传》中有一段著名的评论："《国风》好色而不淫，《小雅》怨诽而不乱，若《离骚》者，可谓兼之矣。上称帝喾，下道齐桓，中述汤武，以刺世事，明道德之广崇，治乱之条贯，靡不毕见。其文约，其辞微，其志洁，其行廉，其称文小而其指极大，举类迩而见义远。其志洁，故其称物芳。其行廉，故死而不容。自疏濯淖污泥之中，蝉蜕于浊秽，以浮游尘埃之外，不获世之滋垢，皭然泥而不滓者也。推此志也，虽与日月争光可也！"正是引自《离骚传》。据《汉书·艺文志》载录，刘安还创作了《淮南王赋》82篇、《淮南歌诗》4篇，他的臣僚有《淮南群臣赋》44篇。清人严可均《全汉文》辑得刘安赋、书各一篇。今人逯钦立《先秦汉魏晋南北朝诗》录其诗一首。

《淮南子》现存最早的本子为北宋刘生的手抄本；较早的刻本，据文化部《第一批国家珍贵古籍名录》，有明嘉靖九年（1530）王鎣刻万历十一年（1583）黄克缵重修本（题《淮南子》，二十八卷，藏河南省图书馆）、明闵刻朱墨套印本（题《淮南鸿烈解》，二十一卷，藏泰州市图书馆）、明刻朱墨套印茅坤等人评本（题《淮南鸿烈解》，二十一卷，藏无锡市图书馆、中山大学图书馆、广东省立中山图书馆）。较好的刻本则为经清乾隆时期庄逵吉校订的本子。上海古籍出版社1989年所出诸子百家本《淮南子》即为影印庄本。目前所知，《淮南子》最早的注者为东汉的许慎和高诱。受到汉代古文经学影响，他们的注释都重视字词训诂与名物解释。两家之注原本各自独立（《隋书·经籍志》《新唐书·艺文志》皆许注本与高注本并列），但至宋代陈振孙《直斋书录解题》时已谓"今本既题许慎记上，而详序文则是高诱，不可晓也"。一般认为今本《淮南子》高诱注中，实含有许注（四库馆臣以为许注已亡佚，高诱注不含许注）。古代最为人称道的《淮南子》注释者，是清代训诂学家王念孙。他对该著进行了校勘和解释难词难义的工作，引证丰富，考据翔实，释义精审。王氏整理和研究《淮南子》的文字占《读书杂志》篇幅的五分之一，有九百余条。近人刘文典的《淮南鸿烈集解》（上海商务印书馆民国二十年代初版），也是深受学界重视的注本。注者以庄本为底本，校以其他多种本子，并充分吸取了清人如王念孙、孙诒让等人的校注成果，又从古代类书等文献材料中广泛采集，释义翔实有据。此本被多次翻刻，中华书局1989年所出版的附有《淮南子校补》《淮南子逸文》和清人钱塘的《淮南子天文训补注》等，较新的一种为安徽大学出版社和云南大学出版社于1998年合作出版的本子。今人张双棣的《淮南子校释》（北京大学出版社1997年版）以明代正统《道藏》本为底本，并校以影宋本、明代其他刻本以及出土文字和多种传世文献，其校释保留高诱注（或许慎注），列有各种版本及类书、史传中的相关材料和前人校勘意见，收录其他古注且有自己的按语，被推为《淮南子》研究的集大成者。何宁的《淮南子集释》（中华书局新编诸子集成本，1998年版）也是一部在校勘和注释方面都很精良的集大成式注本。该书以光绪二年浙江书局所刻庄逵吉《淮南子》校刊本为底本，校以唐写本、宋本等多种版本及宋代类书中所引及诸书出自淮南者，注释方面亦博采众家而复用"宁案"谈自己的看法。许匡一的《淮南子全译》（贵州人民出版社1995年版），译注兼备。又，刘康德主编的《淮南子鉴赏辞典》（上海辞书出版社2012年版），内容主要包括原文（节选）、注释和鉴赏。鉴赏主要是从原文主旨和思想内容方面进行，解说详明透彻，十分便于初学。

《淮南子》的实际作者，一般认为是刘安及其宾客，高诱《叙》更直接指出这些宾客即苏非、李尚等所谓"八公"。刘安不仅是参与撰写的作者，而且是作为组织者和主编召集众人完成了这样一部主旨明朗的伟著。书成于汉景帝、武帝执政之间，在武帝即位之初（建元二年）进献朝廷，受到皇帝欣赏。

据高诱《〈淮南鸿烈〉叙》，《淮南子》原称"鸿烈"。《叙》中还解释说："鸿，大也，烈，明也。以为大明道之言也。"认为"鸿"是广大之意，"烈"是光明之意，作者认为此书具有内容广博而光明的通理。直至《隋书·经籍志》，始称"淮南子"。全书原分《内篇》21篇、《外篇》33篇、《道训》2篇，20余万字。《汉书》本传提到"《内书》二十一篇，《外书》甚众，又有《中篇》八卷，言神仙黄白之术，亦二十余万言"。《汉书·艺文志》又有云："《淮南内》二十一篇。《淮南外》三十三篇。"颜师古注云："内篇论道，外篇杂说。"至《隋书·经籍志》，著录为"淮南子二十一卷"。今存二十一篇，十几万字，大约都属内篇（据《四库全书总目》之说）。全书始于《原道训》（原文应作"原道"，"训"者解释之意，当是后人在高诱作注后所加），结束于《要略》。《要略》说明作书宗旨及各篇旨意。

《淮南子》是一部具有完整思想体系的理论著作，作者欲借此为汉朝提供立国法典。刘安自云其作书宗旨是："观天地之象，通古今之事，权事而立制，度形而施宜。原道德之心，合三王之风。"（《淮南子·要略》）书中内容宏富，涉及政治、历史、经济、哲学、伦理、文学、音乐，还兼有物理、化学、天文、地理、农业水利、医学养生等自然科学领域，被誉为"牢笼天地，博极古今"（刘知几《史通》）的典籍。故高诱《叙》谓："言其大也，则焘天载地，说其细也，则沦于无垠，及古今治乱，存亡祸福，世间诡异之事。其义也著，其文也富，物事之类，无所不载。"体现了当时前沿科技和人文成果。且说解往往清晰、详备，称得上是当时的一部百科全书。由于出于众手，又多"掇拾旧文"，思想亦较复杂，容有道家、阴阳家、儒家、墨家及法家思想，表现出对既往学术思想的综合的意志。《汉志》列为"杂家"。但刘安有意识突出的是黄老即道家思想。如《要略》一篇说《原道》之作："《原道》者，卢牟六合，混沌万物，象太一之容，测窈冥之深，以翔虚无之轸。"体现的就是黄老之学。犹如高诱所云："其旨近老子，淡泊无为，蹈虚守静，出入经道。"（高诱：《〈淮南子〉叙》）汉初统治者倡导黄老之学，而至汉武帝则独尊儒术，所以刘安此书的撰写有其特殊用意。《淮南子》吸取了《老子》《庄子》和稷下黄老之学，是汉代集黄老学说之大成的理论著作，但它也对先秦的这些思想资料进行了一些改造，提出了不少有价值的观点。如在宇宙观和本体论上，一方面同意老子有关道生万物的主张，另一方面又以唯物主义精神描述了宇宙的形成："（气）清扬者薄靡而为天，重浊者凝滞而为地。"（《天文训》）将宇宙的本原归于"气"，显然与老子只谈玄虚之"道"不同，与庄子纯乎精神之"道"也不相同。在政治思想上，《淮南子》主张统治者应顺应自然、不逆民情，且融进了积极有为的观念。在人生观方面，也主张既要合于道的精神，顺应自然规律，也要积极入世。这些也都有异于先秦道家的看法。

《淮南子》撰作初成，武帝尽管喜爱，但并未宣扬。因为武帝想的是"罢黜百家，独尊儒术"，《淮南子》却以宣扬黄老之学为主旨。加上后来刘安谋逆，所以此书在西汉未能传行。直到东汉，才流布开来。但此时儒学盛行，学者读《淮南》是因为其中有些内容可以印证儒家经传："是以先贤通儒述作之士，莫不援采以验经传。"（高诱：《〈淮南鸿烈〉叙》）

文学成就：《淮南子》多借形象的描述以说理，文字生动，它还保留了古代的一些神话传说，并有一些寓言故事；同时具有辞赋擅铺陈的特点。

《淮南子》有时借用历史、神话和传说或寓言来阐明道理,因此具有一些情节描述的文字。如《人间训》中有一段说明"或争利而反强之,或听从而反止之"的文字。在道出观点后,即接以一个历史故事:"鲁哀公欲西益宅,史争之,以为西益宅不祥。哀公作色而怒。左右数谏不听。乃以问其傅宰折睢,曰:'吾欲益宅,而史以为不祥。子以为何如?'宰折睢曰:'天下有三不祥,西益宅不与焉。'哀公大悦而喜。顷,复问曰:'何谓三不祥?'对曰:'不行礼义,一不祥也;嗜欲无止,二不祥也;不听强谏,三不祥也。'哀公默然深念,愤然自反,遂不西益宅。"鲁哀公"作色而怒""大悦而喜""默然深念,愤然自反",心理变化丰富而有层次;太傅宰折睢的聪明智慧;故事巧设逆转,情节发展出人意料,无不令人印象深刻。故事之后,作者做了几句发挥即结束论题:"夫史以争为可以止之,而不知不争而反取之也。智者离路而得道,愚者守道而失路。夫儿说之巧于闭结无不解,非能闭结而尽解之也,不解不可解也。至乎以弗解解之者,可与及言论矣。"《淮南子》还有很多形式短小的寓言,如"塞翁失马""东家母死"等,作为比喻以说明道理。《淮南子》是我国历史上保留上古神话最多的几部典籍之一。如《女娲补天》《后羿射日》《嫦娥奔月》《共工怒触不周山》《大禹治水》等神话传说,该书都有记载。《淮南子》中众多的神话传说使其内容具有虚幻浪漫色彩。清人刘熙载称其文字"意出尘外,怪生笔端"(刘熙载:《艺概·文概》),主要就是针对这种内容而言。

《淮南子》作为一部理论巨著,在论说方面深受辞赋影响,多铺陈渲染,善于描写。如首篇《原道训》开头:"夫道者,覆天载地,廓四方,柝八极,高不可际,深不可测,包裹天地,禀授无形;原流泉浡,冲而徐盈;混混滑滑,浊而徐清。故植之而塞于天地,横之而弥于四海;施之无穷,而无所朝夕。舒之幎于六合,卷之不盈于一握。约而能张,幽而能明,弱而能强,柔而能刚。横四维而含阴阳,纮宇宙而章三光。甚淖而滒,甚纤而微,山以之高,渊以之深,兽以之走,鸟以之飞,日月以之明,星历以之行,麟以之游,凤以之翔……"从状态、作用、变化等多方面对"道"进行形容描写,而不多作抽象论说。这是一种化抽象为具体的论说方式,故而生动形象。此外,《淮南子》重在说明事理,以便读者清楚、完整地理解,所以虽然多铺陈渲染,但又具有娓娓道来、自然亲切的风格,没有纵横家那种咄咄逼人的盛气。如《天文训》从"天地未形"开始，讲到宇宙的起源，继而是日月星辰的运行、四季的形成、天与地的形态、风雨阴阳的来由等，"全面论述了宇宙的起源、日月、五星、二十八宿等天体运行的天文知识，并涉及与天文密切相关的二十四节气、岁星、干支纪年法等历法知识，八风以及与之相关的气候、物候、农事、政事等气象知识，乃至五音、十二律等音律知识，以及正朝夕、大地东西南北的长度和日高的度量等数学知识"（刘康德：《淮南子鉴赏辞典》）。内容详备而清楚，语言自然而清晰。

《淮南子》在语言方面具有句式整齐、喜用排比和对偶的特点，读之朗朗上口，节奏鲜明。但有时为配合内容的需要，也用一些特别的写法。如《俶真训》开篇："有始者，有未始有有始者，有未始有夫未始有有始者。有有者，有无者，有未始有有无者，有未始有夫未始有有无者。"讲宇宙产生与"有""无"的关系，高深玄妙的内容而配以循环往复的文字，产生出的效果也是玄妙奇特的，而唯其如此才更准确地表达出了作者想要表达的意思。

五　淮南小山《招隐士》

淮南小山（？—？），生卒、生平及事迹都不详。或以为一人，或以为群士，或以为辞赋之一体。王逸《楚辞章句·〈招隐士〉序》云："招隐士者，淮南小山之作也。昔淮南王安博雅好古，招怀天下俊伟之士，自八公之徒，咸慕其德而归其仁，各竭才智著作篇章，分造辞赋，以类相从。故或称'小山'，或称'大山'，其义犹《诗》有《小雅》《大雅》也。小山之徒，闵伤屈原……与隐处山泽无异，故作招隐士之赋，以章其志也。"（宋洪兴祖《楚辞补注》引）以为是一群人，但言语之中又有指文体的意思，故游国恩《楚辞概论》据以为"文章类别的名称"，而作者则是淮南王的宾客。《文选·〈招隐士〉》署名为刘安。但一般认为淮南小山是淮南王刘安的门客，因是为其主"著作篇章，分造辞赋"，所以署名刘安。"小山"也者，乃是群臣虚构的名字。《汉书·艺文志》著录"《淮南群臣赋》44篇"，《招隐士》当是其中一篇。署名为"淮南小山"作品，还有汉代舞曲歌辞中的《淮南王歌》一篇（载郭茂倩《乐府诗集》）。

《招隐士》概况：

《招隐士》始见于东汉王逸的《楚辞章句》，宋人洪兴祖为《楚辞章句》所作的"补注"影响很大,后世多所刊刻。《补注》完整保留了《楚辞章句》。今中华书局所刊洪兴祖《楚辞补注》(1983 年版),为标点本,所据底本好,并进行了校勘,是较为通行的本子。朱熹的《楚辞集注》也是公认较好的注本,但选文与《章句》有出入,此注本也保留了《招隐士》。《楚辞集注》现存最早的版本,据文化部所公布《第一批国家珍贵古籍名录》,为宋端平(1234—1236)刻本《楚辞集注》(包括《集注》八卷、《辩证》二卷、《后语》六卷,藏国家图书馆)。

文学成就:以招隐为题材的诗歌始自《招隐士》。该篇在情景抒写方面也具有鲜明的特点。

《招隐士》的体裁,学界多主张为骚体赋,也有主张为楚辞体诗歌的。这是因为,汉初楚辞与辞赋的区分本身就不明显。此篇多铺陈描写景象借以营造特殊氛围,关键性的语句数次重复,是辞赋,也是诗歌。因其频繁使用语气词"兮",故为骚体(楚辞体)无疑。

此文主旨同其篇名,但"隐士"之谓或以为是屈原,如王逸《楚辞章句》说是"小山之徒,闵伤屈原";或说是刘安时代的隐士,如朱熹《朱文公文集·招隐操序》云"淮南小山……极道山中穷苦之状,以风切遁世之士",王夫之《楚辞通释》亦说是淮南小山"为淮南王招致山谷潜伏之士"而作,还有学者以为是淮南小山思念淮南王而作。从《招隐士》的创作时代与创作主体来看,再结合篇中内容及其情真意切的特点等,王夫之的说法颇有道理。

《招隐士》的具体内容是铺陈山中种种幽险荒凉与凄厉可怖的情景,呼唤"王孙(隐者)"归来,"山中兮不可以久留"。王孙,古代泛指贵族子孙,有时是对一般青年男子的尊称。《招隐士》在构思上受到《楚辞·招魂》的影响,铺叙外界的险恶,召唤滞留他乡者回归故地,使用了象征手法。但其铺叙围绕着山间自然景观进行,描写更为集中,也少了一些超现实的神秘内容。其原文如下:"桂树丛生兮山之幽,偃蹇连蜷兮枝相缭。山气龒嵸兮石嵯峨。溪谷崭岩兮水曾波。猿狖群啸兮虎豹嗥。攀援桂枝兮聊淹留。王孙游兮不归,春草生兮萋萋。岁暮兮不自聊,蟪蛄鸣兮啾啾。块兮轧,山曲岪,心淹留兮恫慌忽。罔兮沕,憭兮栗,丛薄深林兮人上栗。嶔岑碕礒兮,碅磳磈硊,树轮相纠兮林木茷骫。青莎杂树兮薠草靃靡,白鹿麏麚兮或腾或倚。状貌崟崟兮峨峨,凄凄兮漇漇。猕猴兮熊罴,慕类兮以悲。攀援桂枝兮聊淹留,虎豹斗兮熊罴咆,禽兽骇兮亡其曹。王孙兮归来！山中兮不可以久留。"原文按内容可以分成两部分。第一部分从开头到"螽蛄鸣兮啾啾"，描写荒山深涧山峻水急，猛兽嚎叫，烘托出险恶恐怖的气氛，但王孙只因为爱慕桂枝的芬芳（借用屈原作品芳草美人写法，用桂枝比喻美德）而长久淹留不归，引发亲友担心。第二部分从"块兮轧"开始直至篇末，描写山势的险峻、山石的怪异、虎豹的奔突相斗与咆哮，以及禽兽的惊骇，铺排夸张，借以继续渲染山林环境的险恶和可怖，呼唤王孙归来。两部分内容紧密相连，反复抒写，体现出一种难以释怀的郁结不安的情绪，流露出焦急和迫切的心思。

《招隐士》的艺术魅力非常突出，是中国古代辞赋中难得的精品。王夫之谓其"绍《楚辞》之余韵，非他辞赋之比"（王夫之：《楚辞通释》）。游国恩从句法的"极错综变化之妙"、写景的"逐层分写，愈入愈深"和短篇而能"描摹尽致"、音节上使用重言和双声叠韵等方式具体分析了作品的美质（见游国恩《楚辞概论》）。《招隐士》是辞赋，也是诗歌，写景抒情，景象特异，情感浓烈，意愿真挚，千百年来被传诵吟哦。其中像"王孙游兮不归，春草生兮萋萋，岁暮兮不自聊，螽蛄鸣兮啾啾"等句，情与景结合，自然紧密，描写优美，意境清新；而"嵚岑碕礒兮，碅磳魂硊，树轮相纠兮林木茷骩……状貌崟崟兮峨峨，凄凄兮漇溰，猕猴兮熊黑，慕类兮以悲，攀援桂枝兮聊淹留，虎豹斗兮熊黑咆，禽兽骇兮亡其曹"，又景象夸张恐怖。作品运用象征、烘托等手法描写抒情，也使其具有独特的艺术性。

六 桓谭《新论》

桓谭（约前23—56），字君山，汉代沛国相（今安徽淮北市濉溪县西北）人。他是历史上著名的哲学家、经学家和音乐家。生平事迹，主要见于《后汉书·桓谭冯衍列传》以及桓谭本人的《新论》一书。

据《后汉书》本传记载，桓谭出身士人之家，其父在汉成帝时担任太乐令，掌管音乐事务。桓谭受到熏陶，也"好音律，善鼓琴"。又爱好广泛，"博学多通"，"遍习《五经》，皆诂训大义，不为章句"，还"能文章，尤好古学，数从刘歆、扬雄辩析疑异"。因为父亲的缘故，成人之后入仕，"任为郎"。但由于为人"简易不修威仪，而憙非毁俗儒"，因此常常受到排挤。一直到哀帝、平帝时期，仍然"位不过郎"。傅皇后的父亲孔乡侯傅晏对他十分友善，最终在桓谭的劝诫下傅晏身家得到保全。当时高安侯董贤受到皇帝宠幸，他的妹妹进宫封为昭仪，傅皇后逐渐被疏远。傅晏很不得意，但又无计可施，只好沉默。桓谭用武帝陈皇后的教训劝告他，一方面要防备奸人使坏，另一方面不要凭借皇后父亲的尊贵身份而广交宾客，"不如谢遣门徒，务执廉悫"，说这是"修己正家避祸之道"。傅晏依计而行，尽遣门客，并让皇后也按桓谭的交代做事。其后董贤果真罗织傅氏的罪状，导致皇后的弟弟侍中傅喜被捕，但虽然是奉诏立案，却一无所获。傅喜得到释放，傅氏一家也保全了性命。后来董贤做到大司马，听闻桓谭声名，想和他结交。桓谭却先呈上书信，劝说他要辅佐国家并保全自身。见董贤不采纳，于是桓谭不与之来往。王莽篡政之时，天下士人争相歌颂，假造王莽受命于天的符瑞讨好逢迎，只有桓谭坚守节操，沉默以对。但王莽仍然任他为掌乐大夫。在刘玄登基为更始帝期间，桓谭为太中大夫。光武帝时，桓谭被授予议郎给事中一职，但刘秀对其政治建议（如重用贤人、申明法令，重农抑商等，见桓谭《陈时政疏》）并不满意，甚至不看他的奏章。因为刘秀迷信的是图谶，常用来决策。桓谭后来上《抑谶重赏疏》，极力陈说图谶奇怪虚诞、不合儒家正道。皇帝为此大怒，要杀他。桓谭磕头至额头出血，请求良久才避免一死。随后调任六安郡郡丞，郁郁难舒，赴任途中病逝，年七十余。

桓谭具有深厚的艺术修养，他不仅"好音律，善鼓琴"，还从事音乐行政管理。对音乐理论也进行了探讨，写下了相关研究文章。《后汉书》本传云其著有"《琴道》一篇"，不过未完成，"肃宗使班固续成之"。今亡，但有佚文。如唐代李善《文选注》就引述甚多。从清代严可均辑录文字看，《琴道》内容丰富，它追溯了琴的来源和琴器的形制，记录了当时的一些琴曲名称如《尧畅》《舜操》《禹操》《微子操》《文王操》《伯夷操》《箕子操》，以及作曲者创作的背景，探讨了曲名用"操"或"畅"的原因，还记述了一些古代音乐家（琴家）如师旷、师涓、雍门周等。同时提出了很多音乐见解，如知音应加强自身修养："音不通千曲以上，不足以为知音"；欣赏音乐的人应具备必要的心理条件，才能为音乐所感，创作者的情绪对音乐有重要影响，等等。桓谭对于音乐的研究，往往与儒家学说相结合，其理论在中国古代音乐史上产生了很大影响。

由于学养深厚，桓谭在当时就影响卓著，与杜林、郑兴、陈元等人一起"俱为学者所宗"（《后汉书》本传）。

《新论》概况：

《后汉书》本传载："谭著书言当世行事二十九篇，号曰《新论》，上书献之，世祖善焉。"又，"所著赋、诔、书、奏，凡二十六篇。"《隋书·经籍志》著录："《桓子新论》十七卷，后汉六安丞桓谭撰。"《旧唐书·经籍志》著录仍为十七卷。严可钧《全后汉文·桓子新论》序引《后汉书》章怀注云："《新论》：一曰《本造》，二《王霸》，三《求辅》，四《言体》，五《见征》，六《遣非》，七《启寤》，八《袪蔽》，九《正经》，十《识通》，十一《离事》，十二《道赋》，十三《辨惑》，十四《述策》，十五《闵友》，十六《琴道》。《本造》《述策》《闵友》《琴道》各一篇，余并有上下。"又《东观汉纪》云分上下系光武帝所嘱，分后即为二十九篇。严氏解说"二十九篇而十七卷"的原因是："上下篇仍合卷为十六卷，疑复有录一卷，故十七卷。"《新论》在宋以后亡佚。故《宋史·艺文志》《文献通考》等已无著录。今存佚文三万字左右，系后人辑录。较早辑录《新论》的是元代的陶宗仪，辑有《桓谭新论》一卷。明代吴康虞《弘明集》辑有《新论·形神篇》。清代则分别有孙冯翼和严可均的辑本，严氏所辑见于《全后汉文》，相对完备。严氏《桓子新论》序云："其书宋时不著录。《群书治要》所载十五事，当是《求辅》《言体》《见征》《遣非》四篇。《意林》所载三十六事，当是十三篇，惟少《本造》《述策》《闵友》三篇，各书所载，又三百许事，合并重复，联属断散，凡百七十二事，依《治要》《意林》次第，以类相从，定为三卷。诸引但《琴道》有篇名，余无篇名。今望文分系，仍加各篇旧名，取便检阅。"因之，《全后汉文》中的《桓子新论》分三卷共十六篇，篇不分上下。上海人民出版社在1976年所出点校本《新论》（黄霖、李力校点）即是以严辑为底本，又加以校正，并有补遗。严可均还辑录了桓谭的其他文字，计有赋一篇（不全），疏二篇，便宜、启事、书各几句，也见于《全后汉文》。中华书局2009年所出《新辑本桓谭新论》为今人朱谦之校辑，是书为目前所见收录桓谭《新论》文字较全的一个本子，并附有参考资料。朱氏此撰完成于1959年，最早由福建教育出版社收入《朱谦之文集》，刊刻于2002年。

桓谭《新论》属于政论文集，但所论涉及的学科门类较多。主要内容是批判谶纬神学以及占卜、祭祀等世俗迷信，在政治、哲学、美学等诸多领域都有独到、智慧的看法。如在形神关系上，以"烛火"比拟，揭示了神随形灭的道理。桓谭主张无鬼论，并否定人能长生不老之说："生之有长，长之有老，老之有死，若四时之代谢矣"。这些思想与论述无疑符合科学精神，在当时谶纬迷信盛行的情况下独树一帜。《新论》在思想内容方面对王充《论衡》产生了深刻影响。王充对桓谭《新论》非常推崇，甚至比《新论》于孔子《春秋》。《论衡·案书》篇云："《新论》之义，与《春秋》会一也。"《论衡》宗旨是"疾虚妄"，而《论衡·超奇》篇说"《新论》论世间事，辨照然否，虚妄之言，伪饰之辞，莫不证定"。可见王充认为《新论》也以"疾虚妄"为主旨。嵇康散文也深受《新论》影响，嵇康的散文风格还与《新论》那种挥洒自如的文风相似。

文学成就：《新论》体现出某些文学思想，例如对艺术风格的看法，对小说文体的看法，等。郭世轩的《标新立异，旷世逸响——桓谭文艺思想综论》一文（见童庆炳、王一川、李春青主编《文化与诗学》2011年第1辑）有颇为全面的论述。《新论》本身也具有文学性。

《新论》的文学思想在开卷《本造》（卷一）就有体现：它称道《吕氏春秋》和《淮南子》，说其"书成，皆布之都市，悬置千金，以延示众士，而莫能有变易者，乃其事约艳，体具而言微也"。《吕氏春秋》和《淮南子》都是政论文集，桓谭认为它们之所以能做到千金难改一字，就在于表述简约而文辞华美，论说具体而又精微。桓谭还看重扬雄的文学成就，对扬雄能"丽文高论"尤其钦佩，曾主动拜其为师以学习作赋。在赋类文体方面，主张语词华美。《新论》还对当时的"小说"文体提出影响深远的看法："小说家合丛残小语，近取譬论，以作短书，治身理家，有可观之辞。"在桓谭的论述中，小说第一次拥有了文体形态"短书"，而"丛残小语"则是小说文体的具体内容。这种说法不仅赋予了古人所谓"小说"新的意义（历史上"小说"一词首先见于《庄子·外物》："饰小说以干县令，其于大道亦远矣。"指与大道相距颇远的琐碎小语），较之于班固《汉书·艺文志》对小说的解释，也更接近小说这种文体的本质，（班固说："小说家者流，盖出于稗官，街谈巷语，道听途说者之所造也。孔子曰：虽小道，必有可观者焉，之远恐泥。是以君子弗为也。然亦弗灭也。闾里小智者之所及，亦使缀而不忘。"）代表了汉代"小说"最完善的概念，也最为接近后世所理解的"小说"文体特征。

《新论》虽然是论说文形式，但仍然秉承了先秦以来说理文传统，具有生动性和形象性。作者认同"其事约艳，体具而言微"（《新论·本造》）的做法，故此《新论》也注意行文艺术，如承接"庄周寓言"，多引用历史、传闻等叙事材料帮助论证，化抽象为具体。且往往是连续引述叙事材料，有时还加上众多比喻，文章因此洋洋洒洒，从容不迫，甚而富丽壮美。像《祛蔽》论述"勤苦过度"，是"多凶短折，中年夭卒"的重要原因，竟然接连不断地列举了颜渊命短、自己精思太剧发病、赵昭仪思苦而病一岁、庄子病剧交代不要贪于须臾成功、魏文侯时乐人窦公"恒逸乐"活到百八十岁、齐桓公时麦丘人寿、自己和杜房交谈人寿等一系列所见所闻或亲身经历。其中不时还添加比喻。如说到颜渊命短，是因为"慕孔子（而不懈追随），所以殇其年也"，即接以"关东鄙语曰：'人闻长安乐，则出门西向而笑。知肉味美，则对屠门而大嚼。'此犹时人虽不别圣，亦复欣慕。如庸马与良马相追衔尾，至暮共列宿所，良马鸣、食如故，庸马垂头不复食。——何异颜渊与孔子优劣"。比中有比，令人目不暇接。文辞亦因而壮美。刘勰《文心雕龙·才略》篇甚至将桓谭文才与司马相如相比拟："桓谭著论，富号猗顿，宋弘称荐，爰比相如。"正因为有如此文风，《新论》保留了不少宝贵的历史资料。如《正经》："秦近君能说《尧典》，篇目两字之说，至十余万言，但说'曰若稽古'，三万言。子贡问蘧伯玉曰：'子何以治国？'答曰：'弗治治之。'《易》一曰《连山》，二曰《归藏》，三曰《周易》。《连山》八万言，《归藏》四千三百言。《连山》藏于兰台，《归藏》藏于太卜。《古文尚书》旧有四十五卷，为十八篇。《古帙礼记》有五十六卷。《古论语》二十一卷，与齐鲁文异六百四十余字。《古孝经》一卷二十章，千八百七十二字，今异者四百余字。盖嘉论之林薮，文义之渊海也。"这段文字无疑能补《汉书》《后汉书》之缺漏。

此外，《新论》论说多用整齐句式，亦不乏铺陈排比，颇有战国纵横家之文风。如《琴道》写"雍门周以琴见孟尝君"一段说辞：'臣之所能令悲者：先贵而后贱，昔富而今贫，摒压穷巷，不交四邻，不若身材高妙，怀质抱真，逢谗罹谤，怨结而不得信；不若交欢而结爱，无怨而生离，远赴绝国，无相见期；不若幼无父母，壮无妻儿，出以野泽为邻，入用堀穴为家，困于朝夕，无所假贷。若此人者，但闻飞鸟之嚘，秋风鸣条，则伤心矣。臣一为之援琴而太息，未有不凄恻而涕泣者也。今若足下，居则广厦高堂，连闼洞房，下罗帷，来清风，倡优在前，谄谀侍侧，扬《激楚》，舞郑妾，流声以娱耳，练色以淫目。水戏则舫龙舟，建羽旗，鼓吹乎不测之渊。野游则登平原，驰广囿，强弩下高鸟，勇士格猛兽，置酒娱乐，沉醉忘归。方此之时，视天地曾不若一指，虽有善鼓琴，未能动足下也。'"从"臣之所能"到"足下"，无论描述自身能力还是叙写对方尊显富贵，都采用铺张手段，文采十足。

魏

    曹魏政权实际统治时期是皖籍作家作品繁荣兴盛的时期。这一时期文学在文学史上称为建安文学，从时间上看也包括正始文学。建安文学与两汉文学相比，具有自己的鲜明特点，但其变化又与东汉文学相关。

    东汉时期，文学新变已经明显。政论文方面，不少作者摆脱了依经立义的束缚，敢于发表不同看法，涌现出桓谭、王充、王符、仲长统等杰出的政论作家。诗歌方面，虽然四言诗仍然是作家喜欢的诗歌体式，但始于民间的五言诗也日渐被文人接受，尤其是生活于下层、出仕无望的文人往往借用这种便于写形造物的新诗体抒写自己的遭遇与社会现实，内容新颖而富有时代气息。辞赋方面，抒写个人思想情感的骚体赋以及咏物抒情小赋取代了以"尽忠孝"为主旨的歌功颂德的大赋，成为新的文学主流。这一切对生活在东汉后期及曹魏时期的文人作家产生了深刻影响，作家敢于创新就是其深受影响的具体表现。新的文风由是开创。面对着动乱的社会现实，不少人自觉地承担起改变乱世局面的社会职责，作品中洋溢着崇高的理想壮志。其中表现最为杰出的，无疑是皖籍作家曹操、曹丕、曹植父子三人。

    曹氏父子的文学成就主要在诗歌领域。

    钟嵘《诗品序》在论及两汉文人诗歌创作的凋零和建安诗歌的勃尔复兴的局面时说，"自王、扬、枚、马之徒，词赋竞爽，而吟咏靡闻。从李都尉迄班婕妤，将百年间，有妇人焉，一人而已。诗人之风，顿已缺丧。东京二百载中，惟有班固《咏史》，质木无文。降及建安，曹公父子笃好斯文，平原兄弟郁为文栋，刘桢、王粲为其羽翼。次有攀龙托凤，自致于属车者，盖将百计。彬彬之盛，大备于时矣。"肯定和高度评价了曹氏父子在诗歌创作代替辞赋创作而成为文坛主流中所起到的作用。

    曹操是建安文坛的领袖。他凭借政治领袖的号召力使天下文人归附，建安文学在其带动下渐呈繁荣局面，诗歌创作更出现了反映社会现实、抒发建功立业的新气象。刘勰《文心雕龙·明诗》谓建安诗"慷慨以任气，磊落以使才"，"造怀指事，不求纤密之巧；驱辞逐貌，唯取昭晰之能"。新的诗风即所谓建安风骨由是形成。曹丕和曹植还时时发起创作同题诗赋的活动，使建安文学团体不仅在政治上依附，也因文学活动而联系紧密。

三曹在文学创作上都具有创新精神，如诗歌方面重视对乐府诗体的革新，不仅借乐府旧题写时事，并且淡化了乐府的叙事性，代之以抒情为主体。他们的诗文成就最高而又各具自己的风格特征。曹丕和曹植都在诗歌体式方面多作尝试，并在诗歌中融进复杂内容，抒写个人真性实情，与乃父诗歌主要是"言志"之作已有不同。兄弟两人还在创作上自觉吸收民间创作的某些特点。他们的创作趋向华丽，并以此影响到后继文风。

曹氏父子之后，其家族仍然陆续出现了不少优秀的作家，依附于这一家族的臣僚中也有不少属于皖籍人士。其中，曹氏姻亲嵇康以杰出的散文创作，成就在当时最为突出。

嵇康主要活动于正始时期，其创作体现出正始文学的某些特点。此时，由于夏侯玄、何晏、王弼的努力，玄学兴起。夏侯玄是曹爽的表亲，他的行为举止已然体现出名士风度，其玄学和政治主张引领着当时士风。玄学"改变了士人的生活态度及文化观念"，使之秉承了老、庄"对世俗社会生活的疏离"和"对传统儒家伦理道德的蔑弃"（徐公持：《魏晋文学史·三国文学概说》）。当时，嵇康更是直接提出了"越名教而任自然"的口号（嵇康：《释私论》），其诗文创作也受此影响而独树一帜。

与这一时期作家多为三国魏人不同，薛综是当时罕见的有多篇文学性散文留存下来的吴国大臣。

七　曹操《魏武帝集》

曹操（155—220），字孟德，小字阿瞒；死后被追赠为帝，谥号为"武"，故后世又称其为魏武帝，东汉沛国谯（今属安徽亳州市）人。东汉后期著名政治家、军事家和文学家。因文学成就，后世将其与曹丕、曹植合称为"三曹"；或结合政治地位将其与曹丕、曹叡合称为"三祖"。生平事迹，主要见于《三国志·魏书·武帝纪》；又河北师范学院中文系古典文学教研组编《三曹资料汇编》（中华书局1980年版）收集有关资料较全；

张可礼《三曹年谱》（齐鲁书社1983年版）考据详备，述之细致。

据《三国志》本传载：曹操祖父曹腾为宦官，为中常侍大长秋，封费亭侯。父亲曹嵩是曹腾的养子，官至太尉。因为出身问题，曹操被那些看不起宦官的"清流"所鄙视。但他性格坚强，敢于反潮流，将这种鄙视化为建功立业的动力（参周勋初《文史探微·魏氏三世立贱的分析》）。

曹操"少机警，有权数，而任侠放荡，不治行业，故世人未之奇也"。二十岁时，举孝廉为郎，授洛阳北部尉。自此踏上仕途，开始了征战和政治生涯。光帝、和帝之时，黄巾起义，曹操时任骑都尉，帅部镇压颍川起义队伍。之后，改任济南相。在任期间严格法令，打击豪强，以至于辖区"奸宄逃窜，郡界肃然"。董卓祸乱，曹操在陈留（今河南省开封市陈留镇）"散家财，合义兵"，于中平六年起兵准备讨伐董卓。初平元年（190），曹操队伍汇入关东各郡守义军。此后义军相互混战，军阀纷立，曹操在征战中逐渐强大，政治抱负增大。建安元年他不顾诸将反对，迎献帝于洛阳，同年奉帝迁都许昌。至此，因天子西迁带来的秩序混乱得到纠正，"宗庙社稷制度始立"。曹操因功官拜大将军，封武平侯，开始"挟天子以令诸侯"。不久，进司空，为车骑将军。为军队粮食缺少，"始兴屯田"。建安五年，力排众议，先攻刘备，复击袁绍，取得官渡之战的胜利。北方地区由此逐步安定统一，结束了持续二十年之久的战乱。建安十三年，以丞相身份南征刘表。得胜后又与刘备交战，被孙权、刘备联军击败于赤壁。建安十七年，败蜀军，三国鼎立局面初步形成。建安十八年，策命为魏公。二十一年，晋爵为魏王。二十五年，崩于洛阳，年六十六，谥号武王。曹操一生未称帝。次子曹丕继位，同年代汉称帝，追谥曹操为武皇帝，庙号太祖。（此段引文见《三国志·魏书·武帝纪》）

曹操生前纵横驰骋，政治上、军事上都显示出非凡的才干，终成为魏国的奠基人。军事上，不仅取得诸多战场上的胜利，并因此统一中国北方。他还研究军事理论，精干兵法，著述甚多。政治上，立法甚严；抑制豪强，加强集权；用人不拘一格，"唯才是举"；实行屯田制，奖励农耕；使中原地区经济逐渐恢复和发展。《三国志》本传评论说："汉末，天下大乱，雄豪并起，而袁绍虎掔四州，强盛莫敌。太祖运筹演谋，鞭挞宇内，揽申、商之法术，该韩、白之奇策，官方授材，各因其器，矫情任算，不念旧恶，终能总御皇机，克成洪业者，惟其明略最优也。抑可谓非常之人，超世之杰矣。"从其雄才大略、知人善用、气度宽宏等方面给予了很高评价。

曹操在文学方面的成就也十分突出，是杰出的诗人和散文家，文风独树一帜。

《魏武帝集》（《曹操集》）概况：

曹操善诗能文，尤其是诗歌创作非常丰富，《三国志》裴松之注引《魏书》云其"登高必赋，及造新诗，被之管弦，皆成乐章"。但其著述流传不多，《三国志》著录更极为有限，只在本传中提及个别文章。

清代文献学家姚振宗《三国艺文志》考证，曹操著作有 19 种之多。《隋书·经籍志》云：《魏武帝集》26 卷（原注：梁有 30 卷）。单是兵法类书目，《隋志》就录有：《续孙子兵法》二卷、《兵书接要》十卷（原注：梁有《兵书接要》别本五卷，又有《兵书要论》七卷，亡）、《兵法接要》三卷、《兵书略要》九卷（原注：梁有《兵要》二卷）、《魏武帝兵法》一卷等。姚振宗谓其《兵书》有十余种，但绝大多数都已亡佚，现存唯有《孙子注》一种。曹操其他文献也是如此。在《旧唐书·经籍志》和《新唐书·艺文志》中还著录《魏武帝集》30 卷，但现仅存诗 24 首，文 152 篇。明代张溥辑诗、文等共 145 篇为《魏武帝集》，收入《汉魏六朝百三家集》中，现存有明刻本。清代严可均《全三国文》录有赋三篇、各类文 145 篇，多为残卷。清末丁福保《汉魏六朝名家集》中《魏武帝集》，诗、文兼收，所收作品略多于张溥辑本。1959 年，中华书局以丁福保辑本为基础，增入《孙子注》又附录《三国志·魏志·武帝纪》和《曹操年表》等，出版标点本《曹操集》，1974 年重刊。有关曹操诗歌作品的注释，主要有黄节《魏文帝魏武帝诗注》（北京大学出版组 1925 年版，人民文学出版社 1958 年校正重排，改称《魏武帝魏文帝诗注》），安徽亳县《曹操集》译注小组的《曹操集译注》（中华书局 1979 年版，1984 年重印），夏传才《曹操集注》（中州古籍出版社 1986 年版）。此外，1996 年湖南文艺出版社出版《乱世四大文豪合集注译》，其中《曹操集注译》（徐炼注译）以中华书局 1974 年《曹操集》本为底本，剔除了伪作，将曹操作品分诗、文两类，再以时间为序重新编排，注译皆较细致。

文学成就：曹操是建安文坛的领袖，他不仅凭借政治地位号召文人归附，他自己的诗文也以气魄雄大，风格明朗刚健带出一代文风。曹操诗歌"古直""悲凉"（语出钟嵘《诗品》），反映社会动乱，抒写理想壮志，内容符合儒家正统思想，且"借乐府旧题写时事"（沈德潜：《古诗源》），富于创新精神。文章方面，直言酣畅，说尽心事，反映出作者的性格特点，曹操也因此成为"改造文章的祖师爷"（鲁迅：《魏晋风度及文章与药及酒之关系》）。曹操还提出了自己的文学主张，徐公持《魏晋文学史》从刘勰《文心雕龙》中辑出五条，从中可见曹操的基本主张为反对浮华之作、崇尚实用有益之文。

《曹操集》中作品可分为诗歌和散文两大类。诗歌现存二十余首，形式上有四言、五言和杂言三种，以后者为多（有十余首）。其四言诗受汉代文人创作的影响，沿用《诗经》体式。汉代文人以四言诗为正宗、五言诗为俗体。曹操五言诗与四言诗在数量上相当（各有七首）。曹诗在体制上富于革新精神。例如现存诗歌都是乐府诗，但仅仅保留了乐府诗题，题材却有关时事，并变叙事为抒情。在他之前虽然也有人以乐府旧题写时事（见罗根泽《乐府文学史》），但只是偶尔为之，所以清代文学家沈德潜称"借古乐府写时事，始于曹公"（沈德潜：《古诗源》）。如《蒿里行》在汉代本用于写挽歌式内容，而曹操用它表现汉末军阀相争、百姓死亡的现实。《秋胡行》本是写秋胡戏妻的故事，借以夸赞秋胡妻坚贞的情操，但曹操却用来写游仙内容，借以表达人生道路的艰难。在乐府体制上，曹操诗歌也不尽同于汉乐府。乐府诗在西汉多杂言，东汉多五言，曹操却以杂言居多。但是，曹诗反映时事却又在精神上与乐府"感于哀乐，缘事而发"一致。曹操诗歌在内容上有两点为后人特别注意，一是反映汉末动乱的社会现实以及民众遭受的灾难，像《蒿里行》描述汉末动乱导致百姓大批死亡的悲惨情景，被称为汉末实录。二是抒写他自己统一天下的雄心壮志，如《短歌行》："山不厌高，海不厌深。周公吐哺，天下归心。"体现出作者渴望贤才的急切心理和使"天下归心"的宏伟理想。曹操诗歌的这些内容特征，符合儒家正统思想，并使诗歌具有了慷慨悲凉的风格，体现出"建安风骨"的特征。他的诗还具有语言质朴、气魄宏大、感情充沛而沉稳的特点。如《蒿里行》"铠甲生虮虱，万姓以死亡，白骨露于野，千里无鸡鸣"四句，清人方东树谓之"极言乱伤之惨而诗则真朴雄阔远大"（方东树：《昭昧詹言》）。

曹操的文章现存一百五十余篇，体式较多，但属于应用文类，计有令、书、表、疏、奏、策、上书、祭文、序等，而以令为多。其文章特点，一般认为是清峻（简约严明的意思）、通脱（自由不拘的意思）。曹操文章的这些特征来源于其个人行为做事的一贯风格。曹操"尚刑名。他的立法是很严的。因此之故，影响到文章方面，成了清峻的风格"（鲁迅：《魏晋风度及文章与药及酒之关系》）。曹文之所以尚通脱，是由于当时党人自命清流，但"'清'讲得太过，便成固执"。不少人执拗到可笑的境地。"个人这样闹闹脾气还不要紧，若治国平天下也这样闹起执拗的脾气来，那还成甚么话？所以深知此弊的曹操要起来反对这种习气，力倡通脱。通脱即随便之意。此种提倡影响到文坛，便产生大量想说甚么便说甚么的文章。"（鲁迅：《魏晋风度及文章与药及酒之关系》）曹操自谓："设使天下无有孤，不知当几人称帝，几人称王！"他对姬妾们则如是说："顾我百年之后，汝曹皆当出嫁。"而且清楚地说明其原因，是："欲令传道我周公《金縢》自明之心。"（曹操：《让县自明本志令》。又称《述志令》）又如他发布的募集人才的告示："今天下得无有至德之人放在民间，及果勇不顾，临敌力战，若文俗之吏，高才异质，或堪为将守；负污辱之名，见笑之行，或不仁不孝而有治国用兵之术：其各举所知，勿有所遗。"（曹操：《求逸才令》）这些话清楚明确，自然见心，直抒常人心中或有却不敢明示之情，毫不扭捏。其临终前的最后一篇文字《遗令》，将身后事做了具体明细的交代，诸如死后百官将士如何服丧，丧毕如何履职，自己穿什么样的衣服入殓，葬在什么地方，陪葬品的限制，"婢妾与伎人"住在哪里、如何对待，财产如何分配，等等，甚至连自己余下的衣服也做了安排："吾余衣裘，可别为一藏，不能者兄弟可共分之。"身后挂牵借助于事无巨细的安排叮嘱表现出来；想法与写法的自由无拘，与至亲间的尺牍风格一致。

八　曹丕《魏文帝集》《列异传》

曹丕（187—226），字子桓；为曹魏时期皇帝，死后谥号曰"文"，故后世又称其为魏文帝，三国时期沛国谯县（今属安徽亳州市）人。他是曹操次子，曹魏时期著名的政治家、文学家。因其文学成就，后世将他与曹操、曹植合称为"三曹"；或结合政治地位将其与父亲曹操、儿子曹叡合称为"三祖"。生平事迹，主要见于《三国志·魏书·文帝纪》；又河北师范学院中文系古典文学教研组编《三曹资料汇编》（中华书局 1980 年版）收集有关资料较全；张可礼《三曹年谱》（齐鲁书社 1983 年版）援据资料详备，述之细致；台湾学者洪顺隆《魏文帝曹丕年谱暨作品系年》亦叙述细致，考证翔实。

曹丕是曹操次子（曹操之妻卞氏所生长子），曹魏政权的开国皇帝（公元220—226年在位）。谥号文皇帝，庙号高祖。

曹丕少时即有文才，喜欢读书作文。《三国志·魏书·文帝纪》谓云："文帝天资文藻，下笔成章，博闻强识，才艺兼赅。"而且很有建树："帝好文学，以著述为务，自所勒成垂百篇；又使诸儒撰集经传，随类相从，凡千余篇，号曰《皇览》。"裴松之注引《魏书》，云曹丕为东宫太子时已经"著《典论》、诗赋，盖百余篇"。曹丕也喜欢习武。裴松之注引曹丕《典论·自叙》说到他的骑射经历："余时年五岁，上以世方扰乱，教余学射。六岁而知射，又教余骑马，八岁而能骑射矣。"自此之后常随父征战。自云在一次战役中曹丕的哥哥和堂兄都遇害身死，"时余年十岁，乘马得脱"。他认为"夫文武之道，各随时而用"，自己又"生于中平之季，长于戎旅之间"，所以"少好弓马，于今不衰；逐禽辄十里，驰射常百步，日多体健，心每不厌"。建安十年，一天与族兄射猎，竟猎得獐鹿九，雉兔三十。又说到学习击剑："余又学击剑，阅师多矣……学之精熟。"有一次与奋威将军邓展饮酒，兴起比武，以甘蔗代剑，"下殿数交，三中其臂……展言愿复一交，余知其欲突以取交中也，因伪深进，展果寻前，余却脚鄹，正截其颡，坐中惊视"。可见曹丕确实是一个文武双全的人物。

曹丕生长经历比较平顺。据《文帝纪》载录："建安十六年，为五官中郎将、副丞相。二十二年，立为魏太子。（二十五年）太祖崩，嗣位为丞相、魏王。"他是三国中第一个称帝的君主。嗣位当年，逼迫汉献帝禅位，代汉称帝，建都洛阳，国号为"魏"，定年号黄初。随后采取战略防守姿态。第二年（黄初二年），孙权称藩，被封为大将军。次年刘备率军东下，与孙权交战，大败。此次战役之前，曹丕听说刘备树栅连营七百余里，就对群臣说："备不晓兵，岂有七百里营可以拒敌者乎！'苞原隰险阻而为军者为敌所禽'，此兵忌也。孙权上书今至矣。"后七日，孙权破刘备书果到。不久，"孙权复叛"，曹丕征讨。但两番征讨都以失败告终，随后病死，终年四十岁。

曹丕在位期间，政治上采取了一些特殊做法。如为了争取世家大族以巩固自己的统治，在位之初即实行九品中正制选拔官员。中正多是门阀世族，由此确立了士族豪强在政治上的特权。这种制度到隋朝才被废除。出于同样原因，曹丕限制后党权限，"群臣不得奏事太后，后族之家不得当辅政之任"，此外还削弱各藩王权利。曹丕发展了屯田制，并施行谷帛易市，及时赈灾，稳定了社会秩序。到他去世时，国库已经累积资材巨万。曹丕还重视文教。即位第二年就令郡国人口达到十万的每年察举孝廉一人，"其有秀异，无拘户口"。并重修孔庙，封孔子后人为宗圣侯；恢复太学，设立经学博士。曹丕为人敏感而多情，体察细致。《文帝纪》评曰："文帝……才艺兼赅；若加之旷大之度，励以公平之诚，迈志存道，克广德心，则古之贤主，何远之有哉！"批评曹丕对藩王等亲友不够大度，其九品中正制等也不够公平，否则可以当一个贤君明主了。

曹丕在文化事业方面颇有建树。他继续父亲招聚文人的做法，巩固邺下文人集团，又广收天下遗文散作，并组织数十人编撰出中国第一部类书《皇览》。

《魏文帝集》《列异传》概况：

曹丕著作，《隋书·经籍志》集部著录"《魏文帝集》十卷（原注：梁二十三卷）"，又子部著录"《典论》五卷（原注：魏文帝撰）"，史部还著录"《列异传》三卷（原注：魏文帝撰）"。《魏文帝集》，至《宋史·艺文志》仅著录为一卷。马端临《文献通考》已无著录。至明代，张溥辑有《魏文帝集》二卷，收入《汉魏六朝百三家集》，现存有明刻本。清人严可均《全上古三代秦汉三国六朝文》、丁福保《全汉三国晋南北朝诗》、今人逯钦立《先秦汉魏晋南北朝诗》并有辑录。今人黄节专就曹丕诗歌所作注，初名"魏文帝魏武帝诗注"，1925 年由北京大学出版组出版，1958 年人民文学出版社校正重排，改称为"魏武帝魏文帝诗注"。中华书局 2008 年出版黄节的《曹子建诗注（外三种）阮步兵咏怀诗注》中亦收录有《魏文帝诗注》。又，中州古籍出版社 1992 年出版的夏传才、唐绍忠的《曹丕集校注》收集作者诗文较全。目前收录最为完整的是魏宏灿的《曹丕集校注》（安徽大学出版社 2009 年版）。是书以张氏辑本为底本，但编排顺序略加改动，又以严可均《全上古三代秦汉三国六朝文》、丁福保《全汉三国晋南北朝诗》、逯钦立《先秦汉魏晋南北朝诗》及《艺文类聚》、《太平御览》等类书进行勘校考证，所以也是较好的校注本。另有易健贤的《魏文帝集全译》（贵州人民出版社 1998 年版，2009 年修订再版），以清光绪年间滇南唐氏寿考堂所刻张溥辑本为底本，校以他本及多种古文献，且增加补遗，卷末附有译注者所作年谱，内容包括译、注、题解等，注释详明，译文准确流畅。曹丕的《典论》，新旧《唐志》著录同《隋志》。原有二十二篇，今仅存《论文》一篇。其书约亡佚于宋代。《列异传》，新旧《唐书》并题为"张华撰",《旧唐书·经籍志》尚录为三卷,《新唐书·艺文志》仅录为一卷。该集虽然亡佚,但前人引述较多,鲁迅于20世纪初辑为五十则,仍总题"列异传",编入《古小说钩沉》。是书1938年出版,后多次再版。郑学弢《列异传等五种》收录鲁辑,又另辑一条编入其中,整理后由文化艺术出版社于1988年出版。其后,李剑国又经考证指出,鲁迅有误辑他书三条,漏辑两条(见李剑国《唐前志怪小说史(修订本)·魏晋志怪小说》)。

文学成就:曹丕爱好文学创作,并热衷于理论探讨,在创作和理论两方面都取得了不俗的成绩。他是历史上极有地位的文论家。其《典论·论文》是中国文论史上第一篇文学专论,其中很多观点都是极有价值的文学主张:文中首次将文学的功能提到"经国之大业,不朽之盛事"的高度;文体论方面如"诗赋欲丽",创作论如"文以气为主"及诗赋不必寓教训,批评论如反对文人相轻、"敝帚自珍""贵远贱近"等。鲁迅还指出:"他(指曹丕——引者注)说诗赋不必寓教训,反对当时那些寓训勉于诗赋的见解,用近代的文学眼光来看,曹丕的一个时代可说是'文学的自觉时代',或如近代所说是为艺术而艺术(Art for Art's Sake)的一派。"(鲁迅:《魏晋风度及文章与药及酒之关系》)创作方面,同父亲一样,富于创新精神。他的诗歌不同于曹操的古直悲凉,显示出趋向便娟婉丽的新特色,并以此开一代诗风。清人沈德潜云:"孟德诗犹是汉音,子桓以下,纯乎魏响。"(沈德潜:《古诗源》)曹丕的辞赋和散文创作也有个人鲜明的特点,情感充沛,语涉骈俪,辞赋还多有体小但风格豪放的特色。曹丕在志怪小说方面也取得不俗成绩,对其后同类创作影响很大。

《魏文帝集》收有诗、赋、文(应用文)三类。

现存曹丕诗歌较完整的约有40首。作品内容丰富,大致可分三类。第一类是宴饮游猎题材的诗歌。这类作品内容上基本属于写实。如写游猎:"白日木及移,手获三十余。""一发连双麤。"(失题)数字确然可靠(参《典论·自叙》)。写宴饮,如《夏日诗》:"比坐高阁下,延宾作名倡。弦歌随风厉,吐羽含征商。嘉肴重叠来,珍果在一傍。棊局纵横陈……"也是曹丕宴饮生活的真实写照。有的诗歌引入大量自然景观的描写,如《芙蓉池作诗》:"乘辇夜行游,逍遥步西园。双渠相溉灌,嘉木绕通川。卑枝拂羽盖,修条摩苍天。惊风扶轮毂,飞鸟翔我前。丹霞夹明月,华星出云间。上天垂光彩,五色一何鲜。寿命非松乔,谁能得神仙。遨游快心意。

保己终百年。"画面描写，色彩丰富，且动态十足。《于玄武陂作诗》也是如此，写出了"兄弟共游"观赏自然景观的欣喜。它们在山水诗的发展史上有一定地位。第二类是抒写理想抱负的壮志。这类诗歌有的结合曹丕随军征行，表现作者强烈的社会责任感和理想壮志。如《黎阳作诗》第一首写自己从军，自觉自愿"沐雨栉风"，表示要以周武、周公为榜样，"救民涂炭"的壮志豪情："舍我高殿，何为泥中？在昔周武，爰暨公旦。载主而征，救民涂炭。……我独何人，能不靖乱？"第三类是抒写孤独情怀。这种情感往往借助游子思妇题材加以表现。如名篇《燕歌行》二首、《秋胡行》其二和《善哉行》其二等。这类诗表现出善于揣摩人物心理，情思婉曲的特征，是曹丕诗歌的杰出之作。有的则是写父亲逝世带来的"我独孤茕"，如《短歌行》。曹操写过同题四言诗。曹丕这首诗在句式上也用四言，而且有"呦呦游鹿"句，也许正是要借这些相似的用语来表达对父亲的思念。总之，抒写个人性情是曹丕诗歌的内容特征，在反映社会现实及抒写理想壮志方面不如曹操，但刻画心理细致，诗风也因之发生了很大变化。清人沈德潜评说："子桓诗有文士气，一变乃父悲壮之习矣。要之便娟婉约，能移人情。"（沈德潜：《古诗源》）

曹丕喜欢运用不同的诗歌形式，举凡三言、四言、五言、六言、七言、杂言诸体皆备，给人留下善于尝试、创新的印象。其《燕歌行》是我国诗歌史上现存第一首完整的文人七言诗，对七言诗歌创作影响深远。其《大墙上蒿行》作为长篇杂言体诗歌，也对后世文学家产生了重要影响。曹丕重视文体研究，曾提出"诗赋欲丽"的主张。与此相应，他在用不同的诗体形式创作时，就不仅只是顾及句式，还能尽量在其他方面突出各类诗体特征。《燕歌行》是一首七言乐府，作者在节拍上按照二二三式。《短歌行》是四言，则仿《诗经》以二二式为主。《大墙上蒿行》共75句，360余字，写法上则不仅顾及长篇以及句式灵活的特点，并对此加以利用，极尽纵横捭阖之能事，从草木旺盛到凋落，写到个人在宇宙中的孤独、人生的短暂，于是带剑遨游，歌舞行乐。诗文用赋的方式，铺排罗列，辅以参差不齐而又错综有致的句法，虽然内容未免消极，却又写得淋漓尽致，有水之趋下一泄而无余的气势，读之回肠荡气。如开头一段："阳春无不长成。草木群类随大风起，零落若何翩翩，中心独立一何茕。四时舍我驱驰，今我隐约欲何为？人生居天壤间，忽如飞鸟栖枯枝。我今隐约欲何为？适君身体所服，何不恣君口腹所尝？冬被貂鼲温暖，夏当服绮罗轻凉。行力自苦，我将欲何为？不及君少壮之时，乘坚车策肥马良。上有沧浪之天，今我难得久来视。下有蠕蠕之地，今我难得久来履。何不恣意遨游，从君所喜？"称得上是奇文，被王夫之誉为"长句短篇，斯为开山第一祖。鲍照、李白，领此宗风，遂为乐府狮象。"（王夫之：《船山古诗评选》卷一）

曹丕诗总体上呈现出追求绮丽、婉约清新的个人风格。在他的影响下，魏晋文风继续向着华丽的方向发展。曹丕以抒写征人思妇一类题材的诗歌成就最为突出，风格上具有体小而婉约的特点。后人多以其诗歌体小情靡，认为文学成就不如其兄弟曹植。钟嵘在《诗品》里列曹丕入中品、曹植入上品，并称后者为"建安之杰"，认为曹丕诗鄙质。不过，刘勰看法不同，他认为"魏文之才，洋洋清绮"，"乐府清越，《典论》辩要，迭用短长，亦无懵焉"，以为世人同情弱者，因此"文帝以位尊减才，思王以势窘益价"（刘勰：《文心雕龙·才略》）。今人一般以为其文学成就不及其弟曹植。

曹丕还创作了不少辞赋作品，现存28篇，但多为残简。这些赋题材多样，述行、游览、感物、写景、思妇等，以咏物抒情为主。他的赋不以铺夸为胜，内容清新，皆属于抒情小赋。如《莺赋》（并序）："堂前有笼莺，晨夜哀鸣，凄若有怀，怜而赋之曰：怨罗人之我困，痛密网而在身。顾穷悲而无告，知时命之将泯。升华堂而进御，奉明后之威神。唯今日之侥幸，得去死而就生。托幽笼以栖息，厉清风而高鸣。"写一笼中莺的悲凄，一改之前咏物赋铺陈描述、写事物外在特征的手法。这类赋与汉末抒情小赋风格一致，一草一木皆可独立成为赋咏对象，体现出"体小"特征。但有时小赋也极尽铺张，以借此抒发豪情。如《济川赋》虽然写观临风景，但通过描述济川"洪波"的种种状态，以及鱼嬉鸟翔、观景队伍"长驱风厉"的行进等富有生机的图景，抒发了自在而昂扬的情态："临济川之层淮，览洪波之容裔。濞腾扬以相薄，激长风而亟逝。漫浩汗而难测，眇不睹其垠际。于是龟龙神嬉，鸿鸾群翔；鳞介霍驿，载止载行。俯唼菁藻，仰餐若芳。永号长吟，延首相望。美玉昭晰以耀辉，明珠灼灼而流光。于是游览既厌，日亦西倾。朱旗电曜，击鼓雷鸣。长驱风厉，悠尔北征。思魏都以偃息，讬华屋而遨游。酌玄清于金罍，腾羽觞以献酬。"曹丕也有表现重要题材的辞赋。如其《述征赋》："建安十三年，荆楚傲而弗臣，命元司以简旅，予愿奋武乎南邺。伐灵鼓之硼隐兮，建长旗之飘摇；跃甲卒之皓旰兮，驰万骑之浏浏；扬凯梯之丰惠兮，仰乾威之灵武；伊皇衢之遐通兮，维天网之毕举；经南野之旧都，聊弭节而容与；遵往初之旧迹，顺归风以长迈；镇江汉之遗民，静南畿之遐裔。"写出征战天下的壮志。

　　曹丕的散文数量很多，现存 160 余篇，体式多样，但属应用性文体。有诏、书、令、表、序、策、论、议、谏文等，以诏、书为多。与他的诗赋一样，其文往往充满真挚的情感，尤其是一些书信体散文。如《与朝歌令吴质书》，写到昔日志同道合、"同乘并载"的朋友，现今却好"各在一方"，甚或长逝而"化为异物"，一种"物是人非"之感油然而生，作者深感忧伤惆怅："我劳如何！"及富于感染力。他的《又与吴质书》谈到昔日与建安七子"行者连舆，止则接席，何曾须臾相失"，如今却"一时俱逝"，因此"痛可言邪！"也是自然见情。其说理文大都如是，自抒胸臆，理贯言畅，行文亦富于变化。与其父曹操文章差异的是，曹丕的语言趋向华丽，用语典雅，喜欢用对仗手法进行描述或议论。

　　志怪小说集《列异传》，据李剑国《唐前志怪小说史》考证，盛唐之前记载均指作者为曹丕，但其后或谓为张华。他指出记载矛盾的原因，是由于《列异传》正文有记曹丕身后事（如曹芳正始时期事情、曹髦甘露年间事情）多达九条，但这九条无一出张华之后，因此认为清人姚振宗《隋书经籍志考证》所说"意张华续文帝书，而后人合之"有其道理。《列异传》为早期志怪小说集，所述多为神仙鬼怪故事，亦有少数为民间传闻或民间故事，内容奇异虚幻。其思想内涵，多属仙道，而内容又或相关现实。如《蒋济亡儿》写蒋济之子死后为泰山伍伯，疲累不堪，于是托梦要求身居要职的父亲寻求即将为阴间泰山令的阿孙的帮助，以改变自己的处境，蒋济依计，亡儿果然如愿。故事虽然荒诞，但权高压人的情景一如当时社会现实。《列异传》写法简略，多为故事梗概的陈述，但人物事理往往交代清楚，情节亦讲究变化，少数还具有曲折生动性，例如《三王冢》讲述干将之子为父报仇，仇未报而自己被追杀，其后有侠客牺牲自己性命为之了愿的故事；《谈生》写王氏女死后，鬼魂化为少女，与谈生结婚生子，情节均一波三折。《列异传》对其后志怪小说影响显著。例如六朝志怪小说代表作《搜神记》中《干将莫邪》《韩凭夫妇》《宋定伯》《蒋济亡儿》等不少脍炙人口的小说，就取材于《列异传》。

九 曹植《曹子建集》

曹植（192—232），字子建；因封为陈王，谥号思，故后人又称之为陈思王，三国时沛国谯县（今属安徽亳州市）人。他是曹操之妻卞氏所生第三子，曹丕同母弟。曹魏时期最为杰出的文学家。因其文学成就，后世将他与曹操、曹丕合称为"三曹"。生平事迹，主要见于《三国志·魏书·陈思王传》；又河北师范学院中文系古典文学教研组编《三曹资料汇编》（中华书局1980年版）收集有关资料较全；张可礼《三曹年谱》（齐鲁书社1983年版）考据详备，述之细致；赵幼文《曹植集校注》（人民文学出版社1984年版）所附《曹植年表》对曹植生平叙述细致、考据有力。

曹植自幼就显示出少有的聪明颖慧，"年10岁余，诵读《诗》《论》及辞赋数十万言"。而且长于写作。曹操曾经看到他的文章，怀疑是别人代写。曹植说自己"言出为论，下笔成章，顾当面试，奈何倩人（请人）?"正好这时邺城铜雀台建成，曹操令儿子们都登台作赋。曹植"援笔立成"，文章"可观"。后"每进见难问"，曹植都是"应声而对"。曹操惊异于他的才华，对他十分宠信。"建安十六年（公元211），封平原侯。十九年，徙封临淄侯。"认为曹植在诸子中"最可定大事"，于是刻意培养。如曹操征讨孙权，就令二十三岁的曹植留守大本营邺城。并戒示说："吾昔为顿邱令，年二十三。思此时所行，无悔于今。今汝年亦二十三矣，可不勉与!"曹植"性简易，不治威仪。舆马服饰，不尚华丽"，这也是曹操满意的地方。加之有丁仪、丁廙、杨修等为之羽翼，曹操几番就要立他为太子了。但曹植的"任性而行，不自雕励，饮酒不节"，甚至因酒误事，又使曹操极为不满。最终，曹丕于建安二十二年（公元217）得立太子，曹植只是增邑五千，成为万户侯。曹操为避免日后兄弟相争，还将其最有才华的心腹杨修杀害。

建安二十五年（公元220），曹操病逝，曹丕继位，同年称帝。曹植的生活也就此发生转折，从一个逸乐无忧的贵公子变成一个身受监视和被限制行为的人。曹丕还杀掉了丁仪、丁廙，遣发曹植与其他诸侯离开京都到自己封地，并派监国使者监督其言行。曹丕称帝第二年，又借口曹植"醉酒悖慢，劫胁使者"，将其贬爵，不久又改封鄄城侯。第三年，立为鄄城王，邑二千五百户。四年后，曹丕病逝，曹叡继位，曹植的处境依旧如故。曹植在 11 年中六换封地。更让他郁闷的是"抱利器而无所施","上疏求自试"也没有结果。四十一岁郁郁而终。

曹植终其一生未被重用,在军政方面无甚建树,但却具有政治敏感。他曾告诫侄子魏明帝警惕司马氏家族的专权,后来事情的发展果如其所预料,政权旁落司马家族。而其文才尤其突出。

《曹子建集》概况:

曹植生前曾编过自己作品的选集,即《前录》78 篇。曹植《前录自序》(《艺文类聚》引作"文章序")云:"余少而好赋,其所尚也,雅好慷慨,所著繁多。虽触类而作,然芜秽者众,故删订别撰,为前录七十八篇。"可见他自订的入选标准很严。但经过筛选而入选,仅辞赋就有 78 篇,也可见其创作之丰。逝世之后,魏明帝曹叡下令集录其著,得百余篇:"景初中诏曰:陈思王昔虽有过失,既克己慎行,以补前阙,且自少至终,篇籍不离于手,诚难能也。其收黄初中诸奏植罪状,公卿已下议尚书、秘书、中书三府、大鸿胪者皆削除之。撰录植前后所著赋颂诗铭杂论凡百余篇,副藏内外。"(《三国志·魏书·陈思王传》)应该不是完卷。《隋书·经籍志》著录:"《魏陈思王曹植集》三十卷""《列女传颂》一卷""《画赞》五卷"。《新唐书·艺文志》载《曹植集》有两种本子,一为二十卷本,一为三十卷本。《四库全书总目》以为"二十卷者为后来合并重编,并无二本。"南宋陈振孙《直斋书录解题》著录仍为二十卷,但又云"其间亦有采取《御览》《书钞》《类聚》诸书中所有者,意皆后人附益",认为集中有的部分来自于类书,已非唐时旧本。现存南宋嘉定六年刻本《曹子建集》十卷,又已非陈氏著录之旧。(《郡斋读书志》:"今集十卷,比隋、唐本有亡逸者,而诗文二百篇,返溢于本传所载,不晓其故。")该本有诗 74 首、赋 44 篇、文 92 篇,其中包括一些残编断句。《续古逸丛书》本即据此本影印,题《曹子建文集》。现存明代刻本有万历休阳程氏刻本、张溥《汉魏六朝百三名家集》本,等等。清代出现了曹植集的注本,即丁晏《曹集铨评》和朱绪曾《曹子建集考异》。两部并以嘉定本为底本,在考校异文、补遗及注释上都用功甚多,是古代较完善的整理本。近人黄节的《曹子建诗注》(人民文学出版社 1957 年版),收录可信而又篇幅完整的诗歌 71 首,注释以引证材料丰富为特点,而又有自己的见解。古直的《曹植诗笺》也是业内首肯的一部注本。今人赵幼文的《曹植集校注》(人民文学出版社 1984 年版)以丁晏《曹集铨评》为底本,校以宋刊明刻及类书、严可均《全三国文》、丁福保《全三国诗》等多种古籍材料，且综合运用多种校勘方法，所得结论令人信服；注释方面亦博采众家之长而下以己意，且字词、典故皆所用力，又辑有佚文，撰有《曹植年表》，附录甚多，是目前所见最好的校注本。但此书亦存在作品编年不够妥当的问题（见江殷《〈曹植集校注〉得失评》，《文学遗产》1987 年第 4 期）。

文学成就：曹植是建安文坛中最富才华的作家，也是最有成就的作家。南朝宋代重要文学家谢灵运曾感慨道："天下才共有一石，曹子建独得八斗，我得一斗，自古及今天下共享一斗。奇才敏捷，安有继之！"（李瀚：《蒙求》）他的才华一是表现在作品数量众多，现存诗歌作品仅较完整的诗歌就有 90 余首，超过建安七子诗作之和；辞赋 54 篇（不少已是残卷），数量也是首屈一指；还有大量的各类散文。二是表现在作品艺术质量的高超。如其诗歌，南朝梁时诗论家钟嵘曾给予很高评价："骨气奇高，辞采华茂，情兼雅怨，体被文质。粲溢今古，卓尔不群。"并称作者为"建安之杰"（钟嵘：《诗品》上）。又如其书表类散文，刘勰评之云："陈思之表，独冠群才。观其体赡而律调，辞清而志显，应物掣巧，随便生趣闻，执辔有余，故能缓急应节矣。"（刘勰：《文心雕龙·章表》）曹植自己谈到对作品的要求时，也说："故君子之作也，俨乎若高山，勃乎若浮云。质素也如秋蓬，摛藻也如春葩。泛乎洋洋，光乎皓皓，与雅颂争流可也。"（曹植：《前录自序》）可以讲，"情兼雅怨，体被文质"正是曹植创作的自觉追求。为了做到这一点，曹植不仅广读前贤作品，而且有意识地学习民间文学，曾经说道："夫街谈巷说，必有可采；击辕之歌，有应风雅，匹夫之思未易轻弃也。"（曹植：《与杨德祖书》）在创作中又能推陈出新。总的说来，其作品题材广泛，体式众多，宗旨多关个人政治理想，辞采华茂而又自然流畅。这种特点，使论者有以为曹植是集大成的作家（如包世臣《艺舟双楫·答张翰风书》说："诗本合于陈思，而别于阮、陆，至李、杜而复合。"）。曹植的散文与辞赋也都情文并茂。

曹植创作以诗歌成就最为突出。他的生活以曹丕称帝为界分为前后两期，诗文创作也与此对应分为两个时期。但无论前后期，其诗文都贯穿着渴求建功立业的内容。这与他"生于乱，长于军"，深受父亲曹操勇于改变战乱现实的影响有关，也与其自信有关。

前期诗歌在内容上较为丰富。有的写出远大的理想抱负，洋溢着乐观豪迈的情绪。如《白马篇》描述了一位武艺高强的"幽并游侠儿"的形象，他实现了"长驱蹈匈奴，左顾凌鲜卑"的理想，具有"捐躯赴国难，视死忽如归"的爱国精神。诗人以此寄托自己渴望建功立业的壮志豪情。也有的是写贵公子诗酒流连、朋友欢会的情景，这是他素常生活的反映。如《公宴》诗："公子敬爱客，终宴不知疲。清夜游西园，飞盖相追随。……"就很典型。还有一类是反映民间疾苦的。如《泰山梁甫行》写下层人民的疾苦："剧哉边海民，寄身于草野。妻子像禽兽，行止依林阻。柴门何萧条，狐兔翔我宇。"描述真切，体现出作者的悲悯同情。有的描述了战乱带来的灾难。如《送应氏》二首，主要写友情，但也描述了军阀混战之后东都洛阳的荒废残破："垣墙皆顿擗，荆棘上参天。"还写了北方广大区域的萧条惨凄："中野何萧条，千里无人烟。"反映出作者对现实的关心。

曹植后期因受曹丕父子的迫害，前期诗歌中的豪迈自信一变而为抒写怀才不遇、壮志难酬的"慷慨多悲"（曹植：《赠徐干》）。如《杂诗》（"仆夫早严驾"）称自己"闲居非吾志，甘心赴国难"，抱负一如从前，但却壮志难酬："江介多悲风，淮泗驰急流。愿欲一轻济，惜哉无方舟。"有一类诗写自己因处境险恶而产生悲愤。这类诗歌中最为典型的是《赠白马王彪》。这是一首著名的长篇抒情诗，分为七章，是曹植后期的代表作品。诗中抒写作者因兄弟任城王被曹丕毒杀，既悲慨，又恐惧担心，以及被迫与兄弟白马王异道而行、"大别"在即的哀伤与不舍等种种复杂的心绪，且融进写景、叙事和议论，"直书见事，直书目前，直书胸臆，沉郁顿挫，淋漓悲壮"，故此"气体高峻雄深"（方东树：《昭昧詹言》）。还有一类借用思妇或弃妇题材喻指自己被曹丕父子疏离抛弃的失意。如《美女篇》："佳人慕高义，求贤良独难。"宋人郭茂倩《乐府诗集》评说："美女者，以喻君子。言君子有美行，愿得明君而事之。"《七哀诗》："愿为西南风，长逝入君怀。君怀良不开，贱妾当何依！"元人刘履《选诗补注》说此诗："比也。……子键与文帝同母骨肉，今乃浮沉异势，不相亲与，故特以孤妾自喻。"两诗都抒写出孤独无依的情景。曹植有的诗歌是借游仙题材描述心目中的理想境界，这是由于对现实世界的失望引发的，因为他自己并不相信神仙。如《五游咏》《升天行》《仙人篇》《飞龙篇》等十余首，属于文学史上较早的游仙诗，这些诗在内容上一般写诗人遇仙及从仙人处获得灵丹，想象神奇。但因曹植本人对仙道并不相信（曹植有《辩道论》一篇指仙人为虚幻："世虚然有仙人之说"），所以这类诗当另有寄托。

曹植后期诗歌中一以贯之的精神，是在遭受迫害而身处危险、困苦无依、怀才不遇之时，仍然没有沉沦消极、放弃对理想的追求。如《薤露行》："人居一世间，忽若风吹尘。愿得展功勤，轮力于明君。怀此王佐求，慷慨独不群。"在建功无望的情境下，作者决心"骋我径寸翰，流藻垂华芳"。凭借作品传之不朽，表现出坚韧的斗志和自强不息的精神。

曹植诗歌的艺术成就突出。一是体式上以五言诗创作为主。现存九十余首诗中，五言诗占了绝大部分，继承了东汉后期文人创作学习民间俗体的做法，推动了文人五言诗的发展。二是写法上一方面秉承文人五言诗的抒情传统，另一方面又学习民间乐府善于描述的特点，将形象描述与情感抒发结合起来，增强了诗歌的艺术表现力。如《美女篇》开头对美女形象的描写，明显借鉴了汉乐府民歌《陌上桑》描写人物的方式，多用铺陈，直接描写与间接描写相结合，又利用旁观者的反应加以烘托。再如长篇抒情诗《赠白马王彪》第一章："谒帝承明庐，逝将归旧疆。清晨发皇邑，日夕过首阳。"拜谒皇帝之后，踏上归程，事件并时间、地点都很清楚，还有景象描写及悲怨凄凉的情绪展示："伊洛广且深，欲济川无梁。泛舟越洪涛，怨彼东路长。顾瞻恋城阙，引领情内伤。""伊洛广且深"是写景也是主观感受，"欲济川无梁"是叙事写景同时也传递出凄凉无奈。"怨""恋""内伤"等词语是直接抒写情感，但同时又分别与"东路长""顾瞻""引领"等景象与人物行为紧密联系，诗歌因之真切形象。三是善为警策之语，尤其是开头诗句能振起全篇精神。《野田黄雀行》开头："高树多悲风，海水扬其波。"不仅写得境界广大，很有气势，而且以比喻手法指出表面位高导致的环境危险。又如《君子行》中的"瓜田不纳履，李下不整冠"、《箜篌引》中的"生存华屋处，零落归山丘"等，都有警示意味。四是善用比兴，语言华茂。曹植诗歌重视比兴，也喜欢运用铺叙、对偶等多种修辞手法，又重视色彩，善于绘声绘色。《赠白马王彪》第三章运用了一连串比喻："鸱枭鸣衡扼，豺狼当路衢。苍蝇间白黑，谗巧令亲疏。"末句看起来是直接写实，但其实是以"谗巧"暗斥文帝。这首诗还多用顶真、对仗、映衬等手法，又喜欢使用双声叠韵等词语，形成了声韵和谐、词采华美的艺术效果。曹植有的诗歌全篇作比，如《美女篇》《七哀诗》等都是如此。钟嵘批评曹丕诗歌"鄙直如偶语"，赞扬曹植诗歌"词采华茂"，当与曹植多用比兴有关。《美女篇》炼字炼词的特征也很突出，如："攘袖见素手，皓腕约金环。头上金爵钗，腰佩翠琅玕。明珠交玉体，珊瑚间木难……"这几句从手袖到手，再到腕，而后头、腰……铺叙出美女的容貌体征，"素""皓""金""翠""明""玉"等色泽鲜明，人物形象因之鲜丽突出。又如《公宴》中的"秋兰被长坂，朱华冒绿池。潜鱼跃清波，好鸟鸣高枝"几句，运用对偶，声韵和谐，讲究色彩搭配，"冒""跃""鸣"等字还让人似听到物界声响，作者借此描绘出富有勃勃生机的自然美景。

曹植写了大量的辞赋作品。现存还有近60篇，完整的50篇左右，都属于抒情小赋。其赋题材广泛，举凡咏物感时、思亲恋旧、爱情婚姻、述行见闻、歌功颂德、宴游闲居等不一而足，而以咏物类为多。一草一木，一花一禽，甚至于宝刀、蝙蝠等都成了他的歌咏对象，符合小赋体小灵活的特征。曹植辞赋与其诗歌创作一致，喜欢寄寓，故多比兴。最为著名的是《洛神赋》。这是一篇哀婉动人的爱情篇章，作于黄初三年，写对洛神的追求与幻灭。作者在神思恍惚中与洛河之神宓妃偶遇，两情相慕，但因人神道殊，未能交接就被迫相离，传递出的是哀婉与惆怅。构思上受到宋玉《神女赋》的启发，但有变化。《神女赋》以铺陈神女美貌为主要内容，《洛神赋》既写洛神美貌，更多的则是结合描写与叙事写自己对女神的爱慕，以及洛神的积极响应。因之，其分离更令人嘘唏。作者借此寄寓政治理想的破灭和失意情怀。赋中结合比喻采用多角度对洛神形象作了细致生动的刻画，用语清新而优美："其形也，翩若惊鸿，婉若游龙。荣曜秋菊，华茂春松。仿佛兮若轻云之蔽月，飘飖兮若流风之回雪。远而望之，皎若太阳升朝霞，迫而察之，灼若芙蓉出渌波。"情感真挚也是其辞赋的特征。从体式上看，曹植辞赋重视形式美，有的已经具有骈体文的基本要素，多用骈偶，声韵和谐，词采华茂。他的《鹞雀赋》也很知名。《鹞雀赋》是一篇寓言，用拟人手法写鹞与雀的故事。其构思奇特，写鹞饥饿难忍，捕得小雀即欲食之。雀几番哀告，竟然获释。通篇采用对话，你复我往，交接甚密，叙事性和故事性极强，很得乐府精髓。不像一般辞赋在用对话结构全篇时，对话实际上只是起着引发大段铺陈的作用。

曹植的散文创作丰硕，而且体裁众多，有章、表、疏、书、序、颂、赞、碑、铭、诔、哀辞、辩问、论、令、书、序、论、说、七体等各色文章。现存106篇，较完整的近百数。最多的是表，计有35篇。曹植最为人称道的散文作品也是书表一类。这些文章表现了作者政治观、人生观及文学等方面的重要看法。完成于前期的《与杨德祖书》《与吴季重书》，后期的《求自试表》《求通亲亲表》等都是著名篇章。杨德祖，即杨修。《与杨德祖书》一文，作者以朋友和知交的身份，侃侃而言，无所保留。首先是以近一半篇幅对同时期的一些作家的才华进行了评论，继而提出批评家首先要自己有文才，批评才能得当，还认为"兰茝荪蕙之芳，众人之所好，而海畔有逐臭之夫"。不同的作家作品各有特点，欣赏者也可各有所好。文章还抒写出自己宏大的理想抱负："吾虽德薄，位为藩侯，犹庶几戮力上国，流惠下民，建永世之业，流金石之功，岂徒以翰墨为勋迹辞颂为君子哉！"实在不行，只能为文，也要"辩时俗之得失，定仁义之衷，成一家之言"。《求自试表》与《求通亲亲表》，表达的中心内容都是希望明帝给自己报效国家、建功立业的机会，以摆脱"圈牢之养物"的现状。这类文章也保持了其创作上的一贯风格，激昂奔放，颇具豪情。作者利用散文不受拘制的便利，或对偶或散行，或引经据典或直抒胸臆，作品因此文采斐然。其他各类文章也都灵活自如，体现出"情兼雅怨，体被文质"的重要特征。

十 薛综《薛综集》（附：薛综之子薛莹著述）

薛综（176？—243），字敬文，三国时沛郡竹邑（今属安徽淮北市濉溪县）人。东吴官员，文学家。生平事迹，主要见于《三国志·吴书·张严程阚薛传》。

薛综是战国时期齐国孟尝君的后裔。年青时期随族人避乱到交州，就在交州跟随东汉著名的语言学家刘熙学习。建安十六年（211），东吴派遣步骘到交州出任刺史，太守士燮归附东吴，薛综被士燮征召为五官中郎将，先后出任过合浦和交趾太守。到延康元年（220），薛综随同当时的刺史吕岱讨伐交州，地方平定之后，又越海南征，进攻九真。战后任谒者仆射。黄龙三年（231），建昌侯孙虑为镇军大将军，以薛综为镇军长史，"外掌众事，内授书籍"（《三国志》本传）。孙虑逝世后，薛综转任贼曹尚书，不久又升任尚书仆射。这时恰逢公孙渊叛吴，孙权要亲自征讨，薛综上书劝谏，在其他官员的共同努力下，终于劝说成功。赤乌三年（240），转任选曹尚书。赤乌五年（242），加任太子少傅。第二年逝世。

薛综为人机敏，善于应答和作文。《三国志》本传记载西蜀使节张奉入吴，以吴国尚书阚泽的姓名加以解析嘲讽，后者无以应对，薛综脱口而云："蜀者何也？有犬为独，无犬为蜀，横目苟身，虫入其腹。"张奉又激之要他解析"吴"字，薛综应声而答："无口为天，有口为吴，君临万邦，天子之都。"于是众人嬉笑，张奉再无言以对。又一次，孙权让他撰写"祝祖"文，并且规定不能用寻常老套的言辞，薛综仓促之下造文，文辞依然灿烂。孙权要求再撰写开头与结尾，薛综旋即写就，完整的祝文"辞令皆新"，引得在场之人"咸称善"。"其枢机敏捷，皆此类也。"陈寿给予薛综的评价甚好："薛综学识规纳，为吴良臣。"（《三国志》本传）

《薛综集》概况：

据《三国志》本传记载，薛综曾撰作诗、赋、杂论等共数万言，并结集为《私载》，又曾定《五宗图述》《二京解》（即对《西京赋》和《东京赋》的注解）等。这些著述多已亡佚。《隋书·经籍志》"吴偏将军骆统集十卷"下注："梁……又有太子少傅《薛综集》三卷，录一卷，亡。"可知其集隋时已散佚。《旧唐书·经籍志》著录为"《薛综集》二卷"，《新唐书·艺文志》和郑樵《通志略》著录为"《薛综集》三卷"。其后未闻。清代严可均《全三国文》辑录其疏表类文章5篇，颂体韵文6篇。今人逯钦立《先秦汉魏晋南北朝诗》辑其诗2首。

文学成就：薛综富于文学才华，韵文散文皆有文采。

薛综其诗，从《先秦汉魏晋南北朝诗》所辑两首看，内容为解析"蜀""吴"二字之诗。虽然显示出应接机敏的特点，但也只是文字游戏之作，同对方以解析阚泽的姓名对其进行嘲讽一样，格调不高。

薛综的文章，说理明晰，尤其是几次上疏不务空言，根据自己掌握的历史及现实状况有针对性地提出施政建议，极有道理。如《上疏请选交州刺史》，论述了交州的历史沿革，特殊的风俗民情，以及几任长官的就职或放任，或"强赋于民"，或自"饮酒作乐"，只有吕岱能"绥边抚裔"，因此治边效果极其不同。由此建议孙权谨慎选官。文中一些描述具体细致，显得真实可信。如写交州地处偏远，民俗特异："男女自相可适，乃为夫妻。""兄死，弟妻其嫂。""日南郡男女倮体，不以为羞。"又如写赋税之重："黄鱼一枚收稻一斛。"薛综的颂体文为一组赞颂麒麟、凤凰、驺虞等瑞兽的四言韵文，文辞古雅。他的《述郑氏礼五宗图》，叙大宗、小宗等，条理明晰，记录了古代制度，还在记述之中从容举例说明，殊为不易。"五宗"介绍文字后为唐代杜佑《通典》所取用。

薛综的儿子薛莹也善文。有集三卷。另有《后汉纪》一百卷，《新议》八篇。已亡佚。严可均《全晋文》辑录其文章8篇，其中《后汉纪》赞就占了 7 篇。逯钦立《先秦汉魏晋南北朝诗》辑其诗 2 首。

十一 曹叡《魏明帝集》

曹叡（205—239），"叡"又作"睿"，字符仲，三国时沛国谯县（今属安徽亳州市）人。曹叡是魏文帝曹丕的长子，即魏明帝。曹魏政治家，文学家。后人结合其政治地位与文学成就将其与曹操、曹丕合称为"三祖"。生平事迹，主要见于《三国志·魏书·明帝纪》。

曹叡年仅 22 岁即继位。在位 13 年（226—239）病逝，享年三十五，谥号明皇帝，庙号烈祖。曹叡的母亲即甄夫人。

据《三国志·魏书·明帝纪》记载，曹叡生而口吃，为人少言，但沉毅果断，不喜浮华之士。他从小就得到祖父曹操的喜爱，十六岁被封为武德侯，曹丕继位第二年（黄初二年即公元 221 年），封为齐公，第三年又封为平原王。由于母亲甄氏遭到郭后谗言被废，黄初二年又被赐死，曹叡最初未被立为太子。据裴松之引《魏略》载，郭后无子嗣，曹丕令郭后抚养曹叡。而他因母亲之事，意甚难平。"后不获已，乃敬事郭后，旦夕因长御问起居，郭后亦自以无子，遂加慈爱。"后曹丕出猎，"见子母鹿。文帝射杀鹿母，使帝射鹿子，帝不从，曰：'陛下已杀其母，臣不忍复杀其子。'因涕泣。"文帝以此深奇之，"而树立之意定"。黄初七年（226），曹丕病重，终于诏立曹叡为太子。5 月丁巳，文帝病故，曹叡即于当日继位。随即追谥生母甄夫人为文昭皇后。第二年将年号"黄初"改为"太和"。公元 232 年又改为"青龙"，237 年再改为"景初"。

曹叡即位之前，因母亲之事而小心谨慎，"自在东宫，不交朝臣，不问政事，唯潜思书籍而已"。执政之时，则表现出宽容、沉着的特征，能容纳直言，优礼大臣，"开容善直，虽犯颜极谏，无所摧戮，其君人之量如此之伟也"（《三国志》裴注引《魏书》）；同时也具有坚决果断，"政自己出"的特点。其执政风格亦值得书道："料简功能，真伪不得相贸，务绝浮华谮毁之端，行师动论决大事"。众臣心服："谋臣将相，咸服帝之大略"（《三国志》本传）。在位期间，天下颇不太平，吴蜀多次来犯、鲜卑侵扰、下属叛乱，但曹叡都能积极应对，成功制敌。他有时还料敌如神。继位当年八月，孙权进攻江夏，"太守文聘坚守，朝议欲发兵救之"。曹叡却冷静地分析出孙权本欲偷袭，现在与文聘相持，"夫攻守势倍，终不敢久也"。所以只是派人慰问前线，孙权果然撤退。第二年，在诸葛亮进犯之下，南安（今甘肃陇西东南）、天水（今甘肃甘谷东南）、安定（今甘肃镇原东南）三郡叛魏投蜀，曹叡亲自率军西镇长安，派大将张郃率军迫使诸葛亮退兵，成功收复三郡。这一年前后两次击败了诸葛亮的强势进攻。军事上颇有建树。

曹叡在历史上对法典的完善起到了重要作用。针对秦汉旧律的繁杂，他下诏改定，制定新律，对旧法进行了重要改革，并首次将"八议"制度列入法典，后人称为《魏律》或《曹魏律》。注重法理。又下令减少死罪和鞭杖之刑。

曹叡在文化建设上，也颇见努力。如征召文士，将他们安置在崇文馆，令其专事研究。对屡征不就的文士，也能尊重其志，而不以为忤。如管宁自魏文帝即位，就安乐山林。曹叡多次请他入仕，后者坚辞不从。曹叡为此虽然深感遗憾，但却专门下诏让有关人员礼送："其命别驾从事郡丞掾奉召，以礼发遣宁诣行在所，给安车、吏从、茵蓐、道上厨食，上道先奏。"好像在送别一位有功的重臣。

曹叡重儒，用人取士唯重经学人才，反对玄学人士务虚的"浮华"作风，曾下诏："其浮华不务道本者，皆罢退之！"（曹叡：《策试罢退浮华诏》）

在位后期，曹叡开始喜欢豪华的宫殿和园囿，不顾大臣的反对，大肆兴建宫殿及园林。仅在青龙三年（235），就下令兴建洛阳宫，筑昭阳、太极殿。同年又命重修崇华殿，并不惜工力，开渠引水，在殿前建造九龙池，池边以白玉为栏，十分壮观。殿成，更名为"九龙殿"。曹叡还修建了一座高十余丈的"总章观"，动用了几万民工。景初元年（237），又发遣民工到新安开采文石，用以装饰皇宫。又好女色，曾下令大选民女，纳于内庭。

景初三年（239），重病在身的曹叡立八岁的养子曹芳为太子，托孤于大将军曹爽和宣王司马懿。曹芳即位，政权实际旁落于两位重臣之手。

《三国志》木传对曹叡一生功过作出了客观评价："评曰：明帝沉毅断识，任心而行，盖有君人之至概焉。于时百姓凋敝，四海分崩，不先聿修显祖，阐拓洪基，而遽追秦皇、汉武，宫馆是营，格之远猷，其殆疾乎！"

《曹叡集》概况：

《隋书·经籍志》著录"魏明帝集七卷"，注云："梁五卷或九卷，录一卷。梁文有高贵乡公集四卷，亡"。可见梁时之九卷中，四卷属于高贵乡公曹髦的著述。《旧唐书·经籍志》、《新唐书·艺文志》并著录魏明帝集十卷。唐代之后散佚。清人为之辑录，得散文两卷，乐府诗 10 余首。清代严可均《全三国志文》收录其文章最为完整（有 87 篇），诗则为今人逯钦立《先秦汉魏晋南北朝诗》收录较全。注本，黄节《魏武帝魏文帝诗注》中有《魏明帝诗注》（见《魏武帝魏文帝诗注》附）。

文学成就：曹叡喜欢创作，能赋诗作文。但诗歌受前人影响很大，有些诗歌在意境、用语方面都能见出曹操、曹丕、曹植等人诗作的影子。与其祖父曹操、父亲曹丕共称为"魏之三祖"。（钟嵘《诗品》："曹公古直，甚有悲凉之句；叡不如丕，亦称三祖。"刘勰：《文心雕龙·乐府》："至于魏之三祖，气爽才丽，宰割辞调，音靡节平。"）

曹叡现存散文作品数量较多，但完篇极少，且几乎都是诏令一类。严可均《全三国志文》著录的 87 篇里，题目带"诏"字者就有 74 篇。这些文章颇能见出曹叡行事果断、有魄力的特点。也有的表现出细心和体贴，在曹叡文中比较"另类"。尤其是《与陈王植手诏》一文："王颜色瘦弱，何意邪？腹中调和不？今者食几许米？又啖肉多少？见王瘦，吾甚惊。宜当节水加餐。"从脸色、体形的观察，怀疑对方肠胃问题，又细致地对"食几许米""啖肉多少"一一发问，并提出建议要对方"节水加餐"。而"见王瘦，吾甚惊"，更直接表达出自己的不安。关爱非常真切，颇能见出其人性情。又为口语语体，自然亲切，为尺牍之正。

曹叡今存十余篇诗歌都是乐府诗。诗以四言为主，也有三言、五言、七言和杂体。内容题材上，较多的是描述征战的诗，往往显示出诗人的豪情。如《棹歌行》："伐罪以吊民，清我东南疆。"《堂上行》："武夫怀勇毅，勒马于中原。干戈森若林，长剑奋无前。"有的诗反映对强势欺弱、破坏美好的愤慨，这类诗大概与其身世有关。如《猛虎行》："上有双栖鸟，交颈鸣相和。何意行路者，秉丸弹是窠。"也有相关道德的，如《短歌行》对春燕进行了由衷的赞美，只因其行为暗合道德："阴匿阳显，节运自常。厥貌淑美，玄衣素裳。归仁服德，雌雄颉颃。执志精专，絜行驯良。"曹叡诗歌的风格呈现多样化的特点，既有文辞质实、直白如告的诗篇，也有含蓄婉曲的美文。既学祖父，又学父亲与叔父曹植。《种瓜篇》："种瓜东井上，冉冉自逾垣。与君新为婚，瓜葛相结连。寄托不肖躯，有如倚太山。兔丝无根株，蔓延自登缘。萍藻托清流，常恐身不全。被蒙丘山惠，贱妾执拳拳。天日照知之，想君亦俱然。"意境、写法与语言又颇似《古诗十九首·冉冉孤生竹》。

曹叡还写过辞赋，但现存只有一篇残文。

十二　夏侯玄《夏侯玄集》

夏侯玄（209—254），字太初，三国时期沛国谯（今属安徽亳州市）人。魏征南大将军夏侯尚之子，讨蜀护军右将军（后为蜀国车骑将军）夏侯霸之侄，大将军曹爽姑姑的儿子。曹魏大臣，名士，著名玄学家。生平事迹，主要见于裴注《三国志·魏书·诸夏侯曹传》《世说新语》。

夏侯玄出身豪门。父亲夏侯尚曾随曹操征从作战，曹丕即位，夏侯尚因功绩卓著封侯。夏侯玄继承了父亲的爵位。

夏侯玄少时即知名于世。为人博学有才，被誉为"四聪"之一（《三国志·魏书·诸葛诞传》："明帝恶之，免诞官。"裴松之注引晋郭颁《魏晋世语》："当世俊士散骑常侍夏侯玄、尚书诸葛诞、邓飏之徒，共相题表，以玄、畴四人为四聪，诞、备八人为八达。"）。精通玄学，与何晏、王弼等人开创魏晋玄学，成为初期玄学领袖。他还对音乐有深入研究，撰有《辩乐论》（已佚，严可均《全三国文》辑有两则）。又据《世说新语》记载，夏侯玄姿容出众，为人白皙俊朗，"朗朗如日月之入怀"。光彩照人，深为世人激赏。他的仪表及行为举止已然体现出名士风度，其玄学主张则引领了当时士风。

夏侯玄政治上亦具良才之质。

由于出身、仪表及才华都非同一般，夏侯玄难免恃才傲物。他于弱冠之年而任散骑黄门侍郎，一次觐见皇帝，偶与皇后的弟弟毛曾并坐，即以此为辱，以为对方只是凭借姐姐皇后的地位而出入皇帝身边。内心之不悦形之于色，魏明帝因之怀恨，将其贬为羽林监。正始初，曹爽辅政，夏侯玄受到重用，累迁至散骑常侍中护军。在职之时，知人善用。裴注引《魏晋世语》："玄世名知人，为中护军，拔用武官，……无非俊杰，多牧州典郡。立法垂教，于今皆为后式。"政治上，夏侯玄有自己的主张。太傅司马懿曾询问时事政务，他借此写出长篇政论文《答司马宣王时事议》。司马懿读后，专门写信回复，认同他的重要看法："审官择人，除重官，改服制，皆大善。"不久就被提拔为征西将军，假节都督雍、凉诸州军事。但在与曹爽共同主持的伐蜀之役却惨遭失败，受到时人讥讽。曹爽其后作为司马氏政敌被诛杀，夏侯玄则被征为大鸿胪，数年徙太常。但夏侯玄因为曹爽之事而始终郁郁不得意。嘉平六年（254），中书令李丰与皇后父光禄大夫张缉密谋杀掉司马师而拥夏侯玄辅政，事发，三人皆遭夷灭三族。夏侯玄"临斩东市，颜色不变，举动自若。时年四十六"（《三国志·魏书·诸夏侯曹传》）。他的妹妹夏侯徽，是司马师之妻，于青龙二年（234）被毒杀，年二十四。

《夏侯玄集》概况：

夏侯玄能文，《隋书·经籍志》载"魏太常《夏侯玄集》三卷"，《旧唐书·经籍志》《新唐书·艺文志》作二卷。已佚。今存有《时事议》《答司马宣王书》《乐毅论》等政论性散文共5篇（其中3篇为残卷），论音乐的文章1篇（《辩乐论》残卷），赋一篇（《皇胤赋》残卷），《夏侯子》三则（残卷），均见于清人严可均辑《全三国文》。

文学成就：夏侯玄以政论文见长。他的文章往往观点新颖，富于理趣。

夏侯玄虽然是玄学家，但是从其现存六篇文章来看，又体现出对政治、社会现实的密切关注。作者散文中最著名的一篇是《乐毅论》，该文因为被"书圣"王羲之用小楷书写而传播甚广。《乐毅论》为乐毅鸣不平，观点独特。乐毅是战国时期燕国的上将军，曾率五国之兵伐齐，攻下齐国七十余城，只剩下莒城（今山东莒县）和即墨（今山东平度市东南）二城未能攻占。后来燕惠王听信谗言，改用骑劫为帅，导致国亡。《乐毅论》开头就亮明了自己不同于世人的见解："世人多以乐毅不时拔营即墨为劣，是以叙而论之。夫求古贤之意，宜以大者远者先之，必迂回而难通，然后已焉可也，今乐氏之趣或者其未尽乎，而多劣之。是使前贤失指于将来，不亦惜哉！"（世人多以为乐毅不能按时攻占即墨是不好的表现，为此我要分析论述。探求古代贤人的心意，最好先从大的远的方面着眼，这样一定会觉得曲折难通，然后停下来琢磨才能领会啊。现在人们对乐毅之事的曲折还未能彻底了解，就多认为他不好。这是让前贤在将来被人误解，岂不是很可惜吗！）于是分析乐毅未攻占二城的原因和得失，认为乐毅是想不战而屈人之兵，用仁义之道使人心思归，进而统一天下。在当时社会动乱，生灵涂炭的情况下，此文自有其现实意义。

夏侯玄的《时事议》则提出多项政治改革主张，又明辨事理，受到宣王司马懿的赞赏。其《辩乐论》针对阮籍《乐论》认为"律吕音声，非徒化治人物"，还可"调和阴阳，荡涤灾害"的观点，提出"天然之数，非人道所协"，即音乐与自然界或人事吉凶、盈虚等并无关联。相反，他通过列举一系列历史事实，指出音乐发生在自然或人事变化之后："昔伏羲氏因时兴利，教民田渔，天下归之，时则有网罟之歌；神农继之，教民食谷，时则有丰年之咏；黄帝备物，始垂衣裳，则有龙衮之颂。"

总的看来，夏侯玄的政论散文，条分缕析，论说滔滔，理气十足。如《时事议》论说"除重官"，从"司牧之主，欲一而专"说起，讲了一番道理，顺势引出"除重官"的措施。而仅仅论及"除重官"的好处，就一连列举五条，且每条都加以分析。皇皇长言，令人很难不被震慑说服。

十三　嵇康《嵇康集》（附：嵇康之兄嵇喜、子嵇绍创作）

嵇康（224—263），字叔夜；因与魏宗室结姻（妻子为沛王小女儿长乐亭主），拜为中散大夫，世称"嵇中散"，三国谯郡铚（今属安徽淮北市濉溪县）人。曹魏后期重要思想家、文学家、音乐家。他是魏晋玄学的代表人物之一，与阮籍齐名，故世并称之为"嵇阮"。生平事迹，主要见于《晋书·嵇康传》，嵇康的哥哥嵇喜也有《嵇康传》（见严可均《全晋文》），此外嵇康本人诗文和《世说新语》也都有一些记载。

据《晋书·嵇康传》载，嵇康祖上姓奚，会稽上虞人，因避仇怨迁徙于铚。铚有嵇山，其祖上安家在旁，因以嵇为氏。嵇康幼年丧父，家境贫困，母亲和哥哥嵇喜将其养大成人。嵇喜其人，《晋书·嵇康传》云"有当世才，历太仆、宗正"。嵇康本人也是"有奇才，远迈不群"。从小就凭自学、博览群书而"无不赅通"。成人后，"好《老》《庄》"。为人处世都深受影响。他身躯伟岸，长相出众，却"土木形骸，不自藻饰"，时人称羡，"以为龙章凤姿，天质自然"。为人"恬静寡欲，含垢匿瑕，宽简有大量"。平时为延年益寿，"常修养性服食之事，弹琴咏诗，自足于怀"。他常与名士阮籍、山涛、向秀、刘伶、阮咸（阮籍的侄子）、王戎等，作竹林之游，酣饮其中，所以世称竹林七贤。若干年后，王戎十分感慨地说道："与康居山阳二十年，未尝见其喜愠之色。"

嵇康性格峻直，不作违心之论。山涛后来进入仕途，官场顺利，得到升迁，于是举荐嵇康代替自己原来的职位尚书吏部郎。嵇康就此写下《与山巨源绝交书》，信中明确主张"非汤武而薄周孔，越名教而任自然"，遭到司马氏集团的忌恨。司马氏有一心腹钟会，精干有才辩，又时常打小报告。曾前往嵇康住处造访。当时嵇康因为贫穷，正与向秀在大树下锻铁，以便自给。见到钟会，没有理睬。后者尴尬，良久方才悻悻而去。这时嵇康问道："何所闻而来？何所见而去？"钟会答云："闻所闻而来，见所见而去。"从此记恨在心。恰逢嵇康的朋友吕安被哥哥吕巽诬告不孝，嵇康挺身而出为其辩诬，反遭逮捕。钟会抓住机会在司马昭耳边鼓吹嵇康、吕安"言论放荡"，特别是嵇康"上不臣天子，下不事王侯，轻时傲物，不为物用，……乱群惑众，今不诛康，无以清洁王道"（《世说新语》刘孝标注引《文士传》），要"因衅除之，以淳风俗"（《晋书·嵇康传》）。两人因此被害。嵇康"将刑东市"，太学生三千人联名要求释放嵇康，"请以为师"，但未获允许。嵇康"索琴弹之"，云"《广陵散》于今绝矣"，从容受死。时年四十。"海内之士，莫不痛之。"《广陵散》，《晋书》本传说是一"古人"夜至教弹，"声调绝伦"，古人只以授康，"誓不传人"。故嵇康死，《广陵散》亦失传（今之乐曲《广陵散》乃古琴家管平湖先生据明人朱权编印的《神奇秘谱》整理而成）。

嵇康的死与其不愿与司马氏集团合作以及其峻直散漫的个性很有关系。他崇尚老庄，所作所为也似乎符合老庄思想。但其实内心复杂。鲁迅先生曾指出："嵇阮的罪名，一向说他们毁坏礼教。但……魏晋时代，崇奉礼教的看来似乎很不错，而实在是毁坏礼教，不信礼教的。表面上毁坏礼教者，实则倒是承认礼教，太相信礼教。"（《魏晋风度及文章与药及酒之关系》）就嵇康平生所作所为及所言来看，确实如此。嵇康本有大志，但在遭逢司马氏当政的情况下，又厌恶政治，不愿合作，也不愿随从世俗求取富贵尊显；由于个性耿直，难以压抑内心想法，故时时肆意放言，语含讥讽（参见兴膳宏《六朝文学论稿·嵇康的飞翔》）。思想的复杂，使嵇康往往处于两难境地（参见王晓毅《嵇康评传：汉魏风骨尽，竹林遗恨长》）。所以嵇康出于对后代安全的考虑，并不希望儿子像自己一样峻直耿介。据《晋书·山涛传》《嵇绍传》记载，嵇康临死，还将年幼的儿子嵇绍托孤给山涛，并对儿子说："巨源（山涛字）在，汝不孤矣。"（《晋书·嵇绍传》）嵇绍日后果真由山涛教导成人，并被其荐举进入仕途，为晋武帝效力。最后在"王师败绩于荡阴，百官及侍卫莫不溃散"的情况下，"唯绍俨然端冕，以身捍卫（天子）"，被射杀于帝侧，"血溅御服"。战后，"左右欲浣衣，帝曰：此嵇侍中血，勿去"。成为忠勇之士。

《嵇康集》概况：

《隋书·经籍志》云："魏中散大夫嵇康集十三卷"（原注：梁十五卷，录一卷）。又《隋志》之"经"部著录"《春秋左氏传音》三卷"，题"魏中散大夫嵇康撰"；"杂志"类著录"《圣贤高士传赞》三卷"，云"嵇康撰，周续之注"。《旧唐书·经籍志》《新唐书·艺文志》著录《嵇康集》均为十五卷，但至《直斋书录解题》著录已仅存十卷，《春秋左氏传音》及《圣贤高士传赞》则已亡佚。明代，黄省曾于嘉靖乙酉仿宋本刻印《嵇中散集》为目前存世最早的刻本，也最为人看重，系其他刻本的来源；汪士贤刻《嵇中散集》（收入《汉魏六朝二十名家集》中），张溥刻《嵇中散集》（收入《汉魏六朝百三家集》中），亦都为10卷，是存世较好的刻本；又，吴宽丛书堂收有钞宋本。文章则以清人严可均《全三国文》收录最为齐全。今人逯钦立《先秦汉魏晋南北朝诗》录其诗较全。1924年，鲁迅以吴钞本为底本、花费了十年工夫辑校的《嵇康集》完成。这是较早的校勘佳本，鲁迅手自钞出，1956年由文学古籍刊行社影印出版，后收入《鲁迅全集》。1962年，今人戴明扬校注的《嵇康集校注》出版。此本以黄省曾仿宋本为底本，并参以吴钞本等，又收集嵇康诗文、校、注材料最为齐备，附录亦最多（对嵇康的佚作如《圣贤高士传赞》、记述嵇康生平事迹及评论材料都予以著录）。1996年湖南文艺出版社出版《乱世四大文豪合集注译》，其中《嵇康集注译》（张桂喜注译）以戴本为蓝本，注译较简明。由于嵇康在思想史上的重要性，学界对他的研究也持续不衰，出现了大量专论，专著也有十来种。

文学成就：嵇康和同时期文学家阮籍齐名，被并称为"嵇阮"。其著述较多，且风格独树一帜。《晋书》本传说嵇康"善谈理，又能属文，其高情远趣，率然玄远。撰上古以来高士为之传赞，欲友其人于千载也。又作《太师箴》，亦足以明帝王之道焉。复作《声无哀乐论》，甚有条理"。还提到他那篇著名的《与山巨源绝交书》，并引述了其中很多文字。另外全文著录了他的《幽愤诗》。但嵇康的作品远远不止这些。其现存作品以散文和诗歌为主，另有赋数篇（有的是残卷）。散文成就尤为突出。阮籍的诗歌成就在当时最为杰出。刘勰曾将嵇康的文章与阮籍的诗歌相比论："嵇康师心以遣论，阮籍使气以命诗。殊声而合响，异翮而同飞。"（刘勰：《文心雕龙·才略》）鲁迅先生也认为："嵇康的论文，比阮籍更好，思想新颖，往往与古时旧说反对。"（鲁迅：《魏晋风度及文章与药及酒之关系》）文章多"师心"直言，又能提出独到看法，析理缜密，且喜欢大段铺陈，运用大量比喻，因而文辞壮美。嵇康的诗歌则有"峻切"的一面，较之阮诗而过于质实直截。但他也有一些诗歌境与意会，并因"托喻清远"（钟嵘：《诗品》）而清新脱俗。

嵇康散文今存论 5 篇、驳论 4 篇、书信 2 篇，楚辞体、箴、诫各 1 篇，多人传记《圣贤高士传赞》1 部（今存 52《传》、5《赞》，已非完编），另有一些散文残卷。

嵇康的论辩类文章多以老庄玄学为武器阐述自己的看法或具体问题，内容富于现实性。反映的思想一如其人，不能单纯以老庄解之。如《释私论》针对司马氏集团倡导以儒家思想治国，而旗帜鲜明地提出著名的玄学口号"越名教而任自然"。这里的"名教"，应该是指被当政者亵渎过的虚伪教义。嵇康认为："夫称君子者，心无措乎是非，而行不违乎道者也。……矜尚不存乎心，故能越名教而任自然。"意思是，所谓君子是这样一种人：内心不在意是非，而行为却能不违反道义。就是说，内心不是有意识地追求高尚，就能超越名教而任其自然，结果反倒不会超规越矩，道义在自然而然中实现。于是儒家提倡的道义与老庄的自然无为得以融合无间。嵇康生活的时期，服药求寿是很多名士的生活状态和追求目标，《养生论》可说是应时而生的专论。作者提出，清心寡欲是养生的先决条件，首先要做到"旷然无忧患，寂然无思虑"，再加上灵芝、醴泉之滋养，"晞以朝阳，绥以五弦，无为自得……"才可以"与羡门比寿、王乔争年"。文章面世，他的朋友向秀提出驳难，认为情欲声色、美味佳肴是人的自然喜好，"好荣恶辱、好逸恶劳"等也"皆生于自然"，必欲禁之，则是悖逆人性，因之不可能长寿。嵇康写《答难养生论》予以反辩，认为情欲等虽出于人的本性，但若不加节制，任其泛滥，就会伤生害性。嵇康之文，无论正论还是驳辩，都体现出作者才思敏捷，见解新颖而论说充分的特点。鲁迅指出嵇康专论的主要特征是"思想新颖，往往与古时旧说反对"，并列举例证："孔子说：'学而时习之，不亦说乎？'嵇康做的《难自然好学论》，却道，人是并不好学的，假如一个人可以不做事而又有饭吃，就随便闲游不喜欢读书了，所以现在人之好学，是由于习惯和不得已。还有管叔蔡叔，是疑心周公，率殷民叛，因而被诛，一向公认为坏人的。而嵇康做的《管蔡论》，就也反对历代传下来的意思，说这两个人是忠臣，他们的怀疑周公，是因为地方相距太远，消息不灵通。"（鲁迅：《魏晋风度及文章与药及酒之关系》）嵇康是音乐家，不仅善弹奏，而且有理论研究。其《声无哀乐论》就是一篇专论音乐的论文，也表达个人见解。其基本观点是认为音乐本身没有哀乐，哀乐是人们内心的情感，"心之与声，明为二物"。"声音自当以善恶为主，则无关于哀乐，哀乐自当以情感而后发，则无系于声音。"音乐的特点是其各种音色以及表现艺术的质量的总和，即"大小、单复、高埤（低）、善恶（指艺术上的高下）"，欣赏者从音乐中感受到的只是"躁静""专散"，而无所谓哀乐。人们听音乐有哀或乐的感觉，是因为内心受到外界事物的影响，本来就存有哀乐，音乐只是这些内心情感被人察觉的诱导者。《声无哀乐论》对后世影响深远，至今仍然受到学界重视。嵇康还写了辞赋《琴赋》，也专谈音乐而盛赞琴声。

嵇康的书信体散文往往传递出作者性情，观点鲜明，文辞犀利，富有气势。《与山巨源绝交书》更是将其个性特征与文学才情表现得淋漓尽致。书中针对山涛荐举自己为官，表示就此与之绝交，因为不愿违逆散漫不拘的本性。信中还明白地表示出不与司马氏合作的态度。文章嬉笑怒骂，直言相陈，奔放不拘。如其自述表现："每非汤、武而薄周、孔""刚肠疾恶，轻肆直言，遇事便发"。言无忌讳，说到自己"疏懒"，竟是"头面常一月十五日不洗，不大闷痒，不能沐也"，又"每常小便而忍不起，令胞中略转乃起耳"。又引经据典，铺陈排比，具有论辩滔滔、气势雄壮的特点。如讲到前贤，一连列举了老子、庄子、柳下惠、东方朔、仲尼、子文、尧舜、许由、子房、接舆、季札、司马相如，并将各人不同的表现也列举出来，洋洋洒洒，颇为壮观。谈及自己不愿入仕的原因，竟一连举出"必不堪者七""甚不可者二"。九条亦一一具陈，但大率是"卧喜晚起"、好"抱琴行吟，弋钓草野""性复多虱"需要"把骚无已"因而不能忍受官场束缚之类在一般人看来不成其理由的理由，带有浓厚的讽刺意味。另一篇书信《与吕长悌绝交书》是写给吕安哥哥吕巽的。则是言辞峻切，干脆明白的揭示对方恶人先告状，致使其弟弟被诬陷入狱，"何意足下苞藏祸心耶"，态度坚决的表示绝交。《家诫》也可归入书信一类，这是嵇康在狱中写给十岁的儿子嵇绍的一封家书。信中，嵇康交代儿子许多注意事项，如要立志还要守志、与长官不要过于密切、要远离争执、不要打探他人隐私、不要强行劝人喝酒等，大概能想到的事无巨细都一一提及，而且讲清道理，传递出一个父亲对孩子的牵挂。值得注意的是，信中是以儒家的道德观念来作指教的，表达出作者内心深处的真实信念。

嵇康辞赋现存完整的是《琴赋》1篇，另有3篇残缺。作者认为"历世才士""不解音声"，他们论述音乐则"未达礼乐之情"，因此千篇一律："颂其体制，风流莫不相袭；称其材干，则以危苦为上；赋其声音，则以悲哀为主；美其感化，则以垂涕为贵。"故而撰写此文以表达对音乐的独特理解。选择琴作为描述对象，是由于"众器之中，琴德最优"。清人何焯评说："音乐诸赋，虽微妙古奥不一，而精当完密，神解入微，当以叔夜此作为冠。"（何焯：《义门读书记·文选评》）赋中描述椅梧生长在山势陡峭、水深湍急而珍宝郁集的环境，"自然神丽"，"遁世之士……乃斫孙枝，准量所任；至人摅思，制为雅琴"。接下来伯牙钟期弹奏听音，自然音声非同一般，"既丰赡以多姿，又善始而令终。嗟姣妙以统丽，何变态之无穷"。它"性洁静以端理，含至德之和平"，所以"诚可以感荡心志，而发幽情矣"。不同的人听后有不同的感触，或"憯懔惨凄，愀怆伤心"，或"欭愉欢释，忭舞踊溢，留连澜漫，嗢噱终日"，或"恬虚乐古，弃事遗身""触类而长，所致非一"。赋中表达的音乐见解与《声无哀乐论》一致，如音乐本无哀乐，但能导养神气、宣和情志。又结合"遁世之士"的心无旁骛与自在自得，写出了嵇康个人的情趣。清人刘熙载论之曰："赋必有关著自己痛痒处。如嵇康叙琴，向秀感笛，岂可与无病呻吟者同语。"（刘熙载：《文概·艺概》）

嵇康的《圣贤高士传》是一组为上古以来的高士所作的小传和传赞。《晋书》本传谈到这些传记的撰写原因："（嵇康）高情远趣，率然玄远。撰上古以来高士为之传赞，欲友其人于千载也。"嵇康的哥哥嵇喜所作《嵇康传》说他"传录上古以来圣贤、隐逸、遁心、遗名者，集为《传赞》，自混沌至于管宁，凡百一十有九人，盖求之于宇宙之内，而发之乎千载之外者矣。"从现存小传来看，作者多用简约的笔墨写高士的异事殊语，塑造出一批高才有思的隐士形象。其中古代圣贤的材料应是来自于古代文献。如《长沮、桀溺》一篇，文字与《论语》相同。《狂接舆》主体也见于《论语》，只是开头与结尾是另行所加。

嵇康诗今存50余首，四言诗占一半以上，其他还有五言、六言和杂言。其四言诗不仅数量多，总体成就也最高，这使嵇康成为继曹操以来又一位在四言诗创作上取得成功的作家。嵇康的诗歌内容大体可分为两类。一类是写钓弋草野、随心弹奏等随应自然的情景以体现高蹈独立的追求与情趣，具有清远脱俗的意境。如《赠兄秀才入军》之第十四章：

"息徒兰圃，秣马华山。流磻平皋，垂纶长川。目送归鸿，手挥五弦。俯仰自得，游心太玄。嘉彼钓叟，得鱼忘筌。郢人逝矣，谁与尽言。""秀才"是其哥哥嵇喜，此时入军在外，诗歌内容是嵇康想象兄长在军营的生活。就此章来看，更像是一隐士闲在生活的情景，所以论者或以为是嵇康"对自己游心山林的生活情境的描绘"（《安徽文化史》编纂工作委员会、《安徽文化史》编委会：《安徽文化史》第三编第四章）。诗中"目送归鸿，手挥五弦"两句历来为人称道。我国东晋著名画家顾恺之曾结合绘画经验为之评论说："画手挥五弦易，画目送归鸿难。"（《世说新语·巧艺》）第九章描述"秀才"在战场驰骋，化用了曹植《白马篇》的意境，但"顾盼生姿"一句却使它与曹诗有了明显差异。曹诗更看重的是抒写"捐躯赴国难"的报国豪情，嵇康则着重于描摹个人适意的情态。嵇康另一类诗歌内容为反映世情险恶、抒写怨愤情感，风格峻切。以《幽愤诗》为代表。这是一首情感浓烈的抒情诗，写于作者身陷囹圄之后。诗中写自己旷达不拘的性格，以及由此带来的蒙冤入狱；总结一生，有对自己未能及时隐居山林的不满与沮丧，也有"性不伤物，频至怨憎"的悲慨，诗末表达了愿过一种"无馨无臭"的隐逸生活的愿望："采薇山阿，散发岩岫。永啸长吟，颐性养寿。"嵇康诗歌总体风格是文辞简约直实，"有言必尽"（明陈祚明《采菽堂古诗选》），不尚巧饰，但也不乏形象的描述。嵇康的五言诗内容题材也为歌颂遁世隐居，但有的带寓言性质，辞意较为婉曲。如《五言古意》一首，写双鸾"长鸣戏云中，时下息兰池"，本以为已经"绝尘埃"，却不料雌鸟仍然被罹，剩下"单雄翩独逝"。诗尾以"安得返初服……逍遥游太清"道出作者的寄托。多数仍然是简约直言的篇章。其六言诗今存十首，每诗五句；第一句五言，用作诗题。多谈玄言，风格质朴。

　　嵇康的儿子嵇绍亦能文，有《集》二卷，亡佚。清人严可均《全晋文》辑录其文5篇（残卷），今人逯钦立《先秦汉魏晋南北朝诗》录其诗1首。嵇康的哥哥嵇喜，字公穆，为魏卫军司观。入晋拜扬州刺史，迁太仆宗正。亦善文，有集二卷，亡佚。清人严可均《全晋文》辑录其文1篇，即《嵇康传》，《先秦汉魏晋南北朝诗》录其诗1题4首。嵇喜的儿子嵇蕃字茂齐，为太子舍人，亦能文。《全晋文》辑录其文1篇。嵇蕃的儿子嵇含是著名的植物学家和文学家，有诗文传世，另述。

十四　桓范《世要论》

桓范（? —249），字符则，三国魏沛国龙亢（今属安徽蚌埠市怀远县西龙亢镇）人（按《三国志·魏书·曹爽传》裴松之注等云为沛国人。《曹爽传》"大司农沛国桓范闻兵起不应"裴注引《魏略》："于时曹爽辅政，以范乡里老宿。"可知桓范与曹爽同乡。谓其为沛国龙亢人者，主要是以其后世裔孙桓温籍地而定）。三国时期政治家、文学家。生平事迹，主要见于《魏略·桓范传》（已佚，但《三国志·魏书·曹爽传》裴松之注有部分引述；近人张鹏一有《魏略》辑本）。

桓范"世为冠族"，他自己则任魏大司农，系魏忠臣。据《曹爽传》裴松之注引《魏略》："建安末，桓范入丞相府。延康中，为羽林左监。以有文学，与王象等典集《皇览》。明帝时为中领军尚书，迁征虏将军、东中郎将，使持节都督青、徐诸军事，治下邳。"后因与徐州刺史争屋，欲杀之，被参奏，免官。不久，任兖州刺史，郁郁不得志。恰逢妻子提起徐州奏免官事，触及痛处，"乃以刀环撞其腹。妻时怀孕，遂堕胎死"。正始中，官拜大司农。桓范为人，"前在台阁，号为晓事，及为司农，又以清省称"，又性格刚毅，并以才智著称。此时曹爽辅政，将桓范视作乡里老宿，于九卿之中特别敬重。不久，宣王司马懿起兵，桓范力劝曹爽奉帝迁往许昌，"征四方以自辅"。曹爽疑不能决，错失良机。司马懿得势后，桓范被诛。

《世要论》概况：

桓范著述较多，除《皇览》外，《隋书·经籍志》还在"法家"类著录："《世要论》十二卷，魏大司农桓范撰。"原注云："梁有二十卷，亡。"之外在"魏卫将军王肃集五卷"下注云："梁……又有桓范集二卷。"《世要论》，郑樵《通志略》载："《桓氏世要论》，十二卷〔魏大司农桓范撰〕。"《旧唐书·经籍志》著录《桓氏代要论》（即《世要论》）十卷，《新唐书·艺文志》著录《桓氏世要论》十二卷，但《宋志》已不录。《群书治要》录十四篇。严可均以之为基础，"据各书征引，补改阙讹，定位一卷"（严可均：《全三国文》），除《世要论》佚文一卷外，《全三国文》还辑录其书表五篇，盖为《桓范集》佚文。《桓范集》，新、旧《唐志》著录为二卷，同《隋志》，《宋志》不录。

文学成就：桓范长于政论文，从其《世要论》现存篇目看，多数篇章都相关政论。桓范对文学体裁也有研究，《世要论》中《赞象》《铭诔》《序作》都是有关文体论述的文章。他在主张各类文体自有特征外，更强调内容合于大道与真实。例如《铭诔》中指出门生故吏若是为"背正向斜"的师长高官撰写"称述勋德"的不实铭诔，不仅会"欺曜当世"，还将"疑误后世"，故"罪莫大焉"。

《世要论》又名《代要论》《正要论》《桓范世论》《桓范新书》《桓子》《魏桓范》《桓范论》《桓范要集》等，系桓范"抄撮《汉书》中诸杂事，自以意斟酌之"（《三国志·曹爽传》裴注引《魏略》）而编著成的文集。严可均所辑《世要论》中有《为君难》《臣不易》《治本》《政务》《节欲》《详刑》《兵要》《简骑》《辨能》《尊嫡》《谏争》《决壅》等政论类篇章，内容有关政治、法律、军事等，而指导思想则容该儒法。另有专论文章体式的《赞象》《铭诔》《序作》等篇。其文章特点是，无论什么论题，作者都能以政治的眼光加以审视。如《节欲》不谈养生，甚至非谈个人，而是从家国角度考虑："历观有家有国，其得之也，莫不阶于俭约；其失之也，莫不由于奢侈。"又如《赞象》，作者认为此类文体"所以昭述勋德，思咏政惠"，因此"宜由上而兴，非专下而作也"。所以都可称之为政论文。这些文章，往往内容新颖，语言则受当时文风影响，措辞生动，又喜欢铺陈排比，富于文采和气势。如《节欲》文末："且夫闭情无欲者上也，晞心消除者次之。昔帝舜藏黄金于崭岩之山，抵玉珠于深川之底，及仪狄献旨酒而禹甘之，于是疏远仪狄，纯（当作'绝'。——严可均注）上旨酒，此能闭情于无欲者也。楚文王悦妇人而废朝政，好獠猎而忘归，于是放逐丹姬，断杀如黄及共工破陈而得夏姬艳其国色，王纳之宫，从巫姬之谏，坏后垣而出之，此能晞心消除之也。"

桓范书表，能抒发内心情意，语言华丽。如《兖州刺史谢表》仅存的几句："喜于复见选擢，惭于不堪所职，悲于恋慕阙廷，三者交集，不知所裁。"将自己因罪免官，复见提拔的高兴，与要离开京师、宫廷的悲哀等复杂心绪做了表白，颇善描状。

晋

两晋文坛，诗歌创作趋于复杂形态，或喜模拟，或纳玄学，前者靡丽，后者质实。有成就的诗人有傅玄、张华、陆机、潘岳、左思、张载、张协、郭璞、陶渊明等人，尤其是陶渊明以独树一帜的田园诗创作而最为杰出。此时散文领域有不少杰作，抒情小赋仍然盛行，骈文创作渐成热潮，笔记小说蔚然而呈大观。

而皖人作家的成就更多地体现在散文、辞赋和小说创作方面。戴祚的《西征记》是文学史上较早的纪行类散文专著，因其多有描述河水流向及沿途地貌风情的内容，受到郦道元重视。戴逵《竹林七贤论》虽是论体文章，但当中不乏对人物形貌神情的传神刻画，直接影响到志人小说《世说新语》的撰写风格。嵇含的《南方草木状》则以内容题材的独特以及描写细致为特点。夏侯湛、曹摅、曹毗等人的辞赋，题材新鲜，也都各有风格。此时佛、道盛行，志怪小说大量产生。曹毗和戴祚均以编撰小说称名于世，戴祚的小说受佛、道影响很深，内容奇异虚幻，情节较为曲折，重视细节描写，有的人物形象也较鲜明。

皖地多有家族式文学群体。夏侯氏、嵇氏、曹氏、桓氏、戴氏等家族都出现了不少作家。例如，桓温善文，其父亲桓彝，兄弟桓豁、桓冲，儿子桓伟、桓玄，侄子桓谦（桓冲子）亦并皆能文。由于这些家族多有从政、从军的传统，成员亦多为政治家、军事家，所以他们的散文往往是疏奏书表一类书信体文章，但由于辞赋影响，这些应用性文章往往采用铺陈排比的手法，文采斐然。辞赋创作在这一时期仍以小赋为多，题材多样，内容丰富，描写细致，文辞清丽。其中不乏富有才华的作家。例如夏侯湛、曹摅都曾为刘勰所称赞，戴逵则为钟嵘所称道，夏侯湛作品入录于《文选》，而曹毗更是直接入录于《晋书·文苑传》。

十五 夏侯湛《夏侯常侍集》(附:夏侯湛弟夏侯淳创作)

夏侯湛(约243—约291),字孝若,西晋沛国谯(今属安徽亳州市)人。西晋时期文学家。生平事迹,主要见于《晋书·夏侯湛传》。

夏侯湛出身豪族。其曾祖父是曹魏名将、征西将军夏侯渊,祖父夏侯威官至魏兖州刺史,父亲夏侯庄为淮南太守。据《晋书·夏侯湛传》载,夏侯湛少年时期就有"盛才","文章宏富,善构新词"。又貌美,与潘岳是好朋友,两人时常同行,京都誉之"连璧"。夏侯湛很早就进入仕途,"少为太尉掾"。晋武帝泰始中,"举贤良,对策中第,拜郎中"。其后累年不见升迁,于是创作《抵疑》宽慰自己,内中略有怨词。后选补太子舍人,转尚书郎,出为野王令。到太康时期,任中书侍郎,两年后出任南阳相,又三年迁为太子仆。但因武帝崩,未及就命。惠帝即位,转散骑常侍。元康初病逝,年四十九岁。

由于出身豪贵,性亦豪奢,夏侯湛过着"侯服玉食,穷滋极珍"的生活。但在临终时却交代要小棺薄葬,不封不树。时人认为他"虽生不砥砺名节,死则俭约令终,是深达存亡之理"(《晋书·夏侯湛传》)。

夏侯湛平生喜欢写诗作赋。曾仿《尚书》诰体,作《昆弟诰》。又曾因《诗经》中"南陔""白华"等六篇有目无辞,遂仿雅体作《周诗》为之补亡。诗成,以示潘岳。后者称赞说:"此文非徒温雅,乃别见孝悌之性。"受到感染,潘岳创作了《家风诗》。夏侯湛尤善作赋,一草一木皆可作为其咏赋对象,篇数颇多。又曾撰《魏书》,因见陈寿《三国志》,遂坏己书而停笔。《晋书》本传还说他曾著论三十余篇,"别为一家之言"。

《夏侯常侍集》概况:

夏侯湛文思敏捷,颇有著述。《隋书·经籍志》载有"晋散骑常侍夏侯湛集十卷",原注:"梁有录一卷",又录:"《新论》十卷,晋散骑常侍夏侯湛撰。"新、旧《唐志》录同。至宋散佚。明人张燮《七十二家集》、张溥《汉魏六朝百三名家集》均辑有《夏侯常侍集》,现存有明刻本。清人严可均《全晋文》收集其赋、赞、谣、诰等诸文共49篇(包括残卷),较为完备(张彦妮硕士论文《夏侯湛集校注》指出严氏有漏收,计三篇共五句残文);今人逯钦立《先秦汉魏晋南北朝诗》辑录其诗10首。

文学成就:夏侯湛诗文赋俱富文采,与西晋典雅文风大体一致。

今存作品中，以赋为多，计25篇（其中有残卷）。这些作品都是抒情小赋，咏物为多，题材为歌咏自然景物或人工器皿风物等，也有抒写游猎、听乐或观舞的篇章，如《雷赋》《电赋》《芙蓉赋》《浮萍赋》《合欢被赋》《雀钗赋》《猎兔赋》《夜听笳赋》等。其描写，能抓住物象的某些特征，写出自己的观察和体会。如《浮萍赋》："……因纤根以自滋兮，乃逸荡乎波表。散圆叶以舒形兮，发翠绿以含缥。荫修鱼之华鳞兮，翳兰池之清溇。既澹淡以顺流兮，又雍容以随风。……浮轻善移，势危易荡。似孤臣之介立，随排挤之所往。"将浮萍拟人化，但一反常人赋予浮萍的喻义，在"浮轻善移"中看出其不与世争、淡泊处世的形象特点，并揭示原因是到受世势排挤，从而对这一形象寄予了深切的同情。这类作品体小、题小，刘勰论云："夏侯孝若，具体而皆微。"（《文心雕龙·才略》）但作者往往在对物象描写之中体现自己的独特看法，并由此生发，或叹人生，或述理想，要之可见作者寄托于物的文思及其敏感而善于联想的特征。如《浮萍赋》末尾："萍出水而立枯兮，士失据而身枉。睹斯而慷慨兮，固知直道之难爽。"《观飞鸟赋》末尾"何斯游之自得，谅逸豫之可希。苟临川而羡鱼，亦欢翔而乐飞。"俱自然引发，意新语切，不落俗套。

夏侯湛现存诗10首。原有作品应远不止这些。仅《南齐书·乐志》就记载说："夏侯湛又造宗庙歌十三篇。"今皆不存。其补亡《周诗》六首，今亦仅存一首。《周诗》颇得时人称赞。葛洪《抱朴子·钧世》云："近者夏侯湛、潘安仁均作《补亡诗》，白华、由庚、南陔、华黍之属，诸硕儒高文之赏才者，咸谓古诗三百，未有足以偶二贤之作也。"从现有的《周诗》一首来看，其文有意学习《诗经》，内容醇厚，语言则质朴中又寓华彩："既殷斯虔，仰说洪恩。夕定晨省，奉朝侍昏。宵中告退，鸡鸣在门。挈挈恭海，夙夜是敦。"用叙述，多对偶，寥寥几句表现了孝子日夜侍奉的情景与内心的恭敬虔诚，自然温雅。夏侯湛诗歌今存多为杂言骚体。他的这类诗歌，形式灵活，句式不拘，介乎于诗歌与辞赋之间，故而"南朝作家颇多采用"（曹道衡：《魏晋文学》）。艺术上也有可称道之处。如《春可乐》借助于农作物的变化写春天万物复苏的自然景象："桑冉冉以奋条，麦遂遂以扬秀。泽苗翳渚，原卉耀皋。"有近景特写，也有广袤的远景，观察细致，风格清新。

夏侯湛的散文有诰、叙、传等，以《抵疑》《昆弟诰》篇幅为长，留存也最完整，且为后人多所称扬。《抵疑》因不见升迁而作，借以抒发郁闷。文章仿大赋结构，以主客问答结纂全篇。开篇就是"客"为主人打抱不平："吾子童幼而岐立，弱冠而著德，少而流声，长而垂名。拔萃始立，而登宰相之朝；挥翼初仪，而受卿尹之举。荡典籍之华，谈先王之言。入闾阖，躔丹墀，染彤管，吐洪辉，干当世之务，触人主之威，有效矣。而官不过散郎，举不过贤良。凤栖五期，龙蟠六年，英耀秃落，羽仪摧残。"借以写出自己的才华、理想及委屈。《昆弟诰》作于"为野王令，而缓于公，政清务闲，优游多暇"之时，文章仿《周诰》体式，用语古雅，内容写家族功业、德行，从"乃祖腾公"说起，经曾祖、祖父、父亲、母亲，直说到自身，为赞颂之词，尤以颂扬母亲善德懿行为多，用以劝诫诸弟"束修慎行"。其叙文今存两篇，传仅一篇，俱为传记类散文，具有叙事流畅、生动的特点。

其韵文以赞为多，内容俱为称颂古人，凡有舜、左丘明、颜回、闵子骞、管仲、鲍叔、范蠡、鲁仲连、庄子、东方朔等，其中以《东方朔画赞》留存最为完整。此篇赞文因著录于《文选》，正文并序都保留下来。序文对东方朔敢于"凌轹卿相，嘲哂豪杰""出不休显，贱不忧戚"的行为表现大加称赏，敬佩之情溢于言表。说他"戏万乘若寮友，视俦列如草芥，雄节迈伦，高气盖世，可谓拔乎其萃，游方之外者已"。但反对神化东方朔："谈者又以先生嘘吸冲和，吐故纳新；蝉蜕龙变，弃俗登仙，神交造化，灵为星辰。此又奇怪惚恍，不可备论者也。"赞文更是直接对其"既浊能清"，"染迹朝隐"的真隐士风范给予了高度赞赏。序文用语流畅自然，而又华丽多彩。如："先生……以为浊世不可以富贵也，故薄游以取位；苟出不可以直道也，故颉颃以傲世；傲世不可以垂训也，故正谏以明节；明节不可以久安也，故诙谐以取容。"使用顶真、排比等手法，收到了气势连贯的独特效果。

夏侯湛弟弟夏侯淳，字孝冲，也是西晋著名文学家。《晋书·夏侯湛传》载夏侯淳"亦有文藻，与湛俱知名。官至弋阳太守"。原有集二卷，亡佚。今存《怀思赋》《笙赋》《弹棋赋》等，由严可均《全晋文》从《艺文类聚》等辑出，可能不是完篇。《怀思赋》写自己在人生道路上的困难抉择，终归于老庄之无为无名。《笙赋》描述笙音之美，内容侧重于写其音声之丰富动人，"足使方达者循察""廉规者弃节""贪荣者退让""慢堕者进竭"，以此体现笙之无与伦比的乐音。角度新颖。《弹棋赋》写下棋者之动作、神情，文辞华美，且颇见气势。后两篇体现出作者的爱好，与

《怀思赋》主旨颇有关联。

十六　曹摅《曹摅集》

曹摅（？—308），字颜远，西晋谯国谯（今属安徽亳州市）人。西晋文学家。生平事迹，主要见于《晋书·良吏列传·曹摅传》。

曹摅系曹操从弟曹洪之后，魏大司马曹休曾孙，魏卫将军曹肇是其祖父。据《晋书·良吏列传》，曹摅"少有孝行，好学善属文，太尉王衍见而器之，调补临淄令"。办案"辨究"，故往往能"得实情"。曾因此将一蒙冤行将问斩的寡妇解救下来，故"时称其明"。又善于体恤，曾放全县死囚还家过年，约定克日返狱，犯囚感动，无一人违令。因之，"一县叹服，号之'圣君'"。其后入朝廷"为尚书郎，转洛阳令"。在任期间，"仁惠明断，百姓怀之"。齐王冏辅政时，曹摅与左思同任其记室。冏自恃曾"率四海义兵兴复王室"，不愿还国。曹摅力劝其"居高虑危"，宜"高揖归藩"。齐王冏未从，终死于朝廷内部倾轧，并"被暴首尸于西明亭三日"。曹摅还担任过中书侍郎及长沙王司马乂的骠骑。惠帝后期，出任襄城太守。永嘉二年（308），为征南司马，与流人王逌交战，军败而死。其故吏及百姓奔丧，"号哭即路，如赴父母焉"。

曹摅为官，因善于处理冤案，故《晋书》援之入《良吏传》而赞之曰："若伯武之洁己克勤，颜远之申冤缓狱，邓攸赢粮以述职，吴隐酌水以厉精，晋代良能，此焉为最。"

《曹摅集》概况：

《隋书·经籍志》"晋著作郎束皙集七卷"下原注："梁……又有征南司马曹摅集三卷，录一卷。"《旧唐书·经籍志》录为二卷。清人严可均《全晋文》辑录其赋三篇，其中《感旧赋》仅剩两句。今人逯钦立《先秦汉魏晋南北朝诗》录其诗 11 题。

文学成就：曹摅工诗善文，五言诗被钟嵘列为中品，且有两首被萧统《文选》录入。

曹摅现存诗歌有 7 题为四言体，多为长篇，如《答赵景猷诗》有十一章；4 题为五言体，俱短篇。因工长诗，故刘勰谓"曹摅清靡于长篇"，将其与"辨切于短韵"的张翰相提并论，谓"各其善也"（刘勰：《文心雕龙·才略》）。其诗内容多系赠答，不免有溢美之词，但也不乏具有个性的文字。

如《赠韩德真诗》第一章开头称美对方"赫赫显族，冠盖峩峩"，但第二章起即为性情流露，写出怨艾："昔齐骥踪，今则异途。我顿吴坂，子亨天衢。"今昔对比，处境绝异，难怪曹摅要"假喻龙鱼"来比双方了。曹摅的五言诗数量虽少，但更为人称道，如《感旧诗》："富贵他人合，贫贱亲戚离。廉蔺门易轨，田窦相夺移。晨风集茂林，栖鸟去枯枝。今我唯困蒙，郡士所背驰。乡人敦懿义，济济荫光仪。对宾颂有客，举觞咏露斯。临乐何所叹，素丝与路歧。"铺写所处社会世态炎凉，穷富异途，在这样的环境里自然因"困蒙"而被"郡士所背驰"，但结尾出人意外，写"乡人敦懿义""对宾颂有客"，其感慨油然可察。

曹摅之赋系抒情小赋。其《述志赋》将自己生于乱世，既想驰骋翱翔，建功立业，又羡慕隐士自在自得的矛盾情怀抒写出来，最终虽然表示要"承圣哲而砥砺，奋羽仪而翱翔"，但仍为自己生不逢时而嘘唏流涕："悲盛衰之递处，情悠悠以纡结。揽萱草以掩泪，曾一欢而九咽。"写法模仿《离骚》，反复抒情，曲折回环，深具感染力。《围棋赋》因班固《弈旨》之论和马融《围棋》之赋，"拟军政以为本，引兵家以为喻"，先是排兵布阵，"二敌交行，星罗宿列"，继而或"合围促阵，交相侵伐"，接着"张甄设伏，挑敌诱寇"，形式变化，不一而足。由于作者懂军事，又有实战经验，所以将围棋赛事写得一如战场厮杀，生动形象，使人如临其境。作者利用赋体特征铺写描述，内容与形式相得益彰。

十七　嵇含《嵇含集》《南方草木状》

嵇含（263—306），字君道，自号亳丘子，西晋谯国铚县（今安徽淮北市濉溪县）人。西晋文学家，也是著名的植物学家。生平事迹，主要见于《晋书·忠义传·嵇含传》。

据《晋书·嵇含传》介绍，嵇含祖父嵇喜乃嵇康兄长，官至徐州刺史，有"当世才"；父亲嵇蕃，官至太子舍人；养父即嵇康的儿子嵇绍，嵇绍待之如同己出。嵇含自幼随养父生活，直至进入仕途。

其为官，先是担任楚王司马玮之掾，司马玮被诛杀后，嵇含受牵连免官。后因举秀才得任郎中。不久转为齐王同征西参军，袭爵武昌乡侯。又被长沙王司马乂召为骠骑记室督尚书郎。怀帝担任抚军将军之时，以嵇含为从事中郎，其后又被惠帝转征为中书侍郎。永兴初年，改迁太子中庶子，道阻未任。改为范阳王司马虓从事中郎，随即担任振威将军兼襄城太守。司马虓兵败，嵇含投奔镇南将军刘弘，后者待之以上宾之礼，并以其为平越中郎将、广州刺史，假节。未及就任，因其性刚躁，与刘弘司马郭劢有隙，被其杀害。时永兴三年（306），嵇含仅44岁。谥曰"宪"。

嵇含为人"好学，能属文"，又"性通敏，好荐达才贤"（《晋书·嵇含传》），深受时人推举。又从其处事看，还有认真细致的一面。如在任郎中之时，弘农王看重嵇含文才，曾在豪宅画上庄子像，并广集朝士，使嵇含当众写赞。嵇含却以为"载退士于进取之堂，可谓托非其所，可吊不可赞"，于是"援笔为吊文"，以致弘农王见后"有愧色"（《晋书·嵇含传》）。可见其较真。又其在司马乂手下任职之时，适逢司马乂与成都王司马颖交战，嵇含为之详细分析敌我双方情况，为司马乂出谋划策，结果被后者采纳。

《嵇含集》《南方草木状》概况：

嵇含有集，但其中篇章多已亡佚。《隋书·经籍志》"晋太傅郭象集二卷"下原注："梁……又有广州刺史嵇含集十卷，录一卷，亡。"不过新、旧《唐书》仍著录为十卷。严可均《全晋文》辑录其文二十五篇（多为残篇）。逯钦立《先秦汉魏晋南北朝诗》存其诗四题三首（其中一题失辞）。嵇含另著有《南方草木状》一书，为植物学内容。该书，隋、唐《志》皆不录，《宋史·艺文志》予以载录，最早载录于南宋《遂初堂书目》，题"晋嵇含南方草木状"。《直斋书录解题》也有著录，云："《南方草木状》一卷，晋襄阳太守嵇含撰。"因著录较晚，故后人对其真伪有争议。四库馆臣以为此书"盖唐时尚不甚显，故史志不载也"，"其书……叙述典雅，非唐以后人所能伪"，又认为应是作者任广东太守时所作："守土之臣得乘边圉宁谧、民气和乐之余，行部川原，询求旧迹。订讹厘舛，勒成是编，以上呈乙览。"所以其气象格局不同于"披寻于断碑碎碣之间，研索于脱简残编之内"的儒生之撰，因之"不得以始见《宋志》疑之"。现存最早版本为南宋左圭于咸淳九年（1273）刊刻的《百川学海》本（见癸集），较为通行的是近人陶湘1927年影印本（题"左氏百川学海"）、《说郛》本、《四库全书》本、《增订汉魏丛书》本、商务印书馆刊本等。此外，1955年商务印书馆《南方草木状》排印本附有上海市历史文献图书馆珍藏的植物图六十幅。1992年中国农业出版社《嵇含文辑注》（张宗子辑注）收有此状，且附录较多。

文学成就：嵇含长于辞赋及说明文。就严可均所辑来看，《嵇含集》中辞赋为多。其《南方草木状》则可看作说明文，其中又多有描状生动的文字。

《嵇含集》现存有16篇小赋（其中有部分仅存序文）。内容广泛，但不涉重大题材，而以咏物为多，举凡草木昆虫禽鸟食物器物并祭祀内容在作者笔下都可以赋体形式表现。嵇含还能把看似不起眼的事物描述得非比寻常。如《瓜赋》，将瓜列为"三芝"之一，与"食之则仙"的云芝、"流范映川"之最的芙蕖并列。谓其虽然品类普通（"甘瓜普植"），但可以"用荐神祇"，而"荒者飨之"又可"忘困解酲"。将甘瓜比德，体现出对优秀品质的推崇。有的适于用论说体表达的内容，嵇含也或用辞赋。如《祖赋》《娱蜡赋》分别述说道祭、大蜡之祭。《寒食散赋》则描述用寒食散救治儿子的情况。可见他对赋这种文体具有很强的驾驭能力，写作得心应手。其赋序文往往记叙作赋来由，交代清楚，词语简洁。

《嵇含集》中散文所存很少，且多为残篇。从内容看，大概仅《吊庄周图文》为完篇。该文显示出作者不惧权势，对弘农王居豪宅而却在宅中画庄子的举动颇不以为然，于是当着弘农王与众朝士作吊文以讽："人伪俗季，真风既散……于是玄虚以助溺，引道德以自奖；户咏恬旷之辞，家画老庄之象。"文中还尖锐的指出对方作为"今王生沉沦名利，身尚帝女，连耀三光，有出无处"，因而"画兹象其焉取"！文中使用对比手法，将弘农王与庄子对比，又将其居豪宅、沉沦名利与画庄子像对比，态度鲜明，语言峻直，作者刚直不阿的性格跃然纸上。

嵇含现存诗歌以《伉俪诗》一首为好。表伉俪情谐，两情心通，以至于时时事事和谐一致，就连饮食起居所用都与爱情相关："余执百两辔，之子咏采蘩。我怜圣善色，尔悦慈姑颜。裁彼双丝绢，著以同功绵。夏摇比翼扇，冬卧鸳鸯毡。饥食并根粒，渴饮一流泉。朝蒸同心羹，暮庖比目鲜。挹用合卺酯，受以连理盘。朝采同本芝，夕掇同穗兰。临轩树萱草，中庭植合欢。"全诗多对仗，铺排渲染，受辞赋影响明显。

《南方草木状》完成于永兴元年（304），是我国现存第一部植物志，在国际上深受重视，1983年国内曾召开过《南方草木状》国际学术研讨会。嵇含撰著此书的目的，是因为南方植物，"中州之人或昧其状"，故"以所闻诠叙，以裨子云耳"。全书分三卷，著录了岭南地区（包括今广东、广西以及越南等地）的植物共计八十种。上卷专录草类，计二十九种；中卷录木类，二十八种；下卷为果类十七种、竹类六种。全文对所收每一种植物的形态都进行描述，如描述"甘蕉（芭蕉）"："望之如树，株大者一围余。叶长一丈，或七、八尺，广尺余、二尺许。花大如酒杯，形色如芙蓉，著茎末百余。子大，名为房，相连累，甜美，亦可蜜藏。根如芋魁，大者如车毂。实随华，每华一阖，各有六子，先后相次，子不俱生，花不俱落，一名芭蕉，或曰巴苴。剥其子上皮，色黄白，味似葡萄甜而脆，亦疗饥。此有三种：子大如拇指，长而锐，有类羊角，名羊角蕉，味最甘好；一种子大如鸡卵，有类牛乳，名牛乳蕉，微减羊角；一种大如藕，子长六七寸，形正方，少甘，最下也。其茎，解散如丝，以灰练之，可纺绩为绤纻，谓之蕉葛。虽脆而好，黄白不如葛赤色也。交、广俱有之。《三辅黄图》曰：'汉武帝元鼎六年，破南越，建扶荔宫，以植所得奇草异木，有甘蕉二本。'"从总体感觉，到具体株围、叶长与宽、花之大小与形色、著茎、果实名与生长形态并其味道、根之形状和大小等等，一一描摹。又交代其异名，其种类，每种形状并优劣，还有其茎之用途，以及产区分布等。细致具体。有的描述虽然简略，但能抓住植物的特征。如"山姜花"："茎叶即姜也，根不堪食。于叶间吐花、作穗如麦粒，软红色。煎服之，治冷气甚效。出九真、交趾。"寥寥几句写出此物不是常见之"姜"，以及治疗作用和产地。其所载在浮芋筏上如何种蓊菜，是最早的无土栽培的记录文字。作者有时还记述南方民俗，保留了较原始的资料。例如"草曲"："南海多矣。酒不用曲蘖，但杵米粉，杂以众草叶、冶葛汁涤溲之；大如卵，置蓬蒿中荫蔽之，经月而成。用此合糯为酒，故剧饮之，既醒，犹头热涔涔，以其有毒草故也。南人有女，数岁即大酿酒。既漉，候冬陂池竭时，置酒罂中，密固其上，瘗陂中；至春潴水满，亦不复发矣。女将嫁，乃发陂取酒，以供宾客，谓之女酒，其味绝美。"讲到南方酿酒的特色，还特意记录了"女酒"的炮制过程以及南方民间嫁女的习俗，其实是有关花雕酒的一则早期资料，弥足珍贵。此籍艺术上除了善于描述之外，还具有文字简练、用语准确而典雅的特征。如"豆蔻花"："其苗如芦，其叶似姜，其花作穗，嫩叶卷之而生。花微红，穗头深色；叶渐舒，花渐出……"从苗到叶，再到花、穗，在描述该植物的形状之时还完整描述出该植物的生长动态，以及花、穗的关系与区别，作者喜用比喻铺叙，但不用累叠重复之法，故语言仍然简练生动。

十八 桓温《桓温集》

桓温（312—373），字元子，东晋谯国龙亢（今属安徽蚌埠市怀远县西龙亢镇）人。东晋著名军事家、政治家，也是文学家。生平事迹，主要见于《晋书·王敦桓温列传》。

桓温先祖桓范是曹魏忠臣，父桓彝为宣城太守，岳父为晋明帝。他本人官至大司马。

桓温幼时就显示出不同寻常。据《晋书·王敦桓温列传》，其初生时，温峤（东晋政治家）见之，谓"有奇骨"，"真英物也"。因为被温峤赏识，所以取名叫"温"。十五岁时，父亲被泾令江播等人所害，桓温从此枕戈泣血，立志复仇。至年十八岁，江播死，桓温乘吊唁之时手刃仇人三子。

桓温好貌相，少时即以此引起朋友注意。"少与沛国刘惔善，惔尝称之曰：'温眼如紫石棱，须作猬毛磔，孙仲谋、晋宣王之流亚也。'"明帝时，"选尚南康长公主，拜驸马都尉，袭爵万宁男，除琅琊太守，累迁徐州刺史。当时他与东晋名将庾翼友善，庾翼向明帝举荐，劝后者"勿以常人遇之，常婿畜之，宜委以方召之任，托其弘济艰难之勋"。不久，朝廷以之为都督荆梁四州诸军事、安西将军、荆州刺史、领护南蛮校尉、假节。桓温此时气壮志远，以恢复神州为己任。穆帝永和二年（346），因深入险地，以少击多，平蜀有功，"进位征西大将军、开府，封临贺郡公"。一生三次北伐，并收复洛阳，受到朝廷重用。先是"进位太尉，固让不拜"。穆帝升平年间，改封南郡公。哀帝初，"改授并、司、冀三州，以交广辽远，罢都督，温表辞不受。又加侍中、大司马、都督中外诸军事、假黄钺"。于是总揽朝政。废帝太和四年（369），兼领平北将军、徐兖二州刺史，复率军北伐。后扶持简文帝登基，希冀简文帝临终禅位于己，或至少如"周公居摄"。事不成，郁愤而终，时年 62 岁。死后追赠丞相，谥曰"宣武"。史官评曰："桓温挺雄豪之逸气，韫文武之奇才，见赏通人，夙标令誉。"在时危多难之际，"逾越险阻，戡定岷峨，独克之功，有可称矣"。北伐之中，"观兵洛汭，修复五陵，引旆秦郊，威怀三辅，虽未能枭除凶逆，亦足以宣畅王灵"。但后来，自己兵败，却"迁怒于朝廷，委罪于偏裨，废主以立威，杀人以逞欲"，"岂不悖哉"！（见《晋书》本传）

桓温为人"豪爽有风概，姿貌甚伟，面有七星"（《晋书》本传），且为性情中人。受到时人欣赏。

又其有想法，有口才，有时随口感慨，后人录之，即成箴言典故。如《晋书》本传记载的："既不能流芳百世，不足复遗臭万载耶？""遂使神州陆沉，百年丘虚。"《世说新语》记载的："木犹如此，人何以堪！""既为忠臣，不得为孝子，如何？"

桓温好文，其交游甚广，其中不乏文士。其下属中就有不少文才出众，有的还颇有成就。如：孟嘉，文学家，陶渊明的外祖父；顾恺之，著名画家；孙盛，文学家，史学家，其《晋阳秋》一书传世；袁宏，文学家，史学家，其《后汉纪》传世；伏滔，文学家，与袁宏齐名；王珣，书法家，文学家，王导之孙，王羲之之侄，书法作品《伯远帖》传世，等等。他们在一起常磋商文艺。如《世说新语》载："桓宣武命袁彦伯作《北征赋》，既成，公与时贤共看，咸嗟叹之。时王珣在坐，云：'恨少一句。得写字足韵，当佳。'袁即于坐揽笔益云：'感不绝于余心，溯流风而独写。'公谓王曰：'当今不得不以此事推袁。'"传为佳话。桓温的父亲桓彝、兄弟桓豁、桓冲、儿子桓伟、桓玄、侄子桓谦（桓冲子）亦并皆能文。桓玄尤其突出。

《桓温集》概况：

桓温著述丰硕，但多已亡佚。《隋书·经籍志》"晋大司马《桓温集》十一卷"，原注："梁有四十三卷，又有《桓温要集录》二十卷，录一卷。"新、旧《唐志》均载"《桓温集》二十卷"。其后亡佚。清人严可均《全晋文》辑录其文十八篇（多为残篇）。

文学成就：桓温作为政治家，现存著述多为疏表一类文章。其内容多为政治、军事，即使是与亲属信件也谈"大事"，而绝无儿女私情或吟花咏草之作。如《与弟冲书》："遗诏使吾依武侯王公故事耳，王谢处大事之极，日愤愤少怀。"而其戎马征讨之豪情，字里行间更为常见。如《辞参朝政疏》，先写自己本愿参政，内心想法，真实可信："臣违离宫省二十余载，……役勤思苦，若得解带逍遥，鸣玉阙廷，参赞无为之契，豫闻曲成之化，虽实不敏，岂不是愿！"但是，想到山河艰难，王室被逼于江南一隅，自然希望奋臂中原，收复失地，豪气油然而生："顾以江汉艰难，不同曩日，而益梁新平，宁州始服，悬兵汉川，戍御弥广，加强蛮盘互，势处上流，江湖悠远，当制命侯伯，自非望实重威，无以镇御遐外。臣知舍此之艰危，敢背之而无怨，愿奋臂投身造事中原者，实耻帝道皇居久陋于东南,痛神华桑梓遂埋于戎狄。"其《上疏自陈》一文,为自己辩诬,但立意高远,不谈诬陷带给自己的得失,却说给国家造成的危害,因而不得不辩:"臣虽所存者公,所务者国;然外难未弭,而内弊交兴,则臣本心陈力之志也。"一般来讲,桓温的疏表,都能据事实讲道理,表面上具有一个属下对上司或皇帝的尊崇,但细品又觉其挟有霸气。如《上疏废殷浩》,述说中军将军殷浩罪责,"神怒人怨",之后建议皇帝废用:"夫率正显义,所以致训,明罚敕法,所以齐众。伏愿陛下上追唐尧放命之刑,下鉴《春秋》无君之典。若圣上含弘,未忍诛殛,且宜遏弃,摈之荒裔……"虽然语气恭谨,但怎么处置,都做了具体安排,其结果是皇帝照办。而据《晋书》本传,"因朝野之怨,乃奏废浩,自此内外大权一归温矣"。

桓温散文语言受辞赋及骈文影响,喜欢用整齐的句式,间插骈偶,节奏鲜明,但不影响意思的表达。

十九　曹毗《曹毗集》

曹毗,生卒年不详,但活到了公元 383 年之后(《晋书·乐志》:"太元中,破苻坚,又获其乐工杨蜀等,闲习旧乐,于是四厢金石始备焉。乃使曹毗、王珣等增造宗庙歌诗,然郊祀遂不设乐。"苻坚被东晋所破发生于建元 19 年即晋孝武帝太元 8 年,也即公元 383 年。故此一般认为曹毗卒年应晚于此年)。字辅佐,东晋谯国(今属安徽亳州市)人。东晋文学家。生平事迹,主要见于《晋书·文苑传·曹毗传》。

曹毗的高祖是三国时期魏大司马曹休,其父亲曹识官至右军将军。曹毗还是东晋著名文学家曹摅的侄子,他自己也以文学创作著称于世。据《晋书·文苑传》记载:"毗少好文籍,善属词赋。"

曹毗早年,"郡察孝廉,除郎中,蔡谟举为佐著作郎"。其后,因服父孝去职。服孝期满,"迁句章令,征拜太学博士","累迁尚书郎、镇军大将军从事中郎、下邳太守",官至光禄勋。(引文见《晋书·文苑传》)

《曹毗集》概况:

《晋书·文苑传》记载曹毗"凡所著文笔十五卷,传于世"。至《隋书·经籍志》,著录"晋光禄勋曹毗集十卷",其下注云:"梁十五卷,录一卷。"《隋志》又录有"《曹毗集》四卷"、曹毗"《论语释》一卷"、曹毗

"《曹氏家传》一卷"。新旧《唐志》并录"《曹毗集》十五卷"。此外，《齐民要术》、类书如《北堂书钞》《艺文类聚》《太平御览》以及《太平广记》等还引录有曹毗《杜兰香传》或《杜兰香别传》。以上诸书所记曹毗撰作，皆已散佚。清人严可均《全晋文》辑录其文十九篇（多为残卷，另有一篇有目无辞）；今人逯钦立《先秦汉魏晋南北朝诗》之"晋诗卷十二"录其诗9首，又卷二十一录其诗三首（代杜兰香作），将同一位作者的诗歌分作两处录入，显然是笔误。又，著录于《晋书·乐志》的曹毗10篇"宗庙歌诗"在逯编中漏收（王珣的两首也漏收）。曹毗还有《志怪》一书，已亡佚，鲁迅《古小说钩沉》从《初学记》《太平御览》《草堂诗笺》中辑得1篇。

文学成就：曹毗一生以富于文学才华显名。《晋书》将其列入《文苑传》，称他与庾阐同为"中兴之时秀"（《文苑传序》），还特意记载了曹毗任太学博士，"时桂阳张硕为神女杜兰香所降，毗因以二篇诗嘲之，并续兰香歌诗10篇，甚有文采。又著《扬都赋》，亚于庾阐"。后又因"名位不至"，而"著《对儒》以自释"。《文苑传》并全文加录。《乐志》又载"太元中，破苻坚"，曹毗、王珣等受命"增造宗庙歌诗"，共12篇，曹毗一人所撰就有10篇，其诗文亦均被著录。又有小说创作。可以看出，曹毗对当时文学诸多体裁都较擅长。

现存曹毗文章，多为辞赋，以"赋"命名的共十三篇（均为残卷）。内容方面，咏物为多，时有新鲜题材。如《咏冶赋》《冶成赋》，写冶炼、冶成，是过去文人鲜少接触的内容。这一时期由于骈文盛行，曹毗赋也多作骈词偶句，文采斑斓。如现存《观涛赋》残文："伊山水之辽回，何秋月之凄清。瞻沧津之腾起，观云涛之来征。尔其势也，发源滇池，回冲天井，洒拂沧汉，遥栎星景。伍子结誓于阴府，洪湍应期而来骋。汩如八风俱臻，隗若昆仑抗岭。"讲究对偶，多为四六句式，讲究用典与押韵，特别是讲究运用典雅而意义难明的语词如"辽回""沧津""遥栎星景""八风俱臻"等，使该文呈现出骈赋的一些特征。

曹毗最为人称道的文章是《对儒》一篇。当时作者身为下邳太守，而以为名位不至，于是著文以自释。该文采取问对方式，述说自己何以要入仕途舞文弄墨的原因。先是借问者之言，描述自己"吐辞则藻落杨班，抗心则志拟高鸿，味道则理贯庄肆，研妙则颖夺豪锋"，却"无玄韵淡泊，逸气虚洞，养采幽翳，晦明蒙笼。不追林栖之迹，不希抱鳞之龙，不营练真之术，不慕内听之聪"，反而要"处泛位以核物，扇尘教以自濛，负盐车以显能，饰一己以求恭"。"既登东观，染史笔；又据太学，理儒功。"不能远离世俗福禄，最终必定会自罹其难："名为实宾，福萌祸胎，朝敷荣华，夕归尘埃"。接着以主人答问口吻，说明"大人达观，任化昏晓，出不极劳，处不巢皓，在儒亦儒，在道亦道，运屈则纡其清晖，时申则散其龙藻"。自己所为也是出于自然，是灵活处世。兼之现在是"三明互照，二气载宣，玄教夕凝，朗风晨鲜，道以才畅，化随理全"之世，故而"安期解褐于秀林，渔父摆钩于长川"，自己所为，"何有违理之患，累真之嫌"。文章抒写的是亦儒亦道的内容，其实是因为仕途失意而想借此展示自己的才华以及与此不相称的低下地位。形式上，铺陈排比，流文溢采，用的也是辞赋手法。

曹毗的诗歌大致可分为两类，一是他自己的咏物抒怀之作，二是奉命所作的"宗庙歌诗"。两类数量相当。第一类诗抒情性较强，而且往往借助于咏物写景，情感含蓄真挚。较为人称道的是其《夜听捣衣诗》："寒兴御纨素，佳人治衣襟。冬夜清且永，皎月照堂阴。纤手迭轻素，朗杵叩鸣砧。清风流繁节，回飙洒微吟。嗟此往运速，悼彼幽滞心。二物感余怀，岂但声与音。"描述听闻捣衣之声以及自然环境，想象捣衣人的容貌与"幽滞"之心，并熔铸了自己的感受，意境优美凄清，韵味有余不尽。对后世同题诗作影响很大。第二类为歌颂东晋已经逝世的皇帝，以歌功颂德为能事，但所写内容各不相同，故亦殊非易事。如《歌宣帝》，赞其"应运拨乱，厘整天衢"，因其有开国功绩；《歌孝武帝》，则赞其"神钲一震，九域来同，道积淮海，雅颂自东"，因为淝水之战发生于孝武统治的时期，尽管不是皇帝具体指挥，但功劳算在他头上似也无可厚非。曹毗还有一种比较特殊的诗歌，属于代言体，这就是代"神女"杜兰香写给所降之人张硕的一组诗，现存三首（其一为残篇）。诗皆描述神女之神性，显然是想凸显其不同一般的身份。如《杜兰香作诗》："阿母处灵岳，时游云霄际。众女侍羽翼，不出墉宫外。飚轮送我来，岂复耻尘秽。从我与福俱，嫌我与祸会。"诗歌也写出了杜兰香犹如普通少女那种细腻多思的心迹，体现出人物的复杂性。

曹毗《杜兰香传》（又名《杜兰香别传》），是一篇志怪小说，记述神女杜兰香与凡人张硕的爱情故事，已亡佚，但《齐民要术》及类书《北堂书钞》《艺文类聚》《初学记》《太平御览》等，还有《太平广记》都有引述（详见李剑国《唐前志怪小说史·魏晋志怪小说》，李剑国还将记述于多部典籍的《杜兰香传》残文以《艺文类聚》为底本做了辑录）。现存文字去其重复还有六百余字，在当时志怪小说中算是"长篇"了。小说结构完整，多写杜兰香的神奇之处，从中可看出人物的温情和细心；文笔雅丽。

二十 戴逵《戴逵集》（附：戴逵之子戴颙创作）

戴逵（？326—396），字安道，东晋谯国铚（今属安徽淮北市濉溪县临涣镇）人。东晋思想家、画家、雕塑家、音乐家、文学家，艺术才华卓著。生平事迹，主要见于《晋书·隐逸传·戴逵传》及《世说新语》。今人洪惠镇《戴逵》一书对戴奎生平事迹有较系统的介绍。

戴逵出身官宦之家，但从小爱好艺术，成人后潜心学术与艺术，不入仕途。

据《晋书·戴逵传》载，"（戴逵）少博学，好谈论，善属文，能鼓琴，工书画，其余巧艺靡不毕综"。而且肯动脑，勤动手，很小就思考用特殊材料进行艺术创作，引起时人惊叹："总角时，以鸡卵汁溲白瓦屑作《郑玄碑》，又为文而自镌之，词丽器妙，时人莫不惊叹。"早年师事范宣。范宣为博学通儒，但从不应征，安贫乐道。戴逵非常仰慕他的才学和为人，也成为当时著名的"通隐"。师徒两人相互看重，也相互影响。范宣后来将侄女嫁给了他。不久，身为太宰的武陵王司马晞听说戴逵善于弹琴，使人召之，"逵对使者破琴曰：'戴安道不为王门伶人！'"武陵王于是转而召请戴逵的哥哥，后者"闻命欣然，拥琴而往"。其后戴逵徙居会稽之剡县（今浙江嵊县），如同老师一样，终生不仕，而"常以琴书自娱"。"孝武帝时，以散骑常侍、国子博士累征，辞父疾不就。郡县敦逼不已，乃逃于吴。"正好他有一个朋友吴国内史王珣在武丘山有别馆，戴逵悄然而往。这时会稽内史谢玄顾虑他远遁不返，乃上疏为之求情，皇帝终于同意不再征召，戴逵才得以回家。后来，"王珣为尚书仆射，上疏复请征为国子祭酒，加散骑常侍，征之，复不至"。太元二十年，太子太傅会稽王道子、少傅王雅、詹事王珣又联名上疏曰："逵执操贞厉，含味独游，年在耆老，清风弥劲。东宫虚德，式延事外，宜加旌命，以参僚侍。逵既重幽居之操，必以难进为美，宜下所在备礼发遣。"但此时戴逵却因病辞世。

戴逵对他的老师也很有影响。《世说新语·巧艺》说："戴安道就范宣学，范读书亦读书，范抄书亦抄书，唯独好画，范以为无用，不宜劳思于此。"但戴逵认为作画也很重要，于是"乃画《南都赋》图。范看毕咨嗟，甚以为有益，始重画"。

戴逵喜游历，好交友。但他在交友方面是有选择的，一般名士或有才艺者方与之相交。《世说新语·雅量》注引《晋安帝纪》说他"多与风流高门者游"。《栖逸》篇注引《续晋阳秋》说："戴逵居剡，既美才艺而交游贵盛"。如与王徽之、郗超、谢安等都有交往。王徽之还曾雪夜乘船找他，至门未访而还。传为佳话。与风流高门者的交往，对戴逵为人及其艺术修养都有帮助。

戴逵在思想上，一方面深受儒家影响。他潜心儒学，并发展了儒家形神一元论的学说，表现出无神论的思想。对佛教因果报应之说持反对态度，曾与高僧慧远等人反复辩论，并撰《释疑论》一文，阐明自己的观点。对所谓名士风流的放荡任性，戴逵也不以为然，著有《放达为非道论》加以批评。所以《晋书》本传谓其"性高洁，常以礼度自处，深以放达为非道"。在当时文人多任性放诞的时代，戴逵不从流俗，坚守其道，故亦颇受敬重。但另一方面，他也深受玄学的影响，淡泊名利，远离仕途，追求精神自由；又善清谈。此外，他对佛学在态度上也有服膺的表示，不仅在《答远法师书》中明确称自己"伏膺法训，诚信弥至"，还塑造了很多佛像。但是对佛教的基本主张又不以为然，甚至对佛经很少涉猎。

戴逵在艺术上成就极大，在音乐、绘画、雕塑及书法等方面都有极高造诣。绘画方面，与顾恺之齐名，后者称誉他的肖像画"如其人"。所绘人物、山水，南朝齐代的谢赫《古画品录》称之为"情韵绵密，风趣巧发"。雕塑，在当时则无人可比，尤其擅长佛教雕塑。曾为山阴灵宝寺造无量佛木像，高达六丈，又造文殊菩萨巨像，还为瓦官寺塑五世佛像。《梁书·诸夷传》："晋义熙初，（师子国）始遣献玉像，经十载乃至。像高四尺二寸，玉色洁润，形制殊特，殆非人工。此像历晋、宋世在瓦官寺，寺先有征士戴安道手制佛像五躯，及顾长康维摩画图，世人谓为三绝。"惜俱不传。戴逵的艺术富于创造性，例如他将漆器制作中的夹纻技术应用于佛像漆绘，这种方法至今沿用于佛像雕塑。其卓越的艺术成就使之在中国艺术史上占有重要地位。

《戴逵集》概况：

戴逵在思想领域及多个艺术领域都有杰出表现，文学方面也有成就，著述甚多。《隋书·经籍志》著录"《晋征士戴逵集》九卷"，原注云："残缺。梁十卷，录一卷。"又著录其《五经大义》三卷、《竹林七贤论》二卷、《老子音》一卷（原注："梁有《老子音》一卷，晋散骑常侍戴逵撰，亡。"）多已亡佚。新、旧《唐志》均仅录有《竹林七贤论》和《戴逵集》，《宋史·艺文志》则已无著录。清人严可均《全晋文》辑录其文二十一篇（多为残卷）。

文学成就：戴逵文学创作，体式较多，反映出才情的多样性。他在写人方面，往往简笔描画就能突出对象的主要特征，语言简约隽永，对《世说新语》影响明显。

其现存文章计有辞赋三篇，书五篇，赞九篇，论四篇。其中，论、赞较多完篇。《竹林七贤论》尤其值得注意。一是它保存了竹林七贤的有关行为事迹，为《世说新语》及刘孝标注提供了很多资料，也是我们今天研究竹林七贤的宝贵材料。二是反映出戴逵本人的看法，为我们研究东晋人士特别是戴逵本人的看法提供第一手资料。三是该文献记述竹林七贤，往往用寥寥几笔就传神地刻画出人物性情，不仅本身具有艺术性，还能帮助我们了解《世说新语》艺术风格的形成原因。顾农《从〈竹林七贤论〉看戴逵其人》（载《古典文学知识》2007年第3期）评价《竹林七贤论》的写人特点说："寥寥数句，甚至一两句，就写出了人物的风采以及他与相关人物之间的关系。戴逵很讲究抓住最典型最有特色的细节，直指幽微，一下子勾画出人物的风神，真所谓遗貌取神，简而得要。"这种写法对《世说新语》影响至为深刻，甚至《世说新语》的一些条目就直接取录《竹林七贤论》。如《世说新语·任诞》之"刘伶病酒"条，按刘孝标注，就是完全出自《竹林七贤论》。又，"嵇康与吕安善，每一相思，千里命驾。"亦出自《竹林七贤论》。再如《竹林七贤论》云："嵇绍入洛，或谓王戎曰：'昨于稠人中始见嵇绍，昂昂然若野鹤之在鸡群。'"《世说新语·容止》为："有人语王戎曰：'嵇延祖卓卓如野鹤之在鸡群。'答曰：'君未见其父耳！'"显然也来自前者。《世说新语》沿袭了《竹林七贤论》的笔调，"记言则玄远冷隽，记行则高简瑰奇"（鲁迅：《中国小说史略》）。戴逵的另外几篇"论"《释疑论》《答周居士难释疑论》和《放达为非道论》，都能鲜明地表明观点，可以看出作者在佛教盛行或名士推崇放达任诞的风气下，持守内心所见，不为流俗所动的为人坚定的特点。文章列举事实，说理明晰，具有理趣。

戴逵喜欢写赞，举凡山、水、人、物，都有涉笔。对于山水自然，戴逵往往于赋形之中体现自己的思志。如《山赞》在对山做了形象描绘之后，又说："轻霞下拂，神泉旁漱。"用拟人化手法写出了山的绝尘远世的姿态，实为阐发自己的心愿。作为四言韵语，应该说赞文一体不利于描述，故一般都用典雅语言直抒胸臆。戴逵的写法显然有些不同。至于人物，戴逵往往是写印象最深的一点。如《颜回赞》，不像一般人提到颜回就说其安贫乐道的生活状态，而是述说他传播孔子学说的贡献，借此表达敬重之情："神道天绝，理非语象。不有伊人，谁怜谁述。"

戴逵也写诗，但没有作品传世。钟嵘《诗品》评论说："安道诗虽嫩若，有清上之句。"

戴逵的两个儿子戴勃、戴颙也富于艺术才华，长于音律，并同父亲一样有隐逸之志。尤其是次子戴颙，以孝道著称于世，其事迹被《宋书》列入《隐逸传》。才情亦非同一般，精通音律，往往自创新声。又擅长雕塑。撰有《逍遥论》《月令章句》《丧礼杂义》《礼记中庸篇注》等文。

二十一　桓玄《桓玄集》

桓玄（369—404），字敬道，小名灵宝；因袭封其父"南郡公"爵位，故亦称"桓南郡"；又曾短暂称帝（国号桓楚），谥号武悼。东晋谯国龙亢（今安徽怀远西龙亢镇）人。东晋著名军事家，也是文学家。生平事迹，主要见于《晋书·桓玄传》《宋书·武帝纪》等。

《晋书·桓玄传》载，桓玄是桓温之子，五岁丧父，随即爵袭南郡公。及至成人，常常自负有才，"以雄豪自处，众咸惮之，朝廷亦疑而未用。年二十三，始拜太子洗马"。孝武帝太元末，任义兴太守，自以为官小，郁郁不得志。"尝登高望震泽，叹曰：'父为九州岛伯，儿为五湖长！'弃官归国。"在荆楚积年，优游无事，但地方长官如荆州刺史殷仲堪等甚敬惮之。"会稽王道子亦惮之，不欲使在荆楚。"正好朝廷诏其"督交、广二州、建威将军、平越中郎将、广州刺史、假节"，但桓玄虽然受命却不赴任。安帝隆安二年（398），与青、兖二州刺史王恭、荆州刺史殷仲堪起兵征讨江州刺史王愉及谯王尚之兄弟。战后，桓玄为江州刺史，杨佺期为雍州刺史，殷仲堪被贬为广州刺史。三人结盟，桓玄被推为盟主。于是联名上书要求诛杀司马尚之与司马牢之等，"朝廷深惮之"，恢复殷仲堪原职以求和解。桓玄为人倨傲，以杨佺期为寒门而轻视，引起对方不满，劝殷仲堪杀掉桓玄，后者未允。司马元显想要利用桓、杨矛盾，于是加桓玄都督荆州长沙郡、衡阳郡、湘东郡及零陵郡四郡诸军事，并让桓玄的哥哥桓伟代替杨佺期的哥哥杨广为南蛮校尉。杨佺期欲起兵，又被殷仲堪拦住。桓玄却乘殷仲堪忙于开仓赈民之时，起兵征讨杨佺期，并夺取殷仲堪的积粮，引发与殷、杨的大战。结果，大败对手，杨佺期被杀，殷仲堪也被逼自杀。隆安四年（400），桓玄进一步向朝廷要求权势，朝廷不得已让其都督荆、雍、秦等七州诸军事，加后将军、荆州刺史、假节，不久又应其要求加江州刺史。隆安五年（401），桓玄借口讨伐孙恩，要勤王进军京都建康，因孙恩退走，未果。但桓玄势力益强。公元401年，朝廷开始讨伐桓玄，反被桓玄攻进京师。进京之后，桓玄假诏以自己为总百揆、侍中、都督中外诸军事、丞相、录书尚事、扬州牧，领徐州刺史，加假黄钺、羽葆鼓吹、班剑二十人，自此掌管国事。公元403年，逼迫晋安帝禅位于己，第二年正式登基，国号为"楚"。由于为政严苛，生活骄奢，豪举无度，人心思变。公元404年，刘毅等起义兵，不到三个月，桓玄就兵败被杀，年三十六。东晋王朝得以恢复。

桓玄为人"形貌瑰奇，风神疏朗"，但豪奢"贪鄙，好奇异，尤爱宝物，珠玉不离于手"（《晋书·桓玄传》）。对他人所持宝物，千方百计占为己有。《晋书》本传列举说："人士有法书好画及佳园宅者，悉欲归己，犹难逼夺之，皆蒲博而取。遣臣佐四出，掘果移竹，不远数千里，百姓佳果美竹无复遗余。"又"信悦谄誉，逆忤谠言"。篡位之后，穷奢极欲，"游猎无度，以夜继昼"，贪恋享乐。他有时也对下属施行小惠，但终不得人心。

桓玄喜欢艺术，喜好艺术品收藏，并与当时艺术家如顾恺之等交善；也喜欢舞文弄墨，故《晋书》本传谓其"博综艺术，善属文"。

《桓玄集》概况：

桓玄生前写下不少诗文。《隋书·经籍志》"《周易系辞》二卷"下原注："晋桓玄注。"又著录"晋《桓玄集》二十卷"。新、旧《唐志》亦并著录"《桓玄集》二十卷"。后亡佚。清人严可均《全晋文》辑录其文三十五篇（多为残卷），今人逯钦立《先秦汉魏晋南北朝诗》之录其诗三首（其中一首仅存一句）。

文学成就：桓玄的存世之文多与其军事、政治活动相关，但也有抒发个人感受的辞赋等文类。桓玄现存三篇赋皆是吟咏禽鸟,特点是能将描述对象的外形特征、行为举止或特殊遭际与情感道德等结合起来,令人有耳目一新之感。如《鹤赋》:"擢高距以自抗,延修颈以轩瞩。分赪玄以发藻,通太素其如玉。"符合鹤的外形特点,又写出了高雅不俗的精神。《鹦鹉赋》:"有逿方之令鸟,超羽族之拔萃。翔清旷之辽朗,栖高松之幽蔚。罗万里以作贡,婴樊绁以勤瘁。红腹赪足,玄额翠顶。革好音以迁善,效言语以自骋。翦羽翮以应用,充戏玩于轩屏。"通过鹦鹉的"翔清旷之辽朗,栖高松之幽蔚"的清远之志与其被"罗万里以作贡,婴樊绁以勤瘁"的遭遇前后反差,"红腹赪足,玄额翠顶,革好音以迁善,效言语以自骋"的内外之美与"翦羽翮以应用,充戏玩于轩屏"的处境对比,寄寓了作者深切的同情。

桓玄有一类论佛事的文章,从政治出发,具有鲜明的个人观点和逼人的气势。《沙汰众僧教》针对不少僧人失道奢淫,要求所辖各地对僧徒进行严格甄别,凡"能申述经诰,畅说义理,或禁行休整,奉戒无亏,恒为阿练若者;或山居养志,不营流俗者",可以继续为僧,"有违于此者,皆悉罢道"。措辞明晰,毫不含糊,口气不容置疑。《与释慧远书罢道》更是直接评价"今世道士,虽外毁仪容,而心过俗人",因而劝说高僧慧远"迷而知返,去道不远"。他还多次撰文,论述沙门应敬王者,希望将佛教并僧人归于世俗统治之下。就此问题仅仅与王谧相论,现存即有《与王谧书论沙门应致敬王者》《难王谧》《重难王谧》《三难王谧》诸文,另外还有与桓谦、慧远等人书信。大有不达目的誓不罢休之势。

向皇帝所上的疏表,也是要求清楚明了,一是一,二是二,不模糊不扭捏。如《上疏理谤》,要求皇上不要听信对自己的诽谤,论述了父亲的功劳,然后责问:"之于先帝龙飞九五,陛下之所以继明南面,请问谈者,谁之由邪?谁之德邪?岂惟晋室永安,祖宗血食,于陛下一门,实奇功也。"问的是"谈者",但被要求回答的显然是皇帝。末尾还要求皇帝拿出解决措施。语气咄咄逼人,显出悍将霸气。

二十二 戴祚《西征记》《甄异传》

戴祚,生卒年不详,字延之,东晋江东(今安徽芜湖以下长江下游南岸地区)人(据封演《封氏闻见记》)。东晋小说家。生平事迹,史籍罕载，主要见于郦道元《水经注》卷四、五、十五、十六、二十二、二十三等所引戴祚《西征记》、唐人封演《封氏闻见记》卷七所引《西征记》、宋人王钦若等编纂的《册府元龟》卷五五五（《国史部·采撰》）等。

戴祚曾官西戎太守（据《册府元龟·国史部·采撰》）。东晋末期，义熙十三年（417）作为刘裕参军从其西征姚泓。当时刘裕"入长安，舟师所届，次于洛阳"，"命参军戴延之与府舍人虞道元即舟溯流，穷览洛川，欲知水军可至之处。延之届此而返，竟不达其原也"（《水经注》卷一五"洛水"）。此时应为壮年。这次西征，戴祚著《西征记》二卷，记述洛河等地之行。又曾撰小说，有《甄异传》三卷，为志怪类。余事不详。陈寅恪《北方胡族统治者的徙民与人民的屯聚问题（坞壁与桃花源）》（载《陈寅恪魏晋南北朝史讲演录》一书第八篇），认为戴祚西征，有过类似陶渊明《桃花源记》中渔人的经历："陶潜与征西将军佐本有雅故，疑陶潜间接或直接得知戴延之等从刘裕入关途中的见闻。《桃花源记》所谓'土地平旷'者与皇天原'平博方里余'相合；所谓'太守即遣人随之往……不复得路'者，与刘裕派遣戴延之溯洛水而上，至檀山坞而返相似；所谓'山有小口'者，与郗鉴峰山坞的'峄孔'相同；所谓'落英缤纷'者，亦与戴延之被派以四月入山的时令相应。《白氏长庆集》一六《大林寺桃花》云：'人间四月芳菲尽，山寺桃花始盛开。长恨春归无觅处，不知转入此中来。'附序有云：'大林穷远，人迹罕到，山高地深，时节绝晚，于时孟夏四月，如正二月天，梨桃始华，涧泉犹短。'山高地寒，节候较晚，四月正是落英缤纷之时。此戴延之所见，而被陶潜记入《桃花源记》中。"戴祚《西征记》中也记述了他的这些见闻。故此，陈寅恪认为，陶渊明后来作《桃花源记》，"记实的部分乃依据义熙十三年春夏间刘裕率师入关时，戴延之等所见所闻的材料写成"。

《西征记》《甄异传》概况：

《西征记》，《隋书·经籍志》有著录，谓"《西征记》二卷戴延之撰"；《新唐书·艺文志》亦有著录，谓"戴祚西征记二卷"。宋代《册府元龟·国史部·采撰》虽然记载有"戴祚西戎太守，撰……《西征记》一卷"，但卷数已经不足。而《直斋书录解题》则未见著录。此书亡佚。北魏郦道元《水经注》，唐代封演《封氏闻见记》，唐代类书如欧阳询《艺文类聚》、徐坚《初学记》，宋代类书如《太平御览》等有其佚文。《甄异传》，《新唐书·艺文志》记为"戴祚《甄异传》三卷"。《册府元龟·国史部·采撰》

载："戴祚，西戎太守，撰《甄异传》三卷"。亦亡佚。鲁迅《古小说钩沉》辑录其佚文十七则。

文学成就：戴祚以记述行与编撰小说称名于世。

《西征记》是文学史上较早的纪行类散文，它详细记录了戴祚为刘裕参军从其西征姚秦时的所见所闻，其中有不少文字为描述一些水道流经路途及沿途地貌风情，为《水经注》多所引述。如《水经注》卷一五"洛水"，仅被陈寅恪《桃花源记旁证》（见陈寅恪《金明馆丛稿初编》）用作旁证的材料，就有："洛水自枝渎又东出关，惠水右注之。世谓之八关水。戴延之《西征记》谓之八关泽。""洛水又东迳百谷坞北，戴延之《西征记》曰：坞在川南，因高为坞，高十余丈，刘武王西入长安，舟师所保也。""戴延之从刘武王《西征记》曰：有此尸。……"而《水经注》他处引《西征记》更不在少数，仅笔者粗略统计，卷四、五、十三、十五、十六、二十二、二十三、二十五等都往往有不止一处引述。唐代《封氏闻见记》卷七也录有佚文："戴祚作《西征记》，云：'开封县东二佛寺，余至此见鸽大小如鸠，戏时两两相对。'"《西征记》纪实性强，文笔简练，描述具体，间有生动文字。如《水经注》卷五："今见祠在东岸，临河累石为壁，其屋宇容身而已。"寥寥数字，写出了该祠所在位置、材料质地及建筑方式，还形容了祠堂的狭小。卷十六："戴延之《西征记》云：次至白超垒，去函谷十五里，筑垒当大道，左右有山夹立，相去百余步，道从中出……"描述出白超垒所在的险要地势，生动地说明了白超垒建筑扼守的地位。

《甄异传》是一部志怪小说集。但写法形式上如同录史，年号、地点、人名等尽皆齐全，然而题材却是鬼怪神异。主人公有为"徐州""沛郡""沛国""彭城""谯郡"等地人者，住地较集中于当时沛、谯二郡，离戴祚家乡不远。故该集应该是作者根据传闻而编撰，如同六朝其他志怪小说一样。小说受佛、道两教影响甚深，内容多为因果报应或人死而复生。文笔较曲折，有的描写还比较细致。例如"张阍"一则："城张阍以建武二年从野还宅，见一人卧道侧，问之，云：'足病不能复去，家在南楚，无所告诉。'阍闵之。有后车载物，弃以载之。既达家，此人了无感色，且语阍曰：'向实不病，聊相耳！'阍大怒，曰：'君是何人，而敢弄我也？'答曰：'我是鬼耳！承北台使，来相收录；见君长者，不忍相取，故佯为病卧道侧。向乃捐物见载，诚衔此意；然被命而来，不自由，奈何！'阍

惊请留鬼，以豚酒祀之。鬼相为酹享，于是流涕固请，求救。鬼曰：'有
与君同名字者否？'阎曰：'有侨人黄阎。'鬼曰：'君可诣之，我当自往。'
阎到家，主人出见，鬼以赤摽摽其头，因回手以小铍刺其心，主人觉，鬼
便出。谓阎曰：'君有贵相，某为惜之，故亏法以相济；然神道幽密，不
可宣泄。'阎后去，主人暴心痛，夜半便死。阎年六十，位至光禄大夫。"
张阎救人，不惜扔掉财物，不料被救者却自言是装病，引发张阎大怒。而
后，其人又自云是鬼，受命前来索命，见张阎是一"长者"，"不忍相取"，
但因是"被命而来"，又身不由己。张阎好酒好肉祀之，又加上"流涕固
请，求救"，于是鬼用另一人与其作了替换，张阎日后还做了大官。张阎
救人却变成了"救"索命之鬼，继而又因鬼获救，故事内容虽然无所可
取，但行文颇见波澜。文中刻画鬼的矛盾心理也比较细腻，尤其是后文
"鬼以赤摽摽其头，因回手以小铍刺其心，主人觉，鬼便出"，不仅描写
具体细致，而且"主人觉，鬼便出"一句还写出了鬼的心虚，用笔简练
而传神。

南　朝

　　南朝时期，中国文学在主体上仍然沿着讲究艺术技巧的方向发展，旧有文体不断更新，尤其是诗歌方面表现突出，先是晋末宋初的陶渊明以田园诗创作给诗坛带来新的气象；紧随其后的谢灵运创作大量山水诗，诗歌由是在题材和写法上又有了新的变化；接着是鲍照用七言歌行表现多种题材内容，促进了七言诗的成熟和发展；继而沈约与谢朓等人自觉地在诗歌中运用平仄，诗歌因此律化而成为新的体式；南朝后期，庾信、徐陵等人倡导和创作宫体诗，致使新体诗不仅在内容方面有新变，而且在声律方面更趋于稳定，抒情和描写等方面也有了新的技巧。此外，讲究对仗、声律、用典与辞藻的骈文写作也日趋繁盛，庾信、徐陵等都有堪称典范的骈文作品。形式主义文风在南朝愈演愈烈。

　　与此同时，北朝却是以风格明朗质朴的应用性文体的写作占据文坛主流地位。散文大家郦道元、杨衒之、颜延之、贾思勰等并为北朝作家。

　　南北朝时期，皖地作家寥寥。且虽然皖地多属南朝，但因其时江淮之地多征战，故作者以应用文写作为多，甚至还有以经学研究著称者，其势类如北朝。文学方面堪可一提的是何氏家族。以存留作品多少计，则何尚之较为出色。他的孙子何胤以注释经典称誉于世。从这一表现看，皖地创作类同北地。

二十三　何尚之《何尚之集》（附：何尚之之子何偃、孙何胤创作）

　　何尚之（382—460），字彦德，南朝宋庐江灊县（今安徽霍山县）人。南朝宋代政治家、文学家。生平事迹，见于《宋书》《南史》本传。

　　据《宋书·何尚之传》载，何尚之出生官宦人家，祖父、父亲俱官至太守。其父何叔度"恭谨有行业"，"太保王弘称其清身洁己"。何尚之本人幼时"颇轻薄",但"既长折节蹈道",反而"以操立见称"。谢混(谢灵运的叔父)了解他的为人后,与之交善。

何尚之一生,仕途比较平顺。初入仕,为临津令。宋高祖刘裕领征南将军之时,何尚之以主簿身份随征长安,劳疾积年。后以从征之劳,封爵都乡侯。少帝即位,为庐陵王义真车骑咨议参军。到太祖(文帝)即位,又"出为临川内史,入为黄门侍郎,尚书吏部郎,左卫将军",直到父丧,离职。服丧期满,"复为左卫,领太子中庶子"。何尚之为人,"雅好文义,从容赏会",深得太祖看重。元嘉十二年(435),被提拔为侍中,兼中庶子,不久又改任游击将军。第二年,任丹阳尹。后迁吏部尚书。对朝廷多所劝谏。曾察觉左卫将军范晔"意趣异常",于是提醒皇帝早作防范。其后范晔果然谋反,被诛。"上嘉其先见。国子学建,领国子祭酒。又领建平王师,乃徙中书令,中护军。"元嘉二十三年(446),"迁尚书右仆射,加散骑常侍"。这一年,朝廷修建玄武湖,"上欲于湖中立方丈、蓬莱、瀛洲三神山,尚之固谏乃止"。时又造华林园,适逢盛暑,何尚之又谏让工人增加休息时间。皇帝喜欢夜晚出行,尚之又上表劝谏"安不忘危"。次年,皇帝希望"以一大钱当两",大臣多赞同,何尚之力谏中止,但未被采纳,"遂行之经时,公私非便,乃罢"。"(元嘉)二十五年,迁左仆射,领汝阴王师,常侍如故。二十八年,转尚书令,领太子詹事。"

到元嘉二十九年(452),何尚之告退,并在方山著《退居赋》以明其志。经诏书敦劝,方复摄职。在刘劭弑立之时,尚之"进位司空,领尚书令"。当时"三方兴义",刘劭欲诛杀他们留在都邑的老小,尚之"诱说百端",终于劝止。孝武帝继位后,尚之复为尚书令,领吏部,迁侍中、左光禄大夫,领护军将军。多所建言。如当时"荆、扬二州,户口半天下,江左以来,扬州根本,委荆以阃外,至是并分,欲以削臣下之权,而荆、扬并因此虚耗"(《宋书》本传)。于是尚之建言复合二州,但未被采纳。《宋书》本传"史臣"分析当时形势,认为"尚之言并合,可谓识治也矣"。到大明二年(458),何尚之已经是"左光禄、开府仪同三司",兼任侍中。不久"复以本官领中书令"。大明四年(460),薨于位,年七十九。"追赠司空,侍中、中书令如故。谥曰简穆公。"

何尚之虽然权重,但为人公正廉洁。"立身简约,车服率素,妻亡不娶,又无姬妾。秉衡当朝,畏远权柄,亲戚故旧,一无荐举,既以致怨,亦以此见称。"又对朝廷忠心,故深得皇帝信任。

何尚之"爱尚文义，老而不休"，多有撰述。于学术，喜好研究玄学。任职丹阳尹期间，"立宅南郭外，置玄学，聚生徒"。各地名士纷纷"慕道来游，谓之南学"。对佛门亦爱护有加，认为如果百姓信佛，"百家之乡，十人持五戒，则十人淳谨矣。千室之邑，百人修十善，则百人和厚矣。传此风训，以遍寓内，编户千万，则仁人百万矣。此举戒善之全具者耳，若持一戒一善，悉计为数者，抑将十有二三矣。夫能行一善，则去一恶。一恶既去，则息一刑。一刑息于家，则万刑息于国"，皇帝就可"坐致太平"（见梁代僧佑《弘明集》卷十一）。因此力倡文帝维持佛教兴隆的局面。

《何尚之集》概况：

何尚之曾有文集十卷，但很早就已不存。《隋书·经籍志》"宋会稽太守张畅集十二卷"下原注："梁……又有宋司空何尚之集十卷，亡。"清人严可均《全宋文》辑录其佚文 14 篇（多为残篇）。其中，赋 1 篇（另有 1 篇只是存目），其余几乎都是表奏书信一类。

文学成就：何尚之的散文具有其鲜明的特征。作者有不少文章是写给皇帝的表奏，其中没有一篇是为个人陈利害，无论是检举他人还是为他人求情或者为朝廷出谋献策，总能体现为君主、国家的一片苦心。语言则既明晰又委婉，符合其作为臣僚的身份。如《表荐行幸侵夜》："舆驾比出，还多冒夜，群情倾侧，实有未宁。"直接表明皇帝夜出不妥，"群情倾侧"一语则表明担心，想来对方读后也不会不感动。后文指出夜行的危险，又说："若值汲黯、辛毗，必将犯颜直谏，但臣等碌碌每存顺嘿耳。伏愿少采愚诚……"本已是直谏，却引"汲黯、辛毗，必将犯颜直谏"和自己"碌碌顺嘿"相对比，语气显得谦卑而真诚。何尚之秉性公正，所以他的《密奏庾炳之得失》《又陈》《又陈庾炳之愆遇》，再三奏报庾炳之"得失"，体现的是忠诚。文章陈述事实，态度鲜明，语尽其言，一如他自己所言："臣蠢，既有所启，要尽其心。"

《华林清暑殿赋》是何尚之仅存的辞赋。文辞华丽，善施巧笔，用笔从容有致。如："若乃奥室曲房，深沈明密，始如易循，终焉难悉。动微物而风生，践椒途而芳溢，触遇成宴，暂游累日。却倚危石，前临浚谷，终始萧森，激清引浊……"有对景象的铺陈，也有对内心感受的抒写。"触遇成宴，暂游累日"两句更是将主人的富有、华林殿的触处成景与规模巨大巧妙含蓄地传递出来。

何尚之之子何偃，其孙何点、何胤、何炯，从孙何敬容并善属文，而尤以何胤为最。何偃,《隋书·经籍志》:"宋吏部尚书何偃集十九卷。"亡佚。清人严可均《全宋文》辑录其佚文 6 篇（皆残篇），今人逯钦立《先秦汉魏晋南北朝诗》辑其诗 1 首。何点,《全梁文》辑录其佚文 1 篇。何胤,在经学方面研究成果较多,有《周易注》十卷、《毛诗总集》六卷、《毛诗隐义》二十卷、《礼答问》五十五卷。此外又注《百法论》《十二门论》各一卷,且能诗。《全梁文》辑录其佚文 1 篇,《先秦汉魏晋南北朝诗》辑其诗 1 题九章。何炯、何敬容,《全梁文》辑录佚文各 1 篇。《先秦汉魏晋南北朝诗》录何敬容诗 1 首。

唐

　　唐代是诗歌创作鼎盛的时代，重要作家及流派层出不穷。皖籍文人以重要诗人身份出现之前，诗歌的盛唐气象已经成就且沾溉其后，也使后人难以超越。

　　皖地重要诗人多见于中晚唐及五代时期。这些诗人在唐诗发展史上的地位比较特殊，他们的诗歌创作开启了新的诗风，体现出唐诗新的变化。

　　带来变化的皖籍第一位重要诗人是刘长卿。他以抒写感伤情韵的空灵之诗代表了盛唐诗风向中唐诗风的转变。接下来，诗人张籍则成为新乐府运动的开创者，在他以通俗朴实的语言创作反映世情民俗的乐府诗之后，白居易、元稹也纷纷写下同类诗歌，新乐府诗创作蔚然成风。至晚唐，文人多出身低微，兼因科举不顺，有的甚至历经三十年才取得圆满成果，咸通十哲、苦吟诗人由是出现。其中不少是皖籍作家。这些诗人互有影响，诗歌创作整体出现新的变化。由于自身遭遇，他们诗学贾岛，创作了大量歌咏个人困苦境遇、抒写凄清孤冷情感的诗歌作品。形式上，他们多写律诗。这些诗往往体小气弱（翁方纲《石洲诗话》："咸通十哲，概乏风骨。"），讲究清丽浅淡，但在锤炼语句、提供寒苦幽冷等独特意象诸方面或有独到成就。唐末，杜荀鹤作为重要诗人，沿袭的是新乐府诗关注现实、关心民生的传统，而以近体诗加以表现。皖籍诗人的努力丰富了唐诗尤其是近体诗的内容和艺术。

　　小说创作是唐代文学的重要组成部分。此时作家已经有意识地利用虚构创作出情节曲折、描述生动细致的小说作品，但皖籍小说家康骈仍然沿用魏晋以来的笔记体形式，所写人物往往实有其人。而在内容上，又往往参杂怪异奇幻，因此富于传奇性。这种亦史亦幻的特点，是康骈作品的特殊性，也使学界对其文体议论不休。

二十四 刘长卿《刘随州集》(《刘长卿集》《刘文房集》)

刘长卿(约710—约789，据傅璇琮说)，字文房；因官至随州刺史，故又称刘随州。唐代宣城(今属安徽宣城)人，郡望为河间(今属河北沧州河间市)。大历、贞元间著名诗人。生平事迹，主要见于《新唐书·艺文志(四)》、宋代计有功《唐诗纪事》卷二六、元代辛文房《唐才子传》卷二，等。今人傅璇琮《刘长卿事迹考辨》(载《唐代诗人丛考》)中有对刘长卿生平事迹的考证内容，杨世明《刘长卿集编年校注》末尾附有《刘长卿年谱》。

刘长卿祖籍宣城，后迁居洛阳。少居嵩山读书，之后又长期移家鄱阳。开元二十一年(733)进士及第，从此进入仕途，但经历坎坷，曾两次入狱。先是至德三年，在摄海盐(今属浙江)令时被诬下狱。第二年遇赦，出狱后，贬官潘州任南巴(今广东电白)尉。后返苏州"重推"，于是有较短暂的升迁平顺之遇："至德中，历监察御史，以检校祠部员外郎出为转运使判官，知淮西岳鄂转运留后。"(《唐才子传》)但因观察使吴仲孺诬奏，又复下狱。出狱后贬为睦州(今浙江淳安)司马。其蒙冤入狱，皆因"清才冠世，颇凌浮俗，性刚，多忤权门"(《唐才子传》)。而刘长卿却也因此得以与居住浙江的大历江南诗人如皇甫冉、皇甫曾、秦系、严维、章八元以及灵澈(汤源澄)等多人交善，并互为赠酬诗以来往唱和，又与李白相遇而交往密切。刘长卿于德宗建中二年(781)，被擢迁随州(今属湖北)刺史。晚年投奔淮南节度使，作幕僚数年后辞世。

刘长卿为人，唐人高仲武《中兴间气集》云："长卿有吏干，刚而犯上，两遭迁谪，皆自取之。"

刘长卿生活年代大致与杜甫相当。

《刘随州集》(《刘长卿集》《刘文房集》)概况：

刘长卿作品集有《刘随州集》(又名《刘长卿集》《刘文房集》)十一卷传世，包括诗十卷，文一卷。《新唐书·艺文志(四)》记云："《刘长卿集》十卷。"《郡斋读书志》《直斋书录解题》同。《郡斋读书志》并云："今集诗九卷，杂文一卷。"《直斋书录解题》说法相同，但指出另有一本："建昌本十卷，别一卷为杂著。"《宋史·艺文志》则记云："《刘长卿集》二十卷。"现存最早刻本，据文化部《第一批国家珍贵古籍名录》，为南宋中期四川眉山唐六十家集本，但已不全，存六卷（五至十）。清人丁丙《善本书室藏书志》著录《唐刘随州诗集》十一卷，为明翻宋本，其中诗十卷，文一卷。《四库全书》《畿辅丛书》中的《刘随州集》，《四部丛刊》中的《刘随州文集》，都是十一卷本。《全唐诗》与《全唐文》亦各收录其诗、文，存诗五卷五百余首（中有四十余首或重出或又见于他人诗集），文十二篇。另，唐代康骈笔记小说《剧谈录》录有刘长卿词一首，后为《唐语林》《青琐高议》《刘随州集》及《文苑英华》收入。其集今较通行者有两种，一为储仲君《刘长卿诗编年笺注》（中华书局1996年版），是书收诗五百余首，文11篇，较为完备；笺注内容较为丰富，涉及作者生平、诗歌写作背景、诗文注释等等；二为杨世明《刘长卿集编年校注》（人民文学出版社1999年版），是书收集刘长卿诗、词、赋、文等各类作品，分别按创作时间前后为序编排，校勘与注释简要，通常第一条注释为解题内容，书末将历代评论、刘集序跋记以及作者传记资料都作了著录，并附有《刘长卿年谱》。

文学成就：刘长卿长于诗歌创作，并因此闻名于世。《唐诗纪事》云："（刘长卿）以诗驰声上元、宝应间。皇甫湜云：'诗未有刘长卿一句，已呼宋玉为老兵矣；语未有骆宾王一字，已骂宋玉为罪人矣。'其名重如此。"其自视也甚高，《唐才子传》云其自谓："今人称前有沈、宋、王、杜，后有钱、郎、刘、李。李嘉祐、郎士元何得与余并驱。"并且诗成之后，"每题诗不言姓，但书'长卿'，以天下无不知其名者云"。他的诗尤以五言见长。其创作在唐诗发展史上占有特殊地位，代表了盛唐向中唐的转变，开启了大历诗风。明代胡应麟《诗薮》云："诗至钱、刘，遂露中唐面目。钱才远不及刘，然其诗尚有盛唐遗响。刘即自成中唐，与盛唐分道矣。刘如《建牙吹角》一篇，即盛唐难之，然自是中唐诗。"今人蒋寅《大历诗人研究》具体指出刘长卿是"开拓清空境界的第一人"。

刘长卿的诗歌在题材方面以赠酬送别为多，内容则相关友情、个人身世经历、征旅见闻、山水景观等，要多抒发"羁人怨士之思"（李东阳：《麓堂诗话》），绝少昂扬情志，与代表盛唐主体诗风的李杜之作迥然不同。这与其经历有关。他经历了盛唐，也看到了战乱使国家由盛而衰，加上他自身"两遭贬谪、四处漂泊的个人经历"，因之其诗歌常常"流露出浓重的伤感情绪"（熊礼汇：《隋唐五代文学史》）。形式上，其诗讲究斟酌字词，经营结构，务使平淡中蕴含丰润。因此，诗歌特征明显。清人贺贻孙

《诗筏》指出："刘长卿诗，能以苍秀接盛唐之绪，亦未免以新隽开中晚之风。其命意造句，似欲揽少陵、摩诘二家之长而兼有之，而各有不相及不相似处。其不相及不相似，乃所以独成其为文房也。"

体式上，刘长卿诗较丰富，有五言，有七言，还有杂言。仅五言就有古风，有律诗，有绝句，还有五排。但主要为五七言律诗。刘长卿工五言，尤工五律，五律数量多且质量上乘。他也自认为五言诗最好。唐人权德舆《秦徵君校书与刘随州唱和诗序》记载说，刘长卿"自以为五言长城"。而"五言长城"之称也为后世不少文人认同。实则，他的各体诗歌都能符合体式风味。如五言绝句，精于构思，多用白描手法借景以抒情，看似简单朴实的语句中，往往具有层次丰富的画面，境界深远，意韵清冷高秀。例如传世名篇《逢雪宿芙蓉山主人》："日暮苍山远，天寒白屋贫。柴门闻犬吠，风雪夜归人。"前两句以时间的窘迫和目的地的遥远，以及天寒与屋贫，展示深远幽冷的境界，其后又借"犬吠"与"夜归人"转出动静，增加不同色彩，既描述出冬夜山居的独特景象，而旅人途中的清寂、欣喜与新鲜的种种感受也蕴含其中。短短四句篇幅，层次却很丰饶。他的五言律诗也多呈清冷幽雅笔调，而描述则或烘托渲染，诗意浓厚。如《碧涧别墅喜皇甫侍御相访》："荒村带返照，落叶乱纷纷。古路无行客，寒山独见君。野桥经雨断，涧水向田分。不为怜同病，何人到白云。"对自己居住环境的荒寒景象铺叙较多，借以引发出皇甫前来拜访带给自己的欢欣。这是其创作主流。但其创作风格也不乏多样性。如《瓜洲驿奉饯张侍御公拜膳部郎中，却复宪台充》是一首长达八十行的五排。作者充分利用长诗的特点，叙述自己的仕途坎坷，抒写愤懑之情，和将与对方离别的不舍，夹叙夹议，文笔从容。《王昭君歌》则是一首杂言体歌行，灵活的句法恰到好处地与抒写王昭君的不幸身世的内容相配合，抒情性极强："自矜娇艳色，不顾丹青人。那知粉绘能相负，却使容华翻误身。上马辞君嫁骄虏，玉颜对人啼不语。北风雁急浮云秋，万里独见黄河流。纤腰不复汉宫宠，双蛾长向胡天愁。琵琶弦中苦调多，萧萧羌笛声相和。谁怜一曲传乐府，能使千秋伤绮罗。"一反其律诗尤其是五绝的含蕴不尽的风格，具有笔力豪健的特点。但一般来说刘长卿的诗歌具有"凄婉清切"（李东阳《麓堂诗话》）、追求空灵的特色，长于白描，写景蕴情，语言似平淡明晰实则委曲含蓄。

论者认为刘长卿诗歌较之盛唐，才力稍弱，故属于中唐诗。具体表现是在五言律诗方面：由于多为送别赠答、记行述闻，情感、旨趣多有相似，内容及手法上就难免有相似之处，仅如意象一端，就多重复运用白云、青山、夕阳、落日及秋风、白鸥等。故唐人高仲武谓其"诗体虽不新奇，甚能炼饰，大抵十首以上，语意稍同，于落句尤甚，思锐才窄也"（《中兴间气集》）。《四库全书总目》也说："长卿诗号五言长城，大抵研炼深稳，而自有高秀之韵。其文工于造语，亦如其诗。故于盛唐、中唐之间，号为名手。但才地稍弱，是其一短。"尽管如此，刘长卿诗才仍远胜于大历十才子之首的钱起，故为盛唐、中唐之间重要诗人。

刘长卿今存唯一的词是【谪仙怨】："晴川落日初低。惆怅孤舟解携。鸟去平芜远近，人随流水东西。白云千里万里，明月前溪后溪。独恨长沙谪去。江潭春草萋萋。"内容与词牌关系密切，构思上将抒情、叙事与写景熔为一炉，意境悠远，谪怨凄凉使人感同身受。近代学者俞陛云《唐五代两宋词选释》评述说："长卿由随州左迁睦州司马；于祖筵之上，依江南所传曲调，撰词以被之管弦。'白云千里'，怅君门之远隔；'流水东西'，感谪宦之无依，犹之昌黎南去，拥风雪于蓝关；白傅东来，泣琵琶于浔浦，同此感也。"

刘长卿的文章今存不多，有赋一篇，序三篇，记一篇，墓志铭一篇，祭文六篇。《冰赋》，题材新颖，内容也较独特。用拟人化手法描述冰之特性："外示贞坚，内含虚澈"，主张人应该像冰一样，"既洁其迹，亦坚其性"，在恶劣的环境下也要坚持操守："水之冰生于寒，人之冰生于正。"显示了凛凛正气，就像作者之为人，刚毅无阿，虽处劣境，亦秉性如一。写法上将描述、议论结为一体，既生动形象又能清晰流畅地论述自己的观点主张，情感饱满，又因为比喻、拟人、铺陈、排比的综合使用而具气势与华采。如对冰的一段描述："观乎，外示贞坚，内含虚澈。无受染以保其素，无纳污以全其洁。比玉而白，不为蝇玷；比月而明，不为蟾缺。琼树色夺，瑶池光发。变寒日之清莹，带阴天之肃杀。爰自至水，遍布于山川。万穴俱闭，长波寂然。皎皎弥静，羲羲远连。如雪覆地，若云披天……"一气直下，不可断遏；而丽辞华语，亦接三连四，炫人眼目。他的《湘妃诗序》用考证手法论述了文献中的湘妃材料，语言平实。其他两篇序为送人赴任之作，多颂德宣才之辞。《张僧繇画僧记》记述了张僧繇画天竺僧的经过以及该画的流传，最后写自己得到此画，见出不易。因此，虽然完全没有涉及对该画的评论，但它的珍贵与主人对它的珍视却显露无遗，颇为耐人回味。刘长卿的一篇墓志铭是为睦州司仓参军"卢公"的亡妻所作，应是受人所托。文章详细记载了墓主的家世出身及婚嫁德行，生平事迹则较笼统。文辞朴实。几篇祭文，所祭祀对象是官场中人，文章多宣扬褒奖其功德，有激情，语多排比。《祭肖相公文》，写江州刺史肖相公身处安史之乱的危难之世而能"十年调护，不处嫌疑"的忠贞，以及奖掖自己这样一个"才微顾重之人"的高尚，情感真挚，是其中佳作。

二十五　张籍《张司业集》

张籍（约766—约830），字文昌；因曾任水部官员，故世称"张水部"，唐和州乌江（今属安徽和县乌江镇）人，祖籍为吴郡（治所为今江苏苏州）。中唐著名诗人。生平事迹，主要见于《旧唐书》本传、《新唐书》韩愈附传、宋代计有功《唐诗纪事》卷三十四、元代辛文房《唐才子传》卷五等。

张籍早年学诗，后于德宗贞元十五年（799）进士及第。任太常寺太祝，转国子监助教、秘书郎，累官至国子博士、水部员外郎，转水部郎中。仕终国子司业。张籍眼疾严重，孟郊曾戏称之"穷瞎张太祝"。

张籍与当时朝野名士大都有交往，且是韩愈的门生。《旧唐书》本传谓其"以诗名当代，公卿裴度、令狐楚，才名如白居易、元稹等皆与之游。而韩愈尤重之"。张籍先是与唐代王建一同在魏州学诗，回到家乡后，适逢孟郊至和州，相识来往。两年后（贞元十四年。一说为十三年，见刘国盈《韩愈丛考》），张籍到汴州，经孟郊结识了韩愈。韩愈将其留在身边苦读数月，第二年由韩愈荐举，张籍在长安进士及第。韩愈又"力荐为国子博士"，从此进入仕途。但是张籍"性狷直，多所责讽于愈，愈亦不忌之"（《唐才子传》卷五）。在张籍现存与韩愈信中，其批评韩愈的文字都很直接，可见两人的关系非同一般。韩愈病重将亡，"门仆皆逆遣"，而独让张籍"到寝房"陪伴（见张籍《祭退之》）。张籍与白居易、贾岛、孟郊、于鹄等也都情谊深厚，有诗往来赠答。《唐才子传》分析他与王建等人交厚的原因时说："皆别家千里，游宦四方，瘦马羸童，青衫乌帽，故每邂逅于风尘，必多殷勤之思，衔杯命素，又况于同志者乎。声调相似，况味颇同。"

张籍为人"性狷直率，博闻好古，议论胜人"（明刘成德：《唐司业张籍诗集序》)。

《张司业集》概况:

张籍作品丰硕,仅诗歌一项,就有数千首,但亡佚较多。最早为之编集的南唐张洎称说"公之遗集,十不存一"(张洎:《张司业集序》),当时仅收集到诗歌 400 余首。张洎所编名《木铎集》,12 卷,系编者经过二十来年收集编定而成。又《崇文总目》《新唐书·艺文志》及钱曾《也是园书目》著录有《张籍诗集》七卷。南宋汤中用各本校定,编为《张司业集》8 卷、附录 1 卷,刊刻于平江,《直斋书录解题》有著录。《宋史·艺文志》著录"《张籍集》十二卷"。明嘉靖、万历间刻本《唐张司业诗集》8 卷,共收诗 450 多首,《四库全书》抄录为《张司业集》八卷,《四部丛刊》也据以影印。又有南宋蜀刻本《张文昌文集》四卷,所收作品为诗歌,共 317 首。此本今存,《续古逸丛书》本《张文昌文集》即据此本影印。1938 年,陈延年《张籍诗注》由商务印书馆出版,收诗 370 余首。1959 年,中华书局上海编辑所以明刻《唐张司业诗集》为底本,并以他本校补,收诗 480 多首,成《张籍诗集》8 卷出版。此本不仅收录诗歌最多,还在附录中将作者仅存的两篇书信体文章也予以收录。但据近年学者考证,其中有不少误收之作,共计 36 题 43 首(参见徐礼节《中华书局版〈张籍诗集〉误收考》,载《安庆师范学院学报》2010 年第 11 期)。1989 年,黄山书社出版李冬生《张籍集注》。2011 年,中华书局又出版了余恕诚、徐礼节的《张籍集系年校注》。后者附录较多,尤其是有关张籍诗歌的评价文字收录较全。诗歌之外,张籍还有学术性著述,《新唐书·艺文志》著录有张籍《论语注辨》2 卷。张籍的文章传世不多,仅《文苑英华》录有两篇,均是写给韩愈的书信。对于张籍诗歌的研究,目前有纪作亮的专著《张籍研究》,论述颇为系统且有新见。

文学成就:张籍工诗,有自己的诗歌主张,勇于出新,着意"破旧",诗歌创作上与王建齐名,世称"张王"。唐人张为《诗人主客图》列其为"清奇雅正主"李益之入室者。其乐府诗尤其受到重视,在新乐府运动中与元稹、白居易齐名。《唐诗纪事》谓"籍乐府词清丽深婉",但认为其五言律诗也很不错:"诗五言律诗亦平澹可喜",又称说"籍诗善叙事"。韩愈则认为在自己的学生中,张籍诗善鸣心意:"从吾游者,李翱、张籍其尤也。三子者之鸣,信善鸣矣。"(韩愈:《送东野序》)张籍在诗歌史上的地位,一般认为与韩愈相当。

　　张籍诗，体式较多，五言、七言、杂言，乐府、古风、律诗兼有，以律诗为多，但以乐府最为人称道。《唐才子传》谓云："公于乐府古风，与王司马自成机轴，绝世独立。"谓其在乐府诗创作方面与王建齐名。世称"张王乐府"。白居易亦曾赠诗，评曰："张公何为者，业文三十春。尤工乐府词，举代少其伦。"（白居易：《读张籍古乐府》）张籍友人姚合亦评价说："绝妙江南曲，凄凉怨女诗。古风无手敌，新语是人知。"（姚合：《赠张籍太祝》）宋人周紫芝更明确指出在唐人乐府诗中"当以张文昌为第一"（周紫芝：《竹坡诗话》）。张洎则认为，张籍与元稹、白居易、孟郊等人共创了"元和体"。

　　新乐府（新题乐府）创始于杜甫，张籍则是新乐府运动的早期倡导者和实践者，并对白居易创作产生了影响。

　　张籍乐府诗现存 90 首。诗人远祧杜甫尚写实、重通俗的诗风，题材广泛，反映社会生活并能揭示社会矛盾，尤其是关注民情细事；用语多口语，浅显平易。但因为内容以描述为主，绝少议论诉说，所以诗风反倒婉曲含蓄。宋代王安石因此称赞张籍诗说："看似寻常最奇绝，成如容易却艰辛。"（《题张司业诗》）近代学者俞陛云《诗境浅说》评析张籍"行客欲投宿，主人犹未归"两句说："寻常语脱口而出，句法生峭……此等句，宋人恒有之，如山肴野菽，淡而有味……非仅白描也。"精切地说明了其诗歌的特点。如《江村行》："南塘水深芦笋齐，下田种稻不作畦。耕场磷磷在水底，短衣半染芦中泥。田头刈莎结为屋，归来系牛还独宿。水淹手足尽有疮，山虻绕身飞飏飏。桑林椹黑蚕再眠，妇姑采桑不向田。江南热旱天气毒，雨中移秧颜色鲜。一年耕种长苦辛，田熟家家将赛神。"通过白描手法将农作的辛苦含蓄地传递出来，自然真切，作者深切的同情心绪借此得到抒发。

　　张籍乐府诗表现手法丰富。结合叙事，有时借助于形象的对比反映民间疾苦，寄寓自己深切的同情，通脱而自然。如《野老歌》："老农家贫在山住，耕种山田三四亩。苗疏税多不得食，输入官仓化为土。岁暮锄犁傍空室，呼儿登山收橡实。西江贾客珠百斛，船中养犬长食肉。"一边是老农辛苦一年，仍然一无所获，一边是西江贾客"船中养犬长食肉"。虽然没有直接明示，但通过对比仍然让读者感受到社会的不公。诗歌还揭示出老农贫寒的原因，"耕种山田三四亩"，所得还需"输入官仓"。语浅而意深。张籍还善于描写人物心理。宋代张戒《岁寒堂诗话》曾指出："（张籍诗）专以道得人心中事为工"。如《征妇怨》："九月匈奴杀边将，汉军全没辽水上。万里无人收白骨，家家城下招魂葬。妇人依倚子与夫，同居贫贱心亦舒。夫死战场子在腹，妾身虽存如昼烛。"妇人本来想"依倚子与夫"，但在惨烈的战争环境下，"同居贫贱"已经成为奢侈，她所得到的竟然是"夫死战场子在腹"，现实与向往的巨大反差让主人公虽生如死："妾身虽存如昼烛。"通过这位妇女的内心活动，将战争带给普通人的巨大灾难真实地反映出来。《节妇吟》一首更完全是刻画"节妇"的心理波动："君知妾有夫，赠妾双明珠。感君缠绵意，系在红罗襦。妾家高楼连苑起，良人执戟明光里。知君用心如日月，事夫誓拟同生死。还君明珠双泪垂，恨不相逢未嫁时。"以刻画人物心理活动来叙事，曲折难平，借以反映作者的思想感情，形象而蕴藉。

张籍的近体诗数量众多，语言朴素平实，风格清新自然。五言绝句被誉为"平淡可喜"（《唐诗纪事》）。如《和韦开州盛山十二首》之《梅溪》："自爱新梅好，行寻一径斜。不教人扫石，恐损落来花。"爱梅不怕路途艰辛，一路探寻，甚至连落在地上的花朵也不让人扫，缕缕爱惜之情跃然纸上。自然平易的话语，读来使人品味无穷。他的七律则被认为"质多文少"（《唐诗纪事》），过于质实，缺乏文采。其实也有好诗。如《送枝江刘明府》："老著青衫为楚宰，平生志业有谁知。家僮从去愁行远，县吏迎来怪到迟。定访玉泉幽院宿，应过碧涧早茶时。向南渐渐云山好，一路唯闻唱竹枝。"有对对方形象的刻画，身份的揭示，也有对"家僮""县吏"的心理刻画和行为描述；既有客观描述，也有想象之词，但大致都能描写细腻真切，如家僮的"愁行远"，县吏的"怪到迟"，细节展示颇显清新，又符合人物身份。末尾"向南渐渐云山好，一路唯闻唱竹枝"。既是远行者将要见到的自然景观和民情风俗，也是诗人对远行者的祝福，语言清新，含意丰富。诗人善于布局，故用语不多却蕴含大量的信息。他的七绝《与贾岛闲游》："水北原南草色新，雪消风暖不生尘。城中车马应无数，能解闲行有几人。"城外自然环境优美绝尘，但路上行走的人却不多，无数车马只在"城中"，通过对比和比喻，寥寥四句就写出了城内外景象的不同，人物志趣的不同，传达出不同于世俗的情趣。

张籍的从弟张萧远，元和八年（813）登进士第，也是当时诗人。唐张为《诗人主客图》列其为"瑰奇美丽主"武元衡之升堂者。《全唐诗》存其诗三首。张籍有《弟萧远雪夜同宿诗》。

二十六　李绅《追昔游集》

　　李绅（772—846），字公垂，唐代亳州谯县（今属安徽亳州市谯城区）人（从卞孝萱说）。唐代重要诗人。生平事迹主要见于《旧唐书》及《新唐书》本传、唐人沈亚之《李绅传》（见《沈下贤集》卷四）、元代辛文房《唐才子传》卷六，以及今人卞孝萱、蔡晓英各撰之《李绅年谱》（后者对李绅事迹多所辨正）。李绅诗集《追昔游集》因多纪行，也记录了诗人的一些事迹，尤其是在其序文里较集中地交代了作者本人从少年至开成元年（836）的经历。此外，方志如《江南通志》《安徽通志》《亳州志》等，对其生平事迹也予以了著录。

　　李绅出身官宦人家，高祖李敬玄在武则天时期官至中书令，封赵国公，祖父、父亲都任过县令。祖籍为亳州谯县，父亲因仕于江浙，故携家迁往润州无锡（今江苏无锡）。李绅六岁时，父亲去世，母亲教以经义。成人后，喜游历，到过苏州、浙江、西安等地，并由此结交了元稹、白居易等著名文贤。他的名诗《莺莺歌》与元稹的小说《莺莺传》关系密切。

　　李绅在仕途上多有起伏。宪宗元和初年（806），李绅登进士第，随即授国子助教。但李绅不喜欢，于是罢官而去。金陵观察使李锜爱其才，辟为从事。而李绅对李锜欲行谋反非常不满，不为他草表，几乎被杀。待李锜事平，朝廷嘉之，召拜右拾遗。一年后，穆宗召为翰林学士，与李德裕、元稹同在禁署，时称"三俊"。三人情意相善。寻转右补阙。穆宗长庆元年（821），改司勋员外郎、知制诰。第二年，超拜中书舍人，内职如故。不久受兵部尚书李逢吉排挤，迁江西观察使。李绅向皇帝面陈委屈，于是改授户部侍郎。等到穆宗晏驾，敬宗即位，李逢吉担心嗣君复用李绅，于是诬告李绅曾有不利敬宗继位之言，李绅由是贬官端州司马。不久又移为江州长史。此时，皇帝偶然见到李绅等三人在穆宗时上疏请立敬宗为太子，迅即改迁李绅为太子宾客，分司东都。文宗大和七年（833），李绅与李德裕俱以太子宾客分司。开成元年（836），郑覃辅政，以李绅为河南尹。同年，检校户部尚书、汴州刺史、宣武节度、宋亳汴颍观察等使。开成四年（839），加检校兵部尚书。武宗即位，又加检校尚书右仆射、扬州大都督府长史，知淮南节度大使事。武宗会昌元年（841），入为兵部侍郎、同平章事，随后改中书侍郎，累迁守右仆射、门下侍郎、监修国史、上柱国、赵国公，食邑二千户。会昌四年，因为中风请求罢官，未许。十一月，守仆射、平章事，出为淮南节度使。会昌六年，病逝，年75岁。赠太尉，谥"文肃"。但宣宗即位后，李德裕失势罢相，李宗闵之党崔铉等欲深究李德裕，于是检出大中初年李绅判吴湘案不公事，此时吴湘哥哥吴汝纳亦上疏诉冤，言"绅在淮南恃德裕之势，枉杀臣弟"。李绅因之被追削三任之官，子孙亦不得入仕。李绅在官，适逢牛李党争，而李绅坚定地与李德裕为伍，故而仕宦起伏不平。

李绅为人，身材短小，但精悍有才，被称为"短李"。其为官则端直清廉，善体民情，积极作为，广受百姓拥戴。又具文学才华，工于诗歌创作。他与不少重要诗家如元稹、白居易等人关系密切。

《追昔游集》概况：

李绅的作品，《唐才子传》云有诗集，"集名《追昔游》，多纪行之作。又批答一卷，皆传"。此集，初由李绅本人编订，时开成三年（839）。又有《乐府新题》20首，但这些作品已亡佚。《新唐书·艺文志》记"李绅《追昔游诗》三卷"，《郡斋读书志》记"李绅《追昔游》三卷"，《直斋书录解题》记《追昔游编》三卷。《全唐诗》存其诗四卷，其中《追昔游诗》3卷，《杂诗》1卷，共136首。又，《全唐诗补编》补其诗9首、断句六。《全唐文》存其文11篇，《唐文拾遗》存其文一篇，《唐文续拾》存其文1篇。《四库全书》所收《追昔游集》亦三卷。此集较好的古本有明汲古阁本，见《五唐人集》，后涵芬楼据此影印；清康熙年间席启寓编《唐诗百名家全集》亦收录《追昔游集》而有增补，《全唐诗》即用此本又另增《莺莺歌》一首。今人王旋伯有《李绅诗注》（上海古籍出版社1985年版）；卢燕平有《李绅集校注》（中华书局2009年版），为目前较为通行的注本。

文学成就：李绅诗歌创作分为前后两期。前期创作贴近民间，不少诗歌流传广泛。《旧唐书》本传谓云："乡赋之年，讽诵多在人口。"《新唐书》本传评之曰："绅始以文艺节操进用，受顾禁中。"《唐才子传》说他"于诗特有名"。文学史上，李绅是新乐府运动的实际倡导者。是他首先大力写作新题乐府，元稹为其《乐府新题二十首》写下十二首和诗，白居易见之也开始了新乐府的创作，可知李绅对元、白二人创作颇有影响，对唐代新乐府运动起到了倡导和推动作用。后期诗歌则明显趋于感伤典雅。论者以为其前期风格尚俗，后期诗风转雅，原因与作者的身份地位、审美情趣的变化乃至牛李党争都有关系。

李绅诗歌体式多样。其《追昔游集·自序》云此集之诗："或长句，或五言，或杂言，或歌或吟，或乐府齐梁，不一其词，乃由牵思所属耳。"他的诗，风格硬朗，无"雕作细碎之习"（《四库全书总目》）。诗歌内容则"皆平生历官及迁谪所至，述怀纪游"（《直斋书录解题》），但中多"叹逝感时，发于凄恨"（《四库全书总目》）。如《过梅里七首，家于无锡四十载，今敝庐数堵犹存》之一："故山一别光阴改，秋露清风岁月多。松下壮心年少去，池边衰影老人过。白云生灭依岩岫，青桂荣枯托薜萝。惟有此身长是客，又驱旌旆寄烟波。"萧条冷落的故里风景，与作者"此身长是客"的身世之慨呼应，令人不胜嘘唏。

李绅注意学习民间诗歌艺术，其乐府诗得古乐府自然之神韵。如杂言《闻里谣效古歌》："乡里儿，桑麻郁郁禾黍肥，冬有襜襦夏有绤。兄锄弟耨妻在机，夜犬不吠开蓬扉。乡里儿，醉还饱，浊醪初熟劝翁媪。鸣鸠拂羽知年好，齐和杨花踏春草。劝年少，乐耕桑。使君为我剪荆棘，使君为我驱豺狼。林中无虎山有鹿，水底无蛟鱼有鲂。父渔子猎日归暮，月明处处舂黄粱。乡里儿，东家父老为尔言，鼓腹那知生育恩？莫令太守驰朱輵，悬鼓一鸣卢鹊喧。恶声主吏噪尔门，唧唧力力烹鸡豚。乡里儿，莫悲咤。上有明王颁诏下，重选贤良恤孤寡。春日迟迟驱五马，留犊投钱以为谢。乡里儿，终尔词。我无工巧唯无私，举手一挥临路岐。"抒写民情，有意识多用口语俗语，又累叠章句字词，民歌风味很浓。李绅诗流传最广的是五言体《悯农》两首，如其一："锄禾日当午，汗滴禾下土。谁知盘中餐，粒粒皆辛苦。"体察出农人耕作的艰辛，并将其化作"锄禾日当午，汗滴禾下土"的特殊艺术景象，用典型细节震撼人心，有力地衬托出珍惜粮食的主旨，具有既概括又形象的艺术效果。其二："春种一粒粟，秋收万颗子。四海无闲田，农夫犹饿死。"则以巨大的内容反差，体现出作者对农民生活状态休贴入微式的感慨和深切的同情，也形成以少总多的艺术效果。七言乐府诗《长门怨》，在旧有题材上翻出新意："宫殿沈沈晓欲分，昭阳更漏不堪闻。珊瑚枕上千行泪，不是思君是恨君。"末句宣泄出宫门怨女的愤恨，突出了创作主旨。这类诗往往基于作者能深入体察歌咏对象的甘辛，与之立场一致，甚至代其立言，切至要害，从而引发读者尊敬。但也有的只是希望在体式上独树一帜，例如《赋月》一诗：

　　月。

　　光辉，皎洁。

　　耀乾坤，静空阔。

　　圆满中秋，玩争诗哲。

　　玉兔镝难穿，桂枝人共折。

　　万象照乃无私，琼台岂遮君谒。

　　抱琴对弹别鹤声，不得知音声不切。

　　李绅的律诗有的别有寓意，耐人涵咏。如七律《别石泉》："素沙见底空无色，青石潜流暗有声。微渡竹风涵淅沥，细浮松月透轻明。桂凝秋露添灵液，茗折香芽泛玉英。应是梵宫连洞府，浴池今化醒泉清。"用意象素沙、青石、竹风、松月、桂花、露水、香芽等写出秋夜的幽静优美，末两句更使诗意拔俗。《滁阳春日怀果园闲宴》："西园到日栽桃李，红白低枝拂酒杯。繁艳只愁风处落，醉筵多就月中开。劝人莫折怜芳早，把烛频看畏晓催。闻道数年深草露，几株犹得近池台。"题目是"怀闲宴"，歌咏的却是桃李，用拟人化手法以物喻人，寄寓对弱者的同情。李绅后期诗歌的感伤情绪加重，且多为个人凄怀。有的诗歌更流于典重，艺术性不强，如《拜三川守》："恭承宠诏临伊洛，静守朝章化比闾。风变市儿惊偃草，雨晴郊薮谬随车。改张琴瑟移胶柱，止息笙篁辨鲁鱼。唯有从容期一德，使齐文教奉皇居。"

　　李绅的散文今存有辞赋、奏表、记、序、碑铭等。辞赋两篇，其一咏松，颂其不急功近利也不随从世俗道的独立精神："擢影后凋，一千年而作盖；流形入梦，十八载而为公。不学春开之桃李，秋落之梧桐。"另一篇是《善歌如贯珠赋》，赋颂歌唱，题材比较新颖。作者以贯珠比拟好的歌唱效果："声既发而明朗，珠既贯而弦直。"看法新鲜，显示出良好的音乐素养。《追昔游集序》是作者唯一流传下来的诗集自序。文中谈到自己的诗歌创作与生平遭际的密切关系，云："起梁汉，归谏垣，升翰苑，承恩遇，歌帝京风物，遭谗邪播越，历荆楚，涉湘沅，逾岭峤，抵荒陬，止高要，移九江，泛五湖，过钟陵，溯荆江，守滁阳，转寿春，改宾客，留洛阳，廉会稽，过梅里，遭谗者再为宾客分务，归东周，擢川守，镇大梁，词有所怀，兴生于怨，故或隐或显，不常其言，冀知音于异时而已！"将遭际一一道来，真实可靠，符合其诗歌创作实际情形。其他各类文章也多文如其人，写自己的见解，并精于构思。如《四望亭记》，着力处在四周环境，以此显出亭子功用的特别："崇不危，丽不侈。可以列宾宴，可以施管馨。云山左右，长淮萦带。下饶清濠，旁阚城邑。四封五通，皆可洞然。"其《寿州法华院石头经堂记》，更是不记经堂，而专注于佛门教义，显出严肃和庄重，也体现出作者对佛学的倾心。

二十七　费冠卿（作品见《贵池唐人集》）

费冠卿，生卒年不详，字子军，别号征君，唐代池州青阳（今属安徽池州青阳县）人。中晚唐时期著名隐士，文人。生平事迹，主要见于五代王定保《唐摭言》卷八、宋代计有功《唐诗纪事》卷六十、《（康熙）池州府志》，等。

费冠卿早年读书，为求禄赡亲而进京应进士举，但屡试不中，直到元和二年（807）才登第。此时他已漂泊长安十年，于是作《久居京师感怀》一诗："茕独不为苦，求名始辛酸。上国无交亲，晋谒多少难。九月风到面，羞行（汗）成冰片。求名始公道，名与公道远。力尽得一名，他喜我且狂。家书十年绝，归去知谁荣。马嘶谓桥柳，特地起愁声。"但登第之喜很快被母亲辞世的悲痛代替，他叹息说："干禄欲以养亲。今得禄而亲丧，何以禄为！"于是归葬母亲，随即隐居池州九华山。十五年后，长庆三年（823），殿中侍御史李行修举其孝节，朝廷因之旌表，诏拜右拾遗。但费冠卿坚不赴任，引起很多官员和文人的注意。他自己对此深感不安，自谓"三千里外一微臣"，今日之事使他"自惭惊动国中人"（《蒙召拜拾遗书情二首》）。最终仍然选择隐居，直至去世。时人对其隐居不仕的选择褒贬不一，但多为尊崇。诗人姚合、李群玉、杜荀鹤、肖建等均曾作诗加以称扬。

费冠卿作品概况：

费冠卿作品存留不多，目前所见，唯《全唐诗》存其诗11首，《全唐诗补编》存其诗1首，《全唐文》载1文传世。清末光绪年间刘世珩汇集其诗文成集，收入《贵池先哲遗书》第一编《贵池唐人集》中，并进行了校勘，于1905年以"刘氏唐石簃"名义刊刻行世。黄山书社2013年即以此本为底本，由郑玲加以校点，重刻出版。

文学成就：费冠卿的诗文内容多与其山居环境、隐居意趣相关，手法则往往写景以抒情，借物以咏志。由于作者是一个真正的隐者，坚持山居几十年，所以他的诗文能写出别人笔下难得一见的景象，抒写出的隐居之志也更自然真实。尤其是《九华山化成寺记》一文，由于其特殊的内容，历来深为佛教界和文学界所重视。

费冠卿诗歌多作于隐居期间，内容亦多与其隐居之志有关。如长诗《答萧建问九华山》描述了九华山深幽绝险的自然环境："自地上青峰，悬崖一万重。践危频侧足，登堑半齐胸。飞狖啼攀挂，游人喘倚松。入林寒瘃瘃，近瀑雨蒙蒙。"而就在这样的险境，却发现"径滑石棱上，寺开山掌中"。并且是佛教兴盛之处："幡花扑净地，台殿印晴空。胜境层层别，高僧院院逢。"在这里，人与自然万物和谐一致："泉鱼候洗钵，老玃戏撞钟。外户凭云掩，中厨课水舂。"生活虽然清贫，"搜泥时和面，拾橡半添种。渡壑缘槎际，持灯入洞穷"，但却是人间难得的清土净地："夹天开壁峭，透石蹙渡雄。洞蔼清无土，潭深碧有龙。畲田一片净，谷树万株浓。"那种"野客登临惯，山房幽寂同，寒炉树根火，夏牖竹梢风"的自然状态，更是诱人。末尾邀请朋友萧建放弃功名，相聚山林："边鄙畴贤相，黔黎托圣躬。君能弃名利，步晏一相逢。"抒写出诗人诚心隐居的志趣。在婉拒朝廷征召右拾遗之后，所写的两首《蒙召拜拾遗书情二首》也表达了隐居不仕的态度："拾遗帝侧知难得，官紧才微恐不胜。好是中朝绝亲友，九华山下诏来征。""三千里外一微臣，二十年来任运身。今日忽蒙天子召，自惭惊动国中人。"他的诗歌在艺术上，往往借描述山水自然以寓志，所写景象一般选择清幽绝境，景物也多为挂藤、高峰、流石等清幽绝俗之物，与其欲远离官场俗世的清趣融合无间。

费冠卿的《九华山化成寺记》是在元和癸巳岁（813）即隐居之后所写。作者交代说："余闲居（九华）山下，幼所闻见，谨而录之。"可见记的是幼年时期有关化成寺的一些印象。特别是其中记述新罗国（在今朝鲜半岛东南部）国王金氏近亲金乔觉（金乔觉被视为地藏王化身）在九华山修行的经历和卓锡九华山的经过，被认为具有较高的史料价值，受到佛教界的重视。而其艺术价值也非同寻常。文章特点是在有限的篇幅中容纳了丰富的内容。该篇从九华山古号开头，描述了它的地理位置和周边环境，写得很有气势："崛起大江之东，揖潜庐于西岸，俨削成于天外。旁临千余里，高峰峻岭臣焉。连冈走陇子焉。自元气凝结，几万斯年。六朝建都，此为关辅。"接下来写山的高峻，不从正面落笔："人视山而天长，山阅人以波逝。"颇为新颖。继而写九华山开山，记述了开元末期一张姓僧人落居于此"广度男女"的事迹,以及"长吏不明,荧其居而废之"的结局。接着即记述地藏王的事迹,讲到他的出身,描绘了他的形貌和理想,云其从新罗到中国,"睹兹山于云端,自千里而劲进",其中还涉及传说故事,措辞十分从容。继又讲述"逮至德初,有诸葛节等自麓登峰",见到金乔觉苦修的形象:"居唯一僧,闭目石室。其旁折足鼎中,唯白土少米烹而食之。"不禁震动,于是诸葛等众老"投地号泣:和尚苦行若此,某等深过己"。继而广募善款,"同建台殿"。建筑与周围环境互相映衬,"都非人间也"。又交代"建中初,张公岩典是邦,仰师高风,施舍甚厚,因移旧额,奏置寺焉"。于是本地外邦,豪吏富族,竞相捐赠,而僧人亦纷至沓来。在缺衣少食的境况下,僧人"夏则食兼土,冬则衣半火",于是"无少长,畲田采薪自给"。实在困难,就"请法以资神,不以食而养命,南方号为枯槁众"。较完整地反映了金乔觉在九华山的经历。文章实情虚事兼而有之,描述生动又有些神秘,但所记述金乔觉甘于艰苦、信念不变的精神却让人感动。

二十八 许棠《文化集》

许棠(约 822—?),字文化;因所作洞庭诗享誉于世,时号"许洞庭"。唐代宣州泾县(今属安徽宣城市泾县)人。晚唐著名诗人,"咸通十哲"之一,亦为"九华四俊"之一。生平事迹,主要见于五代王定保《唐摭言》卷八、元代辛文房《唐才子传》卷九等。

许棠早年(唐宣宗大中初)即参加科举,经历了二十多次科场磨难,四十多岁时曾与地位、年龄都低与自己甚远的"小吏"同场考试,而后者及第数年之后,许棠还在科场。处境狼狈。《唐摭言》卷八就生动地记载了此事:"许棠……早修举业。乡人汪遵者,幼为小吏,洎棠应二十余举,遵犹在胥徒,然善为歌诗,而深晦密。一旦辞役就贡,会棠送客至灞浐间,忽遇遵于途中,棠讯之曰:'汪何事至京?'遵对曰:'此来就贡。'棠怒曰:'小吏无礼!'而与棠同砚席,棠甚侮之。后遵成名五年,棠始及第。"许棠为中第也曾做过很多努力,最终获得帮助。《唐才子传》记载说,在其"久困名场"之时,"闻马戴佐大同军幕,招接文士,乃往谒之。戴一见如旧,留连累月,但从事诗酒,未尝问所欲。一日,戴大会宾客,命使以棠家书授之。棠启缄阅读,始知戴已潜遣一介恤其家矣。"马戴

（799—869）为晚唐著名诗人，出身贫困，曾有近三十年失利科场的经历，于会昌四年（844）始得进士及第。故对许棠的困顿深感同情。在马戴的救助下，许棠得以继续安心应试。终于，在咸通十二年（871）得以进士及第，此时他已年届五十。《唐诗纪事》"张乔"条下云："（咸通十二年）李建洲频主试，……以许棠老于场屋，以为首荐。"得第后，长期紧张不安的心情随即放松。《唐才子传》载其自云："自得一第，稍觉筋骨轻健，愈于少年，则知一名乃孤进之还丹也。"他的诗友如林宽、贯休等人闻知，也纷纷写诗庆贺。

及第后，授淮南馆驿官，不久调任泾县尉，友人郑谷赠诗慨叹他"白头新作尉"。又先后担任过虔州从事、江宁丞。官职不见升迁，于是辞官归乡，在潦倒之中隐居而终。

许棠好为诗文，并与不少文人有来往，如马戴、贾岛、聂夷中、张乔等。又喜游历，曾游西北边境，因此多有纪行抒怀的诗篇。

《文化集》概况：

许棠有诗近 200 首，辑为《文化集》，后佚。《新唐书·艺文志》录《许棠诗》一卷。宋陈振孙《直斋书录解题》录《许棠集》一卷。《宋史·艺文志》谓"《许棠诗集》一卷"。此集，现存版本有康熙洞庭席氏琴川书屋刊本，亦为一卷。《全唐诗》收录其诗二卷，共 150 余首。《全唐文》存其文 1 篇。陈世熙编《唐人说荟》收其小说"奇男子传"1 篇。

文学成就：许棠是晚唐著名诗人。《唐才子传》："当时东南多才子，如许棠、喻坦之、剧燕、吴罕、任涛、周繇、张蠙、郑谷、李栖远与（张）乔，亦称'十哲'，俱以韵律驰声。"此"十哲"即"咸通十哲"，为唐末一群出身低微、屡试而难中的诗人。许棠是其中年龄最长、应试时间最长的一位。他们的诗歌受贾岛影响，多抒写穷愁悲苦，有萧瑟清索的意境，反映出晚唐下层文人的落魄气象。语言浅近清秀，喜欢化用前人诗句而笔力见弱。"咸通十哲"的诗歌创作体现出唐诗的新变。在"十哲"里，许棠诗歌又自有高阔沉郁的特点。许棠还属于苦吟诗人，他学习贾岛，喜欢推敲词语，常用孤寂清冷的意象表现个人境遇与情感。许棠又为"九华四俊"之一。"九华四俊"者，指许棠、张乔、周繇、张蠙四位诗人（据清徐松《登科记考》卷二三）。四人俱皖南人士，出身寒微，科举不顺，长期游历，诗学贾岛，诗歌风格相似。

许棠诗歌体式俱为律诗，有五言与七言两种，五言几近占百分之九十，七言仅七题共十几首。五言律诗写得多，也写得较好。诗多为述行写景与送别题材，抒写流寓与不得志。往往情苦辞伤。如《夏州道中》："茫茫沙漠广，渐远赫连城。堡迥烽相见，河移浪旋生。无蝉嘶折柳，有寇似防兵。不耐饥寒迫，终谁至此行。"虽有壮阔的景象，但流露出的仍然是流寓苦情。《新年呈友》："一月月相似，一年年不同。清晨窥古镜，旅貌近衰翁。处世闲难得，关身事半空。浮生能几许，莫惜醉春风。"更写出年事已高、功名未就的苦闷。许棠诗歌中亦偶见关心国事的内容，例如反映边境战事，以豪迈见长的《送李左丞巡边》："狂戎侵内地，左辖去萧关。走马冲边雪，鸣鞭动塞山。风收枯草定，月满广沙闲。西绕河兰匝，应多隔岁还。"颇能见出类似岑参等盛唐边塞诗人般的壮气。清人沈德潜认为许棠诗有"高瞻阔步"的境界（《唐诗别裁》）。

许棠尚苦吟，自云"魂离为役诗篇苦"，又云"吟诗似有魔"。清人李怀民《重订中晚唐诗主客图》以贾岛为"五律清真僻苦主"，许棠为升堂者。许棠的不少诗都经过推敲、锻炼。如《题郑侍郎岩隐十韵》中"树藏幽洞黑，花照远村明"两句，不独对仗工稳，同时讲究色彩明暗、远近搭配。虽然如此，他的诗又具有语言浅显的特征，多援口语入诗，且喜欢用叠字。此外，许棠还善于化用前人诗句。他最脍炙人口的是"洞庭诗"即《过洞庭湖》，因之时号"许洞庭"。诗文如下："惊波常不定，半日鬓堪斑。四顾疑无地，中流忽有山。鸟高恒畏坠，帆远却如闲。渔父闲相引，时歌浩渺间。"诗歌将洞庭景观与诗人的主观感受融为一体，借景以写意，是诗人对自己一生遭际的高度概括，同时也体现了诗人的人生信念，富有象征性和启迪性。其中"四顾疑无地，中流忽有山"两句，与柳宗元"山穷水尽疑无路，柳暗花明又一春"有异曲同工之妙，而又十分切合诗人过洞庭时所见景象和内心的独特感悟，故而传诵一时，"人以为题扇"（《唐才子传》）。明人胡震亨《唐音癸签》卷八也称赞说："许文化（棠）致语楚楚，洞庭一律，时人多取以题扇。'四顾疑无地，中流忽有山。'视老杜'乾坤日夜浮'愈切愈小。"这两句是受到了杜甫、柳宗元诗歌的启发，在变换前人语句之中显现功夫。

许棠文章仅存《唐故浙江道五部兵马大元帅平南节度使银青光禄大夫检校尚书令戴公墓志铭》（并序）一文。序文记述了戴昭的主要事迹，即几次参与平定"草寇"等叛逆的功业及其后人情况。铭文很短，内容为歌颂墓主"英雄俊杰，令誉弥芳，挺身报国，奋剑安帮"，以及其小恙至亡带给人的悲伤遗憾。

许棠小说《奇男子传》，述奇男子吴保安卖家为郭仲翔赎身的故事，突出他与郭仲翔的友谊，事显曲折，亦颇生动。据说词牌《菩萨蛮》的成名就与其中郭仲翔征行南方而陷于菩萨蛮洞为奴有关。吴保安事，最早见于牛肃《纪闻》，《新唐书·忠义传》录入，盖据《纪闻》改就。又因其事符合古人道德要求，后代有多种改编。如明代沈璟传奇戏曲《埋剑记》，冯梦龙小说集《喻世明言》中《吴保安弃家赎友》等。

二十九　曹松《曹松诗集》

曹松（约828—约903），字梦征，唐代舒州（今属安徽安庆桐城市，一说今安徽潜山）人。晚唐苦吟诗人。生平事迹，主要见于五代王定保《唐摭言》卷八、元代辛文房《唐才子传》卷十，宋洪迈《容斋三笔》卷七也有所记载等。今人傅璇琮《唐才子传校笺》有内容较集中的介绍。

据《唐才子传》卷十载，曹松"早未达，避乱来栖洪都西山"。其后，"在建州依李频。频卒后，往来一无所遇"。于是将希望寄托于苦吟得佳句，自言："冥心坐似痴，寝食亦如遗。为觅出人句，只求当路知。"对于他来说，有了"出人句"才有入仕的机会，于是努力创作，自信"岂能穷到老，未信达无时"。但也认识到光是自己的努力还不够，还须运命的眷顾："此道须天付，三光幸不私。"结果却也"如愿"：天复元年（901），年七十余，终于进士及第。当时和他一样年老而登科的另有四人。《唐摭言》卷八"放老"记述说："天复元年，杜德祥榜，放曹松、王希羽、刘象、柯崇、郑希颜等及第。时上新平内难，闻放新进士，喜甚。诏选中有孤平屈人，宜令以名闻，特敕授官。故德祥以松等塞，诏各受正。制略曰：'念尔登科之际，当予反正之年，宜降异恩，名膺宠命。'松，舒州人也，学贾司仓为诗，此外无他能；时号松启事为送羊脚状。希羽，歙州人也，辞艺优博。松、希羽甲子皆七十余。象，京兆人；崇、希颜，闽中人，皆以诗卷及第，亦皆年逾耳顺矣。时谓'五老榜'"。宋洪迈《容斋三笔》卷七"唐昭宗恤录儒士"条亦记云："唐昭宗……天复元年赦文，又令中书门下选择新及第进士中，有久在名场，才沾科级，年齿已高者，不拘常例，各授一官。于是礼部侍郎杜德祥奏：拣到新及第进士陈光问年六十九，曹松年五十四，王希羽年七十三，刘象年七十，柯崇年六十四，郑希颜年五十九。诏光问、松、希羽可秘书省正字；象、崇、希颜可太子校书。按登科记，是年进士二十六人，光问第四，松第八，希羽第十二，崇、象、希颜居末级。昭宗当斯时离乱极矣，尚能眷眷于寒儒，其可书也。"说曹松进士及第年龄不同。总之，曹松在年事已高的情况下，因为皇帝"新平内难"，又闻"放新进士"，心情格外愉快，于是特诏"有孤平屈人，宜令以名闻，特敕授官"，而终于及第。之后，特授校书郎。未几，辞世。

曹松一生可谓是科场不顺，仕宦艰难。《唐才子传》探究其原因，认为还有个性方面的因素："（曹）松野性方直，罕尝俗事，故拙于进宦。"

曹松好交游，除长安外，还曾至两湖、两广、浙江、江西等地游历，与当时很多文人雅士都有交往。

《曹松诗集》概况：

《新唐书·艺文志（四）》著录："《曹松诗集》三卷。"到陈振孙编《直斋书录解题》，仅录"《曹松集》一卷"。《宋史·艺文志》著录："《曹松诗》一卷。"明代高儒《百川书志》亦录作一卷。《全唐诗》存其诗二卷，共140首（其中4首残缺）。《全唐诗补编》补收其诗10首。

文学成就：曹松工诗，属苦吟诗人之畴。清人李怀民《重订中晚唐诗主客图》以贾岛为"五律清真僻苦主"，曹松为入堂诗人。诗学贾岛，但有自己的特征："深入幽境，然无枯淡之癖。"（《唐才子传》）明人胡震亨对他的诗很欣赏，评云："致语似项斯，壮言似李洞。"（《唐音癸签》）项斯、李洞也都是当时的苦吟诗人。以项斯相比，见出胡震亨的推许。因为唐代国子祭酒杨敬之读了项斯诗后，大加赞赏，赠诗云："几度见诗诗总好，及观标格过于诗。平生不解藏人善，到处逢人说项斯。"成语"逢人说项"即由此而来。李洞则是追随贾岛诗风最为彻底的一个诗人，清人李怀民《中晚唐诗主客图》称李洞为"清奇僻苦主"贾岛之"上入室"者。胡震亨以之与曹松相论，应是指出他们诗风的接近。

曹松善律诗。诗分五言与七言两种，以五言律诗居多，七律次之。内容以酬赠送别、写景抒怀为主，多写眼前情景及个人感受。作者好游历，不少诗在内容上都与途中景象、见闻相关。由于一心以诗文入仕，但科举又不顺，曹松故多抒写个人苦情与无奈，如《崇义里言怀》："平生五字句，一夕满头丝。把向侯门去，侯门未可知。"被认为"道尽中晚唐苦吟诗人之辛酸。诗人苦思冥收，用尽心力，不过是为了写出过人之句，以求当路者之赏识而已。虽然不信到老不达,但也只能委诸天命。"(李建昆:《中晚唐苦吟诗人探论》,载台湾中兴大学《兴大中文学报》2000年第13期)但与苦吟诗人通常只关注个人苦涩不同,曹松的诗也间有反映民间疾苦、将士无辜的内容,表现出对现实的关注。如脍炙人口的七绝《己亥岁》:"泽国江山入战图,生民何计乐樵苏。凭君莫话封侯事,一将功成万骨枯。"视野开阔,写出战乱给广大普通百姓带来的灾难,尤其是"一将功成万骨枯"一句写出战争最终是一人荣万人亡,令人沉吟,更写出了"凭君莫话封侯事"的内涵,锋芒尖利。

诗歌风格方面,曹松诗歌往往取景阔大,喜用数词,描写颇见气势。如上举《己亥岁》。有时即使写幽境,也是如此。如七律《霍山》:"七千七百七十丈,丈丈藤萝势入天。未必展来空似翅,不妨开去也成莲。月将河汉分岩转,僧与龙蛇共窟眠。直是画工须阁笔,况无名画可流传。"巧用数词,写出了辽阔的空间,对月亮和僧人的描写又增添了非同寻常的气魄。加上用语不避重复,读来似歌行般自然流畅。又如五律《商山夜闻泉》:"泻月声不断,坐来心益闲。无人知落处,万木冷空山。远忆云容外,幽疑石缝间。那辞通曙听,明日度蓝关。"尽管是月光、树木、空山、石缝的幽冷景象,但经过泻声不断的形容,"万""远"等"阔"词的点缀,"那辞通曙听"的长久,诗歌因之多少有了一些气势。

曹松还注意炼词,且喜欢用拟人手法,诗歌语言新奇。《晨起》前四句:"晓色教不睡,卷帘清气中。林残数枝月,发冷一梳风。""教""梳"字,都用得奇巧而新颖。《岳阳晚泊》中的诗句:"白波争起倒,青屿或沈浮。"用"青屿或沈浮"写出诗人眼中的湖边景象,又写出水波荡漾,还以此体现了船只摇摆不停的状况,亦颇见诗人之用心。

三十 汪遵《汪遵诗》(见《全唐诗》)

汪遵(《全唐诗》云:"一作王遵。"),生卒年不详,与许棠大致同时而年轻。唐代宣州泾县(今属安徽宣城市泾县)人。晚唐著名诗人。生平事迹,主要见于五代王定保《唐摭言》卷八、南宋计有功《唐诗纪事》卷五九、元代辛文房《唐才子传》卷八等。

汪遵少有大志,并持之以恒地努力,是靠自修苦学而成才的典型。年轻时出为小吏,而酷爱读书,喜作诗。因家贫,于是借书苦读,彻夜强记，终于在咸通七年（866）擢进士第。为人性格安静，不事张扬。据唐末五代王定保《唐摭言》卷八记载："许棠……早修举业。乡人汪遵者，幼为小吏，泊棠应二十余举，遵犹在胥徒；然善为歌诗，而深晦密。一旦辞役就贡，会棠送客至灞浐间，忽遇遵于途中，棠讯之曰：'汪都何事至京？'遵对曰：'此来就贡。'棠怒曰：'小吏无礼！'而与棠同砚席，棠甚侮之，后遵成名五年，棠始及第。"南宋计有功《唐诗纪事》卷五九、元代辛文房《唐才子传》卷八也有大致相同的记载。如《唐才子传》："汪遵，宣州泾县人。幼为小吏，昼夜读书良苦，人皆不觉。咸通七年韩衮榜进士。遵初与乡人许棠友善，工为绝句诗，而深自晦密。以家贫难得书，必借于人，彻夜强记，棠实不知。一旦辞役就贡，棠时先在京师，偶送客至灞、浐间，忽遇遵于途，行李索然，棠讯之曰：'汪都何事来？'遵曰：'此来就贡。'棠怒曰：'小吏不忖，而欲与棠同研席乎？'甚侮慢之。后遵成名五年，棠始及第。"及第之后，诗歌成就更为突出，作品深为人赞赏。汪遵的努力与成就，使元人辛文房也大为感慨，发议论云："汪遵，泾之一走耳。拔身卑污，夺誉文苑。家贫借书，以夜继日，古人阅市偷光，殆不过此。昔沟中之断，今席上之珍，丈夫自修，不当如是耶！与夫朱门富家，积书万卷，束在高阁，尘暗签轴，蠹落帙帷，网好学之名，欺盲聋之俗，非三变之败，无一展之期，谚曰：'金玉有余，买镇宅书。'呜呼哀哉！"（《唐才子传》卷八）

《汪遵诗》概况：

存诗六十首，《全唐诗》都为一卷。

文学成就：工七绝，诗歌题材集中于咏史，而有寄寓。诗歌在当时颇为人看重。五代后蜀人何光远在《鉴诫录》中更视之为"卓绝"，卷九"卓绝匹"条下云："陈羽秀才题破吴王夫差庙，汪遵先辈咏绝万里长城。程贺员外因《咏君山》得名，时人呼为程君山。刘象郎中因《咏仙掌》得名，时人呼刘仙掌。已上名公称为卓绝。千百集中，无以加此。"

汪遵现存诗歌都是七绝。从题材上看，几乎都是咏史诗，所咏内容则为历史人物，并融入自己对历史人物的看法和议论，实则为基于对现实社会的看法所引发，故有寄寓。手法上，是将咏史与议论结合起来，有时还与自然景观相结合，故而形象含蓄。又其见解深刻独到，往往引人深思。如《渔父》："棹月眠流处处通，绿蓑苹带混元风。灵均说尽孤高事，全与逍遥意不同。"从屈原被逐之后的类似隐者的生存状态以及他的"孤高"

言谈，引出的看法却是"全与逍遥意不同"。又其善作警策之语。《唐才子传》曾特意选录其两首七绝，并给予高度评价："洛中有李相德裕平泉庄，佳景殊胜，李未几坐事贬朱崖，遵过，题诗曰：'平泉风景好高眠，水色岚光满目前。刚欲平它不平事，至今惆怅满南边。'又《过杨相宅》诗云：'倚伏从来事不遥，无何平地起青霄。才到青霄却平地，门对古槐空寂寥。'俱为时人称赏。其余警策称是。"尤其是《长城》一首，抒写秦人所筑长城"比铁牢"且雄伟至"万里连云际"，但当时虽然"蕃戎不敢过临洮"，究其功德，竟"不及尧阶三尺高"。从众人司空见惯的历史事实与遗留景观着手，通过鲜明的对比引出发人深省的结论，具有很强的警示意味，故得到何光远特别称许。

三十一　周繇《周繇诗文》

周繇，生卒年不详，与许棠大致同时而略晚，入五代。字为宪，池州至德（今属安徽池州市东至县）人（一说为池州青阳即今安徽贵池人）。晚唐苦吟诗人，"咸通十哲"之一，亦"九华四俊"之一。生平事迹，主要见于五代王定保《唐摭言》卷十、宋代计有功《唐诗纪事》卷五四、元代辛文房《唐才子传》卷八；清康熙《池州府志》有周繇传。

周繇出身贫困，而善吟咏。《唐才子传》云其"家贫，生理索寞，只苦篇韵，俯有思，仰有咏"。咸通十三年（872）"以诗篇中第"（《唐摭言》卷十）。这在当时很不容易。所以当他调任池州建德令之时，"李昭象以诗送曰：'投文得仕而今少，佩印还家古所荣。'"（《唐诗纪事》卷五四）之后，以御史中丞身份与诗人段成式等人同游襄阳徐商幕府。或说，晚唐有两位周繇。另一，字允元，授秘书省校书郎。乾符中，调福昌尉。黄巢兵起，归隐九华山。中和中，王徽奏为至德令。或云其大中末以御史中丞参襄阳徐商幕府，乃将其与元繇事迹混淆。（参见陶敏《晚唐诗人周繇及其作品考辨》，《湖南科技大学学报》1993年第2期）其弟周繁，在当时亦以工诗称名。

周繇与时人交游广泛，与张乔、许棠、林宽、杜荀鹤、罗隐、李昭象等很多诗人都有来往。尤与罗隐、段成式交善，唱和较多，而且交谈随意不拘。

周繇作品概况：

《全唐诗》收有周繇诗一卷，共 22 首。或说其中与段成式等襄阳唱和诗五首当为元繇作（见陶敏《晚唐诗人周繇及其作品考辨》）。《全唐文》存其赋一篇。清末光绪年间刘世珩汇集其诗文成集，收入《贵池先哲遗书》第一编《贵池唐人集》中，包括诗 23 首，赋一篇，并进行了校勘，于 1905 年以"刘氏唐石簃"名义刊刻行世。黄山书社 2013 年即以此本为底本，由郑玲加以校点，重刻出版。

文学成就：周繇以诗文及进士第，与当时许棠、郑谷等诗人合称"咸通十哲"。又与许棠、张乔、张蠙并称为"九华四俊"（据徐松《登科记考》卷二三）。属于苦吟诗人，诗风清丽。

周繇的诗歌体式都属律诗，现存五律 10 首、七律 5 首、五排 2 首、七绝 6 首。题材以送别、酬赠唱和为主，其次是题寺一类诗歌。古人认为周繇诗藏有禅意，时人称之"诗禅"。《唐才子传》谓其诗句"读之使人竦"，亦认为多有警言禅语的意思。又说其创作"深造阃域，时号为'诗禅'"。从现存诗歌来看，内容题材较为狭窄，但意象清新，描述生动。如《咏萤》："熠熠与娟娟，池塘竹树边。乱飞同曳火，成聚却无烟。微雨洒不灭，轻风吹欲燃。旧曾书案上，频把作囊悬。"用生动的笔墨写出了萤火的特殊，内容清新。又如《嘲段成式》："蹴鞠且徒为，宁如日送时。报仇惭选愞，存想恨逶迟。促坐疑辟呬，衔杯强朵颐。恣情窥窈窕，曾恃好风姿。色授应难夺，神交愿莫辞。请君看曲谱，不负少年期。"此诗背景为"广阳公宴，（段）成式速罢驰骋，坐观花艳，或有眼饱之嘲"（《唐诗纪事》卷五四）。描写段成式为看美女而放弃"蹴鞠"，但想得很多，却不能付诸行动，表现局促，憨态可掬。描写有趣，生动传神。其《送边上从事》则描绘出边塞地理形貌风光，而又能结合社会人文，如："黄河穿汉界，青冢出胡沙。"颇耐人寻味。《送杨环校书归广南》："天南行李半波涛，滩树枝枝拂戏猱。初着蓝衫从远峤，乍辞云署泊轻艭。山村象踏桄榔叶，海外人收翡翠毛。名宦两成归旧隐，遍寻亲友义何饶。"写杨环回归广南时一路所见，描写南国风光异景，具体而美好，历历如在目前，体现出作者非同一般的想象力。诗歌末两句，不仅写出了杨环"名宦两成"的惬意，还流露出自己的艳羡和向往。

周繇的《梦舞钟馗赋》（又名"明皇梦钟馗赋"）是一篇小赋。民间传说：唐明皇疟疾发作而卧病在床，因昼梦钟馗而病愈。乃诏画工吴道子为之画钟馗像云云。《梦舞钟馗赋》用辞赋形式复述了这个故事，对钟馗的描写十分细致，抓住了这个形象的主要特征。如："圣魂悄怳以方寐，怪状朦胧而遽至。䨥砢标众，顄颡特异。奋长髯于阔臆，斜领全开；搔头短发于圆颅，危冠欲坠。"钟馗登场就是怪异状貌。接着又描述其怪异舞姿："顾视才定，趋跄忽前，不待乎调凤管、搂鸾弦……"然而就是这样的怪人怪行，居然使久病的皇帝梦醒病愈。文中体现了作者对这一人物及传闻的喜爱。

三十二 张乔《张乔诗集》

张乔，生卒年不详，字伯迁，唐代池州（治今安徽池州市贵池区）人。晚唐苦吟诗人，"咸通十哲"之一，亦为"九华四俊"之一。生平事迹，主要见于五代王定保《唐摭言》卷十、宋代计有功《唐诗纪事》卷七十、元代辛文房《唐才子传》卷十、《贵池县志》，等。

《唐才子传》云张乔早年苦读："十年不窥园以苦学。"与许棠、喻坦之、剧燕、吴罕、任涛、周繇、张蠙、郑谷、李栖远等并称"咸通十哲"，"俱以韵律驰声"。又其为人"有高致"，尝隐居九华山，与许棠、周繇、张蠙合称"九华四俊"（据徐松《登科记考》卷二三）。而诸人之中，张乔诗才尤其突出。咸通末应举但未及第。《唐摭言》卷十记载："咸通末，京兆府解，李建州（即李频。引者注）时为京兆参军主试，同时有许棠与乔，及俞坦之、剧燕、任涛、吴罕、张蠙周繇、郑谷、李栖远、温宪、李昌符，……其年府试月中桂诗，乔擅场。"但当时，"李频以许棠在场席多年，以为首荐；乔与俞坦之复受许下，薛能尚书深知，因以诗唁二子曰：'何事尽参差，惜哉吾子诗，日令销此道，天亦负明时，有路当重振，无门即不知；何曾见尧日，相与啜浇漓。'"因之恐未及第。《直斋书录解题》卷一九《张乔集》二卷"下云："（张）乔试京兆，《月中桂》诗擅场，传于今，而《登科记》无名，盖不中第也。"黄巢起义之时，隐居九华而终。

张乔一生科举、仕途皆不顺，于是又心存隐逸。一方面向往居官立名，另一方面又企求隐居的自在闲逸，所以希望亦官亦隐。认为："功名如不立，岂易狎汀鸥。"（《岳阳即事》）他苦吟诗文，参加科举都为了居官立名，但当现实难以满足之时，又能隐居而终。

张乔好游历，西北、东北及西南等边远之地也曾涉足。

《张乔诗集》概况：

《新唐书·艺文志》记《张乔诗集》二卷。《直斋书录解题》同,其他目录类文献也多录为二卷或一卷,但至明代如高儒《百川书志》则记为四卷。据清人丁丙《善本书室藏书志》中案语,四卷与二卷在所收诗歌方面并无二致。江增华《"九华四俊"诗文别集提要》(载《池州学院学报》2013 年第 5 期)对《张乔诗集》古代版本介绍甚为完备。《全唐诗》存录张乔诗两卷,共 168 首。《全唐文》存其文一篇。清末光绪年间刘世珩汇集其诗文成集,收入《贵池先哲遗书》第一编《贵池唐人集》中,并进行了校勘,于 1905 年以"刘氏唐石簃"名义刊刻行世。黄山书社 2013 年即以此本为底本,由郑玲加以校点,重刻出版。

文学成就:张乔善诗,内容多羁旅愁情,"诗句清雅,复无与伦"(王定保:《唐摭言》卷十)。亦属苦吟诗人之列。

张乔诗体式几乎都是律诗,五律尤其擅长。现存诗歌中,五律有 124 首,余有七律、七绝、五绝、七古各体。诗歌题材以送别酬唱、咏物抒怀、行游题赠为多,内容多为描写自然景观以寄寓羁旅情怀、功名难就的苦闷,也表现对国事与民情的关注。艺术上精于构思,风格清雅不俗,而且往往境界阔大。张乔当时以五律《月中桂诗》擅名科场,诗曰:"与月长洪蒙,扶疏万古同。根非生下土,叶不坠秋风。每以圆时足,还随缺处空。影高群木外,香满一轮中。未种青霄日,应虚白兔宫。何当因羽化,细得问神功。"写月中桂与月亮一样久长,而且枝叶扶疏竟然万古相同。"根非生下土,叶不坠秋风"则表现其绝尘的姿态。它的变化总是伴月而行:"每以圆时足,还随缺处空。""影高群木外,香满一轮中。"超群的形象只能让人仰视。末两句表现出诗人的向往:"何当因羽化,细得问神功。"写法上,将桂与月结合在一起,写出了如月一样的亘古不变与拔俗超迈,诗歌有深沉的历史感和清雅精神。《书边事》也是脍炙人口的一首五律,诗云:"调角断清秋,征人倚戍楼。春风对青冢,白日落梁州。大漠无兵阻,穷边有客游。蕃情似此水,长愿向南流。"与一般同题材诗歌不同,此诗内容是描述大漠无兵事的和平宁静景象,表现出诗人独辟蹊径的努力,更重要的是反映了诗人希求长期和平的心理。艺术上,近代学者俞陛云《诗境浅说》评价说:"此诗高视阔步而出,一气直书,而仍顿挫,亦高格之一也。"七绝、七律诗虽然数量不多,但也能体现其诗歌的特点。如《宴边将》:"一曲梁州金石清,边风萧飒动江城。座中有老沙场客,横笛休吹塞上声。"宴会上,演奏的是梁州清曲,由此带来的是边风萧飒,但因"座中有老沙场客",末句直呼"横笛休吹塞上声",否定了"一曲梁州金石清,边风萧飒动江城"带来的异域新声,意绪特殊,令人寻味不已。七律诗如《题宣州开元寺》:"谁家烟径长莓苔,金碧虚栏竹上开。流水远分山色断,清猿时带角声来。六朝明月唯诗在,三楚空山有雁回。达理始应尽惆怅,僧闲应得话天台。"近景远象,声音色彩,搭配讲究而自然,意境清寂深远,其中"六朝明月唯诗在,三楚空山有雁回"两句时空深广,以有写无,历来为人称道。

张乔仅存的文章为《对燕弓矢舞判》,主旨是反对将一舞者判以挞刑。当时舞者效法国子以弓矢为道具在宫廷跳舞,恰逢乐师巡视,认为有罪,判罚挞刑。张乔态度鲜明地加以反对。他采用骈文形式,描述舞者的舞蹈既合礼法需要,本身又文武相宜、屈伸自如,因此赞美有加。文章很短,但富于理趣和文采。

三十三 顾云《顾云集》

顾云(?—约894),字垂象,一字士龙,唐代池州秋浦(今属安徽池州市贵池区)人。晚唐文学家。晚唐诗人。生平事迹,主要见于王定保《唐摭言》卷一二、计有功《唐诗纪事》卷六七、《贵池县志》等。

南宋计有功《唐诗纪事》卷六七云,顾云父亲是池州当地"鹾贾(盐商)",顾云本人则"风韵详整",好读书。少时,"与杜荀鹤、殷文圭友善,同肄业九华"。咸通十五年(874)进士及第,授校书郎,不久为高骈淮南节度使从事。其后,为避毕师铎之乱,"退居霅川,杜门著书"。其时,"宰相杜某奏云,与卢知猷、陆希声、钱翊、冯渥、司空图等分修宣、懿、僖三朝实录。皆一时之选也"。实录完成后,"加虞部员外郎"。

顾云于干宁初卒。《唐诗纪事》又记其轶事云:"云至江淮,遇高逢休谏议。时刘子长仆射,其弟崇望,复在中书。云叩逢休,希致先容,逢休许之久矣。云临岐请书,(逢休)授之一函甚草创,云微有惑,潜启阅之,凡一幅,并不言云。但曰:'羊昭业等拟将一尺三寸汗脚,踏他烧残龙尾;懿宗皇帝虽薄德,不任被前件(人)罗织;执大政者亦太悠悠。'云叹而已。"高逢休未能承诺仕宦之事,但也因此使其免遭官场噩运。顾云叹息,其意复杂。顾云为进入仕宦,多番向不同人士投过启状,要多为自荐内容。

顾云生前与很多文学之士有往来，除杜荀鹤、殷文圭外，还与郑谷、李昭象等交往。在顾云已经撰写完毕《凤策联华》后，却不幸科举落第，郑谷为他写下《同志顾云下第出京偶有寄勉》诗："凤策联华是国华，春来偶为上仙槎。乡连南渡思菰米，泪滴东风避杏花。吟聒暮莺归庙院，睡消迟日寄僧家。一般情绪应相信，门静莎深树影斜。"李昭象是隐士，也是诗人。顾云在淮南为官，李昭象以《学仙诗》寄之，诗中内容为描述隐居之美，"盖招隐之义也"（《唐诗纪事》）。

《顾云集》概况：

顾云著述颇丰。《新唐书·艺文志》"《顾氏编遗》十卷、《苕川总载》十卷、《纂新文苑》十卷、《启事》一卷、《赋》二卷、《集遗具录》十卷"，原注云："顾云，字垂象，一字士龙，池州人，虞部郎中，高骈淮南从事。"又，《唐诗纪事》（卷六七）云其"有文，号《凤策联华编稿》《昭亭杂笔》"。元代脱脱《宋史·艺文志》尚著录："《顾云集遗》十卷，又《赋》二卷，《启事》一卷，《苕（一作'昭'）亭杂笔》五卷，《纂新文苑》十卷，《苕（一作'昭'）川总载》十卷。"又录："《顾云编藁》十卷，又《凤策联华》三卷。"后亡佚。《全唐诗》录顾云诗一卷，《全唐文》录其文一卷。清末光绪年间刘世珩汇集其诗文成集，收入《贵池先哲遗书》第一编《贵池唐人集》中，并进行了校勘，于1905年以"刘氏唐石簃"名义刊刻行世。黄山书社2013年即以此本为底本，由郑玲加以校点，重刻出版。

文学成就：顾云诗文皆佳，现存以文为多。文章多为应用体，但以骈文形式写成，善于描状，文多华采。

顾云诗歌今存七题共8首，其中6首为歌行体，七律、七绝各1首。顾云歌行诗篇幅较长，形式灵活，风格豪放。其《天威行》是一首奇诗："蛮岭高，蛮海阔，去舸回艟投此歇。一夜舟人得梦间，草草相呼一时发。飓风忽起云颠狂，波涛摆掣鱼龙僵。海神怕急上岸走，山燕股栗入石藏。金蛇飞状霍闪过，白日倒挂银绳长。轰轰砢砢雷车转，霹雳一声天地战。风定云开始望看，万里青山分两片。车遥遥，马阗阗，平如砥，直如弦。云南八国万部落，皆知此路来朝天。耿恭拜出井底水，广利刺开山上泉。若论终古济物意，二将之功皆小焉。"运用想象、比喻和夸张手法，将自然神力描述得无比强大，气势恢宏，具有浓厚的浪漫色彩。其中写风，用"海神怕急上岸走，山燕股栗入石藏"加以衬托；写电闪雷鸣，用极强的画面感加以展示："金蛇飞状霍闪过，白日倒挂银绳长。

轰轰砢砢雷车转，霹雳一声天地战。"描绘声色，让人如临其境。而"万里青山分两片"，又显示出雷电的奇功。他的诗歌往往语言流畅自然，但又不乏华丽之处。如《华清词》："祥云皓鹤盘碧空，乔松稍稍韵微风。绛节影来，朱幡响丁东，相公清斋朝蕊宫。太上符箓龙蛇踪，散花天女侍香童。隔烟遥望见云水，弹环吹凤清珑珑。丹砂黄金世可度，愿启一言告仙翁。道门弟子山中客，长向山中礼空碧。九色真龙上汉时，愿把霓幢引烟策。"描述华清宫，主要表现其仙景美境的一面。句式方面，主体为七言，但杂有四言、五言；韵式上，则以两句一韵为主，而又有句句为韵之处，在主要是平声韵的基础上，又兼有入声韵。用语虽然无生僻难解之辞，但多用色彩鲜明的形容词，故而语言既浅显易懂又具有绘声绘色的华丽风格。顾云的律诗虽然只有两首，但显示出作者的精思。如《咏柳》诗之二是一首咏柳名诗："闲花野草总争新，眉皱丝干独不匀。乞取东风残气力，莫教虚度一年春。"用比拟手法咏柳，寄寓的是对时光流逝而无所成就的担心和悚然警惕。

顾云文章现存23篇，其中18篇为"启"，另有诗序3篇，奏文与碑记各1篇。其启或为告示，或为书信，要皆属于应用类文体，内容多为自荐，如《投顾端公启》《投户部裴德符郎中启》《投殿院韦侍御启》等。因其自身为文学之士，且受时代崇尚六朝骈文的影响，所以他的这类文章也好呈其才，为骈体形式，多用比喻与典故，文辞华美。其中《投殿院韦侍御启》以战场交锋作比，形容自己在学海拼搏，堪称奇文。如："泊焚舟学海，决战名场，衷甲不坚，心城匪固。两经先榜，但溃楚师；再犯终场，亦班齐骑。雄锋缺落，锐志消磨。执金鼓以无因，送降旗而不暇。李陵矢尽，项籍兵穷……"文采斐然。尽管如此，在谈到自荐的目的时，往往表达明确，如《投户部裴德符郎中启》说自己"四海投知，希逢厚遇"。这些启文，为我们进一步了解顾云的事迹与其性格都有重要作用。他的其他文体，亦多骈偶，善描状。《武烈公庙碑记》是一长文，也秉承其一贯做派，无论叙事还是描写议论，多为骈句，内容则现实与虚幻交织，描写变幻莫测，异彩纷呈，气势磅礴。他为人所作的几篇诗序也多作骈偶之句，但间插散句以叙事，故有灵动之气。《唐风集序》是为好友杜荀鹤诗集所写的一篇诗序，其中借评杜诗提出了自己对诗歌创作的看法，如赞同裴赞的诗歌要"润国风，广王泽"，而反对"淫靡浅切"和"僻碎""艳冶"，与其骈文体现出的创作观念甚是不同。

三十四　康骈《剧谈录》

康骈，一作康骈，字驾言，生卒年不详，唐代池州（治今安徽池州市贵池区）人。晚唐文学家。生平事迹，主要见于康骈《剧谈录·自序》、五代王定保《唐摭言》卷二。今人李剑国《唐五代志怪传奇叙录》中"《剧谈录》"有对康骈姓名、生平事迹的考证文字。

康骈生活于乱世，有才气。清代徐松《登科记考》卷二三载，康骈于干符五年（878）登进士第，六年又登博学宏词科。他与晚唐诗人杜荀鹤曾同为宣州刺史田頵的幕僚，十余年后因事被贬。其《剧谈录·自序》记载，"退黜羁寓，旅乎秦甸洛师"，在长安、洛阳一带游历。其间，他"常思纪述""新见异闻"，收集了不少"史官残事"。但"未暇编缀"，即逢黄巢起义。在起义军攻入长安之时，康骈选择归隐故乡黄老山。而平素所收集的材料也在离乱奔波中"亡逸都尽"。"（昭宗）景福、乾宁之际，耦耕于池阳山中"，闲居无事，于是"耘耨之余，粗成前志"。尽管"所记亦多遗漏"，但最终还是在乾宁二年（895）完成了《剧谈录》一书的著述。其后复出，官至崇文馆校书郎。在三藩之乱中，复隐退池州。

《剧谈录》概况：

康骈著述，据《新唐书·艺文志》，有《剧谈录》三卷；《宋史·艺文志》又著录其《九笔杂编》十五卷；另，《全唐诗》卷八九〇收其词一首，名《广谪仙怨》。《剧谈录》今存，古本以清末刘世珩所辑《贵池唐人集》收录篇章较全。初分二编，《新唐书·艺文志》及《郡斋读书志》均著录为三卷。今有清人毛晋所辑《津逮秘书》本、张海鹏《学津讨源》本，《四库全书》本、清人刘世珩辑《贵池唐人集》等，均为2卷。1958年，古典文学出版社又在刘刻《贵池唐人集》本的基础上断句，并校以《太平广记》，增补了四篇逸文。2000年，上海古籍出版社《唐五代笔记小说大观》亦收录《剧谈录》。李剑国《唐五代志怪传奇叙录》（南开大学出版社1993年版）之《剧谈录》一则对康骈著述、《剧谈录》版本源流及内容等问题多有考释文字。黄山书社2013年出版的刘世珩《贵池唐人集》（郑玲校点），其中《剧谈录》增补了4则佚文。目前对《剧谈录》的文学研究多集中于其文体特征的探讨。

文学成就：《剧谈录》为笔记小说集，内容均以唐朝为背景，故《郡斋读书志》认为"书咸载唐世故事"。康骈自言其《剧谈录》"文义既拙，复无雕丽之词"（康骈：《剧谈录·自序》）。但此书历史价值及文学价值兼具。《四库全书总目》云：《剧谈录》"皆记天宝以来琐事，亦间以议论附之，凡四十条。今以《太平广记》勘之，一一相合"。实则为《太平广记》抄录《剧谈录》所致。《四库总目》又云：虽然"稗官所述，半出传闻，真伪互陈，其风自古，未可全以为据"，但"亦未可全以为诬"。当中内容大多离奇，应出于传闻虚构。其文体，历来众口不一，论者或以为该撰处于唐代传奇向笔记小说过渡的阶段。康骈亦能词，词作见《剧谈录》。

　　《剧谈录》现存 46 则（包括 4 则佚文），其中大多为人事与鬼神相结合的故事，显系传闻。这类传闻的主旨多为宣扬鬼神灵应，但是主人公往往实有其人，如凤翔少尹王鲔，河南府伊阙县县尉以及牛相国等。传闻之中亦略含史实。而写法亦真亦幻。作者为了加强故事的真实性，时时有意引入真人真事，显得煞有介事，犹如记述逸事。如《刘平见安禄山魑魅》开头："咸通中，有五经博士卢罕，得神仙保养之道。自言生于隋代，宿德朝士皆云见于童幼，奕世奉之，不穷年寿云。安史之乱，隐于终南山中，其后或出或处。先是，令狐相公谕以柱下、漆园之事，稍从宦于京师，常话与处士刘平执友修道。"从五经博士卢罕写起，牵出令狐楚，对两人事迹做了一番交代之后，才引出主人公刘平。下文讲述刘平见安禄山魑魅的虚幻故事，是此文故事主体，而卢罕、令狐楚等再无出现。显然这两个人物只是作者用以证明其讲述之"不诬"而设置。《剧谈录》也有纯记人事的篇章，如《宣宗夜召翰林学士》，写令狐楚两年之内由一郡守升擢为宰相。故事揭示其中原因为其素常努力不懈，待皇帝问到读书诸事，能对答如流，引起皇帝的注意。文章鼓吹励志，有积极的思想意义。篇末，作者大发议论云："凡怀才抱器，有时而通，非得苟容，虽遇不显。向使明主有任贤之意，近臣无专对之能；徒彰妄进之讥，方病退惭之说：殊恩厚渥岂及于身？是以君子励志饬躬，以遭逢之运，良有旨哉。"但观此文主体内容则是君臣二人以用人为话题的交流。宣宗要求令狐楚就文宗皇帝《金镜》一书"试举其要"。后者"抗声而诵"，至"乱未尝不任不肖，理未尝不任忠贤；任忠贤则享天下之福，任不肖则受天下之祸"，被宣宗截住，即就用人谈自己的看法。当时正避乱山中，以此条为第一，显然又不仅仅是宣扬励志，而蕴有针对时事的看法。有的史料价值突出，如《广谪仙怨词》，有关【谪仙怨】词牌的来历，唐明皇在安史之乱后思念妃子与贤臣，以及刘长卿【谪仙怨】词的主旨及窦弘馀同题作品的来由等都作了记述，还录下了自己的一阕【谪仙怨】。

《剧谈录》文体兼有纪实与传奇的特点。各篇篇幅都不长，但有的文字写得较为曲折，并能注意细节描绘，颇为形象生动。如《王鲔活崔相公歌妓》，写王鲔因少时将两枯首"择净地瘗之，祭以酒馔"，于是得鬼神报答而通灵。一日逢崔相国留饮家酿，席中，召歌者助兴，久之不至。原来已经死去。王鲔未见，却能"具言歌者仪貌"。其后嘱咐"得白牛头及酒一斛"，遂"令扶歌者置于净室榻上，以土盆盛酒，横板用安牛头，设席焚香，密封其户，……禁鼓忽鸣，果闻牛吼，开户视之，歌者微喘，盆中斛酒悉干，牛怒目出于外"。将歌者救活。歌者醒后，自云是被牛头人掠走。情节起伏，内容诡异，而细节合乎情理，如用"微喘"写歌者死后复生的虚弱，用"怒目出于外"极写牛头人的愤怒，等等。《剧谈录》在语言方面虽不为"雕丽"，但雅洁清丽，无粗陋恶俗之辞。不同内容又能施以不同的表述。《孟才人善歌》写武宗所宠幸的孟才人因皇帝病重，表态在皇帝身后"无复生焉"，即日在御榻前"歌《河满子》一曲"，其"声调凄切"，令"闻者莫不涕零"，皇帝死后，孟才人"哀恸数日而殒"。其后，当宫人抬帝棺时，发现"梓宫重莫能举"，有人提醒说："得非候才人乎？"遂将孟才人"舆榇以殉"。文末，作者描述说："是岁，攻文之士或为赋题，或为诗，目以为冯媛、班姬无以过也。"引当时著名诗人张祜之诗云："偶因清唱咏歌频，奏入宫中二十春。却为一声河满子，下泉须吊孟才人。"整篇记述文笔优美，内容缠绵悱恻，令人嘘唏。

康轺的词初见于《剧谈录》中，为【谪仙怨】，《全唐诗》题为【广谪仙怨】。康轺记录了台州刺史窦弘馀有关唐玄宗在杨贵妃死后吹曲之本事，认为玄宗既为妃子也为思贤臣张九龄。又说刘长卿不了解此段本事，所以作【谪仙怨】只从自身落笔。其词云："晴川落日初低，惆怅孤舟解携。鸟去平芜远近，人随流水东西。白云千里万里，明月前溪后溪。独恨长沙谪去，江潭春草萋萋。"还认为窦弘馀虽然知道本事，但所作【谪仙怨】也只是反映出明皇念贵妃之意，其词云："胡尘犯阙冲关，金辂提携玉颜。云雨此时消散，君王何日归还。伤心朝恨暮恨，回首千山万山。独望天边初月，蛾眉犹在弯弯。"康轺于是"更广其词，盖欲两全其事"（《剧谈录》）。康词如下："晴山碍日横天，绿叠君王马前。銮辂西巡蜀国，龙颜东望秦川。曲江魂断芳草，妃子愁凝暮烟。长笛此时吹罢，何言独为婵娟。"话说得很明白，"何言独为婵娟"：唐玄宗思贵妃杨玉环，也有"思贤之意"。康轺的这种做法体现出重视史实的倾向。

三十五　杜荀鹤《唐风集》

杜荀鹤（846—904），字彦之，号九华山人；因排行第十五，故又称"杜十五"，唐代池州石埭（今安徽池州市石台县贡溪乡杜村）人。晚唐著名诗人、书法家。生平事迹，主要见于《旧五代史·梁书》本传、王定保《唐摭言》卷十二、计有功《唐诗纪事》卷六五、辛文房《唐才子传》卷九、清代吴任臣《十国春秋·吴十一》本传、《（康熙）池州府志》，唐宋之际孙光宪《北梦琐言》卷六也有一些记载。清人王士禛《五代诗话》从前人数种文献中辑录杜荀鹤生平事迹、诗歌特点及成就等材料甚为丰富。今人胡嗣坤、罗琴《杜荀鹤及其〈唐风集〉研究》一书附录之《杜荀鹤年谱系诗》述其生平事迹尤详。

《唐诗纪事》记载，杜荀鹤或为杜牧之子。早年读书九华，其后应举。《唐才子传》卷九云："荀鹤寒进，连败文场，甚苦。"直到大顺二年，在梁王朱全忠的帮助下方才擢第。"正月十日放榜，正荀鹤生朝也。"此时他46岁。大顺二年（891），"裴贽侍郎放第八人登科，正月十日发榜，正荀鹤生朝也"。擢第之后，因时局混乱，荀鹤复还九华隐居，一住就是十五年。回归九华途中，曾"过夷门"，拜访梁王，并献诗云："四海九州空第一，不同诸镇府封王。"（《唐才子传》）他因向梁王进献多首颂德诗，与之关系较好。《旧五代史·梁书》本传记载：杜荀鹤回到九华山，逢"田頵在宣州"，"将起兵"，因看重荀鹤文才，于是"阴令以笺问至（梁太祖朱全忠），太祖遇之颇厚"。等到"頵遇祸"，朱全忠即以荀鹤才华而"表之"。于是不久"授翰林学士、主客员外郎"。至此，杜荀鹤"恃太祖之势，凡缙绅间己所不悦者，日屈指怒数，将谋尽杀之。"但未及行事，即患重病，"旬日而卒"。但《唐诗纪事》所载相反：荀鹤"恃势侮易缙绅，众怒欲杀之而未及。天佑初，卒"。

杜荀鹤一生几乎是以吟诗为业。自认为作诗吟唱出自天性，是其志趣。他自称"苦吟只天性，直道世将非"（《寄从叔》）。在"营生"与吟诗之间，诗人选择的是后者："不是营生拙，都缘觅句忙。"（《山中寄友人》）"无人开口不言利，只我白头空爱吟。"（《山居自遣》）因此他认为成了

"江湖苦吟士，天地最穷人"（《郊居即事投李给事》）。杜荀鹤的才气也主要表现在创作方面，当时以诗名著称。及第之初，自编诗集《唐风集》三卷，好友顾云为其作序，称赞说："其壮语大言，则决起逸发。可以左揽工部袂，右拍翰林肩。"又，《唐诗纪事》载，"荀鹤初谒梁王朱全忠"，适逢无云而雨，朱即要求作无云之雨诗。杜荀鹤遂就写下一诗："同是乾坤事不同，雨丝飞洒日轮中。若教阴朗都相似，争表梁王造化功。"意思是说天降无云之雨，是因为梁王有造化之功。朱全忠看后很高兴，所以日后帮助他进入仕途。此外，据《唐才子传》，"荀鹤嗜酒，善弹琴，风情雅度，千载犹可想望也"。表明其才情非止一端。

除了吟诗，他做过的主要事项就是应试。这说明他真正的志向并不在歌吟。他自己的诗文也暴露了这一点："男儿出门志，不独为身谋。"（《秋宿山馆》）在多年应试期间，也曾四处游历，先后行游浙江、福建、江西、湖南、河南等地。但久居之地是九华。

杜荀鹤为人比较自负。《唐摭言》记载说："张曙拾遗与杜荀鹤同年。尝醉中谑荀鹤曰：'杜十五公大荣！'荀鹤曰：'何荣？'曙曰：'与张五十郎同年，争不荣？'荀鹤应声答曰：'是公荣，小子争得荣！'曙笑曰：'何也？'荀鹤曰：'天下只知有杜荀鹤，阿没处知有张五十郎！'"虽然是玩笑之语，亦能见出自得自负的情态。

杜荀鹤人品是后人较为纠结的问题。一方面，他有匡时救世的心意，同情下层人民疾苦，但是另一方面又讨好在上者并借此登第，并有仗势欺人的表现。据五代何光远《鉴诫录》记载，他曾在游大梁（今河南开封）之时，为劝朱全忠省徭役、薄赋敛而写《时世行》10首给他，朱全忠读后感觉不合心意。后其部下敬翔指点杜荀鹤"稍削古风，即可进身"，于是杜荀鹤又奉《颂德诗》三十章以取悦朱氏。后者果然帮助他获得进士身份。其后，他就"恃势侮易缙绅"。清人王士禛《五代诗话》著录此类逸事亦较多。

《唐风集》概况：

杜荀鹤著述，除《唐风集》外，据清人赵宏恩《（康熙）江南通志·艺文志》，还有《绿窗琐翠》《松窗杂记》两种小说。《唐风集》，按杜荀鹤好友顾云《杜荀鹤文集序》所说，集名乃顾氏所命，就连该集被分为上中下三卷也是顾氏所为。因此，《唐风集》面世即为三卷。但宋晁公武《郡斋读书志》著录"杜荀鹤《唐风集》十卷"，《宋史·艺文志》作二卷，

《直斋书录解题》作三卷。据文化部《第一批国家珍贵古籍名录》，杜荀鹤著述现存最早的刻本为南宋中期四川眉山刻唐六十家集《杜荀鹤文集》，亦为三卷本（藏上海图书馆）。此本于 1980 年为上海古籍出版社影印出版，后又多次翻印。《唐风集》过去较通行的本子有明汲古阁刊本；清初席启寓编刻《唐诗百名家全集》本，题为《杜荀鹤文集》；近人刘世珩辑《贵池先哲遗书·贵池唐人集》本收录《唐风集》。《全唐诗》录有杜荀鹤三百二十六首律诗，或五言或七言。1959 年，中华书局以刘刻本为底本，又据《全唐诗》补录、校勘，成《杜荀鹤诗》，与《聂夷中诗》合刊印行。2005 年巴蜀书社出版的胡嗣坤、罗琴合撰的《杜荀鹤及其〈唐风集〉研究》则是一部集《唐风集》诗文校注与研究的撰作，此书除收录《全唐诗》所载杜荀鹤 326 首律诗之外，还辑其佚诗 4 首、佚句 7 联；书末附有《杜荀鹤研究资料汇编》，收集相关材料甚为齐备，并将这些材料分成为"传志""交往""评论""著录"四个部分；研究方面，主要内容为探讨杜荀鹤各类诗歌的特色。

文学成就：杜荀鹤是晚唐著名诗人，有令人瞩目的创作成就，诗歌独成一体。严羽《沧浪诗话》在《诗体》中将"杜荀鹤体"与"太白体""元白体"等并列。杜荀鹤诗歌的主要特色是，内容上突出地体现出现实主义精神，关注民生，反映现实中的社会问题，对社会弊端予以大胆揭露和尖锐抨击；艺术上则多叙事，援俚俗口语入诗，且不避重复，将乐府诗歌的自然朴实的创作精神与律诗的严整形式结合起来，创立了新的体式。对这种诗体，或认为失之浅易，如翁方纲《石洲诗话》就特别指出其诗"亦殊浅易"。杜荀鹤也有抒写个人"忧惋思虑"、风格上具有苦吟特点的作品。《唐才子传》评论说："荀鹤苦吟，平生所志不遂，晚始成名，况丁乱世，殊多忧惋思虑之语，于一觞一咏，变俗为雅，极事物之情，足丘壑之趣，非易能及者也。"杜荀鹤的宫词则被众口一致地称赞为唐代第一。

《唐风集》是诗集，所收都是律诗，五律与七律几乎各占一半。

杜荀鹤由于出身寒微，了解民间疾苦，同时具有社会责任感，于是自觉继承杜甫以来的现实主义传统，有不少诗勇于反映现实，揭示弊端，描述下层民众的痛苦，寄寓自己深切的同情。如《山中寡妇》："夫因兵死守蓬茅，麻苎衣衫鬓发焦。桑拓废来犹纳税，田园荒后尚征苗。时挑野菜和根煮，旋斫生柴带叶烧。任是深山更深处，也应无计避征徭。"诗歌描述一位寡妇在丈夫死于战争之后，为了生存逃进深山，苦苦挣扎生存，"时挑野菜和根煮",原因就是"桑拓废来犹纳税,田园荒后尚征苗"。诗末更以"任是深山更深处,也应无计避征摇"直接揭露封建社会赋敛剥削的严苛和无孔不入,使人不由想到孔子"苛政猛于虎"的古语,概括力强,震撼人心。其他如《乱后逢林叟》《题所居村舍》《再经胡城县》《蚕妇》《田翁》等也都是揭露现实黑暗的诗篇。这类诗歌具有鲜明的人民性和思想性,是其诗歌的精华部分。他的诗集之所以命名为"唐风",就是因为"雅丽清省激越之句,能使贪吏廉,邪臣正"(顾云《唐风集序》),具有《诗经》的风雅精神。他自云:"言论关时物,篇章见国风。"(《秋日山中寄李处士》)《唐才子传》说他:"善为诗,辞句切理,为时所许。"明人胡震亨《唐音癸签》卷八:"杜彦之荀鹤俚浅,以衰调写衰代,事情亦自真切。"也都是同样的意思。

杜荀鹤也有一些诗是抒写怀才不遇的痛苦。如宫词《春宫怨》。方回《瀛奎律髓》以为诗中另有寄寓:"譬之事君而不遇者,初亦恃才,卒为才所误。"正如诗中"承恩不在貌,教妾若为容"两句,"盖宠不在貌,则难乎其容也。"以诗用比兴,含意深长誉之。有的诗则抒发自己对赋诗的喜爱和不懈追求,也有一些诗表现隐居生活,或对佛理的领悟。

杜荀鹤不少诗歌具有元白新乐府的表现特点,使用叙事手法,追求浅显通俗的语言风格。他的诗歌都是律诗,但在顾及格律(如平仄、对仗等)的基础上,又大胆革新,多用口语俗语就是一种表现。宋人王楙《野客丛书》说:"唐人诗句中用俗语者,惟杜荀鹤、罗愿最多。"此外,不避重字甚至故意用重字也是其诗体革新的一个方面。如《赠质上人》:"逢人不说人间事,便是人间无事人。"《题瓦棺寺真上人院矮桧》:"今日偶题题似着,不知题后更谁题。"在律诗中运用口语俗语以及重叠字词,而不显累赘,反倒蕴含哲理,类似格言,这是杜荀鹤律诗的特色。此外,作者将重字多用在律诗前两句和后两句即不要求对仗的"散句"中(宋人葛立方《韵语阳秋》:"杜荀鹤、郑谷诗,皆一句内好用二字相叠,然杜荀鹤多用于前后散句,而郑谷用于中间对联。"),这是顾及律诗体式的表现。与自然通俗相关,他的诗极少运用典故。"300多首诗,用典仅有20余处,而且多是熟典,例如月兔、日乌……"(罗琴:《杜荀鹤诗歌创作的语言特色》,《涪陵师范学院学报》2004年第4期)将格律诗与具有民间通俗色彩的乐府诗结合起来,是他的创新之处,他的诗也因此与元白新乐府有了区别。但有时因过分强调"自然",以文为诗,以致所作律诗几类散文,为后人所诟病。如清人施闰章

曾批评他说："至杜荀鹤'干人不得已，非我欲为之''白发多生矣，青山可住乎'，五言律长城坏矣。"（施闰章：《蠖斋诗话》）

杜荀鹤喜欢贾岛的诗歌，也有"苦吟"情结。因此他的诗歌不免写个人伤怀，同时也时借苦吟以觅佳句。张淏《云谷杂记》卷二："荀鹤之诗，溺于晚唐之习，盖韩偓、吴融之流，以方李、杜则远矣。然解道寒苦羁穷之态，往往有孟郊、贾岛之风。"给予了较为客观的评价。这类苦吟诗往往是抒写隐居生活。但不同于苦吟诗人的是，他的诗歌不囿于狭促的个人吟感题材，而能将笔触伸向社会特别是民间，有积极的思想意义。可以说，杜荀鹤既继承了贾岛等人的寒瘦苦吟作风，又具有张籍诗歌反映社会现实的特征。语言方面则是虽俗而又清新不凡。余成教《石园诗话》说："晚唐诗人有佳句而多俗言者，杜彦之荀鹤是也。"如《寄窦处士》中："游人不可见，春入乱山青。""入"字"青"字似为寻常用字，却将"春""山"拟人化，赋之以勃勃的生命力。用语不多，但耐人涵咏。杜荀鹤还善为警策格言。如《送人宰吴县》中两句："字人无异术，至论不如清。"俞陛云《诗境浅说》评云："诗为作牧令者下顶门一针，较岑参之'此乡多宝玉，慎勿厌清贫'，尤为简该。官箴而兼友道，不仅赠行诗也。"

晚唐诗歌在温庭筠和李商隐的实践之下，已经开拓出艳丽温婉的诗风。杜荀鹤有时喜欢炼字琢句，故亦有这类诗歌，而且得到很高的评价，胡仔《苕溪渔隐丛话》引述《幕府燕闲录》云："杜荀鹤诗鄙俚近俗，惟宫词为唐第一。"这类诗以《春宫怨》为代表。此诗借描述宫女不幸遭遇象征诗人自己的怀才不遇，讲究炼词用字，含蓄温婉。如颔联"风暖鸟声碎，日高花影重"被认为是"杜诗三百首，惟在（此）一联中"（胡仔：《苕溪渔隐丛话》）。"风暖""日高"之下，所见所闻却是"鸟声碎""花影重"。写景美而忧，含义丰富，既是自然风光，也蕴有人物的孤独。"重"字更是绝妙地以花拟人，传递出花好人孤的消息。

三十六　张蠙《张象文诗集》

张蠙，生卒年不详（《求索》2004 年第 3 期载张海《张蠙考略》："张蠙约生于唐武宗会昌末年，唐宣宗大中初年，历经唐懿宗、僖宗、昭宗，入前蜀，卒于后主王衍当政期间，年约八十有余"），字象文，晚唐至五代前蜀池州青阳（今属安徽池州市贵池区）人。晚唐诗人。与许棠、张乔等人齐名，为"咸通十哲"之一。又，清人徐松《登科第考》卷二三据《永乐大典》引《池州府志》云其与张乔、周繇、许棠并称为"九华四俊"。生平事迹，主要见于张蠙个人诗文、计有功《唐诗纪事》卷七十、辛文房《唐才子传》卷十、《郡斋读书志》卷十八等；今人张海经过稽考《唐诗纪事》《唐才子传》《郡斋读书志》《新唐书》等文献，撰《张蠙考略》一文，对其生平有较集中的叙述。

张蠙出身贫寒，而好诗。《郡斋读书志》卷四载："蠙生而颖秀，幼能为诗。"及长，亦以诗歌创作知名于世。但仕途不顺。从其诗文描述中，可知他多年应试不第，长期蹉跎京师。又曾游历江苏、浙江、江西、河北、山西、宁夏、内蒙古等地。《唐才子传》卷十云："乾宁二年（公元895），（张蠙）赵观文榜进士及第。"此时，应该已是年过五旬（依张海说）。随即授校书郎，后调为栎阳尉，又迁犀浦令。张蠙后入蜀，在王建之前蜀，官拜膳部员外郎，后为金堂令。《唐诗纪事》卷七十："（张蠙）唐末登第，尉栎阳，避乱入蜀，王蜀时，为金堂令。"《郡斋读书志》卷四："（张蠙）唐乾宁中进士。为校书郎、栎阳尉、犀浦令。王建开国，为膳部员外郎。后为金堂令。"又叙其逸事云："王衍与徐太后游大慈寺，见壁间书'墙头细雨垂纤草，水面回风聚落花'，爱之。问知蠙句，给札，令以诗进。蠙以百首献。衍颇重之，将召为知制诰，宋光嗣以其轻傲，止赐白金而已。"明人曹学佺《蜀中广记》据张蠙诗作中"有与韦庄、杜光庭、贯休诗"，且"唐末三人皆在蜀"，而"疑其同时避乱入蜀"。

张蠙与韦庄、杜光庭、贯休、李频、郑谷、许棠、薛能等不少诗人均有交往。他的一生，经历了唐宣宗、懿宗、僖宗、昭宗并入蜀，享年八十左右。

《张象文诗集》概况：

有关张蠙的创作，《新唐书·艺文志（四）》著录"张蠙诗集二卷"，《唐才子传》记同。《郡斋读书志》《直斋书录解题》《宋史·艺文志》则记作"张蠙诗集一卷"。今存诗歌，《全唐诗》录一卷，共102首。张海《张蠙考略》以为另有两首佚诗："又五代何光远《鉴诫录》卷八'贾忤旨'条载：……'后有一少年除长江簿，犹豫不赴。张蠙先辈为诗刺之曰：少年为理但公清，鸿渐行中是去程。莫恨长江为短簿，可能胜得贾先生。'此诗补入《全唐诗补编》第三编《全唐诗续补遗》卷十三。又王安石《唐百家诗选》卷十九有张蠙《述怀》一诗：'白首成空事，无欢可替悲。空余酒中兴，犹似少年时.'陈尚君先生将其补入《全唐诗续拾》卷五二。则张蠙现存诗共104首。"今《续修四库全书》所收《张象文诗集》为三卷，诗歌103首，为影印清钞本。

文学成就：张蠙诗歌创作出色。《唐才子传》卷十载云："蠙生而秀颖，幼能为诗，《登单于台》有'白日地中出，黄河天上来'句，由是知名。……余诗皆佳，各有意度，过人远矣。"其诗都属近体。

张蠙的诗中，五律占了一半（52题共53首），其次为七律（26首），再次为七绝（21首），另有五排3首、五绝1首。张蠙属于苦吟诗人，内容题材较为狭窄，以朋友间赠别酬唱诗为多（占全部诗作的一半），其次为咏物写景和羁旅见闻，诗歌多寓才华难施的个人情怀。艺术上一方面重视遣词造句，另一方面又有意识营造平易简淡的风格，且往往比较含蓄。如《逢漳州崔使君北归》："在郡多殊称，无人不望回。离城携客去，度岭担猿来。障写经冬蕊，瓶缄落暑梅。长安有归宅，归见锁青苔。"抒写孤独凄凉，但字面上只是叙事描写，让读者自己体味。作者喜欢炼字，如"写""缄"用法都很别致；而"担猿来"以貌似不合理的描述传递孤苦之情，也令人耳目一新。他的这类赠别酬唱诗歌只有极少数谈及友情，赞美称赞更是难寻其踪迹，作者将主要功力用在抒写自己的心意与感受，而语言则力求新颖别致。因此有其独特之处。

张蠙最为人称道的是其描写北方边地风光的诗歌，这类诗数量不多（不到10首），但风格雄浑，意境壮阔。尤其是《登单于台》一首："边兵春尽回，独上单于台。白日地中出，黄河天外来。沙翻痕似浪，风急响疑雷。欲向阴关度，阴关晓不开。"景象壮丽。"白日"两句，被明人胡应麟《诗薮》评为"唐诗之壮浑者终于此"。但也能看出受到李白诗歌的启发。善于描述风景，是其诗歌的重要特色。除了边塞诗外，还有其他不少诗歌也大体如此。例如他的咏物诗《丛苇》："丛丛寒水边，曾折打鱼船。忽与亭台近，翻嫌岛屿偏。花明无月夜，声急正秋天。遥忆巴陵渡，残阳一望烟。""忽与亭台近，翻嫌岛屿偏"两句，用拟人化手法描写丛苇随风起伏摇荡的画面，形象有趣。

三十七 殷文圭《殷文圭诗文》

殷文圭，或作"汤文圭"（《唐诗纪事》卷六八云，"汤文圭，本殷文圭"。系因后代避赵匡胤父亲名讳而改），生卒年不详，字表儒，小字桂郎，池州青阳（今属安徽池州市贵池区）人。晚唐至五代诗人。生平事迹，主要见于计有功《唐诗纪事》卷六八、辛文房《唐才子传》卷十、清代吴任臣《十国春秋·吴十一》本传、《贵池县志》等。

据《唐诗纪事》记载，殷文圭幼年居九华山，用功苦学，以致"所用墨池，底为之穴（墨砚因为研墨长久，底部磨穿）"。他相貌不俗。在应举路上，曾有一老翁见到他而评论说："（此人）眉绿，拳可入口，神仙状也。若学道，当冲虚；为儒，当大有名于天下。"唐乾宁五年（898），因携梁王朱全忠表荐，得以进士及第。其后，"随榜为吏部侍郎裴枢宣慰判官、记室参军"。

殷文圭对朱全忠的提携很忌讳，他在投靠朱全忠后，又"遍投启事公卿间，曰：'于菟猎食，非求尺璧之珍；鹪鹩避风，不望洪钟之乐。'"意思是说投靠梁王非自己本意。不久，有多事者告发，殷文圭仓皇出逃，由宋、汴驰归。朱全忠大怒，紧急派遣官吏追捕，但"已不及矣"。自此，朱全忠但凡谈到负心之事，就以殷文圭为例。《唐诗纪事》又载："文圭、杜荀鹤、杨夔、康轩、夏侯淑、王希羽等，皆为淮南将田頵上客。文圭有美名，不应朱全忠、钱镠之辟。頵置田宅，迎其母，以甥事之，故文圭为尽力。"此事亦见于《新唐书·田頵传》。天复三年（903）田頵败于杨行密，文圭只好离去。《唐才子传》卷十记载：当时，"杨令公行密镇淮阳，奄有宣、浙、扬、汴之间。榛梗既久，文圭辞亲，间道至行在"。

殷文圭先后在杨行密父子手下掌书记。吴武义元年（919），拜翰林学士。殷文圭后来"事杨行密，终左千牛卫将军"。殷文圭的长子殷崇义，也是著名作家，且曾担任南唐宰相。北宋初期，为避宋太祖赵匡胤父亲名讳（赵弘殷），改姓为汤，史称"汤悦"。

现池州市贵池区梅街镇牌坊村有殷文圭墓，为贵池县级文物保护单位。清光绪《贵池县志》记载，明末爱国志士刘城路经此地，曾撰《祭墓诗》描述说："谁何古墓横荒野，农人语我殷家者。披捧尚见土如坊，寻题未有碑堪打。千年老表已无存，几尺新松尚盈把。埋者何人此一邱，将军鼎贵左千牛。"

《殷文圭诗文》概况：

殷文圭著述颇丰。《唐才子传》云其"为诗有《登龙集》《冥搜集》《笔耕词》《冰镂录》《从军稿》等集传世"。但其作品多亡佚，《宋史·艺文志》载有"殷文圭《冥搜集》二十卷、又《登龙集》十五卷"。《全唐诗》仅录其诗集一卷，收诗 27 首，另有两首各只存两句。《全唐文》存其文一篇。清人刘世珩的《贵池先哲遗书·贵池唐人集》据此亦收《殷文圭诗文》一卷。《贵池唐人集》有校点本（郑玲校点），黄山书社 2013 年出版，较通行。

文学成就：殷文圭的诗歌均为律诗体式，七律最多，有 24 首，五律、七排、七绝各 1 首，另有两首七言各存两句。其诗有自己的特点。《唐才子传》评论说："唐季，文体浇离，才调荒秽，稍稍作者，强名曰诗，南郭之竽，苟存于丛响，非复盛时之万一也。如王周、刘兼、司马札、苏拯、许琳、李咸用等数人，虽有集相传，皆气卑格下，负鱼目唐突之惭，窃碔砆韫袭之滥，所谓家有弊帚，享之千金，不自见之患也。文圭稍入风度，间见奇崛，其殆庶几乎。"在南郭肆意、诗文"气格卑下"的时期，殷文圭的"稍入风度，间见奇崛"确为难得。

总体上，殷文圭诗歌内容题材较为狭窄，赠别贺喜等应酬诗占去一半，其余基本可归入写景咏物一类。写景咏物类较为出色，时有新意翻出。如《八月十五夜》："万里无云镜九州，最团圆夜是中秋。满衣冰彩拂不落，遍地水光凝欲流。华岳影寒清露掌，海门风急白潮头。因君照我丹心事，减得愁人一夕愁。"诗歌借助于描状月光下的景象写出月光的皎洁和无处不在，更借助尾联而一反古人写月往往寄寓孤独情感的做法，体现有月照就不孤愁的感觉。颔联以"冰彩""水光"形容月亮的光辉，描述出一种冰白纯明的意境，比喻别致。又如其《江南秋日》中"一蓬秋雨睡初起，半砚冷云吟未成"等诗句，王士禛《五代诗话》引《留青日札》谓"有思致"。也应是由于用语别致，特别是以"蓬""砚"作量词而又有名词意味，更显特殊韵致。这说明殷文圭讲究诗歌写法。他在《贺同年第三人刘先辈咸辟命》一诗中称赞刘咸说："脱俗文章笑鹦鹉，凌云头角压麒麟。""脱俗"也是殷文圭诗文的追求。此外，其诗虽然数量不多，但诗风格却呈多样化。或优美凄婉，如《春草碧色》："细草含愁碧，芊绵南浦滨。萋萋如恨别，苒苒共伤春。疏雨烟华润，斜阳细彩匀。花粘繁斗锦，人藉软胜茵。浅映宫池水，轻遮辇路尘。杜回如可结，誓作报恩身。"这首诗重视意境的营造及用典、比拟，故较含蓄。也有的显出豪壮之气，如《寄贺杜荀鹤及第》："一战平畴五字劳，昼归乡去锦为袍。大鹏出海翎犹湿，骏马辞天气正豪。九子旧山增秀绝，二南新格变风骚。由来稽古符公道，平地丹梯甲乙高。"经过特殊比喻和用词，直将及第之文人写成傲视天下的战场英雄。

殷文圭现存《后唐张崇修庐州外罗城记》，是一篇篇幅很长的文章，约2300字。写于作者任淮南节度掌书记之时。该文详细记述了修建罗城的意义、经过与艰辛，赞颂了太守张崇修城的功绩。文字特点，一是记述详细而全面，如对罗城的外形状态、大小高低尺寸都予以记录和描述；二是骈散结合，富于节奏；三是在平实的用语中，间有华采。因此受到后人推崇。

三十八　伍乔《伍乔诗集》

伍乔，生卒年不详，南唐庐江（今属安徽巢湖市）人（一说贵池人）。南唐诗人。生平事迹，主要见于马令《南唐书》卷一四、陆游《南唐书》卷一五、辛文房《唐才子传》卷七、清代吴任臣《十国春秋·南唐十七》本传、《（康熙）池州府志》等。

伍乔以文才著称。据南宋马令《南唐书》卷一四载：伍乔少时，"居庐山国学，苦节自奋。一夕，见人掌自牖隙入，署'读易'二字，忽不见。乔大叹异，辄取《易》读之，探索精微。""适数年，山下有僧夜梦人指大星曰：'此伍乔星也。'僧与乔初不知，达旦，入国学访问得乔，喜甚，勉之进取。乔以匮告，僧罄囊予之。"陆游《南唐书》记载类同。《唐才子传》卷七载，伍乔"工为诗，与杜牧之同时擢第"。陆游《南唐书》卷一五记载伍乔在中主时赴金陵应试，状元及第。本来初选，主考官认为宋贞观为第一，张洎第二，伍乔第三。于是按惯例宴请他们，座次与名次一致：宋贞观首座，张洎次之，伍乔第三。但席间，伍乔呈上新作《八卦赋》。主考官读后大惊，于是更改座次，伍乔首座。其后复试榜出来，伍乔果然取得第一名。当时，"元宗亦大爱乔程文，命勒石，以为永式（永久典范）"。

又据《唐才子传》，伍乔虽得进士第一，但唐元宗并没有留他在京城做官，而是外任为歙州司马。伍乔自觉不得意。其少时好友张洎时为翰林学士。伍乔于是写诗交仆人，嘱咐他："张洎游宴时投之。"诗云："不知何处好消忧，公退携樽即上楼。职事久参侯伯幕，梦魂长达帝王州。黄山向晚盈轩翠，黟水含春绕郡流。遥想玉堂多暇日，花时谁伴出城游。"表达了向往京都之意。张洎读罢"动容久之"，于是"为言于上"，唐元宗即召迁为考功员外郎。后卒于官,享年约七十。

《伍乔诗集》概况:

伍乔作品,《直斋书录解题》著录《伍乔集》一卷。今传《伍乔诗集》。《全唐诗》存其诗一卷。清席启㝢《唐诗百名家全集》收录《伍乔诗集》(采自宋人原本),明嘉靖刊本《伍乔诗集》、清康熙精写刻本《伍乔诗集王周诗集》,扫叶山房刻本《碧云集伍乔诗集王周诗集王贞石诗集》,清人刘世珩《贵池先哲遗书·贵池唐人集》本《伍乔诗集》,并行于世。但传世诗歌仅有22首,其中一首仅余两句。

文学成就:伍乔现存诗歌多为七律。多为酬赠送别、游览观景一类作品,内容上则多表现向往自然境界的情怀。诗风近苦吟而柔弱,陆游评论为"诗调苦寒,每有瘦童羸马之叹"(《南唐书》本传)。明人锺惺、谭元春所辑《唐诗归》卷三六认为伍乔诗"幽细","结得有景,却是中晚气调"。

伍乔有一些诗歌写于"僻居"之时,内容为描写自己的隐居生活,表现闲淡自适的心情。如《僻居谢何明府见访》写僻居时期闲散慵懒的生活:"公退琴堂动逸怀,闲披烟霭访微才。马嘶穷巷蛙声息,辙到衡门草色开。风引柳花当坐起,日将林影入庭来。满斋尘土一床藓,多谢从容水饭回。"援景入诗,借助烟霭、穷巷、蛙声、草色、林影、斋尘、床藓等意象,写出一片清幽闲淡。有的虽然写于为官之时,但也往往表现对自在闲淡生活的向往。如《游西山龙泉禅寺》:"叠巘层峰坐可观,枕门流水更潺湲。晓钟声彻洞溪远,夏木影笼轩槛寒。幽径乍寻衣屦润,古堂频宿梦魂安。因嗟城郭营营事,不得长游空鬓残。"他的不少寄友赠别诗也流露出同样的情怀。但也有表现友情的,如《冬日道中》(一作"冬日送人"):"去去天涯无定期,瘦童羸马共依依。暮烟江口客来绝,寒叶岭头人住稀。带雪野风吹旅思,入云山火照行衣。钓台吟阁沧洲在,应为初心未得归。"开头两句先从时、空落笔,写出分别之后将"天涯无定期"的惆怅,继从"瘦童羸马共依依"的情景虚写自己和友人的依依不舍。继之又以凄清的江口、岭头渲染孤寂……总体上,伍乔诗都具有这种"瘦童羸马"式的笔调,故陆游谓之苦寒。偶有诗歌表现及时建功立业的心愿,但豪情之中亦多少留有苦寒的印迹。如《庐山书堂送祝秀才还乡》:"束书辞我下重巅,相送同临楚岸边。归思几随千里水,离情空寄一枝蝉。园林到日酒初熟,庭户开时月正圆。莫使蹉跎恋疏野,男儿酬志在当年。"主要写离别相送,诗末才是"酬志在当年"的祝愿,"离情空寄一枝蝉"句尤其能体现其一贯诗风。

伍乔《题华夷图》是一首题写地图的诗歌，题材较别致："别手应难及此精，须知攒簇自心灵。始于毫末分诸国，渐见图中列四溟。关路欲伸通楚势，蜀山俄耸入秦青。笔端尽现寰区事，堪把长悬在户庭。"诗中将地图所绘的内容、范围以及形象直观的绘制特点等都作了描绘，表现出长期欣赏的热望和欢喜。

宋

有宋一代尊重文人，文化事业十分昌盛。文学上呈现出不同于唐代的新面貌。

宋代文学以词著称，但诗歌、小说、散文等领域较之唐朝也有了较大发展和变化。皖籍作家的贡献主要在诗歌领域。

历史上生活在皖籍境内的词作家为数较多，但只有张孝祥、周紫芝等极少数人成就突出，多数作者更重视的是诗歌创作。这种情况似乎表明在这块土地上，作家普遍重视传统文学，文体的选择恰恰说明他们对传统内容和题材的重视；在诗歌艺术形式的创新方面，皖地作家也付出了极大热情，他们的努力带动起诗坛新的变化，引发出宋诗之不同于唐诗的新面貌。

宋诗与唐诗不同。按严羽《沧浪诗话》的说法，宋诗是"以文字为诗，以才学为诗，以议论为诗"。故而宋诗是以意胜，"故精能，而贵深折透辟"，"宋诗之美在气骨，故瘦劲"，与唐诗的重视情景表现、"贵蕴藉空灵"、其美"在情辞，故丰腴"（缪钺：《诗词散论·论宋诗》）自是不同。宋诗这种观念上的变化在宋初已然开始。如姚铉所编《唐文粹》，所收"止以古雅为命，不以雕篆为工，故侈言曼辞，率皆不取云"（姚铉：《文粹序》）。宋诗创作上的转变，则公认为是从皖籍作家梅尧臣诗歌开始的。

梅尧臣在广泛研究和学习《诗》《骚》、汉魏古风和唐代重要诗人及其诗歌作品的基础上，力主内容充实、含义深远而风格平淡的诗歌，反对沿用晚唐以来流行的西昆体矫饰的做派，从而"开宋诗一代之面目"（叶燮：《原诗》），成为宋诗的"开山祖师"（刘克庄：《后村诗话》）。

宋代诗歌尚理趣，风格平淡，朱熹的诗歌尤其可作为代表。宋代尤其是南宋，安徽境内江南一带出现的诗词名家，其较为一致的地方是服膺儒学尤其是理学，这大概与朱熹、程大昌等江南籍人士都是当时理学大师且他们的学术对文人影响巨大有关。由是，皖地创作在内容上趋于正统。

宋代诗歌以江西诗派为一大宗，吕本中正是这一派别的最初说明者，也是这一派别的成员，但其诗学主张和创作实践已然对江西诗派的弊端有意革新。

唐时出现了编辑大型书籍的盛况，宋代文坛编书热情不减，如诗文方面，单是皖籍文人所编就有《唐文粹》《宋文鉴》《诗话总龟》《苕溪渔隐丛话》等。这些大型书籍反映出宋代文化繁荣之一端，也反映出编辑者的文学眼光和理论主张，它们对当时后世影响巨大。

皖人还通过直接撰写表达其文学见解。王铚《四六话》是第一部研究骈文艺术的专论，周紫芝、吕本中等人的诗话也都自有看法，胡仔编辑的《苕溪渔隐丛话》当中也加入了自己的诗话文字。

这一时期，皖人之中也出现了不少文学家族，如朱氏家族、吕氏家族、胡氏家族、王氏家族、汪氏家族等。王铚、王明清父子还以擅长小说在皖籍作家里有特殊地位。

三十九　姚铉《唐文粹》

姚铉（968—1020），字宝之，宋代庐州合肥（今属安徽合肥市）人。北宋初期文学家、藏书家。生平事迹，主要见于《宋史》本传。

姚铉少小即才华出众。据《宋史》载，太平兴国八年（984），姚铉十七岁，已登进士甲科。于是解褐入仕，为大理评事，知潭州湘乡县。又升迁殿中丞，通判简州、宣州、升州三州。至太宗淳化五年（994），任职直史馆。在侍宴内苑时，因应制所赋《赏花钓鱼侍宴应制诗》，受到朝廷特别嘉赏。次日，太宗即命中使前往姚铉住处奖以白金。其诗曰："上苑烟花迥不同，汉皇何必幸回中。花枝冷溅昭阳雨，钓线斜牵太液风。绮萼惹衣朱槛近，锦鳞随手玉波空。小臣侍宴惊凡目，知是蓬莱第几宫。"

姚铉为官，尽心恪职，务实灵活。至道初年（995），升任太常丞，充京西转运使，历右正言、右司谏、河东转运使等职。随即向太宗建言应奖掖"强明莅事、惠爱及民"的官员，罢免狡诈胡为的官员，并记录在案，以戒后任。太宗诏准。姚铉在宋真宗咸平三年（1000）知郓州，时遇黄河改道，郓州王陵一带河堤溃决，洪水冲入东南钜野，又流入淮河、泗水，郓州城中屋舍也因积水毁坏。姚铉将州府迁徙到了境内高平之处汶阳乡，灵活安置人员，处理事务，受到当地百姓称赞。其后被加任起居舍人、京东转运使，徙两浙路。

姚铉为人隽爽尚气，为两浙路转运使时，杭州知州薛映与之处事多有不协。于是薛映秘密罗织姚铉数条罪状上奏，朝廷命使弹劾，姚铉被除去功名，贬任连州文学。在乘船赴任途中，遇江中多石，湍险万状，姚铉过后不禁感慨赋诗，用以自况。大中祥符五年（1012），终于获赦，调任岳州，不久又就任舒州，随后任本州团练副使。

姚铉善文辞，著有文集 20 卷。爱好藏书，注意搜集异本。他被薛映密奏的罪状之一就是"课吏写书"：安排下属为自己抄书。但他爱好始终如一，遇贬徙居之时，还雇用担夫为之挑书。姚铉依据藏书，选择唐代文章，并按类编排，成《文粹》（后世称为"唐文粹"）百卷。

真宗天禧四年（1020），姚铉辞世，年五十三。卒后，儿子嗣复以其藏书上献朝廷，诏藏秘阁，并授嗣复为永城主簿。

《唐文粹》概况：

姚铉能文，《宋史·艺文志》著录姚铉文集二十卷。《郡斋读书志》亦云"姚铉文集二十卷"。但现存仅有诗歌六首、文三篇。他最为人所广知的是编选《唐文粹》。书成之后，又编《唐文正宗》六卷（高儒《百川书志》："宋姚铉既成《文粹》，又采可和场屋者一百四十篇，谓之'正宗'。"）《唐文粹》的编选，据编者自序，工作完成于宋真宗大中祥符四年（1011），时姚铉尚在贬谪中。是书，《郡斋读书志》著录一百卷，又云初为五十卷，但姚铉自序云"凡为一百卷，命之曰《文粹》"，《直斋书录解题》《宋史》等也均著录为一百卷。其版本情况，台湾学者张达雅《〈唐文粹〉知见版本考》有详细介绍。现存最早的刻本为南宋绍兴九年（1139）的临安府刊本（藏国家图书馆）。明清刻本现存较多。今较通行者为四库全书本、四部丛刊本（初编采用元刊本，续编采用明嘉靖本）。又，台湾地区商务印书馆本，附有清人郭麟的《唐文萃补遗》；又有世界书局本，附录较全。大陆则有吉林人民出版社 1998 年出版的简体本，有标点，方便阅读。

文学成就：《宋史》本传谓姚铉"文辞敏丽，善笔札"。但最为人看重的仍然是《唐文粹》，该撰体现出编者的某些文学观念。

《唐文粹》是姚铉编选的一部唐代诗文集。学者多认为此编为"铨择"

《文苑英华》而成（自南宋周必大校刊《文苑英华》，提出"姚铉铨择十一，号《唐文粹》"，后人多从之）。今人郭勉愈《〈唐文粹〉"铨择"〈文苑英华〉说辨析》一文（见《北京师范大学学报》2002 年第 6 期）从两书编撰时间及过程、编辑体例、入选作者及作品等多方面详加辨析，证明《唐文粹》并非"铨择"《文苑英华》之作。《唐文粹》选编动机，论者则普遍认为是为应和宋初文学的复古思潮而为学子提供写作借鉴，故该籍是一部唐代诗文范本。姚铉在《文粹序》中说："至梁昭明太子统，始自屈骚，终于本朝，尽索历代才士之文，筑台而选之，得三十卷，号曰《文选》，亦一家之奇书也。"认为隋唐之前的重要诗文，《文选》已经著录，而唐代诗文集尽管不少，但所选者"率多声律，鲜及古道，盖资新进后生干名求试之急用尔"，真正的好文章反倒未被收录，因此没有一部能继嗣《文选》。为弥补缺陷，于是开始自行编选。

　　《唐文粹》对诗文的选录标准，《文粹序》中亦有说明："止以古雅为命，不以雕篆为工，故侈言曼辞，率皆不取云。"他还对"古雅"之诗文做了具体说明："汉兴，贾谊以佐王之道，经世之文，求用于文帝，绛、灌忌才，卒谗谪其后；公孙弘、董仲舒、晁错咸以文进，或用或仆，或黜或诛，至若严助、徐乐、吾丘寿王、司马长卿，皆才之雄者也，终不得大用，但侍从优游而已；如刘向、司马迁、杨子云、东京二班、崔蔡之徒，皆命世之才，垂后代之法，张大德业，浩然无际。至于魏晋，文风下衰。宋齐以降，益以浇薄。然其间鼓曹、刘之气焰，耸潘、陆之风格，舒颜、谢之清丽，遏何、刘之婉雅，虽风兴或缺，而篇翰可观。"可见所谓"古雅"之作即"经世之文"、有"垂后代之法"内容的作品，至差也应显示出"虽风兴或缺，而篇翰可观"的"清丽""婉雅"特点。这一论述说明姚铉的文艺观秉承正统，重视儒家诗教，反对南朝以来过分倚重词采、声律等形式要素的做法。姚铉的选录标准在《唐文粹》中得到了贯彻。如诗歌，体式上只取古体（包括古调、楚骚体、乐府、古风、古调歌篇等类别），不收近体诗，风格方面则以古雅简朴为主。文赋方面，亦"惟取古体"，不录四六，并重视载道之作。《四库全书总目》论姚铉的这种选编原因时说："盖诗文俪偶，皆莫盛于唐。盛极而衰，流为俗体，亦莫杂于唐。铉欲力挽其末流，故其体例如是。于欧、梅未出以前，毅然矫五代之飚，与穆修、柳开相应者，实自铉始。"《唐文粹》选录作家二百余人，由于姚铉推崇韩愈、柳宗元之文风，故收录两人之文较多。

体例上,《唐文粹》仿《文选》,按体式分类,即古赋(一至九卷)、诗(十至十八卷)、颂(十九至二十二卷)、赞(二十三至二十四卷)、表奏书疏(二十五至三十卷上)、制策(三十卷下)、文(三十一至三十三卷)、论(三十四至三十八卷)、议(三十九至四十二卷)、古文(四十三至四十九卷)、碑(五十至六十五卷)、铭(六十六至七十卷)、记(七十一至七十七卷)、箴诫铭(七十八卷)、书(七十九至九十卷)、序(九十一至九十八卷)、传录纪事(九十九至一百卷)。其中"表奏书疏"实际上包括四类,"箴诫铭"包括三类,"传录纪事"亦有三类(传、录、纪事);"书"一类实际还包含了启,"传"则包含了"题传后",等等,所以分类与实际所收,类有小异。每大类之下分若干卷,以主题再划分小类,如古赋又分为圣德、失道、京都等小类。小类下辖作品。姚铉取材广泛,小类的划分也非常细致,故其所辖作品数量有限,有的仅止一篇。如古赋"失道"类唯有杜牧的《阿房宫赋》。

该籍共收作品两千余篇,其中诗歌数量将近一半。由于去取精审,保存了唐代许多优秀诗文作品。虽然有时"未免过求朴野,稍失别裁;然论唐文者,终以是书为总汇"(《四库全书总目》)。后世编选总集亦深受其影响。另有一些学者则就《唐文粹》或删繁(如明代张溥有《唐文粹删》十卷)或补遗(如清人郭麟辑有《唐文粹补遗》二十六卷)。

但《唐文粹》不收近体诗与骈文,编者的文学观未免有失偏颇。

四十 孙抗《映雪斋集》

孙抗(998—1051),字和叔,宋代歙州黟县(今属安徽黄山市黟县)人。北宋文学家。生平事迹,主要见于王安石为其所写墓碑《广西转运使孙君墓碑》(见宋代王安石《临川先生文集》卷八九)、余靖《祭孙工部文》(见余靖《武溪集》卷一八)。

据王安石《广西转运使孙君墓碑》记载,孙抗"少学勤苦,寄食浮屠山中,步行借书数百里,升楼诵之而去其阶"。经过几年的发奋努力,通览"众经",其后又"博极天下之书"。他不仅是饱学之士,而且下笔成文,写作能力也极强。"属文,操笔布纸,谓为方思,而数百千言已就。"孙抗在宋仁宗天圣五年(1027),赐同学究出身,随即步入仕途,补滁州来安县主簿、洪州右司理。接着,于宝元元年(1038)吕溱榜甲科进士,

"迁大理寺丞，知常州晋陵县，移知浔州"。在浔州为官期间，发现当地青年对学习缺乏兴趣，于是"乃改作庙学，召吏民子弟之秀者，亲为据案讲说，诱劝以文艺。居未几，旁州士皆来学，学者由此遂多"。孙抗为人公正，敢于主持正义。他在通判耀州之时，"兵士有讼财而不直者，安抚使以为直，君争之不得，乃奏决于大理。大理以君所争为是，而用君议，编于敕"。至庆历二年（1042）"擢为监察御史里行"，又曾"奏弹狄青不当沮败刘沪水洛城事"。后来，"又因日食言阴盛，以后宫为戒"。对君主也敢于直谏。宋仁宗曾大猎于城南，"卫士不及整而归以夜。明日将复出，有雉陨于殿中。君奏疏，即是夜有诏止猎"。仁宗对他的疏奏很重视。曾经有人"言常平岁凶当稍贵其粟以利籴本者，诏从之"。而后，"（孙抗）言此非常平本意也，诏又从之"。他对自己要求也极为严格。"蛮唐和寇湖南，以君按抚，奏事有所不合，因自劾，乃知复州"。不久，"通判金州，知汉阳军吉州，稍迁至都官员外郎，提点江南西路刑狱"。

仁宗皇祐年间，广西农智高起事处于高涨时期，孙抗协助抗击，"出兵二千于岭，以助英（今广东英德）、韶（今广东韶关）"。正好此时孙抗被任命为广西转运使，于是"驰至所部"，"驱散亡残败之吏民，转刍米于惶扰卒急之间。又以余力，督守吏治城堙，修器械。属州多完，而师饱以有功"。孙抗自己也"以劳迁尚书司封员外郎"。在抗击期间，孙抗还曾上疏"请斩大将之北者，发骑军以讨贼。及后贼所以破灭，皆如君（孙抗）计策"。后因"军罢而人重困，方恃君绥抚，君乘险阻，冒瘴毒，经理出入，启居无时"，过度辛劳，在皇祐三年（1051）三月七日卒于治所，时年五十四岁。"官至尚书工部郎中，散官对朝奉郎，勋至上轻车都尉"。同年"十二月二十五日，葬黟县怀远乡上林村"。同时代学者余靖撰《祭孙工部文》，对他主动分担国难盛加褒赞。

《映雪斋集》概况：

孙抗创作甚多，余靖在《武溪集》卷三中对此有过论述。他指出孙抗诗文创作数量大，仅仅他本人看到的《孙工部诗集》就收有上千首诗歌，且只是汇集了七八年间的创作。王安石则指出："（孙抗）所为文，自少及终，以类集之，至百卷。天德、地业、人事之治，掇拾贯穿，无所不言，而诗为多。"但这百卷《文集》已亡佚。今存《映雪斋集》。"映雪"二字当是取义晋人孙康映雪读书的传闻，谓勤奋好学之意。该集收诗7首，见于《四库全书·集部·两宋名贤小集》中。北京大学古文献研究所编纂的

《全宋诗》还另录有其长诗《岷山》一首。

文学成就：除了诗文数量庞大外，孙抗作品还具有自己的特点。余靖《孙工部诗集序》（见《武溪集》卷三）指出孙抗诗歌特点是，内容题材丰富，与现实结合紧密，且系有感而发，针对性强："日之所经，迹之所接，一事一物亡虚闻览。其间藩辅大臣之美绩，道义良朋之荣问，泉石四时之佳景，关河四方之行役，有美必宣，无愤不写。"所以他的诗歌重在内容意趣，尝以诗襄赞帝功："扈从法驾，褒赞帝功。纪朱草、赤雁之瑞，赋《我将》《时迈》之什。歌于圜坛，荐于太室，与吉甫'清风'之颂相照千古。乃诗之用也，岂独穷愁称工而已哉！"但也不乏艺术追求："虽语存声律，而意深作用，固当远敌曹刘，高揖颜谢。兼沈宋之新律，跨李杜之老词，其他靡曼之作不足方也。且其取譬引类，发于胸臆，不从经史之所牵，不为文字之所拘。如良工饬材，手习规矩，但见方圆成器，不睹斧斤之迹。于诗，其深矣乎！"其诗风格清新自然，不落俗套。

今存《映雪斋集》诗歌，有五律6首，七绝1首，均以"……洞"为题，系写景抒志之作。但主旨仍较丰富，有歌颂仙道的，如《白雀洞》《南华洞》。这类诗歌总是结合一定的历史传闻，因此富有文化意蕴。如《南华洞》："上盘朱鸟翼，中寓漆园仙。"有的借物言志，如《嘉莲洞》描述莲花美景后，说："已嗟真赏去，犹讶昔香传。未媿东林下，霜葩社众贤。"有的则抒写为公事繁忙、奔波，如《北牖洞》："来须风作御，去认斗为城。日气晚方到，云收寒易生。"而自己则忙于国事，不为游历辛劳："予心匪游衍，拱北振华缨。"《岷山》是一首七排，篇幅较长，叙写岷山的自然风光与人文景观，以及当地风俗，着力歌颂了前贤如"羊公"之"仁爱"，也表明了自己从学之愿望。

四十一 梅尧臣《宛陵集》

梅尧臣（1002—1060），字圣俞，世称梅都官，宋代宣州宣城（今属安徽宣城市）人。因宣州古称宛陵，故时人又称其为宛陵先生。北宋著名诗人，宋代诗文革新运动的前驱。生平事迹，主要见于《宋史》卷四四三本传、欧阳修《梅圣俞墓志铭》（见欧阳修《欧阳文忠公集》卷三三）、清梅朝宗《宛陵梅氏宗谱》、洪亮吉和凌廷堪所编《宁国府志》等，今人吴孟复有《梅尧臣事迹考略》及《梅尧臣年谱》，朱东润专著《梅尧臣传》

述之尤详。

据《宋史·梅尧臣传》，梅尧臣是侍读学士梅询的侄子，擅长写诗。年十三，已为诗，且"出语已惊人"（赵希弁：《郡斋读书志后志》）。"既长，学《六经》仁义之说。"（赵希弁：《郡斋读书志后志》）并随叔父梅询宦游（梅尧臣父亲梅让在太子中舍任上致仕）。最初不为人知晓，只是凭借梅询的关系而补太庙斋郎，历任桐城、河南、河阳三县主簿。在任上，受到西昆体代表作家钱惟演的欣赏，于是两人结成"忘年交"，常常往来赠诗唱和。文豪欧阳修也与之结为"诗友"，并自认为诗作比不上他。后来欧阳修撰写《六一诗话》，内中不少条目涉及梅尧臣，对其诗歌创作与诗论多所褒奖。而据赵希弁《郡斋读书志后志》，"欧阳永叔与之友善，其意如韩愈之待郊、岛云"。梅尧臣珍惜时光，对自己要求严格，"精思苦学"，由是"知名于时"。因其诗名，当时士人能诗者，"往往写卷投掷，以质其是非"（葛立方：《韵语阳秋》）他还喜欢将诙嘲刺讥之意托于诗歌创作，风格上则显露出宋诗特色，与钱惟演等人所倡导的西昆体已然不同，晚年诗歌创作更加成熟。

梅尧臣的诗歌在当时就流传很广。欧阳修《梅圣俞墓志铭》记述说："至圣俞遂以诗闻。自武夫、贵戚、童儿、野叟，皆能道其名字，虽妄愚人不能知诗义者，直曰：'此世所贵也，吾能得之。'用以自矜，故求者日踵门，而圣俞诗遂行天下。"有人得到一件西南少数民族的布弓衣，上面所织文饰就是梅尧臣的诗，"名重于时如此"。此事，欧阳修《六一诗话》记之甚详："苏子瞻学士，蜀人也。尝于清井监得西南夷人所卖蛮布弓衣，其文织成梅圣俞《春雪诗》。此诗在《圣俞集》中未为绝唱，盖其名重天下，一篇一咏，传落夷狄，而异域之人贵重之如此耳。"苏东坡（子瞻）后来将此衣送给欧阳修："子瞻以余尤知圣俞者，得之，因以见遗。"欧阳修得之甚为珍视："余家旧畜琴一张，乃宝历三年雷会所斫，距今二百五十年矣。其声清越如击金石，遂以此布更为琴囊，二物真余家之宝玩也。"梅尧臣也深受在上者赏识。如在宝元、嘉祐年间，仁宗有事要在郊庙举行祭祀活动，就命"预祭"，于是梅尧臣即献上所作歌诗。他还曾上书谈论军事。

梅尧臣仕途不甚如意。据吴孟复《梅尧臣年谱》推测，天圣五年（1027），梅尧臣"当肆业国子监"，时二十六岁。又据欧阳修《梅圣俞墓志铭》，梅尧臣在任职三县主簿之后，还曾担任过德兴县令，又曾知建德、襄城县，监湖州税，签书忠武、镇安两军节度判官，监永济仓。其后朝中大臣因为梅尧臣文才而屡次荐举"宜在馆阁"，于是被召试，"赐进士出身，为国子监直讲，累迁尚书都官员外郎"（《宋史》本传）。赐进士出身时，梅尧臣年已五十。在朝的主要工作是编修《唐书》，书成，未及奏呈就因病去世。时嘉祐五年（1060），梅尧臣年仅五十九岁。

梅尧臣本人有政治抱负，他身处北宋守旧派和革新派的激烈争锋之时，政治上坚定支持新派。又逢新派重臣范仲淹奉命征讨党项，梅尧臣极其渴望能随之投身战场，却始终未能被范仲淹起用。

梅尧臣生活上也不平顺。据朱东润《梅尧臣传》，他四十三岁即"丧妻丧子"；四十五岁复娶，四十七岁时年幼的小女儿又死亡。他的家境也长期不好，还曾不得已到晏殊处做幕僚。

梅尧臣为人性格开朗，待人仁厚，朋友众多。"善谈笑，与物无忤"（《宋史·梅尧臣传》）。他交游甚广。家里贫穷，而他喜欢饮酒，当时"贤士大夫多从之游，时载酒过门"（《宋史·梅尧臣传》）。如著名文学家晏殊、欧阳修、苏舜钦等都与之交好。梅尧臣在政治上支持范仲淹，两人亦为好友。朝中其他人士也多与之亲近。欧阳修曾描述梅尧臣晚年不幸染病，"朝之贤士大夫往问疾者骈呼属路不绝"，以致"城东之人市者废，行者不得往来，咸惊顾相语曰：'兹坊所居大人谁邪？何致客之多也！'"至其亡故，"贤士大夫又走吊哭如前，日益多，而其尤亲而旧者，相与聚而谋其后事。自丞相以下，皆有以赙卹其家"（欧阳修：《梅圣俞墓志铭序》）。

《宛陵集》等概况：

梅尧臣著述丰富，既有学术专著，亦有文学创作。《宋史》本传记载："（梅尧臣）注《孙子》十三篇，撰《唐载记》二十六卷、《毛诗小传》二十卷、《宛陵集》四十卷。"《郡斋读书志》除了记载梅尧臣有《宛陵集》六十卷，还著录其《续金针诗格》一卷（白居易有云《金针诗格》，"圣俞游庐山，宿西林，与僧希白谈诗，因广乐天所述云"）。《直斋书录解题》另载有《碧云騢》一卷，云"题梅尧臣撰"，但从内容对当朝公卿多所攻讦来看，应非梅尧臣所作。（陈振孙《直斋书录解题》云："《碧云騢》一卷，题梅尧臣撰。以厩马为书名，其说曰：'世以旋毛为丑，此以旋毛为贵，虽贵矣，病可去乎？'其不逊如此，圣俞必不尔也。所记载十余条，公卿多所毁讦，虽范文正亦所不免。或云实魏泰所作，讬之圣俞。王性之辨之甚详，而《邵氏闻见后录》乃不然之。"）梅尧臣的诗集在他生前就由欧阳修编成，后者《书梅圣俞稿后》云："圣俞久在洛中，其诗亦往往人皆有之。今将告归，余因求其稿而写之。"其后，梅尧臣妻兄之子谢景初又辑其诗文 10 卷。在梅尧臣逝世之后，欧阳修复以谢本为基础补充选定成 15 卷，其《梅圣俞诗集序》云："其后十五年，圣俞以疾卒于京师，余既哭而铭之，因索于其家，得其遗稿千余篇，并旧所藏，掇其尤者六百七十七篇，为一十五卷。"但欧阳修《梅圣俞墓志铭》又称其有集 40 卷，与《宋史》本传记载同。《直斋书录解题》则著录《宛陵集》为 60 卷，外集 10 卷。朱东润《梅尧臣》指出这些版本皆不传，现在通行的《宛陵先生文集》60 卷均出于绍兴十年（1140），此本"传世最古的本子是嘉定十六年（1223）的残宋本"（朱东润《梅尧臣》，见吕惠鹃等编《中国历代著名文学家评传》）。据文化部《第一批国家珍贵古籍名录》，此本系宋绍兴十年汪伯彦刻嘉定十六至十七年重修本，存三十卷（十三至十八卷，三十七至六十卷），藏于上海图书馆。郑永晓《〈宛陵集〉简介》指出："明正统年间有宁国府刻本 60 卷，与残宋本相比，已缺诗 87 首。万历年间又有正统本的翻刻本，称《宛陵先生集》，以后各类版本多依万历本翻刻。此本卷 1 至卷 3 为《西京诗》167 首，卷 4 至卷 6 为《池州后诗》156 首，卷 7 至卷 8 为《汝州后诗》105 首，卷 9 至卷 11 为《湖州后诗》176 首，卷 12 至卷 59 为各体诗歌 2128 首。附录部分则收有欧阳修、王安石、苏轼等所撰墓志、祭文、挽诗等。……有明正统四年（1439）袁旭刻本、明万历姜奇芳刻本、《四库全书》本、《四部丛刊》影印明万历本等。"还有四部备要本《宛陵先生文集》六十卷，收诗歌、散文、辞赋约两千九百篇。2004 年四川大学古籍整理研究所编《宋集珍本丛刊》收录梅尧臣《宛陵先生文集》（明正统四年刻本）。目前所见收集梅氏诗歌作品及相关资料最为完备的是今人朱东润的《梅尧臣集编年校注》。是书以残宋本和万历本为底本，校以其他诸本。全书分三十卷，对梅氏作品作了编年校注，朱氏是在夏敬观《梅宛陵集校注》稿本的基础上再作修订补充，并另撰叙论四篇，又收录有关传记资料十六篇。是书 1980 年由上海古籍出版社出版，2006 年上海古籍出版社再印发行。由上海辞书出版社和安徽教育出版社共同出版的曾枣庄、刘琳主编的《全宋文》收录梅尧臣的散文、辞赋等文类作品最为齐全。周义敢、周雷所编《梅尧臣资料汇编》将宋代至清代研究梅尧臣的资料汇集一册，2007 年中华书局出版。莫砺锋《以俗为雅，推陈出新的宋诗》（辽海出版社 2007 年版）一书对梅尧臣的诗歌风格有专节论述，探索深入而微。涂序南的博士论文《梅尧臣研究》（南京师范大学，2013 年）对梅尧臣著述、生平、诗文成就等进行了较全面的研究。

文学成就：梅尧臣在诗歌史上地位重要，他以富于革新精神的诗歌理论主张与创作使宋朝诗坛发生了极大变化，即破除晚唐体、西昆体偏重形式的影响而使诗歌面向现实，开两宋诗风，与欧阳修一起主导了诗文歌新运动。所谓"因事有所激，因物兴以通"（梅尧臣：《答韩三子华、韩五持国、韩六玉汝见赠述诗》）即让诗歌回归风雅正途，反映现实，并借助比兴而寓美刺。故刘克庄认为"本朝诗惟宛陵为开山祖师，宛陵出，然后桑濮之哇淫稍熄，风雅之气脉复续，其功不在欧、尹之下"（刘克庄：《后村诗话》）。又说："杜、李，唐之集大成者也；梅、陆，本朝之集大成者也。学唐而不本李、杜，学本朝而不由梅、陆，是犹喜蓬户之容膝而不知有建章千门之巨丽，爱叶舟之掀浪而不知有龙骧万斛之负载也。"（刘克庄：《后村大全集》卷九九《李贾县尉诗卷》）梅尧臣诗的新颖，今人夏敬观曾经具体说到梅尧臣诗的特别之处："凡人人用正面写的，他却用反面写；人人用反面写的，他却用正面写；人人爱说的意思，他却不说；人人不说的，他却要说。又能聚集许多琐碎的意思，贯穿成文，人们读之，只觉其妙，不觉其杂。"（夏敬观：《梅尧臣诗·导言》）朱东润也明确指出："自从天圣九年（1031）梅尧臣诗初次出现以后，我们开始看到宋诗的面目。在这时期以前，宋人的诗作，多数是沿袭晚唐五代，成就是不大的。西昆诗人，杨亿、刘筠、钱惟演等这一派还是走的李义山的这一条路，他们不是没有成就，但是他们还没有找到自己的道路。待到梅尧臣、欧阳修出来以后，这才形成了宋诗的道路。"（朱东润《梅尧臣》，见卞孝萱、卢燕平编《中国历代著名文学家评传》第三卷）梅尧臣也以诗歌创作最为人看重，当时即因此与苏舜钦齐名。"圣俞、子美齐名于一时。"（欧阳修：《六一诗话》）《宋史》本传指出，自宋朝兴起以来，像梅尧臣这样"以诗名家为世所传……者，盖少也"。

梅尧臣今存诗歌约两千八百首，《宛陵集》与《梅尧臣集编年校注》都是诗集。其诗歌庄重，不写艳情，关注社会，关注民生疾苦，关心当时战事，但也有内容虚饰的酬赠诗和内容平淡的田园诗。其诗歌内容题材特点乃至风格特征可能都多少与他长期从事《诗经》研究有关，欧阳修曾谓"圣俞学长于《毛氏诗》，为《小传》二十卷"（欧阳修：《梅圣俞墓志铭》）梅尧臣的诗歌早年亦受西昆体影响，思想内容相对单薄，以描写自然与寻常事物为主。后来则主张坚守《诗经》《离骚》的创作传统，反对西昆体轻视社会现实，内容萎靡的浮艳诗风。诗歌创作也表现出关心社会现实、反映民间疾苦的特点。如《汝坟贫女》《田家语》等，用田家之语描述下层人民遭受到的磨难，用语朴实，但字里行间流露出真挚的情感。又如《陶者》："陶尽门前土，屋上无片瓦。十指不沾泥，鳞鳞居大厦。"寥寥四句，利用对比，写出社会的不公。他的诗题材广泛，酬赠应答、观景游历、日常生活、寻常事件、恶情秽物、凶禽猛兽等皆可入诗。最为人重视的是其关注民生、关心政治的诗篇。此外，咏物诗、纪行诗、悼亡诗也受到重视。《鲁山山行》是一首纪行诗："适与野情惬，千山高复低。好峰随处改，幽径独行迷。霜落熊升树，林空鹿饮溪。人家在何处？云外一声鸡。"全诗以写山野自然幽静之景为主，又融进人物的闲适喜悦，诗末"云外一声鸡"，开拓出悠远意境，让人浮想联翩，可谓神来之笔。艺术上，追求平淡，反对浮词，诗歌也主要体现为平淡且深远的特征。他对写诗有自己独特的见解，曾说："作诗无古今，唯造平淡难。"（梅尧臣：《读邵不疑学士诗卷，杜挺之忽来，因出示之，且伏高致，辄书一时之语以奉》)。又主张要含意深远，要出新。曾对欧阳修说："凡诗，意新语工，得前人所未道者，斯为善矣。必能状难写之景如在目前，含不尽之意见于言外，然后为至也。"（见《六一诗话》)据欧阳修记载："圣俞尝云：诗句义理虽通，语涉浅俗而可笑者，亦其病也。如有《赠渔父》一联云'眼前不见市朝事，耳畔惟闻风水声。'说者云：'患肝肾风。'又有《咏诗者》云：'尽日觅不得，有时还自来。'本谓诗之好句难得耳，而说者云：'此是人家失却猫儿诗。'人皆以为笑也。"有些诗句看起来很好，但因言辞问题容易引起误读。梅尧臣看到了这点，即主张诗歌应避免类似弊病，因此他的诗歌追求诗意深远而文辞古拙平淡，特别讲究构思，用"看似寻常却艰辛"评价他的诗作最为恰当。欧阳修曾评论说："圣俞平生苦于吟咏，以闲远古淡为意，故其构思极艰。"举梅尧臣《范饶州坐中客语食河豚鱼》诗前四句为例："梅圣俞尝于范希文席上《赋河豚鱼诗》云：'春洲生荻芽，春岸飞杨花。河豚当是时，贵不数鱼虾。'河豚常出于春暮，群游水上，食絮而肥。南人多与荻芽为羹，云最美。故知诗者谓只破题两句，已道尽河豚好处。"（《六一诗话》)欧阳修解析这几句好处所在，开头两句看似不经意地写景，却将荻芽、杨华所需环境季节写了出来，后两句看似自然评价，却将河豚需春暮食杨华而肥的条件带出，并蕴有"南人多与荻芽为羹，云最美"的背景习俗，四句关系的密切由此得到揭示。这样的诗句富有画面感，并表现出地方风情，用词清新简约而意蕴深厚。南宋胡仔《苕溪渔隐丛话后集》引《复斋漫录》亦云："芸叟尝评诗云：'……梅圣俞之诗，如深山道人，草衣葛履，王公见之，不觉屈膝。'"此外，梅尧臣还看重韩愈、孟郊等人或峭怪或枯劲的诗风。欧阳修《梅圣俞墓志铭》指出："（梅圣俞）其初喜为清丽闲肆平淡，久则涵演深远，间亦琢刻以出怪巧，然气完力余，益老以坚。"其诗初学陶渊明、王维、韦应物，故只看重清丽平淡；后在此基础上又吸收杜甫、韩愈、孟郊等人诗风，创作上则呈现平淡深远而兼怪奇瘦硬的状态，也偶尔创作一些奇巧精工的作品。梅尧臣的诗歌有以丑为美的审美观念，其诗因之显出抒写自由的特点。这源自他学习杜甫、韩愈等前辈作家，而又能发扬光大。其诗歌还喜欢化故为新，开后世如黄山谷等人作诗提倡化腐朽为神奇之先河。如《梅花》写梅花先春开放是畏惧群花妒忌："似畏群芳妒，先春发故林。"立意新颖。平淡出新，是其诗歌的重要特色。但其诗风多样，有自然平淡的一面，也有苦硬奇险的一面，不过一般都能曲折其言，故而含意深远。

梅尧臣的诗歌有五言、七言、杂言诸体，而以五言为多；古风、律诗兼善。古体诗铺叙讲究，善于形容，且内容时见怪奇苦瘦。如《伤白鸡》为乐府诗，作者讲述了他养的白鸡遭遇狐狸"衔搏"致死的经过，题材内容罕见；而叙事完整，描写细腻，细节真实，寄寓了作者浓浓的痛惜和无奈："犹看零落毛，荡澈随风吹。"作者还在此事件的基础上深发开去，写到人事："斯事矣虽小，得以深理推。邓生赐山铸，未免终馁而。"律诗则形式上既顾及在对仗、声律方面的基本要求，又能运用通俗的语言自然表达。《东溪》一诗是山水题材的五律："行到东溪看水时，坐临孤屿发船迟。野凫眠岸有闲意，老树着花无丑枝。短短蒲耳齐似剪，平平沙石净于筛。情虽不厌住不得，薄暮归来车马疲。"作者似乎滋润于东溪的自然美景，流连忘返，然而结尾笔锋一转，又回到人间，与一般山水诗歌颂隐逸不同。不论是哪种诗歌，梅尧臣都注意表达新意，写出个性特点。《伤白鸡》内容新奇，《东溪》诗则有苦峭之风。

梅尧臣的诗文创作已体现出宋诗特点，对宋代诗人影响很大。欧阳修、王安石、刘敞、苏轼、陆游等对他都很推崇。

梅尧臣的散文、辞赋类作品以曾枣庄、刘琳主编的《全宋文》收集最为完备。梅氏辞赋创作很有特色。内容上体现出关注政治和民生的特点，如不少辞赋铺叙他自己的穷愁潦倒的生活状态，反映的是梅尧臣关心社会现实的精神。有的辞赋则是表现他对自然现象的解释。如《鬼火赋》对"夜憩于项城之野，……有光萤然"，当时"人皆谓之鬼火"，而梅尧臣却不同意："吾独未为然焉"。企图解释鬼火成因，云："尝闻巨浸之涯百物皆能发光而吐辉，又草木之腐亦能生耀而化飞尔，……此妄名谓为物光可也，谓为鬼火则不敢听"。囿于时代因素，作者只能解释为"物光"（自然物体所发之光），而无迷信色彩，已属难能可贵。这类辞赋往往富有理趣。他的辞赋用语浅显，不刻意追求华词丽语，语意流畅，表述自然，所以具有散文化特征。其文则"简古纯粹"（赵希弁《读书后志》），别具一格。

四十二　郭祥正《郭祥正集》

郭祥正（1035—1113），字公父（一作"功甫"，又作"公甫"），号谢公山人，又号醉吟先生、漳南浪士、净空居士，宋江南东路太平州当涂（今属安徽马鞍山市当涂县）人。北宋诗人。生平事迹，主要见于《宋史·文苑传》《东都事略·文艺传》等，今人孔凡礼点校的《郭祥正集》（黄山书社1995年版）附录中将郭祥正生平事迹以编年形式作了集中记述。

据《宋史·文苑传》《东都事略》（卷一一五），郭祥正"少有诗声"。当时梅尧臣以诗闻名天下，"见而叹曰：'天才如此，真太白后身也！'"持同样看法的不仅是梅氏一人，如郑獬、刘挚等也说过类似的话。

宋仁宗皇祐五年（1053），郭祥正进士及第，授秘书阁校理，迁星子县（今江西星子县）主簿。因性格豪放，谈说无忌，与上司不融，在至和元年（1054）主动弃官还归，居宣城（今安徽宣城）。嘉祐期间曾任德化县（今江西九江）尉。嘉祐八年（1063）后赋闲在家。神宗熙宁五年（1072）知武冈县（今湖南武冈），签书保信军节度判官。次年为太子中舍。熙宁八年（1075）任桐城（今安徽桐城）县令。此时，王安石变法，郭祥正持无条件支持态度，上疏"奏乞天下大计专听安石处画，有异议者，虽大臣亦当屏黜"。神宗"览而异之"，于是询问安石："卿识郭祥正乎？其才似可用。"并出示其奏章给王安石。但王安石却"耻为小臣所荐"，因此极力陈述"其无行"。郭祥正听说后，"遂以殿中丞致仕"。（《宋史》本传）但《四库总目》指出，阿颂王安石与被王安石所挤事，俱与郭祥正诗文内容不符。辞官后，隐居姑孰青山。同年，王安石罢官。郭祥正因又复出，于元丰四年（1081）通判汀州（今福建长汀）。次年为漳州（今福建）代理知州。不久因曾经"刺新法之非"，受到章惇一派打击，被捕入狱。直至哲宗元祐元年（1086），才平反获释。元祐三年（1088）知端州（今广东端州），元祐四年官至朝清大夫。复弃官离任，隐于当涂青山，直到徽宗政和三年（1113）病卒。享年七十九。

郭祥正崇尚李白之为人，读李白，追慕李白，李白的创作与行为处事对他都有深刻影响。如为人颇为自负，常以李白后身自比。陆游《入蜀记》卷二："功父少时诗句俊逸，前辈或许之以李白后身。功父亦遂以自负。"又，王直方撰诗话亦云："郭祥正（字功父）自梅圣俞赠诗有'采石月下闻谪仙'，以为李白后身，缘此有名。功父有《金山行》云：'鸟飞不尽暮天碧，渔歌忽断芦花风'，大为王荆公所赏。"（王文见：《苕溪渔隐丛话》）又喜诵诗，《王直方诗话》曾多次记其诵诗，或自诵，或诵他人之诗。如云其曾于梅尧臣前诵欧阳修诗，兴至饮酒，饮后复诵，酒行数遍，"凡诵十数遍，（与梅尧臣）不交一言而罢"（王文见：《苕溪渔隐丛话》）。又一生好游历、喜交游。所交名人文士颇多，如梅尧臣、欧阳修、郑獬、曾巩、王安石、苏轼、黄庭坚等均与之有交往。

《郭祥正集》概况：

郭祥正著有《青山集》三十卷、《续集》七卷、《钱塘西湖百咏》一卷，俱为诗歌作品。《宋史·艺文志》《直斋书录解题》《郡斋读书志》均只载录郭氏《青山集》三十卷，不录《续集》。钱钟书认为："郭祥正《青山集》续集里的诗篇差不多全是孔平仲的作品，后人张冠李戴，错编进去的。"（钱钟书：《宋诗选注》）《青山集》，据文化部《第一批国家珍贵古籍名录》，现存最早的刻本为宋代绍兴建康郡本（藏于国家图书馆）。另有清影印宋写本。通行本有《四库全书》本、道光九年刊本、振绮堂钞本30卷。今《全宋诗》录其诗作1400余首，《全宋文》收文27篇。又，《宋集珍本丛刊》录宋刻本《青山集》。1995年黄山书社出版的孔凡礼点校的《郭祥正集》诗、文兼收，是目前所见收录其作品最为齐备的一部书，是书并附有郭祥正事迹编年，郭祥正研究资料辑录等材料。

文学成就：郭祥正长于诗歌创作。他的诗歌不仅抒情言志，描述世态风景，还直接表达作者对诗歌创作的见解。其见解涉及文学的地位、诗歌的功能、诗歌的评价标准及诗歌的多种创作风格等，学者或认为这些内容是宋代文学批评理论的重要组成部分（参杨宏《郭祥正诗学理论初探》，见《天都学刊》2014 年第 4 期）。

　　郭祥正的诗歌体式众多，有楚辞体、歌行体、五古、七古、"长句古诗"、五言律绝、七言律绝等，各体均较擅长。诗学李白，诗风深受李白影响。他曾次李白诗韵 40 余首，追和李白诗 30 余首，并有不少诗歌直接或间接提到李白。许多诗在内容题材甚至遣词用语等方面都有意学李，风格豪迈，气势磅礴，语言清新自然，形式灵活自如。如《金山行》："卷帘夜阁挂北斗，大鲸驾浪吹长空。寒蟾八月荡瑶海，秋光上下磨青铜。鸟飞不尽暮天碧，渔歌忽断芦花风。"不独奇想联翩，同时境界阔大：忽而天上，忽而地下，忽而大海，忽而芦花，奔放自然，又借助"秋光""铜镜"使水天一体。《徐州黄楼歌寄苏子瞻》："君不见彭门之黄楼，楼角突兀凌山丘。云生雾暗失柱础，日升月落当帘钩。黄河西来骇奔流，顷刻十丈平城头。浑涛春撞怒鲸跃，危堞仅若杯盂浮。斯民嚣嚣坐恐化鱼鳖，……朝庭尊崇郡县肃，彭门子弟长欢游。长欢游，随五马。但看红袖舞华筵，不愿黄河到城下。"长达数十行，句式自由，造语豪壮，颇有李白之风。王安石曾评价说："豪迈出于天才，非人力所逮。"他的创作情态也颇似李白，往往一挥成文，思维敏捷。南宋魏庆之《诗人玉屑》（续）记载说："郭功甫尝与王荆公（王安石）登金陵凤凰台，追次李太白韵，援笔立成，一座尽颂。"所作诗名"凤凰台次李太白韵"，全文如下："高台不见凤凰游，浩浩长江入海流。舞罢青娥同去国，战残白骨尚盈丘。风摇落日催行棹，湖拥新沙换故洲。结绮临春无处觅，年年荒草向人愁。"诗文颇有气势，写景与感慨也能融合无间。

　　郭祥正的诗不仅学李白，也有关心现实和下层百姓的内容。如他的《苦寒行》其二："下溪捕鱼一丈冰，上山采樵三尺雪。人人饥饿衣裳单，骨肉相看眼泪血。乾坤失色云未收，雕鹗无声自将拆。官仓斗米余百金，愿见春回二三月。"无论是下溪的，还是上山的，都是"人人饥饿衣裳单，骨肉相看眼泪血"。但也有的诗歌风格冲淡。特别是晚年隐居期间，一心向佛，并自号"净空居士"，诗风亦随之平静雅淡。如《访隐者》："一径沿崖踏苍壁，半坞寒云抱泉石。山翁酒熟不出门，残花满地无人迹。"借"山翁"的居处人迹罕至、僻静素雅，写出其隐士高趣。

　　郭祥正有的诗歌直白如话，缺少韵味，故不如人意。南宋胡仔《苕溪渔隐丛话后集》后集引《复斋漫录》云："芸叟尝评诗云：'……郭功甫之诗，如大排筵席，二十四味，终日揖逊，求其适口者少矣。'世以为知言。"又今人莫砺锋谓其诗"较多应景之作，缺乏人生感慨，故而情感力度不够强烈"；又往往不像优秀的宋人诗那样"思理深刻"，反倒有"立意粗浅之弊"（见莫砺锋《郭祥正—元祐诗坛的落伍者》，载其《唐宋诗论稿》）。

郭祥正的文章，风格素朴。如其《重修隐静寺御书阁记》结尾有这样一段文字："阁成，凡三十有六楹，栱桷榱（椽）栋称之。总用钱一百三十万，积工二千五百八十役，日一百四十有八，而毕于嘉祐三年（1058年）八月既望。后八年，治平三年（1066年）六月求文刻石以示之。"文字简明，纪事精确。其《石室赋》描述"端城之北"一石穴，抓住其中钟乳之"怪怪奇奇，千变万态"形状，给予细致描摹，传递出山石之神韵。语言亦较自然流丽。

四十三　张耒《张耒集》《明道杂志》

张耒（1054—1114），字文潜，号柯山；因所居在宛丘，人称宛丘先生；或又因其官仕而称之为张右史。为其"仪观甚伟"（身躯肥大），南宋人又称其为"肥仙"。原籍谯郡（今属安徽亳州市），后迁居楚州（今江苏淮安市境内）。他常自称为谯郡人（如其《冀州学记》《吴大夫墓志》《李夫人墓志》等自称"谯郡张某"），但时亦称淮南（属今淮安）人。北宋文学家，苏门四学士之一。生平事迹，主要见于《宋史》本传（卷四百四十四《文苑传》）、《东都事略·文艺传》等。

张耒幼即聪颖异常。自谓"十有三岁而好为文"（《投知己书》）。据《宋史·文苑传》记载，他十七岁时所作《函关赋》已传人口。于是"游学于陈（今河南淮阳），学官苏辙爱之，因得从轼游"，而苏轼对他的文才也非常欣赏。神宗熙宁时，张耒在苏轼的提携下，弱冠而及进士第。历任临淮主簿、寿安尉、咸平县丞。后经范纯仁以馆阁荐试，迁秘书省正字、著作佐郎、秘书丞、著作郎、史馆检讨。在任前后八年，"顾义自守，泊如也"。其后为官也一身清廉。哲宗绍圣初年，请为地方官，于是以直龙图阁知润州。不久因被划入元祐党籍，"徙宣州，谪监黄州酒税，徙复州"。直至徽宗时，才"起为通判黄州，知兖州，召为太常少卿。数月后，出知颍州、汝州"。但"崇宁初，复因党籍被贬，主管明道宫"。苏轼逝世，张耒正在颍州，闻讯为之举哀行服，遂有言官污之，于是"贬房州别驾，安置于黄"。五年之后，才得自便，后移居陈州。陈州古称宛丘，张耒"宛丘先生"之称由此而来。

张耒"仪观甚伟"（《宋史·文苑传》），平生喜交游，而以文才闻世。《宋史》谓其"有雄才，笔力绝健，于骚词尤长"。在苏轼兄弟以及黄庭坚、秦观、晁补之相继辞世后，张耒成为"苏门四学士"的唯一存世者，士人纷纷前来就学，由于人太多只得"分日载酒肴饮食之"（《宋史·文苑传》）。但终因久于赋闲，家境益贫。但当时任郡守翟汝文主动提出要为他买公田以补家用，却张耒谢绝了。晚年监管南岳庙，主管崇福宫，死于任上，卒年六十一。南宋高宗建炎初，追赠为集英殿修撰。

《张耒集》《明道杂志》概况：

张耒勤于创作，作品数量多，据南宋周紫芝《太仓稊米集·书谯郡先生文集后》，当时张耒作品集有《柯山集》十卷、《张龙阁集》三十卷、《张右史集》七十卷、《谯郡先生文集》一百卷。《直斋书录解题》著录其集："《宛丘集》七十卷、《年谱》一卷。"又云"蜀本七十五卷"。至《四库全书》编集之时，张耒作品集存七十六卷，名"宛丘集"；又所收《苏门六君子文萃》从张耒集中采录张耒文章二十二卷。《四库全书总目》存目另记张耒《诗说》一卷，云在《柯山集》中，仅存十二条。此外，今尚存《柯山集》五十卷、《拾遗》十二卷、《续拾遗》一卷，有武英殿聚珍藏版福建本、广雅书局本；《张右史文集》六十卷，有《四部丛刊》影印明钞本。张耒词作有《柯山诗余》，赵万里有辑本，但作品仅存六首较完整。今《全宋词》收其词六首，《全宋诗》录其诗三十三卷，《全宋文》录其文二十二卷。又有《明道杂志》，为笔记体，内容杂记时人逸闻逸事，也有诗论等。《皕宋楼藏书志》著录有嘉靖覆宋本。分一卷、两卷本，内容无异。有《续百川学海》《顾氏文房小说》《唐宋丛书》《丛书集成初编》本，均为一卷本。另有《学海类编》本，则为两卷本。中华书局 1985 年重印此书，名"张太史明道杂志"（见《宋代笔记小说》）。又大象出版社 2006 年"宋人笔记"第二编亦予收录。《宋集珍本集刊》录明钞本《张右史文集》、清康熙吕无隐钞本《宛丘先生文集》。今人李逸安、孙通海、傅信所编《张耒集》，是现存张耒各集的合集。编者又从《竹坡诗话》《诗林广记》《全芳备祖》等辑诗十六首（句）、赞文一首，成《佚文辑存》附于书后。全书存诗两千三百余首，词六首（另有断句），散文、史论、议论等各体文章近三百篇，并加点校，是迄今为止收录张耒著述最全也最精审的本子。

文学成就：张耒创作丰硕，体式亦呈多样化，又具有自己的创作思想。他提倡创作要以理为主，认为"自《六经》以下，至于诸子百氏骚人辩士论述，大抵皆将以为寓理之具也"。"故学文之端，急于明理，如知文而不务理，求文之工，世未尝有也。"强调作文不能一味追求语言形式、讲究形式的目的是使"理益明"，不能以瑰奇险怪为第一要素。并以水喻之："沟渎东决而西竭，下满而上虚，日夜激之，欲见其奇，彼其所至者，蛙蛭之玩耳。江、河、淮、海之水，理达之文也，不求奇而奇至矣。激沟渎而求水之奇，此无见于理，而欲以言语句读为奇，反复咀嚼，卒亦无有，文之陋也。"（张耒：《答李推官书》）其"理"以儒家学说为主，而亦兼有道家及释氏等思想，主张重视礼义，以达到"至诚"为人生理想境界。又认为"身之所历，耳目之所闻见，著于当世而可知，与夫考于前古而有得者，无一不发之于文字"（张耒：《送秦观从苏杭州为学序》），即一切内容都可以用诗文形式来表现。艺术上推崇自然，讲究气势，不求纤巧。他说："文不待章之于人，有满心而发，肆口而成，不待思虑而工，不待雕琢而丽者，皆天理之自然、而性情之至道也。"（张耒：《东山词序》）从其现存作品看，其诗文很好地实践了创作主张。

《张耒集》中的创作以诗为主，其诗歌不仅数量多，题材亦较广，关注社会现实，注意民生疾苦，咏物咏怀，抒写风俗民情，也抒写个人的生活经历和淡泊名利的情怀，情真景真，风格平实流畅。尤其是乐府诗深得汉乐府精髓，因此而获时人高度评价，如周紫芝谓言"本朝乐府，当以张文潜为第一"（周紫芝：《竹坡诗话》）。如《王直方诗话》引其《轮麦行》中"场头雨干场地白，老稚相呼打新麦，半归仓廪半输王，免教县吏相煎逼"几句，谓"'输王'乃老农语"（王文见《苕溪渔隐丛话》）。晚岁诗歌更是自觉学习唐人白居易与张籍，剥落文采，务趋平易畅达。但其作品平易真率之下抑或流于粗疏，主要表现为一篇之中的后半文字或重复前文，不甚讲究，朱熹曾批评他"一笔写去，重字重意皆不问"（《朱子语类》）。他有纯粹的说理诗，亦"理过其辞"，缺乏形象与文采之篇。如《与友人论文因以诗投之》，直可视作韵文形式的《答李推官书》。但张耒更多的诗是以写景叙事的面貌为主，情理蕴于其中，整体形象生动，情真动人，且其用语亦清新自然。如《野望》："野宽秋望阁，浩荡雨初还。寒树争标岭，归云各占山。岁穷风物惨，地阔井闾闲。饱食端无补，微官亦愧颜。"将自然景观与政治感慨结合在一起，格调亦高。他的一首《梅花》诗既写出了梅花固有的品性特征，又将自己的精神追慕融入，自然而真切："北风万木正苍苍，独占新春第一芳。调鼎自期终有实，论花天下更无穷。月娥服御无非素，玉女精神不尚妆。洛岸苦寒相间晚，晓来魂梦到江乡。"《晚春初夏八首》之一："少室山前日日风，望嵩楼下水溶溶。卷将春色归何处，尽在车前榆荚中。"写出了时令季节的变化，反映出顺变乐观的心态；而用粗线条勾勒、拟人化手法写风卷春色，意境阔大。正体现出张耒在艺术上追求的"不求奇而奇至"。

张耒之文，有论、记、序、书信等多种体式。其中之论，以其数量庞大、论题多集中于政治、论说大胆真率让人过目难忘。如《论法》《治术》《本治论》《敦俗》等文章，都是直接向皇帝建言，甚至还有《驭相》《将论》这类为最高统治者设计怎样驾驭将相的文章。论题虽然涉及统治术、礼制、法律、历史人物、哲学等诸多方面，但大率为政治服务。如其所论历史人物主要是历代政治家。张耒之文体现出"善古文"的特点，黄庭坚认为苏门六君子中，"议论文字"，张、晁齐名（黄庭坚：《与秦观书》）。此外，他有一组"诗传"文，是较特殊的文类，主要是为《诗经》的一些篇章作说明，属于经学内容。张耒的"记"，最具文学精神，风格多样，"雄深雅健，纤秾瑰丽，无所不有"（张表臣：《张右史文集序》），苏轼曾谓其"汪洋淡泊，有一唱三叹之声"（苏轼：《答张文潜书》）。

他的词数量偏少，现仅存六首，且多属于婉约一途，内容以少年情愁为主，但也有作品抒写不慕富贵名利、甘居贫贱的潇洒志趣。张耒自言不善为词："予自童时，即好作文字。每于他文，虽不能工，然犹能措辞。至于倚声制曲，力欲为之，不能出一语。"（张耒：《倚声制曲三首》序）

张耒的《明道杂志》系笔记类杂著，有八十余则，内容为记当时杂事，有史料价值，记述语言活泼诙谐，亦具欣赏价值；间有诗评，主要为张耒对杜甫、韩愈、柳宗元等重要诗人的看法，反映了张耒对诗歌创作的见解。

四十四　阮阅《郴江百咏》《诗话总龟》

阮阅，生卒年不详，约生活于北宋后期。字闳休，一字美成，号散翁，又号松菊道人，宋代淮南西路庐州舒城（今安徽六安市舒城县）人。北宋诗人、文学家。生平事迹，主要见于南宋赵希弁《读书附志》、清康熙年间《舒城县志》等。

阮阅借科举入仕。于宋神宗元丰八年（1085）进士，榜名"美成"。不久知巢县。宋徽宗崇宁二年（1103），知晋陵县。政和年间，官至户部员外郎。宣和年间，知郴州（在今湖南）。其间创作《郴江百咏》。到宣和五年（1123），又采撷元祐以来诗话编成《诗总》（即《诗话总龟》）一书。建炎元年（1127），以中奉大夫身份知袁州。初至任上，就因当地讼牒过繁，而大书"依本分"三字，印榜于四城墙上。由是郡民盛于诉讼的风气得到扭转。阮阅为此还作了《无讼堂》一诗："欲为袁人弭谤声，因将无讼榜堂名。他时芰舍棠休剪，近日环扉草已生。自是索瘢求大察，却疑束矢听难明。要知本乐农桑处，请看东郊垅上耕。"

《郴江百咏》《诗话总龟》概况：

据《读书附志》二、《皕宋楼藏书志》卷一一九，阮阅著有《郴江百咏》一卷、《总龟先生松菊集》五卷，又有《巢令君阮户部词》（仅存六首），还编撰有《诗话总龟》。《松菊集》已亡佚。《郴江百咏》存诗 92 首，《四库全书》本于卷末从鲍氏知不足斋本补《宣风道上》诗一首、《题春波亭》诗一首，民国二十一年（1932）陈九韶撰《〈郴江百咏〉笺校》又增补了《便县》和《高亭》两首；《全宋诗》亦予以收录。阮阅另有词作 6 首。今存其诗词共 130 首。《诗话总龟》，现存最早的本子为宋钞本。但据元初之人方回《桐江集》卷七《渔隐丛话考》记载说："今所谓《诗话总龟》者，删改闳休（阮阅字）旧序，合《古今诗话》与《诗总》，添入诸家之说，名为《总龟》，标曰'益都褚斗南仁杰纂集'，前、后、续刊七十卷，麻沙书坊捏合本也。"又说当时阮阅"《诗总》旧本"，方回自己已"求之不能得"。今存《诗话总龟》最早刻本为明嘉靖时期月窗道人所刊，九十八卷。其中前集四十八卷，后集五十卷。今人张健认为明本《诗话总龟》与宋钞本（宋人褚斗南纂集本）"有继承关系"（张健：《从新发现的〈永乐大典〉本看〈诗话总龟〉的版本及增补问题》，载《北京大学学报》2006 年第 5 期）。学者周兴陆发现了台湾"国家图书馆"保存的宋钞本《诗话总龟》残卷，并与明刻本作了比较，认可了张健的说法，并指出："这部褚斗南纂集《诗话总龟》宋钞本，是目前所知最早的《诗话总龟》版本。虽然此前各本均已不存，无从知道此钞本是如何在阮阅原本基础上纂集的，但是从方回'合《古今诗话》与《诗总》，添入诸家之说，名为《总龟》'的记述来看，此部褚斗南纂集本既包含了阮阅的《诗总》，也合入了《古今诗话》，同时还添加诸家之说。可见褚斗南做了大量的'纂集'工作，已非阮阅之旧本。"因此，今存"《诗话总龟》的正确署名应该是'阮阅原辑，褚斗南纂集'，才合乎实际"（周兴陆：《从新发现宋钞本考察〈诗话总龟〉早期形态》，《文汇报》2011年10月31日）。《四库全书》本据月窗道人刻本，《四部丛刊》也据此本影印（题为《增修诗话总龟》）。又有一百卷明抄本传世，此本还有阮氏自序，但一般认为此序乃伪作。今通行者为周本淳、陈新校点本（人民文学出版社1987年版），此本以月窗道人刻本为底本，校以百卷明抄本，于前集补录了"寄赠门"中、下两卷。此外，又有《宋诗话全编》本（名"阮阅诗话"，江苏古籍出版社1998年版）亦较通行。

文学成就：阮阅创作成就主要表现在诗歌领域，尤其是七绝，人称"阮绝句"。流传下来的《郴江百咏》俱为七言绝句。诗歌题材方面，多为观景游览，其中尤以寺祠庵观、山岩泉水、亭台楼阁题材为多。受时代影响，阮阅的诗亦好发议论，《四库全书总目》谓其诗"多入论宗"。但因为"素留心吟咏"，"故尚罕陈因理障之语"而"往往自有思致"。他的议论往往与景观描写相结合。如《东山》："藜杖芒鞋过水东，红裙寂寞酒樽空。郡人见我应相笑，不似山公与谢公。"此诗结合自身形象描述与所思所想，将自己不同于六朝名士的一面展示出来。又如《永庆寺》："空庭生草路生苔，寂寂荆扉小径开。有客试泉方到此，须知不是为僧来。"写出了小寺的冷清荒芜及其原因。这类诗歌都有思致清新的特点。阮阅在文学领域的又一成就是编集了宋诗话集《诗话总龟》。

《诗话总龟》收诗话颇多，并予以分门别类。由于其中采集的不少诗话原著已经失传，因此这部诗话集具有重要的资料价值。

《诗话总龟》分前集和后集，各五十卷。前集四十八卷，采撷北宋至北宋元祐稍前的各种诗话和笔记小说等类文献100种，而尤以笔记小说类为多。据胡仔《苕溪渔隐丛话序》，《诗话总龟》是阮阅任郴江守时所编，他"因《古今诗话》，附以诸家小说，分门增广"，并指出是编初名"诗总"。又，阮阅是书不收元祐以来的诗话，胡仔解释说是因为阮阅编此集正当宣和癸卯，是时元祐文章俱被禁，所以阮阅只好从略。后集五十卷，亦采诗话等书籍100种。由于《诗话总龟》所引书籍大多已散佚，所以阮氏此书仍"多资考证"，是研究宋诗话和笔记小说的重要参考资料。且因凡是书所载，其后《苕溪渔隐丛话》不再取录，故两书实可"相辅而行"，而"北宋以前之诗话大抵略备矣"（《四库全书总目》）。后集杂有南宋材料，学者或以为恐非阮阅所编。如胡仔本是见到阮阅此书仅收元祐诗话，才萌发编撰《苕溪渔隐丛话》以补其不足的念头，但是今本《诗话总龟》后集却多所明引《苕溪渔隐丛话》。笔者还检出有述宋末元初人方回诗的（后集卷三十一"乐府门"："方回诗有雁后归……"）。此外，两集编排体例虽然一致，都是先列正文，后注明出处，但是后集的分类更趋细化，但也不尽合理，例如前集有"评论门"，后集除此之外又设"评史门"；前集有"咏物门"，后集除此之外又设"咏茶门"，等等。这是因为两集非出自同一编者之手。

《诗话总龟》首次将各种诗话按内容统筹分类编排，每条材料末尾注明出处，读者查检比较方便。其分类细致，但不免流于琐细。如前集分 47 个门类（后集分 61 个门类），依次为圣制门、忠义门、讽喻门、达理门、博识门、幼敏门、志气门、知遇门、狂放门、诗进门、称赏门、自荐门、投献门、评论门、雅什门、苦吟门、警句门、唱和门、留题门、纪实门、咏物门、宴游门、寓情门、感事门、寄赠门、书事门、故事门、语病门、语累门、正讹门、道僧门、诗谶门、纪梦门、讥诮门、诙谐门、乐府门、送别门、怨嗟门、伤悼门、隐逸门、神仙门、艺术门、俳优门、奇怪门、鬼神门、佞媚门、琢句门。编者分类多从作者角度出发，如"圣制门""忠义门"分别指的是皇帝、忠义之士而兼作者的诗话。但有时角度未能一致，如"达理门"为诗歌内容，"咏物"以题材，"琢句"又以语言艺术。这也是古代很多诗话本身固有的情形。《诗话总龟》前集的分类已经是难能可贵之举了，后集的分类更为混乱。此外，《诗话总龟》各门类所收材料多寡亦有不同，如前集以"评论门"最多，独占卷六至卷九，在卷五中也占一部分文字；"诗病门"最少，只有三条。

《诗话总龟》所录各条在内容上都与诗歌本身有关，一般是先叙述作诗的背景材料，再将相关诗歌录入，其实是本着以事存诗的目的来做的。所以叙述材料有的更近杂事，《四库全书总目》就曾将其与《苕溪渔隐丛话》比较，谓前者"多录杂事，颇近小说"。《诗话总龟》内容或"近小说"的特点，也使其本身具有一些文学性。原编者往往能抓住人物的某一特点，借助叙事予以展示，用笔不多而颇显生动。例如前集卷一"圣制门"之"李文正"条："李文正，太祖在周朝以知其姓，及即位，用以为相。尝语文正曰：'卿在周朝未尝倾陷人，可谓善人君子。'故太宗遇之甚厚。年老罢相，每内宴，必先赴坐。"交代了李文正得到皇帝重用的原因以及罢相之后还自视甚高的情态。用细节展示，人物心理得到形象体现。其"杂事"中有的内容甚为离奇，《诗话总龟》为此还专设了"神仙门""奇怪门""鬼神门"等。

四十五　周紫芝《竹坡诗话》《太仓稊米集》《竹坡词》

　　周紫芝（1082—1155），字少隐，号竹坡居士，又号静寄老人、妙香寮老人、二妙老人等，宋宣城（今属安徽宣城市）人，南宋诗词大家。生平事迹，主要见于周紫芝《太仓稊米集》自序及唐文若等人之序，《宋史翼》卷二十七亦有传。

　　周紫芝少时即好学，时家贫，并日而炊，但嗜学益苦。据周紫芝《太仓稊米集》自序，其为童子，"未冠入乡校，方学科举文。文成，掌教者善之"。但周紫芝自己另有志向，他对老师说，科举"足以得名，不足以名世也"。于是大量阅读前人诗文。其同代人陈天麟序《太仓稊米集》说，"竹坡于书无所不读"。因其积淀深厚，故"发而为文，不让古读者"。以至于一日其父亲戏为客言："是子肩有诗骨，在法当穷。而又好诗，穷必固矣。"周紫芝"自是好之不衰，如人饮酒，日甚一日"，创作不辍。在科举方面，则颇为不顺，因之影响仕途。宋高宗建炎初，周紫芝贡于京师，应诏进言，以勇于听断、去奸邪、用贤人为当今要务。又曾两度赴礼部应试，均不第。直至绍兴十二年（1142），其年已六十一，始以廷对第三进士及第，随即监礼兵部架阁。绍兴十五年（1145）以迪功郎掌礼部、兵部两部架阁。十七年（1147），以承奉郎为枢密院编修官，不久任右宣教郎兼实录院编修官，转右司员外郎。其后出知兴国军。周紫芝为政有简易之风，所治无差。秩满奉祀，移居庐山。卒于九江，年七十四。

　　周紫芝曾多次作诗佳美秦桧父子，而这些诗均作于61岁通籍之后。按理，"紫芝通籍馆阁，业已暮年，可以无所干乞"，但出人意外，"集中有《时宰生日乐府》四首，又《时宰生日乐府》三首，又《时宰生日乐府》七首，又《时宰生日诗》三十绝句，又《时宰生日五言古诗》六首，皆是为了秦桧而作。《秦少保生日七言古诗》二首，《秦观文生日七言排律三十韵》，又皆是为秦熺而作。又《大宋中兴颂》一篇亦归美于桧，称为元臣良弼"（《四库全书总目》）。如此总总，为人不齿。

《太仓稊米集》《竹坡词》概况：

周紫芝著述较多，《宋史·艺文志》著录有《太仓稊米集》七十卷、《竹坡楚辞赘说》一卷、《竹坡诗话》一卷。《直斋书录解题》另录有《竹坡词》一卷。其中《楚辞赘说》不存，其他则皆留存至今。此外，周紫芝《竹坡词》原跋还著录有《尺牍》《大闲录》《胜游录》《群玉杂嚼》等目，这些著述亦俱亡佚。周紫芝曾就苏轼乌台诗案录有苏轼诗文等相关材料集为一卷，名"诗谳"，今存。

《太仓稊米集》古本，今有南京图书馆藏八千卷楼丁丙跋影宋抄本，上海图书馆有明抄本、清金史文珍楼抄本、北京大学图书馆藏徐时栋跋清抄本，及《四库全书》本等。丁本在诗歌和文章数量上收录较四库本为齐备，注释、诗次也都比较完整（参任群《周紫芝〈太仓稊米集〉版本考补叙》，载《湖北师范学院学报》2005 年第 5 期）。《四库全书》本又由王云五主编《四库全书珍本》第二集收录，台北商务印书馆 1971 年出版。此《太仓稊米集》是诗文合集。其词作《竹坡词》，古本今存明代汲古阁本及四库本，两本均收词 150 首。今人唐圭璋又从《太仓稊米集》21 卷中取 6 首《渔父词》。中华书局 1965 年出版的《全宋词》，收录了《竹坡词》156 首。诗歌作品，北京大学古文献研究所编纂、北京大学出版社出版的《全宋诗》收录其诗歌作品 1800 余首，最为完备。文章类，则曾枣庄、刘琳主编的《全宋文》收录其作品共计 404 篇，最为完备。又，四川大学古籍整理研究所的《宋集珍本丛刊》收录有清钞本《太仓稊米集跋》。周紫芝的诗话单行本有百川学海影印宋咸淳刻本《竹坡老人诗话》，是为现存最早的刻本；较通行的除百川本外，还有津逮秘书本，丛书集成初编本即为取前者影印。1981 年中华书局《历代诗话》、江苏古籍出版社 1998 年《宋诗话全编》（名"周紫芝诗话"）亦均予收录。

文学成就：周紫芝在文学领域的成就体现在两个方面，一是其诗学思想，二是其文学创作尤其是诗词创作。周紫芝论诗特别重视格律与句法等形式技巧，诗歌风格则又主张自然平淡："作诗到平淡处，要似非力所能。"（《竹坡诗话》）创作方面，才华横溢，为当时诗词大家，"在南宋之初特为杰出"（《四库全书总目》）。他的作品重视格律及句法，而又自然顺畅，正与其诗歌主张一致。周紫芝曾自言云："作诗先严格律，然后及句法，得此语于张文潜、李端叔。"（方回《太仓稊米集跋》引）故"知其学问渊源，实出元祐"（《四库全书总目》）。又说："锻炼之极，乃造平淡。"

（《竹坡诗话》）张文潜即苏门诗人张耒，李端叔即苏门诗人李之仪，两人诗歌都是平易晓畅，有乐府民歌风韵。周紫芝推崇他们的诗作，并自觉学习。如"于张耒《柯山》《龙门右史》《谯郡先生》诸集汲汲搜罗，如恐不及"。对李之仪亦有当面请教、作诗唱和之举。平时于诗歌创作，亦能自觉追求其平淡自然的诗风，在注意体式要求的前提下，"无典故堆砌"，"无豫章生硬之弊，亦无江湖末派酸馅之习"，故艺术上多上乘之作。创作上属于江西诗派，但无江西诗派的弊病。后人"略其人品，取其词采可矣"（《四库全书总目》）。当时也深受欢迎，被誉为苏黄门庭后劲，"足以继眉山之后尘，伯仲于石湖剑南也"（《四库全书简明目录》）。

诗学主张方面，《竹坡诗话》有较集中的显示。《竹坡诗话》为一卷，现存诗话八十则。《四库全书总目》云："周必大《二老堂诗话》辨金锁甲一条，称《紫芝诗话》百篇，此本惟存八十条。又《山海经》诗一条称《竹坡诗话》第一卷，则必有第二卷矣。此本惟存一卷，盖残缺也。"所论甚有道理。这部诗话虽然所存篇幅不多，但内容较为精纯，它围绕诗歌创作背景及品鉴，主要为批评、考证一类文字。考证方面，周必大以为有的文字与事实有乖舛，但四库馆臣指出也有不少条目辨析得当："如《辨嘲鼾睡》非韩愈作，辨《留春不住》词非王安石作，辨《韩愈调张籍诗》非为元稹作，皆有特见。"从周紫芝本人论述看，他是一个强调用真事、采实据的人。例如《竹坡诗话》有这样一则："戴良少所推服，每见黄宪，必自降薄，怅然若有所失。母问：'汝何不乐乎，复从牛医儿所来耶？'王履道诗：'不见牛医黄叔度，即寻马磨许文休。'语虽工，然牛医，叔度之父耳，非叔度也。"对王履道诗内容失检提出批评。遇因表述不清而有"缺失"之作，虽大家文豪之作，紫芝亦直言批判。如另一则："东坡诗云：'君欲富饼饵，会须纵牛羊。'殊不可晓。河朔土人言，河朔地广，麦苗弥望，方其盛时，须使人纵牧其间，践踏令稍疏，则其收倍多，是纵牛羊所以富饼饵也。"东坡诗句，说的也是实情，但语焉未详，容易导致读者疑惑，经紫之一番说明，意思才变得清楚起来。周紫芝在诗学理论方面认同江西诗派，主张化用前人须达到点铁成金的境界："自古诗人文士，大抵皆祖述前人作语。梅圣俞诗云：'南陇鸟过北陇叫，高田水入低田流。'欧阳文忠公诵之不去口。鲁直诗有'野水自添田水满，晴鸠却唤雨鸠来'之句，恐其用此格律，而其语意高妙如此，可谓善学前人者矣。"他强调格律与意蕴，但同时主张平淡："凡诗人作语，要令事在语中而人不知。"过去，学界对周紫芝的诗话不加重视，研究甚少，近年来则发生了较大变化，出现了专题论文，硕士论文也有几篇作专门研究。

《太仓稊米集》为作者"儿曹"编撰，但得到作者的首肯。题目乃"太仓一稊米"（见周紫芝自序），即大仓之中一粒小米之意。它诗文兼收，其中诗四十卷，文三十卷。诗又分为乐府和诗两种。卷一、卷二专收乐府，卷三至卷四十专收诗。周紫芝诗歌数量多，样式种类也较丰富，有乐府诗，古体诗，也有律绝。五言、七言、杂言并皆能善。尤其是乐府古风，更为人称道。这类诗在内容上以反映现实社会为主，具有明显的讽喻精神。如歌行体诗《输粟行》："十家养得一兵肥，一兵唱乱千兵随，千家一炬无孑遗。莫养兵！养兵杀人人不知。"内容明朗，情感浓烈，为下层人民呼喊，抒写出养兵反遭兵害的愤慨。周紫芝身处兵乱频仍的时代，类似反映战乱及家国之痛的诗篇还有不少。他的七古《五禽言》沿袭梅尧臣《四禽言》的写法，拟声言情，五首诗歌分别借助五种鸟叫之声借以状模当时农民生活的艰辛，有民歌味道。如《婆饼焦》诗："云穰穰，麦穗黄。婆饼欲焦新麦香，今年麦熟不敢尝，斗量车载倾囷仓，化作三军马上粮。""婆饼焦"是一种生活于江淮地区的山鸟，叫声类似"婆饼焦"。民间遂产生联想，将这种叫声与征人联系起来。周紫芝诗中"斗量车载倾囷仓，化作三军马上粮"，正是因此而来，富有现实针对性。钱钟书因此认为周紫芝的《五禽言》要比梅尧臣、苏轼等人的《四禽言》写得好（见钱钟书《宋诗选注·周紫芝》）。其近体诗多为应和题赠、写景抒怀，善于以平淡自然的语言营造清新而有韵味的意境，颇似唐人写法。如七绝《题湖上壁》："寒食风埃满客巾，西湖烟雨送愁频。日高未起鸟呼梦，春晚不归花笑人。"用拟人化手法描述花鸟西湖，又结合旅人的状态、神貌，形象而富谐趣，但旅人之落寞孤寂亦蕴含其中。历来为人称道。又如《睡起题西斋壁》："熟睡闲敧一幅纱，梦残庭树落疏花。屋头正喜鸠唤妇，墙下忽闻蜂打衙。"用语清新自然，于生动热闹的场景描写中寓含着作者的心静气平。陈天麟评价说："其诗清丽、典雅，虽梅圣俞当避路。"

《太仓稊米集》的后三十卷专收文章。第四十二卷之"词"四篇，实际上是骚体赋。周紫芝现存400余篇文章，体式多样，有赋有辞（楚辞体），有铭有颂（仿《周颂》），有论有序，有启有书，有策文有疏文，有祭文有墓志，其他如表、策、记、偈、祝文、史断、杂说、书后、青词、致语等，真是不一而足。所涉及的内容题材，有读书的，有论史的，有谈今人的，也有论古人的，有论诗文的，有谈政治的，甚至还有谈经学的（如《毛诗解义序》）等。它们是研究周紫芝及其时代的重要文献，如后人从其"书后"等体式中，已拈出诗话一类。

周紫芝最为人看重的是其词作。作品收于《竹坡词》。其词初学晏几道，作者曾自云："予少时酷喜小晏词，故其所作，时有似其体制者。"（周紫芝《鹧鸪天》后三首自注）"晚乃刊除秾丽，自为一格"（《四库全书总目》）。内容上承继五代小词精神，约有三分之一的作品是爱情题材。但也有一些词援引现实内容，如战乱、行役等，可见出时代特点。如《沙塞子·席上送赵戒叔》下阕："夜深惊鹊转南柯，惨别意，无奈愁何。他年事，不须重问，转更愁多。"其利用自注说明正当"时束南方扰"，与之适应，词中抒写的是凄惨愁苦。周紫芝还喜欢在词中抒发身世之感。他反映战乱的词往往也联系自己的身世。此外，周紫芝早年喜欢诵读前人诗文，也喜欢创作诗文，对于科举之事反倒不甚用心，因此处于穷途之中。及至后来希望借科举改变处境，却又多遭失第之忧。故而他的词多有诉说不第的内容。如《阮郎归》："西湖山下水潺潺，满山风雨寒，枝头红日晓斓斑。越梅催晓丹。连翠叶，拥金盘，玉池生乳泉。此生三度试甘酸，欲归归尚难。"用"试甘酸"比喻自己进科场，全词流露的是失意情怀。艺术上善于营造空寂朦胧的境界，风格以清丽婉曲为主，偶亦显露豪迈，语言通俗而意境清雅。如《踏莎行》："情似游丝，人如飞絮，泪珠阁定空相觑。一溪烟柳万丝垂，无因系得兰舟住。雁过斜阳，草迷烟渚，如今已是愁无数。明朝且做莫思量，如何过得今宵去！"开首连用两个比喻，分别喻情喻人，喻体又相关眼前之景，蕴含丰富。其后"一溪"两句还带出了别离情景与分手地点，"无因"更写出了人物惆怅无奈的情感。下片"雁过"三句也是将自然景象与人物心理结合起来，但借助描述景象变化还写出了离别之旧而新增的"无数"之愁。末两句先是以不思明朝故作达观，却收以今宵难过，更写出愁情的浓烈难化。

四十六 胡舜陟《胡少师总集》

胡舜陟（1083—1143），字汝明，号三山老人，宋代徽州绩溪（今属安徽宣城市绩溪县）人。北宋末至南宋政治家、文学家。生平事迹，主要见于宋人罗愿《胡待制舜陟传》（见《新安文献志》）、《宋史》卷三七八本传，清人胡培翚等编有《胡少师年谱》（见《宋人年谱丛刊》）。

胡舜陟"自幼端重"（罗愿：《胡待制舜陟传》），以科举进入仕途。《宋史·胡舜陟传》载其"登大观三年（1109）进士第"。时为北宋徽宗朝。胡舜陟被调为山阴簿，"历会州、秀州教授，改宣教郎，为睦亲宅宗子博士"（罗愿：《胡待制舜陟传》）。之后，升为监察御史。认为当时正是"多事之时，以开言路为急"。于是上疏建言"增入监察御史言事之文"。不久，因逢亲丧离职。服阕期满，再为监察御史。在任期间多次奏言。如在徽宗时，逢金兵侵扰、中外多事，胡舜陟建言："河北金兵已遁，备御尤不可不讲。"（《宋史·胡舜陟传》）又"建议依祖宗法，许六察官言事"，他自己更是身体力行"极言军国利弊无所隐"（罗愿：《胡待制舜陟传》），并且每隔五日就上疏奏言。钦宗即位，上奏诛杀赵良嗣。后迁侍御，仍然多所进奏，如建议"愿诏东宫官遵旧制，先读《论语》，次读《孟子》"（《宋史·胡舜陟传》）。高宗即位，胡舜陟一如往旧，无所畏忌，就连宰相李纲也被他参奏。据胡仔记载，胡舜陟还曾参奏秦桧之罪，并为岳飞辩冤。但孰料他自己也被参奏，"言者论其尝事伪廷"，于是"除集英殿修撰、知庐州"（《宋史·胡舜陟传》）。

胡舜陟在地方执政，也颇有建树。如《宋史·胡舜陟传》记载："时淮西盗贼充斥，庐人震恐，日具舟楫为南渡计。舜陟至，修城治战具，人心始安。"又如冀州人孙琪聚兵为盗，"至庐，舜陟乘城拒守。琪邀资粮，舜陟不与。其众请以粟遗之，舜陟曰：'吾非有所爱，顾贼心无厌，与之则示弱，彼无能为也。'乃时出兵击其抄掠者，琪宵遁，舜陟伏兵邀击，得其辎重而归。"其后又经历济南僧刘文舜聚党万余纵剽，丁进、李胜合兵为盗蕲、寿间，张遇带兵犯梁县，胡舜陟或招降或还击，均取得胜利，保得地方平安。胡舜陟于是主动请求"以身守江北，以护行宫"。"帝壮其言，擢徽猷阁待制，充淮西制置使。"有了兵权，淮西八郡虽仍遭群盗攻蹂，但都被胡舜陟"安堵如故"。守庐二年，"以徽猷阁待制知建康府，充沿江都制置使"。一年后，"改知临安府，复为徽猷阁待制，充京畿数路宣抚使。寻罢，迁庐、寿镇抚使，改淮西安抚使。"再至庐州时，逢溃兵王全率徒来降，"舜陟散财发粟，流民渐归"。因政绩巨显，绍兴七年（1137）被敕封绩溪开国男，进封子爵。其后，改知静江府。此时，"诏措置市战马"。被御史中丞常同上奏，谓胡舜陟"凶暴倾险"，于是被罢免，赋闲在家。两年后，高宗起用他为广西经略，知邕州（今南宁）。次年又以之节制广东、广西、湖南三路官军，征讨骆科叛乱。因战功显著，封新安伯，加封金紫光禄大夫、明国公。

胡舜陟后来因为俞儋知邕州有脏，被运副吕源揭发，受到牵连。吕源本就与胡舜陟有隙，胡舜陟曾弹劾吕源"沮军事"。为报复，吕源"以书抵秦桧，讼舜陟受金盗马，非讪朝政"（《宋史·胡舜陟传》）。舜陟力主抗金，曾为岳飞被陷害而上疏列举秦桧罪状，因此秦桧憎恶舜陟。他采纳吕源之说，遣大理寺官袁楠、燕仰之往协助弹劾，胡舜陟被捕入狱。之后，胡舜陟不服，坚辞罪名，仅两旬即死于狱中，时年 61 岁（依罗愿说。唐圭璋《宋词四考·两宋词人时代先后考》亦云胡舜陟"生于元丰六年，登大观三年进士，绍兴十三年卒，年六十一"）。

胡舜陟有惠爱之举，所以乡人听闻死讯，皆为之痛悼伤心。他的妻子江氏诉于朝，"诏通判德庆府洪元英究实。元英言：'舜陟受金盗马，事涉暧昧，其得人心，虽古循吏无以过。'帝谓桧曰：'舜陟从官，又罪不至死，勘官不可不惩。'遂送楠、仰之吏部。"（清）胡培翚《胡少师年谱》云胡舜陟平反昭雪后，诏赠少师。在其故乡，胡姓人众，为区别于他"胡"，胡舜陟后代被称为金紫胡。

《胡少师总集》概况：

胡舜陟著作有《奏议文集》《论语义》《古诗师律阵图》《咏古诗》《三山老人语录》等。《咏古诗》《三山老人语录》，原书不存，其子胡仔《苕溪渔隐丛话》有引述。《论语义》《古诗师律阵图》亦亡佚。今存《胡少师总集》，为其裔孙清人胡培翚等人于道光年间编辑，主要收录其奏议文，现存最早刻本为清道光十九年金紫家祠本。此本，四川大学古籍研究所收入其所编《宋集珍本丛刊》第三十八册，2004 年线装书局出版；又，《续修四库全书》集部亦据此本影印。

文学成就：胡舜陟作品现存以文为多，诗词作品留存极少。但据胡仔《苕溪渔隐丛话》载："先君平日尤喜作诗，于校老杜集，所校舛误甚多。句法，暮年深得其意味。"（前集卷十三）可见生前作品应该不少。其文主要为奏议类文章，内容广泛，敢于直陈，文字简洁明了。

《胡少师总集》六卷，前四卷收录胡舜陟所作奏议；第五卷收书信、序、传各一篇，诗十首，词两首；第六卷收"三山老人语录"。奏议类文章针对现实问题而发，对文化建设、政治、军事及当时各色人物等问题都能直言坦陈，往往切中时弊，而且无所畏忌。胡舜陟生活在北宋末期至南宋，面对混乱的时局，作为言官，勇于承担重任。如在《奏请令监察御史言事疏》中，开门见山，指出监察御史的重要职责就是"论时事，击官邪"，而当前情况却是南台御史"不言事"，"名存实亡，害治尤甚"。又因为"多事之时，以开言路为急"，故主动"伏望睿旨意下本台，令增入监察御史言事之文"。不少奏议内容是对大臣的参奏。如《奏论宇文虚中等罪状及擅离任姓名疏》一文参奏宇文虚中、王云、王藩等要臣，认为他们"实启边患，及闻寇至，辄先遁归"，故"于律当诛"。且指出当时"威令未振，旧习犹存，士多自谋，莫肯为用，人皆玩法，莫知可畏，盖由刑罪废也"，故对宇文虚中等人应处严刑。在《奏论宦官之害疏》中，也不忌当朝权势。又于《奏请诛赵良嗣疏》奏论赵良嗣宜诛："今结成边患，几倾社稷，自归明官赵良嗣始，请戮之以快天下。"其奏议之文辞，则配合其内容，直笔相论，不拐弯抹角、含混其词，风格峻直简明。

胡舜陟的诗歌内容多为观景、题词、游玩，表现闲适情趣。词与之一致，但更为人称颂。现存两首词，一是《渔家傲》，写渔家生活，气魄豪迈："几日北风江海立。千车万马鏖声急。短棹峭寒欺酒力。飞雨息。琼花细细穿窗隙。我本绿蓑青箬笠。浮家泛宅烟波逸。渚鹭沙鸥多旧识。行未得。高歌与尔相寻觅。"词中因有"绿蓑青箬笠"，所以《渔家傲》又称为"绿蓑令"。另一为《感皇恩》，写隐士情怀："乞得梦中身，归栖云水。始觉精神自家底。峭帆轻棹，时与白鸥游戏。畏途都不管，风波起。光景如梭，人生浮脆。百岁何妨尽沈醉。卧龙多事，谩说三分奇计。算来争似我，长昏睡。"有不问世事的自在潇洒，元代贯云石〔正宫·小梁州〕中"百年浑是醉，三万六千场"及〔双调·清江引〕之"痛饮何妨碍，醉袍袖嫌日天地窄"颇与之神似。

胡舜陟对诗词作品亦颇有研究，写过一些探讨诗论的文字。如《苕溪渔隐丛话》中引述的《三山老人语录》即是他所作。他的评点细致具体，多谈及词语蕴含意义，表现出重视比兴的特点。如解析杜甫《同诸公登慈恩寺塔》一诗说："山者，人君之象，'秦山忽破碎'，则人君失道矣。贤不肖混淆，而清浊不分，故曰'泾渭不可求'。天下无纲纪文章，而上都亦然，故曰'俯视但一气，焉能辨皇州'。于是思古之圣君不可得，故曰'回首叫虞舜，苍梧云正愁'。是时，明皇方耽于淫乐而不已，故曰'惜哉瑶池饮，日宴昆仑丘'。贤人君子多去朝廷，故曰'黄鹄去不息，哀鸣何所投'。惟小人贪窃禄位者在朝，故曰'君看随阳雁，各有稻粱谋'。"认为此诗句句有寓意。

胡舜陟的弟弟胡舜举为建炎二年进士（据《宋诗纪事补遗》卷四十载），亦能诗。胡舜陟次子胡仔亦是南宋文学家，为补阮阅《诗话总龟》之缺，编撰《苕溪渔隐丛话》一书，收录宋代元祐以来诗话、笔记等文字材料甚多，有专题介绍。

四十七　胡仔《苕溪渔隐丛话》

胡仔（1110—1170），字符任，号苕溪渔隐，宋代徽州绩溪（今属安徽宣城市绩溪县）人。他是胡舜陟次子，南宋文学家。生平事迹，主要见于胡仔《苕溪渔隐丛话》前、后集原序，和《徽州府志》《绩溪县志》及目录类书籍所作介绍。

《四库全书总目·集部》："（胡仔）以荫授迪功郎、两浙转运司干办公事。官至奉议郎，知常州晋陵县。后卜居湖州，自号苕溪渔隐。"据胡仔《渔隐丛话》前集自序，其在绍兴丙辰（即绍兴六年，公元1136）"侍亲赴宦岭右"，居于广西7年，"后十三年（即绍兴十三年，公元1143）居苕水"。据《宋史·胡舜陟传》，其父胡舜陟此年因被秦桧等诬陷而坐狱死。因之，胡仔就"苕水"隐居。其后集自序云："余丁年罹于忧患，投闲二十载，杜门却扫于苕溪之上。"前集卷五十五则记载了他在湖州期间，"日以渔钓自适，因自称苕溪渔隐。临流有屋数椽，亦以此命名"。唐圭璋《宋词四考·两宋词人时代先后考》："胡仔……宣和间，官建安主簿，乾道五年卒。"

胡仔的主要事迹即编撰《苕溪渔隐丛话》一书。据胡仔《苕溪渔隐丛话》前集原序记载，当初胡仔随父为官于广西期间，听说阮阅所编诗话集《诗总》"颇为详备"，但因为"行役匆匆，不暇从知，识间借观"，未能全睹。绍兴十二年（1143）胡仔居苕水，方从友人处借阅细读。发现阮阅《诗总》（即《诗话总龟》），"因古今诗话，附以诸家小说，分门增广，独元祐（宋哲宗年号，公元1086—1093）以来诸公诗话不载焉。考编此《诗总》乃宣和癸卯（公元1123），是时元祐文章禁而弗用，故阮因以略之"。于是萌生为之补足的念头，"遂取元祐以来诸公诗话，及史传小说所载事实，可以发明诗句，及增益见闻者，纂为一集"。有为元祐党人张目的意思。书于"戊辰春三月上巳"完成，是年为绍兴十八年。这是胡氏此书前集的编撰情况。据其后集原序，编撰者本以为"网罗元祐以来群贤诗话集为六十卷，……已略尽之矣"，但其后"比官闽中及归苕溪，又获数书"。这些材料"多评诗句"，因此"不忍弃之"。于是再次采撷收集"群书旧有遗者，及就余闻见，有继得者"，将其"各附益之，离为四十卷"。作者自云编次之时，"终日明窗净几，目披手钞"。这样，到乾道丁亥年间（1167），后集亦完成。

《苕溪渔隐丛话》概况：

胡仔主要著述今存《苕溪渔隐丛话》和《孔子编年》。《苕溪渔隐丛话》，《遂初堂书目》集类、《直斋书录解题》集部、《宋史·艺文志》子类均有著录。据文化部《第一批国家珍贵古籍名录》，今存最早版本为南宋淳熙二年（1175）胡仲两浙东路提点刑狱司刻本（藏于北京大学图书馆），为后集四十卷，但仅存三十八卷（卷一至卷二、卷五至卷四十）；宋本别存一种，亦为残卷，但为前集。此外较重要的本子还有元翠岩精舍刻本（藏于北京大学图书馆），为前集六十卷，但仅存五十卷（卷一至卷五十）。另有清人杨佑启耘经楼据宋本重刊本，《海山仙馆丛书》《四部备要》据以收入。又有《四库全书》本，为前集六十卷、后集四十卷。今较通行的本子有廖德明点校本，此本以耘经楼本为底本，参用宋、元、明等多种古本以及傅增湘校本校勘，由人民文学出版社 1962 年排印，1981 年重印；江苏古籍出版社 1998 年《宋诗话全编》本（题"胡仔诗话"）。胡仔《孔子编年》五卷，《四库全书》收录。据四库馆臣言，旧本题为胡舜陟撰，但经馆臣细察，确认胡舜陟写的是《孔子编年序》，因序中明谓胡仔为《孔子编年》撰者。

文学成就：主要表现在对《苕溪渔隐丛话》的编辑和撰写。《苕溪渔隐丛话》是一部诗话总集，也是文学资料集，"是宋诗话集中质量、资料最丰富的一部纂著"（陈正宏：《中国学术名著提要——文学卷·丛编与辑佚·苕溪渔隐丛话》）。全书分前后两集，前集六十卷、后集四十卷，共 100 卷。引用文献众多。《苕溪渔隐丛话》中"表明引用的书籍达 153 种，还引用了不注明书名的前人文字 23 家。除胡仔自己的评说 349 则诗话外，全书共征引前人诗话达 1892 则。"（莫道才：《胡仔及其〈苕溪渔隐丛话〉论略》，载《广西师范大学学报》1992 年第 3 期）来源涉及诗话、史书、别集、笔记小说等多种材料。所论作家达 120 多人，有的作品或派别等文学现象无法归入作家名下的则单立条目，如前集中的"国风汉魏六朝"，后集中的"楚汉魏六朝"以及"西昆体""鬼诗",等等。由于内容按年代、人物编次,尤其收集北宋文学材料甚多,故学者以为可将其看作北宋简明诗歌发展史。又其所论文学体式以诗为主,还有词、文、赋等。由于此书品藻多,并有真伪考辨,文人逸事等诸多内容,深受后世称引,对后世诗话有深刻影响。此书还收有胡仔自己的诗话,集中反映出其文学思想。

《苕溪渔隐丛话》的编撰是为增补阮阅《诗话总龟》未及"元祐以来诸公诗话,及史传小说所载事实",故其编撰原则是:"凡《诗总》所有,此不复纂集,庶免重复;一诗而二三其说者,则类次为一,间为折衷之;又因以余旧所闻见为说以附益之。"(胡仔:《苕溪渔隐丛话》前集原序)《苕溪渔隐丛话》收罗宏富,与《诗话总龟》"二书相辅而行,北宋以前之诗话大抵略备矣"(《四库全书总目》)。

《苕溪渔隐丛话》与《诗话总龟》两书差异也很明显。胡仔此书后出转精。首先,在材料的选择上,《苕溪渔隐丛话》相对较纯,"(阮)阅书多录杂事,颇近小说;此则论文考义者居多,去取较为谨严"(《四库全书总目》)。此外,《苕溪渔隐丛话》不仅仅是收录,还时有辩证,因此四库馆臣谓"阅书惟采撷旧文,无所考证;此则多附辩证之语,尤足以资参订",故此"阅书不甚见重于世,而此书则诸家援据,多所取资焉"。其次,在编排体例上,胡仔有意识避免阮阅《诗话总龟》按内容分门别类的做法,他在前集之序中提出,诗歌本身就"不可分门纂集"。还举例说:"昔有诗客,尝以神、圣、工、巧四品,分类古今诗句为说,以献。半山老人得之,未及观,遽问客曰:如老杜'勋业频看镜,行藏独倚楼'之句,当入何品?客无以对。"阮阅以事分类,"或事无所归,或诗无所属"(廖德明:《苕溪渔隐丛话》点校后记)。所以胡仔"但以年代人物之先后次第纂集",认为如此一来,"古今诗话不待检寻,已粲然毕陈于前"(胡仔:《苕溪渔隐丛话》前集原序)。具体操作,则"能成家者列其名,琐闻轶句则或附录之,或萃聚之",因此"体例亦较为明晰"(《四库全书总目》)。如前集卷一为"国风汉魏六朝上",卷二为"国风汉魏六朝下",卷三为"五柳先生上",卷四为"五柳先生下",卷五为"李谪仙",卷六至卷十四为"杜少陵",等等。这种分类角度对后世影响很大。

《苕溪渔隐丛话》还体现了胡仔的文学主张。在诗歌创作方面,胡仔推崇李白、杜甫、苏轼、黄庭坚四家,认为"开元之李、杜,元祐之苏、黄,皆集诗之大成者"(胡仔:《苕溪渔隐丛话》后集自序)。四人之中

"而尤着重于杜甫和苏轼"（廖德明：《苕溪渔隐丛话》点校后记），其《苕溪渔隐丛话》前集卷十四更是明确指出："余纂集《丛话》，盖以子美之诗为宗。"故其所收材料以相关四家者为多，其中相关杜甫和苏轼的诗话各达九卷之多（李白才仅一卷）。又其还主张诗贵创新和变化。

四十八　王铚《四六话》《雪溪集》《默记》

王铚（？1086—？1144），字性之，自号汝阴老民，世称雪溪先生，宋颍州汝阴（今属安徽阜阳市）人。两宋之际史学家、诗人、诗赋论家。生平事迹，散见于宋代多种文献如王铚本人的《四六话序》、陆游《老学庵笔记》、李之仪《欧阳文忠公别集后学》（见《姑溪居士后集》），以及王铚之子王明清的《挥麈录》《玉照新志》，等等。今人张剑据之撰《宋代王铚及其家族事迹考辨》（见《中国社会科学院文学研究所所刊》第 2 辑），述之较详。另，清人陆心源《宋史翼》卷二七有传。

王铚生卒缺载。其生年大致在公元 1086 年前后：宋徽宗大观元年（1107），曾布以孙女许配王铚，王铚是年应为二十岁左右。卒年不详，但绍兴十四年（1144）三月之后没有文献记载其事迹，因此其卒年当在公元 1144 年。

王铚家族具有博学及著述传统。五世祖王昭素是北宋著名《易》学家，著有《易论》（已佚）。伯父王得臣著有《麈史》（今传）。父亲王莘，宋治平四年进士及第，学文于欧阳修，学经于王安石、王回诸人。王铚儿子王明清更著有史学名著《挥麈录》传世。王铚本人生性颖慧，过目成诵，记忆惊人。据《老学庵笔记》载："王性之读书，真能五行俱下。""王性之记闻该洽，尤长于国朝故事，莫不能记。对客指画诵说，动数百千言。退而质之，无一语谬。予自少至老，唯见一人。"又好读书，故而博学多闻。平生著述不断，有十余种之多，内容涉及史学、赋论、诗论、诗文创作领域等。

王铚的一生，入仕与出仕不断交替。先是宣和初年，在京入太学。宣和末，出京。靖康中，入王襄军幕。建炎元年（1127）因王襄贬官，王铚离去。建炎三年（1129），改入康允之军幕，不久辞归。次年，权枢密院编修官，奉诏纂集祖宗兵制，其后书成，凡二百卷，赐名《枢庭备检》。绍兴四年（1134），守太府寺丞，不久被言者迸奏而罢官。绍兴五年，任右承事郎，主管江州庐山太平观。绍兴七年（1137），王铚避居剡溪山中，筑亭名"雪溪"，故世称"雪溪先生"。次年，因献《宰执宗室世表、公卿百官年表》，得常同之荐，诏奉祠中视史官之秩。不久又改右承事郎，主管台州崇道观。绍兴九年（1139），献《元祐八年补录》及《七朝史》，由右承郎迁右宣义郎。同年与秦桧抵牾，王铚随后避居山阴，直至绍兴十四年（1144）复仕：新除右宣教郎湖南安抚司参议官；三月，又献《祖宗八朝圣学通纪纶》，诏迁一官。其辞世即当在此年（李剑国以为当在绍兴十六年，见其《宋代志怪传奇叙录》第四编）。

而其不论行藏，总是勤于读书和著述，并利用空闲与当世文贤交往过从。

《四六话》《雪溪集》《默记》概况：

王铚著述，今存《补侍儿小名录》一卷、《四六话》两卷、《默记》三卷、《杂纂续》一卷、《雪溪集》五卷、《国老谈苑》二卷、《续清夜录》一卷。另外，四库馆臣以《云仙杂记》十卷、《龙城录》二卷为王铚所撰。据《建炎以来系年要录》，王铚另有《七朝史》未竟。又辑有《两汉纪》。王铚的单篇文章见于《全宋文》，计十九篇，近年，房后信、张明华又辑得八篇（见房后信、张明华《王铚著述考》，载《东岳论丛》2012年第6期）。

《四六话》作于宣和四年，《直斋书录解题》有著录。今存最早的版本为宋刻《百川学海》本，另有明代无锡华理所刊《百川学海》本、清代钞本（有云谷山堂本、醉经楼本、四库全书本）。《雪溪集》，《直斋书录解题》与《宋史·艺文志》均载为八卷，今存五卷。有多种明清钞本，通行本为《四库全书》本。又四川大学古籍研究所《宋集珍本丛刊》影印了清冰薲阁钞本，是书为王铚诗集。今人又据清代李盛铎《雪溪诗补遗》及新辑集外诗，编为第六卷。就目前看，《全宋诗》收录王铚诗歌最为齐备。近年，房后信、张明华又从《剡录》《吴都文萃》等文献中辑得五首（其中一首或非王氏所作。见房后信、张明华《王铚著述考》），《默记》一书，《遂初堂书目》著录为"王惟之"著，学者多以为"惟"乃"性"字之误，明代杨士奇《文渊阁书目》指为王性之著，《两宋名贤小集》同。现存较早的版本有明嘉靖二十三年云山书院刻本，通行本有《四库全书》本、《学海类编》本、《知不足斋》本、《丛书集成初编》本、中华书局1981年所出朱杰人点校本（与宋人王栐《燕翼诒谋录》合编为一书）、上海古籍出版社2001年《宋元笔记小说大观》本（第四册）、复旦大学2007年《历代文话》本（第一册，据百川学海本）。

文学成就：王铚诗文创作及理论研究皆有成就，尤其为人看重的是文话《四六话》、笔记《默记》，《雪溪集》中的诗歌亦显示出创作个性。

《四六话》是第一部专论骈文的文学批评著作。它以唐宋时期四六文为对象，内容多为评论宋人表启之文，但又涉及众多，如有四六文源流及唐宋律赋异同等。作者选取了唐宋五十七位作家（唐七位、宋五十位）的作品进行优劣品评，其形式为摘取一联一句论析，对技法探讨"推阐入微"（《四库全书总目》）。其探讨尤其集中于四六文文体的形式要素即用典、声律、对仗、藻饰等方面，且往往提出比较新鲜的见解。如卷上一则引其父语，谓"本朝自杨、刘四六弥盛，然尚有五代衰陋气，至英公（指夏竦）表章，始尽洗去"，又认为夏竦四六文"深厚广大"乃古今第一。显示出注重四六文端雅大气的文体特点。同则还从用典角度将四六分成"伐材语"和"伐山语"两种，以前者为用熟事，后者为用生事，并指出两者在联内亦兼用，"若两联皆生事，则伤于奥涩，若两联皆熟事，则难工"。后文又以夏竦和欧阳修文为例进行了分析批评。由于《四六话》是在欧阳修《六一诗话》著作影响之下产生的，故与诗话相仿，多有"以资闲谈"（欧阳修：《六一诗话》）的内容，尤其"多载汴都朝野遗闻"（《四库全书总目》）。但所记内容多可靠，可补正史之不足。不过，也偶有怪异不经之事。《四六话》在风格上也与《六一诗话》一致，属于笔记性质，散漫随意。

王铚的《默记》为记史笔记，但不乏文学性描写。其内容主要是记载北宋时期逸闻逸事，有史料价值。《四库全书》虽然收其于小说家类，但四库馆臣谓王铚"熟于掌故"，故此书"所言可据者居多"。又谓书中也有语涉怪异者，如"所记王朴引周世宗夜至五丈河旁见火轮小儿，知宋将代周一事，涉于语怪，颇近小说家言，不可据为实录耳"。这种属于传闻或虚构的文字在《默记》中并非孤例，它们固然于史无补，但也赋予作品神奇的色彩。此外，《默记》纪事写人往往采用描述形式，生动、形象，具有故事性。例如上卷第一则写韩王赵普在发迹之前，只是一小村"学究"，时赵匡胤也只是周世宗手下大将，正分兵进攻滁州，作品先描述滁州周围的地理环境，指出滁州"其控扼"四周的重要性及因皇甫晖率众十余万驻守而难攻的情势，接着交代赵匡胤已经先行失败，担心对方来攻，兵力不足，于是向村人讨教，村人荐举赵普最为智慧。如此铺垫之后，才写赵匡胤与之见面，并"再三叩之"，赵学究乃问："皇甫晖威名冠南北，太尉以为与己如何？"赵匡胤据实回答："非其敌也。"学究曰："然彼之兵势与己如何？"曰："非其比也。"学究曰："然两军之胜负如何？"曰："彼方胜，我已败，畏其兵出，所以问计于君也。"学究曰："然且使彼来日整军，再乘胜而出，我师绝归路，不复有嘬类矣。"太祖曰："当复奈何？"如此反复问答，将赵匡胤之技穷窘难充分渲染后，乃述学究语曰："我有奇计……"后文更是具体描述赵匡胤如何于依计而行，大败皇甫晖。皇甫晖受伤被俘，受到优待，却不肯治疗，称言："我自贝州卒伍起兵，佐李嗣源，遂成唐庄宗之祸。后率众投江南，位兼将相，前后南北二朝，大小数十战未尝败。而今日见擒于赵某者，乃天赞赵某，岂臣所能及！"于是不食而死。通过一代枭雄的言行，反衬出赵普的神计。文章最后还指出："太祖受天命，卒为宗臣，比迹于萧、曹者，自滁州始也。"道出了赵普的功绩，表达出作者的赞美和敬佩。整条叙述，还体现出作者精于构思的特点。

王铚的诗歌作品见于《雪溪集》。其诗现存200余首，分为乐府、古诗和律绝等数种，有游历、写景、咏物、送别、赠和题材，多抒写离情别绪或抒发思古幽情，描写社会生活的内容较少。又其咏物诗中多为咏梅内容，而梅花的形象在其笔下亦显得多姿多彩，或为坚贞品格，或为孤高冷艳，不一而足。王铚善于写景。清人王士祯《带经堂诗话》举其《晓发石牛》诗（"匆匆车马出清晨，日淡风微已仲春。松竹阴中山未尽，梅花林外有行人。"）谓"写景颇工"。其乐府诗往往用铺排方式，写景抒情，借自然外在情态写出一种内在精神。如《巫山高》，用"危峰""寒雾""天路""天壁""天风浩荡""虎兕怒号"等意象或情景，渲染出巫山绝远高险的境界。《关山月》则描写自然景象而营造出清冷的气氛，以衬托征人思妇的孤寂凄凉。其乐府和古诗亦多发议论，语言流畅自然。律诗则或情感深蕴，描述温婉，如《送王教素归金陵》："晓踏河堤月，逢人问去舟。"木写别情而情自显现。四库馆臣论"王铚诗格近温、李"。王铚本人重视创新，主张作诗要不留前人"遗意"。

王铚的儿子王明清亦善文，另列专目介绍。

四十九　王明清《挥麈录》《投辖录》《玉照新志》《摭青杂说》

王明清（1127—约1202），字仲言，宋颍州汝阴（今属安徽阜阳市）

人。南宋中期著名史学家、文学家。生平事迹，主要见于王明清本人著述《挥麈录》，及《宋诗纪事》、清人沈季友所辑《檇李诗系》卷三等，今人李剑国《宋代传奇志怪叙录》中"投辖录"条对其生平事迹有集中考述，张剑《王铚及其家族事迹考辨》（见《中国社会科学院文学研究所所刊》第2辑）也有记述。

王明清是宋代著名史学家、文学家王铚的次子，家族以宦读著称；其外祖父曾纡是曾巩侄子，也是著名文学家。明清自幼受父亲熏陶，爱好历史。年十岁，逢学者朱希真、徐敦立来家中探访王铚，朱、徐两人向明清问起国史数事，后者俱能应之无遗，因此深受称许。少时游外祖父家，初长成人即随舅父守台州，其后又随从守京口。年三十始成婚，婚后曾随岳父方滋帅淮西。宋孝宗即位不久，王明清因父荫入仕。其后，担任过多地官员，但官阶低微，生活较为贫困，一度还曾乞米以助生计。

王明清历仕孝宗、光宗、宁宗三朝，"则明清之老寿，可以概见"（《四库全书总目》"投辖录"提要）。

王明清好史之癖，始终如一。年届弱冠，对于"本朝典故，前辈言行"，已多所了然。又勤于著述。其著述多为笔记一类，所用材料除了采自文献外，还有不少采撷于谈友。三十岁出头，已撰就笔记类小说《投辖录》。其后又据收集到的宋代轶闻史料开始编撰《挥麈录》。四十岁时撰写《挥麈录》前录，作后录时为六十八岁，年六十九岁作第三录，七十岁出头撰余话，前后积三十余年功夫，终成二十卷《挥麈录》。其他还有《玉照新志》《清林诗话》等著述。

王明清喜交结。与之交游者有不少是当世名流，如尤袤、陆游、李焘、陈傅良等。

《挥麈录》《投辖录》《玉照新志》《摭青杂说》概况：

《挥麈录》，《直斋书录解题》记载为十八卷："《挥麈录》三卷、《后录》十一卷、《第三录》三卷、《余话》一卷。"又说："《后录》，跋称六卷，今多五卷。"《郡斋读书志·附志》记载为二十三卷。据文化部《第一批国家珍贵古籍名录》，现存最早刻本为宋龙山书堂刻本（藏国家图书馆），是本包括《挥麈前录》四卷、《后录》十一卷、《三录》三卷、《余话》二卷，共二十卷，系全本。明汲古阁本即据此本影钞。通行本有四库全书本、四部丛刊本（据汲古阁本影印宋钞本）本、中华书局（上海）1961年排印本（底本采自四部丛刊本，参校他本，且有标点）、上海古籍

出版社 2001 年《宋元笔记小说大观》本（第四册）、上海书店出版社 2001
年版（据中华书局 1961 年本加以校刊和增补附录）等。中华书局本《挥麈
录》附录所收文献材料很多，而以题跋为主，内容涉及作者事迹、《挥麈
录》版本及内容真伪以及后人评价等；另外附有索引两种，一是书中引称
唐宋典籍索引，二是书中引述诸家之说索引。

《投辖录》一卷，《遂初堂书目》《直斋书录解题》并有著录（《遂初堂
书目》不云卷数）。较早刻本为明代纯白斋抄本，又有《四库全书》本。
《四库全书》本所收有四十四则，无作者序。上海涵芬楼于民国九年
（1920）据丁丙原藏璜川吴氏钞本校排，此本收四十九则，并有作者自序
（据李剑国《宋代志怪传奇叙录》），今通行本有上海书店 1991 年影印本、
上海古籍出版社 2001 年《宋元笔记小说大观》本（第四册）、上海古籍出
版社 2012 年校点本（与《玉照新志》合订，朱菊如、汪新森校点）等。

《玉照新志》六卷，现存以明万历十四年秦四麟刻本为早，又有《四
库全书》本、丛书集成（初编）本、学津讨原本等，俱为完籍，中华书
局 1985 年据后者排印。通行本除了中华书局本之外，还有上海书店
1991 年影印学津讨原本、上海古籍出版社 2001 年《宋元笔记小说大观》
本（第四册）、上海古籍出版社 2012 年校点本（与《投辖录》合编，朱
菊如、汪新森校点）。

《清林诗话》已失传。

《摭青杂说》一书，或以为亦王明清所著，疑不能明，古书亦未著录。
现仅存五则。今存古本有龙威秘书本、知不足斋丛书本，通行本有中华书
局 1985 年版（据龙威秘书本排印）。

文学成就：王明清长于笔记体写作，他的主要著述《挥麈录》《投辖
录》《玉照新志》都属于这类文体。《挥麈录》以纪史事为主，叙事清楚，
间有生动笔墨，描写人物也时或鲜明。《投辖录》《玉照新志》则因多记传
闻，内容或有怪诞，小说意味更为明显。《摭青杂说》则为优秀的短篇小
说集。

《挥麈录》是记史笔记名著。全书分四录，每录辖若干卷（前录四卷、
后录十一卷、三录三卷、余话二卷，共二十卷），卷下又辖若干条笔记，
总计四百五十则笔记。此著，作者耗费三十余年才完成。由于作者出生正
逢南宋建国，为建元元年，耳闻目濡，使他对北宋、南宋之际的历史十分
熟悉。该书即多记述北宋南宋之交的人物与事件，内容广泛，涉及政治、

军事、经济、典礼、文化及异域风情等诸多领域，材料来源为宋代文献及亲友和作者亲历。作者采撷广泛而选择精严，因此所记内容真实可靠，深受学者重视，为史学家多所引用。如所记南宋初期笔记，为李心传《建炎以来系年要录》采撷；庆元初年，南宋实录院为编修《高宗实录》，还两次下牒要求泰州抄录《挥麈录》前后录中有关史料（牒文见《挥麈录》前录末附）。前录，据王氏自跋，"多载国史中未见事"，意在"补册府之遗"。三录，对高宗东狩记述尤详。余话，兼记诗文碑铭，意在补前三录之未备。这部文集，文笔简洁清丽，在对史实的介绍文字中显示出文学性。如《前录》卷一中一则："艺祖则太平兴国之开先。太宗则启圣之永隆。至大中祥符中，建景灵宫天兴殿，以奉圣祖。其后真宗之奉真，仁宗之孝严，英宗之英德，皆在其侧也。又有慈孝之崇真，万寿之延圣，崇先之永崇，以奉真宗母后。章献明肃在崇真之旁，曰章德。章懿在奉先之后，曰广孝。章惠在延圣之后，曰广爱。在普安者二：元德曰隆福，明德、章穆曰重徽。"用排比句式写史，将文学与史实结合起来。又，有时写人，用寥寥几笔就抓住人物特点。如卷一中述"李和文遗事"一则云："仁宗尝服美玉带，侍臣皆注目。上还宫，谓内侍曰'侍臣目带不已，何耶？'对曰：'未尝见此奇异者。'上曰：'当以遗虏主。'左右皆曰：'此天下至宝，赐外夷可惜。'上曰：'中国以人安为宝，此何足惜！'臣下皆呼万岁。"用对比手法，寥寥数语就刻画出仁宗与众不同的形象。又如卷三中一则："刘器之晚居南京，马巨济作少尹。巨济廷试日，器之作详定官所取也，而巨济每见器之，未尝修门生之敬，器之不平，因以语客。客以讽巨济，巨济曰：'不然。凡省闱解送，则有主文，故所取士得以称门生。殿试盖天子自为座主，岂可复称门生于他人？幸此以谢刘公也。'客以告器之，器之叹服其说，自是甚欢。"马氏对刘不执弟子礼节，其辩说显示出不凡见解。凡此，皆神似《世说新语》。此外，《挥麈录》的文学性还表现在描述方面。例如卷四"太平兴国六年五月诏遣供奉官王延德、殿前承旨白勋使高昌"一则，写王延德等人出使高昌回来，述其行程所见："……黄羊平，其地平而产黄羊。度砂碛，无水，行人皆载水。""……茅家啜子族，临黄河，以羊皮为囊，吹气实之，浮于水，或以囊驰牵木筏而度。""……茅女王子开道族，行人六窠砂，砂深三尺，马不能行，行者皆乘橐驼。不育五谷，砂中生草，名登相，收之以食。""北廷北山中出硇砂，山中常有烟气涌起，而无云雾，且又光焰若炬，照见禽鼠皆赤。采硇砂者，着木底鞋，若皮为底者即焦。下有穴，生清泥，出穴外即变为砂石，土人取以治皮。城中多楼台草木。人白晳端正，惟工巧，善治金银铜铁为器及攻玉。"所写西域风情，历历如在眼前。

笔记小说《投辖录》《玉照新志》两书皆史料与传闻等杂记，并杂鬼神怪异之事。

《投辖录》一书，据作者自序，应完成于宋绍兴二十九年（1159），作者三十三岁时。名"投辖"者，谓内容新奇能吸引听者："坐客愈忻怡忘倦，神跃色扬，不待投辖，自然肯留。"（王明清自序）所述大都采自他人，如欧阳修、陆游等，凡此并皆在末尾注出或交代出处，如第一则"蓬莱三山"末尾注明："祖父闻于欧阳文忠公。"接下来三则，作者注明："以上三事先太史云。"大概是因为所述内容多涉"齐谐志怪"（作者自序）之类。《四库全书总目》谓其所载之事"大都掇拾丛碎，随笔登载，不能及《挥麈录》之援据赅洽，有资考证，然故家文献，所言多信而有征，在小说家中，犹为不失之荒诞者"。一般而言，所记人物往往实有其人，事则虚幻与现实杂糅，显出似真而幻的特点。例如《毛女》："蔡元长自长安易镇四川，道出华山。旧闻毛女之异。从者见岳庙烧纸钱炉中有物甚异，以告元长，亟往视之，乃一妇人也。遍身皆毛，色如绀碧而髮如漆，目光射人，顾元长曰：'万不为有余，一不为不足。'言讫而去，其疾如飞。既至成都，命追写其像以祀之。元长亲语先太史如此，并橅其像见遗。"毛人，现实中虽然罕见，但也非孤例。此则毛女形象只是稍显怪异，言行与常人相比也只是略为夸张。写法上往往以写史的方式，多为粗陈梗概之文，但也有一些篇章有生动完整的情节。例如《玉条脱》写富家子弟张某见孙姓少女貌美而"愿必得之"，于是不顾两家地位悬殊和孙家父母的一再劝阻，与孙氏女定下婚约，但不久却另娶；孙姓女初闻不信，其父母设法让张某夫妻来家做客，孙姓女于是自杀昏死；家人葬之，此女却因一仵作盗墓而得生还，仵作怕事暴露，使计令女嫁给了自己，但此女对张姓少年仍愤恨难平，张家只得劝慰并提防；此女一日寻机找到张某，拽拉其衣不放，张某以为鬼而惊惧，用力推之，女仆地而亡；张某亦因忧恐死于狱中。原文不仅描述曲折，人物形象也十分鲜明，如张姓少年的轻狂，孙姓女的坚贞顽强等，都十分突出。

《玉照新志》，据王明清自序，因作者在宁宗庆元戊午（1198）得一玉照（即镜子），"色泽温润，制作奇古，真周秦之瑞宝也"，又获得米芾书

"玉照"二字，于是"屏迹杜门"欣赏，"思索旧闻凡数十则，缀缉之，名曰《玉照新志》"，以使"为善者固可以为韦弦，为恶者又足以为龟鉴"。就内容来说，其中"间有奇怪谐谑"，但也有不少史实，有的还属于南渡之际重要史料。《四库全书总目》："此书多谈神怪及琐事，亦间及朝野旧闻，及前人逸作。"写法上，史料类笔记多采用写史方式，交代年号，粗陈事实并加作者论赞批评；志怪类笔记但则内容离奇，文字也往往形象生动，这一类文学性更强。如卷一中有一则写姜适应举回归，路上逢一妖艳妇人紧随先后，最后竟然不顾姜适阻拦而径直住其家中："愿妾御无悔。"一年后，有道士前来，道出原委，原来这妇人是剑仙，被其夫（也是剑仙）追杀，逃身在此。是夜，姜适家中"二剑自空飞入"，"少焉二剑盘旋于适头之前后"。天明，"视之，有人首一，血流满地。道人曰：'可贺矣。'腰间瓢中取药一捻布之，血化为白水，人首与道人俱不见。次日，妇人亦辞谢而去。"所述人物也有自己的特征，如剑仙虽为人形，但品性行为仍然与剑相合：刚强不阿，以武力决高下。王明清间有论赞文字，有的情感饱满，倾向鲜明，读之感人，如卷一"赵谂者"一则末尾："明清每阅唐史甘露事，未尝不流涕也。嗟夫！士大夫处昏庸之世，不幸罹此，后来无人别白，可恨！近观《续皇王宝运录》云：僖宗光启四年正月诏云：'大和九年，故宰相王涯以下十七家，并见陷逆名，本承密旨，遂令忠愤终被冤诬，六十余年幽枉无诉。宜沾沛泽，用慰泉扃，并与洗雪，各复官爵，兼访其子孙与官。'使衔冤之魂，亦伸眉于九原矣！"

《摭青杂说》，仅存五则，但都可视作优秀的短篇小说。如其中一则为《茶肆还金》，写一李姓客人在茶肆遗失一袋数十两金子，数年之后往寻，茶肆主人将财物完整归还之事。小说写出了茶肆主人拾金不昧的品格，情节看似平淡却安排合理，颇显艺术匠心。作者先写李姓客人携金，为避免在茶肆遗失，将金子"别为袋子，系于肘腋间，以防水火盗贼之"。又述当时遇旧，于是茶肆相叙，"春月乍暖，士人因解卸次置此金于茶桌上，未及收拾。旧知招往樊楼会饮，遂忘携出。饮极欢，夜深将灭灯火方始省记"。而失主认为"茶肆中往来者如织，必不可根究"，于是"息心更不去询问"。直到数年后，失主再经此肆，随口与同行者提起，茶肆主人听闻后交还。加入了一些细节描写和人物内心刻画，将失者何以会遗失贵重物品，之后明明知道在哪里遗失却未立即前去寻求，又何以在数年之后寻得，前因后果因此清清楚楚。作者还借茶肆主人将历年收集到的客人遗失物品妥善保管，并分别记下遗失日期等信息以便客人寻求，使得人物品性更加突出。

五十　王之道《相山集》

王之道（1093—1169），字彦猷，号相山居士，宋代无为濡须（今属安徽芜湖市无为县）人。南宋著名良吏，文学家。生平事迹，南宋尤袤《赠故太师王公神道碑》（见王之道《相山集》卷三十附《故太师王公神道碑》）载之较早也最为可信（《四库全书总目》："袤碑乃据其子家状所书，似当得其实也。"），又略见于南宋李心传《建炎以来系年要录》、清陆心源《宋史翼》、清《江南通志》及无为地方志等，今人宛敏灏撰有《相山居士王之道传》（载民国二十六年《学风》第七卷第三期），述之较详。

据尤袤碑文所记，徽宗宣和六年（1124），之道与其兄之义、弟之深同登进士第，"缙绅荣之，榜其所居堂曰'三桂'"。但因王之道对策时主论联金伐辽之非，遂被抑置下列。后调历阳丞。南渡后累官至湖南转运判官，以朝奉大夫致仕。年七十七终于家。其子王蔺官枢密使，之道因被追赠为太师。

王之道为人"质直刚劲"，临大事，其处理常出人意料。"遭时多故"，于是多次慨然上书，指陈利害，"忠义激烈，听者竦然"（尤袤：《赠故太师王公神道碑》）。曾在胡铨上封事之前，就提出与金人"九不可和"之说。《四库总目》谓其"足与胡铨相匹，气节尤不可及"（《相山集》提要）。尤袤碑又记其曾以书策大忤丞相秦桧等权贵，至受打击，因此绝意仕途二十年。隐居相山，以诗酒自娱。

据尤袤《赠故太师王公神道碑》记载，王之道曾任地方官，而常为百姓造福。任历阳县丞，遇圩田失修，积雨将败，而圩"皆豪家所占"。豪强逼迫官家修圩，王之道时奉命监管，他以"尔圩尔修，将责之者谁"为则，令豪家自出人丁，并采取严厉措施，最终聚集数千人修圩，"全岁乃大熟"。又曾在金兵陷无为军、守臣朝散大夫李知几率众南归之时，保乡民据山寨而守，使一方百姓免遭涂炭。王之道还在地方李伸兵患之时，挺身而出独对十余万军，晓之以理，最终保全百姓，自己也用计脱身。多年后，王之道逝世，百姓"扶老携幼，遮哭于道，丧车至不得前"。

王之道交游甚广，周紫芝、方云翼、魏良臣等都是其好友。

王之道在政治、军事、文学等诸多领域都表现出出众才华，又喜交游、热爱农村田园生活，其诗文对此也都有反映。

《相山集》概况：

王之道诗文集，文献载录不同："《宋史·艺文志》作二十五卷。《（直斋）书录解题》作二十六卷。《宝祐濡须志》及《濡须续志》俱作四十卷。尤袤碑文作三十卷。"（《四库全书总目》）其集在明代仍存，《永乐大典》编撰时还予以分散著录，清代则亡。四库馆臣于是"就《永乐大典》各韵中蒐辑编次，仍可得三十卷。疑明初纂修诸臣，重其为人，全部收入。故虽偶有脱遗，而去原数不远矣"（《四库全书总目》）。现存《相山集》三十卷，一为《四库全书》钞本，二为清翰林院钞本（此本被《四库全书珍本初集》收录，又被《宋集珍本丛刊》影印）。2006年，北京图书馆出版社所出沈怀玉、凌波点校本，主据《四库全书》本，又参酌《全宋词》《古今图书集成》《强村丛书》《函海》及方志等文献整理而成。点校本保留三十卷次，将增加的词按词牌归入各类，内容相同而词牌不一致的，取《四库全书》本词牌。是书还对一些字词进行了解释，对文化及人文地理等方面的内容解释尤详。

《相山集》第一卷至第十五卷为诗歌体式，包括五古、七古、五律、七律、七绝；第十六卷至第十八卷为词，自第十九卷至第二十九卷为制、表、札子等各式文章；第三十卷系尤袤为其所撰《神道碑》。

文学成就：王之道能诗善词，文章则多为应用体。诗文具有时代性，体现出对现实的关注，对国情、民情的重视与关怀，也体现出个人真挚的性情，语言明白晓畅。

王之道的诗歌数量较多，现存尚有八百多首。题材涉及范围亦较为广泛，计有赠酬应答、羁旅行役、山水物咏、时令节序等，而以第一类作品为多。诗歌内容表现出关注现实的特点。有的是关心农事、体恤下层，如《苏台悯农》诗有云："稻田高下欲分畦，积潦弥茫隔寸堤。天意未收连夜雨，农功良苦半身泥。"有的是担忧国事、直接描述金人侵犯带来的灾难，如《秋日野步，和王觉民十六首》末两句："伤心故国迷烟草，秋日荒凉处处村。"也有的是借古讽今，抒发心中愤慨，如《天宝歌和魏定公文次韵》，借唐朝之事抒写软弱、腐朽的当朝现实。还有的是写景叙事以抒写隐逸生活情态，等等。内容符合正统，情感真挚。诗受江西诗派影响，但也注意新变，既学杜甫与黄庭坚，也师法陶渊明与苏轼。风格或清丽流畅，或沉郁厚重，总体特点是真朴有致（《四库全书总目》评云："韵语虽非所长，而抒写性情，具有真朴之致。"），自然清新。但有的诗存在意境窄狭的问题（参孔凡礼《宋代文史论丛》）。

王之道词现存 186 首，有单行本，题"相山居士词"。他的词与诗在题材上较为一致，例如多酬赠唱和，也有抒写爱国情怀的作品，说明作者具有打通诗词藩篱的意愿，但总体上看内容偏重于抒写交友、隐逸、赏物的闲情逸致。词风温婉，受婉约词影响较深。小令《桃园忆故人》其一："逢人借问春归处，遥指芜城烟树。收尽柳梢残雨，月闯西南户。游丝不解留伊住，漫惹闲愁无数。燕子为谁来去，似说江头路。""问春归处"看似无理，却借此写出叹惋桃园春光不在，以喻故人身影难觅的惆怅。"收尽柳梢残雨，月闯西南户。游丝不解留伊住，漫惹闲愁无数。"多用拟人手法，借景写意。"闯"字格外惹眼，它使人有猝不及防的感觉，蕴含着诗人难以避免的愁情。王之道的词一般具有将写景和叙事结合起来以抒写情感的特点，因此较为含蓄深沉。

王之道的文章以制、表、奏议、札子、书、启、记等为主，偏于应用体，内容上多反映其政治和军事见解，措施具体而便于操作，故《四库全书总目》指出："（王之道）其他论事诸札子，亦多明白晓畅，可以见诸施行。"如《上江东宣抚李端明书》，就王彦充聚众占据寿春（今安徽寿县）一事分析其严重性，指出王彦充之志"恐不在寿春而在合肥"，合肥、寿春、建康三地在江淮，"其势犹唇齿股肱，不可相无也"，因此要得建康之安，必得"保有寿春、合肥"，并提供了具体措施："移军河阳，北阻择潞"，且应"攻其不备，出其不意"，迅速解决问题。王之道的文章在风格上除了明白晓畅的特点之外，在论述有关国家存亡的大事之时，还体现出壮怀激烈的爱国情怀。如《四库全书总目》所举《绍兴八年六月十二日上侍郎魏矼书》和《绍兴九年五月二十二日上谏议曾统书》两书，"所论九不可和之说，慷慨激烈，足与胡铨封事相匹，气节尤不可及"。其记述类文字还间有生动的描述。如《无为军淮西道院记》提出针对当地的民情，为政者若能"因其俗，以布政施教而不扰焉"，则"家家可使和协辑睦，人人可使敦庞纯固，而乖争凌犯之诉不至于庭"，其下又描述其想象中的民欢官乐情景，一派自在："得以暇日，啸咏梅湖山之胜，从容宾僚之乐，把酒赋诗，围棋鼓琴，以度朝夕，而民惟恐其去。"因此王之道文字虽多属应用文，但也具有文学性。

五十一 吕本中《东莱诗词集》《童蒙诗训》《紫微诗话》《江西诗社宗派图》

吕本中（1084—1145），字居仁，初名大中；因曾官中书舍人，时人号为紫微；其先东莱（今山东掖县）人，故学者又称之"东莱先生"。宋代寿州（治今安徽凤台）人。南宋江西诗派重要诗人，诗歌评论家，理学家。生平事迹，主要见于《宋史》卷三七六本传、族孙吕祖谦《东莱公家传》（见吕祖谦《东莱集》卷十四）、宋人杨万里《江西宗派图诗序》（见杨万里《诚斋集》卷八十）、陆游《吕居仁集序》（见陆游《渭南文集》卷一四）。

吕氏家族在宋朝声名显赫。据《宋史·吕本中传》，本中高祖吕夷简、曾祖吕公著均做过宋朝宰相，祖父吕希哲、父吕好问亦为显宦。本中因"幼而敏悟"，故"公著奇爱之"。后来，"公著薨，宣仁太后及哲宗临奠，诸童稚立庭下，宣仁独进本中，摩其头曰：孝于亲，忠于君，儿勉焉。"因祖父吕希哲师事理学家程颐，吕本中因此从小闻见习熟。少长，从程颐门人杨时、游酢、尹焞游，表现出思想独立的趋向，遇三家或有疑异，本中则"未尝苟同"。但少时就颇被看重的吕本中，其经历却并不平顺。

早年，吕本中"以公著遗表恩，授承务郎"。到绍圣年间，因党事起，曾祖吕公著被追贬，本中受牵连坐罪。元符中，"主济阴簿、秦州士曹掾，辟大名府帅司干官"。宣和六年（1124），又任枢密院编修官。"靖康改元（1126），迁职方员外郎，以父嫌奉祠。"其后，服父丧，"服除，召为祠部员外郎，以疾告去"。不久，"再直秘阁，主管崇道观"。至绍兴六年（1136），"特赐进士出身，擢起居舍人兼权中书舍人"。在任时对皇帝多所劝谏。内侍李琮"失料历"，宋高宗"以潜邸旧人，不用保任特给之"。吕本中谏言："若以异恩别给，非所谓'宫中、府中，当为一体'者。"结果宋高宗"令宰臣谕之曰：'自今有所见，第言之。'"吕本中奏言甚多。监阶州草场苗亘以赃败，有诏从黥，吕本中劝谏罢止，高宗亦从之。绍兴七年（1137）又曾上奏："当今之计，必先为恢复事业，求人才，恤民隐，讲明法度，详审刑政，开直言之路，俾人人得以尽情。然后练兵谋帅，增师上流，固守淮甸，使江南先有不可动之势，伺彼有衅，一举可克。"其年，吕本中

"引疾乞祠，直龙图阁、知台州，不就，主管太平观。召为太常少卿"。绍兴八年（1138），又"迁中书舍人"，随即"兼侍讲"，"兼权直学士院"。当年，金使通和。据《宋史·秦桧传》载，当时金人势力正盛，秦桧"独专国，决意议和。中朝贤士，以议论不合，相继而去"。"中书舍人吕本中、礼部侍郎张九成皆不附和议"。吕本中也因此触忤秦桧。于是被罢朝官，"提举太平观，卒"。是年为绍兴十五年（1145），年六十二。赐谥文清。

吕本中交游甚广，僧人、官宦、理学家及其他名人学士，今存其《东莱吕紫微师友杂志》对此有详细记载。当时不少文学家对他都很推崇，例如陆游、杨万里、周紫芝等。

又其为人，自幼就疾病缠身，常因此而不免心灰意懒。他还有淡泊名利、安于贫困的一面，身在官场而多欲思归。

《东莱诗词集》《童蒙诗训》《紫微诗话》《江西诗社宗派图》概况：

据《宋史》本传记载，吕本中"有诗二十卷"，又"《春秋解》一十卷、《童蒙训》三卷、《师友渊源录》五卷"。《直斋书录解题》另著录有吕本中《师友杂志》一卷（今有丛书集成初编本，题"东莱吕紫微师友杂志"）、《杂说》一卷（今有《丛书集成》初编本，题"紫微杂说"）。《四库全书》则著录有吕本中《吕氏春秋集解》（四库馆臣谓"旧题曰吕祖谦，误也"）、《官箴》（三秦出版社 2006 年版）、《童蒙诗训》《紫微杂说》（四库馆臣考证为吕本中所撰）、《东莱诗集》《紫微诗话》几种。2004 年白晓萍《吕本中佚文小考》一文（载《浙江大学学报》2004 年第 2 期）认为《蜜蜂赋》《六子哀词》两赋与《宣州新学序》《净梵院记》《杨文靖公行状》（原文已佚，现存节略文）三文亦为吕本中所作。

吕本中诗集《东莱先生诗集》二十卷，在南宋干道二年由沈度初刻于吴郡。三十多年后，黄汝嘉于宋庆元五年重刻此书，有正集二十卷，外集三卷。沈本现藏日本内阁文库，国内有《四部丛刊》影印本。黄本今存其中六卷及外集全部（藏于国家图书馆），但完整保留了《外集》三卷，北京图书馆出版社于 2006 年影印出版。此外还有《四库全书》本《东莱诗集》收诗约一千二百七十首；台湾商务印书馆 1979 年再版密歇根大学所藏《东莱诗集》二十卷，四川大学古籍整理研究所《宋集珍本丛刊》收录清钞本《东莱先生诗集》，亦皆沈本一系，《宋集珍本丛刊书目提要》认为清钞本收文最全。又，《宋集珍本丛刊》还收录了宋庆元五年黄汝嘉刻江西诗派本《东莱先生诗集》二十卷（残）、《外集》三卷。大陆傅璇琮主编《全宋诗》（北京大学出版社1998年版）收录吕本中诗。其词，今人赵万里辑录（见《校辑宋金元人词》中《紫微词》），唐圭璋在此基础上又广为采集，其《全宋词》（中华书局1965年版）共著录27首。又，吕本中诗词合集《东莱诗词集》（沈晖点校）已由黄山书社1991年出版，是本以宋本沈、黄二本为底本，收录最全，并全录《全宋词》中吕本中作品。《紫微诗话》一卷、《春秋集解》，今亦存，均见于《四库全书》。《紫微诗话》又有《百川学海》本、《津逮秘书》本中华书局版《历代诗话》本（1981）等。今存《童蒙训》，据学者考证已失原貌，因其《诗训》部分被删削。后人辑录成书（明《菉竹堂书目》卷四、《文渊阁书目》卷十著录有《童蒙诗训》），但亦失传。当代学者郭绍虞从《苕溪渔隐丛话》辑其佚文，得七十五条（见中华书局1980年版《宋诗话辑佚》）。

文学成就：吕本中在南宋的文学地位重要，他是江西诗派的重要成员，又对该派文学主张进行了革新，可将其视作江西诗派后期领袖。吕本中的文学活动表现在两个方面，一是他自己从事创作，诗词文赋俱全，但以诗词创作为主；二是作评论，其《童蒙诗训》《紫微诗话》论诗，《江西诗社宗派图》则为溯江西诗派作家源流之撰。

《东莱诗词集》，收录了吕本中主要文学成果。吕氏诗歌创作数量较多（莫砺锋据《东莱诗集》与《外集》统计，现存有一千二百七十三首。见莫砺锋《江西诗派研究》第六章），特点也较显著，创作上追求个人特征，属于江西诗派而又不囿于诗派，对南渡之后诗人如陆游、杨万里等影响明显。吕本中本人论诗既推崇黄庭坚、陈师道，又倡"活法"与"悟入"。他说："所谓活法者，规矩具备，而能出于规矩之外。"又具体说明云："谢元晖有言'好诗流转圆美如弹丸'，此活法也。"（《更均父集序》）因此与江西诗派的晦涩艰深不同。"悟入"说则是倡导依靠勤学多思而自悟作诗之法："悟入必自功夫中来，非侥幸可得也。"（《童蒙训》）"学者若能遍考前作，自然度越流辈分。"（郭绍虞辑《童蒙诗训》）"只熟便是精妙处。"（《紫微诗话》）郭绍虞指吕氏意即"熟即活法，即功夫，即悟"（《中国文学批评史》）。其诗论"不主一家"，"亦不主一格"（《四库全书总目》），与其诗歌创作较为一致。

吕本中诗歌体式有律绝也有古风。早年诗歌追随江西诗派早期作家，在内容上多与文人雅情相关，如写景观物、节令变化、交游应酬等，表现追求自在、闲适生活的志趣。但由于长期客居皖北，生活不习惯，疾病缠身，及与当地人缺乏沟通带来的孤独愁闷，此时诗歌亦有不得意的内容。如"五年客符离，端坐受贫病"（《赠信民》）。"符离之民难与居，五年坐此如囚拘。"（《符离行》）有时也抒写怀才不遇的情志："君不见信陵门下客，侯嬴不用今头白。"（《怨歌行》）靖康之变后，诗歌内容丰富，尤其是反映社会现实、伤时感乱之作时见笔端，表现出对时政的关心和强烈的爱国之心。作者因数番亲身经历汴京被金兵围攻，故对战乱及其造成的灾难描述真切。如："城北杀人声彻天，城南放火夜烧船。""明日开门雪到檐，隔墙更听邻家哭。"（《兵乱后寓小巷中作》）"昨者城破日，贼烧东郭门。中夜半天赤，所忧惊至尊。"（《城中纪事》）而军民因此被激发的斗志也给诗人留下深刻印象："愤然思出斗，不但要死守。"（《闻军士求战甚力作诗勉之》）"民心皆欲斗，天意已如春。"（《京城围闭之初天气晴和军士乘城不以为难也因成四韵》）等。但总体上看，吕诗反映淡泊处世的内容仍然不少。其诗艺术上初学黄庭坚，"得黄庭坚、陈师道句法"（《宋史》本传），好化用前人，有雅语丽辞，但已经表现出圆转流畅、与江西诗派不同的风格特征。后期不满江西诗派瘦硬艰涩的文风，主张不仅学黄，也要学苏（东坡），故多自然流美之作。方回称之"在江西派中最为流动而不滞者，故其诗多活"（方回：《瀛奎律髓》）。其风格，除自然流美之外，还具有浑厚雄奇的特点，且两者往往兼备于一篇。陆游《吕居仁集序》谓之"汪洋闳肆，兼备众体，间出新意，愈奇而愈浑厚，震耀耳目而不失高古"。一方面雄奇而追新，另一方面又师法古诗而求自然高古，这是吕本中的诗歌创作特点。如其《赠范信中》："异时携客醉公家，蜡烬堆盘酒过花。万里溪山隔春事，十年风景困胡沙。郑庄好客浑如昨，何逊能诗老更佳。但得樽前添一笑，莫言漂泊在天涯。"虽是律诗，语言也颇流畅，尤其是尾联，利用了复句形式，关联尤显密切。而诗意虽然只是赠酬，但是意境阔人，"万里"两句尤显雄奇。吕本中的诗歌风格呈现出多样化的特点。他反映社会现实的诗篇有时沉郁似杜甫，有的抒写闲适的诗篇又似民歌，如《牧牛儿》："牧牛儿，放牛莫放洞水西，洞水流急牛苦饥。放牛只放青草畔，牛卧得草儿亦懒。儿懒随牛莫着鞭，几年力作无荒田，雨调风顺租税了，儿但放牛相对眠。"遣词造景一派清新；从牧牛郎角度写，内容富于民间生活气息。由于诗歌史上早已有陶渊明乃至韩愈等人以文人诗的写作方式，吕本中也有受此影响的诗歌作品，如"大阮爱我诗，谓我能诗矣。我诗来无极，爱之终不已。吾非圣者也，但智虑多耳。赐始可言诗，吾智由商起"（《戏呈七十七叔》）。这些诗与江西诗派强调写诗"字字有来处"、过分注重雕琢词语、追求形式新奇的做法都有明显不同。吕本中也追求新奇，但多体现为注意巧思、语言别致等方面。钱基博认为"其为诗骨力坚卓，亦得法庭坚。妥帖自然过之，而才力高健不如，所以格较浑而语为弩"（钱基博《中国文学史》）。

吕本中的词，现存27首，皆为小令，内容多结合自然景象抒写离情，风格凄婉；只有个别作品抒发国难引发的羁旅愁情，相对特别。其《采桑子》属于前者："恨君不似江楼月，南北东西，南北东西，只有相随无别离。恨君却似江楼月，暂满还亏，暂满还亏，待得团圆是几时？"写离情，以月为喻，构思奇巧，耐人玩味；多重复，又具民歌韵致。其《南歌子》属于后者："驿路侵斜月，溪桥度晓霜。短篱残菊一枝黄。正是乱山深处过重阳。旅枕元无梦，寒更每自长。只言江左好风光，不道中原归思转凄凉。"词人身在旅途，恰逢菊黄重阳，因此风光美好的江南，反倒更惹发起他对沦陷之地中原的思念。要皆写景抒情，情感真挚，令人动容。吕本中词的内容说明作者仍然重视词的传统文体特征。

《江西诗社宗派图》，吕本中二十岁时戏作，作者由此成为第一个提出"江西诗派"之名的人。《宗派图》"以庭坚为祖，而以陈师道等二十四人序列于下。宋诗之分门别户，实自是始"（《四库全书总目》）。对江西诗派的形成及特点进行了初步总结。吕本中所列除黄庭坚、陈师道外，还有潘大临、谢逸、洪朋、洪刍、饶节、祖可、徐俯、林敏修、洪炎、汪革、李錞、韩驹、李彭、晁冲之、江端本、扬符、谢薖、夏倪、林敏功、潘大观、王直方、善权、何颙（一作高荷）诸人（见胡仔《苕溪渔隐丛话》）。后人将本中也归入江西诗派。清人张泰来有《江西诗社宗派图录》，即据吕本中《江西诗社宗派图》所列人物，而"人各立一小传，且推原作图之意，编次成帙"（张泰来：《江西诗社宗派图录序》）。今人谢思炜《唐宋诗学论集·吕本中与〈江西宗派图〉》对《江西诗社宗派图》的名称、创作时间、收录人物等都作了考察。

《童蒙训》，是为家塾训课所作，有教育孩童倾心经学的意味，体现出"根本经训"的意图。该籍记录了当时著名思想家的行事、要论及其学术渊源，如二程、司马光、苏辙及吕氏家族中著名人士等。其《童蒙诗训》是《童蒙训》中一部，但不见于《四库全书》本《童蒙训》，因为《苕溪渔隐丛话》《诗人玉屑》等多种诗话引述，尚存部分文字。从郭绍虞所辑来看，其论诗重要主张"活法""悟入"及两者关系都已见训中，故"可作为江西诗人之诗论观"。《训》中还反映了吕本中主张诗歌创作要对社会有益，同时艺术上要学习重视《诗经》、楚辞和汉魏古诗以及杜甫、苏轼、黄庭坚等人的诗歌创作，但强调自出新意，要有警策之语，要能言有尽而意无穷。这些主张受到了后人的重视。

《紫微诗话》有 90 条，《四库全书总目》称其"大致以论诗为主，其学出于黄庭坚"，但实际内容或有记述"家世旧闻、友朋新作"，甚至还有理学家如"横渠张子、伊川程子之类亦备载之"，故"实不专于一家"；论诗也不主一家，如对李商隐等都有欣赏之辞，体现出博采众长的趋向。

五十二　吕祖谦《东莱集》《东莱博议》《古文关键》《宋文鉴》

吕祖谦（1137—1181），字伯恭。祖籍宋代寿州（治今安徽凤台），曾祖吕好问（1064—1131）于南宋初年封东莱郡侯，定居婺州（今属浙江金华市），祖谦生于婺州。其伯祖吕本中被学人称为"东莱先生"，吕祖谦被称为"小东莱先生"。在后世，"东莱先生"一般直指吕祖谦。他是南宋著名理学家、史学家、教育家、文学家。生平事迹，主要见于《宋史》四三四卷本传、清王崇炳《吕东莱先生本传》（见《吕东莱先生文集》），黄宗羲、全祖望《宋元学案·东莱学案》和吕祖谦本人的《文集》也有所记载，今人潘富恩、徐庆余的《吕祖谦评传》述之尤详。

吕祖谦家世显赫，祖上多人做过宋朝宰相，家学渊源亦颇深厚。全祖望《宋元学案》列吕氏家族成员在宋代者十七人，吕祖谦本人列于《范吕诸儒学案》，与范仲淹同列。

吕祖谦在其生活的南宋时期，学术声望很高。《宋史·吕祖谦传》载朱熹尝言："学如伯恭，方是能变化气质。"又其为学"心平气和，不立崖异，一时英伟卓荦之士皆归心焉。"（《宋史》本传）作为思想家，吕祖谦首创婺学，与当时朱熹（理学）、陆九渊（心学）齐名。其学以关洛为宗，又能兼取众说而自成一家。为学反对空谈性命，重视经世致用。吕祖谦还曾促成朱、陆鹅湖之会，以期调和两家争执。又在婺州开设丽泽书院，为讲学会友之所。清人全祖望在《鲒埼亭集外编》中，将丽泽书院与岳麓书院、白鹿洞书院、象山书院并称为南宋四大书院。黄宗羲、全祖望《宋元学案》中有《东莱学案》，又为其门人立《丽泽诸儒学案》，并将宋朝干淳之后的学派分而为三：朱学、吕学和陆学。

祖谦仕途比较平顺，主要在教育、编修等领域为官。据《宋史》本传载：早年因祖父吕弻中致仕之恩，吕祖谦"荫补入官"。孝宗隆兴元年（1163），吕祖谦 27 岁，中博学宏词科，又进士及第，为孝宗器重，下诏"减二年磨勘，堂除差遣"，特授左从政郎，"调南外宗教"教授宗室子弟。其后为太学博士，但居外教授于严州。不久又"召为博士兼国史院编修官、实录院检讨官"。后因李焘推荐，负责重修《徽宗实录》。书成，任著作郎。又受孝宗命，将流传于书肆的《圣宋文海》删补加工，于是一部"断自中兴以前，崇雅黜浮，类为百五十卷"的新《文海》出现，孝宗赐名"皇朝文鉴"（后世多称之为"宋文鉴"）。并为此下诏令祖谦任职直秘阁。"时方重职名，非有功不除，中书舍人陈燸驳之。孝宗批旨云：'馆阁之职，文史为先。祖谦所进，采取精详，有益治道，故以宠之，可即命词。'"随即主管冲祐观。一年后，复任著作郎兼国史院编修官。但其任上并不为职所缚。他曾劝勉孝宗"留意圣学"，并希望辅佐皇帝"恢复大事"，收复国土。又曾上书建议皇帝不要事事亲为："傥得端方不倚之人分处之，自无专恣之虑，何必屈至尊以代其劳哉？""愿陛下虚心以求天下之士，执要以总万事之机。勿以图任或误而谓人多可疑，勿以聪明独高而谓智足遍察，勿详于小而忘远大之计，勿忽于近而忘壅蔽之萌。"只要用人得当，用人不疑，发挥部下才干，就可"执要以总万事之机"。

作为教育家，吕祖谦创办了南宋四大书院之一丽泽书院，并亲兼教员授徒讲学，出自他门下的有吕祖俭、楼昉、乔行简、王瀚等著名人士近百人。除学术传承外，他还撰写了《东莱博议》，编选《古文关键》等以为科举学子或诗文爱好者提供教本。

吕祖谦为人好学，著述不辍，成果丰硕。直到"晚岁病废卧家"，仍"取史传所载古今人境胜处录之"（《直斋书录解题》），成《卧游录》一卷，《皇朝文鉴》（即《宋文鉴》）一百五十卷亦是吕祖谦在病中完成的。

但吕祖谦个人遭际并不如意，他本人长年患病，家庭生活也多舛不幸。26 岁，婚后五年，妻子韩氏因病辞世，儿子夭折。30 岁，遭母忧，守丧三年，其间主要从事于教授学生及著述。之后，复娶韩氏妹为妻，但未及三年，妻又病逝，女儿夭折。第二年，父亲告逝。41 岁，续娶芮氏，仅只两年，芮氏病亡。祖谦自己此时也早已疾病缠身，年仅四十五岁而卒。谥曰成。有子名延年。

主要文学著述留存概况：

吕祖谦著述等身，浙江古籍出版社 2008 年所出《吕祖谦全集》收其现存著作 16 册、字数达 900 万之多。而据杜海军统计，吕氏著述达 71 种（见杜海军《吕祖谦文学研究》）。主要建树在学术方面，举凡理学、史学、教育、文学等诸多领域都有极高造诣。文学方面，有创作，也有文学评点及文学选本等，并体现出重视文章的实用性、崇尚内容平正的文学观念。

一　《东莱集》。吕祖谦创作见于《东莱集》。据文化部《第一批国家珍贵古籍名录》，是书版本现存最早的版本为宋代嘉泰四年（1204）吕乔年刻、元明递修本，甘肃省图书馆藏四十七卷，江西省图书馆所藏缺吕祖俭辑《丽泽论说集录》十卷，苏州博物馆所藏仅存十四卷。四川大学古籍研究所《宋集珍本丛刊》所收此本为全本，共五十卷，计《东莱吕太史文集》十五卷、《别集》十六卷、《外集》五卷、《丽泽论说集录》十卷、《附录》三卷、《拾遗》一卷。通行本有《四库全书》本四十卷、《续金华丛书》本三十九卷（题《东莱吕太史文集》）、《丛书集成初编》本二十卷（题《吕东莱先生文集》）、浙江古籍出版社《吕祖谦全集》（题《东莱吕太史文集》）本。

二　《东莱博议》。是书意在阐释《左传》中有关内容方面的问题，但由于重视写作技巧，所以具有文学性。该撰，《直斋书录解题》《宋史·艺文志》《文献通考》均著录为二十卷。赵希弁《读书附志》著录为二十五卷。《四库全书》所收《详注东莱左氏博议》亦为二十五卷。四库馆臣认为原书应是二十卷，二十五卷本系因"每题之下附载左氏传文，中间征引典故，亦略为注释"，文字增加，故析为二十五卷。此书入清以来刻本、钞本较多。目前较通行的为《四库全书》本、《丛书集成初编》本（题"东莱先生左氏博议"）、浙江古籍出版社《吕祖谦全集》本。

三　《古文关键》。吕祖谦的文学评点集中于《古文关键》一书。是书二卷。《宋史·艺文志》载此书则为二十卷，《直斋书录解题》记为二卷，四库馆臣谓"《宋志》荒谬，误增一'十'字也"。但据现存最早的版本宋刻本（宋人蔡文子注本，藏于国家图书馆），《古文关键》加上蔡子文的注，确有二十卷。目前通行本有《四库全书》本、《丛书集成初编》本、浙江古籍出版社《吕祖谦全集》本。吴承学《现存评点第一书——论〈古文关键〉的编选、评点及其影响》（载《文学遗产》2003 年第 4 期）一文对《古文关键》的重要版本的特点及其源流说明甚详：文渊阁《四库全书》本据明嘉靖刊本抄录，此本没有蔡文子的注，也未保存原有评点；《丛书集成初编》本为排印本，其祖本系清徐树屏刊本，徐本所据为宋版，有蔡文子的注；《丛书集成初编》本也没有评点文字；中山大学另有明初刻本，有评点，但颇为模糊。吴承学还说他本人获赠日本所藏"官板《古文关键》"，是据"古闽晏张氏励志书屋重刊"雕刻，文化元年（1804）出版。此本"目录"下有"东莱吕祖谦伯恭评、建安蔡文子行之注、昆山后学徐树屏敬思考异"诸字。这一版本系重刊徐树屏本。

四 《宋文鉴》。吕祖谦主持编辑的文学选本为《皇朝文鉴》一百五十卷（即后世所称"宋文鉴"）。是书现存最早的版本为宋代嘉泰四年（1204）新安郡斋刻本，为残卷（藏于国家图书馆）；南宋麻沙刘将仕宅刻本，此本有抄配及明刻本配补（藏于北京大学图书馆）。较通行的版本有《四库全书》本、《四部丛刊》本、浙江古籍出版社《吕祖谦全集》本。《四库全书》本所据为时内府所藏。《四部丛刊》本则为影印宋端平重刊嘉泰本，此本较明天顺间严州刻本多三篇，而缺少吕陶《论制师服》一篇。四川大学古籍整理研究所《宋集珍本丛刊》收录《校正重刊官本宋朝文鉴》，则为明五经堂刊本（傅增湘校）。吕祖谦还有《东莱集注类编观澜文集》（宋人林之奇编，吕祖谦集注）、《历代奏议》等，也都是著名选本。

文学成就：吕祖谦为学强调经世致用，这多少影响到他的诗文创作和文学选本的编撰。创作方面，以应用文为多，即使诗歌创作也多为送赠及挽诗。其《东莱集》为诗文合集，但文章占据大部；《东莱博议》专论《左传》，目的是"为诸生课试之作"。《古文关键》和《宋文鉴》为吕祖谦所编文选，除了后者意在保留优秀作品之外，两书还有为时人提供良好的阅读范本的目的。吕祖谦的结撰也体现出其重视作文的技巧、方法和文学主张，王水照主编《历代文话》（复旦大学出版社 2007 年版）时就从《古文关键》中摘取了"看古文要法"一卷；吕祖谦的选文还为唐宋八大家的概念形成及地位确定"起到了重要的作用"（杜海军：《吕祖谦与"唐宋八大家"》，载《广西师范大学学报》2006 年第 1 期）。

《东莱集》（四库本）为诗文合集，分"东莱文集""东莱别集""东莱外集""东莱集附录"及"附录拾遗"四部分，系作者殁后，其弟祖俭及侄子乔年刊补遗稿所成。《东莱文集》共 15 卷，其中吕祖谦诗歌作品一卷，分五、七言体。在《东莱集附录拾遗》中，另有"哀诗"。其余文字为表、劄子、启、策问、记、题跋、祭文、行状、墓志铭、传、纪事等。《东莱别集》收有家范、尺牍、读书杂记、春秋评议等，共 16 卷。《东莱外集》主收"程文"一类，共 5 卷。《东莱集附录》卷一为吕祖俭所撰吕祖谦年谱，卷二、卷三主为祭文。诗歌内容多应酬之作，尤其是多赠别、挽诗。此外，写景观物、自抒隐居之志的诗作也占一定比例，这类诗较清新。吕祖谦诗歌总体上风格流畅自然，语言较质朴。其文章则"闳肆辨博，凌厉无前"。但因作者学识深厚广博，尤其长于史学，"故词多根柢，不涉游谈"，"亦无语录为文之习。在南宋诸儒之中，可谓衔华佩实"（《四库全书总目》）。有时根据需要，其"佩实"之功令人敬重。例如在《为张严州作乞免丁钱奏状》中，举到民间赋税等情况，列举明细："每一丁官支给盐一豆斗计五斤，每一斤计钱三十一文二分省，共计钱一百五十六文省，却纳绢一丈二尺八寸，数内一半系本色绢，一半系折纳见钱。是时，绢一匹直钱一贯文省，每丁计纳绢六尺四寸，计价钱一百六十文省，又折帛见钱一百六十文省，两项通计三百二十文省……"如是文字，后文还有很多。清楚明白，是吕氏文章的普遍特点。

《东莱博议》二十五卷，又称"东莱左氏博议""左氏博议""东莱先生左氏博议"等。成于干道四年（1168），系为诸生参加科举考试而作的议论文范文，共 168 篇。吕祖谦研读《左传》至深，据《直斋书录解题》载，他曾撰《左传类编》六卷，"分类内外传事实、制度、论议凡十九门，首有纲领数则，兼采他书"；又有《左氏国语类编》二卷，"与《左传类编》略同。但不载纲领，止有十六门，又分《传》与《国语》为二"；还有《左氏说》三十卷，是书"于《左氏》一书多所发明，而不为文，似一时讲说，门人所钞录者"。《东莱博议》文字因《左传》记事而设题，往往议论风发，文采飞扬。作者注意立意新颖、结构安排精心布局，重视行文变化，语言既有铺排又显流畅，又其多用比喻，音节通畅。虽然后人于其议论深度等有微词，但因吕祖谦重视写作技巧，故自是书一出，即受学子士人重视，学习热情经久不衰、延续至今。

《古文关键》二卷系吕祖谦在南宋孝宗干道、淳熙年间（1173—1174）为时人学子编选的文章读本，加有点评。是书因为取韩愈、柳宗元、欧阳修、曾巩、苏洵、苏轼、苏辙、张耒等七人之文共六十二篇，"各标举其命意、布局之处，示学者以门径，故谓之关键"（《四库全书总目》）。它是现存最早的有选者评点的古文选本。由于所选与后世所称"唐宋八大家"趋于一致，所以是书对"唐宋八大家"称谓的形成起到了重要作用。《古文关键》所选文章偏重于议论文尤其是策、论，体现出为士子科考助力的编选目的。卷首为总论看文、作文之法，涉及看文字法、看韩文法、看柳文法、看欧文法、看苏文法、看诸家文法、论作文法、论文字病八篇散论；举例则不限于所选文章，如王安石、李廌、秦观、晁补之等人的文章虽然没有入选，亦在看文章之法中论及。总论和具体文章的评点涉及文章鉴赏、作文构思、谋篇布局、风格源流、文贵实用的创作思想等内容，特别便于初学。是书在编选文章方面有着示范作用，宋代楼昉的《崇古文诀》、谢枋得的《文章轨范》、真德秀的《文章正宗》都是受其影响而出现的选本。

《宋文鉴》，原名"皇朝文鉴"，为北宋诗文选集。是书诗、文兼收，收录数量庞大，涉及作者300余人，作品2500多篇。她分类细致，从文体角度分为61个门类，有赋、诗、诏、敕、御札、制、诰、奏疏、表、铭、颂、赞、碑文、序、论、策、议、说，等等。其中诗歌独占19卷，达1000余篇。《宋文鉴》是在《宋文海》的基础上加工完成的。《宋文海》一百二十卷，为宋人江钿编撰，是籍"辑本朝诸公所著赋、诗、表、启、书、论、说、述、议、记、序、传、文、赞、颂、铭、碑、制、诏、疏、词、志、挽、祭、祷文，凡三十八门。虽颇赅博，而去取无法"（《郡斋读书志》）。与《宋文海》不同，吕氏所编重视选录名家作品，但对其他著述也注意选录，如有的作者名不见经传，有的仅存作品一两篇也予以收录。某些类别的选文还反映出重视重大内容的特点。朱熹晚年评价说："此书编次，篇篇有意，每卷首必取一大文字作压卷，如赋取《五凤楼》之类；其所载奏议，皆系一代政治之大节，祖宗二百年规模，与后来中变之意思，尽在其间，读者着眼便见。"（吕乔年：《太史成公编皇朝文鉴始末》，见中华书局《宋文鉴》附录一）选文还反映出吕祖谦重道而不废文的观念以及保存文献的愿望。如此书不仅保存了大量宗经文章或诗词辞赋等所谓正宗文类，还为后人提供了如"乐语"等早期戏曲材料及"上梁"等韵散相间的特殊文类，比较全面地体现了北宋一代的文学成就。但对北宋各时期诗文的选择并不平均。因宋初"文人尚少，故所取稍宽"；仁宗之后则因"文士辈出，故所取稍严"（吕乔年：《太史成公编皇朝文鉴始末》）。但是全书不收录词作，这与当时文人和选者自身不重视此类文体的状况有关。就选文内容来看，多平正之作，风格多样而倾向于平淡自然，亦与吕祖谦个人喜好相关。

五十三　朱翌《灊山集》《猗觉寮杂记》

朱翌（1097—1167），字新仲，号灊山居士、省事老人，宋舒州桐乡（今属安徽安庆市潜山县）人（一说安徽怀宁人）。南宋著名文学家。生平事迹，主要见于周必大为朱翌集所作序（见周必大《朱新仲舍人文集序》），《宋史翼》亦有传，又散见于《建炎以来系年要录》《宝庆四明志》《延祐四明志》及《容斋随笔》等文献。今人张剑《朱翌及其家族事迹考辨》一文（载《汉语言文学研究》2011年第2期）述之较详。

朱翌出身书香门第。父亲朱载上为黄州教授，亦擅诗词，并因此与苏轼交好。朱翌受其影响，少时即工于诗词创作。十八岁时所作咏梅一词，深受时人称赏。据宋人陈鹄《耆旧续闻》载，朱翌此词作成，朱敦儒"于几案间见此词，惊赏不已，遂书于扇而去。初不知何人作也"。名僧洪觉范、翌父见到此词，亦皆表现愕然。

朱翌后入太学，于政和八年（1118）登第，为溧水县主簿，时年二十二。南渡初期，寓居严陵。绍兴八年（1138），除秘书省正字，次年迁校书郎、兼实录院检讨官。绍兴十年（1138）为祠部员外郎兼实录院检讨官，当年又迁秘书少监、起居舍人。十一年，任中书舍人，兼实录院修撰。年底，因守正不附秦桧，为言者论，被罢官，谪居韶州。朱翌在任期间，曾有诸多建言，如乞建太学、乞修徽宗实录、乞祠韩厥以彰忠义等。

在韶十四年，登临山水不辍，并多作诗文。绍兴二十五年（1153），重新起用，复左承议郎官职，兼秘阁修撰。二十七年（1155），知严州。二十八年（1156）改知宣州，三十年（1158）又改知平江府。朱翌知三州，"俱有惠政"（周必大：《朱新仲舍人文集序》）。三十一年（1159），遭人弹劾，免官。居于鄞。乾道三年（1167）卒，年七十一。

《灊山集》《猗觉寮杂记》概况：

朱翌著述，各种书目文献载之不一，若去其重复，则有《宋史·艺文志》载"朱翌集四十五卷，诗三卷"，又载"朱翌《五制集》一卷"，《直斋书录解题》记载有"《鄞川志》五卷""《灊山集》三卷"，洪迈《猗觉寮杂记》序记载有《猗觉寮杂记》两卷，等。《四库全书总目》述之甚详。

此外，《彊村丛书》还辑有《灊山诗余》一卷，共收词5首，经今人甄别其中有2首为他人作品。今者所存，有《灊山集》三卷、《猗觉寮杂记》两卷；又，《全宋文》所辑佚文14篇；《全宋诗》除收录《四库全书》之《灊山集》三卷外，另补所辑诗歌一卷，凡四卷；《全宋词》录词3首。其文则大多失传。《灊山集》，常见本有《四库全书》本，为四库馆臣从《永乐大典》辑出。《猗觉寮杂记》，最早刊本为南宋庆元时期所刊刻；清鲍廷博据文瑞楼金氏钞本重刊，收入《知不足斋丛书》，较为常见，此外还有《四库全书》本、民国上海进步书局笔记小说大观本（江苏广陵古籍刊印社1983年据此重印）。

文学成就：朱翌在创作上以诗著称。其《灊山集》三卷，为诗集。现存诗歌近三百六十首，体式上有五言、七言古诗和律诗，主要保存在《灊山集》中。他的诗，语言豪健自然，语意新颖独特，时人如刘克庄、王应麟等评价都很高。四库馆臣究其因由说："翌父载上，尝从苏轼、黄庭坚游。翌承其家学，而才力又颇富健，故所著作有元祐遗风。集中五、七言古体，皆极跌宕纵横；近体亦伟丽伉健，喜以成语属对，率妥帖自然。陈鹄《耆旧续闻》、刘克庄《后村诗话》、王应麟《困学纪闻》，皆采其佳句，盛相推挹。盖其笔力排奡，实足睥睨一时。与南渡后平易啴缓、牵率潦倒之音迥乎不同。周必大《序》以杜牧拟之，非溢美也。"（《四库全书总目》）

其诗题材多为寄赠、送别、咏物及山水；内容则往往将现实景象的描写与主观豪情的抒写相组合，且笔意多转，故而给人印象深刻的是"笔力排奡"。如朱翌诗歌多有描述逢雨雪之作，其中《大雪》一诗："汉时长安雪一丈，少陵有诗不吾诳。今年广陵雪一尺，忍寒长作缩龟状。从来穷巷说多泥，自是泥深劳拄杖。闭门不出动经旬，出门无路将何向。故人乃遗咫尺书，远祝长须问无恙。湿薪如桂米如珠，有突不黔且踰望。但携古鼎烧黄连，香穗流珠凝碧帐。嶙峋窗间石数峰，气凌太华嵩衡上。黄杨冬青压余滋，碧幢羽盖排仙仗。蒿庐赖有此清绝，兴来何用山阴访。飞鸿似带燕山书，重冰怕结黄河浪。玄冥得意愈自娇，岁律回春未全壮。吾君曲轸天下寒，语到三军真挟纩。自怜难备绝域使，规模但可山中相。起来举手祝羲车，何日金箆开眼障。"描述大雪使之"闭门不出动经旬"，"忍寒长作缩龟状"，而写景却是"嶙峋窗间石数峰，气凌太华嵩衡上。黄杨冬青压余滋，碧幢羽盖排仙状。"讲到"吾君曲轸天下寒"，作者竟然用《左传》述楚王巡勉三军的典故描述自己感受到的温暖。诗歌纵是本于寒苦景象起兴，但最终抒写的却是充满希望的豪气，情感跌宕多变，色彩明丽而丰富。联系作者所处南宋战乱时代及其对战事的态度，这首诗应是有所寄托。又其《丙辰人日雨雪》："此地从来僻，今朝自古阴。五年犹作客，一饭敢虚襟。春色岂终闷，晨光宜早临。国香无恙否，抱雪秀深林。"短短几句，亦写出由"僻""阴"而至五年作客的感慨，却又以"春色岂终闷，晨光宜早临"作转，写出希冀，末尾以对"国香"的担忧更使境界高出。

朱翌的诗追求新意。他有这样的文学主张："问学要根柢，文章忌雷同。"（朱翌：《十月旦读子美北风吹瘴疠羸老思散策之句初寮尝作十诗因次其韵》其二）刘克庄也多次指出其在诗歌创作上的这一特征。《后村诗话》评其诗歌创作云："若不经思，而俱出人意表。"《后村诗话续集》亦云朱翌诗"语意甚新，不犯前人"，举其《题元英旧隐》"五季浪拍天，不覆渔翁船"两句为例。又说"《灊山集》多不经人道语，此公读书多，气老笔道"，举其诗《题颜鲁公像》："千五百年如烈日，二十四州惟一人．朝衣视坎趋前死，羽服行山即此身。"又举其《与客晚集》诗句："足下一来同晚步，先生小住待村春。"

朱翌的诗还具有自然而无斧凿痕的特点。其《示李令》一首："春色遽如许，春愁无奈何。看山连楚越，端坐惜羲娥。吾子频相见，新诗苦未多。试穿一两屐，从我上烟萝。"用语浅显，不避口语和重词。他因读书多，在诗中难免用典，但又有往往使事无迹。如前举《大雪》一诗，多处用典，率皆自然妥帖。有时在诗中化用前人语典，朱翌也能使之与其他诗句浑然相融。刘克庄《后村诗话》说："前辈记朱新仲舍人'天气未佳宜且住，风涛如此亦安归'之联，取其自然，不烦凿削，然新仲此等句尚多。"又举朱翌《招郭侯饮》诗："此时老子兴不浅，且日将军幸早临。何以报之青玉案，我姑酌彼黄金罍。"指出其诗特点："凡引用前人语，皆蟠屈排阜，使之妥帖。"

朱翌词今存3首，作品长于咏物，用语自然。如脍炙人口的《点绛唇·梅》："流水泠泠，断桥横路梅枝桠。雪花飞下，浑似江南画。白璧青钱，欲买春无价。归来也，风吹平野，一点香随马。"讲究音色，但画面淡雅清新。朱翌另有赋、铭各一，赞两篇，均见于《灊山集补遗》。

朱翌《猗觉寮杂记》分上、下两卷，共有条目四百余则。"上卷皆诗话，止于考证典籍，而不评文字之工拙。"内容多为解词训诂，并辨名物，然亦涉及古代不少文化习俗。而方法亦与训诂学家多用引证方式相同，故训释较为可靠。洪迈《猗觉寮杂记》序文称赞《猗觉寮杂记》穷经考古，引证众多；《四库全书总目》谓"其引据精凿者，不可殚数"。但《四库全书总目》也指出该书引述上有失察误记之处。"下卷杂论文章，兼记史事"。"在宋人说部中，不失为《容斋随笔》之亚，宜迈序之相推重也。"（《四库全书总目》）其所记颇杂，"史事"方面，有些属于史实，有的则或出于传闻；文字简洁流畅。

五十四　张孝祥《于湖集》

张孝祥（1132—1169），字安国，号于湖居士，宋历阳乌江（今属安徽马鞍山市和县）人。南宋著名文学家，擅词。在其出生之前，北宋亡，父亲张祁与众多百姓一样南迁避难，后定居明州鄞县（今浙江鄞县），张孝祥即出生于此。公元 1144 年，孝祥 12 岁，张祁举家回返，居于芜湖。因芜湖、于湖二县名字在唐后相混，张孝祥遂自号"于湖居士"。生平事迹，主要见于《宋史》本传、《张安国传》《宣城张氏信谱传》（后两种均见于张孝祥《于湖居士文集》附录），今人宛敏灏有《张孝祥年谱》（见宛敏灏《张孝祥词校笺》附录），韩西山有专著《张孝祥年谱》。

张孝祥系张籍七世孙（据《于湖居士文集》附录《张安国传》）。少时文才出众，表现超常。据《宋史》本传载：张孝祥读书年少时"过一目不忘，下笔顷刻数千言"。年十六，即通过乡试，其后又里选夺冠。宋高宗绍兴二十四年（1154），张孝祥廷试第一，年二十三。当时考官本已定秦桧之孙秦埙为冠，孝祥次之。但高宗读秦埙之策发现皆为秦桧语，于是擢孝祥第一，秦埙只得第三。并谕宰相曰：张孝祥词翰俱美。而秦桧亦因此迁怒于孝祥。唱第后，曹泳就在殿庭请婚孝祥，孝祥不答（曹泳以姻亲附会秦桧，是其党羽）。

孝祥为人清正，仕途多舛。从及第后授官到致仕退隐，官场经历凡十五年，其间多遭罢官与调任。先是授承事郎、签书镇东军节度判官。其后，秦桧听闻孝祥乃张祁之子，张祁与胡寅私交甚厚，于是教唆言者诬陷张祁有反谋，并乘机将张祁、胡寅等人投狱。所幸不久秦桧死亡，魏良臣密奏散狱释张祁等之罪。不久，朝廷以孝祥为秘书省正字。而依故例，殿试第一人，次举始召，孝祥才仅一年就得召，其中缘故由此。后迁校书郎、尚书礼部员外郎，又为起居舍人、权中书舍人。此时，张孝祥与汪澈同为馆职。而孝祥登第，本出自宰相汤思退之门，汤思退提拔孝祥甚力，却对汪澈不喜。孝祥年轻气盛，也时有不尊重汪澈的表现。等到汪澈做御史中丞，就首先弹劾"孝祥奸不在卢杞下"（《宋史》本传）。孝祥被罢官，不久到地方上知抚州。孝宗即位后，复集英殿修撰，知平江府。之后又历任中书舍人，直学士院兼都督府参赞军事、兼领建康留守，以言者改除敷文阁待制，留守如旧。逢金人再次侵犯，孝祥陈言金人只不过是要订约，招致皇帝不满，宣谕使劾孝祥落职。但其后复集英殿修撰、知静江府、广南西路经略安抚使，又因言罢官。不久再被起用，知潭州。复职待制，徙知荆南、荆湖北路安抚使。张孝祥最后以显谟阁直学士致仕。以疾卒，年仅三十八。孝宗惜之，有用才不尽之叹。

张孝祥政治上"早负才畯，莅政扬声"（《宋史》本传）。他在很多问题上都有自己的见解。策问初对，即提出应加强皇帝威权的主张："乞总揽权纲以尽更化之美"，又举故相王安石例云："王安石作《日录》，一时政事，美则归己。故相信任之专，非特安石。臣惧其作《时政记》，亦如安石专用己意，乞取已修《日历》详审是正，黜私说以垂无穷。"（《宋史》本传）高宗从之。在任职校书郎期间，逢芝生于太庙，于是孝祥抓住机会向皇帝献文曰《原芝》，"以大本未立为言"，建言说"芝在仁宗、英宗之室，天意可见，乞早定大计"。时另一宰相张浚荐举孝祥，召赴行在。但张浚平素就因抗金问题与汤思退意见不合，张孝祥考虑自己平素为汤思退所知，此时受到张浚举荐，担心汤思退不悦。当孝祥入对之时，就极力陈述"二相当同心戮力，以副陛下恢复之志。且靖康以来惟和战两言，遗无穷祸，要先立自治之策以应之。"（《宋史》本传）在抗金问题上，张孝祥的态度明朗，他支持张浚的抗金主张，并曾上疏为岳飞辩护，诗文中有不少反映抗金主张的内容。这也是他为后人称道的重要原因。在老师汤思退力主议和的情况下，张孝祥提出希望二相能同心戮力以收复国土，他还提出广纳贤才的建议："用才之路太狭，乞博采度外之士以备缓急之用。"（张孝祥：《论用才之路欲广札子》）受到皇帝嘉赏。

张孝祥治事才干也很突出。尤其是在出任地方官时，"治有声绩"（《宋史》本传）。知抚州，年未满三十，即"莅事精确"（《宋史》本传），竟然连老于州县事务的官员都不及他。知平江府，政事繁多，但张孝祥都能剖决自如，庭无滞讼。当地属邑大姓并海囊橐为奸利，张孝祥捕治，从其家中收缴谷粟数万。次年吴中遭遇大饥，正赖这批粮食才得以使一方渡难。知潭州，以为政简易著称，而又能济之以威严，因此治下无事。知荆南，修筑寸金堤，荆州自此无水患，物资丰盛，张孝祥又置万盈仓以储诸漕之运。

张孝祥给后人留下的最深刻的印象还是文学艺术方面的才华。从弟张孝伯曾述其才思敏捷之状："每见于诗、于文、于四六，未尝属稿，和铅舒纸，一笔写就，心手相得，势若风雨。"谓其"良繇天才超绝，得之游戏"（张孝伯：《于湖居士文集序》）。南宋汤衡亦称其"平昔为词，未尝著稿，笔酣兴健，顷刻即成，初若不经意，反复究观，未有一字无来处……，所谓骏发踔厉，寓以诗人句法者也"（汤衡：《张紫微雅词序》）。《宋史》本传谓其为人"俊逸"，"文章过人，尤工翰墨，尝亲书奏札，高宗见之，曰：'必将名世。'"以策、诗、文"三绝"著称于世。张孝祥不仅擅诗文，还精于书法，故高宗有此言。

《于湖集》概况：

张孝祥去世不久，他的作品即被编辑成集，且有多种。先是刘温父在孝宗干道七年（1171）单就其词辑录成《于湖先生长短句》五卷、拾遗一卷。而据《直斋书录解题》，南宋还有长沙坊刻《于湖词》一卷，又《宋史·艺文志》亦著录《张孝祥词》一卷。张孝祥的诗文合集，则由其门人王大成编辑完成，名"于湖居士文集"，四十卷。其中卷三十一至卷三十四为"乐府"，收词182首。此集最早刻本为南宋嘉泰元年（1201）所刊。《直斋书录解题》著录"《于湖集》四十卷，中书舍人历阳张孝祥安国撰"，亦即此书。《四库全书》所抄录，即此集。是书又有《四部丛刊》影印慈溪李氏藏宋刊本。1980年，上海古籍出版社出版了由徐鹏校点的《于湖居士文集》，2009年此书又作为该社中国古典文学丛书之一出版。2001年黄山书社出版的彭国忠校点本《张孝祥诗文集》，对张孝祥诗文加以集成、补遗，且附录资料较多，其中包括对自南宋以来有关张孝祥生平事迹及其诗文评论方面的文献资料的辑录。张孝祥的词集，今亦有多种单行本留存，明代两卷本《于湖词》，分别见于吴讷《唐宋名贤百家词》、知圣道斋藏明钞本《南词》，今皆存。《四库全书》所录《于湖词》三卷，系钞自明毛晋汲古阁《宋六十名家词》。近代有仁和吴氏双照楼景刊宋元本词《于湖居士乐府》四卷本、武进陶氏续刊《景宋金元明本词目》影宋本《于湖先生长短句》五卷拾遗一卷。《全宋词》有张孝祥词224首，收录最全。今人宛敏灏有《张孝祥词笺注》，由中华书局 2010 年出版，所收作品文字与《全宋词》略有出入。

文学成就：孝祥诗文俱佳，作品体式较全，他的词作最为人称道。张孝祥的词属豪放一派，词风上承苏东坡，下启辛弃疾，在诗余发展史上地位十分重要。诗歌亦师法多人，风格多样。

张孝祥词学习东坡做法，常寓诗人句法，题材多样，兼之"声律宏迈，音节振拔，气雄而调雅，意缓而语峭"（查礼：《铜鼓书堂遗稿》），极有气势，流传甚广。尤其是那些充溢着爱国情感的作品，更是脍炙人口。如其为配合张浚抗金而任建康留守时所作《六州歌头》即众口交赞之词。其辞云："长淮望断，关塞莽然平。征尘暗，霜风劲，悄边声，黯销凝。追想当年事，殆天数，非人力，洙泗上，弦歌地，亦膻腥。隔水毡乡，落日牛羊下，区脱纵横。看名王宵猎，骑火一川明，笳鼓悲鸣，遣人惊。念腰间箭，匣中剑，空埃蠹，竟何成！时易失，心徒壮，岁将零，渺神京。干羽方怀远，静烽燧，且休兵。冠盖使，纷驰骛，若为情。闻道中原遗老，常南望、翠葆霓旌。使行人到此，忠愤气填膺，有泪如倾。"表现出收复国土的强烈愿望和爱国激情，感奋淋漓，以致"张魏公（张浚）读之，罢席而入"（《历代诗余》引《朝野遗记》）。张孝祥的词也抒写因仕途多舛而带来的委屈愤懑，但往往又以悠然面对的态度使词作风格清旷。如为历代所激赏的《念奴娇·过洞庭》："洞庭青草，近中秋，更无一点风色。玉鉴琼田三万顷，著我扁舟一叶。素月分辉，明河共影，表里俱澄澈。悠然心会，妙处难与君说。应念岭海经年，孤光自照，肝肺皆冰雪。短发萧骚襟袖冷，稳泛沧浪空阔。尽吸西江，细斟北斗，万象为宾客。扣舷独笑，不知今夕何夕。"乾道元年（1165）张孝祥知静江府兼广南西路经略安抚使，饶有政绩，但次年即因遭受谗言而再次被罢官，于是由桂林北归，途经岳阳，见洞庭而有感，遂作此词。文中以"岭海经年，孤光自照，肝肺皆冰雪"写自己的忠贞高洁，由此表现出被贬无辜。而"素月分辉，明河共影，表里俱澄澈"等句，又见出词人的磊落及欲与自然融合的旷达情怀。词中如"玉鉴琼田三万顷，……表里俱澄澈""短发萧骚襟袖冷，……不知今夕何夕"诸句直为后人视作"神来之句，非思议所能及"（查礼：《铜鼓书堂遗稿》）。此词可作为张孝祥这类作品的代表。表现较重大题材，内容纯正，这是张孝祥词与诗歌一致之处，是对"词别是一家"传统的冲击，也是上承苏轼的表现。刘熙载《艺概》由此指出："词之兴、观、群、怨,岂下于诗哉?"对张孝祥进行了褒扬。但张孝祥也有一部分词属于抒写离情别绪,表现爱情,或描写自然景观等传统题材的作品,风格清婉。在艺术手法上,其词喜化用前人语句,而要皆自然。汤衡曾评说云:"初若不经意,反复究观,未有一字无来处。"(汤衡:《于湖词序》)又其风格虽然多样,但以豪迈清旷为主。

张孝祥的诗歌现存近 500 首,体式多样,《于湖集》中有古风四卷、律诗四卷、绝句三卷。时人对张词评价甚高,如韩元吉说"其欢愉感慨莫不发于诗,好事者称叹,以为殆不可及"(韩元吉:《张安国诗集序》)。内容丰富是其诗歌的一大特征。与其词作一样,张诗多爱国忧民之作,同时还有羁旅、赠答、咏史、咏物、感怀述志、游仙等多种内容的篇章。他的诗学习江西诗派,讲究用字有出处,但又能坚守吕本中提出的"活法",效法多家,风格上亦显出多样性。他一方面常以苏轼为楷模,"每作诗辄问门人视东坡何如"(《四库全书总目》),作品受到苏轼的深刻影响,表现出"清婉而俊逸"(韩元吉:《张安国诗集序》)的特征。如《题福岩寺行者堂》:"挥毫高山巅,余墨走龙蛇。请收今夜雨,为汝洗袈裟。"诗人见自己所题之字"墨走龙蛇",由此突发奇想,竟欲借之呼风唤雨来为僧人漂洗袈纱。想象奇特,不受拘制,短短几句,展现出雄阔的境界。张孝祥还十分喜爱陶渊明的诗歌,他本人所作往往具有陶诗那种自然平淡又富含意蕴的特征。这一点也与苏东坡相似。另一方面张孝祥又重视杜诗的学习,不少诗歌还因此显示出沉郁含蓄的特点。其《即事简苏廷藻》一首,无奈与激愤交织,情感沉郁:"落日边书急,秋风战鼓多。私忧真过计,长算合如何?尽敛清淮戍,仍收瀚海波。栖迟一尊酒,幽恨满关河。"表现在国家"落日边书急,秋风战鼓多"的危急境况下,在上者却"尽敛清淮戍,仍收瀚海波",自己忧心国家安危却又一筹莫展,只能借酒浇愁。这类诗在内容方面也往往与杜甫忧国忧民的心绪相通。如《大麦行》:"大麦半枯自浮沉,小麦刺水铺绿针。山边老农望麦熟,出门见水放声哭。去年泠泠九月雨,秋苗不收一粒谷。只今米价贵如玉,并日举家才食粥。小儿索饭门前啼,大儿虽瘦把锄犁。晴时种麦耕荒陇,正好下秧无稻畦。"对百姓的疾苦感同身受,为民担忧之情溢于言表。《喜晴赋呈常守叶梦锡》《鄱阳使君王龟龄闵雨》两篇,一喜晴,一喜雨,同样都是心系黎民百姓生计的诗篇。《琵琶亭》之一亦是浓情沉郁的篇章:"江州司马旧知音,流落江湖成更深。万里故人明月夜,琵琶不作亦沾襟。"

张孝祥的文章，在《于湖集》四十卷中占据二十四卷的篇幅，有四百余篇。不仅量大，体类也很多，计有记、序、铭、说、奏议、启、墓志、尺牍等。其中有的采用四六文描述，有的采用叙事体写人记事，更多的是以论说体式来阐发事理。其文章在当时就受到很高的评价。谢尧仁云："于湖先生天人也。其文章如大海之起涛澜，泰山之腾云气，倏散倏聚，倏明倏暗。"（谢尧仁：《于湖集序》）有气势，又变化多端。陆世良谓其"文章俊逸，顷刻千言，出人意表"（陆世良：《宣城张氏信谱传》）。才华突出。朱熹亦说他"文章政事皆过人甚远"（朱熹：《晦庵集》）。因其不仅善于实干，文章里也时显示出政治洞见。如《论涵养人才劄子》开篇即云："国势之强弱不系于土地之广狭、甲兵之利钝，而系夫人才。"并针对宋代由重文轻武的国策带来的看轻实用人才的弊端，向皇帝建言"广求实才可用之人，善谋能断、文不足而质有余者"。这在当时国势顷危的情况下无疑具有积极意义。故此，不少宋代文章总集予以选录，如《新刊国朝二百家名贤文萃》《宋四六文选》等。张孝祥这类劄子或奏议甚多。又其集中还有不少属于为皇帝代言的文章。张孝祥的记体文有近二十篇，文学性较强，最为人称道的是《观月记》。这类散文往往写人叙事，富有人文气息，写景则有意境，语言俊美流畅。《于湖集》中另有一卷为韵文，如赋、辞、颂、乐章等。数量极少，其中赋仅一篇，辞两篇。

五十五　朱熹《晦庵先生朱文公文集》《诗集传》《楚辞集注》《朱子语类》（附：朱熹叔祖朱弁、父朱松创作）

朱熹（1130—1200），字元晦，一字仲晦，号晦庵、晦翁、考亭先生、云谷老人、沧洲病叟、逆翁，别称紫阳，谥号为"文"。南宋徽州婺源（今属江西上饶市婺源县）人。著名哲学家、思想家、教育家、文学家。朱熹学识渊博，在经学、史学、文学乃至自然科学领域都有引人瞩目的研究成果。作为宋代理学的集大成者，朱熹认为理是世界的本质，并提出"存天理，灭人欲"的主张；又主张格物致知，强调实践精神，以此反对陆九渊的"即心明理"之说。朱熹学说对后世影响极大。其生平事迹，宋袁仲晦所撰《朱子年谱》、黄干《宋故朝奉大夫华文阁待制宝谟阁直学士通议大夫谥文朱先生行状》，尤其是清人王懋竑《宋朱子年谱》述之甚详，《宋史》亦有传焉。今人束景南的《朱熹年谱长编》（华东师范大学出版社

2001 年版）则是各种朱熹年谱中材料最为详备而又精于考辨的一种。

朱熹出身儒学世家。其祖父朱森曾说："吾家五世积德业儒，当有显者。"（周必大：《宋史馆吏部赠通议大夫朱公松神道碑》。见《新安文献志》）

朱熹本人幼便颖悟，刚会说话就追问父亲：天的上面是什么？又其少小接受儒学教育，同时又喜好佛、道，并有自己的领悟。十八岁参加乡贡考试，次年（绍兴十八年，即 1148 年）进士及第。其后，先担任泉州同安簿。为官期间，在县里挑选德才兼备者为学生，为之讲授儒者修身治人之学，还禁止妇女出家。自此，不论是仕中还是辞官，朱熹都不忘宣传自己的政治、思想主张。如孝宗即位后，诏求直言。朱熹抓住机会上封事，建言皇帝要重视"帝王之学"。又指出所谓帝王之学，"必先格物致知，以极夫事物之变，使义理所存，纤悉毕照，则自然意诚心正，而可以应天下之务"（《宋史》本传）。并将其与抗金主张联系起来："修攘之计不时定者，讲和之说误之也。夫金人于我有不共戴天之仇，则不可和也明矣。愿断以义理之公，闭关绝约，任贤使能，立纪纲，厉风俗。数年之后，国富兵强，视吾力之强弱，观彼衅之浅深，徐起而图之。"还主张对"奸赃狼藉、肆虐以病民"的官员严加处罚，因为"四海利病，系欺民之休戚，斯民休戚，系守令之贤否"（《宋史》本传）。而在短暂的任职期间，朱熹始终敬业敬职，革除弊端，体恤民间疾苦，打击贪腐。如任南康知军，"至郡，兴利除害，值岁不雨，讲求荒政，多所全活"（《宋史》本传）。在提举浙东常平茶盐公事之时，会浙东大饥，于是朱熹"访民隐，按行境内，单车屏徒从，所至人不及知"，以体察民情。"凡丁钱、和买、役法、榷酤之政，有不便于民者，悉厘而革之。从救荒之余，随事处画，必为经久之计"。为此还遭到他人"疏于为政"的指责，但孝宗却给予肯定："朱熹政事却有可观。"（《宋史》本传）

朱熹自登第至病逝，其间五十年，为官仅七年，多次辞官，"仕于外者仅九考，立朝才四十日"（《宋史》本传）。之所以如此，与朱熹性情有关。他曾自言："气质偏滞，狂简妄发，不能俯仰取容于世，以故所向落落，无所谐偶。"（朱熹：《与龚参政书》）对朝政、时事凡有不满都喜欢直接批评而不加讳饰。此外，朱熹有其思想主张，并希望行道于当世，但官场种种使之无法如愿，他又不愿委屈周旋："若言不用，道不合，顾踽踽然冒利禄而一来，前有厚颜之愧，后有骇机之祸，熹虽至愚，何乐乎此而必为之？"（朱熹：《答汪尚书书》）由于不愿苟且求荣，家境贫困，"箪瓢屡空，晏如也。诸生之自远而至者，豆饭藜羹，率与之共。往往称贷于人以给用，而非其道义则一介不取也"（《宋史》本传）。

朱熹在推动学术发展方面贡献良多。早年在研习儒学之际，亦出入佛、道。三十岁时，向程颐的三传弟子李侗求学，专事儒学，后成为程朱理学的代表。淳熙二年（1175），朱熹与陆九渊有著名的鹅湖之会，双方辩论，吕祖谦调停。至此，理学三派分明，而朱陆之异尤其明显。淳熙六年（1179）出任南康知军时，朱熹还重建了南唐时的"白鹿国学"（地在庐山，又称"庐山国学"），是为"白鹿洞书院"。朱熹自任洞主，制定《白鹿洞书院揭示》（又称《白鹿洞书院教规》），招收生徒，延请教师，亦亲自讲学。朱熹对岳麓书院也有很大贡献。先是在乾道三年（1167），朱熹与当时另一著名理学家和教育家张栻在此会讲，因听者众多，以致"一时舆马之众，饮池水立涸"。会讲影响巨大，推动了宋代理学的发展，也使岳麓书院声名远扬。27年后，时绍熙五年（1194），朱熹出任湖南安抚使，再至书院，制定《朱子书院教条》，对书院重加整治，岳麓书院再次达到繁盛期。朱熹还创建了竹林精舍（后改名沧州精舍，即考亭书院），四方学子慕名前来，最终成就了学术史上影响巨大的考亭学派。其他如武夷、紫阳、晦庵、建阳等书院，亦为朱熹创建。

朱熹建树是巨大的、多方面的。曾国藩曾感慨道："朱子之学，固以阐明义理、躬行实践为宗，而其才力雄伟，无所不学，训诂辞章、百家众技无不究心，后人专精一业者皆难窥其堂奥。如马端临录于《文献通考》中者，则经济之学无不洞悉；秦蕙田录于《五礼通考》中者，则典礼之学无不精研。而其文于浩瀚详尽之中铸语亦几经洗练，即以文论，固亦卓然大宗。"（曾国藩：《复吴竹如侍郎》）

著作留存概况：

朱熹著述颇丰，仅 2003 年上海古籍出版社会同安徽教育出版社所印《朱了全书》（华东师范大学古籍研究所整理）就有 1436 万字（包括历代文献家对各种版本的朱熹著作的著录、序跋、考订、有关朱熹的传记材料、年谱等在内），达二十七册之巨。其中包括二十五种著述：《周易本义》《易学启蒙》《诗集传》《仪礼经传通解》《四书章句集注》《四书或问》《论孟精义》《家礼》《资治通鉴纲目》《八朝名臣言行录》《伊雒渊源录》《绍熙州县释奠仪图》《太极图说解》《通书注》《西铭解》《近思录》《延平答问》《童蒙须知》《小学》《阴符经注》《周易参同契考异》《朱子语类》《楚辞集注》《昌黎先生集考异》《晦庵先生朱文公文集》等。是书因主持和参加整理者均为著名专家学者，又采用今存古代最好的版本为底本，精心校勘，耗时十年，故质量上乘。据宋人黄干《宋故朝奉大夫华文阁待制宝谟阁直学士通议大夫谥文朱先生行状》（见《新安文献志》）所载，朱熹另外还编有《孟子指要》《中庸集略》《孝经刊误》《河南程氏遗书》等。

朱熹著作现存最早的古本为宋刻本，据《第一批国家珍贵古籍名录》，大陆有宋代咸淳元年（1265）吴革建宁府刻本《周易本义》十二卷、《五赞》一卷、《筮仪》一卷、《易图》一卷；宋淳祐刻本《家礼》五卷（卷一至三配清影宋抄本）、《附录》一卷；宋嘉定十年（1217）当涂郡斋刻嘉熙四年（1240）淳祐八年（1248）十二年（1252）递修本《四书章句集注》二十八卷；宋刻本《资治通鉴纲目》五十九卷（卷四十六至卷五十一配其他两种宋刻本）；宋淳熙江西刻本《五朝名臣言行录》十卷、《三朝名臣言行录》十四卷；宋刻本（有抄补）《晦庵先生语录大纲领》十卷、《附录》三卷；宋端平刻本《楚辞集注》八卷、《辩证》二卷、《后语》六卷；宋刻本《晦庵先生文集》一百卷、《目录》二卷，以上诸种皆藏国家图书馆。另，宋刻本《晦庵朱侍讲先生韩文考异》十卷（存八卷，卷三至卷十，卷一至卷二配清钞本）；宋刻本《诗集传》二十卷（吴寿旸跋并录陈鳣跋），皆藏南京图书馆；宋咸淳元年（1265）建宁府建安书院刻宋元明递修本《晦庵先生朱文公文集》一百卷、《续集》十一卷、《目录》二卷，藏湖南图书馆。

《晦庵先生朱文公文集》《诗集传》《楚辞集注》《朱子语类》概况：

一　重要版本

《晦庵先生朱文公文集》，简称《朱文公文集》，又名《朱子大全》《晦庵集》《朱子大全文集》《朱子文集大全》及《朱子文集》等。包括正集一百卷，由季子朱在编辑而成（一说朱在只编了八十八卷）；《续集》五卷，不知编者何人，《四库总目》推测"其成集亦在理宗之世"；《别集》七卷，由南宋余师鲁编辑。据四川大学古籍整理研究所《宋集珍本丛刊书目提要》，朱熹《晦庵先生文集》现存最早刻本为宋淳熙、绍熙年间闽中坊刻本（藏台湾故宫博物院），此本前集十一卷、后集十八卷，为诗文合集。据文化部《第一批国家珍贵古籍名录》，是书百卷本现存最早刻本有宋刻本题《晦庵先生文集》（藏国家图书馆），一百卷，另有目录二卷；又有宋咸淳元年（1265）建宁府建安书院刻宋元明递修本《晦庵先生朱文公文集》一百卷、《续集》十一卷、《目录》二卷（藏湖南图书馆）。是书宋代刊刻有两个系统：闽本和浙本。四川大学古籍整理研究所《宋集珍本丛刊》收录浙本《晦庵先生文集》一百卷。清康熙二十七年（1688）蔡方炳、臧眉锡据元本校刻闽小字本，"方炳书后题曰《朱子大全集》"，包括《晦庵集》一百卷、《续集》五卷、《别集》七卷，《四库全书》本即据此本钞录而成；宋刻明修补本，题《朱文公集》，有正集一百卷，《续集》十一卷，《别集》十卷；光绪时期贺瑞麟辑《西京清麓丛书》本和刘毓英辑《刘氏传经堂丛书》本，两本均题为《朱子大全文集》；《四部丛刊》初编影印明刊本，题《朱子大全集》；《四部备要》本，题《朱子大全》，据明刊本排印。又，清咸丰徐树铭刊本，按文体分类，题《朱子文集大全类编》。马德鸿、陈莉《〈朱文公文集〉版本源流考》（《图书·情报·知识》2005年第1期）述《朱文公文集》版本源流甚详。又，今人束景南《朱熹佚文辑考》（江苏古籍出版社1991年版）从古籍中辑得朱熹佚文三百余种（包括残卷）。《朱文公文集》今较通行者，除《四库全书》本、《四部丛刊》初编本外，另有郭齐、尹波点校的《朱熹集》（四川教育出版社1996年版）。后者以《四部丛刊》初编本为底本，校以宋本等多种刊本，内容包括《朱熹集》（即《正集》）、《续集》《别集》《遗集》《外集》，并收录佚文，又附有朱熹传记资料、文集序跋等多种材料，是目前所见材料最为完备的本子。

《诗集传》，《宋史·艺文志》《直斋书录解题》俱录作二十卷。现存宋刻本不全。《四部丛刊三编》有影印宋刊本亦二十卷，学者论其尚可见原书面貌。又有明刊本、《四库全书》本、《西京清麓丛书正编》本及《刘氏传经堂丛书》本为八卷。通行的有1958年中华书局排印本、2011年该局出版的赵长征点校本，1980年上海古籍出版社所出点校本《诗集传》题名《诗经》，2007年凤凰出版社亦出点校本《诗集传》，都是较精的本子。

《楚辞集注》现存最早也最权威的版本为朱熹之孙朱鉴于南宋端平二年（1235）主持刊刻的本子。上海古籍出版社于1979年所出《楚辞集注》以此本为底本，以元明清等多种版本为参校，被业内看重。

《朱子语类》一百四十卷，南宋黎靖德编，是一部朱熹与其弟子问答的语录汇编。朱熹与弟子多有问答，弟子亦多记录。南宋李道传等人从这些弟子手中收集记录，编辑有《朱子语录》（李道传编）、《朱子语续录》（李性传编）、《朱子语后录》（蔡抗编）、《朱子语类》（黄士毅编）、《朱子语续类》（王佖编）。黎氏所编《朱子语类》即系以它们为蓝本，汇集重编，删其重复，最终于咸淳六年（1270）出版。初刊题作"朱子语类大全"。现存主要版本为宋咸淳二年（1266）《朱子语类》书影刊本、明成化九年（1473）陈炜刻本、清吕留良宝诰堂刻本、广州书局本等。目前较通行的单行本为中华书局1986年所出王星贤点校的排印本，此本后多次重印。

二　文学成就

朱熹作为南宋著名理学家而又喜欢诗文创作，且于创作亦颇有成就，为文学大家。这种情况非常特殊。因为当时理学家为了专心修德向学，主张心无旁骛、不事创作。朱熹却另有看法。例如二程都不主张学者作诗，朱熹的观点则是："诗之作，本非有不善也。"因为"诗本言志"，故可"宣畅湮郁"，只要诗作内容"优柔平中"就无所不可（见朱熹《南岳游山后记》）。朱熹还对诗歌写作提出了自己的看法，即一方面主张"诗言志"，另一方面又主张文道合一，强调为诗无论是豪放还是平淡都应"真味发溢"（朱熹：《清邃阁论诗》），为"天生成腔子"（朱熹：《朱子语类》卷一三九）。故郭绍虞先生谓朱熹诗论"较一般道学家切实而通达"（郭绍虞：《中国文学批评史》第二编第二章）。朱熹对文章写作也有深入的研究，方东树《昭昧詹言》卷一曾概括介绍说："朱子论文：忌意凡思缓（欧《六一居士传》）；软弱；没紧要；不仔细；辞意一直无余；浮浅；不稳；絮（说理要精细却不要絮）；巧（东坡时伤巧）；昧晦。（荆公、子固）；不足（欧公）；轻；薄；冗（南丰改后山文一事，可思）"。并称赞说："愚谓此虽论文皆可通之于诗"。朱熹的文学创作主要见于《晦庵先生朱文公文集》中，计有诗、词、赋、散文等多种体式。朱熹还有一些文字是有关文学主张及文学批评观点的，散见于其《文集》《诗集传》《朱子语类》《楚辞集注》等著述之中。朱熹还有词作，虽然数量不多，却也境界不凡，自有特点。对朱熹文学创作及其文学思想进行系统研究的专著有莫砺锋《朱熹文学研究》（南京大学出版社2000年版）。

朱熹的诗歌现存有1200余首，主要保存在《朱文公文集》卷一至卷十中。其诗歌内容大致有三类：一是说理诗，二是反映社会现实的诗歌，三是咏物写景、抒写性情的诗歌。但是三者也或融合交叉。朱熹是宋代说理诗的代表性作家，其说理诗在写法上往往形象生动，既富于理趣，又隽永含蓄。如著名的《观书有感》一首："半亩方塘一鉴开，天光云影共徘徊。问渠那得清如许，为有源头活水来。"借写景道出哲理，耐人寻味。也正因为如此，他的诗歌有不少脍炙人口。如《春日》："胜日寻芳泗水滨，无边光景一时新。等闲识得东风面，万紫千红总是春。"将自然美景与自己的感受结合起来，新颖而贴切。《泛舟》："昨夜江边春水生，艨艟巨舰一毛轻。向来枉费推移力，此日中流自在行。"以春水泛舟为比，含蓄地说明事理，还抒发出豁然开朗后的自在和畅快。朱熹反映社会现实的一类诗歌，体现出爱国热情和对民生的关注。前者往往与战事相关，抒发作者对国事的担忧，如《次韵刘彦采观雪之句》："感此节物好，叹息今何时。当念长江北，铁马纷交驰。"亦有风格激昂慷慨的作品，如《次子有闻捷韵四首》其二："杀气先归江上林，貔貅百万想同心。明朝灭尽天骄子，南北东西尽好音。"颇显豪迈自信。其关注民生的诗歌有时结合天灾人祸，如《杉木长涧四首》其一写洪水带来的灾难："沙石半川原，阡陌无遗踪。室庐或仅存，釜甑久已空。压溺余鳏寡，悲号走哀恸。"有时却似无端生发，更能体现朱熹对民情的时时挂怀，如《西阁》："借此云窗眠，静夜心独苦。安得枕下泉，去作人间雨。"朱熹的咏物写景一类诗歌，往往蕴含情意。如《题榴花》："五月榴花照眼明，枝间时见子初成。可怜此地无车马，颠倒苍苔落绛英。"朱熹还有一类诗歌学习民歌，活泼流畅，最典型的就是《九曲棹歌》（又题《淳熙甲辰仲春，精舍闲居，戏作武夷棹歌十首，呈诸同游，相与一笑》）。这是一组诗，共十首，分别歌吟九曲溪水之一曲景观（第一首可视作引子），写法上采用勾连、叠字等手法，所以十首诗歌内容联系紧密，主线贯通而下，给人感觉就是一首民歌的十段歌词。故此，朱熹的诗体现了他追求自然淡泊的创作主张，但风格非一，也未尝不讲究遣词造句。

朱熹散文数量最多，《朱文公文集》共一百卷，其中九十卷为散文。其散文主要是应用性文体，有封事、奏札、讲义、奏状、申请、书信、序、记、跋、铭、箴、赞、表、疏、启、婚书、祭文、碑、墓表、墓志铭、祝文、行状、公移、上梁文及杂著等多种，以书信体文章量最大。散文成就，则清人洪亮吉认为："南宋之文，朱仲晦大家也。"（洪亮吉：《北江诗话》卷三）朱熹对散文，主张"作文字须是靠实，说得有条理乃好，不可架空细巧"（朱熹：《朱子语类》卷一三九）。其文章内容或学术，或议政，或写景，或叙事写人，或抒情明志，要皆明晰清楚。说理文字精当实在，不为虚饰，叙事写景之文则颇能委婉附物，细致生动。朱熹有一些文章文学性较强，如其游记、行状等类文字。游记方面，莫砺锋认为朱熹最为出色的散文为《百丈山记》，因其没有借景寓理的成分，只是写其所见之美景，"是一篇精美绝伦的山水游记，完全可以与唐宋八大家的那些写景精品媲美"（莫砺锋：《朱熹文学研究》）。百丈山有一建筑名"西阁"，《百丈山记》有一段文字描述其境，先是突出其据水源所在之地："阁据其上流之地，当水石峻激相搏处，最为可玩。"又写自己"独夜卧其上，则枕席之下终夕潺潺，久而益悲，为可爱耳"。写了自然美景及对美景本身的欣赏和体味，描述使人身临其境。而前述朱熹《西阁》诗"安得枕下泉，去作人间雨"，却以挂怀民生为主旨。主旨不同，约略体现了朱熹作文重视文体特征的主张。

朱熹的词作有《晦庵词》结集，今存二十首。词法苏轼，不拘题材，用词的形式表达如唱和、隐逸、怀人等诸多内容，词风俊朗。朱熹词亦时或显出说理成分，但与其诗歌一样或用比况手法，因而形象、隽永。如《好事近》前两句："春色欲来时，先散满天风雪。"或结合写景叙事，不乏形象。如《水调歌头》："富贵有余乐，贫贱不堪忧。谁知天路幽险，倚伏互相酬。请看东门黄犬，更听华亭清唳，千古恨难收。何似鸱夷子，散发弄扁舟。鸱夷子，成霸业，有余谋。致身千乘卿相，归把钓鱼钩。春昼五湖烟浪，秋夜一天云月，此外尽悠悠。"朱熹的《水调歌头·隐括杜牧之齐山诗》改写杜牧，抒写乐观旷达情怀，被视作词中佳品。词云："江水浸云影，鸿雁欲南飞。携壶结客何处？空翠渺烟霏。尘世难逢一笑，况有紫萸黄菊，堪插满头归。风景今朝是，身世昔人非。酬佳节，须酩酊，莫相违。人生如寄，何事辛苦怨斜晖。无尽今来古往，多少春花秋月，那更有危机。与问牛山客，何必独沾衣。"清人王奕清所编《历代词话》引明人薛瑄《读书续录》评价说："晦庵先生词，几于家弦户诵矣。其隐括杜牧之九日齐山登高诗《水调歌头》一阕，气骨豪迈则俯视苏辛，音韵谐和则仆命秦柳，洗尽千古头巾俗套。"朱熹还有两首《菩萨蛮》，俱用回文写成，但虽有游戏之意，仍然情感充盈。如其一："暮江寒碧萦长路，路长萦碧寒江暮。花坞夕阳斜，斜阳夕坞花。客愁无胜集，集胜无愁客。醒似醉多情，情多醉似醒。"

朱熹的一些学术性著作表达了他的文学观念，这些观念往往与朱熹的理学主张紧密相关，体现出与其诗歌创作不尽一致之处。这方面内容集中于《诗集传》《楚辞集注》和《朱子语类》。其基本文学观是，主张文、道合一，"文从道中流出"（朱熹：《朱子语类》卷一三九），但强调"道"更重要："美者，声容之盛；善者，美之实也"（朱熹：《论语集注》）文风应自然平淡，所谓"天生成腔子"（朱熹：《朱子语类》卷一三九）。朱熹文章众多，其中也有评价作家作品内容，这些评论与其《诗集传》甚至《楚辞补注》相同，主张文、道一致。既以尊经崇圣为原则评价作品内容优劣，也从艺术角度论其水平高低，但主要还是以有道与否为首要批评原则。如其论苏轼，肯定"苏氏文辞伟丽，近世无匹"（朱熹《答程允夫》），另外又指出其文辞掺杂佛、老，不尽符儒家义理，于道未纯。

《诗集传》为朱子最重要的《诗经》学著作。它对诗歌的产生、创作及阅读欣赏等问题有基本论述。作者解释了诗歌产生的缘由是"感于物而动"，因有思而有言，言之不能尽则诗歌产生。又以"多出于里巷歌谣之作，所谓男女相与咏歌，各言其情者"评说《诗经》国风，这样不唯指出了《诗经》古诗的创作主体、体式特征，也说明了这些作品的内容性质，与汉唐经学家解《诗》有明显差异，在当时可谓石破天惊之论。朱熹还对《诗经》采用的赋比兴手法进行了解释，将它们归入文学范畴，论说简洁明快，并较符合《诗经》使用这些手法的实际情形，因而得到后世学者及一般读者的广泛认可。朱熹提出读诗之法，需要讽诵涵咏（见朱熹《诗集传序》），这样才能准确理解诗意。《诗集传》还具体对一些诗歌做了趋向于文学角度的解读分析，主要表现在于诗篇中指出"赋""比""兴"，并结合作品分析其具体使用情况。朱熹的解释还往往注意作品整体，如对《小雅·常棣》一首，朱熹指出的谋篇布局，并逐章分析，最后又总结说："可谓委屈渐次，说尽人情矣，读者宜深味之。"论及该诗的写作特点和内容特点。朱熹还注意格律问题，间或指出押韵情况。但是，其结撰的出发点仍然是经学，故解释评论也以儒家诗教为基本准则，对诗旨的阐释仍多从《毛诗序》。

《楚辞集注》，成书于庆元五年（1199），论者或以为系朱熹有感于赵汝愚被罢相而作，或以为朱熹自感于仕途坎坷所作。朱氏此书由三部分构成：《集注》《辨证》《后语》。《集注》八卷，分"离骚"和"续离骚"，"离骚"系屈原作品二十五篇，"续离骚"包括宋玉、景差、庄忌、淮南小山的作品六篇。朱熹《集注》以汉代王逸《楚辞章句》及宋代洪兴祖《补注》"详于训诂，未得意旨，乃隐括旧编，定为此本"（《四库全书总目》）。朱熹仿其《诗集传》，分章解释，先释字词，再解章句，重视义理，还往往指出原文用赋比兴之处。《辨证》分上、下二卷，内容主要为订正王、洪旧注的谬误。《后语》六卷，收录晁补之《续楚辞》《变离骚》二书中荀卿至吕大临作品凡五十二篇。这三部分，作者均自作序文。《楚辞集注》反映出的文学观念与《诗集传》一致，也以儒学诗教为评判作品的主要标准。故作者一方面赞扬屈原的忠君爱国，情感浓烈，不能不发而为辞，故其作品不可径以"词人之赋"视之；另一方面又批评屈原"未能求周公、仲尼之道"，致使作品"流于跌宕怪神、怨怼激发"因此"不可以为训"（朱熹《诗集传序》）。但作为文学家，朱熹也能从文学角度看待屈作，并欣赏其以情动人的魅力和使用比兴手法带来的艺术效果。他说："原之作，其志之切而词之哀"，"读者其深味之，真可谓恸哭而流涕也"（朱熹《辩证序》）。《集注》还注意解析原作喻义。陈振孙《直斋书录解题》评说《楚辞集注》："祛前注之蔽陋，而明屈子微意于千载之下。"

　　《朱子语类》为语录体文字，内容为朱熹与门人的对话，主要记述朱熹之言谈，由黎靖德依据多种《朱子语类》去其重复、分类编辑而成，初刊于咸淳六年（1270）。此籍内容十分丰富，卷帙规模巨大。全书分为二十六门类，论及理气、性理、鬼神、伦理、知行等众多问题，要以阐释和反映朱熹思想为旨。也涉及文学。该撰述理清楚；语言为宋代白话，自然通俗。其涉及文学论述部分，主要见于卷八十（论诗）、卷一三九（论文。这一部分又由王水照主编的《历代文话》收录，复旦大学出版社 2007 年版）。朱熹论述了《诗经》"六义"、风雅颂分类（主张从音乐角度解释）、《诗序》是否可靠、《毛传》的解释等，并对比兴手法、读《诗》、解《诗》、《诗经》的押韵等更具有文学性的问题都予以论述。他对"比""兴"做了细致区分，如："说出那物事来是兴，不说出那物事是比。""比虽是较切，然兴却意较深远。""比是以一物比一物，而所指之事常在言外。兴是借彼一物以引起此事，而其事常在下句。但比意虽切而却浅，兴意虽阔而味长。"论读《诗》，则强调多诵读，注意诗歌的语调声音；还要注意诗歌语言的特殊性，进而从总体上完整理解诗意："看诗且看他大意"，而不能像解读散文那样字字坐实，否则，"便都碍了"。读诗，还要注意"会得诗人之兴"，和人情问题："以诗观之，虽千百载之远，人之情伪只此而已，更无两般。"朱熹还谈到重章叠句，说："诗，人只见他恁地重三叠四说，将谓是无伦理次序，不知他一句不胡乱下。"举《棫朴》例说："'遐不作人'，却是说他鼓舞作兴底事。功夫细密处，又在后一章。如曰'勉勉我王，纲纪四方'，四方便都在他线索内，牵着都动'。"可以看出，朱熹虽然仍然以《诗经》为儒家经典，但已经对其艺术问题有了很多思考和见解。但根本上，朱熹是以文、道一元的标准衡量文学创作的，所以对韩、欧、苏等大家的作品，他也认为未至完美："韩退之及欧、苏诸公议论，不过是主于文词，少间却是边头带说得些道理，其本意终自可见。"（《朱子语类》卷一三七）但也有纯粹从文理等文学角度进行批评的。例如对欧阳修散文，说其"锋刃利，文字好，议论亦好"，其文有"纡徐曲折，辞少意多，玩味不能已"者，但也指出其文存在的问题，若有的呈现"断续不接处"，有"绝不成文理者"，《六一居士传》更是"意凡文弱"（《朱子语类》卷一三七）。

附：朱熹叔祖朱弁、父朱松文学著述介绍

朱熹叔祖朱弁（1085—1144），字少章，号观如居士，是南宋初期著名文学家。生平事迹主要见于朱熹《奉使直秘阁朱公行状》（《晦庵先生朱文公集》卷九八），《宋史》卷三七三亦有传。

朱弁少即颖悟，读书勤奋，"日数千言"（朱熹：《奉使直秘阁朱公行状》）。二十岁后入太学，以诗受到晁说之称赏，妻以兄女。朱弁生活于宋金交恶时期，于高宗建炎元年（1127）自荐使金，随以通问副使身份赴金探问二帝，为金所拘。金人百般诱降不成，拘之十六年才予放归。返宋后，因劝高宗收复中原，多忤秦桧，官事不亨，终仕于奉议郎。朱弁于绍兴十四年（1144）辞世，年六十。

朱弁著述多种，有《聘游集》《辋轩唱和集》《曲洧旧闻》《风月堂诗话》等，今唯存后两种。《曲洧旧闻》十卷作于留金期间，为笔记类，文中"皆追述北宋之事，无一语及金，故曰'旧闻'"（《四库全书总目》）。主要记述北宋朝野遗事，内容丰富，于王安石变法、蔡京进退诸事等给予较多关注，"盖意在申明北宋一代兴衰治乱之由"（《四库全书总目》）。书中也偶有神鬼怪异内容，盖据传闻所录，又有记植物、建筑、诗话、文评及考证等文字，内容较杂。该撰文笔生动，能写出人物性情，不仅具有史料价值，也具有较强的文学性。如卷一有一则写太祖皇帝遇刺，当时"飞矢中黄伞"，禁卫俱"惊骇"，皇帝却"披其胸，笑曰：'教射！教射！'"细节描写加上对比手法的使用，用字不多，就将赵匡胤临危泰然的神态传达出来。《风月堂诗话》二卷亦作于留金期间，"是编多记元祐中欧阳修、苏轼、黄庭坚、陈师道、梅尧臣及诸晁遗事"，其论诗则主自然之道，"首尾两条，皆发明钟嵘'思君如流水既是即目，明月照积雪羌无故实'之义，盖其宗旨所在"，又其虽然也推崇黄庭坚，但"其论黄庭坚'用昆体工夫，而造老杜浑成之地'，尤为窥见深际。后来论黄诗者，皆所未及"（《四库全书总目》）。《风月堂诗话》因之显出撰者的文学识见非同一般。

朱熹父亲朱松（1097—1143）也是南宋著名的文学家。生平事迹主要见于朱熹《皇考左丞议郎守尚书吏部郎兼史馆校勘累赠通议大夫朱公松行状》、周必大《宋史馆吏部赠通议大夫朱公松神道碑》。

朱松未冠，即"縣郡学贡京师"（朱熹：《皇考左丞议郎守尚书吏部郎兼史馆校勘累赠通议大夫朱公松行状》，见《新安文献志》），年二十二即登进士第，进入仕途。平时喜欢精研经子史传以为"应时合变"之需。因曾上奏章反对秦桧议和，被诬陷"怀异自贤"，出知饶州，未上任而卒。

朱松早年由郡庠贡京师，即在作文方面表现不俗："文体清新，耻于蹈袭。"其后又"诗名闻四方"（周必大：《宋史馆吏部赠通议大夫朱公松神道碑》）。当时吏部侍郎徐度曾经说自己"少多与前辈游，追识公及张戒定夫，始得为文之法"（周必大：《宋史馆吏部赠通议大夫朱公松神道碑》）。朱熹也曾对父亲文学才华赞誉有加："公生有俊才，自为儿童时，出语已惊人。少长，游学校，为举子文，即清新洒落，无当时陈腐卑弱之气。"

朱松著有《韦斋集》十二卷，行于世；外集十卷，藏于家（已佚），又参与编撰了《哲宗实录》。《韦斋集》是诗文合集，通行本有四库全书本。最早的刻本为南宋淳熙年间（1174—1189）所刊，元朝至元（1264—1294）、明代弘治（1488—1405）时期也有刻印，但俱失传。至康熙时期朱松后人才又寻得旧本（即明弘治刊本）复行刊印（参见四库本《韦斋集》末附朱氏后人朱昌辰所记），四库本即据此本抄录。四川大学古籍研究所编《宋集珍本丛刊》分别于第40册和第41册影印了雍正四年浦泰钞本和傅增湘校清雍正六年朱玉刻本。

《韦斋集》前六卷为诗，后六卷为文。诗作方面，以古诗为多，有三卷；次绝句，有两卷，律诗一卷。朱熹论云："其诗初亦不事雕饰，而天然秀发，格力闲暇，超然有出尘之趣，远近传诵，至闻京师，一时前辈以诗鸣者，往往未识其面而已交口誉之。"诗歌题材多题赠、游历、观览、感时、抒怀，内容或抒写仕宦的无奈与对林壑的向往，或抒写友情，或抒写游历中所见乡情野趣，或抒写因季节变化引发的思绪，等等。律绝工于写景，而情蕴于中，风格雅洁清远。如绝句《太康道中二首》之一："得春杨柳遍乎郊，犹见藏鸦影未交。动地风来一披拂，青黄浅浅抹林梢。"古风则往往融议论、叙事与景象描写为一体，风格与律绝一致而稍见质直。如《游郑圃》："城郭不去眼，而得林壑娱。低回抚壮心，欲吐无与俱。铿然一枝筇，细磕争樵渔。挽衣径与饮，不省谁为吾。"其文章，有奏议、策、书、序、记、题跋、文、表状、启、行状等，以应用体为主。朱熹论云："其文汪洋放肆，不见涯涘，如川之方至，而奔腾蹙沓，浑浩流转，顷刻万变，不可名状，人亦少能及之。"（朱熹：《皇考左丞议郎守尚书吏部郎兼史馆校勘累赠通议大夫朱公松行状》）宋人傅自得在《韦斋集序》中对其诗文都作了高度评价，说："其诗高远而幽洁，其文温婉而典裁，至表奏书疏又皆中理而切事情。"四库馆臣则谓其"其学识本殊于俗，故其发为文章气格高远"（《四库全书总目》）。

五十六　汪莘《方壶存稿》《方壶词》

汪莘（1155—1227），字叔耕，号柳塘，晚年自号方壶居士，宋代徽州休宁（今属安徽黄山市休宁县）人。南宋学者、诗人。生平事迹，主要见于其同时期人李以申《汪居士莘传》（载明代程敏政所编《新安文献志》），又汪莘《方壶存稿》所载诸家之序、《宋史翼》卷三六并有述及。

据《汪居士莘传》记载，汪莘"自幼不羁。浸长，卓荦有大志，不肯降意场屋声病之文，乃退安丘园读《易》自广"。长期隐居黄山。平时读《周易》，也读释老，"凡韬钤之书，释老之典，靡不究习"，故为学者身份。但并不忘国事。宋宁宗于嘉定年间下诏求治理之策，于是汪莘三次上书，"论天变、人事、民穷、吏污之弊，行师布阵之法"。被时人誉为"真爱君忧国之言也"。此时正好朱熹"召赴经筵"，汪莘遂与之通信，对其有殷切之语，如："财不待先生而富，兵不待先生而强。惟主上父子之间，诸公所不济者，待先生而济。"所提建议，朱熹"深重其言"。又曾要求真德秀"俯屈以访诸贤"。当时徐谊"帅江东"，认为汪莘行事"素高"，于是"移檄本郡"，要求部属准备"书史笔札抄录著述"，以便将其作为隐逸之士向朝廷引荐，但未能实现。汪莘自己也坚持隐居，"筑室柳溪之上，圃以方渠，自号方壶居士"。

汪莘喜饮酒，"每醉必浩歌赋诗，以宣其郁积"。时人陆梦发《兰皋集序》云其还在家乡与二十余同道者共建诗社，"一时雅集，不减山阴"（参欧阳光：《宋元诗社研究丛稿》）。又据汪莘《方壶存稿》"诗余"自序，他54岁时才开始尝试写词，"乃知作词之乐，过于作诗"。

汪莘性耿直，他与朱熹、真德秀等人俱相交甚善，且师事朱熹，但仍然写了一封《辞晦菴朱侍讲书》，只因后者未能以调和两宫以平安王室为己责。

《方壶存稿》《方壶词》概况：

汪莘生前曾自编其集，初名《柳塘集》（据《四库全书总目》）。但著述多已不存。今《方壶存稿》九卷，为其裔孙明人汪璨等人重编，有汪璨等人刻本；《方壶集》四卷，清雍正九年（1731）刻本。《四库全书》收录《方壶存稿》八卷。"是编第一卷为书、辨、序、说、颂，第二为赋、歌行，第三卷至第七卷为古、今体诗，第八卷为诗余。附录李以申所撰传及交游往来书。前有程珌、孙嵘叟、王应麟三序。后有宇文十朋、史唐卿、刘次皋、汪循四跋。"（《四库全书总目》）又另收其《方壶词》三卷。北京图书馆古籍珍本丛刊影印了汪璨等刻本《方壶存稿》（书目文献出版社1998年版）。四川大学古籍整理研究所《宋集珍本丛刊》收录《方壶先生集》四卷，为雍正刻本。此本较四库本收文为多；又收《方壶存稿》，系清初自明万历本钞录（万历本翻刻自汪刻本）。北京大学古文献研究所编纂的《全宋诗》收其诗214首；唐圭璋编、王仲闻订补《全宋词》（中华书局1965年重印版）录其词作68首。

文学成就：汪莘诗、词、文皆擅，作品体式不一，但内容主旨大体一致，多抒写其不慕世俗的雅趣，形式上则不受拘束而有豪宕不羁之势。

《方壶存稿》中，诗歌数量最多，体式上有七律、七绝，五律、五排，也有古风，还有歌行。《四库全书总目》说其诗歌创作学习李白。前人谓之"造境生而造语险，不拘绳墨法度，自为方壶一家言"（陈思、陈世隆：《两宋名贤小集·方壶存稿序》）。检视其诗，确有不愿受拘制的倾向。现存诗歌在内容上多为描写自然之景，抒写隐居闲适之情，也有行旅见闻，还有反映对国事民情的关心。如《游甘露寺》："闻道昔时兵可用，未知今日意如何。伤心南渡英雄尽，屈指中原岁月疏。"明显表现出对统治者不能用兵收复失地的失望和痛心。其《秋日饮钱塘门外双清楼》："西湖日日可寻芳，楼上凭栏意未忘。斫取荷花三万朵，做他贫女嫁衣裳。"面对一池鲜花美景，作者想到的是贫女，因之突发奇想。艺术风格上，汪莘诗有豪放之气，诗多长篇，语言灵活多变。如《野趣亭》长达850余字，作者借此尽情挥洒对"野趣"的喜爱和追求。诗歌句式多样，变化多端，一开始是长达十四句的五言，而后是八句七言，接下来是一句九言，又接以一句七言，然后是四句五言、十句七言，又接以二句五言、八句七言，再下来是二十二句之多的五言，……语汇方面则不避重复，如其中一段："地野背城市，屋野堆茅茨。草野没荒径，竹野成疏篱。春野暗桑柘，绿叶一尺肥。秋野明稼穑，紫穗三尺垂。禽野不在笼，鱼野不在池。公卿幸不到，鸡犬亦自如。使我头得野，散发迎凉飔。使我脚得野，赤脚濯寒漪。炉野燃生薪，器野执素瓷。行野晚老鹤，坐野蹲孤罴。语野从已出，笑野非他随。一盂野饭既不缺，一杯野菜尤相宜。一樽野酒罕俦侣，只可自饭还逢酾。"句句有"野"，虽然铺叙详致，却别有一番自然清趣。汪莘虽然有意学习李白，但"天姿高秀不及之，故往往落卢仝蹊径。虽非中声，要亦不俗"（《四库全书总目》）。有时在诗中说理，语言质实。如《方壶自咏》："生死何时了，盈虚祇足伤。谁能一刻静，大胜百年忙。反已求中帝，逢时说外王。纷纷徒藉藉，踽踽亦凉凉。"

汪莘词作也很有特点。其《方壶存稿》卷八"诗余"自序云："余之词，所喜爱者三人焉：盖自东坡而一变，其豪妙之气隐隐然流出言外，天然绝世，不假振作；二变为朱希真，多尘外之想，虽杂以微尘，而其清气自不可没；三变而为辛稼轩，乃写其胸中事，尤好称渊明。此词之三变也。"这里讲的是苏轼等人在词史上的更新。汪莘的词，风格与其诗歌类似，豪放自然，不愿受音律等限制，所以难免有不羁之诮而有失精致。《四库全书总目》说："（汪莘）所作稍近粗豪。"还特别拈出他的一些词作进行批评："其中《水调歌头》二首，至以'持志''存心'为题，则自有诗余，从无此例。苟欲讲学，何不竟作语录乎！"这实际上反映了汪莘喜欢以文入词的特色。词语不避重复，行文有意散文化，都是其词特点。如其一首《水调歌头》上阕："听说古时月，皎洁胜今时。今人但见今月，也道似琉璃。君看少年眸子，那比婴儿神采，投老又堪悲。明月不再盛，玉斧亦何为。"但汪莘也有写法讲究、用语典雅华丽的词作。如《沁园春·忆黄山》："三十六峰，三十六溪，长锁清秋。对孤峰绝顶，云烟竞秀，悬崖峭壁，瀑布争流。洞里桃花，仙家芝草，雪后春正取次游。亲曾见，是龙潭白昼，海涌潮头。当年黄帝浮丘。有玉枕玉床还在不。向天都月夜，遥闻凤管，翠微霜晓，仰盼龙楼。砂穴长红，丹炉已冷，安得灵方闻早修？谁如此，问源头白鹿，水畔青牛。"结合神话传说写黄山风景，虚实结合，描绘出黄山的壮丽多姿，传递出种种神奇浪漫，令人眼花缭乱。修辞方面，多用对仗、比喻及拟人，语词色彩丰富。汪莘同时主张词应有寄寓，所以内容上，借自然景象的描述或古人事迹的提点，表达自己或志于隐居或有意报国的心理。如另一《水调歌头》："寄语山阿子，何日出幽篁。兰衣蕙带，为我独立万寻冈。头上青天荡荡，足下白云霭，和气自悠扬。一阵东风至，灵雨过南塘。招山鬼，吊河伯，俟东皇。朱宫紫阙、何事宛在水中央。长望龙辀雷驾，凭仗箫钟交鼓，宾日出扶桑。我乃援北斗，子亦射天狼。"显系用屈原事迹及其作品语意，以寄托自己的情志。其《杏花天·有感》写"美人家在江南住"，却"每惆怅江南日暮"，结合汪莘所处特殊时代，不免引人申发联想。

汪莘的散文辞赋类作品，则"皆排宕有奇气"（《四库全书总目》）。南宋咸淳年间，孙嵘叟为汪莘集作序，云"（汪莘文章）雄壮奇伟"，"古赋似宋玉"。观其现存书信《辞朱晦庵侍讲书》、文《天地交泰辩》，内容摈弃人间烟火，亦皆富清气。汪莘的《说诸家诗》是一论诗之文，要为初学者明示路径。其观点有二，一是认为诗存于太虚之间，万事万物皆可咏歌，诗人的作为表现在有智慧能发现之，有才华能摹写之；二是"诗有道有权"，道者指诗人应具备的道德学问，权者指诗人应该具有的作诗技能。所以诗歌通过用词表现诗人才华，通过才华表现诗人所具备的"道"，又通过"道"表现"时"（指有用于时）。文章内容新颖，有作者自己的文学观念，写法上敷陈言辞，挥洒无余，颇能鼓动人心。

五十七　汪晫《康范诗集》

汪晫（1162—1237），字处微，私谥曰康范先生，宋代徽州绩溪（今属安徽宣城市绩溪县）人。南宋诗人。生平事迹，主要见于其同时人吕午《康范汪处士晫墓志铭》（载明代程敏政所编《新安文献志》卷八七）、李遇为之所写诔文（见《康范诗集》附录）、唐廷瑞撰《康范先生行状》（见《康范诗集》附录）。

据《康范汪处士晫墓志铭》记载：汪晫"九岁即遭父丧"，性至孝，"事母以孝闻"。又"蔚有文声"，师从乡里先达直阁汪文振。又其"力慕高远"，举凡"国制、官民、政俗"，靡不探究。本想以此用于世，但宋宁宗庆元五年（1199），其长兄汪旸"以五举得官"，却未及赴任就去世了，汪晫深感震撼，由此不愿步入仕途。但是在开禧三年（1207），还是"觅举阙下"，不想却遭逢战乱。他慨叹着"是尚可求仕也欤哉"，于是"不就举而归"。就此断绝科举之念。

嘉定五年（1213），其妻胡氏去世，汪晫"手营一丘"。随后，在县南五里许结庐居住。其地"山如玉环"，"因想唐人盘谷之趣"，名庐为"环谷"。"自非疾忌，无日不徜徉于斯。"此时的他，已年届五十。"既不事科举，即取六经诸子旁及二氏之书，研精覃思，穷理尽性。"成为硕儒。他将曾子、子思等先秦儒者之文进行辑佚和编辑，对古籍以及儒学都有特殊贡献。他还"以孝悌媲睦训家之子弟，以忠信笃敬诏里之后生"。生活上则但"安于贫约"。"年逾六十"，"学益老道"，引起地方执政官员注意。当时郡守袁甫亲自"造门求见"，欲以编氓籍。汪晫固辞不允。"袁公叹息而去，更欲状其事以闻诸朝"，仍被拒绝。其后，参政真德秀又嘱咐绩溪县令李遇，"求君言行之实际，将以名氏荐"，但不及行办，真德秀即逝世。汪晫也于嘉熙元年（1237）去世，享年七十六。李遇"率僚属致祭文"，并与三老士人会于学宫，"私谥曰康范处士"。又，县令李遇亲自为之撰写了诔文。

汪晫重情义，其诗词多有唱和之作。

《康范诗集》等留存概况：

吕午《康范汪处士晫墓志铭》录汪晫"平生著述有《曾子》《子思子》二卷为全书，他文未成集"。《新安文献志·先贤事略》谓其"诗文曰《桓谷存稿》"。汪晫之孙汪梦斗为祖父刻印有《西园康范诗集》等四种四卷。今存有《西园康范存稿》，明嘉靖刻本。此本被收入四川大学古籍整理研究所所编《宋集珍本丛刊》。《四库全书》收录汪晫所编《曾子》一卷、《子思子》一卷，又《康范诗集》一卷、《附录》三卷。《附录》中有汪梦斗的跋文，称"其诗词共七十首。其余杂著，亦尝编辑得二十篇，并《静观常语》三十余卷，亡于兵火。惟诗词草本仅存"。附录中还有《康范续录》一卷，其中载有汪梦斗为汪晫所编《曾子》《子思子全书》两书所进之表，以及《褒赠通直郎指挥》一文。《附录》又有《康范实录》一卷，载他人所写汪晫行状、铭、诔等文，"盖仿李翱文集所作《皇考实录》之例"（《四库全书总目》）。《康范实录》不可靠，四库馆臣已经驳正。此外，《附录》还有《外集》一卷，载苏氏兄弟等人所写诗歌，多系次韵汪晫。今北京大学古文献研究所编纂的《全宋诗》收汪晫诗52首（其中有几首为残篇);唐圭璋编、王仲闻订补《全宋词》(中华书局1965年重印版)录其词13首。其《曾子》一书,为汪晫所辑录古之佚文,有的取自《孝经》等他书而成,还有"割裂经文以就门目"的情况(《四库全书总目》)。《子思子》一书,名义上亦其所辑。与上书一样,"真赝互见",但由于其中"多先贤之格言,故虽编次蹐驳,至今不得而废焉"(《四库全书总目》)。

文学成就:以诗词见长。诗歌多抒写不慕富贵、安于贫约,词则或念国情,要皆平和典雅。

汪晫的诗歌体式有五言、七言律诗,还有五言、七言古诗以及七绝等。多为朋友唱和之词,也有感兴、抒怀一类,内容多写隐居自得的生活,或颂美友人、抒写友谊等,基本不涉及社会现实,题材较狭窄。《次韵胡约之秋兴》:"秋山排闼翠盈轩,似向尚人伴酒樽。桑叶一庭深不扫,菊花满院静无言。谷中景物随时变,案上文书信手翻。恰得君诗吟未了,梧桐疏雨滴黄昏。"因为作者是真心隐居,诗歌又多结合隐居生活和自然景观,故平和真挚。他的诗歌语言清新典雅,风格优美平和,但也偶杂雄奇之辞。《次韵胡益之初夏见怀》:"自是胸中三斗尘,诗兵敢敌亚夫营。愁关老子两肩瘦,春点榴花一树明。雨向梅边来处细,句从夜半得时清。方状竹枕思君切,幸有吟筒话旧情。"

汪晫的词虽然也描写日常隐居,却流露出关心国事的情怀。如《贺新郎·开禧丁卯端午中都借石林韵》:"贴子传新语。问自来、翰林学士,几多人数。或道江心空铸镜,或道艾人如舞。或更道、冰盘消暑。或道芸香能去蠹,有宫中、斗草盈盈女。都不管,道何许。离骚古意盈洲渚。也莫道、龙舟吊屈,浪花吹雨。只有辟兵符子好,少有词人拈取。谁肯向、贴中道与。绝口用兵两个字,是老臣、忠爱知难阻。写此句,绛纱缕。"对只图眼前享乐而不思国情危亡者非常不满,颇有"商女不知亡国恨,隔江犹唱后庭花"之慨。他的词还有对都市热闹的怀念。如《念奴娇·清明》:"谁家野菜饭炊香,正是江南寒食。试问春光今几许,犹有三分之一。枝上花稀,柳间莺老,是处春狼藉。新来燕子,尚传晋苑消息。应记往日西湖,万家罗绮,见满城争出。急管繁弦嘈杂处,宝马香车如织。猛省狂游,恍如昨梦,何日重寻觅。杜鹃声里,桂轮挂上空碧。"内容题材相对丰富,思想感情也相对复杂。艺术上,善于推敲,又善于营造意境,风格清丽,耐人寻味。清人况周颐《蕙风词话》曾论其《水调歌头·次韵荷净亭小集》"落日水亭静,藕叶胜花香"两句,谓"与秦湛'藕叶香风胜花气'同意。藕叶之香，非静中不能领略。净而后能静，无尘则不器矣。只此起二句，便恰是咏荷净亭，不能移到他处，所以为佳"。秦湛是秦观之子，亦能词。

五十八　华岳《翠微南征录》《翠微北征录》

华岳（？—1221），字子西；因少时读书于贵池城南齐山翠微亭（该亭为杜牧所建），遂自号翠微。宋贵池（今属安徽池州市贵池区）人。祖籍河南濮阳，南渡后其家徙居贵池。华岳是南宋军事理论家、诗人。生平事迹，主要见于《宋史》卷四五五本传及他自己的文章和诗歌；今人马君骅根据有关文献，于其整理的《翠微南征录北征录合集》"前言"中述之甚详。

华岳家族累世武将。其自身少时聪慧，能诗擅画。因家族尚武传统和其本人立志抗金的需要，华岳在已入太学的情况下，转为武学。自此步入军事生涯，攻读兵书，习练骑射。日常生活也围绕兵事进行："凡事之有系于兵者，无不遍考；地之有关于兵者，无不遍历器用、服食、行阵、衣甲之制有于兵者，无不旁收远采，以尽其底蕴；山林遗逸，英雄豪杰之士有精于兵者，无不端拜师承，以益其寡陋。"并持续有七八年之久。因此于嘉定十年（1217），登武科第一。特殊的学业使他成为优秀的军事家。他曾针对抗金形势等特殊环境写下专论如《平戎十策》《治安药石》，其中有不少内容是在当时切实可行的军事主张。当时还有一些守边将领请他襄赞戎事，只因韩侂胄等人阻挠，华岳未能更好地施展才华。

华岳秉性刚正，轻财好侠，遇事常从大局考虑，爱国忧政，不惜得罪权要。早在开禧元年（1205），就以武学生身份上书皇帝，请诛韩侂胄及其党羽苏师旦等。韩侂胄时总揽军国要政，权倾天下。华岳指名道姓，直言揭露其欲"立盖世功名以自固"的动机（华岳：《上皇帝书》），不顾国家安危、冒险对金用兵。为此，华岳受到打击报复，远囚于建宁（今福建建瓯）监狱。在狱中，华岳仍然心系国事，写下《平戎十策》《治安药石》，"以备采择"（华岳：《平戎十策》）。开禧三年（1207），韩侂胄被诛，新贵史弥远当政，仍不准华岳还京。直至嘉定九年（1216），才放还重新入学。次年登第后，任殿前司官属。鉴于史弥远的种种政治劣迹，华岳与人密谋除去其丞相之位，事发，被判"坐议大臣当死"，虽然"宁宗知岳名，欲生之"，但遭到史弥远反对，最终被杖死东市（见《宋史》本传）。《宋史》录之于《忠义》类。

对华岳其为人，后世评价甚高。如明人佘翘《华子西论》谓其"论事似晁错，谙兵似孙武，文武才也"，肯定其才情与见识；清人王士祯《翠微南征录》题词比之为"陈东一流人"，因其"不肯附和浮议"，则肯定其爱国之心。

《翠微南征录》《翠微北征录》概况：

华岳作品现存主要有两种，即《翠微南征录》和《翠微北征录》。《翠微南征录》有元抄本，为现存最早的本子，刻本最早者为明代嘉靖时期王崇志所刊。清代有四库全书本，系从汪如藻家藏本抄录；有鲍廷博知不足斋校勘本，鲍氏亲为校勘，并从刘克庄《千家诗选》中辑得佚诗 7 首补入；另黄丕烈收有旧抄本（疑即抄录王崇志刊本）；又有嘉庆年间吴锡麒批校黄虞稷钞本，四川大学古籍研究所《宋集珍本丛刊》所收《翠微南征录》即据此本影印；还有清末贵池刻本，此本刘氏为之精心细校，收入《贵池先哲遗书·秋蒲双忠录》。近代《四部丛刊》三编以黄丕烈藏本为底本，参校他本刊印。马君骅即以此本为底本，校以他本，收入《翠微南征录北征录合集》。《翠微北征录》现存最早的本子亦为元抄本，但长期湮没，直到黄丕烈偶然得之；刘世珩《贵池先哲遗书·秋蒲双忠录》中所录则为八千卷楼传抄本，经刘氏校勘刊印。马君骅以此本为底本，校以元抄本及传抄本，收入《翠微南征录北征录合集》。《合集》收录华岳诗文较全（缺词作），另收集有关华岳事迹、作品流传、题跋等多种材料作为附录，并予点校，由黄山书社 1993 年出版。华岳另有词作 18 首，孔凡礼《全宋词补辑》收录。孔氏系从《诗渊》中辑录。

文学成就：华岳作品内容多与时事有关，风格如其为人，多率性之作，情感充沛，气势突出。王士祯谓其"粗豪使气"（王士祯：《翠微南征录》题词），是缺点；钱钟书则以为是华岳有意而为，是特点："不怕人嫌他粗犷，或笑他俚鄙。"（钱钟书：《谈艺录》）

《翠微南征录》十一卷，其中《上皇帝书》一篇为文，其余皆为诗歌。诗存有四百余首，主要为律绝，只有少数是古风古诗体。华岳的诗题材较丰富，有写景抒怀、咏物、山水田园等，内容多关抒愤，表达爱国情怀及忠义之心。有鉴于此，故王士祯题《翠微南征录》语曰："余诗十卷，率粗豪使气。""如岳诗，不以工拙论可也。"这类诗往往为抒怀之作，但华岳在抒怀之时，常常结合叙事与写景，且境界阔大，风格雄奇，笔法多变，也颇具艺术感染力。例如其长达三十余行的抒情诗《归钓吟》开头就是"我生本是丝纶客，尝抱丝纶钓王国"，比喻奇特而巧妙，显出一派豪情壮志。接下来则借低沉婉转的叙事写景抒发怀才难遇之慨："抱琴归去古江边，江头风月犹依然。江风刮岸岸如削，江月照人人未眠。沙平浪静江天阔，换酒捉鱼鱼拨刺。有时醉碗和月吞，有时醉棹和烟拨。或唱歌，或吹笛，欸乃宫商人不识。"末尾写其钓网之独特，又采用直抒胸臆的方式，豪情再现："我网不似汉，汉网何太疏，也曾漏却吞舟鱼。何当周密如枢机，直欲纤悉皆无遗。我钩不似吕，吕钩何太直，除却文王有谁识。"华岳另有不少抒写田园景象及民间风情的诗歌，则生活气息浓厚，清新可喜。如《骤雨》："牛尾乌云泼浓墨，牛头风雨翻车轴。怒涛顷刻卷沙滩，十万军声吼鸣瀑。牧童家住溪西曲，侵早骑牛牧溪北。慌忙冒雨急渡溪，雨势骤晴山又绿。"描写大雨骤然而至、倏忽而去及牧童遇雨欲躲而雨止的情景，颇为夸张生动而又含谐趣。《渔父》："江村水落富鱼虾，半属桥边卖酒家。莫讶鬓边新有雪，夜来沉醉宿芦花。"亦有情趣。《田家》："鸡唱三声天欲明，安排饭碗与茶瓶。良人犹恐催耕早，自扯蓬窗看晓星。"写夫妻两人在农忙时节的情景，选择在丈夫出耕之前妻子的准备以体现其贤惠、丈夫不愿起身太早以体现其辛苦，寥寥数语就刻画出人物形象及其心理。这类诗往往在生动描写农村生活的同时又具有构思巧妙的特点。

《翠微北征录》由《平戎十策》《治安药石》两篇长论构成。二文风格与《上皇帝书》一致，直抒己见，毫不隐晦。文章内容为有关军事见解及各种具体主张，对各种武器装备的形制论之尤详，至今仍是研究南宋军事的重要资料。尤其为人所看重的是，三篇文章表现出的爱国激情。作者关心国事，不因身份低微而放弃职责，读之格外感人。

华岳的词数量不多，含爱国、爱情等内容，风格不一。他有豪放词，具豪情，显气势。如其《满江红》中句："九万鹏程当不二，八千椿寿看逾一。原从今、屈指再从头，山中日。"即写爱情题材的词有时也具有这种风格。例如《霜天晓角》："情刀无厣，割尽相思肉。说后说应难尽，除非是、写成轴。帖儿烦付祝，休对旁人读。恐怕那漕知后，和它也泪瀑漱。"以刀割比相思伤人之深重，新奇而情怀坦露。但他也有婉约词，如其一首《瑞鹧鸪》："华月楼前见玉容，凤钗斜褪鬓云松。梅花体态香凝雪，杨柳腰肢瘦怯风。几向白云寻楚□，难凭红叶到吴宫。别来风韵浑如旧，犹恐相逢是梦中。"

一派香浓软语。但就一般而言，作品直白坦率者多。

五十九　吴潜《履斋遗集》

吴潜（1195—1262），字毅夫，号履斋，宋宣州宁国（今属安徽宣城市宁国县，依《宋史》本传说；或说即宣城）人。南宋著名政治家、文学家。生平事迹，主要见于《宋史》卷四一八本传；今人宛敏灏著有《吴潜年谱》（载《合肥师范学院学报》1963 年第 1 期），述之甚详。

吴潜出生名宦之家。其父吴柔胜，进士及第，历任国子正、太学博士、工部郎中、秘阁修撰等职。谥号正肃。其兄吴渊，亦进士及第，后拜参知政事（副相）。辞世后，追赠太师。吴柔胜与吴渊又都是当时著名文人，吴柔胜时号大儒，学术上追随朱熹，襄赞理学；吴渊能诗词擅文章，通学术，有作品流传。

吴潜少负才华，于宁宗嘉定十年（1217），登进士第一，时年二十三。即授承事郎、镇东军节度判官。不久丁父忧。理宗宝庆二年（1226），任秘书省正字。两年后，迁校书郎。随后历任嘉兴府通判、知平江府尚书右郎官、太府少卿兼总领淮西财赋。至理宗绍定六年（1233），以太府卿兼沿江制置知建康府。而次年，因在用兵问题上所论不合理宗心愿，被弹劾贬官。但不久又以秘阁修撰权江西转运副使，兼江西安抚使。仕途颇有波折。淳祐十一年（1251），入为参知政事，拜右丞相，兼枢密使。但次年即遭罢相。数年后，于开庆元年（1259），在元兵突破长江，南宋危急之时，吴潜又进为左丞相兼枢密使，封相国公，改庆国公，又改许国公。吴潜上任，抱定"捐躯致命，所不敢辞"的信念，反对一味逃跑。第二年，因论立太子事为沈炎弹劾，复遭罢相，最终谪贬化州（今属广东）团练使，安置循州卒。仅一年，辞世。恭帝德祐元年（1275），恢复原职，次年赐少师。吴潜一生两次拜相，并先后知十一地方州府。

吴潜忠义，爱国忧民，有主张，有干才，政绩卓著，故深得理宗器重。为左丞相、封公爵时，理宗封诰谓吴潜"天资忠亮，问学渊深。负经纶致远之才，抱博古通今之蕴。指陈说论既有保安社稷之谋，措置时宜尤着沥胆洗心之策"。在对待元兵的问题上，主张将和、守、战结合起来，具体做法是："以和为形，以守为实，以战为应。"他在宝祐年间出任沿江制置时，为防范倭寇及高丽海盗，制定"义船法"等有力措施，发动军民共同防御，取得了极好效果。其于淳祐年间为沿海制置大使，"至官，条具军民久远之计，告于政府，奏皆行之。又积钱百四十七万三千八百有奇，代民输帛，前后所蠲五百四十九万一千七百有奇"。不仅捐资"代民输帛"，还兴修水利工程，造福长远。又其重视教育，在贬谪循州期间，创建"三沙书院"，收受学生，亲为讲授，以此普及教育并推动学术薪传。

又其为人刚正耿直，例如上疏所言能为人所不敢闻者。绍定四年（1231），吴潜以尚右郎官身份，借都城大火上疏直谏理宗要严于律己："愿陛下斋戒修省，恐惧对越，菲衣恶食"，要"疏损声色"，还要"力改弦辙，收召贤哲"，等等。又曾致言丞相史弥远论政事云："一格君心，二节奉给，三振恤都民，四用老成廉洁之人，五用良将以御外患，六革吏弊以新治道。"故多次被贬官免职。

《履斋遗集》概况：

吴潜著述，据嘉庆《宁国府志》载，计有《履斋鸦涂集》《履斋诗余集》《许国公奏议》《论语士说》，又主持编修《四明续志》等，但多亡佚。如其奏疏，本三百余篇，今仅存七十篇左右。明人梅鼎祚辑其散佚，成《履斋遗集》四卷，其中诗一卷、诗余一卷、杂文两卷。吴潜裔孙吴斗祥又辑其奏议，成《许国公奏稿》。其作品，今较通行者为《四库全书》本《履斋遗集》四卷，《四库全书》本《两宋名贤小集》中《四明遗稿》，《续修四库全书》影印南京图书馆藏清抄本《宋特进左丞相许国公奏议》四卷，《疆村丛书》本《履斋先生诗余》一卷、续集一卷、别集两卷。又，四川大学古籍研究所《宋集珍本丛刊》收录清光绪刻本《许国公奏议》。《四明续志》十二卷，为浙江地方志。其中卷九至卷十二的"吟稿""诗余"主要收录吴潜作品。今《全宋诗》收其诗歌作品二百七十余首，《全宋词》收其词256首，《全宋文》收其文章101篇。又，安徽大学汤华泉辑有吴潜佚诗七篇（见汤华泉《宋十二家名家诗辑录》，载《阜阳师范学院学报》2007年第1期）。诗词存数，就宋代皖籍文人而言已为大量。

《履斋遗集》集中保留了吴潜诗词与杂文。其中虽有个别篇章属于他人之作滥入（见《四库全书总目》所指），但仍有大功于吴氏。

文学成就：吴潜与姜夔、吴文英等著名词人深交，又与辛派豪放词人来往密切，词作风格豪放凄劲；又擅文能诗。

吴潜作品最为人称道的是词，词作数量较大，质量也属上乘，《四库全书总目》评称："其诗余则激昂凄劲兼而有之，在南宋不失为佳手。"他的词在内容方面，咏物、描述登临山水、叹颂归隐、酬唱应和等，不一而足；亦如豪放词做法，像感喟时事、抒发爱国忠情等，都写入词中，展示出丰富性和重视庄重题材的特点。风格上，一方面师法姜夔等格律派，有清丽含蓄之作。如《鹊桥仙》："扁舟昨泊，危亭孤啸，目断闲云千里。前山急雨过溪来，尽洗却、人间暑气。暮鸦木末，落凫天际，都是一团秋意。痴儿騃女贺新凉，也不道、西风又起。"意绪随叙事写景而婉曲多变，有旅途之孤寂，有新雨之后的舒爽，也有傍晚荒凉落寞之感，末尾写"贺新凉"的同时又带出"西风起"。结合吴潜所处历史环境和他对国情的关心，此词另有寄蕴。所以当"急雨洗却人间暑气"，"痴儿騃女贺新凉"之时，词人想到的却是"西风又起"。吴潜更多的词是仿辛弃疾而豪放明朗。特别是因为他有处于南宋政治核心的经历，又多番出任地方执政官，同时也有免官罢相的遭遇，使其既对时代风云更为敏感，不少词作直接反映对国事的担忧，也抒发报国无门的愤慨。如《满江红·送李御带珙》："红玉阶前，问何事、翩然引去？湖海上，一汀鸥鹭，半帆烟雨。报国无门空自怨，济时有策从谁吐？过垂虹亭下系扁舟，鲈堪煮。拼一醉，留春住。歌一曲，送君路。遍江南江北，欲归何处？世事悠悠浑未了，年光冉冉今如许。试举头、一笑问青天，天无语。"词作从友人翩然归隐写起，引出"湖海上，一汀鸥鹭，半帆烟雨"景象，看似闲逸，却以"报国无门空自怨，济时有策从谁吐？"迸发出无奈与激切。虽是写人，亦以自抒情怀，故诗中再行诘问"遍江南江北，欲归何处"，诗末更结以"一笑问青天，天无语"。凄劲深沉。又如《满江红·齐山绣春台》一词由登临想到当年"双脚健、不烦筇杖，透岩穿岭"，少年狂气；而今景色无变，人却"老去"，但如旧江山"虎狼犹梗"又让人无法忘怀；不过纵观历史，希望犹在；然而"问古今、宇宙竟如何，无人省"。虽然描写了自己的年老、国家被侵，但并没有消极颓废，反而展示了希望，故此"凄劲"。这一类词颇能代表吴潜词的本色。

吴潜诗歌数量最多，在二百七十余篇诗题下有不少为组诗，若分开计算，其诗歌总量约六百首。有些组诗达十首，一般以四首、三首、两首为多。组诗多或可说明作者富于创作才情。吴潜诗歌的题材集中于咏物、纪游、日常生活情景、劝农、酬唱应和等，但情感内容比较丰富，如有悯农、忧国、思乡、孤寂。最感人的是其《谢世诗》之一，将个人遭遇与循州恶劣的生存环境与民间疾苦相结合，写出关念民情而至愁病的状况，伤痛真切："伶仃七十翁，间关四千里。纵非烟瘴窟，自无逃生理。去年三伏中，叶舟溯梅水。燥风扇烈日，热喘乘毒气。盘回七十滩，颠顿常惊悸。肌体若分裂，肝肠如捣碎。支持达循州，荒凉一墟市。托迹贡士闱，古屋已颓圮。地湿暗流泉，风雨上不庇。蛇鼠相交罗，蝼蝈声怪异。短垣逼闾阎，檐楹接尺咫。凡民多死丧，哭声常四起。夷或哭其夫，父或哭其子。尔哭我伤怀，伤怀那可止。悲愁复悲愁，憔悴更憔悴。阴阳寇乘之，不觉入腠理。"其诗艺术，四库馆臣评价不高："潜诗颇平衍，兼多拙句。求如《送何锡汝》五言律诗之通体浑成者，殆不多见。"但吴潜虽然喜欢平衍景象，却又能围绕情感主线设置，不仅使众多意象安排有序，而且能借此写出情感变化，所以其"平衍"是抒情的一种手段。如《山楼枕上》："山近寒偏早，愁多梦不浓。雅啼半夜月，鹤唳五更风。晓接残灯里，吟成落叶中。尘埃今已厌，懒听上方钟。"有时平衍与叙事结合，如《睡起行北园》："睡起卸冠簪，园行独自吟。山昏知雨到，树密觉春深。竹外童相报，门前客见寻。归来即败意，谁者是知心。"以时间为序，"象"虽多但"意"流利，似铺陈而实际上为叙事。又，其诗语言浅显，且不避口语，有时有意用词重复，虽为"拙句"，亦别有意趣。如《送率翁归狼山》："孤云住处是狼山，云本无心山自闲。老率似云云似率，等闲飞去又飞还。"《竹》也如此："编茅为屋竹为椽，屋上青山屋下泉。半掩柴门人不见，老牛将犊伴篱眠。"此外，如同宋诗一般做法，吴潜诗歌也时有议论，但常常与写景叙事相结合，因此形象生动，且时有奇趣。

　　吴潜现存一〇一篇文章中，奏议七十篇，其余为杂文，主要保存在《许国公奏议》和《履斋遗集》中。四库馆臣曾论其杂文成就，云："杂文虽所存不多，其中如《与史弥远》诸书，论辩明晰，犹想见岳岳不挠之概，是固不但其人品足重矣。"其文章尤其是奏议的主要特点，是观点直言不讳，论说明晰透彻，风格从容，尽显款款忠诚。如《奉召上封事条陈国加大体治道要务凡九事》："一曰顾天命以新立国之意，二曰植国本以广传家之庆，三曰笃人伦以为纲常之宗主，四曰正学术以还斯文之气脉，五曰广畜人才以待乏绝，六曰实恤民力以致宽舒，七曰边事当鉴前辙以图新功，八曰楮币当权新制以解后忧，九曰盗贼当探祸端而图长策。"说达"九事"，且每事又往往"从头说起"，述说完整。如"一曰顾天命以新立国之意"，就从高宗选立孝宗谈起，而其下又有"三可畏一可喜"之论，竟从尧舜开谈。全文洋洋洒洒，近四万字，反映出为君主、国事用心之深切。

六十 方岳《秋崖集》

方岳（1199—1262），字巨山，号秋崖，宋徽州祁门（今属安徽黄山市祁门县）人。南宋中后期著名文学家。擅长诗词创作。生平事迹，主要见于元洪焱祖《秋崖先生传》（又名《方吏部岳传》），《新安文献志》《徽州府志》《宋史翼》皆有收录。

方岳七岁能诗。理宗绍定五年（1232）进士。为人刚劲凌厉，因此多得罪于人，自己也为此付出代价。据洪焱祖《秋崖先生传》记载，方岳漕试、别省均为第一，殿试原本也已为首选，但因"语侵史丞相弥远"，被降为"甲科第七人"。

方岳的仕途经历亦因其为人而较坎坷。先是及第后，调南康军，未就，丁母忧。服阕，调滁州教授。受制置使赵葵器重，除淮东安抚司幹官。有干才。任上遇高邮军卒生乱，方岳奉命平息，杀首恶者数人，控制了事态，一城平安。赵葵谓其"儒者知兵"。方岳由此得进礼、兵部架阁，添差淮东制司幹官。后因代赵葵责史嵩之主和，被报复，闲居四年。直到史嵩之因父忧离职，才得复官。不久，任太学正兼景献府教授。淳祐六年（1246），迁宗学博士。当时，乡人程元凤、吴迈与方岳同受知宰相范钟，迁为博士，三人因之被称为"新安三博士"。又曾与同僚辩论不合，乞去职，赵葵不允。其后又迁宗正丞兼督视行府参议官，差知南康军。因以杖舟卒忤犯湖广总领贾似道，被移治邵武军。赴任途中，闻邵武寇乱，于是"驰榜谕之"，寇因闻方岳惩乱威名，竟放下武器，"迎拜车下而散"。他曾多次弹劾"大豪"，迟迟不见上方回复，于是上疏求去。至程元凤为相，起知袁州。袁州寇乱亦盛，方岳加固城池，终使袁州不陷。丁大全当政之时，方岳因早年得罪而被罢官。后逢贾似道做宰相，起用知抚州，因言者论而未果。景定三年卒，年六十四，官至朝散大夫。

《秋崖集》概况：

方岳作品在宋代即已结集刊刻。据元洪焱祖《秋崖先生传》，方岳有《秋崖小稿》行于世；又曾重修《南北史》一百一十卷、《宗维训录》十卷，未传。《秋崖小稿》现存最早的版本为方岳裔孙方谦于明嘉靖时期主持刊刻的《秋崖先生小稿》，其中文四十五卷、诗三十八卷。此外，据

《四库全书总目》载，另有《秋崖新稿》三十一卷，系从宋宝祐五年刻本影抄。"嘉靖本所载较备。然宝祐本所有而嘉靖本所无者，诗、文亦尚各数十首。又有别行之本，题曰《秋崖小简》，较之本集多书札六首。"四库馆臣将三书合并，删除重复，以类合编，分四十卷，更名《秋崖集》。其中，诗十五卷，词一卷，其他为书简、表奏、乐语、墓志等各式文类。较为通行。四川大学古籍整理研究所《宋集珍本集刊》录以明嘉靖刻本。又，清乾隆年间，方岳第十四代孙方鹏泰重新刊刻《秋崖先生小稿》，光绪年间，黄澍芬、胡庭琼重刊。方岳还有《秋崖词》传世。近代武进陶氏续刊《景宋金元明本词目》影元本《秋崖先生乐府》四卷。今人秦孝成作《秋崖诗词校注》，于 1998 年由黄山书社出版。是书专收方岳诗词，文字以方鹏泰本为底本，校以四库、黄胡等本，分四十卷。其中，诗三十四卷，词四卷。

文学成就：方岳存世之作有诗 1300 余首，词 90 余篇，另有散文、骈文若干。创作丰富，又风格鲜明。洪焱祖谓"其诗、文、四六不用古律，以意为之，语或天出"（洪焱祖：《方吏部岳传》）。四库馆臣认为此语"兼尽其得失"。并说方岳作品多佳句："要其名言隽句，络绎奔赴。"学者认为其诗文成就可与刘克庄比肩。

方岳的诗歌不仅数量大，而且获评也较其词为高。论者多以为其诗出江西诗派，属江湖诗，但实出多家（钱钟书《宋诗选注》谓其"本来从江西派入手，后来很受杨万里、范成大的影响"），又有自己的鲜明特色。故方回《瀛奎律髓》指称其"不江西，不晚唐，自为一家"。诗歌体式多样，律绝、古风俱备。题材范围较广，有谈边事战争表现忧国之心的，也有反映民间疾苦体现忧民情怀的，还有借归隐田园抒写个人闲情逸志的，以及咏物以抒怀比德的，等等。艺术上追求流丽劲健，不受体式约束，诗歌因此反倒显得与众不同。如其五言绝句《山居十六咏》之《入山村处》："穷途一何恸，多歧一何泣！指似世间人，路头从此入。"用语不避俗白重复，直像歌行路数，清新自然，但如前两句又巧妙地将阮籍、列子典故暗镶嵌其中，并用对仗，故而自然中又显工巧。他的诗甚至还有散文化的迹象，例如《题曹兄耕绿轩》末几句："呜呼吾人读书正如此，诸人读书不如睡。君不闻建隆圣人之玉音，者也之乎助何事。"有时也显出"奇思"，如《山居十首》之一末两句："我诗不堪煮，亦足了吾生。"他还有六言诗，而定为"六绝"，语言亦自然清新。又，钱钟书曾指出"他有把典故成语组织为新巧对偶的习惯"，像"不如意事常八九，可与语人无二三"就出于其诗《别子才司令》（见钱钟书《宋诗选注》）。但即使使用典故成语，也能用质朴流畅的语言道出，故似浑然天成而又工巧别致。

方岳的词，论者以为风格似辛词，呈现出豪放派特征。在内容方面，与诗歌创作相似，亦写忧国忧民、感怀时事，但更多的是隐逸志趣、赠答酬唱的应和人情之词，如其寿词就占其词作的三分之一，后者体现出当时文人重视寿词写作的特点，应该与词作的传统内容有关。风格亦似其诗，如《瑞鹤仙·寿丘提刑》："一年寒尽也。问秦沙、梅放未也。幽寻者谁也。有何郎佳约，岁云除也。南枝暖也。正同云、商量雪也。喜乐皇，一转洪钧，依旧春风中也。香也。骚情酿就，书味熏成，这些情也。玉堂深也。莫道年华归也。是循环、三百六旬六日，生意无穷已也。但丁宁，留取微酸，调商鼎也。"作品扣紧丘提刑（丘崈）生日在岁末做文章，先以人物寻梅暗示其品格不凡；又写梅开即春至以表示岁末即岁初，因而"生意无穷已"；再将梅之香气解释为"骚情""书味"成就，以表明人物满腹诗书；复以"玉堂深"暗示人物干才，全词写人又同时写梅，写梅也即写人，施以烘托手法，夸赞无虚，颇能见出作者构思之用心。而句皆以"也"字煞尾，以文入词，语句明畅。其词成就，况周颐《秋崖词跋》认为："疏浑中有名句，不坠宋人风格。""置之六十家中，不在石林、后村下也。"

方岳的散文与骈文也很出色。所写表奏、书简等文章，议论时政、褒贬人物，往往率然刚劲、直言深切。作者因此多番得罪上方。如其于淳祐六年博士复对，中有："陛下之德未出于一，如此则无怪乎二三大臣远避嫌疑之时多，而经纶政事之时少，共济艰难之意浅，而计较利害之意深。"（方岳《轮对第一札子》）将大臣的不作为归罪于皇帝，言辞直言不讳，切中要害。方岳文章形式，喜用骈体和用典，虽然是表、奏一类应用文也是这样。但他用骈体亦能明白晓畅地表情达意，因此深受时人赞赏，被许为骈文作家。

元

有元一代文坛，受到多元文化的冲击，加上儒者地位低下，于是文人作品面向民间，元曲异军突起，杂剧、散曲蔚成大国。但传统优势文体如诗歌、散文、词作也不乏创作大家，安徽地区，这种情况尤其明显，戏曲则仅存孟汉卿《张鼎智勘魔合罗》杂剧、赵熊《太祖夜斩石守信》杂剧，其余未闻；散曲作家也较少。

元代徽人作家偏重于诗歌和文章的写作，始自宋末元初的方回。方回选编唐宋诗成《瀛奎律髓》，且加以评论，其中有一些深具影响力的文学主张。他提倡师法江西诗派，主张以杜甫为祖，以黄庭坚等人为宗，在对作家作品的批评中偏重于用字、韵律等技巧方面。其后，元代诗人作诗普遍尊唐，尤其是尊杜，并且讲究用字遣词，应当是与方回的倡导有关。《瀛奎律髓》至今仍然受到唐宋诗歌研究者及文论史家的重视。

元代的特殊社会情形还使文人书画兴盛，由此带动起题画一类诗歌作品的空前繁荣。当时大多数作家都有题画诗，皖籍重要文学家如贡氏家族的几位诗人也都善作题画诗，如贡师泰有近百首，贡性之更在百首以上（参王韶华《元代题画诗研究》）。

元代徽籍之贡氏家族出现了不少诗人，贡奎、贡师泰父子两人，加上贡师泰族子贡性之，均是其中佼佼者。从诗歌整体创作上看，贡师泰成就最为突出。贡师泰在其多篇序文中表达的诗学观念已然不同于时人的以唐诗为尊，他主张诗人应以诗三百为宗，要文以载道，重视内容雅正，他自己的创作也实践了这种文学主张。这种主张与践行对后世产生了影响。贡师泰的文章也十分出色，在元末散文凋零的情况下，以"气充而能畅，辞严而有体，讲道学则精而不凿，陈政理则辨而不夸"的态势而"成一家文言"（王祎：《宣城贡公文集序》）。

此时生活在汉地的少数民族作家活跃，并出现了像贯云石、薛昂夫等大家。这些作家在创作体式、题材等方面与汉族没有明显差异，表现出文化上的融合。徽籍作家也有属于少数民族的，较著名的是余阙。他的作品谨沿文以载道的传统，多为诗歌和应用体文章。这与其生活环境、社会地位乃至个人性情都有关系。

六十一 方回《瀛奎律髓》《文选颜鲍谢诗评》《桐江续集》

方回（1227—1307），字万里，号虚谷，一号紫阳，元江浙行省徽州路歙县（今属安徽黄山市歙县）人。宋元之际著名作家，也是重要的诗论家。江西诗派殿军。其生平事迹，主要见于方回本人的《先君事状》（见方回《桐江集》）、元洪焱祖《方总管回传》（载《新安文献志》）。南宋周密《癸辛杂识》亦有所记载。今人毛飞明有《方回年谱与诗选》，潘柏澄有《方虚谷年谱》（载于潘柏澄《方虚谷研究》）。

方回出身书香门第。父亲方琢因太学上舍登第而仕，官至承直郎、广西经干，权融州通判。后因被诬劾，谪死封州（今属广东）。方琢希望后代能回到故乡，于是在方回刚出生时就给他起名为"回"；临死将方回托付于诸弟。方回幼年丧父，四岁时被叔父带回歙县。成人前大致由其七叔父养之，八叔父教之。

方回父亲"时文、古文俱精，尤精诗律、大学义、论策"（方回：《先君事状》），身后留有不少诗文。方回少时，即从八叔父方琢学习父亲诗赋。方琢的教授颇为别致，他"取《渔隐丛话》及古人佳作，令回参考互证"，这种方法使方回"心嗜为诗"，激发起强烈的学习兴趣。叔父还将自己所作论古人的文章"为回讲解"，他"取诸史传，先令检勘出处，讲后令回复衍其详"，培养其扎实、主动的为学精神，以致方回"文思涌进"（方回：《先君事状》）。加上方回本人天赋异禀，"颖悟过人，读书一目数行下"，因之稍长就能诗善赋，"天才杰出"，亟受称誉。（洪焱祖：《方总管回传》）

方回自二十余岁入仕，至五十余岁致仕。南宋理宗淳祐十二年（1252），魏了翁之子魏克愚知徽州，方回以诗作被留置郡斋。随后几年从其辗转多州。景定元年（1260），吕师夔为池州知府时，方回从之。次年，受吕推荐，通过漕试，任登仕郎。景定三年（1262），参加廷试，为别院省试第一，因贾似道相阻，虽然有多位丞相、高官"首选"，仍未能成为状元，但还是列第一甲。登第后，历任随州教授、江东提司准遣、国子监书库官、江东提举司干办公事、国子正江淮都大司干办公事，后来又为国子正太学博士，再任沿江制干，复又任过一些州府通判。恭帝德祐元年（1275），贾似道鲁港兵败，方回上书劾之，召为太常簿。同年出知建德府。次年，率郡降元，遂为建德路总管兼府尹。至元十八年（1281）解任。其后二十余年多居于钱塘，来往于杭、歙之间，流连山水田园，读书赋诗、授徒会友、饮酒郊游。尤以读书作诗为勤，自称"无一时不读书，无一日不作诗也"（方回：《桐江续集序》）。写诗达万余首。其晚年渐陷贫困，多有典当之举。元成宗大德十一年（1307），方回辞世，时年八十一。

方回的人品，后人论之不一，主要为其降元之事。其为人，似有反复。初，以贾似道当政，献诗奉承。但德祐元年（1275），贾似道失势，方回又上书列举贾似道十罪而力主斩杀之。德祐二年降元，据其《先君事状》所述，其时是"奉前朝太皇太后、嗣君诏书"之命，和保郡之需，因此自谓在元为官七年，"无丝发为利"。内心则常为投降而愧疚难安。

方回于学，广求博问，经史子集皆深涉之。自谓"不专为科举之学。学性理自真西山《读书记》入，学典故自吕东莱《大事记》入，学五七言自张宛丘入，学四六自周益公入，而时文之进自州教授天台诸葛公泰始"（方回：《先君事状》）。多著述，创作丰厚。据詹杭伦先生统计，其著述经、史两部各有五种，子、集两部各有七种。今存六种：《续古今考》《虚谷闲钞》《桐江集》《续桐江集》《瀛奎律髓》《文选颜谢鲍诗评》。

《瀛奎律髓》《文选颜谢鲍诗评》《桐江续集》概况：

《瀛奎律髓》四十九卷，为方回五十七岁完成编选的唐宋诗集。此书在元代以抄录形式流传。今存最早的版本为明代成化年间龙遵叙刻本。明代还有嘉靖时期建阳刘洪慎独斋刻本，亦存。清代刻本主要有三家。一是康熙四十九年（1710）苏州陈士泰所刊。陈氏将元代两种版本进行对勘，并参校以"屠守居上阅本"；丁卷次亦稍有变更，又删去原书圈点。二是据陈本刊刻两年后，石门吴宝芝所刊。此本，恢复旧刊次序，及圈点等原有材料，又搜集龙遵叙序等多种相关序文。吴氏还撰写《重刊律髓记言》，论述书中圈点、分类、主旨、注语及是书流传情况等。三是嘉庆五年（1800）李光垣刊刻的《瀛奎律髓刊误》。是本以吴本为底本，又将纪昀批阅文字载入，是后人最重视的清刻本。此本于光绪元年（1880）由宋泽之重刻，民国十一年（1922）又为扫叶山房石印，遂成为最通行的版本。中国书店

1990 年据扫叶山房本影印，更名为《唐宋诗三千首》。目前较通行的清本是四库全书钞本。今人又有《瀛奎律髓》点校本（诸伟奇、胡益民点校），由黄山书社 1994 年刊刻。是书亦保留了纪评。此外，今人李庆甲汇集方回评语及清人众说，成集评校点本《瀛奎律髓汇评》，由上海古籍出版社1986 年初版、2005 年再版。

《文选颜谢鲍诗评》，据四库馆臣考证，清代之前"诸家书目，皆不著录，惟《永乐大典》载之"。今通行本为四库本。四库本即从《永乐大典》本钞录。

方回《桐江续集》为其诗文合集，以诗为主。方回另有《桐江集》。《桐江集》有八卷本、四卷本两种。较常见者为宛委别藏八卷本，商务印书馆 1981 年、江苏古籍出版社 1988 年所出《桐江集》即据此本影印，《续修四库全书》亦予收录（见集部第 1322 册）。为文集，内容有序跋、书信、考证、诗评、记事等。《桐江续集》有四十八卷本（北京图书馆所藏残存三十六卷）和三十七卷本（《四库全书》）两种。四库本《桐江续集》，诗存二十九卷，文存八卷。方回诗文散佚不少，据四库馆臣考证，《桐江续集》亦非原本面貌。四库本系据浙江孙仰曾家藏元刻本钞录。"集中有《自序》，称二十卷。而《千顷堂书目》作五十卷。"（《四库全书总目》）《全宋诗》收录方回诗二十九卷，2800 余首。

文学成就：方回有创作，也有评论，而以诗歌评论最为人称道。其诗评主要见于《瀛奎律髓》和《文选颜谢鲍诗评》，创作则主要保存在《桐江续集》中。方回论诗，主宗江西诗派，强调格高与炼词；其创作也大体随之，劲健而自然。

《瀛奎律髓》专选唐宋两代的五言、七言律诗，并加评注。方回在《瀛奎律髓序》中说："瀛者何？十八学士登瀛洲也。奎者何？五星聚奎也。律者何？五、七言之近体也。髓者何？非得皮得骨之谓也。"谓其编选目的云"文之精者为诗，之精者为律。所选，诗格也；所注，诗话也。学者求之，髓由是可得也。"故其选录主要为大家所作。书中选录唐代作家 180 余家，宋代作家 190 余家，共 385 家，表现出平视两朝诗歌创作的态度。所收诗歌达 3014 首，但其中 22 首为重出。方回重视江西诗派，还提出"一祖三宗"之说："古今之人，当以老杜（杜甫）、山谷（黄庭坚）、后山（陈师道）、简斋（陈与义）为一祖三宗。"（见方回《瀛奎律髓》评陈与义《清明》诗）但选诗能顾及不同流派，如宋诗除江西诗派外，也选录四灵体、江湖派及西昆体，故能反映唐宋律诗的发展变迁大势。此集也为后人保存了许多珍贵材料。"宋代诸集，不尽传于今者，颇赖以存。而当时逸闻旧事，亦往往多见于其注；故厉鹗作《宋诗纪事》，所采最多。其议论可取者，亦不一而足，故亦未能竟废之。"（《四库全书总目》）

《瀛奎律髓》选诗按题材分卷，如第一卷为登览类，第二卷为朝省类，等等。在每一类下，有分类说明，如登览类："登高能赋，则为大夫于传识之名山大川绝学极目能言者众矣！拔其尤者以充隽永，且以为诸诗之冠。"每卷又按先五言、后七言的顺序编排。但因分类过细，故不同卷类的内容难免有牵扯，有的诗歌又因分卷需要而强录充数。每家诗歌都有对其作者诗歌地位的介绍与评价。如首选陈子昂诗，第一首正文之下注云："陈拾遗子昂，唐之诗祖也。"又指出其重要地位："不但《感遇诗三十八首》为古体之祖，其律诗亦近体之祖也。"继而又总论唐代律诗之"最杰出"作家。其他诗文之后多有评赏、说明文字。编选者借此体现出其诗学主张。

方回论诗，强调"格高"。"格高"含义，后世论说不同。方回自己在《孙元京诗集序》中曾肯定有成就的诗歌说："《离骚》而降，汉晋魏以至唐宋，五、七殊，古、律异，六义之致一也。人品高，胸次大，学问深，笔力健，咸于此乎见之。"（《桐江续集》）故其亦以传统诗教为宗，重视意趣，也看重形式。《四库全书总目》谓其诗评："以生硬为健笔，以粗豪为老境，以炼字为句眼，颇不谐于中声。"虽然语带贬斥，但也可看出方回的诗评有看重"健笔""老境"即强调劲健瘦硬的特征。此外，方回还重视用字遣句，所谓用字要响，句法要活，体现出江西诗派重视字法句法的特点。其《瀛奎律髓》中的评析或针对一类诗，或针对诗之一篇，或针对一联一句甚或一字；评析角度也呈多样化，或从用词，或从风格，或从韵律，情景虚实皆能照应，故细致不空泛，颇能指示学诗读诗门径。

后人论《瀛奎律髓》诗评、选诗者较多，尤其是清人所论，表现突出，其中犹以查慎行、冯舒、冯班和纪昀所撰影响最大。纪昀之评见《瀛奎律髓刊误》，其序文认为方回论诗有三弊：党援、攀附、矫激；选诗也有三弊：矫语古谈，标题句眼，好尚生新。未免苛刻。其正文中的评论则较公允，不少地方为肯定意见。今人李庆甲《瀛奎律髓汇评》（上海古籍出版社1986年版）集方回评语，又汇聚众评，材料最全。莫砺锋《从〈瀛奎律髓〉看方回的宋诗观》（见莫砺锋《以俗为雅，推陈出新的宋诗》，辽海出版社 1995 年版）对方回的选诗及评点文字有内容翔实的研究。他认为"在尊唐抑宋之风占压倒优势的时代，方回最早对宋诗的艺术特征从总体上作出比较深刻的体认，而且摆脱了以唐诗为至高典范的传统观念的束缚"，所以对后人独立思考宋诗性质及价值有启示作用。

《文选颜鲍谢诗评》体例类同《瀛奎律髓》，亦为选、评合一之作。方回从《文选》中录取南朝诗人颜延之、鲍照、谢灵运、谢惠连、谢朓等六人之诗，"各为论次"，编辑而成。四库馆臣论其诗评，云："回所撰《瀛奎律髓》，持论颇偏。此集所评，如谢灵运诗多取其能作理语，又好标一字为句眼，仍不出宋人窠臼。然其他则多中理解。"又指出其时有未检失考之处，但属"小小舛漏"，"要不害其大体，统观全集，究较《瀛奎律髓》为胜；殆作于晚年，所见又进欤？"（《四库全书总目》）《文选颜鲍谢诗评》的评说往往论析作品旨意，如谓谢灵运之诗"篇篇致意于斯（指其诗中独赏山水之意）"，论说颇为深刻，与后来元好问之论谢作"却是当年寂寞心"一致。评析亦多扣紧词句，细致精要，如谓谢朓《晚登三山还望京邑》诗："起句以长安洛阳拟金陵，用王粲潘岳二诗，极佳！李白云：'解道澄江静如练，令人却忆谢玄晖。'此一联尤佳也。三山今犹如故，回望建康甚近，想六朝时甚盛也。味末句，其惓惓于京邑如此，去国望乡，其情一也。有情无不知望乡之悲，而况去国乎！"又其评说对象因取材于《文选》，对后世《选》评类著述影响深刻。

《桐江续集》内诗文俱系方回在元朝罢官后所作。其文，《四库全书总目》评云："观其集中诸文，学问议论，一尊朱子。崇正辟邪，不遗余力，居然醇儒之言，要不可谓其悖于理也。"其诗歌，《四库全书总目》评云："专主江西"，"虽不免以粗率生硬为老境，而当其合作，实出宋末诸家上，更不能以其人废矣"。方回曾述说自己作诗情况："回二十学诗，今七十六矣。七言绝不为许浑体，妄希黄（庭坚）、陈（师道）、老杜，力不逮，则退为白乐天及张文潜（指张耒）体。乐天诗，山谷喜之，□□□者在集。文潜诗自然不雕刻，山谷不敢□也。五言回慕后山，苦心久矣。亦多退为平易，中有阆仙之敲，而人不识也。"（方回：《春半久雨走笔五首》后记）观其诗作，确有明白晓畅、诗风平和自然的特征。其诗内容非常丰富，但要多与其闲适生活相关，喜欢描绘田园景象，展示农村自在情状，写出对自然、田园的喜爱与欣赏；或写个人苦吟、对诗歌的爱好，还有比较前代诗人作品的内容。总之，其诗多方面地展示出作者的生活环境和生活状态。方回也有不少反映现实苦痛的诗篇。如《秋晚杂书三十首》之一写自己不如意的一生："三岁出瘴岭，弱冠历吴楚。晚涉大漠寒，远吊长城古。失□得谤讟，少乐多辛苦。侵寻四十年，复此守环堵。松楸仅有存，骨肉化为土。岂不登一名，贫甚于父祖。行行荒篱间，寒华粲可数。惟酒足解愁，钱尽不得酤。"《西斋秋感二十首》之一则描述文人的恶劣处境："一有指与讥，祸患可立生。儒士菜色面，仰天但吞声。"《题苦竹巷寓壁》写出战乱岁月下乡民的无奈选择："三十年前此路行，来去车马唱歌声。""如今何事无人往，移居深山说避兵。"寓含同情与感慨。其他还有如描述农民生活贫困，农村赋重、民族矛盾等内容的诗篇，反映出重视民生、贴近现实的一面。诗歌不追求婉曲，往往劲健有力，旨意明朗，但也不免失之粗直。其田园诗中用词颇为生活化，如"韭菜""蕨菜""黄菜花""豌豆""藕""鸡""耕牛"等词语与田园环境的自然本色高度一致，体现出方回诗重视朴实、清新的特色。

六十二 曹伯启《曹文贞公诗集》

曹伯启（1255—1333），字士开，号汉泉，元济宁路砀山（今属安徽宿州市砀山县）人。元代政治家、文学家。生平事迹，主要见于《元史》卷一七六本传、曹鉴《谥文贞公神道碑铭》（见《曹文贞公诗集》附录）。

曹伯启二十岁随元代著名政治家、文学家李谦（1234—1312）专心问学，其后步入仕途。为官清正严明。元世祖至元年间（1264—1294），先是出任力兰溪主簿，遇县尉抓获三十名盗贼，已经给他们戴上刑具游街，但曹伯启因为证据缺乏，并不相信。其后，真正的盗贼被捕，县尉因此被罢黜。曹伯启后来升任常州路推官，又遇地方豪强杀人案。当时黄甲买通佃户顶罪，曹伯启经过仔细审案，察得真相，终以杀人罪惩办了黄甲。再次刀迁，为河南省都事、台州路治中。不久，由于御史潘昂霄、廉访使王俣共同举荐，曹伯启官拜西台御史，改都事。在任中，奏请为许衡立祠堂，因后者在关陕地区倡导道学，教授出众多学子，朝廷肯定了他的建议。后逢泾阳县有人诬告县尹，曹伯启亲为核实；四川廉访佥事阔阔木以苛刻百姓闻名，曹伯启将其革职。

曹伯启还表现出杰出的政治才干。元仁宗延祐元年（1314），已升任内台都事，迁刑部侍郎。此时，宛平尹县盗取官府钱财，事发被办，丞相铁木迭儿还要将守卫官钱的人一并诛杀，曹伯启竭力反对，于是改判杖刑后放逐。又有八番帅擅自杀人，激起边境闹事，朝廷在改换八番帅职人事之后，派曹伯启前往追查事情原委。将临其地，曹伯启担心带领军队前去，会使边民受惊暴乱，于是只派遣令史杨鹏一人前往通告新帅，并调查出实情，结果只是惩办了前帅，边民因而人心大安。大同宣慰使法忽鲁丁收受巨额贿赂，朝廷多次派人督查征缴，但这些官员依次受到法忽鲁丁贿赂，反而都为他遮掩。后来改派曹伯启，然而此时法忽鲁丁已死，曹伯启于是告诫其后代说："欠官府的钱，人死了也一定要收缴。与其用钱贿赂他人，不如把钱还给官府。"又告诉他们只要列出其父行贿的数目即可，官府可代替征缴。那些受贿的官员因此非常害怕，悄悄把钱退了回去，总计五百余万缗。曹伯启后来出任为真定路总管，治理风格宽松简易，地方民众生活安稳。延祐五年，升迁司农丞，奉旨到江浙监管盐政，经他改革，盐运"输运有期，出纳有次"（《元史》本传）。返京后不久即拜南台治书侍御史，但曹伯启离任而去。

曹伯启敢于坚持原则，即使面对最高统治者也依然如此。英宗在位时期（132—1323），召拜山北廉访使。有言者劝谏缓建西山佛宇，英宗激怒杀之。曹伯启说："主上聪明睿断，是不可以不净。"于是弹劾台臣缄默致使昭代有杀谏臣之名，英宗为之惊悚。随后官拜集贤学士、御史台侍御史。其在任时，还对《大元通制》中严苛的律文提出改变的建议。丞相铁木迭儿专政时期，众人面对铁木迭儿的气焰，不敢言说不同意见，只有曹伯启当面直言，使丞相虽甚怒而不能夺。又其还曾提拔一批德才兼备的官员，并为因刚直获罪的官员平反。

元泰定帝泰定（1323—1328）初，曹伯启告老还乡。砀山乡人看重其德才，将其住处称为"曹公里"。文宗天历（1328—1330）初期，起任淮东廉访使，拜陕西诸道行台御史中丞，曹伯启均因病不就。至顺四年（1333）二月逝世，年七十九。朝廷赠其河南行省左丞，谥文贞。

《曹文贞公诗集》概况：

《元史》记载其"有诗文十卷，号《汉泉漫稿》，《续集》三卷，行于世"。《汉泉漫稿》，又称"曹文贞公诗集""汉泉曹文贞公诗集"，由曹伯启之子江南诸道行台管勾曹复亨分类、国子生胡益编为十卷，又后录一卷（为元代曹鉴奉勅所撰碑文及众人所撰像赞、祭文、哀词、挽章等），刊刻于元代至元四年（1338）。此本今存（藏于国家图书馆）。明有毛晋汲古阁写本；清写本不一，较通行的为《四库全书》钞本。此本题"曹文贞公诗集"，包括《曹文贞公诗集》十卷、《后录》一卷。曹伯启还创作了不少词，现存有单行本，为近代陶湘续刻《武进陶氏涉园续刊景宋金元明本词二十三种》景元本《汉泉乐府一卷》，系据汲古阁抄本影刊。

文学成就：以诗歌创作最为人称道。其诗歌创作数量也较多。

《四库全书》本《曹文贞公诗集》，收诗九卷，乐府（词）一卷，另有附录一卷。曹伯启的诗，以律绝为多，也有古风。诗歌特点，元人吴全节称："曹公以儒发身，扬历中外，宦辙四方，故其寄寓记述、怀感、讽刺、赋咏，目击耳闻，真履实践，温秀雅丽，诸制皆工，非苟作也。其吟咏情性，流出胸次，有足自乐。"（吴全节：《曹文贞公诗集》跋）时人评价很高。《四库总目》谓其诗："不染江湖末派，亦不沿豫章余波。所作乃多近元祐格，惟五言古诗颇嫌冗沓，其余皆春容娴雅，沨沨乎和平之音。虽不能与虞、杨、范、揭角立争雄，而直抒胸臆，自谐宫徵要，亦不失为中原雅调矣。"略有异辞。其诗歌题材多为题赠、唱和、述行、咏物，内容则多寓感怀，或思乡，或悯农，或悼古，或写田园风情，或抒写官宦厌倦，多与思归田园相关。抒发淳正，内容及语言皆较平实。如《秋日嘉禾道中咏怀》："旅况随秋变，闲情与世疎。年将知命到，禄及代耕余。济物无良策，安心有圣书。云山千古意，瞻望独踌躇。"写自己行将知天命，虽然有心辞官归隐，但因俸禄之需，仍在踌躇之中。曹伯启的诗粗看平淡，实则亦富于艺术匠心。如《九日省舅氏郭西独行，因书所见五首》之一："田家桑梓碧幢幢，过客鞭声引吠厖。终岁耕耘竟何有，桑枢茅屋短蓬窗。"平静美好的田园风光引发出的是对农家辛劳贫困的同情。这首诗在写法上，颇能体现曹诗结合自然景象描写与抒情议论的特点。又如《夏夜露坐二首》之一："荡荡青冥阔，瀼瀼白露寒。惊乌啼木杪，老兔出云端。坐久同谁语，吟成只自叹。慰亲应有日，沿檄到长安。"思亲叹孤之情，以景色相烘扦；又用借代于法，如以兔代月，并将其拟人化。可看出讲究艺术的特色。有的诗歌议论较多，但也有叙事描写的成分，如其咏物诗《咏雁》中的几句："衔芦有为防矰缴，择地无心入瘴岚。寒暑相催犹可避，稻粱虽好不宜贪。"

其词现存35首，风格与其诗歌一致。内容多是抒发居官思隐之情，写法上往往将感慨官宦环境险恶与描述田园风光之美相结合，有时也融合思乡之情。主旨明朗，情感真挚，讲究用字，不乏诗意。如其一首《临江仙》：“水出五谷成一派，滔滔日夜东流。倦乘鞍马却乘舟。向来危处怯，此去险中愁。伊轧数声离岸橹，异乡身世悠悠。暂教杯酒放眉头。痴儿官事了，聊作子长游。”用“向来危处怯，此去险中愁”两句，既写出对旅途险境的感受，也借此表达出官场的险恶，内涵较丰富。《鹊桥仙》一首：“杜鹃声诉，鹧鸪声助。催上黔阳归路。轻舟短棹泛沧浪，沾两袖、夜郎烟雾。云山如暮，滩流如怒。石齿嵚然无数。天涯愁绪不堪论，这光景能消几度？”亦写回归路途之遥远与危险以寄托思情。开篇即以“杜鹃声诉，鹧鸪声助”营造催归气氛，写出诗人对回归的渴求；其后“轻舟短棹”而“泛沧浪”，而诗人孤身一人，一路上唯见“云山如暮，滩流如怒，石齿嵚然无数”之险，“天涯愁绪”油然而生，描写自然。

六十三　贡奎《云林集》

贡奎（1269—1329），字仲章，号云林子，谥文靖，元宁国路宣城（今属安徽宣城市）人。元代著名史学家、文学家。生平事迹，主要见于其弟子李黼《故集贤直学士奉训大夫贡公行状》（见明刊本《贡文靖公云林稿》附录）、其好友马祖常所撰《石田集·集贤直学士贡文靖公神道碑铭》，今人赵文友校点之《贡氏三家集·贡奎集》前言述之较详。

贡奎生性“明颖，容仪端重”，幼年嬉戏之时就对“过于狎者”以“厉色端视”训斥，其父因此曾言：“大吾门者，必此儿也。”（李黼：《故集贤直学士奉训大夫贡公行状》）马祖常也记载说，贡奎因为“和易端厚，颖悟若过人”，自幼就见宠于父。年仅十岁，写出的文章已经名声在外。他又勤于读书，成年更是为之废寝忘食，“于经子史集，无所不治；于其章义辞句、类数名制、委屈纤妙，无不究诣；于文章辨义，闳放隽伟，不狃卑近”，“故出而名振江之南”（马祖常：《集贤直学士贡公文靖公神道碑铭》）。于是被委任池州齐山书院山长。在任期间，“爱其山水之胜，暇日游览，多声为诗，池人竞传诵之。”（李黼：《故集贤直学士奉训大夫贡公行状》）

元成宗大德六年（1302）又因有“清约博才”之誉而受到中书举荐，授太常奉礼郎兼检讨。任职期间，多所上书建言加强礼制等文化建设，朝廷亦多采纳。大德九年（1305），选翰林国史编修官。于至大元年（1308），又转为应奉翰林文字，阶将仕郎，纂修《成宗皇帝实录》。“秩将满”，因丁父艰，辞官回家，此后居丧三年期间"不妄言笑，奉太夫人惟谨"（李黼：《故集贤直学士奉训大夫贡公行状》）。

仁宗延祐元年（1314），贡奎服丧毕，被起用为承事郎，任江西等地儒学提举。所取士，后多知名于时。延祐五年（1318），升任翰林待制，负责撰修《仁宗皇帝实录》。书成，受到皇帝嘉奖。

英宗至治元年（1320），为侍奉老母，谒告归里。泰定元年（1323），其母辞世。三年服丧期毕，又被起用为翰林待制，进承直郎。泰定四年（1326），官拜集贤直学士奉训大夫，秩从三品。文宗天历二年（1329），因病辞归，不久逝世，享年六十一。

贡奎为人清约廉正，曾题字于座后屏风："读书之中，日有其益；饮水之外，他无所求。"除读书之外，平日喜好与文友相会，切磋文艺。如当世名士吴澄、虞集、袁桷等都与之交往密切。为官不钻营，不投合，故而未得重用，"终于馆阁文艺之职"（马祖常：《集贤直学士贡公文靖公神道碑铭》）。但做事公允温良，如为官儒学提举期间，就以"平允"为时人信服。又曾遇学校报事迟误，属下为此抓人准备惩治，贡奎不同意："吾以天子命提举儒学，职在教，何以刑为？"于是释放了这些人。又其生性至孝，为了双亲，多次要求辞官。父亲突然去世，他从京师赶回，因为悲痛，一度绝食，"毁瘠枵然"。后来还是在母亲的劝导之下，"日勉之粥食"（李黼：《故集贤直学士奉训大夫贡公行状》），才得以慢慢恢复。《元史》又谓"师泰性倜傥，状貌伟然，既以文字知名，而于政事尤长，所至绩效辄暴着。尤喜接引后进，士之贤，不问识不识，即加推毂，以故士誉翕然咸归之"。

逝后五年，其子师谦以父生前行事治才"泣请于朝"，天子赠贡奎翰林直学士、太中大夫、轻车都尉，并追封为广陵郡侯，谥文；且命马祖常撰写碑铭。

《云林集》概况：

据李黼《故集贤直学士奉训大夫贡公行状》记载，贡奎著有《云林小稿》《听雪斋记》《青山漫吟》《倦游集》《豫章稿》《上元新录》《南州纪行》等文集，凡百二十卷。马祖常《集贤直学士贡文靖公神道碑铭》所记相同。《四库总目》云，贡奎所著于明代"永乐间征入秘府，家无副本，遂绝不传"。但《云林小稿》（又名"云林集"），明时因为其曾孙贡兰家藏，故而得以留存。明弘治年间，其裔孙贡元礼"复采诸书所载奎诗及遗文二篇，附益成编"，即弘治三年范吉刊本。《北京图书馆古籍珍本丛刊》

收有《贡文靖云林集》十卷，附录一卷，为贡奎八世孙明人贡靖国刊本，又有《贡文靖公云林诗集》六卷，附录一卷，为弘治三年范吉刊本。今较通行的是《四库全书》据范吉刊本抄录的《云林集》、吉林文史出版社2010年出版《元代别集丛刊·贡氏三家集》中所收《贡奎集》（亦即《云林集》）。后者为赵文友校点本，它以范吉刊本为底本，他本为通校本，收诗文及附录都最为完备。

《云林集》为诗集（其中只有两篇为文）。

文学成就：贡奎以诗歌创作闻名于世。贡奎的诗，四库馆臣评价很高，说其"诗格在虞（集）、杨（载）、范（梈）、揭（傒斯）之间，为元人巨擘"。又云："王士祯《居易录》论其境地未能深造，殆专以神韵求之欤。"其文，四库馆臣亦云："元代名儒吴澄之论，云其文'温然粹然，得典雅之体，视求工好奇而卒不工不奇者，相去万万'"。可惜文稿已不存。

贡奎诗多为题赠、唱和、咏物、游历、咏史等类作品，往往表现思家望归、怀古思幽之情。由于其人雅好读书，不事钻营取巧，其诗歌也往往一派纯净高古。如《吊古战场》："阴云幂幂兽亡群，百世英雄有几存。魏战吴争俱醉梦，惟闻新鬼泣黄昏。"诗人全身心都在战死者身上，丝毫不掺杂个人杂念。其《题梅圣俞干越亭》，完全从梅尧臣角度虑想："诗还二百年来作，身死三千里外官。知己若论欧永叔，退之犹自愧郊寒。"被钱钟书《谈艺录》称作为梅尧臣鸣不平。他也抒写个人情志，但多与退隐有关。其诗一般不直接写社会现实，但也有例外。如《避暑》："酷暑尚可避，酷吏不可禁。"指出隐士避居山林的一个重要的社会原因："却嗟避名者，犹恨山未深。为言暑与吏，纵酷何能侵。"

典雅是贡奎诗歌的重要特征。作者通常不写日常俗事，用词平易但避免使用过于生活化的语汇，又其诗意境开阔，思接千里而耐人寻味。如《秋日憩龙山玄真宫》："太行西去几千里，沧海东横第一关。独上高台闲眺望，碧天无际暮云间。"隐隐似有陈子昂登幽州台的身影。《出郭五绝》之二："风雨入春连一月，新晴出郭野光浮。华发总非前日事，风流只解费吟思。"含有多情生华发的意蕴。

六十四　贡师泰《玩斋集》

贡师泰（1298—1362），字泰甫，自号玩斋生，学者称其为玩斋先生，又号友迁等，元宁国路宣城（今属安徽宣城市）人。元代名臣、著名文学家、书法家、经学家。生平事迹，主要见于贡师泰友人揭汯《有元故礼部尚书秘书卿贡公神道碑铭》、明朱鑆《玩斋年谱》（见《玩斋集》附录）、《贡尚书纪年录》（见《玩斋集》附录），《元史》卷一八七亦有传。今人邱居里校点之《贡氏三家集·贡师泰集》"前言"述之甚详。

贡师泰是贡奎次子，早慧。其同时期人揭汯《有元故礼部尚书秘书卿贡公神道碑铭》记载，贡师泰"生有奇质，颖悟过人"，年仅三岁，"授以诗，即成诵"。其父亲曾称赞说："是儿，吾家书橱也。必大吾宗。"他的聪慧不仅表现在读书之上，与父亲一样，还有杰出的文学才华。此外，在仕途上，也具有突出的治才，这一点与其父很不相同，他也因此仕途顺利。《元史》本传说其"性倜傥，状貌伟然，既以文字知名，而于政事尤长，所至绩效辄暴著"。此外，贡师泰还喜欢提携青年，揭汯谓其"尤喜接引后进，士之贤，不问识不识，即加推毂，以故士誉翕然咸归之"。

贡师泰早年修业于国子学，为诸生。泰定四年（1327），以国子生中江浙乡试，授从仕郎、泰和州判官。两年后（天历二年），因父亲去世，贡师泰自京师返乡。至顺三年（1332）服阕，改任徽州路歙县丞，为江浙行省辟为掾史。当时中书下达通知："江南三省掾史互相迁调，他省不得取用。"贡师泰以为不妥："用材之道，何分远迩。"于是一方面上书表达异议，另一方面即辞官还乡。居家期间奉养母亲，并教授弟子，还设法立义庄以赡养宗族中之无依无靠者。至元六年（1340），有大臣欣赏他的才名，荐举为应奉翰林文字。又遭遇母亲亡故，再次回归服丧。期满，除绍兴路总管府推官。任职期间，凡有疑案，贡师泰总能详为勘察，判明是非，避免了多起冤案。《有元故礼部尚书秘书卿贡公神道碑铭》较为详细地记载了其中两次判案经过。贡师泰因此被郡民公认为在"治行"方面名列东南第一。

考满，再次入翰林为应奉，负责预修《辽》《金》《宋》三史，时至正八年（1348）。其后得到升迁，为宣文阁授经郎。自此历任"翰林待制、国子司业，擢礼部郎中，再迁吏部，拜监察御史"（《元史》本传）。本来，从元世祖忽必烈以来，就规定省台之职，不能任用南人（汉人）。但贡师泰的起用，改变了这种做法。"于是南士复得居省台，自师泰始，时论以为得人。"（《元史》本传）

元顺帝至正十四年（1354），除吏部侍郎。此时正逢江淮兵起，京师粮食不足，贡师泰奉命到浙右和籴，最终得粮百万石供给京师。升迁为兵部侍郎。朝廷因为京师至上都地区驿户凋敝，于是命贡师泰"巡视整饬"。师泰"至则历究其病原，验其富贫，而均其徭役"，使两地数十郡之民稍微得以喘息，渐渐恢复生机。但贡师泰这一举动却不符合当地豪贵的利益，因此遭受嫉恨，不过豪贵最终未能中伤师泰。这时朝廷仍然希望在浙西和籴，于是除师泰都水庸田使。次年（至正十五年），庸田一职结束，贡师泰被擢升为江西廉访副使，但还未及赴任，即被升迁为福建廉访使。不久，又除礼部尚书。

这时平江路缺正职，朝廷讨论难得其人，最终师泰被选为平江路总管。贡师泰刚至其地，就遇到张士诚聚众从高邮渡江而来，直抵城下，攻围甚急。守将坚持月余，抵敌不过，逃亡遁去。师泰于是率领义兵出战，亦因力不敌，怀印绶弃城而遁亡，藏匿于海滨。在张士诚投降之后，江浙行省丞相达识帖木尔以便宜授贡师泰两浙都转运盐使。师泰到任，就将地方多年积弊进行剔除，通畅利源，集中财富，以利国用，成效显著。于是丞相又除师泰江浙行省参知政事。

至正二十年（1360），贡师泰又被朝廷除户部尚书，分部闽中掌管海运。他用闽盐换粮，再由海道转运给京师，筹集粮食数十万石，成为朝廷用粮的依赖。至正二十二年，召为秘书卿。赴任途中，因病辞世，年65岁。

揭汯评价贡师泰为官说："为政外严内宽，不苛不弛，有古良吏之风。"又喜教授，"虽在官次，教亦不倦，前后受业于门者凡数百人"。受到当时文人的普遍欢迎，"所至之地，学者云集"（揭汯：《有元故礼部尚书秘书卿贡公神道碑铭》）。对其诗文也予以了高度评价。

贡师泰交游甚广，当时著名文人如吴澄、杨维桢、李孝光、余阙等都与之有来往，其他好友如官吏、僧人等甚多。

《玩斋集》概况：

贡师泰生前曾著有《蜾蠃集》《友迁集》《玩斋集》《东轩集》《庋契集》《闽南集》《三山稿》等。身后其门人谢肃、刘钦收集遗文，总名《玩斋集》。但此本亦不传。明代天顺年间，沈性又多方搜辑，得诗文六百五十三篇，按类编为十卷，又加《拾遗》一卷、《附录》一卷，即今传世之《玩斋集》。有四库全书钞本。今较通行的除《四库》本外，还有吉林文史出版社2010年出版的《元代别集丛刊·贡氏三家集》中所收《贡师泰集》（亦即《玩斋集》）。后者为邱居里校点，此本以沈性本为底本，以其他多种本子为校本，收诗文及附录都最为完备。

文学成就：贡师泰有自己的诗文主张。特别是诗歌方面，他针对时人好唐拥杜，而认为唐诗杜甫固然应学，但元人往往热衷的是其用字遣词技巧，苦吟琢磨，结果是"句求其似，字拟其工"（贡师泰：《陈君从诗集序》），只注意到形似，为此贡师泰提出作诗应以诗三百为宗："宗三百，故诗雅正。"（贡师泰：《陈君从诗集序》）贡师泰的主张体现出重视内容、强调文以载道的理念。创作上，贡师泰诗文俱佳，在当时属于上乘。元人已将贡师泰列入杰出作家之伍，与吴澄、虞集、揭傒斯、范梈、杨载、袁桷、马祖常、欧阳玄同畴。如元末著名文学家杨维桢为其诗文撰序云："宛陵贡公则又驰骋虞、揭、马、宋诸公之间，未知孰轩而孰轻也。"师泰门人、明代沈性撰序云："（其文）有虞之宏而雄不减于马，有揭之莹而清峻则类于袁，其于理趣尤俨然吴氏之尸祝也。故当时评先生文者列于六大家之次，序其诗者亦谓可与《道园学古录》并观。"（《道园学古录》为虞集之作）明人王祎亦为之作序云，元末诸多文学家"以日继沦谢"，"擅文章之名者惟吾宣城贡公乎"（杨、沈、王之说并见《玩斋集》序）。其后，四库馆臣亦谓曰："其在元末，足以凌厉一时。诗格尤为高雅，虞、杨、范、揭之后，可谓挺然晚秀矣。"

《玩斋集》得名于师泰自号，而其号则来源于其京师住居之名（见程黔南《玩斋记》）。该集十卷，后附《拾遗》及两种年谱。前五卷除一篇赋外，其余都是五言、七言古诗或律绝。后五卷则为序、记、传、说、问、戒、铭、赞、题跋、偈、祭文、碑文、墓志铭、墓表等各体文章。《拾遗》所收为绝句。附录所收则为后人为贡师泰所作《年谱》和《纪年录》。又，此书前列门人、后学及其诗文仰慕者沈性、杨维桢、王祎、余阙等多人之序。

贡师泰诗歌内容多为离别、行道见闻、怀人、题赠、唱和、写景等，内容淳正。由于多次出任地方官，对社会问题有深切的体察，诗文也表现出关心社会、直面现实的内容。如长诗《河决》描述了黄河决口、房倒屋塌、百姓流离失所、田亩无法耕种的景象，指出黄河决口带来的不仅是当下的苦痛，更有持续的灾难："岂惟房屋毁"，"秋耕且得未，夏麦何由全"。作者还描述了官吏借修河而欺压百姓，使下层人民苦上加苦："县官出巡防，小吏争弄权。社长夜打门，里正朝率钱。鸠工具畚锸，排户加答鞭。"贡师泰诗歌还有批判过分重视功名利禄的内容。其《古意二首》之一批判过分看重功名，之二批判过分看重金钱，而劝以追随巢、许，不慕富贵。诗歌所抒个人情怀则往往与向往清幽有关，体现隐者志趣。如《遣怀二首》之一："怀哉岩桂台，邈在姑山阿。"贡师泰的题赠诗有一类为题画诗。他本人书画皆佳，受时代影响，绘画重写意；其题画诗也如此，内容或描绘图像神韵，或直接由图画内容生发开去，表现作者的感悟和美学看法。例如《题苏子瞻画像》："老龙起深夜，来听洞箫声。酒尽客亦醉，满江空月明。"前两句用老龙夜深听洞箫作比况，后两句借用苏轼《前赤壁赋》意境，写出苏轼与众不同的风采，而对画像本身内容则不置一词。而其《题出塞图》也脱离画面形象，只从昭君角度写自己对和亲原因的认识："沙碛微惊数骑尘，汉室便欲议和亲。当时卫霍兵犹在，未必明王弃妾身。"艺术上，贡师泰诗歌也极有特点，揭汯称誉说："诗极幽邃冲远，能兼诸体，有盛唐风骨。"（揭汯：《有元故礼部尚书秘书卿贡公神道碑铭》）他的诗或豪放，或优美，风格不一。前者如《河决》描述黄河决口的景象，境界阔大而雄奇（去年黄河决，高陆为平川。今年黄河决，长堤没深渊。浊浪尽翻雪，洪涛远春天。滔滔浑疆界，浩浩襄市廛。初疑沧海变，久若银汉连。怒声恣砯礚，悍气仍洄漩。毒雾饱鱼腹，腥风喷龙涎。鼋鼍出滚滚，雁凫下翩翩。人哭菰蒲里，舟行桑柘颠）；描述官吏枉法、灾民苦情亦能从宏观把握。后者如《拟古三首》之一："东南有佳人，远在水一方。绮疏粲飞楼，曲阑围洞房。意态间且靓，气若兰蕙芳。纤阿扬姣服，杂佩悬明珰。……"将古诗与今境融合无间，描述了当下，也带出了深意。杨维桢论之云："得于自然，有不得雕琢而大工出焉者。"（杨维桢《玩斋集》序）贡师泰诗还善于营造环境气氛。如："日入柳风息。月上花露多。""独赏谁晤语，感慨成悲歌。"（《遣怀二首》之一）景与情会，既美且幽。

贡师泰是元代著名散文家，他的文章样式众多而各得其体。时人王祎认为当时文家寥寥，但贡师泰的文章："气充而能畅，辞严而有体，讲道学则精而不凿，陈政理则辨而不夸，诚足以成一家文言而继前人之绪矣。"（王祎：《玩斋集》序）由于其有家学渊源，又曾从游于吴澄等多位著名思想家、文学家，且作政务，因此文章叙事、论理皆明晰条畅，"深而不晦"（钱用壬：《玩斋集》序），又不乏文采，常常宏博奇伟。所存唯一小赋《小筼筜赋》赞美筼筜"虚心有容，直节无懈"，咏物而拟人，写景而见志，铺词列采而又流畅清丽，可谓美文。

六十五　贡性之《南湖集》

　　贡性之，生卒年不详，生活于元末至明代洪武年间（1368—1398）。字友初，或云有初，号南湖先生，门人私谥贞晦先生。元宁国路宣城（今属安徽宣城市）人，系贡师泰族子。元末明初著名文学家。生平事迹，主要见于《四库全书总目》之《南湖集》提要、《元书》卷九一。今人赵文友校点之《贡氏三家集·贡性之集》前言述之较详。

　　贡性之在元末曾作为贡师泰胄子而被委任为簿尉，后又补为闽省理官。任职期间，以刚直著称。入明，朝廷征录贡师泰后人，大臣举荐贡性之。但他听说后，即更名为悦，避居山阴（会稽），躬耕自给以终其身。其间，其堂弟有在朝任职的，曾迎请他到金陵、宣城居住，但他推辞未去。终老于浙东，享年约五十。

　　贡性之入明之后不出仕，论者以为有"不事二姓之意"（《四库全书总目》）。故后世亦以元人视之。

　　《南湖集》概况：

　　《明史·艺文志》载《南湖集》二卷，贡性之著。据赵文友《贡氏三家集·贡性之集》前言，《南湖集》初刊本为贡氏裔孙贡钦于明弘治十一年（1498）主持刻印（贡钦《南湖集》序有说明，其序今存），但可能已经失传，今存较早的版本是贡氏后人贡靖国于明万历十一年（1583）主持刻印的重刊本。清代的刻本、钞本也有流传至今的，其中较为通行的是《四库全书》本。吉林文史出版社 2010 年出版的《元代别集丛刊·贡氏三家集》中收录《贡性之集》，亦即《南湖集》，为赵文友校点。此本以清乾隆四十一年（1776）南湖书塾重刊本为底本，校以其他多种本子，其收录贡性之作品和附录也都最为齐全。

　　《南湖集》得名于贡氏家乡宣城南湖，为两卷诗集。

　　文学成就：创作以诗歌为主，尤其擅长题画诗。

　　贡性之诗歌以五言、七言为主，也有杂言古风，长篇短制俱存。题材多为题画、咏物、送别、赏景，内容一般不涉及社会问题，多写山水田园美景，表现隐居或不群之志，体现出遗民情结。贡性之诗歌多题画之作（现存百首以上），这是其家族文学的特点之一，也是一种时代潮流的体现。他题古画，也题时人画作。当时如王冕等绘画大家也喜欢请他题画。

贡性之家族后人贡钦序其集曰："会稽王元章善画梅，得其画者无贡南湖题诗则不贵重。"贡性之自己也多次写诗提及。四库馆臣指出贡性之"其他题画之作尤多。盖人品既高，故得其题词则缣素为之增价，有不全系乎诗者"。这类诗作能借画中形象抒写诗人自己的情志。如《题陶靖节像》曰："解印归来尚黑头，风尘吹满故园秋。一生心事无人识，刚道逢迎愧督邮。"四库馆臣以为此诗寄寓了难忘故国、不事新朝的心意。这也与元末明初一部分文人所具有的遗民情结一致。贡性之的咏物诗，向来为人称道。这类诗歌涉及植物物类为多，尤其是梅竹，贡性之本人亦善画梅竹。诗文亦富有诗情画意。如《梅》："眼前谁识岁寒交，只有梅花伴寂寥。明月满天天似水，酒醒听彻玉人箫。"写出清冷孤寂之境，而视梅为友又寓含着高洁清雅。《兰竹》："翠鸾飞下尾毵毵，怪石崭岩倚碧潭。一路鹧鸪啼不断，行人挥泪湿征衫。"画面动态十足，形象鲜明，又情感浓烈，令人印象深刻。《梨花》："带雨寒无色，迎风雪有香。纷纷爱红紫，谁复识何郎。"写出梨花的傲雪，咏物以拟人。贡性之的其他诗作也具有描述形象而富有意味的特征。如《暮春》："吴娃二八正娇容，斗草寻花趁暖风。日暮归来春困重，秋千闲在月明中。"形象地表现出少女的无忧和纯净，末句还含蓄地写出了月明之下秋千上曾有过的欢快热闹，意在言外。其《涌金门外》也是这类诗："涌金门外柳如金，三日不来成绿荫。折取一枝入城去，教人知道已春深。"第一句中"金"字耐人寻味，写出了柳芽初展的色泽和报春讯息，第二句写出了柳树变化之神速，这两句借柳色春晖写出了郊外季节变化早，末两句形象地写出诗人欲与人共享喜悦的心情，语浅意丰。

六十六　余阙《青阳先生文集》

余阙（1303—1358），字廷心，一字天心。元代庐州（今属安徽合肥市）人。政治家、文学家，亦工书法。先代为唐兀（西夏党项）人，世居河西武威（今甘肃武威）。余阙父沙剌臧卜因任职庐州，遂为庐州人。生平事迹，主要见于《元史》卷一四三本传、明人宋濂《余左丞传》（见《文宪集》卷四十）。

余阙少年丧父，于是教授门徒以养母。又与元代著名文学家吴澄弟子张恒游，因此文学日进。元统元年（1333），赐进士及第，授同知泗州

（今安徽泗县）。为官严明，以致"宿吏皆惮之"（《元史》本传）。后入朝为翰林应奉文字，转为中书刑部主事。因性格刚正，不愿阿附权贵而弃官归乡。不久，朝廷以修辽、金、宋三史，而召余阙为翰林修撰。又拜监察史，改中书礼部员外郎，出任湖广行省左右司郎中。复以集贤经历召入朝，迁翰林待制。后出任金浙东道廉访司事。时因丁母忧，回庐州。

至正十二年（1352），红巾军起事，攻陷郡县。此时余阙行中书之职于淮东，朝廷命他代理淮西宣慰副使、都元帅府金事，分兵守安庆。而安庆缺兵少食。余阙到任十日，遭遇红巾军进攻，经奋力守卫，红巾军暂时退却。余阙抓住时机，召集有司与诸将商议屯田战守之计，他们在安庆周边建筑堡寨，选择精兵守卫，境内则令民耕稼。但次年大灾，余阙捐俸为粥，不少人就靠此活下来。又安置数万失业人员。并请求官府，最后获钞三万锭，俱用以赈民。余阙因功升同知、副元帅。到至正十五年（1355），余阙已经克服重重困难，修筑城池，城外"深堑三重，南引江水注之，环植木为栅，城上四面起飞楼，表里完固"（《元史》本传）。不久，升都元帅。拜江淮行省参知政事，仍守安庆。安庆周围，起事队伍众多，安庆多次被攻，但在余阙的主持下，俱败而退。

至正十七年（1355），拜淮南行省左丞。时红巾军陈友谅部、赵普胜部等合兵进攻安庆。次年，城东、西、南三门同时遭遇强敌，余阙率兵在形势最为危急的西门防守，他身先士卒，杀敌在前。"士卒号哭止之"，但余阙"挥戈愈力"，斩首无计，其自身亦遭受十余处创伤。最终城破，城中火起，余阙"知不可为，引刀自刭，堕清水塘中"（《元史》本传）。年五十六。他的妻子和一双儿女也随之自杀。

余阙为人忠义，死后，红巾军因此为之具棺殓葬。惠宗赠余阙摅诚守正清忠谅节功臣、荣禄大夫、淮南江北等处行中书省平章政事、柱国，追封豳国公，谥忠宣。其后，明太祖朱元璋也因其忠诚而诏立庙于忠节坊，命有司岁时致祭。明人宋濂在《余左丞传》亦赞其为"人豪"，"精忠之气炯炯上贯云霄"。

又其平素与下级同甘苦，因此很受拥戴。在与红巾军交战之时，"矢石乱下如雨"（《元史》本传），士兵欲用盾牌保护他，被他拒绝："汝辈亦有命，何蔽我为！"部属深为感动，也都争相拼命御敌，战死者上千人。

余阙多才，对于儒家经典用功甚多，五经都有注释，在书法上也有较高造诣（书法擅长篆隶），而"尤工诗文"（《元史》本传）。

《青阳先生文集》概况：

余阙诗文在其生前已大部散佚，门人郭奎在其身后仅搜得数十篇，为之结集成《青阳先生文集》。"青阳"得名于合肥东南巢湖青阳山。其后，张毅又收集佚文为之补遗，明正统十年（1445），沅陵县丞高诚汇刊，有诗96首、文68篇。今较通行者为四部丛刊续编本，九卷，诗文兼收，此本即上海涵芬楼影印常熟瞿氏铁琴铜剑楼藏明高诚刊本。又有四库全书本，题为《青阳集》，云四卷，但目录及正文显示为六卷，亦诗、文并存，数量上并不少于四部丛刊续编本所收余阙作品。另，《元诗选》《大雅集》等还收有余阙佚文数篇（参王颋、刘文飞《唐兀人余阙的生平和作品》，载《北方民族大学学报》2009年第5期）。

文学成就：余阙深受儒家诗教影响，主张文以载道，其诗文多寓训诫。创作以诗歌最具特色。他推崇汉魏六朝古诗，喜好平淡、明朗，故其"古诗近体，咸规仿六朝，清新明丽"（胡应麟：《诗薮》），"于元人中别为一格"（《四库全书总目》）。

《青阳先生文集》中诗歌多为送别、题赠、咏物、游历、观景之作，而内容则或相关元末现实社会状况及个人性情。送别诗情感真挚。如《别樊时中》："桃花灼灼柳丝柔，立马看君发鄂州。懊恼人生是离别，不如江汉共东流。"有时将友情与做人相结合以抒写刚正性情。如《拟古（赠杨沛）》："杨生仕州县，谋国不谋身。一朝解印绶，归来但长贫。"《送刘伯温廉使》："何以奉殷勤？惟有凌霜柏。"游历观景，则喜欢写奇异境界，表现对仙境的期望。这与作者本人相信方术神仙有关。其歌咏事物往往具有奇异姿态和不凡的品格。如《大别山柏树》描述"奇树"的老态垂暮，但它"孤生虽异挂，半死反如铜"，具有顽强的生命力。尽管早已历经沧桑，"年随天地终"，然而却是"终古郁葱葱"。余阙还喜欢寓诗以训诫、警醒之意。如《白马谁家子》先以大段文字写骑者富贵荣华之得意，后文迅速转变笔锋，写其"一朝富贵尽，不如秋草荣"。艺术上，注意形象描写和意境营造，但不刻意追求所谓话外之意，诗旨明朗，文风平淡朴实。四库馆臣谓"其诗以汉魏为宗，优柔沈涵，于元人中别为一格"，信然。

余阙之文为应用体，有序、记、碑铭、墓表、策、书、祝文等不同种类，亦特色突出。其同年、元人李祁谓"廷心诗尚古雅，其文温厚有典则，出入经传疏义，援引百家，旨趣精深而论议闳达，固可使家传而人诵之，凿凿乎其不可易也"（李祁：《云阳集·青阳先生集序》）。这种情况与余阙主张文以载道的精神一致，文章内容常与教化相关，又多反映社会现状并提出自己的看法及主张。其文还常常体现出作者的中正性情。如《贡泰父文集序》开篇即述自己"天性素迂"，努力改正亦未可得，最终觉悟到这种性情符合圣贤美德，于是决定一任天然。因此，平时结交，"必迂者然后心爱之而与之合。凡捷机变者虽强与之，然心终不乐也，故暂合而辄去"。余阙的记述文字，常常真实可靠，故极具史料价值。如《合肥修城记》，详细记述了修城背景、修城经过、规模等，为后人研究元代合肥城提供了翔实资料。其《杨君显民诗集序》则述及元代多用吏人、致使士子文人"不得用于世，则多致力于文字之间"的社会状况。总体上看，余阙文字平顺，宗旨明确，情感真挚，风格温厚。

六十七　舒頔《贞素斋集》

舒頔（1304—1377），字道原，号贞素。元徽州路绩溪（今属安徽宣城市绩溪县）人。诗人、书法家。生活于元明之际，故亦有将其归为明人者，如《新安文献志·先贤事略上》将其小传入"国朝（明朝）"。生平事迹，主要见于身后其门人张梓《故贞素先生舒公行状》（见舒頔《贞素斋集》附录）、后人舒正仪《贞素先生舒公年谱》，其友人唐仲实所作《华阳贞素舒先生墓志铭》以及《元书》《新元史》亦有记载。

舒頔自幼颖悟且勤于读书，年十二三，即"经书成诵"，十五六岁"淹贯诸史"（张梓：《故贞素先生舒公行状》），又工诗文，因此深获乡中长辈称赞。于是与郡贤一起，讲述经史之学。成年后，游历江湖，寻师问道，受到官方注意。元惠宗至元年间（1335—1340），被正式延任为贵池教谕。自至元五年（1339），丁忧于家。三年期满，改任京口丹徒校官。元惠宗至正庚寅（1350），转为台州学正（《新安文献志·先贤事略上》舒頔事略记，舒頔"洪武初，举明经，为台州学正"。以为舒頔在明朝为官。但这应该是从明人角度所记。朱元璋洪武年号从1368年开始使用，正与元惠宗至元年间部分相重）。此时正逢元末世乱，舒頔辞官不就，回乡奉亲。家乡亦遇民乱，遂与家人共隐山中。但仍然被一股武装发现拘拿，舒頔愤慨难当，大声叱之，对方恼怒，意欲杀害。舒頔与弟相争赴死。其后，舒頔以"但存弱息，以奉吾母，死无憾焉"表明意愿，对方感动哭泣，于是主动释放了舒頔兄弟。

晚年盖茅屋作为读书教授场所，题匾曰"贞素斋"。平时"训课子孙，讲解不倦"（张梓：《故贞素先生舒公行状》）。唐仲实《华阳贞素舒先生墓志铭》载其入明之后，多次被召不就，终老于家，表现出遗民情怀。洪武十年（1377）辞世，享年七十四。

舒頔对自己曾有简要评说："予孔子之徒也，以仁义道德之说淑诸人"（舒頔：《云台迁地重建碑》），又与陶渊明"异世而同志"，"生性直率，守信不阿，亦无骄矜之色"（舒頔：《贞素斋集自序》），且自谓具有"浩然正气"（唐仲实：《华阳贞素舒先生墓志铭》，见《贞素斋集》附录）。又述说平时喜好作文、咏歌。他在当时以书法著称，尤擅篆隶，风格朴拙，"识者以为得汉隶法"（唐仲实：《华阳贞素舒先生墓志铭》）。

《贞素斋集》概况：

舒頔生前曾自编文稿成《古澹稿》《华阳集》《贞素集》诸集（据《贞素斋集》附录：张梓《故贞素先生舒公行状》）。今存作品集名《贞素斋集》，已非原集。通行的有四库全书钞本，该本系据知不足斋写本抄录。后者由舒頔七世孙舒旭、八世孙舒孔昭等于嘉靖时期所辑，时绩溪知县遂宁赵春所刊《华阳贞素斋集》本抄录。但赵春刊本实际只取了舒頔后人所辑十分之二三（参舒朝阳《华阳贞素斋集序》、舒孔昭《华阳贞素斋集跋》）。

文学成就：舒頔诗、词、文俱佳，尤以诗歌创作出色。在诗歌创作上，受到贡师泰影响，主张以《诗经》为典范，肯定汉魏李唐诗歌，而以宋诗为劣。认为诗歌在内容上应寓以教化，写法上则主张"意贵乎含蓄，事贵乎隐括"（舒頔：《时贤咏物诗序》），又主张出新，反对蹈袭，也反对只重视技巧以矜奇炫异。明人唐仲实认为其诗歌特征是"盘郁苍古""不染纤巧织纰之习"（唐仲实：《华阳贞素舒先生墓志铭》）。四库馆臣亦谓曰："诗则纵横排宕，不尚纤巧织组之习。七言古体尤为擅场。"故亦自为一格。

今《贞素斋集》八卷、附录两卷。卷一至卷四为记、序、辨、碑、跋、文、传、赋、说、墓志铭、赞、箴等文类，卷五至卷八为古体诗、律绝、词等。附录为舒頔弟子、后人所为作《行状》《墓志铭》及其他诗文等。

《贞素斋集》存诗410余首。

舒頔诗有时事、农事、地方风情、题画、赠酬、咏物、写景、怀旧等，内容丰富，意趣端正，富于现实性。反映时事，也抒写个人遭遇，且往往述其隐士情怀，入明之后的作品还时或寄托遗民情志。他的时事诗往往结合个人身家遭遇反映元末动乱给普通人带来的灾难和痛苦，真切感人。如《为苗民所苦歌（六十韵）》以长篇形式抒写自己一家乱世之中惊慌恐惧，舍居逃亡，但躲避山林仍然遭遇贼人袭击。诗歌用记实手法，开篇记时："二月初七日，压天风云急。"又描述细节："山家避舍去，老母独匍匐。"真实自然，使人感同身受。其诗歌大率如此，情感真挚，用语朴素。又喜欢议论，不故求含蓄。如《责子》："有子如无子，承家恐坠蒙。白头忧愤积，彩服晚愉赊。孝养天应庇，公勤众所夸。丁宁尤不省，贫困莫咨嗟。"以议论方式抒写对后辈的不满，与陶渊明同题诗相比，舒頔诗作流露出更浓烈的情绪。陶渊明责子之后，以"且进杯中物"结束，表现听之任之的态度。舒頔却仍要叮咛后代："孝养天应庇，公勤众所夸。"体现的是为父对其子女不放弃的精神。舒頔的咏物诗也多以普通事物为歌咏对象，借此表现不阿附流俗的情志。如《白槿花》："素质不自媚，开花向秋前。淡然超群芳，不与春争妍。"舒頔认为自己的诗"取意而足，不蹈袭，不求奇，务在理胜。"（舒頔《贞素斋集·自传》）因此反倒别具一格。但有的小诗于朴素的话语之中又别有意味。如《春日杂言》之一："日暖苔衣软，溪行荇带长。化工无限意，袖手立斜阳。"尤其是一类拟作诗，论者以为寓有深意，如《续新婚别》："君去日益远，贱妾何所依？"当是借以抒写感喟元亡。

《贞素斋集》有词 21 首。舒頔词也富于现实性，并有寄托。清人周况《蕙风词话》录其《小重山·端午》："碧艾香蒲处处忙。谁家儿共女、庆端阳。细缠五色臂丝长。空惆怅，谁复吊沉湘。往事莫论量。千年忠义气，日星光。《离骚》读罢总堪伤。无人解，树转午阴凉。"谓体现出"元室遗臣抗节不仕"的意志。词文以屈原之忠义与端午节充满欢乐气氛的景象构成对比，抒写惆怅伤感。其《水调歌头·时杨溪避兵》也是这类作品，而词旨更为明朗："饱来石上卧，醉向水边吟。山灵不管闲事，容我尽登临。山外猿啼鹤唳，世上虎争狼斗，此地白云深。今古一抔土，天地亦何心。隔茅庐，尘万丈，不相侵。林泉自有佳处，石溜假鸣琴。汉室煌煌大业，唐代昭昭正绪，此理细推寻。高咏出山去，草木亦知音。"在元末混乱之时，作者只想避世隐居，文辞中充满对"世上虎争狼斗"的厌恶。

舒頔还有散曲小令两首，表现忘怀世事的内容主旨，与其词相同。如【中吕·朝天子】（学呆）："学呆，妆痴，谁解其中意？子规叫道不如归，劝不醒当朝贵。闲是非，子心无愧。尽教他争甚底，不如他瞌睡，不如咱沉醉，都不管天和地。"

舒頔文类较多，但或叙事或写人，或论辩或评价，都能各得其体。故四库馆臣谓云"其文章颇有法律"。文章以记、序为多。所记，有游历之事、亭堂之建、景点之状，不一而足。序则多为他人诗集或族谱作序。内容亦与其文以载道的主张一致，文字平实。集中《自传》年逾七十而写，将其为人、性情和盘而出。《三害传》一文为蛟、蝇、鼠作传，颇显奇异。

六十八　赵汸《东山存稿》《杜律五言注》

赵汸（1319—1369），字子常，号东山。元徽州路休宁（今属安徽黄山市休宁县）人。元代著名理学家、文学家。生平事迹，主要见于明人詹烜《东山赵先生汸行状》（见赵汸《东山存稿》附录），《明史·儒林传》（卷二八二）亦有传。

赵汸先祖为陇西人，唐代中和年间（881—885）徙居新安海宁（今安徽休宁）。赵汸生于元代延祐六年（1319），"资禀卓绝，自孩抱闻读书辄能成诵"（詹烜：《东山赵先生访行状》）。稍长，读朱熹《四书集注》，有疑难，询师，师告以初学不必过于深究。但赵汸难以释怀，于是取朱熹《文公大全》《朱子语录》等诸书籍翻阅，直达五更方休。从此对朱子学说产生浓厚兴趣，励志圣贤之学，放弃科举考试。其后，就教黄泽，而黄泽之术主精思自悟，赵汸一再登门，又留居两年，才终于在六经疑义方面得到很多收获。而后又从当时著名学者、文学家虞集游，得吴澄之学真传。赵汸好游学，结交师友甚多。

游学归来，筑建新居，名其居为"东山精舍"。而此时赵汸学术已经闻名天下，于是四方学者尊之为"东山先生"。元末动乱，赵汸结茅阆山，"山深阒静，人事几绝"（詹烜：《东山赵先生访行状》），赵汸一方面潜心著述，另一方面任教阆山书院。三年后始迁回东山，创建东山书院，收授门徒。这时已是明代，有司多番召请，赵汸皆以疾辞。其后，朝廷又召修元史，赵汸以病躯勉往，事竣，得以请还。归家不久，病逝，享年五十一。

赵汸以学术见长。其治学，于经史诸子无不涉及，但最要在经学，尤其是《春秋》《左传》《周易》及"四书"，又以《春秋》研究为最。解释《春秋》多用《左传》及杜预《集解》。赵汸强调治经要"求实理"，反对迷信前贤；又认为朱、陆之学“始异而终同”，故主张“合会朱、陆”。钱谦益《列朝诗集小传》谓其“本经会传，度越汉宋诸儒，当为本朝儒林第一”。其学术思想对新安学人影响深远。文学方面，亦有见解有创作，成就突出。

《东山存稿》《杜律五言注》概况：

赵汸有经学著述多种。詹烜《东山赵先生访行状》记载，赵汸此类著述有《春秋师说》三卷、《春秋集传》十五卷、《春秋属辞》八篇、《左氏补注》十卷、《属辞详注》《笔削之权集传》《春秋本旨》《序卦图说》《经文开端乾坤屯三卦解》等。其中《春秋属辞》，现存有明弘治年间重修元至正二十年至二十四年刻本。此外，据《四库全书》所载，他还有《春秋金锁匙》一卷。

赵汸诗文见于《东山存稿》。作者生前未曾结集，身后，先是门人汪荫、范准裒辑遗文，但未齐备。至嘉靖戊午（1558），鲍志定为《东山存稿》作序，记述赵汸撰述“留余家藏书楼中大率悉备”，志定父亲“追念世好，收摭先生遗文”，因“总汇成集”。《千顷堂书目》著录“赵汸东山文集十五卷”，但《东山存稿》现存诗词一卷、文六卷，《附录》一卷。较通行的本子为《四库全书》钞本。赵汸另有《杜律五言注》（又称“杜诗类选”“杜诗赵注”“杜律五言注释”“赵子常选杜律五言注”“杜工部五言律诗”等），注释杜甫五言律诗261首，中多文学性评点。是书在明人高儒《百川书志》中，题“杜诗类选”，著录为一卷本。明清刊刻本较多，卷数不一，或一卷，或二卷、三卷、四卷等。现存较早的刻本为明代正德四年（1509）东川黎尧卿重刻《须溪评点选注杜工部集》所附“赵东山类选杜诗”一卷（成都杜甫草堂纪念馆藏）。通行者为台湾大通书局1974年影印明万历十六年（1588）郑云竹刻本，题“杜律五言注”。

文学成就：《四库全书总目》谓赵汸诗文云：“有元一代，经术莫深于黄泽，文律莫精于虞集。汸经术出于泽，文律得于集。其渊源所自，皆天下第一。故其议论有根柢，而波澜意度均有典型，在元季亦翘然独出。诗词不甚留意，然往往颇近元祐体，无雕镂繁碎之态。盖有本之学，与无所师承、剽窃语录自炫为载道之文者，固迥乎殊矣。”诗文皆有特色，而尤擅长于文，其评点杜诗文字内容丰富，也较细致。

《东山存稿》诗存一卷（其中词两首），其余皆为文；《杜律五言注》为杜甫261首五言律诗作注，中多有评点赏析之文。

赵汸诗歌计有五言、七言古体，律、绝诸体，律诗尤其是七律最多。内容多为酬唱、题赠、观景、卧病、时节（往往写秋）等，有时抒发因时局混乱产生的愁情悲绪，情感真挚。写法上，或直发议论，或用比兴，风格上则往往典雅与自然交融。如七律《秋兴》："多难逢秋易感伤，萧条忽觉近重阳。荒村风雨行人少，故里烟尘病日长。太史藏山书未就，少师入海梦难忘。愁极每疑彭泽令，便将何道出曦皇。"诗人于乱世避居山中，加上病痛，又不能放下著述，自然暂时没有陶渊明归隐的闲适自得。诗中写景叙事，用典，抒情，皆切合当下实情。

赵汸其文分考据、策问、诗文序、记、跋、书后、行状等，种类较多。其议论，往往意气风发，如《对问江右六君子策》，涉古论今，或引述，或议论，纵横排比，有文采有气势。其描述，则比喻摹状，亦极富文采。如《上虞学士书》开篇："汸闻之：航大海者患其望洋而无际也，有智人焉以毫芒之针定其所向，而后波涛风雨顷刻万变，而吾之所趋者不迷，以其所守之得其要也。"述事奇异。又其《起云轩记》一段写景文字："新安、金华二水合流，其下云气之兴，浑浑灏灏，千变万化，日新不穷而莫可名状切意。其间必有卓越之士高居自致……"有山水变化的实景，也有虚想假设，引人入胜。

《杜律五言注》按内容将杜诗分类，每类下著录原诗若干首，诗目之下为赵汸所作题解。对正文的注释往往以句为单位，内容涉及作诗背景、词义解说、诗意解说、布局安排、兴味含意等，故多为文学性评点。如卷一开篇选杜甫《晚出左掖》，赵汸于第一首正文第四句下云："左掖即左省。此诗乃出省后所赋。起句先言立朝之景，三四言退朝归省之景。"于第六句下云："五六乃省中所见之景。"第七句（避人焚谏草）下说明用典后，引述刘辰翁注释句意，强调："焚且避人，正是点破古事。"末句（骑马欲鸡栖）下云："结句乃见晚出之情。骑马见出欲鸡栖见晚……"赵汸看重杜诗，故为之作注，这与当时文学潮流趋向一致。注释多引前人，尤其是刘辰翁注。

赵汸的诗学主张集中于《杜律五言注》书中，但《东山存稿》中为他人诗文集所作之序也常有明确论述。赵汸论诗，重内容也重形式。其《东山存稿·郭子章望云集序》说："昔者朱子说诗，于性情之道、风情之用备矣，然未尝不用体制、音节为言。"在《杜律五言注》中，这种主张得到充分体现。赵汸又主张中和之美。《东山存稿·记虞集论诗》说："（于汉魏六朝诗）余独爱阴、何、徐、庾氏作者，和而有庄，思而有止，华不至糜，约不至陋，浅而不浮，深而能着。其音清以醇，其节舒以亮，有承平之遗风焉。"这些主张也同于《杜律五言注》中的注析内容，如赵汸一方面看重作诗的自然真率，另一方面也强调远近动静的搭配、情景虚实的结合等，并且解说具体细致。

明

　　明代文学在戏曲、小说等俗文学方面持续发展，小品文也数量众多且独具特色。但诗歌领域情况复杂，表面上看有成千上万的个人诗文集，以及众多的诗歌流派，似乎流彩纷呈，其实成就不高：在明朝诗坛前后曾出现过以歌功颂德为内容特点、多应酬诗的台阁体，以复古甚至模拟汉魏盛唐为号召而缺乏个性的前、后七子，以抒写性灵而或失之于轻率肤浅的公安派，以回归古人而难免过分雕字酌句流于纤细逼仄的竟陵派。明代最好的诗人是皖人阮大铖。明代文人善于总结前人，这一时期出现了很多大型的编选前人的诗文、小说、戏曲等总集，和一些理论探讨。

　　皖地在明代产生了不少戏曲作家，使前朝地方剧坛空寂的局面得到改观。曲家富于创新性的艺术作品，有的至今仍在流传。特别值得指出的是，明皇亲藩中产生了一些杰出的艺术大家，他们在乐律制定、戏曲和散曲创作方面有着杰出表现。其中最突出的几位是朱权、朱有燉和朱载堉。朱载堉发明的十二平均律，为世界键盘乐器广为采用，在乐律方面做出了举世瞩目的贡献。他还在当时世界范围内多个文化领域占据着领先地位。明代由于帝王的推崇，道教兴盛一时。朱权等人的戏曲有不少为神仙题材，内容乏善可陈，他们的成就在其他方面。一是戏曲创作勇于创新，主要表现在对杂剧体制的改革。这方面表现最突出的是朱有燉。后来杂剧和传奇大多具有朱有燉创新的体制。二是编撰曲谱、撰写戏曲理论和戏曲批评。这方面首屈一指的艺术家是朱权。其《太和正音谱》提供了较为完备的北曲曲谱，同时还具有戏曲理论、戏曲批评等内容。北曲作家一般按照朱权提供的谱式进行创作。他的戏曲理论及批评文字也对戏曲界产生了较大影响。

　　皖地平民这时期的戏曲创作不仅丰富，而且各具特色，表现出出众的才情。如郑之珍目连戏宏大复杂的结构和浓烈的宗教及民俗底蕴，汪廷讷喜剧的灵动自然，阮大铖戏曲重视情节、辞藻也重视曲调声律而呈现出的精致细密。而潘之恒对戏曲表演和戏曲导演的探讨则体现出卓越的艺术鉴识和理论研究的能力。

诗歌领域，明皇室成员朱诚泳以诗著称。四库馆臣对朱诚泳的诗歌评价较高，谓其"谐婉可诵"，又称"明代亲藩中以文学著名者要必以诚泳为称首焉"。明代如山歌等俚俗谣曲兴盛，文人著录较多。朱载堉用民间俗体自创的诗歌集《醒世词》，在民间引发出广泛的呼应，影响持续至今。但整个明代，诗歌创作特出的是阮大铖，他以师法古人而又能创新的作品被称为明代唯一诗人。

明代小品创作的繁盛也有皖地作家的贡献。潘之恒的戏曲理论多以小品形式出现，这些小品本身文笔生动，也有较高的艺术价值。曹臣的《舌华录》沿袭《世说新语》的风格，语言简洁而意味隽永。

中国是个自古以来就注重区分文体的国度，先秦时期的"诗言志""文亡离言"（上博竹简孔子论诗），《汉志》的诗赋与学术性著述的分立，都能说明问题，更别说汉代以降文体辨析精细的事实了。明代更是产生了为帮助读者辨析文体特征而编辑的《文章辨体》《文体明辨》《文章辨体汇选》等大型分类文集，因此"明代是继南朝之后另一个文体学极盛的时代"（吴承学：《明代文章总集与文体学》，见《文学遗产》2008 年第 6期）。梅鼎祚则是皖地注重于编辑大型古代诗文总集同时自身创作也非常丰富的作家。他编辑的总集不仅数量多，而且按文体分类，故此不仅有诗文集和小说集，还有《书记洞诠》《释文记》这些特殊门类的总集。

六十九　朱权《太和正音谱》《臞仙宫词》

朱权（1378—1448），字臞仙，号涵虚子、丹丘先生、南极遐龄老人、大明奇士，谥号为"献"，世称宁献王。明凤阳府中立县（今属安徽滁州市凤阳县）人。明代著名戏剧作家兼戏曲理论家，服膺道教。生平事迹，主要见于《明史》本传（《诸王二》）、明焦竑《国朝献征录》、朱权后人《宁献王事实》等。

朱权为朱元璋第十七子，"生而神姿秀朗"，"慧心天悟"（焦竑：《国朝献征录》），始能言即自称大明奇士。又好学多才，于书无所不窥，深得朱元璋喜爱。年十四，受封为宁王，藩地大宁（今内蒙古赤峰市宁城县），时洪武二十四年（1391）。大宁，是"古会州地，东连辽左，西接宣府，为巨镇"（《明史》本传），可见朱元璋对他的器重。两年后，朱权就籓，阵势极其威武宏大，竟"带甲八万，革车六千"，又朵颜三卫之骑兵亦"皆骁勇善战"（《明史》本传）。朱权之为人，又以善谋著称，多番会合诸王出塞。

洪武三十一年（1398），朱元璋去世，建文帝即位，多行削藩，引发不满。次年，燕王朱棣谋取帝位，设计使朱权离开封地，进而巧取其军队，胁迫他依附于自己，许之成事后中分天下。朱权于是参与"靖难"之役，为朱棣多所写文撰檄。但建文四年（1402）朱棣夺位，并不兑现诺言，反倒对朱权心存戒备。朱权乞改封地，请求苏州、钱塘，皆未获允。朱棣只让他在建宁、重庆、荆州、东昌之中选择，但其后又改封南昌。时永乐元年（1403）。朱权倚恃"靖难"之功，颇为骄恣，"多怨望不逊"（钱谦益《列朝诗集小传》）。不久，朱棣接报朱权蛊惑诽谤，于是秘密安排查检，以未获证据而罢止。朱权开始耽心道教，韬晦养性，奏琴读书，因此终朱棣朝得以安平无事。仁宗即位（1424），朱权见法禁稍解，于是上书说南昌原本非其封国。皇帝却回复说："南昌，叔父受之皇考已二十余年，非封国而何？"朱权不甘心，至宣德三年（1428），又请求近郭灌城乡土田，次年并议宗室不应定品级。终于惹恼皇帝，朱权受到诘责。从此以后，不再过问国事政事，将精力施用于振兴一方文化。"江右俗较质朴，俭于文藻，士人不乐声誉。王弘奖风流，增益标盛。"又，"凡群书有秘本，莫不刊行国中"（钱谦益：《列朝诗集小传》）。朱权还常与文学之士交往，以著述自乐；又托志仙道，结交道教人士，自号臞仙，直至终老。正统十三年（1448）病逝，享年七十一。

《太和正音谱》《臞仙宫词》概况：

朱权才华出众，凡经史子集靡不涉足，著述丰夥，钱谦益评价说："古今著述之富，无逾王者。"（钱谦益：《列朝诗集小传》）据《明史》记载，他"尝奉敕辑《通鉴博论》二卷，又作《家训》六篇，《宁国仪范》七十四章，《汉唐秘史》二卷，《史断》一卷，《文谱》八卷，《诗谱》一卷，其他注纂数十种"。而据钱谦益《列朝诗集小传》，朱权著述除此之外，还有《神隐》《肘后神枢》各两卷，《运化玄枢》《琴阮启蒙》各一卷，《乾坤生意》《神奇秘谱》各三卷，《采芝吟》四卷。今人叶明花、蒋立生《宁王朱权著作分类述录》一文（见《江西中医学院学报》2009年第6期）统计，朱权平生著有135种著作。现存著述还多达三十余种，内容涉及文学、音乐、史学、茶艺、星历、医卜、经学、诸子等多方面。单就文学方面的著述而言，有戏曲作品十二种，今存《冲漠子独步大罗天》《卓文君私奔相如》两种；又有戏剧理论著作《太和正音谱》《务头集韵》《琼林雅韵》；还另有一百零八首宫词作品（据《百川书志》），现存七十首。

《太和正音谱》分上、下两卷，一般认为作于洪武三十一年（1398），但根据其中内容及初刻本情况，已有不少学者提出此书最终完成于永乐七年（1409）前后。据清代影写明初刻本所示，《太和正音谱》初刻于洪武年间。明代程明善辑刻《啸余谱》本及崇祯间黛玉轩刻本，也是现存较早的刻本。较通行的本子为中国戏曲研究院编著的《中国古典戏曲论著集成》刊本，此本底本用涵芬楼影钞洪武原刻本，并用万历流云馆刻《啸余谱》本加以校勘，又加上新式标点，由中国戏剧出版社 1959 年出版（1980年重印）。《续修四库全书》1747 册收录的是民国九年影钞明洪武本。又，中华书局 2010 所出今人姚品文的《太和正音谱笺评》对原著进行了点校整理，并有评注，是目前所见整理最为完善的本子。《琼林雅韵》，较通行的本子为《四库全书》本。作者创作目的是"审音定律"（朱权：《太和正音谱》序），系曲韵之书。体例仿元代周德清的《中原音韵》，亦将汉字划分为十九个韵部，入声"派三声"。但平声不分阴阳。收字达八千余，较《中原音韵》为多（《中原音韵》收字五千余）。又其每字下解释字义，亦与《中原音韵》只列韵字而不加释义不同。《务头集韵》的内容是名家曲评，此撰已佚。《臞仙宫词》著录于《百川书志》，北京古籍出版社 1987 年出版的《明宫词》一书予以全文收录。

文学成就：朱权在文学创作方面，以杂剧最为著称，文学理论方面则以戏剧理论最为杰出。朱权所作戏曲，据其《太和正音谱》自录有 12 种：《瑶天笙鹤》《白日飞升》《独步大罗》《辩三教》《九合诸侯》《私奔相如》《豫章三害》《肃清瀚海》《勘妒妇》《烟花判》《杨娭复落娼》《客窗夜话》，俱为杂剧。从作品题目及现存两部作品《卓文君私奔相如》《冲漠子独步大罗》内容来看，朱权戏剧题材丰富，思想内容方面则呈现或宗儒或倡仙道的复杂形态。《私奔相如》属才子佳人路数；《独步大罗》则为修仙求寿的道教思想内容，艺术成就不高，"结构松散，曲辞庸俗"（赵景深等：《元明北杂剧总目考略》），他的《太和正音谱》是最早的杂剧曲谱，对当时北曲风格进行了分类，并有戏曲理论及戏曲批评文字。朱权的诗特别是宫词也很有特点。

《太和正音谱》是第一部北曲曲谱，并含戏曲理论、戏曲批评等内容。作者撰写《太和正音谱》及《琼林雅韵》《务头集韵》的目的，是提供"乐府楷式"（朱权：《太和正音谱》序）。作为杂剧曲谱，此书将北曲按十二宫调进行分类，又依据已有作品标出各支曲典型谱式，包括句式、四声平仄，正字衬字，等等。自《太和正音谱》出现，后世曲谱大率用其形制与方法，而北曲作家则按其谱式创作以使作品依腔合律。

曲论方面，朱权认为盛世方能产生戏曲："盖杂剧者，太平之胜事，非太平则无以出。"（朱权：《太和正音谱·群英所编杂剧》）同时主张作品要负有教化责任，但又推崇神仙道教题材的戏剧作品。与此相关，朱权从内容出发，将当时的唱家分为三类：道家、儒家和僧家。

《太和正音谱》还将元代以来的戏曲风格作了细致分类，有15体之多，但分类依据不够统一。主要依据为艺术风格，如"丹丘体：豪放不羁"，也有个别是出于思想内容，如"黄冠体：神游广漠，寄情太虚，有餐霞服日之思，名之曰'道情'"。此书简要评点了元代187位、明初16位曲家作品（包括杂剧和散曲）的风格特征，并含排序及褒贬之意。由于看重道家仙事，故其评曲家亦予以结合观察。他认为马致远"宜列群英之上"，因为后者文辞俊美，但可能更因为马致远戏曲多宣扬道家出世之说。关汉卿戏曲贴近现实，反映社会矛盾，作品具有戏曲当行本色的特点，朱权反倒认为他是"可上可下之才"。于是仅仅列他于第十位，这还是因为他的作品"初为杂剧之始"。朱权的评论语言往往是比喻式的，形象生动，但其准确含义难以揣摩。如以"朝阳鸣凤"评论马致远曲作，以"琼宴醉客"评论关汉卿曲作，等等。此外，朱权还就制曲技术、杂剧题材分类（分为十二类）、杂剧角色源流、歌唱艺术等问题做了简要论说，又著录了"群英"、无名氏并倡优之杂剧目录近七百种、各种曲牌三百多种。内容十分丰富，除理论价值外，还具有研究杂剧作家作品的史料价值。

《臞仙宫词》：明代宫词创作较多，朱权受此影响也集中写下了百余首宫词，完成于永乐戊子（1408）五月（据朱权《宫词序》）。作者对宫词有自己的看法，认为创作者应是帝王或宫女，创作之要在于"亲睹其事"，这样才能使"叙事得其真"（朱权《宫词序》），而风格则应以便娟为正。他的宫词皆七言绝句，形式上按照宫词格式俱为联章。取宫女角度，内容有颂美帝王勤政的，也有描写宫廷华丽富贵气象的，还有写宫女对皇帝的仰慕，更多的则是写宫女的孤独情怀，如："忽闻天外玉箫声，花下听来

独自行。三十六宫秋一色，不知何处月偏明。""庭梧秋薄夜生寒，谁把箜
篌别调弹。睡觉满身花影乱，池塘风定月团团。"由于作者熟谙深宫，故
其宫词内容情感俱显真切；更由于其身份及诗学主张，诗歌内容均不失哀
而不伤、怨而不乱的儒家诗教精神，文辞亦婉约清丽。

七十　朱有燉《诚斋传奇》《诚斋乐府》

朱有燉（1379—1439），字诚斋，号全阳子，又号全阳翁、全阳道人、
老狂生、锦窠老人等。谥号宪，世称周宪王。明凤阳府中立县（今属安徽
滁州市凤阳县）人。著名戏剧家、散曲家。生平事迹，主要见于《明史》
卷一百十六本传（《诸王一》）、《乾隆祥符县志》、钱谦益《列朝诗集小
传》，今人任尊时收集多种材料撰作的《周宪王研究》，述之尤详。

朱有燉是朱元璋第五子朱橚的长子。建文帝时期削藩，朱橚父子被废
为庶人，并徙云南。直至四年后，朱棣为帝，爵位才得以恢复。朱橚于仁
宗洪熙元年（1425）辞世，朱有燉袭封周王，藩地在河南开封一带。明英
宗正统四年（1439），朱有燉病逝（钱谦益《列朝诗集小传》谓逝于景泰
三年，1452），无后，王妃巩氏及六位夫人自经殉葬。

朱有燉"遭世隆平，奉藩多暇"（钱谦益：《列朝诗集小传》）。其为人
恭谨，不问政治，勤学好古，一生主要从事藏书与著述。父亲朱橚喜欢藏
书，并有文才，曾著《元宫词》百章，又撰著多种医书药籍。朱有燉继承
了父亲的藏书，又注重收集各类图书，于元明戏曲更为留心收录，成为明
代著名的藏书家。又"好文辞兼工书画"（《明史》本传），精通声律，"博
学工诗，旁通绘事，而楷篆尤冠绝一时"（《乾隆祥符县志》）。撰有散曲、
戏剧、诗歌等多种作品，是著名文学家。

《诚斋传奇》《诚斋乐府》概况：

朱有燉著述颇丰，《明史·艺文志》《百川书志》《千顷堂书目》等并
有著录。其《诚斋传奇》十卷，专收杂剧；《诚斋乐府》二卷，专收散曲
作品（《百川书志》卷十八："诚斋乐府二卷，大明周府锦窠老人著，散曲
套数各为一卷。"）；《诚斋集》三卷，则收录其诗，包括牡丹、梅花、玉堂
春各百咏（《百川书志》著录云："梅花百咏一卷、牡丹百咏一卷、牡丹
谱、玉堂春百咏一卷，皇明亲藩诚斋殿下著俱次元中峰和尚之句。"）未提
"诚斋集"。《续修四库全书》收录了《牡丹百咏》《梅花百咏》《玉堂春百

咏》各一卷，见集部第 1328 册）；《诚斋录》四卷和《诚斋新录》三卷，收诗。又有《家训》《诚斋词》《诚斋遗稿》各一卷。其《东书堂集古法帖》十卷，为临摹古人名迹的书法结集。

《诚斋传奇》现存最早的版本为明代周藩原刻，有两种，分别录有戏曲二十二部和二十五部，两者去其重复，共有杂剧三十一种。这两种本子也是除《元刊古今杂剧三十种》之外现存最早的杂剧刊本。现较通行者为国家图书馆出版社 2012 年影印的明刻本《诚斋杂剧》。赵景深主编的《元明北杂剧总目考略》——介绍了朱有燉杂剧作品的现存古本。《诚斋乐府》，较通行的本子有上海古籍出版社 1989 年版《诚斋乐府》（翁敏华点校），以及齐鲁书社 1994 年所出谢伯阳《全明散曲》本。

文学成就：朱有燉的创作以杂剧最为人注目。其杂剧数目，一般认为明代高儒《百川书志》所著录三十一种为可靠，作品均见于《诚斋传奇》（又称"诚斋杂剧"）。这三十一种皆存于世，作者也因此成为明代存留戏剧作品最多的作家。朱有燉对杂剧的体式进行了较大幅度的革新，使之更有利于内容情节的展开及舞台艺术的丰富。他的创作影响很大。朱有燉的散曲创作也有数百首之多，且深得时人喜爱。

朱有燉杂剧题材反映了文人雅士及其个人喜好，多描述妓女遭遇，也有不少神仙剧，还有水浒戏等，内容则为风花雪月、神仙度人、节令庆寿、义士德行。大旨在乎歌功颂德、宣扬道德教化，但又能结合人情。其戏剧人物塑造较为成功的，一般是妓女形象。较好的剧作则是《李亚仙花酒曲江池》《关云长义勇辞金》《刘盼春守志香囊怨》等。《曲江池》系根据唐人小说《李娃传》及元人戏剧《李亚仙花酒曲江池》改编，内容艺术与前人同名剧作接近。《关云长义勇辞金》，写关羽义气，不慕曹操所与高官、厚金，毅然回归刘备。《香囊怨》写妓女刘盼春偶与书生周恭相识，互生爱慕，同居相守，盼春再不愿接待他客。但鸨母强逼其嫁与喜欢豪掷钱财的陆源，周恭父亲得知儿子爱上妓女也强加阻挠。盼春面对种种压力，不为所屈，自缢而死。她的尸体被焚，但佩带在身的香囊却完好如初，香囊内藏有周恭所赠情书。周恭发誓终生不复再娶。作品写出了盼春刚烈的性格特征，和男女双方对爱情的坚贞，并借剧中角色大加赞扬。全剧结构紧凑，戏剧冲突激烈，各色人物性格也较鲜明。朱有燉杂剧还有音律谐美的特点，并因此深受乐界欢迎。钱谦益《列朝诗集小传》记载说："制《诚斋乐府传奇》若干种，音律谐美，流传内府，至今中原弦索多用之。"作品也受到普通人的喜爱，《列朝诗集小传》引用李梦阳《汴中元宵》绝句云："中山孺子倚新妆，赵女燕姬总擅场。齐唱宪王新乐府，金梁桥外月如霜。"朱有燉的剧作结构严谨，善于描摹各种场面、情态，因为喜欢加入歌舞表演以活跃舞台气氛而又具有雍容华贵之态。语言上"词华精警，不让关马"（吴梅：《读曲记·牡丹品》），一方面本色自然，另一方面雅而不野，尤其喜欢用典。诸作之中，从语言上看，"尤以《献赋题桥》暨《烟花梦》为佳"（吴梅：《吴梅戏曲论文集》）。近人吴梅、今人郑振铎、赵景深、任尊时、徐子方、曾永义、赵晓红、蔡欣欣等对朱有燉杂剧都有深入研究，发现良多，提出不少个人新看法。

朱有燉对戏曲艺术最大的贡献是在体制创新上。其早年的杂剧尚依循传统体制，但自永乐六年（1408）起，就有意识地开始创新。这些新作杂剧虽然属于北杂剧形式，但已有向南杂剧变化的迹象，在戏曲史上具有承前启后的重要地位。篇制上，增加了楔子，一剧由一个或两个楔子加四个或五个套曲构成，打破了元杂剧四折一戏的格式，也是现存最早标有"楔子"的剧本。演唱形态上，变一人独唱为独唱、对唱、合唱、轮唱诸种形式兼具，此外还在一出戏中兼用北曲和南曲，在戏曲舞台上增添歌舞表演形式等。这些做法影响巨大。明皇室后裔朱权的戏曲作品虽然题材不新，但有体制创新。

朱有燉的《诚斋乐府》为散曲集，收录散曲264首、套曲35首。题材有咏物、写景、题赠、风月、宴游、抒怀等，多表现向往隐居、恬淡的闲情逸致，但也有不少作品含有道德教化的意味。受其时台阁体影响，语尚雅丽，讲究声律。朱有燉散曲在当时影响很大。钱谦益《列朝诗集小传》记李梦阳《汴京元宵》诗云："中山孺子倚新妆，赵女燕姬总擅场。齐唱宪王新乐府，金梁桥外月如霜。"

七十一 程敏政《篁墩集》（《篁墩程先生文集》）《明文衡》《新安文献志》

程敏政（1445—1499），字克勤，号篁墩、篁墩居士、篁墩老人、留暖道人。明徽州休宁（今属黄山市休宁县）人，后居歙县篁墩（今黄山市屯溪区篁墩），时人称为程篁墩。明代著名文献学家、理学家、文学家。生平事迹，主要见于《明史·文苑传》本传、明焦竑《国朝献征录》卷三

五、清钱谦益《列朝诗集小传》，以及《弘治徽州府志》《休宁县志》等，又明刊本《篁墩文集》卷末附有《程篁墩年谱》。

据焦竑《国朝献征录》卷三五《礼部右侍郎兼翰林院学士程敏政传》载，程敏政出身官宦之家，父亲是南京兵部尚书程信。敏政幼时就表现出超常的聪慧，10岁随父在四川居住，为巡抚罗绮以"神童"荐举。英宗皇帝召入朝试，作诗撰论都得英宗激赏，于是下诏令其于翰林院就读，并给俸禄。他还受到学士李贤、彭时的看重，后来李贤将女儿嫁与他为妻。

宪宗成化二年（1466），程敏政年仅22岁即以进士第二及第，授翰林院编修。在朝廷，参与编写《英宗实录》。成化九年，升侍讲，为经筵讲官。后又编修《续资治通鉴纲目》，书成，升左春坊左谕德，充东宫讲读官。孝宗皇帝继位，他被提拔为詹事府少詹事兼翰林院侍讲学士，侍文华殿日讲。

程敏政为人"秀眉长髯，风神清茂，善谈论，性复疏，于书无所不读，文章为时辈所推"（焦竑：《国朝献征录》）。当时他在翰林中以学识渊博著称，《明史》本传云："翰林中，学问赅博称敏政，文章古雅称李东阳，性行真纯称陈音，各为一时冠。"于学术、思想，特别服膺程朱。但他急于功名，表现又很明显，故常受人诟病。焦竑《国朝献征录·礼部右侍郎兼翰林院学士程敏政传》云："敏政以少年擅文名，以文学跻侍从，自是以往，名位将不求而自至，乃外附权贵，内接奥援，急于进取之心汲汲然，士大夫多有议之者。"

因才高自负，常俯视同侪，至受人嫉恨。这年——孝宗弘治元年（1488）冬天，御史王嵩等人借雨灾弹劾敏政，使之被迫致仕。弘治六年被召重新入职，不久升任太常寺卿，掌院事。负责内阁诰敕事务。两年后因丁母忧，离职。服阕还京，路上即转詹事兼翰林院学士。入朝之后，又进礼部右侍郎，侍皇太子讲读。但弘治十二年又遭人诬陷下狱。当时他与李东阳主持会试，举人徐经、唐寅预作文，与试题相合。于是给事中华昶即弹劾程敏政鬻题。尽管李东阳等人奉旨覆校，发现徐、唐二人卷并不在录取之列，李东阳据实上奏，但言者仍然坚持己见。最终程敏政、华昶、徐经、唐寅俱被捕入狱。虽经查实华昶所劾为诬，敏政被释，仍深感愤恚，出狱四月即发痈而卒。朝廷追赠礼部尚书。

程敏政一生主要事迹即研究经学尤其是理学、编撰著述、考订、讲读，声名卓著。其弟子李汛谓其为"一代人豪"。指"文翰虽其余事，而抱负之宏、造诣之邃，盖将于是乎征"。又细论其成就云："万言应事一策，敷匡时之大略；宋纪受终一考，订千古之大疑；续修宋、元鉴，谨严得《春秋》之大旨；附注《心经》，考合朱、陆之道，则又深探理学之大原……此皆先生学识之过人，足以济时而淑世，不但华国而已。"（李汛：《篁墩文集后序》）他对朱、陆学说都有深入持久的研究，早期主张两者相异，后又认为相同，这种和会朱、陆的做法在学术界产生了很大影响。

《篁墩集》（《篁墩程先生文集》）《明文衡》《新安文献志》概况：

程敏政著述丰富。据其好友李东阳《篁墩文集原序》记载，他名下有《篁墩集》《皇明文衡》《瀛贤奏对录》《新安文献志》《咏史集解》《宋遗民录》《程氏贻范集》《程氏统宗谱》《宋纪受终考》等，另外还有经学撰著《道一编》《心经附注》及方志《休宁志》；焦竑《国朝献征录》则另记有《咏史诗》《宋遗民录》《程氏遗范录》，钱谦益《列朝诗集小传》还记载有《苏氏梼杌》。现存程敏政编著书籍有：《篁墩程先生文集》，明正德二年何歆等编刻本（2014 年收录于《原国立北平图书馆甲库善本丛书》，由国家图书馆出版社出版，系影印台北故宫博物院藏本）、四库全书本（此本名"篁墩集"）；《心经附注》，明刻本、四库全书存目丛书本；《休宁陪郭程氏本宗谱》，明刻本；《宋纪受终考》，四库全书存目丛书本；《宋遗民录》，知不足斋丛书本、四库全书存目丛书本、笔记小说大观本；《明文衡》，明刻本（四部丛刊本据此本影印）、四库全书本；《唐氏三先生集》，四库全书存目丛书本；《程氏贻范集巳集诗词》，明刻本；《咏史集解》，四库全书存目丛书本；《道一编》，四库全书存目丛书本；《新安文献志》，现存最早的版本，据文化部《第一批国家珍贵古籍名录》有明弘治刻本（藏安徽省博物馆、安徽师范大学图书馆、无锡市图书馆），另有万历本、四库全书本，又有黄山书社 2004 年出版的何庆善、于石点校本（是籍以弘治刻本为底本）。

《篁墩集》以四库本校为通行。该本九十三卷。《千顷堂书目》载《篁墩集》另有《外集》十二卷、《别集》二卷、《行素稿》一卷、《拾遗》一卷、《杂著》一卷，四库馆臣以皆不在此编中，故"疑其本别行"。《明文衡》，高儒《百川书志》记"皇明文衡一百卷"，《四库》本为九十八卷。王重民认为：明嘉靖间宗文堂重刻本一百卷，"按书仅九十八卷，其卷九十九及一百为补缺，盖校刻时以补原编有目无文者。《四部丛刊》即据此刻本影印。"（王重民：《中国善本书提要》）故宗文堂重刻本为足本。以四库本、《四部丛刊》较为通行。《新安文献志》则以何庆善、于石点校本为通行。

文学成就：程敏政对文学的贡献主要在于：著作《篁墩集》，以诗文形式丰富了明代文学宝库；主编《皇明文衡》，保留了明初大量文集；编撰地方总集《新安文献志》，收录历史上曾出现过的徽州地区作家作品或外地纪录徽州作家事迹的著述，保留了地方大量文学文献。程敏政的编撰尤以后者著称。

《篁墩集》内容较杂，收录了作者为学子讲经、考据、考辨等学术类文章，奏议、疏表等书信体文章，策问、论、说等论说性文章，记、传、行状等传记类文章，序、题跋等诗文评介类文章，碑志、祭告、箴、铭、赞等人物评介类文章，等等，还有"杂著"收集其他文章，诗、词（楚辞体）、歌词、赋、诔等韵文作品也在集中。《四库全书总目》对其诗文态度复杂，一方面认为程敏政"学问淹通，著作具有根柢，非游谈无根者比"，在"明之中叶，士大夫侈谈性命，其病日流于空疏"的情况下，"敏政独以博学雄才，挺出一时"，"其考证精当者亦时有可取，要为一时之硕学"。另一方面，又指出作者学术上"门户之见既深"，"文格亦颇颓唐，不出当时风气"；又"集中征引故实，恃其淹博，不加详检，舛误者固多"；"诗歌多至数千篇，尤多率易"。

作者的传记类文章（尤其是"记"）和韵文类作品文学性最强。《篁墩集》中第十三卷至第十九卷为"记"。"记"之题材比较丰富，或记山水，或记楼台，或为游记，文笔生动，语言清丽，有着杨衒之《洛阳伽蓝记》的细致和郦道元《水经注》的尚奇。如《月河梵苑记》开头："月河梵苑在朝阳关南、苜蓿园之西。苑之池亭小景为都城最。苑后为一粟轩，轩名曾西墅学士题。轩前峙以巨石，西辟小门，门隐花石屏。屏北为聚星亭，亭四面为栏槛以息游者。亭东石盆池高三尺强，玄质白章中凸……"《夜渡两关记》则写出其夜渡清流关和昭关的惊险紧张，细节描写传神，心理描写细腻。如过昭关一段文字："既暮，入益深，山益多草木塞道，杳不知其所穷，始大骇汗。过野庙，遇老叟，问此何山。曰：'古昭关也。去香林尚三十余里，宜急行。前山有火起者，乃烈原以驱虎也。'时铜钲、束燎，皆不及备。傍山涉磵，怪石如林，马为之辟易。众以为伏虎，却顾反走，颠仆枕藉，呼声甚微，虽强之大噪不能也。良久乃起，循复岭以行，谛视崖堑深不可测，磵水潺潺与风疾徐。仰见星斗满天，自分恐不可免，且念伍员昔尝厄于此关，岂恶地固应尔耶？尽二鼓抵香林，灯下恍然自失如更生者。"通过写时间已晚、山深林密，又兼老叟描述，渲染紧张气氛，于是众人以怪石为虎，回身逃跑，慌乱之中跌倒互压，想呼喊又不敢大声，"虽强之大噪不能也"。细节真实准确，传神地写出一干行人心慌恐惧的状态。

作者诗歌作品著录集中于第六十卷至第九十三卷，数量达几千首。体式亦多样，乐府、古诗、律诗、骚体诗甚至歌词等俱备。题材丰富，内容淳正。有观景、挽旧、爱国、思乡、感怀、酬赠、农事、田园、民俗、风情、官事，等等，既有歌功颂德之作，也有关怀民情之篇，复有抒写闲情雅致之诗。一般来说，程敏政的诗风格清新自然，抒写较细腻，情感也很真挚。其《涿州道中录野人语（良乡役夫）》长诗中的几句："今年六月间，一日夜当丑。山水从西来，声若万雷吼。水头高十丈，没我堤上柳。手指官路旁，瓦砾半榛莽。昔有十数家，青帘市村酒。人物与屋庐，平明荡无有。水面沉沉来，忽见铁枢牖。数日得传闻，水蚀紫荆口。老稚随波流，积尸比山阜。远近皆汤汤，昏垫弗可救。如此数月余，乃可辨疆亩。"洪水到来的"声若万雷吼"，洪水到来前后的巨大反差，等等，描述真实自然，对灾民寓含深切的关注和同情。不少诗歌还达到了情景交融的境界。如《严州道中》："山远沙平水似烟，蓬窗赢得枕书眠。暖风一日初黄柳，好雨连宵剩绿田。傍岸凫鹥如送客，随家鸡犬不惊船。相看便有江湖恋，耕凿娱亲在几年。"写景不落俗套，"傍岸凫鹥如送客，随家鸡犬不惊船"两句还借拟人化手法，写出了田园世界的友好和平安。但其诗歌也或有失于直白，缺少蕴意的问题。

《明文衡》，原名"皇明文衡"，为明代三大诗文总集之一（另两部为清人所编《明文海》《明文在》）。系程敏政编辑的明代文人作品集，收录对象为产生于洪武以后、成化之前"名公著作"（高儒：《百川书志》）及皇帝部分诏制，计录文近千篇，作者一百五十余人。是编以文为主，但也收录楚辞体、乐府等韵文。全书按文体编次，分三十八体，首为诸臣代皇帝所撰诏、制等文，其后依次为赋、骚、乐府、琴操、表笺、奏议、论、说、解、辨、原、箴、铭、颂、赞、七、策问、问对、书、记、序、题跋、杂著、传、行状、碑、神道碑、墓碣、墓志、墓表、哀诔、祭文、字说等。书中所录，有的有目无文，《四库提要》记之甚为具体。四库馆臣又论是书内容难免芜杂，但因所录"在北地、信阳之前"，故"文格未变，无七子末流、模拟诘屈之伪体。稽明初之文者，固当以是编为正轨矣"。此外，由于收录颇多纪实类文章，故兼有史料价值。

《新安文献志》为程敏政编著中影响最大的一部，也是徽州第一部地方文献总集。该书收录范围起自南北朝，凡有关新安先贤事迹、诗文者均予采录。"本书共一百卷，分甲乙集；甲集六十卷，专收徽州本郡自汉迄明乡贤所撰之诗文；乙集四十卷，则兼收外郡人记述徽州先贤行实之文。全书共收文一〇八七篇，诗一〇三四首；下卷收列外地曾在徽州为官或寄居的名士一一四人。"（何庆善：《新安文献志》点校前言）卷前尚有《新安文献志先贤事略》上、下。卷帙浩繁，据程敏政自己统计，全书字数为一百二十余万。是编甲集按文体分类，前六十卷计有辞命、奏疏、书、记、序、题跋、议、论、辨、说、考、杂著、问对、策问、讲义、檄、表笺奏附、启、碑、祭文、铭、箴、赞、颂、赋、辞、各类诗、诗余等二十八类；自第六十一卷开始，以"行实"为总题，收录新安各类人物的传记、行状、墓志铭、碑志等文献材料，按照人物品行、技能等分类，有神迹、道原、忠孝、儒硕、勋贤、风节、才望、吏治、遗逸、世德、寓公、文苑、材武、烈女、方技等共15类。收录较全。四库馆臣谓其"征引繁博，条理淹贯。凡徽州一郡之典故，汇萃极为赅备，遗文轶事咸得籍以考见大凡，故自明以来推为巨制"。又编者不仅采录，并对有些文章内容加以考释，辨别真伪。但因囿于自家姓氏荣耀，是书又有偏重收录程姓之嫌，还有应录未录者。但"是书卷帙繁重，不能以稍有挂漏，遂掩其搜辑之功也"。清人黄宗羲在论及"公志每不如私志"时，则举此编为例，将其与宋景濂之《浦阳人物记》并提："宋景濂之《浦阳人物记》，文章尔雅，程敏政之《新安文献志》，考核精详。"（黄宗羲：《黄梨洲文集》）

《新安文献志》以其资料的丰富不独有益于后人探究一方历代政治、经济、社会、文化，由于诗文兼收，故亦对地方文学研究有益。除诗歌、诗余之外，此编所收较富文学性的文体有记、碑、祭文、铭、箴、赞、颂、赋、辞等，而序、题跋、杂著等文体中或有对某些诗文的评价文字，反映出新安地区一些作者的文学观。

七十二　朱诚泳《经进小鸣集》（《小鸣稿》）

朱诚泳（1458—1498），号宾竹道人，谥号简，世称秦简王。明凤阳府中立县（今属安徽滁州市凤阳县）人。明代著名文学家。生平事迹，主要见于《明史》本传、明代焦竑《国朝献征录》、清代朱彝尊《静志居诗话》、钱谦益《列朝诗集小传》等。

朱诚泳为明太祖朱元璋五世孙，父亲是秦惠王朱公锡。诚泳为庶出，初于明宪宗成化四年（1478），封为镇安王。成化二十二年（1486）父死，朱诚泳服丧三年，期满袭封秦王，时明孝宗弘治元年（1488）。诚泳虽是庶子，但当时朱公锡之子只有诚泳在世，故直接继承了父亲的王位。

朱诚泳性恭谨，曾在冠服上作铭文以自警示。只欲进德报国而无政治野心。为人醇雅，爱好诗文，"博通群书"（钱谦益《列朝诗集小传》）。十岁时，嫡母陈妃教学唐诗，诚泳每日记诵一首。父亲又为之延请当时著名诗家汤潜名，朱诚泳从之受声律之学。即位后，每日赋诗一首，"三十年靡闲"（朱彝尊：《静志居诗话》）。他对书法也很有研究。又讲究孝悌友爱。其封地广阔，租税来源较多。而遭遇灾荒，朱诚泳即主动免税。平时"布衣蔬食"，而好贤礼士，竟日与文儒"谈论不倦"（钱谦益：《列朝诗集小传》）。重视教育也是朱诚泳的特点。长安原有鲁斋书院，但早已废弃，旧址上入住了不少人家，于是朱诚泳另辟新址建立正兴书院。并附建小学，延请儒生，选择军校中聪慧子弟就学。"王府护卫得入学，自诚泳始。"（《明史》本传）弘治十一年（1498）病逝。无子。生前曾有遗嘱毋使夫人等殉葬，但死后其六位夫人却主动殉之。

《经进小鸣集》（《小鸣稿》）概况：

朱诚泳能诗善文，有诗文集《经进小鸣集》（《小鸣稿》，又名"宾竹小鸣集"）传世。是集十卷，是朱诚泳死后由秦府纪善强晟编辑校刻而成。最早的本子为明弘治十一年秦藩刻本（清人杨绍和、杨保彝《海源阁书目》著录），题"小鸣稿"。今通行者为《四库全书》本，亦题"小鸣稿"。

文学成就：朱诚泳以诗著称。四库馆臣对朱诚泳的诗歌评价较高，谓其"谐婉可诵"，又称"明代亲藩中以文学著名者要必以诚泳为称首焉"。

《经进小鸣集》（《小鸣稿》）十卷，前八卷收录各体诗歌：第一卷为乐府，第二卷为五言古诗，第三卷为歌行和七言古诗，第四卷五言律诗和五言排律，第五卷七言律诗，第六卷五言绝句，第七卷七言绝句，第八卷联句和集句。第九卷是各色杂文，计有赞、记、解、辩、赋、序、引、祭文等文类，以序为多。第十卷收录《恩赐胜览录》，为弘治六年（1493）朱诚泳离开封地到外乡异地时所作，中多诗作。其时他因患足疾，皇帝特许其到有温泉之地疗疾，朱诚泳为之兴奋，所到之处或观异景，或接遇友人、官员，或因事，俱兴感诗发，故能成卷。其文内容符合正统。

其诗题材大致有游历、纪物、写景、说理、评论诗画等，内容上或拟古或反映现实等，不一而足，要皆纯正，且具有较浓烈的情感。写法上多依体式要求。如乐府诗常采用旧题（例如"燕歌行""战城南"等），而所写内容亦合旧题要求，实是旧题翻新。例如《战城南》："战城南，死城北。满地僵尸污青血，马蹄蹀躞，骨肉狼藉。地远无人收，乌鸢飞飞下来食。黄沙漠漠，黑水潺潺。日暮一回首，壮士凋朱颜。兵事凶，战事危，匈奴桀骜谁制之？男儿一死不足辞！古有国殇，国殇良可悲，万骨委野，封侯其谁？"又如《燕歌行》："天声远振祁连北，深入穷庐追猾贼，手提长剑光陆离，挥霍顿教天失色。一自将兵出玉关，年年出没风尘间。檄书只隔黑河水，狼烟近接贺兰山。行役谁人不怀土，马上操戈冒风雨。朝来更觉铁衣寒，怕见长天雪花舞。冻眼茫茫冻叶腓，寒鸦无数居人稀。巡边游骑畏逢敌，守寨尫兵愁被围。从戎自念经年久，每与将军作留后。里正来时为里头，今日悠悠成白首。自是男儿志四方，马革包尸亦何有！匈奴未灭敢言归？独卧月明击刁斗。营中健卒日纷纷，料得何人建大勋。君不见牧羊人奴取侯印，汉家争说卫将军。"显然内容比曹丕同名诗歌更切合题目要求。但这类诗歌或乏新意。其乐府诗也有写现实、关注民生的，如《农夫谣》："我昨过农家，农夫于我陈嗟嗟。天地间而唯农苦辛，春耕土埋足，夏耘汗沾巾，秋成能几何，仅得比比邻。老农惟二子，输边辛苦均。大儿援灵夏，性命逐车轮。小儿戍甘泉，身首犯边尘。老妇卖薪去，老农空一身。荒村绝鸡犬，四壁罄仓囷。公家不我恤，里胥动生嗔。鞭笞且不免，敢冀周吾贫。我农老垂死，甘为地下人。尚祈孙子辈，犹为平世民。"描述了农民的辛苦与不幸，反映了底层人民的心声。这类诗在风格上也贴近民间，用语朴实。第三卷歌行一类，则为自拟题目，如《爱梅歌》《新燕歌》《对月行》等。四库馆臣论其诗："古体清浅而质朴，近体谐婉可诵，七绝尤为擅场。"谓七绝"皆风骨戍削，往往有晚唐格意。尔时馆阁之中，转无此清音矣"。举例如《秋夜诗》云："霁月满窗明似昼，梧桐如雨下空庭。"一般来说，朱诚泳的诗歌都较质朴，但这两句却用了特殊的修辞手法，语言看似平常却又显别致。尤其是用"如雨"形容梧桐，看似无理却具艺术真实，写梧桐之影忽然铺满空庭，借此不仅照应了上句"霁月满窗明似昼",而且写出了月亮运行的情景。意境优美而清寂。

总体来看,在台阁体曾影响甚巨、复古运动又继之而起的时代,朱诚泳有的诗歌能贴近民间,抒写下情,语言自然朴实,殊为不易。

七十三 郑之珍《新编目连救母劝善戏文》

郑之珍(1518—1595),字汝席,号高石,别号高石山人,明代徽州祁门(今属安徽黄山市祁门县)人。明代戏曲家。生平事迹,以《祁门清溪郑氏家乘》(其中有关郑之珍的生平事迹见于卷二,朱万曙《〈祁门清溪郑氏家乘〉所见郑之珍生平资料》有转录)所载最详,《民国祁门县志·艺文考》、民国重修《清溪郑氏族谱》(清溪村藏)亦有记载。

郑之珍自幼有眼疾,"虽人蒙学,记名而已"。天性聪敏而博学。嘉靖甲午(1534),入大学,每当晨昏,诸生诵读,读者未熟,而之珍已经洞然于心。曾随名师学《春秋》《礼记》,读书过目不忘。但因视力不佳,屡试不中:"小试屡捷,大试则终坐,目病艰于书写。"(叶宗泰《高石郑先生传》,见《祁门清溪郑氏家乘》)家居为多。他尊祖奉先,好义广交,睦邻恤贫,深得后人尊重。

《新编目连救母劝善戏文》概况:

郑之珍著有传奇《新编目连救母劝善戏文》和《五福记》。前者最为著称。《新编目连救母劝善戏文》,由明歙人黄铤首刊于万历壬午年(1582)。现存有多种明清刻本,其中高石山房本为精刻本,《古本戏曲丛刊》和《续修四库全书》所录即此本。目前较通行的,是朱万曙整理本(黄山书社 2005 年版)。此本以高石山房本为底本,校以其他明刊本,并加新式标点。朱万曙《郑之珍与目连戏剧文化》等则是研究郑之珍目连戏剧的重要研究成果。此外,刘祯也有不少研究目连戏的成果为学界重视。

文学成就:《新编目连救母劝善戏文》是留存下来的最早最完整的目连戏剧,结构宏大,剧情丰富曲折,深受徽州民间欢迎,演出久而不衰,对地方文化有特殊贡献。

《新编目连救母劝善戏文》简称"劝善记",是作者寓居其外婆家石台剡溪时所著。目连救母故事最早见于佛经,从梁代开始就有了据此改写的变文,北宋又产生了同题材的杂剧,民间也渐次出现大量的目连戏。郑之珍这部戏文即在文人剧作与民间目连戏的基础上编撰而成的宣扬宗教的戏曲作品。该剧长达 104 出，剧本分上、中、下三卷。郭英德指出明中期传奇剧本一般分成两卷或四卷，郑之珍的这部戏分为三卷是"例外"，原因是"万历间皖南的目连戏通例要演三天"，郑之珍的目连戏文本身也可证明，因其"每卷皆有敷演场目与开场，且各有结局"（郭英德：《明清戏曲文体研究》第二章《规范与创造——明清传奇戏曲的剧本体制》）。

剧本上卷主要写目连父亲傅相向佛行善吃素，但目连母亲刘氏在丈夫死后违背誓言开荤且烧毁斋房、驱逐佛道。中卷主要写刘氏堕于地狱，目连西行求佛，佛念其大孝而赐锡杖、芒鞋便其寻母。下卷则是目连遍寻十八层地狱寻母救母。全剧情节连贯，主线分明。但也穿插了不少旁枝斜杈，使剧情更为丰满。如"尼姑下山"、目连未婚妻曹赛英的曲折遭遇等，有的是之前目连戏中已有，有的则是郑之珍新构，要皆与目连故事有关。故此，这部戏也是明中叶之前目连文化的集大成之作。此外作者在这部佛教题材的戏曲中加入了一些世俗内容（如曹赛英、傅罗卜的婚姻情节）和精神（如重视人情世态的摹写），同时贯穿了劝善、孝道等儒家文化精神，故剧情虽然复杂，但主旨仍旧明朗。

此剧保留了很多传统民间戏剧特点，如有不少民歌小调，戏剧体式上也保留了一些民间戏曲因素，因而有南戏通俗的特征；而善于营造意境、语言省净，加上分出标目、每出都有下场诗等，又使之具有文人传奇的特点。

《目连救母劝善戏文》在传播目连文化方面影响极大，甚至有人认为"支配三百年来中下层社会之人心，允推郑氏"（《民国祁门县志·艺文考》）。由于郑之珍剧本的成功，目连戏在徽州长期盛演，成为一种地域文化。

七十四 汪道昆《大雅堂杂剧》《太函集》

汪道昆（1526—1593），又名汪守昆，字玉卿，改字伯玉，号高阳生，又号南溟、南明、太函氏、泰茅氏、天游子、方外司马、天都外臣等，明徽州歙县（今属安徽黄山市歙县）人。明代抗倭名将，文学家。生平事迹，主要见于汪道昆之子汪无竞《汪左司马公年谱》《明史》卷二八七（《文苑》三）本传、钱谦益《列朝诗集小传》等，方志如《江南通志》《安徽通志》等也有记载，今人如金宁芬、徐朔方等各撰有汪道昆年谱（金宁芬所撰，见胡世厚、邓绍基主编《中国戏曲家评传》；徐朔方所撰，见其《晚明曲家年谱》)。

汪道昆出身盐贾之家。3 岁启蒙，由祖父为之口授古诗。6 岁进入私塾，表现聪慧，读书过目不忘。平日读书较杂，举凡野史、小说、戏曲亦都涉猎。成人后，游学浙江，师从余姚邵世德。嘉靖二十五年（1546），参加乡试。次年 23 岁中礼科进士，同榜者有张居正、王世贞等人。时礼部尚书、武英殿大学士夏言赏识道昆才识，欲招致门下，道昆以如此为"不正"而拒绝，即授义乌令。

在任之时，道昆明于治乱，息讼争，平冤案，邑人称为神明。又时逢倭寇侵扰，道昆积极教民习武，兴起"义乌兵"。嘉靖三十六年（1557），任襄阳知府。其后又任福建按察司副使。时福宁兵变，汪道昆单骑入军门，斩首事者，一军皆肃。升按察使，后又为都察院右佥都御使等。主要宦绩为组织"义乌兵"抗击倭寇，协助戚继光取得胜利。宦途大体顺畅，但也曾在中年因人言招致罢官（据其《致陈侍御》中所言"乃今之在事者，或不免以奴隶视干城，而以腹心视夷狄，一何倒行而逆施哉！不孝在闽、在蓟两以此而中人言"），汪道昆因"功高"而"见忌"于时（汪道昆：《致李宁远》），即两次被罢官，并于嘉靖四十五年（1566）归乡。隆庆四年（1570），奉钦命复职，六年（1572）迁兵部右侍郎。万历元年（1573）改授兵部左侍郎，三年（1575）致仕。其后，主建诗社（如白榆社、西湖秋社、南屏社等），聚集了后七子等优秀诗人，成为新安文坛领袖。终老于家，享年六十九。

道昆弟道贯、从弟道会亦皆为当时新安著名作家，时号称"三汪"。道贯工辞赋，有集《汪次公集》十二卷，《四库全书总目》于别集存目予以提要。

《大雅堂杂剧》《太函集》概况：

汪道昆著述较多，主要有《太函集》一百二十卷、《大雅堂杂剧》四卷。《太函集》，目前所见最早版本为明万历十九年所刊，通行者为《续四库全书》本及黄山书社所出胡益民、余国庆点校本（2004）。点校本还收录了《太函副墨》中的几篇，名"集外文"，并有"太函副墨诸家序跋""作者传记、交游评论资料汇辑"等两种附录。《大雅堂杂剧》，又名"大雅堂乐府"，完成于嘉靖三十九年（1560），时汪道昆在襄阳知府任上。今有万历年间原刊本。又明人沈泰于崇祯己巳年（1629）至辛巳年（1641）编辑的《盛明杂剧》也予收录，有明刻本。近人董康从 1907 年开始至

1925 年陆续翻刻明本，其所刊成为较通行的本子。

文学成就：汪道昆 36 岁后接近后七子，与王世贞、李攀龙、胡应麟等文学大家私交甚密，创作深受"后七子"影响，认同复古运动。道昆本人为后五子之一。（《明史·文苑·王世贞传》："后五子者，则南昌余曰德、蒲圻魏裳、歙汪道昆、铜梁张佳胤、新蔡张九一也。"）参与复古。在诗坛上与王世贞齐名，被誉为"南北两司马"。王世贞也曾在《艺苑卮言》赞曰："文繁而有法者于鳞，简而有法者伯玉。"汪道昆的创作成果主要为散文、诗歌和戏曲。又辑有《列女传》（刘向撰）等古籍。

最为今人看重的是其戏曲作品集《大雅堂杂剧》。郑振铎认为作者"实际上是这个时代中第一个着意于写作杂剧的人"（郑振铎：《插图本中国文学史》）。

《大雅堂杂剧》所收皆一卷一折短剧，体制比较特殊，对南戏和传奇形制有所吸收，因此不同于元人杂剧。"这四剧都只是寥寥的一折。故事的趣味少，而抒情的成分却很重。在格律上，这些杂剧也完全打破了北剧的严规。最可注意的是：（一）有'引子'，以'末'来开场；（二）全剧都只有一折，并不像元人北剧之至少必须四折；（三）唱曲文的，并不限定主角一人，什么人都可以唱几句。南戏的成规，在这时已完全引进到杂剧中来了。"（郑振铎：《插图本中国文学史》）曲牌方面，以南曲为主。体制上表现出北杂剧的转型，在戏剧史上具有重要意义。其后，徐渭的《四声猿》也是短小体制，并兼南北戏曲特征。汪道昆这些杂剧还有诗化特点，语言凝练雅洁，徐子方认为"可归入剧诗的范畴"（徐子方：《汪道昆及其杂剧创作》）。

汪氏原有《高唐梦》《五湖游》《远山戏》《洛水悲》《唐明皇七夕长生殿田》五种小剧，今《大雅堂杂剧》存前四种。四剧题材均有所本，为写历史人物的爱情故事。《高唐梦》是据战国时期宋玉的楚辞作品《高唐赋》《神女赋》改编而成，写楚襄王游云梦，与巫山神女相会。《五湖游》写春秋时期越国大夫范蠡在助越王勾践伐吴成功之后，携西施隐居五湖。《远山戏》题材来源于《汉书·张敞传》，写西汉京兆尹张敞为妻子画眉之事。《洛水悲》据三国时期曹植《洛神赋》改编，写曹植恋人甄氏被曹丕强占，死后鬼魂化为洛神和曹植相会。这些戏，抒情性强，但也不乏诙谐剧情。论者一般认为表现的是文人雅调，但《五湖游》一戏则有咏怀之意。明人徐翔更认为汪道昆与徐渭、康海等人一样，写戏均因"胸中各有块磊者",故而"借长啸以发舒其不平"(徐翔:《盛明杂剧序》)。四戏风格特征明显,不似元杂剧富于当行本色,语言骈俪清雅,尤其是曲文"更是深奥富丽,多用典实"(郑振铎:《插图本中国文学史》)。这种特点使之更适合案头阅读而不宜上场搬演,对后世一部分文人剧作影响深刻。

汪道昆所作诗文,保存在《太函集》中。此集一百二十卷,其中文一百零六卷,诗十四卷(1700 余首),目录六卷。文体则有序、传记、行状、墓志铭、碑记、记、铭、箴、颂、赞、诔、哀辞、祭文、论、说、杂著、偈、跋、议、疏、书牍、骚体诗、古乐府、四言诗、五言七言古诗、五言七言律诗、五言七言绝句等。内容编次,按道昆《自序》,是书"釐为三卷:上之则道术之辨、性命之原,中则经国之程,下则经世之业"。但其内容十分丰富,其史料价值(政治、军事、经济、文学、文化等)尤为今人所重。例如所撰《诸戚公志》,对戚继光家世,尤其是戚继光抗倭事迹有详细记述。因作者与戚继光曾共同抗倭,故所记真实性很强。他还为商人立传,为明代商人、商业研究提供了史料,且在题材方面有突破。其诗文艺术成就,传统评价不高。明末清初人钱谦益《列朝诗集小传》云:"伯玉为古文,初抄袭空同、槐野二家,稍加琢磨。名成之后,肆意纵笔,沓拖潦倒,而循声者犹目之曰大家。于诗本无所解,沿袭七子末流,妄为大言欺世。"四库馆臣亦指出,虽然"道昆名在后五子中最高","然文章实皆伪体"。"汪文刻意摹古,时援古语以证今事,往往扞格不畅,其病大抵与历下同。"今人则或以为这些评论是后人的偏颇之见。特别是在明代新安《水浒传·序》被肯定为汪道昆所作之后(金宁芬从与汪道昆大致同时期的沈德符《万历野获编》查得依据:"今新安所刻《水浒传》善本……前有汪太函序,托名天都外臣者。"并于1985 年在《文学遗产》第 5 期发表的论文《关于汪道昆的几个问题》中提及,自此《水浒传·序》作者无异议),汪道昆诗文获得重视与新的评价。但总体上看,汪道昆诗文前期确实深受后七子影响,多模拟古人,少有创新;晚年诗文则或关注现实、抒写不平,真实而富情感,但亦不免失之粗率随意。

汪道昆弟弟汪道贯(字仲淹)、汪道会(字仲嘉)亦皆能文,前者有《汪次公集》十二卷,后者有《二仲集》《小山楼稿》等著作(见《千顷堂书目》)。

七十五 朱载堉《醒世词》

朱载堉（1536—1611），即朱载。字伯勤，号句曲山人，又曾自号狂生、山阳酒狂仙客，谥号端清世子。明凤阳府中立县（今属安徽滁州市凤阳县）人，出生于怀庆（今河南沁阳）。在音乐、历法、数学、文学等领域都成绩卓著，为世界文化名人。生平事迹，主要见于《明史》本传、《明实录》、明宗室朱谋土韦《藩献记》《顺治怀庆府志》、清人阮元《畴人传》卷三十一，等。今人李天纲所编《朱载堉集》收录有关作者生平的文献材料甚为完备。戴念祖《朱载堉——明代的科学和艺术巨星》一书据《明穆宗实录》《明神宗实录》《明史》、（清顺治）《河南通志》等多种文献及朱载堉本人的著述，记其家世、生平较详。

朱载堉是明宗室。系明太祖朱元璋八世孙，郑恭王朱厚烷长子。早年随外祖舅何瑭学习天文、算术。嘉靖二十九年（1550），朱载堉年十五，其父因劝谏明世宗勿求仙服丹，被降为庶人，遭到禁锢。朱载堉"痛父非罪见系，筑土室宫门外，席藁独处者十九年"，直至穆宗继位后释其父禁，恢复爵位，"始入宫"（《明史·诸王列传》）。十九年里，朱载堉从生活在鼎食富贵之中而直接跌落于社会底层。可贵的是，他在艰苦的境遇里自励自学，广事探究乐律、算术等多种学科，最终在多个领域贡献突出。

万历十九年（1591），朱厚烷薨，朱载堉不愿继承王位，上疏神宗。皇帝对他的"深执让节"虽然赞许，但考虑"嗣郑王已三世，无中更理"，于是提出折中："宜以载堉子翊锡嗣"（《明史·诸王传》）。载堉仍然不肯。在其前后七次上疏恳辞的情况下，朝廷才勉强应允，时已是万历三十四年（1606）。朱载堉辞爵归里。万历三十九年（1611），病逝，享年七十六。

朱载堉一生，"笃学有至性"（《明史·诸王传》），探究不止，研究领域广阔，著述丰富。乐律方面，他发明了十二平均律（即"新法密律"），其十二平均律的计算值与现代科学计算的结果相同，故为世界键盘乐器广为采用。其他如天文历学、算学等成就也非常突出。历学方面，有不少著述，且利用其发明的累黍定尺法计算出回归年的长度值，精确度与目前国际通用值相当。在算学方面，他的开方运算能力在当时领先世界。其他如度量衡研究、水银密度测定，以至北京地理位置的精确定位等，时亦属第一。因之，他被誉为近代科学与音乐理论的先驱。

著述概况：

朱载堉有不少乐律理论著述，其中最重要的为文集《乐律全书》。该集共四十八卷，由十五种书籍构成，内容包括律学、历学、算学等。律学方面，《乐律全书》中的《律学新说》《律吕精义》为朱载堉律学理论的核心著作。在历法方面，他有著述《律历融通》和《圣寿万年历》（均见于《乐律全书》）等，并有《算学新说》（见于《乐律全书》）、《嘉量算经》等著述。他还有舞蹈教学著作（亦见于《乐律全书》）、文学作品等。著述及古代主要版本情况，戴念祖《朱载堉——明代的科学和艺术巨星》述之较为完备。上海交通大学出版社 2013 年出版的李天纲所编《朱载堉集》一书，是迄今所见收录朱载堉著述最为完备的集子，计有《乐律全书》（包括《律学新说》《乐学新说》《算学新说》《历学新说》《律吕精义》《操缦古乐谱》《旋宫合乐谱》《乡饮诗乐谱》《六代小舞谱》《小舞乡乐谱》《二佾缀兆图》《灵星小舞谱》《圣寿万年历》《万年历备考》《律历融通》）、《瑟谱》《律吕正论》《律吕质疑辨惑》《嘉量算经》《古周髀算经圆方勾股图解》《郑王醒世词两种》《补亡诗二十五首》《辞爵疏》。是书并收有多种附录，包括有关朱载堉的传记材料、年谱及序跋、评价等文字。

《醒世词》概况：

朱载堉在文学创作上的主要作品为《醒世词》。此书收录朱氏所作散曲及五言、七言诗，版本情况较复杂，各本收录作品数量也不一致。现存最早版本为光绪壬辰年（1892）重刊贺汝由本，收录较全的则为民国二十四年（1935）刊刻的阎永仁重编的《郑王词分类汇编》。民间还有不同钞本。目前较为通行的则是中州古籍出版社 1992 年影印的阎永仁重编本《醒世词》。

文学成就：明代俚俗谣曲深受文人重视，著录较多。朱载堉的《醒世词》则是其采用民间俗体自创的一部散曲、诗歌集，内容多为批判社会丑恶，手法夸张。它自诞生之日起即在民间流传，至今已 400 余年，称得上是一部奇书。

《醒世词》，又称《郑王词》《情理词》等，现存作品约 140 首。是一部极富现实性、社会批判内容的作品集。其宗旨，在书中《自谦》一诗里说得明白："圣贤书，理奥深。非是俺逞学问，诌个曲儿闲解闷，也不是录书抄新闻。见歌儿，又悔心，几句粗俗语，俟高明，再评论。"宗旨在于"醒世"，故此多揭示社会种种黑暗的或不合理的现实，并讽刺贪婪、吝啬、痴心父母等多种偏执人物，教人以宽容、知足、自强等，内容丰富，富于教益和警示意味。如《山坡羊·十不足》："逐日奔忙只为饥，才得有食思为衣。置下绫罗身上穿，抬头又嫌房屋低。盖下高楼并大厦，床前缺少美貌妻。娇妻美妾都娶下，又虑出门没马骑。将钱买下高头马，马前马后少跟随。家人招下十数个，有钱没势被人欺。一铨铨到知县位，又说官小势位卑。一攀攀到阁老位，每日思想要登基。一日南面坐天下，又想神仙下象棋。洞宾与他把棋下，又问哪是上天梯？上天梯子未做下，阎王发牌鬼来催。若非此人大限到，上到天下还嫌低。"讥讽人心不足。又如《天报应》："天心最平和，无私曲，有定夺。在人头上查勘过。善的也记着，恶的也记着。报应哪个曾饶过。大张罗，古往今来，走脱是谁呵。"告诫世人多为善。

《醒世词》在形式上借用散曲或其他民歌体式，大量运用讽刺、夸张手法，突出描写对象的特征，风格明朗真率，语言浅显俚俗。如《十不足》从人饿则思食写起，直到做了皇帝、神仙还不满足，想要天梯上天，结果天梯未等来，人被阎王掠去。再如《南商调·黄莺儿·骂钱》："孔圣人怒气冲，骂钱财狗畜生。朝廷王法被你弄，纲常伦理被你坏，杀人仗你不偿命。有理事儿你反覆，无理词讼赢上风。俱是你钱财当车，令吾门弟子受你压伏，忠良贤才没你不用。财帛神当道，任你们胡行，公道事儿你灭净。思想起，把钱财刀剁、斧砍、油煎、笼蒸！"将钱财拟人化，写法夸张，突出了金钱的罪恶。"把钱财刀剁、斧砍、油煎、笼蒸"更是用语奇特而出人意外，借以抒发出对金钱社会的愤慨。此曲主旨明确，情感真率。又如《山坡羊·说大话》："我平生好说实话，我养个鸡儿，赛过人家马价；我家老鼠，大似人家细狗；避鼠猫儿，比狗还大。头戴一个珍珠，大似一个西瓜；贯头簪儿，长似一根象牙。我昨日在岳阳楼上饮酒，昭君娘娘与我弹了一曲琵琶。我家下还养了麒麟，十二个麒麟下了二十四匹战马。实话！手拿凤凰与孔雀厮打；实话！喜欢我慌了，跕一跕，跕到天上，摸了摸轰雷，几乎把我吓杀！"麒麟竟然生下战马，故意显示矛盾的夸张手法突出了说大话者的厚颜无耻。作品反映了大众心声，又用通俗文体，故而脍炙人口。作为藩王而能体贴民众，写出符合下层人民意愿和审美趣味的作品，是作者长期与社会底层相接触而了解民情、认同民愿的结果。

七十六　梅鼎祚《昆仑奴》《玉合记》《长命缕》《鹿裘石室集》《才鬼记》《青泥莲花记》《古乐苑》《历代文纪》《释文纪》《书记洞诠》

梅鼎祚（1549—1615），字禹金，又字彦和，号胜乐道人，又号梅真子、坛隐、无求居士、太一生等，明宁国府（今属安徽宣城市）人。明中后期文学家、藏书家。生平事迹，明人过庭训《本朝分省人物考》卷三十八、清人钱谦益《列朝诗集小传》、方志如《（康熙）宁国府志》等有记载，也散见于梅氏本人诗文尤其是书牍一类（见梅鼎祚《鹿裘石室集》），今人徐朔方《晚明戏曲家年谱·梅鼎祚年谱》所记最为细致（浙江大学李慈瑶2011年硕士论文《梅鼎祚研究四题》对徐文有补正，所据材料颇为翔实）。

梅鼎祚为宋代梅尧臣后代。父亲梅守德，是当时著名心学家，嘉靖辛丑（1541）进士，授给事中。因忤严嵩出知绍兴府，后以云南参政致仕归乡，时年四十七。梅守德自此于书院讲学，潜心学术，著述颇丰。

梅鼎祚受父亲影响，早年即勤于读书作文。自云，年十岁，父亲辞官还乡，常有文客来访。凡客人作诗，父亲即命鼎祚和之。父亲自己所作诗歌，亦命和之。年十六，补官费生，郡守罗汝芳欣赏其才华，故罗致门下。时，梅鼎祚诗文一出，即广见传播，名声鹊噪。后与王世贞、汪道昆、汤显祖、屠隆、吕天成、王骥德、沈懋学、焦竑、冯梦桢、佘翘等众多名家交游，又与沈懋学、高维岳等人一起创建宣城地方诗社——敬亭诗社。思想上，也受父亲影响，重视心学，又曾拜著名哲学家罗汝芳为师。又受时代风气影响，反对禁欲，而又主张道佛。

但他科考不利，从19岁至43岁多次参加科考都以失利结束，于是不再流连。后又数番放弃入仕机会，转而"肆力诗文，撰述甚富"（钱谦益：《列朝诗集小传》），以藏书、读书、著述为终身事业，成为著名学问家。他特建"天逸阁"，四处搜集各种书籍，与书为伴，曾云："吾与书如鱼之于水，一刻失之，即无以为生。"又沉湎诗酒，并以会友酣畅为乐。后来还在汤显祖等人的影响下创作戏曲，留下不少名篇。万历四十三年（1615），"赋诗说偈而逝"（钱谦益《列朝诗集小传》），享年六十七。

文学著述留存概况：

梅鼎祚博闻强识，著述甚多。有诗文集《鹿裘石室集》六十五卷、诗集《梅禹金集》（《梅禹金诗草》）二十卷、戏曲作品数种（《昆仑奴》《玉合记》《长命缕》）。《鹿裘石室集》属清代禁毁书籍，国内罕见，但日本有收藏，且为明天启三年玄白堂刻本（见《日本内阁文库藏明代稀书》），《续修四库全书》《四库禁毁丛刊》据以影印。此本收诗二十五卷、文二十五卷、书牍十五卷，与《千顷堂书目》所记《石室鹿裘全集》卷数（总65卷）相同。《梅禹金集》，又名"梅禹金诗草"，除少量赋作外，均为诗歌，故四库馆臣称"是集乃其诗"。为《四库全书总目·别集存目》记录。现存明万历十一年刻本，亦藏于日本（见《日本内阁文库藏明代稀书》），含《与玄草》八卷、《庚辛草》四卷、《予宁草》八卷，为鹿裘石室原刊（嘉靖三十二年至万历四十七年），《四库全书存目丛书补编》据以收录。梅鼎祚戏曲作品保存在《六十种曲》等集中。

此外，梅鼎祚还编有多种总集：小说集《才鬼记》十六卷、《才神记》若干卷，又《才妖记》若干卷（后两种已佚）、《青泥莲花记》十三卷，《才鬼记》《青泥莲花记》亦为《四库全书总目·别集存目》记录；又为增补郭茂倩《乐府诗集》而辑《古乐苑》五十二卷；此外还有《历代文纪》一百五十八卷、《释文纪》四十五卷，后三种皆为《四库全书·总集》收录；他还编有《汉魏八代诗乘》二十卷、《书记洞诠》一百十六卷、《宛雅》十卷（此籍为宣城地区诗人诗歌汇集，梅鼎祚所编采自唐至明代。其后施闰章等人接续，成《续宛雅》八卷，采录明嘉靖之后至崇祯宣城诗人诗歌；清人施念曾、张汝霖继续增补至清代宣城诗人的诗歌，成《宛雅三编》二十四卷），此三种为《四库全书总目·总集存目》著录。又据《千顷堂书目》，梅鼎祚还编有《三国文纪》《东晋文纪》，已失传。此外，今人孙楷第、谭正璧认为明中篇小说《双双传》（《风流十传》之一）亦为梅鼎祚所撰，疑不能明。

梅鼎祚编辑的小说集现存有两种。一是《才鬼记》十六卷。此书系《三才灵记》之一（其他两部为已失传的《才神记》和《才妖记》）。此集现存最早的本子为明代万历三十三年蝉隐居谭氏刻本，《四库全书存目丛书》收录即此本。上海古今小说社于宣统三年（1911）曾出版《绘图历代才鬼史》，亦即此书，但仅八卷。台湾伟文书局1977年出版"秘籍丛编本"，所据为另种版本。目前较为通行的本子为田璞、查洪德校注本，中州古籍出版社1989年出版。是本前八卷以上海古今小说社本为底本，后八卷以台湾伟文书局本为底本，收录较全，校注亦甚用心。二是《青泥莲花记》十三卷。此书现存最早的本子为明代万历三十年鹿角山房刻本，《四库全书存目丛书》收录亦即此本。又有清末宣统年间北京自强书局石印本（此本有插图）、上海广益书局 1915 年排印本（台湾广文书局 1980 年据此影印，收录于《中国近代小说史料汇编》）。目前较通行的本子有两种，一是由田璞、查洪德校注，中州古籍出版社 1988 年出版的排印本，此本底本为自强书局本。二是由陆林校点、黄山书社 1998 年出版（2010 年重印）的排印本，此本底本亦为自强书局本。此外，徐朔方的《梅鼎祚年谱》有对梅鼎祚文学成就尤其是戏曲创作的探讨内容；陈晨的博士论文《梅鼎祚文学创作与文学批评研究》（复旦大学，2008 年）则是迄今为止对梅鼎祚的创作及文学观念等内容进行系统研究的专著，内容偏重于梅鼎祚诗歌、戏曲、小说的创作及其文学批评。梅鼎祚的散文尚乏人研究。

文学成就：梅鼎祚在戏曲、小说、诗歌、散文等领域皆有成就。创作上以戏曲最为知名；文章则数量庞大、内容十分丰富，体现出作者学识的博洽，其中亦不乏对文学的看法；诗歌数量较少但有自己的特点。梅鼎祚所编不少总集，内容分别涉及诗歌、散文、史籍、佛学、小说等，保留了大量古籍材料，并体现出编者的文学主张。总体上看，梅鼎祚长于文体辨析，对各类文学体式都有自己的见解和看法。

戏曲创作：梅鼎祚有杂剧《昆仑奴》、传奇《玉合记》《长命缕》。作者三十余岁始创作戏曲，当时有《昆仑奴》《玉合记》，六十岁余岁才又完成第三部戏曲即传奇《长命缕》。作品数量虽不多，但都引起注意，并在戏曲史上有一定地位，梅鼎祚也因此成为戏曲史上有影响的作家。梅鼎祚主张"曲本诸情"（梅鼎祚：《长命缕记序》），故其剧作内容多相关爱情、真情，情节波澜起伏，人物形象鲜明，描写细腻。梅鼎祚戏曲《昆仑奴》和《玉合记》特别是后者最为人注意的一点是才情突出，语言绮丽，尤其是唱词多骈偶、典实，更适合案头欣赏，故后人或归为骈俪派或昆山派。他的创作对明代部分文人戏影响较大。但其后期作品《长命缕》表现出"从浓艳向清艳、雅艳的转变"，"是清前期吴伟业、尤侗和清中叶蒋士铨等传奇语言风格的滥觞"（郭英德：《明清传奇史》）。

杂剧《昆仑奴》，以《六十种曲》本为通行本。此戏音乐上采取北曲，四折，与传统杂剧（北杂剧）形制一致，但以"昆仑奴"主唱，又与传统杂剧非旦本即末本不同，语言尤其是唱词典雅骈俪亦与北杂剧当行本色风格有异。论者以为处于北、南杂剧的过渡形态。该戏题材源于唐代小说家裴铏带有武侠内容的传奇小说《昆仑奴》。剧中描述昆仑奴通道术和剑术，实为剑仙，他在危急、紧要关头剑术、道术并施，帮助主人之子崔生与婢女红绡一对恋人战胜险阻而成就美满姻缘。作者因科考不顺，有借此戏抒写怀才难遇之意，故着力塑造狭士形象以说明"草莽有英雄"（《昆仑奴》第二折）。他还在自题中说："今世稍见尊，则能以易士，士即贱，乃不奴若也者，心悲之。"又借剧中人物之口说："只是这般人，却都不为朝廷所用。"此剧题材新颖，人物形象尤其是昆仑奴形象独特，令人印象深刻。完成后，广受评议。著名杂剧作家也是戏剧理论家的徐渭为之评点，并动手改编，使之影响扩大。徐渭在《昆仑奴题词》中自云："阅南北本以百计，无处著老僧棒喝。得梅叔一本，欲折磨成一菩萨。"

传奇《玉合记》共四十出，亦以《六十种曲》本为通行本。此戏为梅鼎祚的代表作品。题材源于唐人孟棨《本事诗》和许尧佐传奇小说《柳氏传》（又名《章台柳传》），写韩翊与柳氏的爱情故事。孟棨《本事诗》许尧佐《柳氏传》所载故事内容一致，俱写韩翊少有才华，但穷困潦倒，而名妓柳氏却对他一见倾心。时柳氏已专属李生，后者成人之美，韩、柳成为恋人。次年，韩翊成名。因世混乱，两人不得已分开。柳氏入佛寺以求自保，后被番将沙吒利掠去。韩翊遍寻不得，一日路上偶遇，却为情势所迫离别。侠士许俊得知后，单骑入沙府救人，韩、柳终于团圆。传奇《玉合记》在内容情节上并无过多改变，但是柳氏形象却有了变化。《本事诗》和小说中的柳氏形象虽然忠于爱情但无法掌握自己的命运而屈从命运，故而《柳氏传》末尾，作者评阅："柳氏，志防闲而不克者。"《玉合记》中的柳氏虽然也是一弱女子，但却性格刚烈，在遭受沙吒利强掠之后，誓死不从。戏中其他人物则变化不大。作者创作此戏，也借塑造侠士形象而抒写愤懑的意思。而剧中对韩、柳坚守爱情的歌颂，应是受到汤显祖剧作的影响。这部戏被认为是昆山派的扛鼎之作，受到时人广泛关注。明徐复祚记载说："《玉合记》出，士林争购之，纸为之贵。"（徐复祚：《曲论》）但评论者歧义较大，焦点集中在作品的语言方面。梅氏作品语言华丽，喜欢用典，唱词甚至宾白都讲究骈俪，故被称为"骈绮"之作。不过，对白用词是通俗浅显的。音乐方面，作者运用了独唱、合唱、对唱等多种形式，且偶尔采用的民歌对歌形式中，又加以方言俗语，都增进了戏曲的活泼，这多少对其骈俪华彩起到一些纠偏作用。

传奇《长命缕》共三十出，今有《古本戏曲丛刊》本。此剧题材来源于宋人王明清《摭青杂说·夫妻复旧约》和明代小说集《古今小说》中的《单符郎全州佳偶》，写单英符和邢春娘的爱情故事。单英符与邢春娘相互爱慕，于是解下佩戴的长命缕赠予春娘。春娘一家遭逢金兵之乱，只得舍家逃亡。路上父母双双死去，春娘亦沦落全州做了娼妓。单符郎则随父从军，后做了全州司户。在公宴之中发现歌女即春娘。春娘取出长命缕，两人相认并结良缘。这部戏表现出梅氏后期戏曲创作理念的变化：注重宫商曲律，语言则由骈雅趋向雅俗兼顾，"遂一洗浓盐赤酱厚肉肥皮之累"（梅鼎祚《长命缕序》）。徐朔方指出："《长命缕》在音韵、文学语言方面都对《玉合记》有了明显的改进。""这个改进正好是当时曲家由南戏而改从昆腔的渐变在一个作家身上的缩影。"此外，"就一般而论，改从昆腔往往文辞更加典雅繁缛，而他却与此相反"（徐朔方：《梅鼎祚年谱》）。梅鼎祚后期创作的这种变化是作者有意识的追求，体现出其戏曲观念上的变化。

《鹿裘石室集》是诗文合集。集前有梅鼎祚友人李维桢、汤宾尹、高维岳等多人序文。集中诗、文各有二十五卷，另有书牍十五卷。梅鼎祚的诗，在两千首以上（据陈晨《梅鼎祚文学创作与文学批评研究》统计），体式有五古、七古、五律、七律、五绝、七绝等。创作上提倡师古，尤其是汉魏古诗及唐人作品，但又认为不必拘泥，故亦主张师心自适。诗歌主体风格趋于典丽，而各体又自有特点。朱彝尊《明诗综》引欧阳伯云："禹金五言古苍然骨立，七言驰骤，乐府时报杜陵之致，近体合纯而定，声铿似平，思丽而雅。"内容题材比较丰富。作者由于交游广，多有酬唱赠答之诗，但仍然体现出关注国事、反映现实、抒写真情实感的特征。梅鼎祚的诗歌风格清雅，对明末诗坛复古运动有明显影响。梅鼎祚还有诗歌专集《梅禹金集》（《梅禹金诗草》），四库馆臣云"鼎祚辑《八代诗乘》，又辑《古乐苑》，于诗家正变源流，不为不审，而所作止此，则囿于风气，委曲谐俗之过也"。但实际上，梅鼎祚另外还有大量诗歌保存在《鹿裘石室集》中，该集将《梅禹金集》中诗作也予以收录（详见陈晨的博士论文《梅鼎祚文学创作与文学批评研究》。该文认为《梅禹金诗草》收录的只是作者32岁之前的作品，并详细比勘了梅氏这两部作品中的诗歌收录情况），所以《鹿裘石室集》收录作者诗歌最为完备并体现出梅氏诗歌"师心"的一面。梅鼎祚其文，样式极为丰富，包括序、碑文、记、颂、帐词、疏、白事、赞、引、题词、书跋、述、策、奏议、行状、墓志铭、墓表、传、诔、告文、祭文等，而以序和书牍为多（各占十五卷）。其序文内容也呈多样化，有为诗集、文集所写序，也有赠别之序，还有祝寿之序，三者在卷数上恰好各占三分之一。梅鼎祚对书牍有专门研究，曾编《书记洞诠》，试图将西周至唐前书籍网罗一尽。他的书牍一类文章也最多，且在《鹿裘石室集》中与诗、文并列，为第三类。

梅鼎祚编辑多种，诗文皆备。重要者有：

一　《才鬼记》和《青泥莲花记》。这是梅鼎祚编辑的两种小说集。《才鬼记》十六卷，属于文言小说集，完成于万历甲申年间（1584）（据梅氏自序）为梅氏从先秦至明代多种文献所记载的有才情的鬼魂故事中辑录编撰而成，共159篇。采撷近140种古籍，材料来源丰富。其中，有的古籍已经失传，赖此得使后人有所窥视。所采多为爱情题材，借以表现鬼神之善与智，内容奇异，被看作《聊斋志异》之前重要的志异小说集。全书编排上，按内容所反映的时代前后为序。例如卷一以《吴王女紫玉》写春秋吴王夫差小女事，故列之为首篇；《浑良夫噪》写春秋鲁哀公时期事，故为次篇；《段孝直》写汉代事，故为第三。《青泥莲花记》乃"捃摭琐闻"而成（《四库全书总目·小说家类存目》），收集了从汉到明代多种文献所载妓女事迹，但其中有少量为梅氏自撰，亦为小说集。书中采撷，近两百种文献，不少原籍亦已失传，赖梅氏此编略可窥览。内容描写娼妓，将娼女之可取者分为七门：禅、玄、忠、义、孝、节、从，又有外编五门，分别为藻、用、豪、遇、戒。梅氏认为妓女也有可钦可敬者，世人可取以正风气。自云："记凡若干卷，首以禅、玄，经以节、义，要以皈从；若忠若孝，则君臣父子之道备矣。外编非是记本指，即参女士之目，摭彤管之遗，弗贵也。其命名受于鸠摩，其取义假诸女史。""故谈言可以解纷，无关庄论；神道由之设教，旁赞圣谟。观者毋仅以录烟花于南部，志狎游于北里而已。"（梅鼎祚：《青泥莲花记》序）小说内容往往情节曲折，人物形象也较鲜明，如采自唐代的《李娃传》和《霍小玉传》。这两种小说集因内容题材的独特性及取材的广泛性，被当代学者认为对研究中国古代一些特殊的文学文化现象有帮助，也因此受到关注。

二　诗歌总集《古乐苑》。此编辑录古乐府，编辑缘由是认为郭茂倩《乐府诗集》收罗不完备，故"增辑之"，但郭书所收乐府至唐末，梅鼎祚则"止于南北朝"（《四库全书总目》）。采编丰富，但失之于杂，一些非乐府体式的诗歌也被收录，《四库全书总目提要》举例甚多。"然其捃拾遗佚，颇足补郭氏之阙。其解题亦颇有所增益。虽有丝麻，无弃菅蒯，存之亦可资考证也。"（《四库全书总目》）

三 《历代文纪》。据《千顷堂书目》，梅鼎祚编有《皇霸文纪》十三卷，又《西汉文纪》二十卷，又《东汉文纪》二十卷，又《三国文纪》□□卷，又《西晋文纪》二十卷，又《东晋文纪》□□卷，又《宋文纪》十八卷，又《齐文纪》□□卷，又《梁文》□□卷，又《陈文纪》四卷，又《后魏文纪》□□卷，又《北齐后周文纪》□□卷，又《隋文纪》□□卷，又《释文纪》十五卷，共 14 种。《四库全书》则有《皇霸文纪》十三卷、《西汉文纪》二十四卷、《东汉文纪》三十二卷、《西晋文纪》二十卷、《宋文纪》十八卷、《南齐文纪》十卷、《梁文纪》十四卷、《陈文纪》八卷、《北齐文纪》三卷、《后周文纪》八卷、《隋文纪》八卷，共 11 种。这些文集的编辑，主要是为配冯惟讷的《诗纪》。全纪采撷丰富，收录力求完备，虽体例有杂芜现象，仍不失为重要的资料文库。《皇霸文纪》选文起始年限上起古初，下迄于秦，为《历代文纪》之第一集。《四库提要》论之曰："然网罗繁富，周、秦以前之作，莫不备于斯，芜杂之中，菁英不乏。陆机所谓'虽榛楛之勿翦'，亦蒙茸于集翠者也。故病其滥而终取其博焉。"其"芜杂"主要表现为，不但是文，并连一些诗如楚辞、虚构类文体如《穆天子传》也都录之，但又不全录（如楚辞仅收三篇）。此后各集为一朝一编。

四 《释文纪》四十五卷。是书专门"裒辑历代名僧之文以及诸家之文为释氏而作者"（《四库全书总目》）。第一卷为古印度宗教经典《梵书》，以溯其源。第二卷至第四十三卷，为东汉至隋朝有主名之作，第四十四卷、第四十五两卷则为失去主名及写作时代的文章（这两卷也都是唐以前人之所著）。是书"采撷极为繁富。每人名之下，各注爵里，每篇题之下，各注事实，亦颇便检阅"（《四库全书总目》）。

五 《书记洞诠》一百十六卷。是编专收古代书信笔札类文章，起始年限为先秦至隋朝。采录甚备，"凡长篇短幅，采录靡遗"，但也略嫌芜杂："真赝并收，殊少甄别"，以至于"《左传》所载问对之辞，并非形诸笔札，非类强附"（《四库全书总目》）。有博而不精之弊。

七十七　潘之恒《亘史》《鸾啸小品》

潘之恒（1556—1622），字景升，号鸾啸生、亘生、庚生、天都逸史、冰华生、山史、天都外史，等，明徽州府歙县岩镇（今属安徽黄山市歙县）人。戏曲表演理论家、文学家、地理学家。生平事迹，主要见于钱谦益《列朝诗集小传》、康熙时期《徽州府志》《歙县志》，以及潘之恒本人的《亘史》。又，今人汪效绮有《潘之恒年表》（见汪效倚编《潘之恒曲话》）、郑志良有《潘之恒生平考述》（载《文献》2000 年第 3 期），记述较详。

潘之恒出生富商之家，家族企业众多且于金陵（南京）、苏州、歙县等多地都有分布。潘之恒常居金陵、常州、扬州、苏州等地。他喜欢观看戏曲演出，家中养有戏班。又好钻研戏曲、诗文，曾拜王世贞、汪道昆等名家为师，并有不少曲论、曲品。又喜欢交游，结交了梅鼎祚、汤显祖、沈璟、梁辰鱼、张凤翼兄弟、屠隆、臧懋循、袁宏道、冯梦龙、凌蒙初等众多文学家以及戏曲艺人，"海内名流无不交欢"（康熙《徽州府志》）。他还为很多艺人尤其是女艺人作传，遂有"姬之董狐"之誉。潘之恒还参与和组织了多次大型文化活动。如万历二十五年（1597），与汪道昆一起接待以王世贞为首的江浙名人文士上百人，组织徽州艺人"各逞其技"，与来访者进行文化交流。万历二十九年（1601），协助袁宏道在自己家乡岩寺举办"迎春赛会"。当时袁宏道带领江浙众多艺人，与潘之恒家班等当地戏班，登台演出，共搭戏台三十六座，连演三天三夜。潘之恒自己也称赞说："迎春之盛，海内无匹，即新安也仅见也。"（潘之恒：《亘史》）在南京，更是主持了上百场戏曲演出活动。他的这些交往、活动及其曲论、曲品对曲家产生了影响。

潘之恒早年也曾多次参加乡试，祈望入仕，但屡试不中，于是转而专心研究戏曲艺术、地理、历史，同时也进行诗歌创作及散文小品著述等文学活动。又纵情山水，热心采风，深入民间收集了不少民歌。

其为人"须髯如戟"，"好结客，能急难，以倜傥奇伟自负"（钱谦益：《列朝诗集小传》）。晚年家业日渐衰落，潘之恒亦倦游历，侨居金陵。终日"流连曲中，征歌度曲，纵酒乞食"，最后"佯狂落魄以死"（钱谦益：《列朝诗集小传》），时天启二年（1622）。

《亘史》《鸾啸小品》等概况：

潘之恒著述宏富，有笔记类著述《亘史》《鸾啸小品》，诗集《鸾啸集》《戊己新集》《涉江集》《漪游草》《金闾诗草》，地理学著述《黄海》（实际是黄山志）、《名山注》《新安山水志》，又有《蒹葭馆集》（《千顷堂书目》云"潘之恒《蒹葭馆集》，又《冶城集》，又《黍谷集》，又《涉江草》，又《东游集》，又《金昌集》，以上总名《鸾啸集》"）等。今存《亘史》《鸾啸小品》《涉江诗选》《漪游草》《黄海》《名山注》。其中最为文学研究者看重的是《亘史》和《鸾啸小品》。《亘史》，成书于万历四十年（1612）。原书有 79 目 996 卷。（顾起元《亘史序》："内之目十七，外之目三十，杂之目三十二。为目七十九，为卷九百九十有六。"）潘之恒逝后，其长子潘弼亮按照潘之恒生前意愿仅选择了 12 部 93 卷刊刻出版，时天启六年（1626）。这也是最早的版本，今存。又有《亘史钞》，系《亘史》未删本，《四库全书总目·类书存目》著录时已是残本，且体例不一，编次错乱。《鸾啸小品》十二卷，成书于崇祯元年（1628 年），系潘之恒五子潘弼时搜集整理潘之恒遗著而成，内容性质同《亘史》，初刻于崇祯二年（1629 年）。是本今存。《黄海》一书地位也很独特，它是首部专记黄山的地理学著作，书中广采诸撰，但囿于黄山传闻，故所录较杂，"采摭经传凡涉黄帝者皆入焉"。张秋婵的博士论文《潘之恒研究》（苏州大学，2008 年）全面探讨了潘之恒著述版本及存留等情况和潘之恒的艺术理论、文学创作成就。今人汪效绮将《亘史》和《鸾啸小品》以及《漪游草》中的戏曲材料检出录为专集，名之"潘之恒曲话"，由中国戏剧出版社 1988 年出版。此书将有关材料分类编排，上编为戏曲音乐、昆曲唱腔流变、戏剧创作理论和表演技巧；中编为演员传记；下编为与戏曲有关的心得及酬赠诗歌。另有附录，主要搜集潘之恒生平事迹的各种记载与古今学者对潘之恒著作所作的序言与题词，此外还著录了《亘史》《鸾啸小品》两书目录。汪效绮对原文有详加注释。

文学成就。《亘史》《鸾啸小品》中有不少篇目涉及潘之恒的戏曲研究及相关史料记载，又其本身为小品体裁，文笔生动。两书中的戏曲理论及品评文字，在戏曲理论史上和批评史上都占有重要地位。他的品鉴在当时就受到戏曲作家和演员的重视，如其《鸾啸小品》卷二"独音"记载时人龚道洽非常欣赏其论戏曲音乐的看法，谓之"独鉴"。潘之恒亦能诗，据钱谦益《列朝诗集小传》，其作有千余首诗歌。但创作上服膺汪道昆、王世贞，论诗又"倾心公安"，钱谦益以为成就不大。

《亘史》93 卷，包括内纪、外纪、内篇、外篇、杂记、杂编六个组成部分，共辖孝、贞、懿、闺、寿、忠、侠、宠、艳、方、生、文十二部，每部又辖文章若干篇。前十部的文章多为人物传记一类（包括传、行状、记、墓表等），"生部"则主要为动植物类内容，"文部"主要为戏曲音乐、唱腔、表演艺术探讨等内容。与潘之恒同时期人顾起元《亘史序》评述这种内容安排说："内纪内篇以内之，而忠孝节义，懿行名言之要举。外纪外篇以外之，而豪杰奇伟，技术艳异，山川名胜之事彰。杂纪杂篇以杂之，而草木鸟兽，鬼怪琐屑，恢谐隐僻之用。纪以类其事，篇以类其言。"内容十分丰富，材料则多采自他人，也有潘氏本人自作。由于内纪、内篇、外纪、外篇多记古今艺人尤其是女性艺人的演出活动、身貌品行等（目的是帮助演员加强对表演艺术的认识以便提高演出水平），是难得的戏曲史料，也是潘氏对戏曲理论尤其是表演艺术的研究著述。

《鸾啸小品》十二卷，主要由传、序、书、赞、记等构成。与《亘史》一样，此籍多以小品笔记形式记载十分丰富的内容，其中也有很多篇章是为戏曲演员所作的小传，并有不少品评戏剧表演的文字，涉及对戏曲创作和表演的很多独到看法，理论思想比较丰富。创作理论上，潘之恒重视"情"，《鸾啸小品》中的《情痴》指出："《琵琶》之为思也，《拜月》之为错也，《荆钗》之为亡也，《西厢》之为梦也，皆生于情。"在戏曲表演上，他认为戏曲演员也应以真情感染观众，要准确把握住角色情感，如《牡丹亭》中杜丽娘之情"痴而幻"，柳梦梅之情"痴而荡"。潘之恒还提出演员要注意度、思、步、呼、叹五个方面，涉及表演艺术的具体问题，如"步"指的是舞台动作，"呼"指的是舞台念白之"呼韵"也即呼告，"叹"指的是"若怨若诉"的念白，而"呼"由"思"（指想象）而来，"叹"则要出于真情、要自然，潘之恒主张表演要有分寸，"浓淡繁简，折中合度"（潘之恒：《鸾啸小品·与杨超超评剧》）。但仅仅在演唱节奏、舞台动作等方面"合度"仍然不够，演员还必须注意"神合"："不得其神，难免乎败。"（潘之恒：《鸾啸小品·神合》）卷中《仙度》一文，则对演员个人素质提出才、慧、致（指风致）三方面期许，而反对仅凭技艺演戏，"人之以技自负者，其才、慧、致三者，每不能兼。有才而无慧，其才不灵；有慧而无致，其慧不颖；颖之能立见，自古罕矣！"潘之恒的戏曲表演理论，内容具体，对演员有切实可行的指导作用。此外，潘之恒对戏曲的教育功能也提出了自己的看法，认为戏曲因其艺术的独特性，故能"陈迹于乍见，幻灭影于重光"，因此可以"悟世主而警凡夫"（潘之恒：《鸾啸小品·神合》）。其论述颇为细致周到。当代学人就其表演、导演理论发表了不少研究成果。

《黄海》一书，虽然属于地理，但其中不少小品类短文描述景观、记载人事，皆为可观之文。

七十八 汪廷讷《环翠堂乐府》

汪廷讷，生卒不详（有 1569—1628、1569—1621、1573—1619 诸多说法，疑不能辨），字昌期，号无如，又号坐隐先生、全一真人，亦称无无居士、清痴叟、先先等，明徽宁道休宁县（今属安徽黄山市休宁县）人。晚明著名戏曲家兼出版家。生平事迹，主要见于汪廷讷《自传》（见《坐隐先生全集·自序》后附）、其好友顾起元《坐隐先生传》、董其昌《汪廷讷传》，今人徐朔方《晚明曲家年谱·汪廷讷行实系年》等也并有相关著录。

汪廷讷出生富商之家，家世仁贤，乐善好施，往往接济乡民。汪廷讷本人受家庭熏染，也好礼行仁，扶困济贫。早年捐资入仕，以经营盐业致富，曾拜督礠大夫，官至盐运使。后遭贬黜，出任过长汀县丞等职。汪廷讷受道教影响很深，在任时即"超然有出世"（汪廷讷：《坐隐先生全集·自序》）思想，三十余岁就辞官归隐。在家乡修建坐隐园和环翠堂，又人工造湖，并造景达百余处，平时以著述吟赋、下棋会友为乐。他对棋谱颇有研究，有《坐隐先生订棋谱》八卷问世。又性豪爽诙谐，结交广泛，当时名人如李贽、汤显祖等俱与之游，又如西人利玛窦也与之有来往。

汪廷讷还以出版为务，其环翠堂为当时著名刻书坊，他自己的著述悉由该坊刻印。

《环翠堂乐府》概况：

汪廷讷有《环翠堂集》三十卷等多种著作问世。《四库全书总目·别集类存目》录有《环翠堂坐隐集选》四卷，馆臣谓是书应是汪廷讷自选集，包括诗词各一卷、南北曲一卷、随录一卷，"其中酬唱皆陈继儒、方于鲁之流。又与李贽赠答，至称其著书皆了义，评古善诛心。旨趣如此，其渐于当时气息者深矣"。又编有《文坛列俎》十卷，"其书分十类：一曰经翼，二曰治资，三曰鉴林，四曰史摘，五曰清尚，六曰掇藻，七曰博趣，八曰别教，九曰赋则，十曰诗概。所录上及周、秦，下迄明代。如无名氏之《雕传》，佛家之《心经》，俱载入之，特为冗杂。其《诗概部》序曰：'六朝以上去四言，无四言也。于唐去五言古，无五言古也。'知为依附太仓、历下者矣"（《四库总目·总集类存目》）。汪廷讷的戏曲作品数量较多，据庄一拂《古典戏曲存目汇考》，有传奇 16 部（傅惜华《明代传奇全目》同）、杂剧 8 部，但所录或不全是汪氏作品（2011 年扬州大学曹光琴的硕士论文《汪廷讷研究三题》对汪氏剧作真伪及版本均有考证文字）。今存传奇完本尚有 7 部，分别是《狮吼记》《天书记》《三祝记》《种玉记》《义烈记》《彩舟记》和《投桃记》；杂剧 1 部为《广陵月》。汪廷讷对自己的著述均有刊刻，戏曲名之"环翠堂乐府"。但今环翠堂本缺失甚多，仅存《狮吼记》《天书记》《三祝记》《义烈记》《彩舟记》和《投桃记》。汪氏剧作在明代《六十种曲》中也有收录，但所录甚少。部分剧作有清钞本。今《古本戏曲丛刊》二集收录了汪氏现存所有 7 种传奇（这也是目前常见的本子），均为影印明刊本；杂剧《广陵月》最早见于明沈泰所编《盛明杂剧》（今存崇祯时期刻本）。又，巴蜀书社 2009 年出版了李占鹏点校的《汪廷讷戏曲集》，收录汪氏戏曲作品最全，且为公认的汪氏剧作。除《狮吼记》等 8 种完本戏剧作品外，该集还收录了作者《长生记》《二合记》《青梅记》三剧所存留的散出文字。《汪廷讷戏曲集》所采多为《古本戏曲丛刊》二集影印本，又兼校以他本，校勘上花费了很多功夫。

　　文学成就：汪廷讷创作上以戏曲为擅长，他是当时著名曲家吴江沈璟（词隐）的弟子。所作传奇内容丰富，情节引人入胜，风格灵隽自然。尤以《狮吼记》成就最为突出。

　　汪廷讷戏曲以历史题材为多，如《天书记》《三祝记》《种玉记》《义烈记》四种均是。《天书记》二卷三十四出，题材源于历史上孙膑与庞涓斗智的事迹，剧名则因为剧中有庞涓囚禁孙膑令其抄写"天书"的情节。《三祝记》二卷三十六出，依据宋代范仲淹父子仕宦经历改编，剧名源于剧中表现范仲淹虽历经坎坷仍忠善文本因而多子多福（《曲海总目·三祝记》："言福寿男子兼全，故名'三祝'。"）。《种玉记》二卷三十出，题材源于汉代霍去病、卫青个人经历及其家世，剧名源于剧中霍去病父亲霍仲儒虽只是"一平阳小吏"，却"有去病、霍光以为子"（祁彪佳：《远山堂曲品》）。《义烈记》根据东汉党锢之祸的史实，写张俭等一干忠义之士的壮烈事迹。此外，《狮吼记》写悍妇奇妒，反映婚姻生活内容；《彩舟记》和《投桃记》则表现青年男女追求爱情并忠贞不渝的内容。杂剧《广陵月》七折，写唐代将军韦青与妓女张红红的爱情悲欢故事。时人顾起元认为汪廷讷戏曲题材内容另有寄托："传奇中率借人以写己怀，得寓言比兴之意。"（顾起元：《坐隐先生传》）郭英德指出汪廷讷戏曲的这种"不是借虚构来寓言，而是以写实来寓言"的特点"更能体现文人的审美趣味和中国的文化传统"［郭英德：《明清传奇文体研究》第五章《寓言与虚构——明清文人戏曲的叙事方式》（上）］。

汪廷讷戏曲重视艺术性。其作品往往情节曲折而引人入胜。如《天书记》是在元代杂剧《庞涓夜走马陵道》的基础上完成的。杂剧只有二楔四折，《天书记》不仅出数多达三十余，且人物增加，人物关系也更其复杂；情节上增加了孙膑母亲与妻子一条线索，枝蔓交错，波澜迭起。汪廷讷戏曲中的人物形象也具有鲜明的特征。如《天书记》主要人物孙膑的智慧、庞涓的"小人"品性都得到了很好的展示。此外，汪廷讷戏曲还具有"灵隽自然"的风格。郑振铎认为汪氏剧作在"在浓妆淡抹、斗艳竞芳的风尚之中"，"还算是很灵隽自然的"（郑振铎：《插图本中国文学史》）。《彩舟记》写江情与吴女私相会和，内容无所依据，而"舟中私合事，曲写有趣"（吕天成：《曲品》）。《狮吼记》的灵动自然更是众口交誉。

《狮吼记》是汪廷讷最为人称道的戏剧作品。此剧以滑稽诙谐、灵动自然取胜，被称为"明清滑稽剧中最为杰出、不容他人追随者"（青木正儿：《中国近世戏曲史》），"是明代一部别开生面的传奇"，是"一本纯粹的喜剧"（赵景深：《小说戏曲新考》）。剧情主要是写陈季常（慥）妻子柳氏好妒强悍的故事。陈慥夫妻恩爱，但做丈夫的却有喜欢游乐、拈花惹草的毛病，因此遭到妻子的严加管束。陈慥表面顺从悍妻，暗地里仍旧寻欢作乐。柳氏对丈夫宽严并用，一方面主动助其纳妾（但为丈夫所选尽为秃头、跛足等形象有缺陷者），另一方面对禀性难移的丈夫加以严惩，至于使用杖打、束脚、顶灯等刑罚。柳氏自己亦因之被鬼神掠入地狱。在遭受种种折磨之后，终于"改过自新"，全家就此和睦。该剧喜剧因素突出，剧中主角柳氏的泼辣、强悍令人印象深刻。表现手法上，《狮吼记》不是借重传统喜剧常常使用的误会、巧合等技巧，而是利用人物关系的特殊性造成一系列喜剧效果。在剧中，正统观念中的人物强弱地位被颠倒了。陈、柳为夫妻，但妇强夫弱，陈慥又总是暗地里拈花惹草，而终究纸包不住火，只能顺从又无奈地接受柳氏处罚。柳氏欲为丈夫立规，却让他自己去借"刑具",陈慥一方面为表明自己做出甘心情愿的样子,另一方面又担心被人笑话,于是主动建议用家中藜杖代之。柳氏发现陈慥违约,让对方下跪屋外池边,陈慥只能遵从,此时蛙鸣一片,陈慥怕责罚升级,竟然祈求:"蛙哥,蛙哥,你可怜陈慥,闭嘴一时,只怕他疑我与人说长道短。"惧怕之态,令人捧腹。作者还让大学士苏东坡卷入陈、柳矛盾。苏轼在柳氏面前一派卫道风度,以三从四德之说劝告柳氏遵守妇道,不想柳氏反诘,还当面杖打陈慥,并威胁要打苏轼,弄得后者也害怕了:"看这般光景,休道你怕他,我也有些胆怯了。"当夫妻难以调和矛盾告到官衙时,主审欲判柳氏有罪,不想却受到自家老婆的责打;两对夫妻同向土地神告状,后者因袒护做丈夫的又受到土地娘娘的责打。这些描写融合了民间文学的写法,虽然夸张却又自然合情。又,作者取材广泛,"杂引妒妇诸传",因之描述丰富多彩;"曲肖以儿女子絮语口角,遂无境不入趣矣";兼之"曲白恰好",故"迥越昌期他本"(祁彪佳:《远山堂曲品》)。该剧在当时深受观众喜爱,剧作一经"刊布宇内",就受到热烈欢迎,"人人喜诵而乐歌之"(汪廷讷:《狮吼记·叙》)。不少折子至今仍在舞台上演。而今人对汪廷讷的研究,内容也多集中于《狮吼记》。

七十九　曹臣《舌华录》

曹臣(1583—1647),字荩之,后改字野臣,号文几山人,明徽州歙县(今属安徽黄山市歙县)人。晚明著名小品文作家。生平事迹,主要见于其族兄弟曹度《文几山人传》(载曹臣《文几山人集》,黄山书社1999年出版的陆林点校《舌华录》有收录)及钱谦益《列朝诗集小传》;今人陆林《〈舌华录〉作者和版本考述》一文(载《明清小说研究》1999年第3期)索隐前人,所记较详。

曹臣出身商贾之家,但他自己却专心于诗书。又性好游历,凡大江南北、三楚二京、东南沿海等地都曾留下脚迹,游必撰记。其时文人结社成习,社中成员常聚集吟诗赋对。曹臣家乡也前后有丰干社、颍上社、白榆社等,曹臣本人与当时建社活跃人士如名流汪道昆、潘之恒、李维桢、钱谦益等有交往,李维桢还为曹臣诗集写过题记,曹臣则数次为钱谦益访求古书。但他不思功名,不慕权贵,所交流者更多的是下层文人,他自己则布衣一生。钱谦益《列朝诗集小传》谈到自己与之最初相识的印象:"角巾布袍，落落有逸气。"其生活贫困潦倒，以至在母亲忌辰之时，竟囊无一文购祭品，只得当掉幼子所佩戴的小银锁。晚年连遭失子之痛，三个儿子都先他而去，尤其是长子、次子都死于非命，更令他痛惜：老大在崇祯十一年（1638）死于清军攻城，老二于清初死于强盗之手。曹臣本人殁于白下（今属南京），享年六十五。

《舌华录》概况：

曹臣有小品文集《舌华录》、诗文集《文几山人集》传世。《舌华录》，今所存万历刻本为最早的刊印本，但当时刊刻不止一家，故现存万历本文字篇幅亦互有出入。《四库全书总目·子部》有存目；今《四库全书存目丛书》影印的清华大学所藏万历刻本为原刻本，但有四处缺页。近代以来，《舌华录》被多次翻印，其中以上海进步书局于民国年间石印《笔记小说大观》本较为通行，其后翻刻多以之为底本。但此本较之万历刻本删减了不少文字。岳麓书社1985年点校本《舌华录》（此本同时收录了明人郝懿行编纂的《宋琐语》）和湖北辞书出版社1993年注译本（名"历代妙语小品"，唐富龄注译），均以"大观"本为底本。（以上《舌华录》版本情况，详《明清小说研究》1999年第3期中的陆林文章《〈舌华录〉作者和版本考述》）1999年，黄山书社所出陆林校点的《舌华录》（此本同时收录了清初吴肃公纂集的《明语林》），除《舌华录》原文及曹臣其友吴苑于每类之前所作说明外，还录有曹臣另一友人袁中道的评语，又有附录五种，为目前所见质量较好的整理本。此外，2007年，中州古籍出版社又出版了新的白话本《舌华录》（白岭翻译）。曹臣诗原有专集两种，一是万历四十五年（1617）自编之《蛙音稿》，据其自序，集名意为"宁为蛙龟音，不为鹦鹉语"；二是四十七年所编《鬼订稿》，此集名称来源是梦见已经去世的郝之玺（公琰）告诉自己"诗所得失"曹臣之文原亦有专集，有两种，其一是崇祯五年（1632）所编《游囊稿》，其二是不知写作时间的《搜玉集》。

文学成就：诗歌创作具有特色，但以小品文最有影响。

《舌华录》九卷，在万历四十三年（1615）已有刻本，时曹臣三十三岁。这部书是仿《世说新语》文体的小品文集，记自先秦至作者生活时期历朝人士隽语清言。书名，据潘之恒《舌华录序》即"舌根于心，言发为华"之意。"所录皆取面谈，凡笔札之词不载，故曰舌华，取佛经舌本莲华之意"（《四库全书总目·子部存目·舌华录》）。其材料来源于经史诸子百家，曹臣自列采摘书目达 99 种，如《左传》《史记》《汉书》《庄子》《韩子》《世说新语》等，但也有一部分文字为曹臣据所闻所见自撰而成。对前人所著，曹臣自云"采古人书，不敢一字增损，惟近书有不成语者小有改易"。又云："书中采者，人皆可考。"（曹臣：《舌华录·凡例》）可见编著者重视史实。全书分慧语、名语、豪语、狂语、傲语、冷语、谐语、谑语、清语、韵语、俊语、讽语、讥语、愤语、辩语、颖语、浇语、凄语，共十八类，1037 条。每类之前，有时人吴苑的简短说明。如卷一"慧语"下："吴苑曰：佛氏戒、定、慧三等结习，慧为了语，慧之义不大乎？慧之在舌机也，有狂、智之别焉。狂之不别有智，如智之不识有狂也。是智者智，而狂者亦智，两而别之，则金粟如来氏矣。如来氏取法，一芥可以言须弥，刹那可以称万劫，其中倒拈顺举，无不中道。即智者不自知，而狂者能耶？乃次慧语第一。"

是书编撰原则是"取语不取事"（曹臣：《舌华录·凡例》），但因为要交代言说背景，故而有简单叙事，两者往往融合在一起。无论记言或叙事，要皆风格简约，生动形象。所记人物言谈或谐趣横生，充满智慧。如《慧语》："王元泽数岁时，客有以一麞一鹿同笼以献。客问元泽：'何者是麞？何者是鹿？'元泽实未识，良久对曰：'麞边者是鹿，鹿边者是麞。'客大奇之。"或褒贬含蓄，耐人寻味。如《冷语》："汪南明架上牙签数万卷，客眦睨久之，谓曰：'公能遍识耶？'公曰：'汉高取天下，属意者关中耳。'"汪南明的话讲出了读书之广与精的关系，用以批评对方少见多怪。又如："我明旧例，科道多乘马，不得乘轿。王化按浙，一举人入谒，化问曰：'若冠起自何时？'举人徐曰：'即起于大人乘轿之年。'"按明朝之制，王化不能乘轿，举人以"起于大人乘轿之年"表达褒贬。也有狂语大言，可令人一哂。如《狂语》："沈嘉则游金陵，日醉胡姬肆中，片语一出，人争诵不已。沈向人语曰：'我，天上岁星也。'"又如："吴正子曰：'郝公琰之枯，曹荩之之粗，此天之东南，地之西北。吾与二君交，实是女娲石、精卫鸟。'"吴正子自比补天女娲、填海精卫，可填补郝、曹诗歌缺陷。有的看似谨言慎语，话中却透出傲气。如《傲语》："李谷坪谪驿丞，上司过者只一揖。代巡以同年招之，使侧坐，李曰：'驿丞安敢望坐，同年不敢居旁。'遂拂衣去。"有的则借助谐音隐语，看似有文化底蕴，实则为文字游戏。如《谐语》："刘烨尝与刘筠连骑趋朝，筠马病足，行迟，烨曰：'君马何迟？'筠曰：'只为五更三。'烨曰：'何不与他七上八？'言点蹄则下马行也。"（《礼记·文王世子》："遂设三老五更，群老之席位焉。"故"五更三"隐"老"字。"七上八"即"七上八下"少一"下"，故隐"下"字。）有的纯粹以华词丽语入选。如《俊语》："褚季野语孙安国云：'北人学问，渊综广博。'孙答曰：'南人学问，玄通简要。'支道林闻之，曰：'圣贤固所忘言。自中人以还，北人看书，如显处视月；南人学问，如牖中窥日。'"支道林语用比喻，生动形象，但也让人难明就里。凡此种种，不一而足，论者以为妙语纷呈，可启颜益智。

八十　阮大铖《阮大铖戏曲四种》《咏怀堂诗集》

阮大铖（1587—1646），字集之，号圆海、石巢、百子山樵，又称皖髯，明安庆府桐城（今属安徽铜陵市枞阳县）人。明末著名剧作家、诗人，也是著名政治人物。生平事迹，主要见于《明史》本传、《安庆府志》、清钱澄之《阮大铖本末小记》（见其《所知录》）等。今人季翠霞的博士论文《阮大铖传奇研究》（华东师范大学 2010）结合诸多文献，对阮氏生平论述颇为详细。

阮大铖先祖可明确追溯至"建安七子"之一阮瑀，阮氏家族出现过很多著名文人，如阮瑀之子阮籍为正始文学代表作家，与侄子、阮瑀之孙阮咸同列"竹林七贤"之中。阮大铖一支出于阮咸。阮氏又为官宦人家，历史上出现了很多在朝为官之人，阮大铖曾祖父阮鹗是其中著名的一位。阮鹗官至都御史，浙、闽巡抚，曾积极组织抗击倭寇及海盗、救助难民，是明代著名将领。

据《明史》本传载，阮大铖本人"机敏滑贼，有才藻"，经历复杂。早年受到良好教育，兼以天资聪慧，很早就在科举、诗文方面呈现杰出过人才华，被誉为江南第一才子。万历癸卯（1603），中举，年仅十七。阮氏于万历丙辰（1616）三十岁时进士及第，授行人，进入仕途。天启（1621—1627）初，擢升为给事中。为人多变，表现在政治上屡有投机行为。先是籍在东林，以清流自居，依附金都御史左光斗，其后为政治前程又投靠魏忠贤阉党。他表面"侍魏极谨"，却因担心其势危，"不足侍"，于是又重金"贿忠贤阍人"，将自己献上的名刺赎回。数月之后终因担忧而辞归。当魏忠贤获罪，他更是落井下石，上疏数其罪行。崇祯元年（1628），起为光禄卿，遭到御史毛羽健弹劾。次年被定列于逆案，于是被罢官，赎为庶民。由于东林反对用他，终崇祯朝，"废斥十七年"不用，因之"郁郁不得志"。其间，崇祯八年（1635），家乡兵乱，阮大铖避居南京，招纳游侠，并为之讲说武艺兵事，表现出军事才干。原想借此以边才获召，但受到复社黄宗羲等众多名士的驱逐。阮大铖因此闭门不出，"独与（马）士英深相结"。崇祯十七年（1644），李自成进京，崇祯帝崩。马士英拥立福王事成，荐举阮大铖。第二年，大铖官至南明兵部尚书兼右副都御史。为官期间，对复社名士和东林党大举报复。清顺治三年（1646），阮大铖主动降清，并不顾病体沉重，积极随清军进军仙霞关，半路"僵仆石上死"，时年六十。

阮大铖为官实际时间仅有两年，长期赋闲，但难忘仕途。喜交游，与张岱、马士英、叶灿、曹履吉、吴伟业等均有来往。又曾参与创建中江社等多个文社。文学创作方面亦表现活跃，戏曲及诗歌作品都为人称道。

《阮大铖戏曲四种》《咏怀堂诗集》概况：

阮大铖所作戏曲有十一种，今存四种。其刊刻情况，徐凌云、胡金旺整理本《阮大铖戏曲四种》"前言"述之甚详："阮大铖四种曲传世刻本主要有：《古本戏曲丛刊》二集影印明末刊本、董康《诵芬室重刊石巢传奇四种》本。其中《燕子笺》另有明末毛恒刻《咏怀堂》本、刘世珩《暖红室汇刻传剧》本、雪映堂本、寄傲山房本、少爷山房石印本等。《春灯谜》另有清刊《十种传奇》本、暖红室本等。"黄山书社1993年出版由徐凌云、胡金旺点校的《阮大铖戏曲四种》以《古本戏曲丛刊》二集影印明末刊本为底本，校以他本，各种附录材料较多，是目前最为通行的本子。《咏怀堂诗集》，据胡金旺"整理说明"所叙，《咏怀堂诗集》不是一次刊刻完成，依今所见，先有《咏怀堂诗》四卷［明崇祯八年（1635）出版］、《咏怀堂诗外集》甲乙两卷（刊刻时间与《咏怀堂诗》四卷本大致相同），复有《咏怀堂丙子诗》卷上与《戊寅诗》卷下合订本［应刊于崇祯十一年（1638）或稍后］，后有《咏怀堂辛巳诗》上、下两卷［应刊于崇祯十四年（1641）或稍后］。以上四种。《咏怀堂丙子诗》卷下，有传抄本，中央大学国学图书馆于1929年刊印，题《咏怀堂诗补遗》。《戊寅诗》卷上则遗失不传。黄山书社2006年出版由胡金旺、汪长林点校的《咏怀堂诗集》，收录上述五种，又在附录中汇集古今为之所作个人小传、诗集序文、题记、评论等，材料较齐备，目前最为通行。《续修四库全书》则收录《咏怀堂诗集》四卷、《外集》两卷（见集部第1374册）。此外，《中国古籍善本书目》载，阮大铖诗集尚有《和箫集》一种，系中进士前所作，现藏宁波天一阁，为海内孤本。该集有七十余首诗。

文学成就：阮大铖诗歌、戏曲创作均皆擅长。在废官归乡十七年间，结集《咏怀堂诗》多种，收诗近两千首，又作戏曲十余种，质量皆属上乘。但因作者品行为人不齿，故《明史·艺文志》不予著录，《明诗综》和《四库全书》亦不予收录。大抵清人对他较为反感。明代、近现代则或另有主张，如阮氏同时期人史可法、文震亨、王思任、张岱、钱澄之等名家，近现代如陈三立、章太炎、吴梅、陈寅恪等人。陈三立谓之标为五百年作者，吴梅称其在戏曲创作上为"三百年一作手"（吴梅：《吴梅戏曲论文集》）。今人如胡先骕更认为阮大铖是有明一代唯一的诗人。近年来，对阮大铖的研究渐多，一般认为虽然其为人善于投机，但创作确属一流。是皆属于不因人废言而对其作品加以褒奖者。

世人最为重视，研究也最多的是阮大铖戏曲。

阮大铖戏曲今所存《春灯谜》《燕子笺》《牟尼合》《双金榜》四种，题材虽不脱才子佳人范围，但内容上却往往结合冤狱，情节曲折，主要人物的命运令人同情，作者有借此为自己与魏阉同流合污为"错认"的意思。阮大铖在《春灯谜》结尾用【清江引】一曲揭示创作主旨说："满盘错事如天样，满盘错事如天样，今来兼古往。功名傀偏场，影弄婴儿像。饶他算清来，到底是糊涂账。"后人据此以及阮氏事迹和其戏曲本身多误会内容而持这种看法的人很多，如陈寅恪《柳如是别传》云："至所著剧本中，《燕子笺》《春灯谜》二曲，尤推佳作。其痛陈错认之意，情辞可悯。"《春灯谜》主述书生宇文彦上元佳节邂逅韦小姐，当晚因醉酒误入官舟，被认作强盗沉江，获救之后又遭受种种磨难，而最终金榜题名，喜获良缘，新娘恰是韦小姐，岳父正是当年下令将其沉江的西川节度使韦初平。剧中巧合甚多，有所谓"十错认"，由此生发出许多波折。明人王思任评说云："文笋斗缝，巧轴转关，石破天来，峰穷境出。"（王思任：《春灯谜》叙）其他三剧剧情也都波澜起伏，而尤以《燕子笺》为最：唐代书生霍都梁赴京赶考途中，寄寓名妓华行云之家，两情相悦，都梁作"听莺扑蝶图"将两人形象画于其中。后此画在付裱之时，误与礼部尚书郦安道之女郦飞云的观音图互换。飞云身处深闺，蓦见观音变成了士女，女形酷似自己容貌，男像俊美无双，且图上"云娘"两字恰与自己名讳相同，惊疑之余，顿时对图上男子心生爱慕，于是写诗一首。不想诗笺被燕子衔走，又恰被都梁拾得。飞云、都梁俱因此生病，恰巧来两家诊疗的是同一人即医者驼娘，驼娘探寻到病由，于是前情尽晓。都梁顺利赴考，主考官正是郦安道，眼见得就能金榜题名，且与飞云结缘，不想被同考者鲜于佶调换试卷，后者得中状元，而都梁被迫离开京城。都梁避安禄山之乱，改名投靠西川节度使贾南仲，迎娶南仲义女，婚后惊觉新娘正是飞云。而行云也在动乱之中被郦家收为义女，鲜于佶欲与郦女结亲，于是来到郦府。行云揭破其作弊底细，鲜于佶狼狈逃走。都梁终得状元，且又与行云团圆。阮氏剧作突出命运对人物的主宰，构思上颇具艺术匠心。四剧同为喜剧，又都加有悲情，作者自述其戏剧主张时说："夫能悲，能令观者悲所悲；悲极而喜，喜若或拭焉浣焉矣。"（阮大铖《春灯谜自序》）悲后之喜，其喜更为纯净。在具体内容上，阮大铖主张出新，故除《燕子笺》有借用同名平话的情况外，余三种都是作者虚构。明人称其作品"簇簇能新，不落窠臼者也"（张岱：《陶庵梦忆》）。又其和汤显祖一样，重视剧情，重视辞藻，针线细密，作品精致，因此被归为临川派。"阮圆海家优，讲关目，讲情理，讲筋节，与他班孟浪不同。然其所打院本，又皆主人自制，笔笔勾勒，苦心尽出，与他班卤莽者又不同。故所搬演，本本出色，脚脚出色，出出出色，句句出色，字字出色。"（张岱：《陶庵梦忆》）但由于阮大铖还重视戏曲文学特点，通曲律，且能自度曲，又自养家班，所以作品不仅可供案头欣赏，更"易于歌演"（阮大铖：《春灯谜》自序），与临川派有所不同，成就颇受人瞩目。清末刘世珩称其戏曲"脍炙艺林，传播最广"（刘世珩：《燕子笺》跋）。

阮大铖诗歌创作数量丰富，体式亦多，有四言、乐府、五七言古体诗、五七言律绝、五七言排律、词等。题材多为山水、田园、应酬、时事、怀古、咏物、抒情，而以山水、田园为主。内容则有关作者本人生活、思想、志趣，并能使读者"窥见当时政治风云，社会矛盾，诗坛状况，文人生活情趣等"（胡金旺：《咏怀堂诗集》"整理说明"）。诗歌艺术方面，作者取法陶渊明、谢灵运、王维、孟浩然等多人，且能综而合之，形成自己的艺术特色。章太炎论其五言古诗，云："以王、孟意趣，而兼谢客之精练。"（章太炎：《咏怀堂诗集题记》）也有不同意见，如钱钟书认为阮大铖山水田园诗，较之谢灵运的"每以矜持矫揉之语，道萧散逍遥之致，词气与词意，苦相乖违"，更是"况而愈下"（钱钟书：《谈艺录》）。但阮大铖此类诗有情感真挚、内容清新的一面，作者也并不讳言自己有求取名利之心："云霄自愧无修翮，雨露谁为弃不材。"（《还山诗》其二）风格上，能融会陶渊明的自然与谢灵运的雅丽，如《同白瑕仲石塘湖上行即望其所居》："村暖杏花久，门香湖草初。"景象是乡村自然，观察则细致入微，用词普通却又注重色彩，虽是五古，亦讲究对仗，耐人咀嚼。此外，阮氏诗歌还有将内容与体式结合的迹象。如其乐府《子夜》四首，均为情诗，情调上亦仿照南朝乐府民歌，柔靡清婉。四言诗则有《诗经》余韵，庄重质实，用词古雅。因之，阮诗具有风格多样的特点，作者同时期人叶灿指出："（阮）诗有庄丽者，有淡雅者，有旷远者，有香艳者。"（叶灿：《咏怀堂诗序》）

清

　　中国文学发展至清，有记录的作家和作品在数量上均非前朝可比。皖地情况也是如此。而且随着皖南作家的理论论说和创作实践，桐城派古文主张的影响遍及全国。

　　清初不少文人有浓厚的遗民情结，他们的作品也有相应反映，皖籍作家也不例外。如方文、钱澄之等人都是如此。有些顺清而降的文人也在诗文中多少表现出类似情结，例如龚鼎孳。耻仕清廷的文人往往经济窘迫，这也使得他们更关注社会现实，更了解民情，方文、钱澄之的诗歌创作往往有对农事的关心，对百姓艰辛疾苦的抒写，自然真实，不事清艳虚辞。施闰章更提出创作要注意社会功能，反对浅陋，其创作也有意识学习杜甫和白居易，关注现实，体恤民苦，有感始发，从而成为当时最为重要的诗人之一。此后，皖南桐城学者重视作文要言之有物，要义法合一，而尤重于"义"，这种主张得到普遍响应，桐城一派迅速兴起。

　　桐城派的奠基者是戴名世。戴名世文才出众，且为人有主张，有见识，性情也较直率，他在当时首倡古文，且师法唐宋，主张文章应"立诚有物"，并已经提出"道""法""辞"合一，以及"精、气、神"浑一，风格上主导自然平实，这些也都是以桐城派三祖方苞、刘大櫆、姚鼐为代表的桐城派的基本主张。几位桐城派始祖还为创作领域尤其是散文写作方面提供了示范。清代文字狱严重，戴名世即因此被杀，方苞也曾牵连其中。侥幸被特赦之后，方苞又因文才被当政者重用，而他也恭谨顺事朝廷。他之力主古文写作，并提出文章要以义法为重，也当与其经历有关。此外，清代经学昌盛，皖南属于经学重镇，这也是桐城派影响巨大的原因。例如方苞就是经学家，其著述主要为经学性质。又，经学大师戴震在学术上重视以训诂通义理，姚鼐则提出义理、考据、辞章并重的为学原则，学术的探讨争鸣无疑引起了文人的更多关注。

皖地文学的另一重要收获是吴敬梓创作的《儒林外史》。它以打破传统思想和写法的姿态彪炳于世，是中国历史上最为杰出的长篇讽刺小说，也是世界文学名著。此外清末宣鼎的小说集《夜雨秋灯录》和《夜雨秋灯续录》也被誉为晚晴文言小说的压卷之作。施闰章的《矩斋杂记》、张潮的《虞初新志》在清代笔记体小说中都是非常出色的文集。

皖人还在小品文创作方面取得成就。戴名世的《忧庵集》见解不凡，意趣雅致，文笔生动优美。

皖籍作家在清朝的又一重要要贡献是编撰诗文总集。清初，孙墨编辑的《十六家词》，保留了当时重要词人的词集，也将清初词坛重视花间、草堂的一面体现出来。张潮则以编纂小品文著称，他的《檀几丛书》《昭代丛书》等都是大型的清初小品汇集丛书。王之绩的《铁立文起》则是一部合汇文体辨类之论的著述，现存论文部分对各体文章分类达110多种，对作文之法的论述也颇为细致，因之受到关注。

清代，皖籍作家多居江南，皖南文学家族也出现不少，如方氏家族、姚氏家族、钱氏家族等。

八十一　方文《嵞山集》

方文（1612—1669），字尔止，又名一耒，字明农，号嵞山，别号淮西山人、忍冬，清代江南安庆府桐城（今属安徽铜陵市枞阳县）人。明末清初著名诗人。生平事迹，见于清人朱书《方嵞山先生传》（见胡金望、张则桐点校《方嵞山诗集》附录）、潘江《龙眠风雅》初编、马其昶《桐城耆旧传》等；今人李圣华《方文年谱》采集材料丰富，述之尤详。

方氏家族世以忠孝传家。方文系明代忠义之士方法的后代。方法于建文时期为官四川，"执法不挠"（马其昶：《桐城耆旧传·方断事传》），后因永乐帝即位，在"诸藩表贺登极"的情形之下，坚不署名附庸，诏下逮捕，方法自沉江死。方氏家族还以学问文章久闻于世。"其宗族亲属之得高第于明季者，五十年间，尚有七人。"（谢正光：《清初诗文与士人交游考》）方文祖父学渐以《易》学知名天下，著述宏富，为明代著名学者，东林党魁。父亲大铉为明代万历四十一年进士，户部主事，工诗善文。

年七岁，父亲去世。方文年少即有才名，二十岁以诗名世。常"思振其家声"（朱书：《方嵞山先生传》），与其侄方以智及钱澄之等结社，又交结复社、几社诸多名士，创作不辍，并选录前贤诗文，声振天下。他在明朝参加过科举考试，为诸生，与其侄方以智同学十四年。

入清之后，直至去世，痛心明亡。其自号盋山，亦为念明，因盋山在怀远县城外，为朱元璋起家之地（一说本之《离骚》"何娶彼盋山，而通之于台桑"，盖即《尚书》中之"盋山"。见李楷《盋山集序》）。他四处游历，不谋仕途。平时主要以卖卜、行医或教书为生，间亦得人周济。晚年，妻子中风而亡，其妾也随即在家难中惨死；本来身体健康的母亲遭此变故而"形容顿枯瘠"（方文：《述哀》），次年病逝。连番打击使方文悲愤难抑，但又无可奈何，本来就是多病之躯，此时更是疗愈无望。兼之为明亡始终痛苦，五十八岁即病逝。朱书《方盋山先生传》记云：康熙戊申（1668），方文谒明孝陵，悲慨云："戊申，高皇帝登极之年也。呜呼，哀哉！"伏地大哭不能起，久之乃去。次年，"殁于芜湖客舍"。

方文一生喜好诗文，自谓"平生癖好惟三种，左马文章老杜诗"（方文：《舟中漫兴》）。他本人时刻不忘作诗。又其为人"亢爽，有天趣"，自负诗才，"每见人诗辄改窜，其人不乐，不顾也"（马其昶：《桐城耆旧传·方断事传》）。

《盋山集》概况：

方文创作甚富，潘江《龙眠风雅》谓其著《盋山集》五十卷，马其昶《桐城耆旧传》谓其著《盋山诗文集》五十卷。李圣华《方文年谱》后附"方文著作考"谓方文在世时有抄本《盋山集》三十卷及《四游草》等若干卷，此外尚有学术性著作如《易稿》《诗文条贯》《讯雅》《批杜诗》《杜诗举隅》《百韵诗注》等。方文著述今存《盋山集》为诗十二卷、《盋山续集（四游草）》存诗四卷、再续集存诗五卷，为作者去世二十年后，其女婿选编刻印，是为古槐堂本，上海古籍出版社1979年据以影印出版，又分别收入《续修四库全书》《清代诗文集汇编》影印出版。黄山书社2010年以古槐堂本为底本，由胡金望、张则桐点校出版，名《方盋山诗集》，是目前较为通行的本子。此本另收李圣华等人所辑佚诗十八首、佚文数篇，又附录有关方文传记文字多种、诗文评、序文各若干种，材料最为齐备。

文学成就：长于诗歌创作，初与钱澄之齐名，其后又与方贞观、方世举并称为"桐城三诗家"。时人如王士禛、陈维崧、潘江等都曾予以好评。

《盋山集》（包括两部续集）按照诗体分卷，卷内再以编年排列，收入自明崇祯丙子（1636）至清康熙己酉（1669）年间近三千首诗（据胡金望

《方盉山诗集》"整理说明")。

方文诗歌体式计有五七言古体、近体，以近体诗为多。诗歌题材较广，有交往、酬赠、记游、感时、伤逝、农事、怀古、咏物等。其中以与友人交往为题的诗歌占有相当的比例。作者主张为文要关名教，否则"虽工无益"（方文：《评重新灵济庙序》），其诗歌创作也是如此。由于诗多作于明末鼎革及入清之后，故有相关时事、抒写明亡之痛和反清意识的内容，也有不少歌咏坚贞、拒绝入仕的创作，体现出强烈的遗民情怀。如《北游草》中作于顺治丁酉年（1657）的《都门怀古十六咏》，所咏为扭转受侵伐局面的郭隗、烈士荆轲、以谈天为政治的邹衍、飞将军李广、带领族人避乱的田畴、"浩气塞乾坤"的"大宋文相国"、报国寺前屹立五百年的松，等等。方文的诗歌还具有历史真实性的特点，故美籍华人谢正光《清初诗文与士人交游考》谓"余读《盉山集》，每致意其诗中所及之人物与实事，盖于梨州'以诗证史'之说有深契焉"，尤其是"述及其本人并其亲族子姓于明亡后之境况者最堪注目"。

艺术上，方文宗法陶渊明、杜甫和白居易。因自己生于壬子，曾命画师作《四壬子图》，图中四人，"中陶渊明，次杜子美、白乐天，皆高座，而己呈诗卷伛偻于前"。他自己又曾说过："往时刻画杜工部，近日沉酣白乐天。"（《盉山集》卷十《秋日归里饮潘蜀藻茅堂谈香山诗甚快有赠并示从弟井公》）其诗大致甲申之前学杜，多苍老之作，后期多学白居易，诗风通俗平淡。甚至"虽民谣俚谚，涂巷琐事，皆可引用。兴会所属，冲口成篇，故其诗款曲如话，真至浑融，自肺腑中流出，绝无补缀之痕。"（施闰章：《西江游草序》）但他的诗并不乏意蕴。时人孙枝蔚借王安石语评其诗歌："看似寻常最奇崛，成如容易却艰难。"潘江也说："予尝谓太仆古文、盉山诗皆淡不可及。（盉山诗）淡处尽教耐思索。"如七言近体《访任克山家中》："湖上垂竿曾有约，六年今始过君家。青松密处山栖隐，红蓼开时石径斜。暮雨霏微须止宿，秋田荒落各兴嗟。残禾虽刈不成获，瀺瀺风吹荞麦花。"则主要通过描述既显隐居之趣，又不乏对现实生计之难的轻吁短叹，富于形象而又耐人寻味。被王士禛《分甘余话》誉为"佳句"的《冬日林茂之前辈见过》一诗也具有这种特色："积雪初晴鸟晒毛，闲携幼女出林皋。家人莫怪儿衣薄，八十五翁犹缊袍。"将积雪初晴的喜悦透过形象描述含蓄地表达出来。此外，其古体诗往往借叙事抒发情感，又往往兼发议论，自然真切，质直而情浓。古体长诗《述哀》将其家难经过依次叙述："……去年三月初，奇祸来顷刻。大妇中风死，外家构成隙。小妇横被戕……"文体特征明显，叙事中加以评说，性情凸显，抒情性极强。

八十二　孙默《国朝名家诗余》(《十六家词》)

孙默（1613—1678），字无言，又字桴庵，号黄岳山人，清江南休宁县（今属安徽黄山市休宁县）人。清初诗人。生平事迹，主要见于其同时期人汪懋麟《孙处士墓志铭》（见汪懋麟《百尺梧桐阁集》）、王士祯《祭孙无言文》（见王士祯《王士祯全集》）、施闰章《孙无言六十序》（见施闰章《施愚山集》），及孙默《国朝名家诗余》前附陈维崧、孙金砺、汪懋麟等人的序文。

据汪懋麟《孙处士墓志铭》记载，孙默终生为布衣之士，三十来岁即离开休宁，长期寓居扬州。喜欢结交文士，奖掖后学。逢通人大儒，则折节相交，一般人而在诗文书画方面有才力者，孙默亦多鼓励。汪懋麟在为其刊刻《十六家词》所作序中说："凡海内能文者莫不与孙子游。"晚年本欲归隐黄山，于是多方寻诗，文人响应热烈，纷纷写诗送行，作品竟达千首之多，像王士祯、朱彝尊、施闰章、宋琬等名流亦皆有与焉。但最终未能成行，殁于扬州。

孙默一生最为引人注目的是注意收集时人特别是名家词作，并为之刊刻。本来计划刊刻百家，汪懋麟《孙处士墓志铭》："（孙默）尝集诸名家词，期足百家为一选。"但最终完成的只有十六家。

由于主要精力都放在了交友、收集刊刻名家词作之上，孙默不事生产，且拒绝出仕，家道贫困。王士祯《祭孙无言文》："而无言独为窭人，居阛阓中，委巷掘门，瓶无储粟。"甚而至于无法养家，其妻早逝，孙默自己也在康熙十七年（1678）六十六岁时逝世。

《国朝名家诗余》(《十六家词》)概况：

《十六家词》，通常称作"国朝名家诗余"，四库馆臣因删去龚鼎孳词作而名之"十五家词"。刊刻过程及版本情况，《四库全书总目》有记载："初刻在康熙甲辰，为邹祗谟、彭孙遹、王士祯三家，即《居易录》所云，杜濬为之序。至丁未，续以曹尔堪、王士禄、尤侗三家，是为六家，孙金砺为之序。戊申又续以陈世祥、陈维崧、董以宁、董俞四家，汪懋麟为之序。十五家之本定于丁巳，邓汉仪为之序。"但孙默留松阁于康熙时期原刻有十六家，除《四库全书总目》提到的十家之外，还有吴伟业、梁清标、宋琬、黄永溪、陆求可、龚鼎孳六家词作。现存《国朝名家诗余》，或另收程康庄《衍愚词》、孙金砺编《广陵唱和词》《红桥唱和词》，据黄贤忠、郭远霜考证，当非孙默原刻（见黄贤忠、郭远霜《〈国朝名家诗余〉版本及成书考辨》）。《四库全书》本《十五家词》只保留了词集正文和大部分序文，并将评议之语一并删除："至其每篇之末，必附以评语，有类选刻时文，殊为恶道。今并删除，不使秽乱简牍焉。"但孙默留松阁原刻仍存于世。

文学成就：孙默本人能诗，著有《留松阁集》。但他最为人称道的还是其所编刻的名家词作《十六家词》。这是一部清人汇集编刻的清早期有影响的词人词集，编成问世，反响热烈，论者甚且认为对词的复兴具有重要作用。今人严迪昌《清词史》中以"孙默与《国朝名家诗余》"为题，述《国朝名家诗余》所收各家词作成就较详。

对《十六家词》，孙默主要做了收集、校勘、刊刻等工作，选择作品、评点等事项则主要由词坛名家完成。

《十六家词》所收分别是：吴伟业《梅村词》二卷，龚鼎孳《香严词》二卷，梁清标《棠村词》三卷，宋琬《二乡亭词》二卷，曹尔堪《南溪词》二卷，王士禄《炊闻词》二卷，尤侗《百末词》二卷，陈世祥《含影词》二卷，黄永《溪南词》二卷，陆求可《月湄词》四卷，邹祗谟《丽农词》二卷，彭孙遹《延露词》三卷，王士禛《衍波词》二卷，董以宁《蓉渡词》三卷，陈维崧《乌丝词》四卷，董俞《玉凫词》二卷。作者都是清初重要词人，他们的作品在当时影响很大，而《十六家词》所收又是词家完集。《四库全书总目》称誉说："一时传声佳制实略备于此，存之可以见国初诸人文采风流之盛。"这些清初词人的作品在风格上多体现出对《花间集》《草堂诗余》的继承，是沿袭明后期词风的反映，内容多赠和宴集、吟风颂月、歌姬舞女、恋情别绪、怀古思幽，艺术上多为绮艳之风。如邹祗谟《丽农词》二卷，几乎都相关爱情。但有的词人已逐渐表现出脱此藩篱、另树风格的趋向，如论者以为曹尔堪《南溪词》就有不少清雅甚至雄健的作品。

《十六家词》还录有陈维崧、孙金砺、汪懋麟和邓汉仪等人为总集所作的序，又有名家如纪映钟、宗元鼎、邹祗谟、汪懋麟、曹尔堪、尤侗、王士禄等为个人词集所作的序（有他序也有自序），以及评点等，它们反映了清初词家的创作见解和批评主张。从中可以看出，清初的词作者及词评家多以花间、草堂词为标准指导创作也评判词作。例如曹尔堪为尤侗《百末词》作序，其中就有"扁舟过从，商榷花间、草堂之盛者"句。王士禄在《炊闻词自序》中也自谓尊花间、草堂，并在创作上加以模仿。

八十三　龚鼎孳《定山堂诗集》《定山堂词集》《定山堂古文小品》

龚鼎孳（1615—1673），字孝升，号芝麓，晚号定山；因为是合肥人，又被称作龚合肥，谥号端毅。清庐州府合肥（今属安徽合肥市）人。清初著名诗人、文学家，与钱谦益、吴伟业并称为"江左三大家"。生平事迹，主要见于《清史稿》本传（入卷四八四《文苑传》）、《清史列传》（见卷七九《贰臣传》）、《（嘉庆）合肥县志》、（清）郑方坤《国朝名家诗钞小传》、严正矩《龚端毅公传》（见龚鼎孳《龚端毅公奏疏》附录）、董迁《龚芝麓年谱》等。

龚鼎孳出身书香门第，其祖父和父亲都有文名，伯父萃肃为明万历年间进士。鼎孳本人亦聪慧异常，少年时期即能古文、时文，且擅诗赋。明崇祯七年（1634），龚鼎孳年始二十，即进士及第。次年出任湖北蕲水县县令。时李自成部攻城，龚鼎孳率士民顽抗，坚守七年，城池无恙。崇祯十二年（1639），返京。路经南京，娶名妓"秦淮八艳"之一顾眉（横波）为妾。因保卫蕲水有功，授兵科给事中。在职期间，参与弹劾首辅周延儒、陈演等权臣多人。崇祯十七年（1644），李自成攻陷北京，龚鼎孳曾投井，被救，接受大顺政权职位，为直指使。待多尔衮入京，龚鼎孳又转而归顺清军。入清之后，授吏科给事中，又改礼科，迁太常寺少卿。"顺治三年（1646），丁父忧，请赐恤典。"被给事中孙垍龄上奏，谓其"辱身流贼，蒙朝廷擢用，曾不闻夙夜在公，惟饮酒醉歌，俳优角逐。闻讣仍复歌饮流连，冀邀非分之典，亏行灭伦，莫此为甚"（《清史稿·文苑传》），其用千金异珍迎置顾眉一事，也被视作亏行提出。龚鼎孳遂被部议降两级，但顺治爱惜其才，恩诏获免。累迁至左都御史，又因坐事而降八级调用。至康熙即位，再被起用为左都御史，迁刑部尚书。其为官明朝、清廷，多卷入朋党之争，起伏连连。康熙十二年（1673），病卒，谥号"端毅"。乾隆三十四年（1769），诏削其谥。

龚鼎孳连侍三朝，故《清史列传》录入《贰臣传》。其原配童氏在龚鼎孳降清之后，独居合肥，拒受清朝的封赏。顾眉则受诰封为一品夫人。但龚鼎孳又倾力襄助遗民志士，甚而至于因此获罪，仍不改其初衷。如傅山、阎尔梅等人陷狱，皆赖时任刑部尚书的龚鼎孳襄助得免。其为民请命，也受人关注。又其性情恣肆，有放浪形骸之举。而文才突出，《清史稿》谓之"天才宏肆，千言立就。"又记顺治皇帝在禁中见其文，叹曰："真才子也！"他特别喜好结交当世文俊、奖掖人才。吴伟业、钱谦益、方以智、阎尔梅、曹溶、余怀、陶汝鼐、周亮工、王士禛、宋琬、施闰章等诸多著名文人都与之相交或受其提携。龚鼎孳在其两度主持会试之时，提拔了不少真才实学之士。他还资助了一些穷困潦倒之士，如朱彝尊、陈维崧等人初游京师，状甚贫困，龚鼎孳都尽力相助。直至病亡前夕，他还因徐釚才华而嘱托梁清标注意，后来徐釚果真在梁清标的荐举下应试鸿博，入史馆。《清史稿》本传因云"自（钱）谦益卒后，在朝有文藻负士林之望者，推鼎孳云"。

《定山堂诗集》《定山堂词集》《定山堂古文小品》概况：

《清史稿》谓龚鼎孳著有《定山堂集》（见《清史稿》本传），疑即《定山堂诗集》，因《清史稿·志》著录"《定山堂诗集》四十三卷。（龚鼎孳撰）"，未提《定山堂集》；孙殿起《贩书偶记》载录："《定山堂诗集》四十三卷，《诗余》四卷，《龚端毅公奏疏》八卷，《附》一卷（淮南龚鼎孳撰。康熙癸丑至丙辰泽存堂刊）。"又记有"《定山堂诗集》四十三卷，《诗余》四卷（淮南龚鼎孳撰。光绪癸未圣彝书屋刊）"。亦未提《定山堂集》。

现存龚鼎孳所著多种，诗集有单行本《过岭集》《遵拙斋集》《香严斋诗集》，诗歌全集有《定山堂诗集》四十三卷、《龚芝麓先生集》四十卷（现存三十六卷），两部全集内容及编排体例一致；词集有《定山堂诗余》四卷、《香严斋词》一卷附《词话》一卷，两部词集所收作品也多相同；文集则有《定山堂古文小品》二卷、《续集》一卷、《补遗》三卷、《龚端毅公奏疏》八卷，全集有《龚端毅公文集》二十七卷，后者收文较全，但只有清钞本（藏国家图书馆）。龚鼎孳著述版本也较多。如《定山堂诗集》《定山堂词集》，现存最早也是最好的刻本为康熙十五年（1676）吴兴祚刻本，此本由龚鼎孳儿子龚士稹、龚士稚，侄子龚嘉稽校勘，另有清光绪九年（1883）刻本、民国13年（1924）重校刻本，等等；《定山堂古文小品》

（二卷）等文集，现存最早刻本为康熙五十三年龚志说刻本。《定山堂诗集》《诗余》现较通行的是《续修四库全书》本（第1402—1403册）和《清代诗文集汇编》本（第52册），前者为影印吴兴祚刻本，后者影印龚志说刻本。又，广陵书社2005年出版陈敏杰点校的《龚鼎孳诗》，以吴兴祚本为底本，亦较易得。《定山堂古文小品》，亦有续修四库全书本（第1403册）和《清代诗文集汇编》本（第52册），两种皆为影印龚志说刻本。龚鼎孳著述刊刻及留存情况，万国花的博士论文《诗家与时代：龚鼎孳及其诗论、诗歌创作研究》（复旦大学，2011年）述之最详。2010年人民文学出版社出版了经孙克强、裴喆编辑和点校的《龚鼎孳全集》，编校者对现存龚鼎孳著述进行了全面收集，书末附录材料也最为完备。

文学成就：龚鼎孳文学创作丰富，诗歌创作数量尤多，佳作亦复不少，作者赖此与吴伟业、钱谦益并列清初诗坛；词作虽然不多但亦为人称道，其集被孙默收入《国朝名家诗余》。

《定山堂诗集》（吴兴祚本）四十三卷，集前有当时名宦、文彦吴兴祚、周亮工、吴伟业、尤侗、钱谦益等十人的序文，集后附龚鼎孳儿子龚士稹及吴兴祚的跋文。《定山堂诗集》正文收诗3965首，按照诗体分卷排列，各体诗歌又按照创作年代先后编排，计五言古诗、七言古诗各两卷，其余为律、排、绝句。各体之中，以七律诗歌数量最多，有1756首；五律次之，有1157首，七言绝句也较多，有829首。

龚鼎孳的诗歌创作不仅数量多，而且在当时影响也很大。他本人曾为诗坛领袖，施闰章、王士禛等"燕台七子"都相追随，并以之为"职志"。其诗能够抒写真情，并反映时代巨变及其带给生民和诗人的影响。虽然因其性情，平素应酬极多，所以诗歌也多半为宴饮酬酢之作（清人沈德潜《国朝诗别裁集》谓其"宴饮酬酢之篇多于登临凭吊"），例如其200首五言古诗中的绝大多数就都属此类，但龚诗对于明末时事、鼎革之变、政治矛盾、民生凋敝及个人仕途起伏、生活变迁、婚姻家庭等都有反映，且往往抒发亡国之痛、失节之哀。如七绝《上巳将过金陵》："倚槛春愁玉树飘，空江铁锁野烟销。心怀何限兰亭感，流水青山送六朝。"字字写六朝之亡，但通过题目"金陵"以及作者所处明亡清替时期，不难领会出诗人的亡国之哀。七绝《赠歌者南归》："长恨飘零人雏身，相看憔悴掩罗巾。后庭花落肠应断，也是陈宫失路人。"虽是赠酬，也难掩失节给自己造成的痛苦。龚鼎孳诗在风格上，一方面学杜甫，关怀时事、重视情感，具有感情深厚、侧怛真挚的特点，另一方面好呈示才华，铺设鸿辞丽藻，诗风又显华丽。但作者能将华丽文风与沉郁侧怛的内容结合起来，使之自然相衬，诗歌因此别显风味。如其古风《金陵篇用李空同汉京篇韵》开篇："六代丛金粉，千门艳绮罗。笙歌横玉阙，楼阁傍银河。"藻饰秾丽，但正好与"六代"史事相配合，由此引出的世事翻覆内容也就格外令人感慨："银河玉阙伤心丽，垂柳曾笼王谢第。"作者还结合了个人沉浮："宝钿妆成云易散，珠扉花冷月空高。世事从来多反复，沧桑眼底翻陵谷。当年刀笔太纵横，此日风云纷角逐。"情感真挚而自然。七律《春日宴集观宋徽宗墨宝》："宸翰高悬宝墨香，争从劫火拜灵光。杜鹃不解留青帝，鹦鹉犹能哭上皇。璧碗风烟禾黍后，金门花月駷騠傍。衔杯难尽文通感，独立苍茫过夕阳。"本是宴聚观宝，但也引发出诗人强烈的故国之痛。龚诗还往往具有含义深刻的特点。如其名诗《乌江怀古》："萧萧碧树隐红墙，古庙春沙客断肠。真霸假王谁胜负，淮阴高冢亦斜阳。"项羽看似战败，但韩信坟头也是斜阳垂落。吴伟业之序对龚诗评价较全面："（龚诗）选词之缛丽、使事之精切、遣调之隽逸、取意之超诣，其诗之工固已。俊鹘之举也，扶摇一击；骐骥之奔也，决骤千里。""审之于平生，于是运会升降、人事之变迁、物候之暄凉、世途之得失，尽取之以融通其心神而磨淬其术业，故其为诗也，有感时侘傺之响而不改于和平，有铺扬鸿藻之辞而无心于靡丽。"

　　《定山堂词集》四卷，集前有当时著名词人丁澎所作序文，序中对龚鼎孳的词作了评价，但有溢美之处。《词集》作品按内容题材分卷，各卷之中作品又按创作年代先后编排。龚鼎孳的词亦多为次韵酬酢之篇，总体上不如其诗歌内容丰富，多抒写个人情意。卷一专写与顾眉的情爱，为绮艳之作。卷二多为应酬代人之作，亦多典雅华丽之篇，但作者题卷二为"绮忏"，又表明了愧悔之意。卷三、卷四有趋近豪放之迹象，从内容上看或有抒发对现实的不满、向往隐居之作。他也有对自己仕清的惭愧之词。如《蓦山溪·登吴山吊伍子胥·用秋岳乌江渡韵》："银戈白马，跌宕人豪意。歌扇缕金裙，粉军容、江东绝技。水犀甲士，不上采莲船，雄略烬，老臣殂，一剑西风泪。吴箫楚墓，炼就冰霜器。郢树矗青天，违君父、岂同儿戏。倒行鸣怨，七尺等浮云，生有为，死何难，溅血非逡忌。"伍子胥为替父兄报仇，借助吴王兵力攻楚，在作者看来无疑是"违君父"，故这种违背不是惧死，含蓄地道出自己的不同表现。龚词艺术上重文采，在选词炼句上狠下功夫，故多秾丽之作。龚鼎孳诗词都较有气势，且往往蕴涵深刻。

《定山堂古文小品》收作者各类文章，有序、疏、文、启、引、赞、题词、书后、跋等。其中所收序文为多，多是为人奏议、诗集等所作，也有自序。这部分文章有的体现了作者的写作主张。例如卷上《柯岸初都谏奏疏序》："盖章奏之体，与艺苑它文不同。它文散花落藻无足重轻；章奏则端资拜献而以其效见诸世，故言路之得失、世运之盛衰也。"指出章奏之体的应用类特征。同篇还指出这类应用文也能体现作者之为人。龚鼎孳也有一类书事记怀的小品文，看似随意之笔，却饱含情意。如《晴窗书事》写正当久雨生愁之际，忽闻瓶梅一缕细细寒香，"急追之"，已飘然而过，但随即"一丝散漫，已复再来袅人"。作者想起瓶梅已花开十余日，但它只能孤芳自赏，"从开至落，仅博吾半晌幽赏"，而这对于作者而言何尝不是一种损失：在兵荒马乱之际，连安稳一觉都是奢侈，不要说这一春"莺花九十，忽忽焉虚掷其三"，就是"人生百年"，因为"茫劫驱迫"，也终是"清福难享"。由一细事联想到处世环境及百年人生，自然深入，文笔亦清雅可观。

八十四　钱澄之《藏山阁集》《田间诗集》《田间文集》

钱澄之（1612—1693），初名秉镫，字幼光；明亡后改名澄之，字饮光，号田间，又号西顽。清江南安庆府桐城县（今属安徽铜陵市枞阳县）人。明末清初著名学者、志士、文学家。生平事迹，现存记载文献甚多，主要有其子撝录所撰《钱公幼光府君年谱》（纪事止于康熙十一年）、方苞《田间先生墓表》等，《清史稿·遗逸传》（卷五百）、《清史列传·儒林传》（上编卷六八）、《清代人物传稿》（第六卷）、金天翮《皖志列传稿》卷二等亦并有其传，又钱澄之本人之《所知录》于其在南明时期事迹也有所记述。黄山书社2006年所出版诸伟奇等辑校的钱澄之《所知录》收集有关文献甚为齐全。

钱澄之出身书香门第，父亲为万历年间诸生，以讲学为业。钱澄之年七岁跟随舅舅读经，十一岁能文，而"行文不喜遵常说，好作新解"（钱撝录：《钱公饮光府君年谱》）；十三岁能诗，十四岁能解禅师语录。十六岁步入科举，县试得第四名。其后文名渐起，并与同好建立文社。钱澄之在学术上亦颇有声名，曾师事黄道周问《易》，撰有《田间易学》；又学宗朱熹研《诗》，撰有《田间诗学》。之后，又有《庄屈合诂》，研究《庄子》与屈原作品。终身不废书籍，著述创作不断。尤好作诗，据时人任塾《田间诗集》序，其一生诗作不下万首，现存诗歌尚有 3400 余首。当时诗名即满天下。

其人形貌伟岸，性忠孝，重名节。据方苞《田间先生墓表》记载，钱澄之方值弱冠，有逆阉余党某御史巡按至皖，澄之在其"盛威仪"谒拜孔庙、"观者如堵"之时，突然上前拦车揭帷，斥责其人，气势之盛，虽然御史随从有近百人也莫敢动，而御史本人正自庆幸脱逃逆案，不敢将事情闹大，只得舍之而去。钱澄之由此名闻四方。其后，又携云龙社与阮大铖等逆阉抗争，在阮大铖得势后受到打击报复，不得已更名避难。清人入关，钱澄之坚守抗清信念，追随南明。先是在南京参与抗清，兵败，其妻抱幼子及女儿自沉殉难。其后澄之携长子入闽，在黄道周的推荐下，任南明推官。闽亡，入粤，并于南明永历三年，通过考试，被授庶吉士，司制诰。但南明王朝内部矛盾重重，钱澄之见事不可为，于是乞求病假，因赴桂林。桂林陷，遂祝发为僧。后辗转归里，还俗。时已四十岁。后半生大体以游历、田居、文学方式度过，不与当朝统治者合作。年八十二岁，辞世。

《藏山阁集》《田间诗集》《田间文集》概况：

钱澄之是明末清初学问大家，也是著名诗人。他的几种学术著作《田间易学》《田间诗学》《庄屈合诂》，被四库全书著录（后一种为存目）。文学创作方面有《藏山阁集》《田间诗集》《田间文集》等多种集子问世。以上诸集，除《藏山阁集》外，初印均在康熙二三十年间，由钱澄之亲自督工校雠。2002 年，上海古籍出版社出版的《续修四库全书》影印了康熙刻本《藏山阁集》（诗存十四卷文存六卷）、《田间尺牍》四卷（见第 1400—1401 册），2010 年该社出版的《清代诗文集汇编》影印出版了清康熙刻本《田间文集》《田间诗集》（见第 40 册）。《藏山阁集》，同治时期发现钱氏族人手抄本；光绪年间据抄本排印，为龙潭室丛书之一。2004 年，黄山书社出版汤华泉据此版校点的《藏山阁集》。其他诸集，并钱澄之另一著述《所知录》，黄山书社亦分别在 20 世纪 90 年代至 21 世纪初出版了点校本（均属该社之《钱澄之全集》）。点校本收集了作者年谱、传记及诗文评等多种附录材料，甚为齐全（主要见于诸伟奇等人整理之《所知录》后附）。

文学成就：钱澄之在创作上诗、文兼善。他的诗反映社会现实，抒写真情实感，又往往借苦吟方式在艺术上精益求精，故而成就卓著，为桐城诗坛领袖。"惟时龙眠声气过于海内，诗坛文社与东南遥为应和更相雄长者久矣，而为之领袖者，厥惟钱子。"（任塾：《田间诗集》序）其诗体形式多样，有古风、乐府、歌行、律绝等，而作者诸体皆擅，其《生还集》自序云："所拟乐府，以新事谐古调，本诸兖州新乐府，自谓过之。五言诗远宗汉魏，近间有取乎沈、谢，誓不作陈隋一语。唐则惟杜陵耳。七言诗及诸近体，篇章尤富，皆欲出入于初盛之间，间有为中晚者，亦必非中唐以下比。此生平学诗之大慨也。"他的诗，清人朱彝尊编《明诗综》借元代陈绎曾《诗谱》论陶渊明诗评之曰："心存忠义，地处闲逸，情真、景真、事真、意真。"自此，论者往往沿袭。朱论有其道理，但"地处闲逸"只大体符合钱澄之入清归里之后的诗作，其较早作品如《藏山阁集》所收诗文则另具一种情形。钱澄之亦擅文章，时人对其文评价甚高，如方宗诚《桐城文录叙》云："桐城之文，明三百年至钱田间先生渐就博大……虽未尽雅清，而已开方、刘、姚之渐矣。"王夫之称之"整健"。钱澄之专治古文，宗法韩愈及欧、苏，力戒陈言虚辞，有内容，又真实性强，对桐城派产生了深远影响。他的文章还往往显出学识渊博、见解不凡的特点。作者曾自言论文之道云："理明而气自足，故养气莫如穷理，穷理莫如读书。"（钱澄之：《毛会侯文序》）

《藏山阁集》二十四卷，分《藏山阁诗存》十四卷、《藏山阁文存》六卷、《田间尺牍》四卷。是诗文合集，诗歌数量为多。诗文绝大多数创作于明清易代时期，如"寓金陵有《过江集》，已流离天末有《生还集》"（任塾《田间诗集》序），只有绝少部分作于归里之后。尺牍则为钱氏晚年之作。《诗存》十四卷共收诗歌作品一千零五十六首（萧穆统计，见《藏山阁集》跋），按年代先后又划分为《过江集》《生还集》《行朝集》《失路吟》、附录《行脚诗》三十首。诗歌内容多为反映时事之作，有国忧、民难，有义士民众的抗清活动，有个人的抗清、避难经历及家庭变故，有人祸也有天灾，等等，真实具体，作者自认为可作年谱依据，"诗史云乎哉"（钱澄之：《藏山阁集·生还集自序》）！虽多纪事之作，但写法上随内容情感以及诗体要求而有变化，"声调流美，词采焕发"（萧穆：《藏山阁集》跋）。如《过江集·大水叹》直笔抒写大水给农民带来的灾难，又多细节描写，写水势突涨、猝不及防则是"江口潮来声怒号，一日一夜三丈高。

负薪下石塞不得，捧土衔木空劬劳。"写民间避水惨景则是"山下人家山上哭""呱呱小儿坐盆中，随风漂泊任西东"，自然感人。而该集《补遗》中"咏怀"一首，内容却作思妇口吻，写夫妇关系的变化，风格颇似曹植《七哀诗》而委屈之情过之："君被纨与素，妾服绤与绨。纨素妾所制，绤绨君不知。""送君万里道，握手三年期。如何三年别，弃我忽如遗。"显然用了比兴手法，风格含蓄。

其《藏山阁集》另有《文存》六卷，收书信、奏疏、序文、议论、传纪杂文等类文章，共二十五篇；《尺牍》四卷，收尺牍一百余篇。《文存》内容多与抗清复明有关。文章风格，随体变化。其奏疏，为劝南明王抗清，多描述失陷之地人心之向，设计具体，拳拳忠勇之心溢于言表。其议论文字，不特持论有据，且情感浓郁，往往尽抒己怀。其序文立论则或别具一格。如《汪辰初文集序》，为汪氏文集作序，但通篇内容是叙述因抗清而与对方认识交往的经历，实为对方立传。故文末云："君为人忠厚虚公，所言足信，其著述皆必可传，予故不序；而特序予之获交于君、与君之生平遭遇本末于此。"汪辰初即使文集不存，其人也必定因钱氏此文而传名后世。这些文章虽然文各为异，总体上又具有议论与描述相结合的共性，且描述往往为自己所见所闻或亲历之国难民痛，故而真挚感人。《尺牍》内容涉及对自己平生著述的情况和评价及希望友朋资助付梓的心愿，也有对自己生活状况的描述和介绍等，是了解钱澄之晚年生活及心态愿望的重要文献。同时，风格质朴，颇合尺牍随意自然的特征。

《田间诗集》二十八卷，收诗两千四百一十九首（诸伟奇统计，见《田间诗集》"整理说明"），含《江上集》和《客隐集》两种，也按时代先后编排。为钱澄之四十岁后所作，具有遗民诗作特征。这些诗有的沿袭《藏山阁集》题材，反映清兵入关带来的灾难，抒写抗清意志及亡国丧亲之痛，与对前贤英烈的缅怀，另外还有躬耕田园、游历、会友、著述为生的情况；这一时期，关心农事、酬赠迎送诗作明显增多，也反映出作者生活状况的变化。艺术上，仍然具有描述亲历、于描述中见情感、自然真实的特征。如《江上集·初返江村作》写自己妻亡子丧后，回归故里所见："入门见废墟，堂构无复遗。"更令其心惊的是人的变化："门边二老叟，双鬓交垂丝。云是我两昆，熟视乃不疑。"尤其让人想不到的是"傍屋设灵位"，原来他的四哥"殁去已多时"。所见所闻终令作者崩溃："拊几一长号，塌焉裂肝脾。"情随事显，渐次增强。其组诗《田园杂诗》，将诗人回归故乡劳作的情景与感慨相融会，形象、真切。如其二："仲春遘时雨，既雨旋亦晴。百草吐生意，众鸟喧新声。纷纷群动出，各各有其营。孰是形骸具，而怀安居情。秉耒赴田皋，叱牛出柴荆。耒耜非素习，用力多不精。老农悯我拙，解轭为我耕。教以驾驭法，使我牛肯行。置酒谢老农，愿言俟秋成。"开篇写景，写出因时雨带给大自然一片勃勃生机的喜悦，接下来叙事，写出诗人对躬耕跃跃欲试的心情，和"耒耜非素习"的狼狈、老农善意相帮的质朴，细节真实；诗意多转，而又流畅自如。其中化用前人语典（如首句出自陶渊明《拟古》其三），也自然妥帖。

《田间文集》三十卷，收议论、书信、说、记、碑记、序、引、题跋、书后、传记、墓志铭、祭文、哀辞、杂文、行略等类文章近三百篇。集中文字多为作者入清之后所作，内容涉及其政治思想、学术主张、交游活动、家世经历等，记叙、论说皆备。其论说文字往往立论新颖，理气充沛，又富于情感。如《三国论》认为社会"皆喜备而恶操，而恶权次之，此甚非平论也"，指出曹操之天下"皆取诸强梁之手，非取诸汉也"，为曹操辩护甚力。又如《明末忠烈纪实序》提出史家之言与野史之言俱有不可信处，并指出判断信史的依据："夫欲信其书，必先信其言之所自来，与夫传其言者之人"，认为言出于"道路无心之口"，足信；"出于亲戚、知交有意为表彰者"，不可信；"其人生平直谅无所假借者"之言，足信；"轻听好夸，喜以私意是非人者"之言，不可信。其记叙一类文章则具有真实自然的特征，往往描述生动，且蕴含独立见解。如《大龙湾看杏花记》，看似闲篇，文中写了"杏花村"的美景与民情："居民依山住，回饶处多以湾名，皆以种杏花为业。花时烂漫，远近数十里不绝。"以及游历杏花村的曲折：本来三朋好友已经邀约前往，不料天雨，次日又雨，于是"诸子兴阑"，又等一日，已经有人打道还府，人物音容笑貌在在可感。文中又对比了"二千石之游"和"穷士之游"的不同，内容得以深化。钱澄之也有一些文章与时事政治相关。

八十五 施闰章《施愚山先生全集》

施闰章（1618—1683），字尚白，又字屺云，号愚山、又号蠖斋、矩斋，后人亦有称其"施佛子"者。清代江南宁国府宣城（今安徽宣城市宣州区）人。清初著名诗人，与宋琬齐名，为"江左三大家"之一。生平事迹，主要见于施闰章之子施彦恪《施氏家风述略续编》、曾孙施念曾《施愚山年谱》、友人毛奇龄《翰林苑侍读加一级施君墓表》《清史稿·文苑传》（卷四八四）、《清史列传·文苑传》（卷七十）、《清代人物传稿》（上编第六卷），《宁国府志》并有其传。今人何庆善、杨应芹有《施愚山年谱简编》（见何庆善、杨应芹点校《施愚山集》）。

　　施闰章出身书香门第，祖父施鸿猷精研宋明理学，是明代鸿儒焦竑、陈九龙弟子。父亲、叔父也皆为地方名儒。施氏家风甚严，施闰章有专文《施氏家风述略》记载。施闰章三岁丧母，九岁丧父。平时尽管有祖母和叔叔的尽心呵护，但因家庭条件所限，施闰章在贫困劳累中长大。不过，叔叔秉持家风，对其品行并读书狠抓不放，并延请名师教诲。施闰章一生尊礼讲仁，读书作文不辍，应与幼年生活环境密切相关。

　　因为明末清初战乱不息，施闰章一家长期逃难。当时科举也因战乱停止多年，直到顺治二年（1645）才得以恢复。施闰章也就在次年参加乡试，并中举。顺治六年（1649），施闰章进士及第，时年三十二岁。即授刑部主事。顺治八年，奉使广西，在桂林谒定南王孔。事毕，船始发漓江，定南王就被南明李定国兵杀害。施闰章到平乐闻变，而此时李定国兵已至城下，施闰章于是要求留下与城同生死，遭到平乐太守拒绝。施闰章不得已，只得返回京师。不久，祖母去世，施闰章作为长孙，承重服丧。顺治十二年（1655），三年服阕，补为刑部广西司员外郎。在任上，得大司寇刘昌信任，所掌狱事皆能自行裁决，而施闰章亦不负望，"平反盈百，而大憝终无幸者"（毛奇龄：《翰林苑侍读加一级施君墓表》）。

　　顺治十三年（1656），朝廷组织考试以选拔学政，通过考试者七人，施闰章得第一名，于是开始督学山东。其自言："吾世嬗理学，三传而皆绌于诸弟子"，故此"一旦抗颜为人师，进退学者，吾惴焉"，怎敢"以俗学负家学哉"（毛奇龄：《翰林苑侍读加一级施君墓表》）！因此取士首先看其行为表现然后才是文章才华。蒲松龄即在此时参加科考，先后得县、府、道第一，补博士弟子员，受知于施闰章。

　　顺治十七年（1660），施闰章任山东学政期满。次年，任职江西参议，分守湖西道。所管辖之地，多残破，并有流民占籍垦土，还有以长发广袖为标识据险与官方相抗者。施闰章得其首领，断其长发广袖而释之，对方大受感动而接受施闰章之约令。又整治乱兵，与民休养生息，地方维稳。施闰章还在当地修整景贤书院和白鹭书院，大力传播儒学，亲为学员讲授，使地方向学之风日炽。当他于康熙六年（1667）离职之时，民众相留，先是让他讲学三日，后又自发相送。本来只是送到使君江（使君江，原名"清江"，因民众以为"是江如使君"，故改名），但不愿离别，又送至湖。恰逢湖水上涨，施闰章之舟过轻，民众争买石膏为之加重。既渡，乏食，于是卖船而归里。其为官清廉，于此可见一斑。

因得罪上级官员，施闰章归里十年才被起用。康熙十七年（1678），初开制科，诏丞相等举荐天下学士，结果三相都荐举了施闰章。次年御试之后，施闰章被授翰林院侍讲，充《明史》撰修官。正好日讲员缺，康熙亲自点名施闰章令补。康熙二十年（1681），奉命典试河南。第二年，升任侍读，充《太宗圣训》撰修官。康熙二十二年（1683）病逝，享年六十六。

施闰章为官，清廉公正，体恤生民，重视教育，奖掖后人，因此深受爱戴。蒲松龄作为施闰章的学生，对老师的人品、才华及吏绩都深为敬佩，在其名著《聊斋志异》中借《胭脂》记述了施闰章任山东学使时平反冤情的事迹，还在篇末附记中大加称赞老师爱惜人才、呵护幼小、不媚权要。

施闰章利用官余空暇，喜欢游历作诗，并结交名贤文友。当时诗文名满天下。又其曾与人合作，在梅鼎祚《宛雅》十卷（此籍为宣城地区诗人诗歌汇集，梅鼎祚所编采自唐至明代）的基础上编汇宣城地区诗人诗作成《续宛雅》八卷，采录明嘉靖之后至崇祯宣城诗人诗歌（其后清人施念曾、张汝霖继续增补至清代宣城诗人的诗歌，成《宛雅三编》二十四卷）。

《施愚山先生全集》概况：

施愚山现存最早的诗文合集为《施愚山诗文集》（又名"学余堂集"），由曹寅于康熙四十七年刊刻，即棟亭本。另有《蠖斋诗话》《矩斋杂记》《家风述略》，由施念曾刊刻于雍、乾年间。施闰章后人刘琦在乾隆年间又刊刻了《砚林拾遗》《试院冰渊》两著。以上各种在乾隆时期汇刻为《施愚山先生全集》，集中并增加了施念曾《施愚山年谱》等多种附录。1911年，上海国学扶轮社所出同名书，即以此本为底本石印。此外，还有《四库全书》本，此本未收《蠖斋诗话》《矩斋杂记》《家风述略》，并因政治需要而对施氏原著略加改动（以上资料，见何庆善、杨应芹点校《施愚山集》之"前言"）。1992年黄山书社出版何庆善、杨应芹点校的《施愚山集》，亦以乾隆汇刻本为底本，并用其他各本和相关文献作参校，附录亦多，是目前最为通行的整理本。2010年，中国人民大学和北京大学编纂的《清代诗文集汇编》收录了《学余堂文集》《诗集》《别集》《外集》，前两种由上海古籍出版社影印康熙四十七年刻本出版，《别集》为影印乾隆十二年刻本、《外集》为影印乾隆三十年刻本出版。

文学成就：著述多，诗、文俱佳，而以诗歌创作最为人看重。施闰章对诗文创作有自己独到的见解。主张诗人要有才学，注意社会功能，创作提倡自然隽永，反对艰涩，更反对浅陋。他说："夫诗以自然为至，深造为功。才智之士，镂心刿肾，钻奇凿诡，矜诩高远，铲削元气，其病在艰涩。若借口浑沦，脱手成篇，因陈袭故，……不深入人肺肠，浸就肤陋，其病反在艰涩下。"（施闰章：《绥庵诗稿序》）他自己的诗歌则努力实践其诗文主张，语言自然而有含蕴，成就突出，为"燕台七子"之一，又与山东诗人宋琬共有"南施北宋"之称（王士祯《池北偶谈》："康熙以来，诗人无出南施北宋之右。"）。

《施愚山先生全集》，分"文集""诗集""诗话""杂记"等多类。

"文集"二十八卷，有文章四百余篇，主要为赋、序、记、传、行状、碑文、墓志铭、墓表、祭文、书信，以及颂、赞、议、说等多种杂著。施闰章的文章，学唐宋八大家，言之有物，又有自己独特风格，论者多以为清雅淳正。其中文学性较强的为记、传、行状等记叙类散文。这类散文，善于剪裁，不尚华词，用笔简约而叙事生动。例如游记《使广西记》，记述作者顺治八年至九年奉使广西之行，其中既有与定南王、平乐知府的接遇，也有李定国进攻桂林、平乐的情况交代，还穿插了游历所见南地风俗，等等。因为是奉命使桂林谒定南王，所以文章以此为主线，先写奉命出使，继写沿途所见异俗，再浓墨记叙与定南王的交谈，在定南王一再要其遍游所辖之地的情形下，作者不得已又开始了一段游历；其后，在平乐听闻李定国攻城、定南王自杀，广西一片乱象，作者乔装成商人才侥幸回归。其中，多有细节描写，如"衡山以南，种火而食，人杂虎豹行"，"闻贼乘胜至，人相视哭"。尤其是描述定南王极力怂恿作者游历一段文字，更将人物"顾盼叱咤自豪，言出皆诺"的形象活灵活现地表现出来。其《化成岩小记》，近人秦同培评析云："全篇以数喻错综成章，文境从容闲适，中段描写石态。秀丽遒劲，兴会酣姿，其笔挥斥自如，仿佛东坡。末段笔极爽利，气极舒展，学之最无流弊。"（秦同培：《文言对照清代文评注读本》）施闰章以论说为主的一些文章也注意构思，立意新奇，因而具有艺术性。例如《送杜蕃舒归里序》以师生交谈为主体，作者初将身无长物的自己称为"天下之贪夫"，使学生杜蕃舒误以为他对财物"阳拒而阴纳"，这时作者亮出奇论："取而不能有者，非贪也"，自己则是"不取而有之，人不能夺焉者"，故是"贪之至也"。继而指出"取而不能有者"最终连身家、妻子儿女都捐弃掉，自然不能谓之贪；而自己作为孔门之徒，追求唯在进德修弊、授徒、登临、积识藏书，这些都是"人见不足，我见有余"，但又是"盗不睥睨，民不咒诅"之蓄，故可谓之"至贪"。至此，学生怃而大喜，文章亦进入尾声。施闰章的赋，则以歌功颂德为多，如《璇玑玉衡赋》为奉皇帝命而作，开首即言："盖闻载物敷仁，德莫厚于配地，膺图永祚，功莫崇于敬天。"《南郊赋》内容与皇帝郊祀有关，亦饶歌颂之辞。他如《南苑大阅赋》《修禊赋》等，也大率同类。但也有一些赋为有感而发，为可观之辞。如《菊赋》以菊花为象征，写出对品行高洁坚贞人物的尊崇。其《吃赋》，借助"玄晏先生"假寐，将古之才士董仲舒、贾谊、刘向、司马迁、司马相如、扬雄、班固、张衡、田骈、慎到会聚一堂，让其各展口才，但司马相如、扬雄因为口吃，席间只能默默。于是玄晏先生突发奇想，令其作《吃赋》。相如、扬雄所作，皆为口吃者夸显，座中广川子不以为然："吃固非病，夸亦奚施？"主张无论善谈还是口讷，需用之得当。此赋构思奇特，内容则体现出对凭借口才而谄媚谗言者的反感与批判。

"诗集"五十卷，有诗三千余首。论者以为施闰章的诗歌较其文章更好，清人陈文述甚至以为"国朝人诗，当以施愚山为第一"（陈文述：《书施闰章诗钞后》）。创作方面，施闰章与高咏等人共创"宣城体"。他的诗学习杜甫、白居易，关注现实，体恤民苦，有感始发，情感真挚，语言清丽而富有意境。其诗有古体、近体、乐府等多种，要皆各合体式。例如其乐府诗虽然数量不多（数十首），但内容较为丰富，或描述战乱，或抒写理想，或写羁旅乡思，或代言婚姻不幸，或为"下土小民"祈安，语言朴质如话，句式灵活多变，并多叙事。其古体和近体诗数量最多，内容亦最丰富，关注民生疾苦、社会现实，或游历纪行，写景咏物，酬赠悼亡，怀古思旧，等等，一般都是亲历有感才发而为诗，有意避免闭门虚想、空吟性情之作。一般认为其五言诗成就最高。诗歌艺术上讲究清真简远，借助描述抒情达意，故往往言近旨远，空灵醇厚。如五绝《田家雨夜》："荒村听雨客，一夜百年心。为问前陂水，新添几尺深？"不着痕迹地将作者对农事的关心、农户的体贴表现出来。又如《漆树叹》："斫取凝脂似泪珠，青柯才好叶先枯，一生膏血供人尽，涓滴还留自润无？"漆树拟人，悲伤无奈，还有满溢的同情之心，语简而义丰。其《山行》："野寺分晴树，山亭过晚霞。春深无客到，一路落松花。"以动写静，"分"者野寺，"过"者晚霞；深山久无游客，以致春深晴空之下只见松花满地。七律《白岳香炉峰》中两句："夜雨冥冥见灯火，晴云袅袅湿衣裳。""雨"与"火"，"晴"与"湿"，组合反义词语，将白岳香炉峰特殊的地貌气象描写出来，亦为巧思妙想。

"诗话"类收有《蠖斋诗话》一部，集中反映了施闰章的诗歌见解（施闰章为他人诗歌所作序文也有反映）。他强调诗人要有才学，要"深治经史"（施闰章：《蠖斋诗话·诗有本》），但又反对堆砌典故："古人诗入三昧，更无从堆垛学问"（施闰章：《蠖斋诗话·诗用典故》），并为此对东坡诗提出异议。他主张写诗要"有本"（施闰章：《蠖斋诗话·诗有本》），"本之有物，即事命篇，意主独造"（施闰章：《诗原序》），反对一味模仿古人和"抒小我情怀"（何庆善、杨应芹：《施愚山集》"前言"）。对诗歌艺术亦有多方面探讨，如主张诗歌既要自然平淡又要有蕴涵，举《诗经·江汉》例说："'江之永矣'四句，止咏叹江汉，而文王化行南国，许多难言处含蕴略尽。"因此作诗还需要比兴，诗若"纯用赋而无比兴，则索然矣"（施闰章：《蠖斋诗话·诗有本》）。对诗评家极少注意的虚词如连词"而"、语气词"焉""哉"的使用也专门做了研究。集中不少条目为评析古人诗作，尤其是唐宋作品。于诸诗人中，施闰章尤其推崇杜甫，认为"杜广大精微，如天地炉冶，随物赋物，一一效之，不无利钝。"（施闰章：《蠖斋诗话·杜诗》）

"杂记"类，指《矩斋杂记》。这是一部笔记体典籍，记述各种闲闻逸事、地方风情、神鬼传闻等，内容丰富，描述也颇生动，有不少细节让人过目难忘。如《黄山事》记戴元忝游黄山，"一日经山下某处，草木蒙杂，一径如线，忽有声如风，旋缚其足，乃巨蛇绕颈数匝，昂首及胸。"写巨蛇缚人的迅猛，颇为传神。

八十六　潘江《龙眠风雅》

潘江（1619—1702），字蜀藻，又字耐翁，号木崖，清江南安庆府桐城（今属安徽安庆市桐城县）人。清代文学家。生平事迹，主要见于清马其昶《桐城耆旧传·潘木崖先生传》、道光年间《续修桐城县志·人物志》

本传（见《中国地方志集成·安徽府县志辑》）、近人金天翮《皖志列传稿》卷二本传等。

潘江出生书香门第。父亲潘金芝为明朝崇祯时期太学生；母亲吴氏工书画棋艺，又善诗文、音律，有诗集问世。潘江生性慧敏，"十岁试文郡邑，群士推为圣童"（马其昶：《桐城耆旧传·潘木崖先生传》），年仅十一即补博士弟子员。及长，更是博极群书，致力于诗、古文，"为江左道德文章之冠"（《续修桐城县志·人物志》本传）。又游历江苏、山东、河北、并湖北等地，广交名人文士，而四方从游者亦甚众（如戴名世即受其引导，潘江还尽出家中所藏书籍让戴名世阅读），其"主盟坛席者三十余年"（马其昶：《桐城耆旧传·潘木崖先生传》）。

潘江生活于明末直至康熙盛朝，但不慕官宦。清顺治年间，天下初定，潘江两度奉母命参加乡试，虽然榜上有名，却又都莫名失去。后于康熙八年（1669）游太学，两年后授职。康熙十八年（1679）以博学鸿词被举，潘江以母老为由不就。后朝廷两征遗逸，又以病辞。隐居北郭之河墅，年八十四岁卒。

潘江主要作为是著述及奖掖后学。

《龙眠风雅》概况：

潘江著作很多，据《桐城耆旧传·潘木崖先生传》，有《木崖诗文集》五十余卷、《续集》十五卷，又有《六经蠡测》《字学析疑》《诗韵尤雅》《记事珠》等，《（道光）续修桐城县志·潘江》另录有《古年谱》，总共达四十余种。因为其中多有哀明亡之内容，故著述在清朝被列为禁书，鲜有传世。北京出版社 2000 年出版的《四库禁毁书丛刊》收录《木崖集》二十七卷、《木崖续集》二十四卷、《卷末》四卷，所据为康熙刻本。《清代诗文集汇编》录同，同时另收《木崖文集》二卷，据民国元年梦华仙馆铅印本影印。潘江还编录明至清初桐城作家诗歌，成《龙眠风雅》初、续集共九十二卷。又与同道共编明代至清初的桐城古文家著述，成《龙眠古文》24 卷，并编写《桐城乡贤录》1 卷。

《龙眠风雅》为潘江最为倾心编辑之作，编者为此籍耗费了半生精力，初编耗时三十年（康熙十七年即 1678 年付梓），续编耗时十三年（康熙三十年即 1691 年刊刻）。他"博采国志，旁蒐家乘，凡夫故老之遗闻，间阎之狷识，务必袪其可疑而征其可信"（毛奇龄：《龙眠风雅序》），最终得以完成。是编为四库禁毁书目，但有潘江石经斋自刊本存世，由北京出版社

1997 年影印出版。2013 年黄山书社所出《龙眠风雅全编》，系彭君华主编、多位学者参与整理的本子。此本据上述影印本为工作本，"校以全国图书馆文献缩微中心缩微胶片，尤其是国家图书馆藏善本胶片，并参酌了明清桐城相关文献"（彭君华：《龙眠风雅全编》前言），有的卷帙还与相关诗人传记作比勘。又，此本收有多种附录，并编有著者索引和篇目索引。整理者对全书点校，尤其是对初编的漫漶缺失之处进行弥补，又纠正了不少衍、倒、脱简问题，且"字斟句酌"，"是正有据，阙疑存真"（彭君华：《龙眠风雅全编》前言），此本遂成为目前最好的整理本。

文学成就：潘江以所编《龙眠风雅》最为知名。

龙眠者，代指桐城（因桐城境内有龙眠山和龙眠水）。

《龙眠风雅》初编六十四卷、续编二十八卷，收录明代至清初三百余年间（自明代洪武初年至清代康熙中期）桐城作家的诗歌作品。初编收录三百九十九人共九千零一十一首诗作；续编收录一百五十四人共五千八百六十三首诗作（据彭君华《龙眠风雅全编》前言），反映出明清时期桐城作家作品的兴旺繁盛。但主要收录的还是明代作品，只有少量为"顺、康（初年）亡故遗老作品"（许结：《〈桐旧集〉与桐城诗学》，见程昌灿主编《中国古代文学文献学国际学术研讨会论文集》，江苏古籍出版社 2006 年版），由是可以看出编者的遗民情结。

此编编录目的，是鉴于桐城里邑文人学士济济，"先正鸿儒著书满家"，"但鄙邑僻处山陬，邮筒阔绝。而先正鸿儒着书满家，又皆耻钓浮名，只用自悦。自是流传益尟，全集罕闻"，为防诗篇因零散无集而佚失，于是"有志兹选，网罗放失，猎秘收遗"（潘江：《龙眠风雅发凡十六则》）。当时桐城地区诗歌之兴盛，可在海内争雄。毛奇龄有言："予思江左言诗，首推云间，而云间又首推陈氏。当夫黄门崛兴，与海内争雄，一洒启、祯之末骀狯余习，而其时齐驱而偶驰者，龙眠也。故'云''龙'之名，彼此并峙。"（毛奇龄：《龙眠风雅序》）因此，潘江的辑佚编录是非常有意义的。如明代的齐之鸾被公认为桐城作家之先驱，潘江尽力搜集其诗文，成专卷。其他有名者甚多，仅仅方氏一族，就出现了为数不少的重要作家。而在《龙眠风雅》中，收集方氏诗家达百人之众。

潘江的编择标准是符合"国风好色而不淫，小雅怨诽而不乱"者，目的在于尽可能多地保留当地作家作品。所以乡贤、达官之作故多存留，释、道以及妇女诗作亦不为弃。有的作者只有一首诗可录，编者亦予以收编。唯此，明清不少作品赖以传世。由于潘江本人作诗取法白居易，又兼取钱起、刘长卿，对韩愈诗作也极为推崇，故其录诗也多少受到影响。

编录体例大体是以作家为单元、以时间前后为顺序进行编排。每位作家并有小传介绍，小传材料"率采诸国史，副以家乘"（潘江：《龙眠风雅发凡十六则》），严谨可靠。对于诗多者，予以专卷安排，诗歌顺序则大体按照歌行古风、五言律诗、七言律诗、五言绝句、七言绝句进行编排。对所录诗歌，编者在文字上略有加工："于先辈杰构，不敢妄为更弦，惟韵脚欠稳及字义未安者，间效他山。至同侪果遭佳篇，稍亏警策，则不惜涂乙，僭事推敲，增损出入。"（潘江：《龙眠风雅发凡十六则》）有时同一诗歌，见于不同作家名下，凡此，编者采取"惟有阙疑，以俟考辨之君子"的态度不作处理（潘江：《龙眠风雅发凡十六则》）。

八十七　张潮《虞初新志》《幽梦影》

张潮（1650—? 1709），原名朝麟，字山来，号心斋居士，清江南歙县（今属安徽黄山市歙县）人。清代文学家、编选家。生平事迹，主要见于清人陈鼎《留溪外传·心斋居士传》、张潮本人的《尺牍偶存》，及乾隆年间《歙县志》。法国学者戴廷杰所撰《雅俗共赏，瑕瑜互见——康熙年间徽州商籍扬州文士和选家张潮其人其事》一文（见朱万曙等主编《徽州：书业与地域文化》），述之较详。

张潮出生于一个富庶的书香门第人家。其父习孔为清顺治六年（1649）进士，历任刑部郎中、按察使司金事充山东提学。但为官仅三年，因"见世途崄巇"，遂"绝意仕进"。退出官场后，细心打理家业，经济上很快富裕起来。张潮本人"生而羸弱善病，饮食稀少"（张潮：《尺牍偶存·与朱赞皇》），也没有其他爱好，唯好读书。他自小"颖异绝伦"，"博通经史百家言"（陈鼎：《心斋居士传》），并以其行文称名大江南北。早年留心科举，年十三就开始作八股文，年十五，即为诸生。但此后参加科考多年俱不利，于是以资捐官，得翰林孔目一职，为从九品。25岁逢家难，26岁遂绝意科考，期望以文名代替功名。他长期居于扬州，经理盐业，所得资财常用于编撰与刊刻著述。久之，有诗文、戏曲、小品等多类作品结集，著作等身且流布广远。张潮尤喜编选。他继承了父亲的刻书坊诒清堂，自己编印了不少丛书。

　　张潮为人性情沉静，但好客，与数百文人居士相交往，如孔尚任、顾应麟等都是其座上客。他们之间相互酬唱，诗文很多，来往信函亦丰。又"好读新人耳目之书"，并注意收集，故能完成多种丛书的编撰。他还慷慨大度，喜赒济贫困，修缮寺庙。又很重情，三十余岁时，妻子去世，张潮因之写下五十多首诗歌表达悲痛之情（后编为诗集《清泪痕》）。

　　张潮晚年，家产殆尽，陷入穷困。其卒年未能确定。

　　《虞初新志》《幽梦影》概况：

　　张潮好编刻，编著有十几种，成果极其丰硕。先后辑刻成《檀几丛书》《昭代丛书》（康熙三十六年刊）等较大型丛书，又编辑明清文言小说成为名著《虞初新志》。他自己的创作则以小品结集《幽梦影》最为著名。另外，还创作了不少诗文曲作，有诗集《心斋诗集》、文集《心斋聊复集》、杂剧散曲集《笔歌》（计有杂剧五种，俱为一折；散曲一卷。杂剧除《凯歌》写康熙征战事为取材现实外，其余皆写历史人物。江妙中发表于《文史》第二辑的《江南访曲录要》一文称其集尚存，保留在天一阁），还有通信集《尺牍偶存》和《友声》（两集共存有一千五百封书信）。

　　两部丛书中，《檀几丛书》为时人王晫与张潮共同编选，书名得于书桌之意。张潮自云："吾人一生无日不乐与檀几相对"，"苟能于天朗气清之候，坐对檀几读我丛书，岂非一生大快事哉！"（张潮：《檀几丛书》二集自序）其中收集多为清初众家小品文。这部丛书分三集（初集、二集、余集）各五十卷，由张潮主持刊印，完工于康熙三十四年（1695）。现较通行的本子为上海古籍出版社1992年所出影印本。《昭代丛书》为张潮编选，专收清初众家小品文。编者谓其选录原则是："务去陈言，专收小品。"（张潮：《昭代丛书·甲集选例》）其中还掺杂有张潮的评跋。此书有甲、乙、丙三集各五十卷，每卷为一种书。卷又按内容归类，如甲集就有"礼""乐""射""御"等若干类，每类下有若干卷。此书亦为张潮本人主持刻印，时间在康熙三十五年及其后。其后不时有新刻出现。两部丛书内容都很广泛，涉及经、史、子、集等多个方面，体现出编者的博学。

　　《幽梦影》一书，张潮约在康熙三十六年已将其单印成书。以后新刻不断，还被收入新版的《檀几丛书》与《昭代丛书》或其他丛书（如《古今说部丛书》《啸园丛书》等）之中。自20世纪30年代起，《幽梦影》被翻译为英语、日语、法语等出版。目前国内较通行的本子有王峰评注本（中华书局2008年版）、陈书良点评本（中国青年出版社2008年版）、孙宝瑞注本（中州古籍出版社 2008 年版），以及段干木明译注本（黄山书社 2011 年版）。

《虞初新志》，一般认为作者最终刊印完成是在康熙四十三年（1704）。其书初刻亦出自张潮诒清堂，现存最早刻本亦为康熙时期，但恐非初刻。从乾隆二十五年翻印诒清堂版看，原刻较精良，并附有插图。其后此书重刻不断，清代即有多种版本，民国、新中国成立后亦然。在清代，此书还传到日本，现有日本文政六年（1823）京师植邑藤右卫门刻本存世。除单行本外，《虞初新志》还被多种丛书如民国上海进步书局《笔记小说大观》、齐鲁书社 2000 年《清代笔记丛刊》等收录。现通行者较多，除上述两种外，还有河北人民出版社 1985 年出版、上海书店 1986 年出版、江苏广陵古籍刊印社于 1983—1984 年重印的《笔记小说大观》本（《虞初新志》见第十四册）、上海古籍出版社的 2007 年本及 2012 年王根林校点本，等等。

文学成就：张潮编著虽多，但以小品集《幽梦影》和笔记体小说集《虞初新志》最为脍炙人口。

《幽梦影》收录张潮所作格言警句等小品，共二百一十九则。内容涉及广泛，而又多为作者的人生感悟，文人气息浓厚。如："目不能自见，鼻不能自嗅，舌不能自舐，手不能自握，惟耳能自闻其声。""目不能识字，其闷尤过于盲；手不能执管，其苦更甚于哑。""春听鸟声，夏听蝉声，秋听虫声，冬听雪声，白昼听棋声，月下听箫声，山中听松声，水际听欸乃声，方不虚此生耳。若恶少斥辱，悍妻诟谇，真不若耳聋也。"其文清新隽永，富于智慧，深受时人喜爱。作者还邀请了很多文人为之作评，且很多评语收录于《幽梦影》中，成为该书的组成部分。如首则："读经宜冬，其神专也；读史宜夏，其时久也；读诸子宜秋，其致别也；读诸集宜春，其机畅也。"其下记"庞笔奴"评语："庞笔奴曰：读《幽梦影》，则春夏秋冬，无时不宜。"书中各则之后都有同时期文士的评语，且往往不止一条，全书共达七百条左右，并大多呈现语俊而思慧的特点。这些都增添了该书的欣赏价值。现代学者林语堂对此书尤为推崇，早在 20 世纪 30 年代就曾将其翻译成英文。

《虞初新志》，"虞初"原为人名，为西汉小说家。东汉张衡认为小说创作始自虞初："小说九百，本自虞初。"（张衡：《西京赋》）《汉书·艺文志》"小说家"类载有虞初所撰《虞初周说》（已亡佚）。"虞初"在后世有

"小说家"之义，如明代有人收集前人小说命名为"虞初志"者，汤显祖《续虞初志》、邓乔林《广虞初志》也都是此类作品。张潮《虞初新志》也不例外，作者在《虞初新志》自叙中说其书实际上就是因为《续虞初志》"搜采未广"，故欲继之。《虞初新志》为搜集明末清初笔记体小说而成的文集。张潮所编，原想取名"虞初后志"，早在康熙二十二年（1683），前八卷就已编成，于是先名为"虞初新志"而付梓。经二十余年的努力，随选随评随刻，最终共完成共二十卷，书名不变。

《虞初新志》收录有其原则，即"其事多近代也，其文多时贤也。事奇而核，文隽而工，写照传神，仿摹毕肖"。并要使人"读之令人无端而喜，无端而愕，无端而欲歌欲泣，诚得其真，而非仅得其似也"（张潮：《虞初新志》自叙）。故其收录多为明末清初文贤所作，如王思任、周亮工、吴伟业、尤侗、李渔、方苞等，且尽可能注明出处（一般为原作者姓氏、名、字）；且内容虽然奇异却又要讲究真实性，故而所录往往为文人文集中的篇章。尤其是有不少为人物传记、墓志碑文等类，所记都是真人真事。如卷六收方苞《孙文正黄石斋两逸事》一文，为纪实内容，张潮在文末附引金棕亭曰："……望溪文直接史迁，今连缀二事，亦宛然龙门合传之体。"故此，《虞初新志》内容不像传统"虞初"那样一味志怪，有的颇具史料价值。编者采撷广泛，且对所选之文加以评析，故此编又可谓倾尽心力之撰，它是张潮最负盛名的编著，也体现了他的小说主张，并对其后"虞初"体小说的编辑、取材影响至深。

《虞初新志》中不少篇目是写奇人奇事的。有的主人公是名人，如吴伟业《柳敬亭传》、王思任《徐霞客传》，等等。柳敬亭作为评话名家，技艺高超，且多异事，引起张潮的注意。在编选《虞初新志》时，柳敬亭尚健在。徐霞客也是因其抱负宏伟，一生探奇步险、历经名山大川而得到张潮瞩目。这些篇章保留了不少史实。有的是普通人，如脍炙人口的《核舟记》《口技》，都是写普通人在某一方面的技艺达到极致。也有一些篇章有志怪内容。例如《义猴传》《义虎记》等，前者写一只猴子在主人死后靠乞讨安葬主人，事毕又自焚于主人墓前；后者写母虎对搭救小虎的恩人尽义，虽动物而通人性，事颇离奇。《换心记》则是写两个年轻人经过换心，各自原先拥有的绝顶聪明与愚笨无比的头脑也由此互换。总之，编者尚奇，故所选皆具有传奇性内容。《虞初新志》所选文章在艺术上，除了因传奇性而产生的艺术魅力之外，人物形象也往往刻画出色，形神兼备，特征突出，往往是"写照传神，仿摹毕肖"。如柳敬亭的才艺及傲物，徐霞客的探险精神和敏捷身手。张潮还于《虞初新志》各篇末作评，借此表明对篇中人、事的看法；也谈论写作艺术，体现编者的文学观。如于《徐霞客传》后云："叙次生动，觉奇人奇情跃跃纸上，快读一过，恍如置身蓬莱三岛……"

八十八 戴名世《南山集》《忧庵集》

戴名世（1653—1713），字田有，一字褐夫，或作褐甫，号药身，一号忧庵，晚号栲栳；因曾隐居桐城南山冈，人称其南山先生；又，戴名世因《南山集》获罪，世讳称其宋潜虚先生、潜虚先生。"潜虚"对应"名世"，"宋"则因其为宋微子后裔故尔（据戴廷杰《戴名世年谱》）。清安徽桐城（今属安徽安庆市桐城县）人。清初著名散文家、史学家。生平事迹，见于《清史稿·文苑传》（卷四八四）本传、《清代人物传稿》（上编第八卷）、戴名世本人的一些书信（今载《戴名世文集》中）及传记文、清代如戴均衡《戴名世先生年谱》等多种《年谱》、民国十一年敬胜堂重修桐城《戴氏宗谱》（残本），等等。各种传记材料，今人王树民整理之《戴名世集》（中华书局1986年版）附录最全。又，法国戴廷杰集十余年工夫搜索探隐、访求辑佚，多所发现，所撰《戴名世年谱》（中华书局2004年版）达百万字，材料最为丰富，记述文字最为广博详尽。

戴名世出身农耕之家，长于文章。年始二十岁，就已教授学生养家。二十七岁，以时文扬名。其后开始参加科举考试。二十八岁中秀才，不久以拔贡生身份任正蓝旗教习，授知县。但他衷心老庄，看不惯世事，辞官不就。在京师与徐贻孙、方苞等相交过往。继而游历多地，又曾在家乡南山冈隐居。康熙四十一年（1702），戴名世文集《南山集偶钞》（即《南山集》）问世。系其弟子尤云鹗编录刊刻，收录尤云鹗抄录的戴名世古文百余篇。书成，流传甚广。其时，戴名世年近五十。五十岁后，改变了不谋仕途的想法。以五十二岁的年龄参加乡试，得中举人。五十六岁又中会试第一名，并于殿试取得一甲第二名的成绩。进士及第后，即授翰林院编修，参与编纂明史。两年之后，即康熙五十年（1711），因《南山集》中录有南明抗清等史事，又兼有用南明年号等内容，左都御史赵申乔以"倒置是非，语多狂悖"弹劾戴名世。戴名世入狱，并于康熙五十二年（1713）

以"大逆"之罪被处死。年六十一岁。

戴名世案为清初著名的三大文字狱之一，株连数百人，其中不少为著名的文人学士。例如方孝标，当时早已辞世，但因为《南山集》转载了他的《滇黔纪闻》中记述南明三王等事，竟至被剖棺鞭尸，儿孙数十口则被流放黑龙江。尤云鹗及其亲属亦被发配该地。而方苞因为《南山集》作序，曾被判死刑。戴名世家族则九族俱遭牵连获罪。戴名世的著述更是被朝廷数番明令禁毁。

戴名世之为人，嗜读书，好交游，性格狂直率性。

读书为戴名世平生最大爱好。在给友人朱生的一封书信中说自己"一日不读书辄忽忽如有亡失，但一得书，往复观玩，可以忘寝食"。但因贫困而往往不得所愿，于是常生感慨："家贫无买书之资，先世藏书，屡经兵火无复存，存者亦不属仆。又交游鲜少，无从借观，就令借得一二，居无几何，即归之其人，更增于悒。"为了生计与读书，年轻时就采取白天授徒、晚上读书的方式："余年廿八，家贫授徒，不能读书，于是日则授徒，夜则读书于友人赵良冶家。"（戴名世：《忧庵集自序》）戴名世阅读广泛，尤其喜欢文史。戴名世因读书而学识渊博，且有广泛的兴趣。读书还使他勤于思考，不盲目从众。即使在对儒家经典的解释上，也不像一般经学家那样受前人影响而缺乏见解，他的解释往往具有自己的特殊看法。如在解释《周易》时，就"不蹈袭时解，颇有所发明，而文字一洗训诂举业之陋"（戴名世：《自定周易文稿序》）。

交游也是戴名世一大爱好。他在《与赵良冶书》中开头便自云"平生好交游"。曾长期客游京师，继而游历多地，得以结交众多。戴廷杰作《戴名世年谱》记述与谱主关联者达六百余人，其中大多为其友朋。当世名士如大学士张英与张廷玉父子、潘江、刘果、何焯、徐贻孙、方苞、汪昆等，都与之来往密切，张英还曾延请他居家教授儿子。对社会地位低微的人士，只要交谈合意，戴名世也倾心相交。交际来往中，戴名世诗文不胫而走，获得广泛称誉。而实际上，戴名世真正的心意并不在于广交，他曾在《赠僧师孔序》一文倾吐心言说："余无似，窃不揣有志，欲交接一二奇伟魁特指士，相与论古今成败得失。"他之所以与落魄僧人程师孔交谊甚厚，原因就在于此。后者为僧，行游天下，"好儒书，与儒者游"，但又以为"当世儒者龌龊无可当意"，两人常在一起"俯仰古今，嗟叹世事"。盖戴名世有用世之愿，故其交友有此选择。

戴名世性格中又有狂直率性的一面。他自己有志有才，希冀有所作为，鄙视碌碌无为或追名逐利之徒，甚至对不合己意者或詈骂之。这一点因论者较多，不赘。其性格特点，既是其散文具有奇气的原因也是造成其冤狱的重要原因之一。

戴名世一生主要作为有二，一是广泛收集了明史材料，希望撰写明史并藏诸名山。为此，他不仅收集了文献材料，也寻访了掌握史实的有关人员。二是致力于散文研究和创作，提出的不少创作见解与后来桐城派一致。尤其值得注意的是，戴名世以时文为古文，力图既以时文引导读书人顺利进入科举之路，又使文章保留言之有物、平实自然的古文传统。

《南山集》《忧庵集》概况：

戴名世著述丰富，而以散文为主。据戴均衡《潜虚先生文集》序，作者少年时期就著有《困学集》《芦中集》《问天集》《岩居川观集》，但"皆不可复见"。现存作品，据戴廷杰《戴名世年谱例言》，除三十余首诗歌外，还有古文三百五十七篇，时文四百余篇。戴名世诗文集，现存有《忧患集偶钞》《南山集偶钞》（简称"南山集"），后者实为前者之定本；时文则有《戴田有自订时文全集》；此外还有《忧庵集》，系笔记小品集；又有《孑遗录》，属于纪史类文字，记明代张献忠农民起义事，是作者为写明史所作的准备材料。其中《南山集》因与戴名世案件的密切关系，加之为古文，又较易得，故最为学者注重。《孑遗录》的情况类似。《忧庵集》有史料和文学价值，但长期湮没，流传未广，直到 1990 年由黄山书社出版后，才广为传播，逐渐受到重视。至于《戴田有自订时文全集》，完本只有孤本（后文将详述），至今乏人探究。

《南山集》是戴名世著述中最先被清廷列为禁书的一部。据张玉《从新发现的档案谈戴名世〈南山集〉》（见《历史档案》2001 年第 2 期），康熙五十年（1711），刑部尚书哈山用满文题写的"审明戴名世《南山集》案并将涉案人犯拟罪"的题本中，不仅对人犯拟罪，而且三法司议严查戴名世《南山集》等刻板并予以销毁。当乾隆之世、四库全书修撰之时，朝廷又重申将戴名世的全部著述列为禁书，因此乾隆四十二年（1777），浙江巡抚所呈《戴田有全集》被销毁；四十三年（1778），湖广总督所呈《戴田有时文》亦被销毁，其后如《意园文集》《忧患集偶钞》《孑遗录》等凡是戴氏所著亦皆被令销毁。甚至戴名世从《朱子语录》中采撷编纂的《四书朱子大全》，也未能幸免。

《南山集》版本，现存最早刻本为戴名世弟子尤云鹗编次的康熙四十年（1701）刻本《南山集偶钞》，收文 120 篇。清后期，出版家戴均衡暗地里广事收集名世著述，得到不少钞本，于是将尤刊《南山集偶钞》与其他传抄本合编并去其重复，于道光二十一年（1841）编成《潜虚先生文集》十四卷。此本收文较多（戴钧衡序言共得三百余篇，但因为顾忌，去掉了六十余篇言辞激烈的文章），但未能刊刻，只有钞本。之所以题"潜虚先生文集"，是因为此时对作者名姓还讳莫如深，不得已，世称戴名世为宋潜虚先生："潜虚"对应"名世"，"宋"则因其为宋微子后裔故尔。《潜虚先生文集》的刊刻，直到光绪十一年（1885）才由刘谦泰实现。光绪十六年（1890）又有王哲（镜堂）的校刊本。此时情势，出版戴氏著述仍未宜完全公开，故王哲题书名"戴田有全集"（"田有"是戴名世之字），扉页方才径题为"南山全集"。此后，戴名世著述出版日多。戴廷杰认为其中以方宗诚、萧穆批校本（收文 259 篇）最精于校勘。张仲沅于光绪二十六年（1900）以戴均衡本为正编，增加补遗，刊刻《戴南山先生古文全集》，共收文 277 篇，是收集戴氏古文最多的古本，出版后流行甚广，多次重印，且"民国间诸印本，大抵凭之而成"（戴廷杰：《戴名世年谱》）。目前通行的则是王树民重编《戴名世集》，中华书局 1986 年版（2004 年重印）。此本收文 282 篇。王树民《前言》介绍了戴名世集子的存留情况及各种钞本、刻本。王氏此编校勘精良，录文也最多。此本还录有前述各种本子不载的《王孝子诗》长诗，王树民《前言》云其八世祖王坦与戴名世相交，《南山集》案发，王家秘之，得以保存周全。此本附录多种序跋、传记及戴氏佚文，并有戴钧衡原编、王树民订补的《戴南山先生年谱》，还有王树民所撰《戴文系年》。此外，《续修四库全书》第 1418 册收录《南山集偶钞》不分卷，为影印尤云鹗原刻本；第 1419 册又录《南山集》十四卷、《补遗》三卷，为光绪二十六年本，也是通行本。又，戴廷杰《戴名世年谱例言》介绍，上海图书馆藏《潜虚先生文集补遗》十三卷，存戴名世佚文 58 篇，佚诗三十四首；南京图书馆有《南山文集外编》二册，有佚文 55 篇，内容与《补遗》重而少 3 篇。

笔记体小品集《忧庵集》现存清代手稿，今安徽省博物馆和清华大学图书馆藏有钞本。省博本原辗转于民间，从 1962 年始由省博收藏。此本存小品 170 余篇（据戴名世自序，原有 200 余篇），约 6 万字，由中华书局 2012 年影印出版。此前，手稿经汪庆元手录、标点，且由吴孟复、陶友法、胡士尊、胡贯中四先生共同审定,已由黄山书社 1990 年刻印出版。又有王树民、韩明祥、韩自强将《忧庵集》与戴氏遗作《孟庵公传》、墨卷《知者乐水》合编,定名为"戴名世遗文集",重新点校后由中华书局在 2002 年出版。此本收附录 5 种,主要是编者的两篇序及《忧庵集》手稿征集编校始末的说明,另外还有重订后的戴名世年谱。

《戴田有自定时文全集》,据戴廷杰《戴名世年谱》介绍,现存版本系 1704 年作者 52 岁时自定刊刻。完刻仅有孤本,藏于四川大学(上海图书馆藏有选集,又存残刻一册收文 41 篇;国家图书馆、法国国家图书馆亦各有零星残卷)。此本 10 册,不分卷,计文 407 篇。而作者自序言,编辑时箧中有五百余篇;作者有择焉。之前,作者已将其中近 400 篇刊行于世。可见戴氏此书相当受欢迎。再行刊刻之时,作者补录了一些文字。书中有关《论语》的文章 222 篇,《大学》17 篇,《中庸》49 篇,《孟子》111 篇,《失编》8 篇(戴廷杰《戴名世年谱》云此 8 篇为戴名世拔贡、乡试、会试诸墨,当即所补录的文字)。

此外,戴名世《子遗录》附录于《南山集》,在王编《戴名世集》中亦予以收录。另有单行本。现存方正玉康熙三十四年初刊本,还有清代一些抄本。

文学成就:戴名世文才出众,其古文、时文当时俱为人称道,祸发之前传播甚广。作者因古文主张及实践,被看作桐城派先驱。近代著名文学家陈衍评说戴名世古文清代第一,"其气盛于望溪(方苞),言洁于海峰(刘大櫆),格局大于惜抱(姚鼐)"(转引自吴孟复《戴南山先生稿本〈忧庵集〉序》)。其小品文内容广博,多切时俗弊端,而写法往往由叙事引发议论,间含讥刺,意绪隽永。戴名世还是时文大家,作品常为人视作典范而加以习摩。

戴名世在创作上以散文写作为主。但也有诗歌,且曾经结集,名"齐讴集"。据作者《齐讴集自序》,他自幼就"间为诗",但因"于古人之旨不肖也",故"遂弃去";此后在"客游四方"之时,"辄亦偶为诗一篇两篇",但均"轶不录"。直到"戊辰(康熙二十七年)、己巳(康熙二十八年)之间",与同处于"困不得志"的几位好友"赋诗以自遣",一年下来,戴名世自己作诗"一百余章",本想掷去,但禁不住同游者力劝存稿,于是结集。但这部诗集今已不存。王树民编《戴名世集》内有"戴名世诗册",题为"古史诗针",也计一百余篇,但据编者考证,这些诗歌并非出自名世之手。属于戴氏自作的，据戴廷杰《戴名世年谱例言》，现存诗歌仅三十余首。

戴名世自信的还是其散文创作，不仅多自保留，自编成集者也有几部。

《南山集偶钞》（《南山集》）为戴名世古文集。集中有书、序、传、记、日纪、纪略、论、说、书事、墓表、杂著诸体。末附《孑遗录》。戴名世在古文写作方面师法唐宋古文，主张文章应"立诚有物"，并需"率其自然而行其所无事"（戴名世：《送萧端木序》），还要"道""法""辞"合一（戴名世：《与刘言洁书》）、"精、气、神浑于一"（戴名世：《答张、伍两生书》）。论者多以为这些主张已经与稍后方苞之"义法"说、姚鼐"道与艺合"和刘大櫆"行文之道，神为主，气辅之"等主张一致，可看作桐城派的奠基者，对明末以来兴盛的文风空疏是一反拨。《南山集》则体现了戴名世的散文主张，成就突出。其各体文章皆能言之有物。书信体一类，或阐述诗文主张，或描述作者生活困窘、爱好和心情。序，则多为长辈及好友的诗文集所撰，内中也多有关写诗作文的观点和主张。其余传、记、日纪、纪略、书事、墓表等类，多描述，内容广泛。作者生于乱世，喜欢游历，经历丰富，又喜欢搜索传闻旧史，因此文章内容饱满。如《北行日记》诸篇，每一篇都以年为单位，但详记的只是其中几日的北上经历见闻，内容集中，避免了流水账式的记述；撰写明史是作者夙愿，集中"纪略"四篇即为记述明末历史的文章，每篇既有人物小传，也有重要事项，内容非常丰富，保留了重要史料。此外，戴名世主张言之有物是与提倡写精华内容联系在一起的，他说："精则糟粕、煨烬、尘垢、渣滓，与凡邪伪剽贼，皆刊雪而靡存，夫如是之为精也。"（戴名世：《答伍张两生书》）故其文集内容尽管丰富多彩，但都经过作者精心选择，因此具有淳正真实的特点。艺术上，戴名世的记述类文字所写人物形象鲜明，事实记录具体生动，文笔洗练。如《左忠毅公传》中左光斗忠诚刚毅的形象，所述其事迹也较《明史》详尽。《弘光乙酉扬州城守纪略》写出了左光斗的学生史可法在扬州守卫战中誓与城池共存亡的英雄气概，以及被俘之后的宁死不屈，而与之相关的"扬州十日"也被真实著录下来。戴名世的游记类文章也有描写生动而细腻的特点，文笔清丽雅洁，具有较强的文学性。如《游天台山记》《龙鼻泉记》《雁荡记》《游大龙湫记》等，都是受到后人重视的散文精品。这类文章或描写人迹罕至的奇幽之景，或为隔绝世俗的理想村落（如《蓼庄图记》），或写奇物（如《古樟记》）。作者常用白描手法，写景物景观的不同寻常，而又不时抒发感受，因此写的是世外，令人联想的却是世间。如《游天台山记》："石壁高数丈许，水累累如贯珠，且万缕方幅而下，故曰珠帘，亦汇为一谭。谭旁多石，坐石上，神骨俱清，几不知为人世间矣。"此类文章还喜欢穿插历史掌故，因此含有丰富的文化意蕴。他的论说式文章，也自具特点，如勇于自出新见，感情饱满、真切感人。戴名世还有一类寓言式文章。例如《鸟说》描述一对"小不能盈掬"的鸟儿在桂树上筑窝繁育后代，对人全无惧怕，"窝去地五六尺，人手能及之"，"主人戏以手撼其巢"，也只是鸣叫而已，不想一日被他人僮仆取去，作者由此惋惜感叹"托身非所，见辱于人奴以死，彼其以世路为甚宽也哉？"用"世路"之辞，明显是指斥社会的险恶。艺术风格上，戴名世之文具有率真风格，语言平实，情感表露自然，而又富奇气。戴钧衡曾评价《南山集》文章说，"其境象如太空之浮云，变化无迹，又如飞仙御风，莫窥行止。私尝拟之古人，以为庄周之文，李白之诗，庶几相似。而其气之逸、韵之远，则直入司马子长之室而得其神。"（戴均衡：《潜虚先生文集目录序》，见《南山集》前附）与戴钧衡大致同时期的方宗诚也认为戴名世之文"颇得司马子长、欧阳永叔之生气逸韵，其空灵超妙，往往出人意表；惟蕴蓄渊懿，沉深高洁逊三家，而愤世嫉俗之作尤多"（方宗城：《桐城文录序》）。即使是时文创作，戴名世也力图融入古文传统。"君子之文，淡焉，泊焉，略其町畦，去其铅华"（戴名世：《与刘言洁书》），是他的追求。

戴名世的《忧庵集》也凸显出作者散文创作的特色。这是一部在作者48岁前已初步定稿的随笔小品集，当时已有200余目。作者在自序中述其写作缘由云："余岁岁客游车马之上，逆旅之间，不便观书，则往往于困倦之余，随笔书一二条藏之行笥。或志其本日之所讲说；或追忆其平生之所见闻；或触事而有感。"故所记内容颇杂，有异事奇俗类见闻，有史料（如张献忠、李自成、马士英事），还有如"移竹之法"一类巧方记录，亦有"触事而有感"一类，等等。内容广博，于中颇能见出戴名世兴致的广泛、观察的细致以及善于思考的特点。有的条目纯记见闻，如第一条记百舌（即乌鸫）嫉妒："……百舌好鸣。天将明，咳咳先百鸟鸣不已者，必百舌也。壬午岁，余读书长干寺中，树木丛茂，飞禽翔舞，而百舌尤多，既与余习，则往往数步外皆来集。一日，群百舌方鸣，忽黄鹂来为数啭，于是万鸟皆暗焉，群百舌以嘴及翅击之使去，复相与音鸣如故。以是知禽鸟之声皆莫不自得；而妒嫉忌刻，夫物则有，故然者矣。"这类见闻往往于生动的描述中见出奇趣，运笔从容，直是意绪不俗的小品。有的见闻还引人议论或感慨。如第二条记其门人韩生所见：螳螂交配后，雄虫即被吃掉；又记自己从文献中了解到的是被吃者为雌虫。中间记韩生感慨："为螳螂者，何家无之，可不惧哉！可不戒哉！"为螳螂事而惧之、戒之，未免夸张，当另有含义。第一二七条描述树上青虫本最可恶而贱者，化而为蝶，"形色皆佳"，惹得画工骚人多爱之；蝉为虫蜱之时，更是"穴泥土，转粪丸"，"与蛆虫无异"，"但一旦化而为蝉"，就"饮清露，（嘶）高槐，何其洁也"，俱为"善变者"。亦为有感之言。《忧庵集》常具别有见地之论。如第十七条记自己在友人赵良冶家读书，某天晨起盥洗，见"水中轻冰成莲花三朵，浮于水上，茎干须蕊皆具，花瓣重重包裹，若刻画而成"，人以为这是戴、赵两人将同取高第之兆，但始逾一月，作者就逢父丧，至此"流落困顿，垂老无一事之成，而良冶至今亦无善状"，所以"世谓美兆必有吉祥善事之至，余谓不然"。其第五条，谓"人情皆喜生而恶死"，而庄子、列子反倒以为"死不足畏"，甚至"以为可乐"，作者由此得出的结论是："吾以知其畏死之甚"，他们以死可乐恰是"色厉而内荏"的表现，直掘人物的真实灵魂；又用同样的方式得出白居易"视富贵若弊屣"是其过于看重富贵的看法。戴名世对不良世俗或人事，批判态度明显，文辞犀利。如一五五条记徐某富裕无比，吝啬亦无比，至死都不交出系在裤带上的钥匙，但"此君好官，每经营升擢，费一二十万金不惜"。此篇手法夸张，用对比和大量的细节描述，刻画出徐某鲜明的形象，颇类小说。这种类似小说的篇目在《忧庵集》中并非个案。总体上往往叙事与议论结合，间含讥刺，篇幅短小而意绪隽永。风格则自然，止于其所当止。

八十九　王之绩《铁立文起》

王之绩（？—？），字懋公，清安徽宣城旌德（今属安徽宣城市旌德县）人。清前期文学家、文章学家。生平事迹，主要见于《（嘉庆）旌德县志》，《安徽通志》《宁国府志》亦有著录，今人杨许波有考述（见其《王之绩生平著述考》，载《名作欣赏》2013 年第 2 期）。

王之绩生卒无考，生活于 17 世纪中期至 18 世纪初期即顺治、康熙年间。其为人沉静，但于学好问。读书尤其勤奋，并博览无遗。他希望能够读尽天下书，自己藏书有限，于是常靠借书以尝所愿，并因是借书而通宵读书。

王之绩一生主要事迹，即读书著述。曾为金圣叹《才子古文》作评注，又编撰《铁立文起》以分别文体。又曾游历黄山等地，并先后在几位乡贤处阅读、著书。科举之事，则终其一生只是邑庠生。

喜交游，与之交游者，有文华殿大学士张玉书及郡内名贤。

《铁立文起》概况：

王之绩著述颇丰，有《铁立文起》《评注才子古文》《五经人物志》《季汉史》《侠史》《千古憾》《至性录》《名山大川集》《明文蔚》《江左人文》《宛陵文选》《梅溪史待》《评注诗归》《经史领要》等，传世之著仅有《铁立文起》和《评注才子古文》两部。《评注才子古文》最早的刊印本为铁立居康熙二十三年（1684）刻本，今存。另还有民国九年（1919）扫叶山房石印本、民国时期（刊印年代不详）上海朝记书庄刊印本，今亦存。《铁立文起》二十二卷，"铁立"二字缘于王之绩本人著书之名。今存最早刻本为清康熙四十二年（1703）本。是书收入王水照主编《历代文话》第四册，复旦大学出版社 2007 年出版，为较常见本。又，《四库全书总目》著录有《铁立文起》，但只存目。

文学成就：王之绩的文学成就主要体现于《铁立文起》和《评注才子古文》两种。《评注才子古文》二十六卷，系王之绩在金圣叹评点《才子古文》的基础上进行的评注。计有"古文大家"十七卷，"才子古文历朝"九卷。金圣叹原书内容主要是选录左丘明《左传》《国语》，刘向《战国策》，司马迁《史记》，班固《汉书》以及唐宋八大家之文为"十二大家"，和"十二大家"之外的历朝（至宋）古文，并主要从艺术角度进行了评点。其中最后两卷元明文为王之绩所续。王之绩评注内容包括注释词语，评议原文内容及艺术。内容评议标准取诸儒家正统学说，艺术评议则包括遣词用字、结构、行文、修辞等多个方面，比较细致。

《铁立文起》是一部有关文体辨类之论的著述。据王之绩自序，谓编撰原因是鉴于刘勰《文心雕龙》分述多种文体，但仍然不完备，而"自西山《正宗》后，则无如吴文恪《文章辨体》、徐鲁庵《文体明辨》，惜其持论不无千虑一失，而文章极致，犹多未尽"，故为此撰。是集大类，据王之绩所作凡例和张玉书《铁立文起序》，本来应有论文、论诗、论词、论曲四编，但目前所见只有论文一编。是编将文章分为 110 类（依杨许波

《王之绩生平著述考》说，见《名作欣赏》2013 年第 2 期），"卷首曰文体通论。前编十二卷，自'序'至'七'凡九十三种（杨许波《王之绩生平著述考》归前编分类六十七种）。后编十卷，自'王言'至'论判'，凡四十八种"（《四库全书总目》）。全书仿照明人吴讷《文章辨体》、徐师曾《文体明辨》体例，并吸收两书材料及其他前贤相关论说，除卷首通论外，其余各卷分论各种文体。《铁立文起》首先将文章分为"经世""非经世"两大类，在"非经世"类下再分为"无韵之笔""有韵之文"两类，"无韵之笔"下又分为"叙事""议论""杂文""后事"和"四六"五小类；"经世"类下又分为"王言""臣语""国事"三类。书中虽然多引他论，但王之绩自己也有很多贡献。据杨许波统计，《铁立文起》六百条材料中，"王之绩自己论文的观点，段首有"王懋功曰"四字，共二百一十条，占全书的 35％"；引自吴讷《文章辨体》为六十五条，占 10.8％，"徐师曾《文体明辨》九十六条，占 16％"，但"王之绩摘引二书时并非原原本本照抄照搬，而是有所选择，有所修正，'删其重复，正误补阙，以归于允当'，然后编入自己的论文体系"；"杂引各家材料二二九条，占 38.2％"（杨许波：《王之绩生平著述考》）。此书完成后，颇受时人称赞，如张玉书《铁立文起序》赞之为"盖文章之总持，古今之统会也"，"尤当鼎力于千秋计"。梅序则认为古今分析文体之撰虽多，却没有能"尽善兼该"，只有《铁立文起》较为完善。其论文观点也时有新意。论者多以为其论赋尤著，如其说赋体："赋之为物，非诗非文，体格大异。"（王之绩：《铁立文起》卷九）将赋与诗歌、散文并列，体现出对赋体特征的认识和看重，还对赋体进行了分类。这些都影响到后世学者对赋的看法。但四库馆臣评价不高："是书皆论作文之法，……大略采之《文章辨体》《文体明辨》二书，而以己意参补之。然持议多偏，不能窥见要领。甚至以屠隆《溟海波恬赋》为胜于木华、郭璞，尤倒置矣。"是论有欠公允。

九十　方苞《方望溪先生全集》《古文约选》

方苞（1668—1749），字凤九，又字灵皋，晚年号望溪，亦号南山牧叟，清安徽桐城（今属安徽安庆市桐城县）人。清中期著名学者，经学家，散文家，桐城派创始人。生平事迹，主要见于《清史稿》卷二百九本传、《清史列传·大臣传》（卷十九）本传、《清代人物传稿》（上编第九卷)、清代沈廷芳《方望溪先生传》(见沈廷芳《隐拙斋集》)、清代苏惇元《方望溪先生年谱》(见《方望溪先生全集》附录)、今人孟醒仁《桐城派三祖年谱》,等等。

方苞高祖在明朝进士及第。祖父方帜,担任过芜湖训导,后为兴化县教谕。父亲方仲舒,国子监生,善诗,但因家境衰落,入赘江苏六合县留稼村吴勉家。方苞即出生此地,为次子。方苞的兄长方舟,方苞幼时即显聪慧,四岁会作对。方苞父亲方仲舒及兄长方舟又亲为教授,使之在经史文等方面都打下坚实的基础。年十六,返故籍江南参加科考。二十四岁入国子监。时已有文名,被誉为"江南第一"。三十二岁江南乡试第一,为举人。三十九岁会试中式,为进士第四名,时康熙四十五年(1706)。恰逢母亲有病,于是返乡侍奉,未能参加殿试。

康熙五十年(1711),受戴名世《南山集》案牵连(方苞为《南山集》作有序文)下狱。一度被判死刑,后因康熙看重方苞学问,认为"方苞学问,天下莫不闻",大学士李光地也看准时机而以方苞文才极力说服,方苞终于康熙五十二年(1713)免罪入旗。此后即以布衣身份入值南书房,不久又"改直蒙养斋,编校御制乐律、算法诸书"(《清史稿》本传)。方苞对皇帝的不杀之恩心存感激,对皇事勉力而为,自身也一再获得恩宠。康熙六十一年,任武英殿修书总裁。雍正即位,赦方苞及其族人入旗者归原籍。雍正二年,归里葬母,次年才返回京师,仍官原职。雍正九年(1731),授詹事府左春坊左中允(正六品)。次年,升任翰林院侍讲学士。雍正十一年(1733),又升为内阁学士,任礼部右侍郎。方苞以足疾求辞,雍正命其专门负责修书一事,"不必诣内阁治事"(《清史稿》本传)。随后担任《一统志》总裁。雍正十三年,又任《皇清文颖》副总裁。

至乾隆元年(1736),任《三礼书》副总裁,命再值南书房,擢礼部侍郎。方苞仍然以足疾求辞,乾隆未允,但特许他免随班行走。复命教习庶吉士,方苞于是坚请辞侍郎任,终于获允,但食俸未变。其后因得罪河道总督高斌,招致一些官员寻事上疏,乾隆四年(1739),受到皇帝责诘,并削其侍郎衔,但仍留三礼馆修书。直至年近八十,病体日重,李光地等人代为奏请,赐侍讲衔,终许还里。乾隆十四年(1749)病逝,享年八十二。葬于江苏六合。

方苞之为人,清癯修长,本性忠直。在朝自感多受皇恩,因此亦"奋欲以学术见诸政事","见朝政得失,有所论列",又"屡上疏言事",多得

"下部议行"（《清史稿》本传）。对于百姓疾苦，也深切关怀，并身体力行予以帮助。他在《与陈密旃书》中批判"善伺上官旨意而操下如束湿薪者"，直接表明了"不为民所赖者，虽吾近亲尊属，必斥而去之"的态度。又究心学术，宗法程、朱，深通《春秋》《三礼》，日常行止亦遵循古礼。家居之时，建立宗祠，定制祭礼，并设义田。方苞作为桐城派开山之祖，"其为文，自唐、宋诸大家上通太史公书，务以扶道教、裨风化为任。尤严于义法，为古文正宗"（《清史稿》本传）。

《方望溪先生全集》《古文约选》概况：

方苞著述宏富，但多为经学内容，尤其是《春秋》和《三礼》之学。计有：《周官集注》十二卷、《周官析疑》三十六卷、《周官辨》一卷、《仪礼析疑》十七卷、《礼记析疑》四十六卷、《考工记析疑》四卷、《春秋通论》四卷、《春秋直解》十二卷等，多为《四库全书》收录。著述中文学性比较突出的则是其文集《方望溪先生全集》与方苞本人选编的《古文约选》。据文化部《第一批国家珍贵古籍名录》，方苞所撰稿本现存（藏山东大学图书馆），题《方望溪先生文稿》，不分卷。其文集初名"望溪集"，八卷。是集为方苞在世时由其门人王兆符、程崟搜集编次并得到方苞认可，刻于乾隆时期。《四库全书》即用此本。嘉庆时，方苞后人方传贵搜集到佚文数十篇，编次刊刻，名"方望溪集外文"。咸丰元年，戴钧衡另辑佚文，成"望溪先生集外文补遗"，随将前述各集合刊为《方望溪先生全集》三十卷，包括文集十八卷、集外文十卷、补遗二卷，另外附有苏惇元《方望溪先生年谱》一卷、《年谱附录》一卷。戴氏初刊本今存，《续修四库全书》第1420—1421册对其进行了影印。之前还有《四部丛刊》影印戴氏刊本及《四部备要》排印本。此外，方苞还有一些佚文，清光绪年间孙葆田辑《望溪文集补遗》一卷，收入《孙氏山渊阁丛刊》；近人刘声木辑《望溪文集再续补遗》四卷、《三续补遗》三卷，收入《直介堂丛刻》。又，今人刘季高以戴钧衡本为底本，加以校点，名"方苞集"，由上海古籍出版社1983年出版，2008年再版。是书收录方苞各类古文近六百篇，是目前较常用的本子。此外，还有中国书店1990年出版的精装本《方望溪先生全集》。黄山书社1990年出版徐天祥、陈蕾点校的《方望溪遗集》，所收为《方苞集》失录的文章一百余篇、诗歌十余首。《古文约选》十卷，现存有清雍正时期初刻本（署名允礼，即清和硕果亲王）和同治刊本。王水照主编的《历代文话》收录了该籍中的"评文"部分，2007年由复旦大学出版社出版。

文学成就：方苞是桐城派的开创者，其理论主张及创作实践影响甚巨。在时文普遍受到重视的情况下，他主张写古文，并首次系统地提出古文创作主张，即重视义法，讲究文章要言之有物，语言要雅洁，反对骈词虚饰。其后刘大櫆、姚鼐等人与之一脉相承，并发扬完善，使桐城派理论体系更趋完整，三人遂共同成为桐城派三祖。桐城派是清代最为重要的文学派别，影响所及，不仅区域范围广，而且时间上延至近代。创作方面，现存古文约 680 篇；方苞不倡导写诗，诗歌存量仅十几首。他有不少文章为桐城派代表性作品。

《方望溪先生全集》是方苞的文集。文集含多种文类：读经、读子史、论说、序、书后题跋、书、传、墓铭、墓表、碑碣、记、颂铭、哀辞、祭文、家训、纪事、奏议，等等。其中亦多经学阐述。文学性较强的为纪传、游记类文章。

方苞主张为文要重"义法"，但以"义"为先。他自己对"义法"的解释是："《春秋》之制义法，自太史公发之，而后之深于文者亦具焉。义，即《易》之所谓'言有物'也；法，即《易》之所谓'言有序'也。义以为经而法纬之，然后为成体之文。"（方苞：《又书货殖传后》）所谓"义"，指内容。由于方苞服膺儒学，宗法程、朱，故其"义"往往指正统的儒家思想，为文宗法唐宋人提出的文以载道精神。"为文原本经训，精研义理，每多征引古义。"（刘声木：《桐城文学渊源考》）故有时文章反倒缺乏新意。但他的文章也有关注国计民生、现实性很强的内容。由于讲究"义"，故其文章甚至是传记、游记类文章有时也突出心得、感慨或道理，而不刻意于文体特征。例如，同是写雁荡山，戴名世的《雁荡山记》突出"记"的特色，将山中岭、谷、峰、岩、石、洞、溪、湫等特殊自然景观和寺庙数目、名称以及溪水来源的地貌等都一一描写，细致而具体；方苞在《游雁荡山记》文中则明明确确表明不事描写："兹山不可记也。"因为："兹山，则浙东西山海所蟠结，幽奇险峭，殊形诡状者，实大且多，欲雕绘而求其肖似，则山容壁色，乃号为名山者之所同，无以别其为兹山之岩壑也。"全文将重点放在论说上：若山"壁立千仞，不可攀越；又所处僻远"，就可以"不辱于愚僧俗士之剥凿"，而"独完其太古之容色"。

"法"指形式方面。方苞对于文章形式有具体要求，他主张法随义转即义法合一而义起决定作用，为此主张取材要注意舍去"常事"，以使文章详略得当；条理要清晰；言辞要简明雅正，摒弃陈词。据清人沈廷芳《书方望溪先生传后》所记，方苞还曾对古文提出若干限制："不可入语录中语，魏晋六朝人藻丽俳语，汉赋中板重字法，诗歌中隽语，《南》《北史》中佻巧语。"这种主张使方苞自己的创作也朴实平正。较之戴名世散文，方苞之作过于拘谨平实，艺术感染力远逊于前者。近人刘声木指出其为文"庄近平易；专尚质素"（刘声木：《桐城文学渊源考》），反对浮华枝蔓。《四库全书总目》也评介说："（方苞）所作上规《史》《汉》，下仿韩欧，不肯少轶于规矩之外，虽大体雅洁，而变化太少，终不能绝去町畦，自辟门户。然其所论古人榘度与为文之道，颇能沈潜反复，而得其用意之所以然。虽蹊径未除，而源流极正。"指出其文章的宗法源流及特点。方苞的描述类文章重视白描。其传记类文字能写出传主独特的神态性情，并蕴含作者情感，真实性很强。如脍炙人口的《左忠毅公逸事》叙述左光斗逸事，通过精选细节，将左光斗的人格、境界、胸怀展示出来，更通过写左光斗与史可法接遇，将史可法何以具有峻洁、高尚、勇敢精神的原因揭示出来，既是写史可法，更是写左光斗，读之令人动容。与戴名世《左忠毅公传》相比，方氏所记也更符合历史真实。其《狱中杂记》更是记述了其在刑部监狱中所见所闻种种黑暗、惨痛事例，且分析缘由，揭露深刻；文章头绪纷繁，但结构严谨，语言简明有序，是桐城派散文的重要篇章，历来受到重视。

《古文约选》是方苞以其"义法"为标准选编的一部古文读本。系方苞奉国子监祭酒和硕果亲王之命为国子监八旗子弟所录。是书只选"两汉书疏及唐宋八家之文"，因为这些文章一则合于义法，二则篇幅有限，"篇各一事"（方苞：《古文约选序例》），便于初学。而先秦之六经、《论语》《孟子》，是古文的根源；《左传》《史记》，为义法最精者，但它们"各自成书，具有首尾，不可以分剟""《公羊》《榖梁传》《国语》《国策》，虽有篇法可求，而皆通纪数百年之言与事，学者必览其全，而后可取精焉。"故宜后求，是皆不取。"惟两汉书疏及唐、宋八家之文，篇各一事，可择其优。而所取必至约，然后义法之精可见。"（方苞：《古文约选序例》）其编选目的是便于初学者研读以掌握古文义法。《古文约选》主选唐宋八大家文，两汉书疏只占"百之二三"。是籍内容还包括方苞所撰《古文约选序例》，为小序和凡例；另外还有针对作家、作品的评语，主要是介绍作家风格以及作品渊源所自，评论文章特色、优长与缺憾，要皆以"义法"

为原则。

九十一　吴震生《太平乐府》《才子牡丹亭》

吴震生（1695—1769），字长公，号可堂，又号玉勾词客，别署南村、弱翁、鳏叟等，清安徽歙县（今属安徽黄山市歙县）人（一说安徽休宁县人。本撰从杭世骏《朝议大夫刑部贵州司主事吴君墓表》说）。清代戏曲家。生平事迹，主要见于友人杭世骏《朝议大夫刑部贵州司主事吴君墓表》（见《道古堂文集》）、李桓《国朝耆献类征》（卷一四六）。

吴震生出生于富裕而有德望的人家，父亲为明经乡饮大宾，封朝议大夫，母亲为县令之女。吴震生本人少年时期就受到良好的文化教育，并显示出写作才华，作文"千言立就"。又曾专门拜师学应制科举之文，但科考不利，接连五次省试均告不第。不得已，吴震生后来捐纳钱财成为刑部贵州司主事。在职期间，主持公平，"狱无冤滥"。不久辞官，不再复出。因乐湖山之胜，在杭州太平桥侧购买宅居，筑楼河滨，命名"舟庵"。平时耽于吟咏创作，写诗不下千首；尤其喜欢戏曲，"熟谙南北宫调，凡古今可惊可愕之事，悉寓之倚声，竟入酸、甜之室"（杭世骏：《朝议大夫刑部贵州司主事吴君墓表》）。又兼擅书画（善山水，工篆书），且为刻书家，为史震林等多人刻印过书籍。他的妻子程琼亦文才出众，夫妻两人曾一起为汤显祖《牡丹亭》作长篇"笺注"（三十余万字），其中多寓评论，是撰遂成为重要的戏曲批评著作。

吴震生交游较广。他是杭世骏组建的南屏诗社成员，故与社员如丁敬、金江生、厉鹗、金志章、朱樟、周京等常相会聚，他还与陈元龙、王栗、程晋芳、屈复等常相唱和。

年七十五，病逝。

《太平乐府》《才子牡丹亭》概况：

吴震生著述较多，计有《葬书或问》《吴氏先茔志》《摘庄》《姓学私谈》《太上吟》《金箱壁言》《丰南人事考》《大藏摘髓》《太平乐府》《笺注牡丹亭》等，内容涉及医术、道教、姓学、人事、文学等，范围广泛。文学著述，主要是戏曲创作和曲评等内容。其戏曲作品，据作者好友史震林《西青散记》记载，吴氏"共为新曲数十种"，"别有《诗神会》十余剧"，但同为吴氏好友的杭世骏谓其行世者十二种（见杭世骏《朝议大夫刑部贵州司主事吴君墓表》）。吴震生自己在《笠阁批评旧戏目》（载《笺注牡丹亭》）里列出戏目，其中《换身荣》《天降福》《世外欢》《秦州乐》《成双谱》《乐安春》《生平足》《万年希》《闹华州》《临濠喜》《人难赛》《三多全》和《地行仙》十三种与吴震生现存十三种传奇作品题目相同，故此可判断杭世骏说较为可信。这些剧目，清人姚燮《今乐考证》也有著录，但所录作者或有不同。十三种里，前十二种收入《太平乐府》初刊本，重刊本《太平乐府》加上了《地行仙》，又名《玉勾十三种》，现存最早的本子为清乾隆年间刻本。

笺评专著《才子牡丹亭》（《笺注牡丹亭》《绣牡丹》）系吴震生与程琼合作。该书，吴震生自刻本叫作《笺注牡丹亭》，批者署名"阿傍"。据史震林《西青散记》，"阿傍"即吴震生之妻程琼。《西青散记》载有程琼自言："（对《牡丹亭》）自批一本，出文长、季重、眉公创解之外，题曰'绣牡丹'。"台湾学者华玮比对《西青散记》和《才子牡丹亭》等文献，主张《才子牡丹亭》是吴震生以程琼自批之《绣牡丹》为蓝本，加上自己的批注及附录合编而成，故应视为夫妻合著。此书初刊于雍正时期（此本由美国加州大学柏克莱东亚图书馆收藏），乾隆壬午年再行刊刻（国家图书馆、上海图书馆均有收藏），另还有嘉庆戊辰年刻本（藏于中国社会科学院）题为"牡丹亭传奇"。台湾学生书局2004年出版《才子牡丹亭》点校本，系以雍正刻本为底本，点校者为华玮、江巨荣。点校者还就《才子牡丹亭》做了许多研究工作，其成果见于点校导言，和他们各自所作的专论，且多为学界认同和采用。

文学成就：表现在戏曲创作和曲评两个方面。前者以《太平乐府》为代表，但由于作品传播不广，著录介绍者有之，深入研究者鲜见；后者则以他和夫人共撰之《才子牡丹亭》为代表。近年，《才子牡丹亭》渐为学界重视。

《太平乐府》含十三种剧作，属于传奇类。其中《地行仙》有四十六出，《换身荣》和《万年希》分别为十四出，其余各十三出。虽然大部分剧目出数较少，但一般也归为传奇一类。其题材依托历史背景，或直接取材史书，如《世外欢》叙东汉时期书生蔡瑁生当乱世，前后为刘表、曹操看重征用，但他坚辞不就，隐居世外，却又得曹操赏赐，并被封逍遥公，而与夫人共享欢乐荣华；《秦州乐》取材《魏书》《北史》，叙北魏人李洪之夫妇仁爱助人又兼公道，遂得好报，平安荣耀，其他如《成双谱》《乐安春》《生平足》等剧亦取材于《北史》。这与吴震生本人的戏曲主张有关。他说："……史册甘腴，世曾不览，传奇家尚忍其虽有而若无，复何暇索诸乌有之乡，为子虚无味之剧，冀以无而为有也？"（吴震生：《太平乐府·自序》）认为史传当中的人事丰富且很多为人不晓，足够传奇作家取资，用不着向壁虚构而又想让人对其虚构的故事信以为真。但这并不妨碍吴震生的戏曲虚饰情节。他有的戏曲内容奇异而又多相关仙道佛事，如《地行仙》讲述李常在、孔岂然学仙而会房中术，随四处游历，从汉至唐，传房中术多人，或助死人复活，或教八九十岁长者孕育后代，或驱鬼，或治疑难病症，故事千奇百怪，情节荒诞不经；《换身荣》则写书生吴藐受豪强欺侮，后被观音换身为女，结果成为蜀王正宫，得以报仇雪恨。总体上，多颂扬荣华，称赞享乐。

《才子牡丹亭》是一部兼有笺释、评点成分的撰作。其得名源自"评点者认为《牡丹亭》字字句句都是才子文章，都散发着才子的风流文采"，又受到"金圣叹系列'才子书'的影响"（江巨荣：《〈才子牡丹亭〉的历史意蕴》，载《南京师范大学文学院学报》2002 年第 2 期）。笺评文字达三十万言，而内容涉及也极其广泛。既解释字词，也分析文意，对剧中人物形象、内心世界、言行表现、情节、构思等都有详尽的鉴赏分析。又其引证极多，华玮、江巨荣在《才子牡丹亭》点校"导言"中指出："批者淹通书史，广征博引，举凡子史百家、佛道文献、诗词曲集、稗官小说，无不为我所用，是一部具有丰富的知识内涵和鲜明的以史料文献论曲为特点的文学评点之作。"在戏曲批评史上地位特殊："终是一部规模最大，评点最系统，资料最丰富，方法最特别的《牡丹亭》评点之作，是古代戏曲的第一奇评。它不仅对汤显祖与《牡丹亭》研究，而且对清代思想文化的研究都不无裨益。"

《才子牡丹亭》作者因受到晚明情色文学的影响，兼以《牡丹亭》本文的一些特殊内容，故笺释也颇有特别之处。如提出"玉茗此书只是特阐色情之难坏，而色情又以此处'肉'字为住"。华玮《论〈才子牡丹亭〉之女性意识》（载《戏剧艺术》2001 年第 1 期）一文还指出其批注解析往往因"情色化"主导而牵强，甚至剧中字词，也多被视为男女二根之象征和比喻。如《惊梦》一折杜丽娘【皂罗袍】（"原來姹紫嫣红开遍"）一段唱词，被解读为："'姹'字、'嫣'字，俱从女者。'紫'如女唇人掌之紫，'红'如女颊鲜肤之红，将比儿门，尤其妙绝。蕊女玉户，其色'嫣红'，及其长也，其色'妊紫'。""'颓垣'喻女两扉，'断井'断为两半，则形如井也。'美景'指女根耳……"故论者多认为该撰是以情色论为基础来阐述《牡丹亭》的创作思想。但它张扬人性、反对宋明理学的禁欲思想，在《牡丹亭》评点史上独一无二，也不无有其时代意义。《才子牡丹亭》在清朝被列为禁书，与此有很大关系。

九十二　刘大櫆《刘海峰诗文集》

刘大櫆（1698—1779），字才甫，又字耕南，号海峰，又号医林丈人，清安徽桐城（今属安徽铜陵市枞阳县）人。清代著名散文家，桐城派三祖之一（另两位，一是刘大櫆之师方苞，二是刘大櫆门人姚鼐）。生平事迹，主要见于《清史稿·文苑传》（卷四八五）本传、《清史列传·文苑传》（卷七十一）本传、刘大櫆弟子姚鼐《刘海峰先生传》（见姚鼐《惜抱轩文集》）、吴定的《海峰先生墓志铭》（见吴孟复点校《刘大櫆集》）、嘉庆时期《黟县志》、今人吴孟复《刘大櫆简谱》（见吴孟复点校《刘大櫆集》）、孟醒仁《桐城派三祖年谱》，等。

刘大櫆出身耕读之家。"曾祖日燿，明末官歙县训导，乡里仰其高节。其后累世皆为诸生，至大櫆益有名。"（《清史稿》本传）祖父、父亲皆为诸生，家中书卷气息浓厚。刘大櫆亦自幼从父读书。但科举不利，十次乡试，才得以通过。雍正四年（1726），刘大櫆到京师，以文才受到方苞奇赏。"时方苞负海内重望，后生以文谒者不轻许与，独奇赏大櫆。"（《清史稿》本传）据刘大櫆弟子姚鼐所记，方苞得其文，而与人称云："如方某何足算耶！邑子刘生乃国士尔！"（姚鼐：《刘海峰先生八十寿序》）谓其有韩愈、欧阳修之才。刘大櫆一时名动京师。不过科举之路仍不顺畅。先是雍正年间两度参试贡生，仅登副榜；乾隆元年（1736），方苞荐其应考博学鸿词科，又遭到大学士张廷玉黜落。此后不再应试。这次应考后，刘大櫆南归，时四十岁。张廷玉事后对刘大櫆有了新的看法，对自己的压制感到后悔，于是在乾隆十五年特以经学荐举其应试，但刘大櫆仍未能被录取。其时刘大櫆已经五十余岁。六十岁后，才被选黟县教谕。任职数年，告归。从此居于枞阳，教授门徒，不再复出。八十三岁，终老于家。

刘大櫆为人性格豪放，又"修干美髯，能引拳入口。纵声读古诗文，聆其音节，皆神会理解"（《清史稿》本传）。这种独特的阅读习惯影响到他的文学观。作为方苞弟子，刘大櫆接受并倡导作文要重视"义法"的主张，但与方苞相比，他的文论探讨艺术形式较多，其作品才调也不同。弟子姚鼐又传刘大櫆学说，桐城派理论更加发展完善，遂使桐城派影响巨大，后世将三人并列称为"方刘姚"。刘大櫆弟子著名者还有王灼、吴定、程晋芳、钱鲁斯（伯坰）、朱好古（述堂）等，阳湖派主力张惠言、恽敬等人亦其后学。

《刘海峰诗文集》概况：

刘大櫆诗文存有《海峰诗集》十一卷，敦本堂藏版；《海峰文集》十卷，刘大櫆受业弟子方国校录，日本明治十四年佚存书坊版，另有清末刻本；《刘海峰诗文集》22卷，诗、文兼收，清咸丰年间戴均衡刻本。通行者有《续修四库全书》本（见集部第1427册）《海峰文集》八卷、《海峰诗集》十一卷；又有吴孟复先生校点的《刘大櫆集》，上海古籍出版社1990年版（2008年重印）。此校点本亦兼收刘大櫆诗、文，校点精审，是目前为止最好的整理本。又，刘大櫆还编有《历朝诗约选》九十二卷、《评选唐宋八家文钞》二卷、《歙县志》二十卷，等等。

文学成就：刘大櫆在文学思想方面有特殊看法。相对方苞论说尤重内容而言，刘大櫆更多的是对散文艺术的论说。刘大櫆创作以诗文为主，成就在当时颇为人推崇。据其门生姚鼐《刘海峰先生八十寿序》，当时如程晋芳、周永年等名流赞赏说："昔有方侍郎，今有刘先生，天下文章其出于桐城乎？"时人还认为其诗歌创作较之其文而言艺术成就更为突出。

《刘海峰诗文集》显示出作者在文学领域的主张与实践。其中《论文偶记》（亦有单行本。较通行者为王水照主编《历代文话》本，此本据清道光刊逊敏堂丛书本）一篇较为集中地表达出作者的散文创作主张。刘大櫆认为"义理"为"行文之实"，在此基础上还要重视神气、音节、字句。他说："行文之道，神为主，气辅之"。强调神（即精神，指作者的心胸、情感）、气（随神而产生的气势）。行文之时，应"气随神转"，因为"神者气之主，气者神之用"。但作文之时，音节（声律、节奏）、字句亦须兼顾："神气者，文之最精处也；音节者，文之稍粗处也；字句者，文之最粗处也。然余谓论文而至于字句，则文之能事尽矣。盖音节者，神气之迹也；字句者，音节之矩也。神气不可见，于音节见之；音节无可准，以字句准之。"神气虽然是为文之最精要之处，但因抽象而难以把握，只有通过音节、字句才能体现。刘大櫆之说尤其突出音节的重要性。他还具体指出所谓音节在文中的具体表现："一句之中，或多一字，或少一字；一字之中，或用平声，或用仄声；同一平字仄字，或用阴平、阳平、上声、去声、入声，则音节迥异。"总之，讲究节奏，重视音节流畅是刘大櫆论文的重要方面。在其倡导下，"因声求气"遂成为桐城派的重要主张。刘大櫆还主张作文要贵奇（文笔之奇、意思之奇、气韵之奇），并以韩愈文为奇文；贵简："简为文章尽境"，主张文章应含蓄多蕴；贵变："文者，变之谓也。"以为"一集之中篇篇变，一篇之中段段变，一段之之句句变，神变、气变、境变、音节变、字句变，惟昌黎能之"。此外还贵高、贵大、贵远、贵瘦、贵华、贵参差。这些论说都偏重于艺术审美，从文学角度看，对方苞的"义法"说进行了修正。

刘大櫆的散文体式多样，风格气韵也随之各有不同。其游记类文章写景细致，清晰如画，颇似柳宗元之记山水。如为人称道的《游晋祠记》写晋祠外围风景："有泉自圣母神座之下东出，分左右二道。居人就泉凿二井，井上为亭，槛以覆之。今左井已淹，泉伏流地中，自井又东，沮洳隐见，可十余步乃出流为溪。浸水涸洑绕祠南，初甚微，既远乃益大，溉田殆千顷。水碧色，清冷见底，其下小石罗布，视之如碧玉，游鱼依石罅往来甚适。水上有石桥，好事者夹溪流曲折为室如舟。大右乔木交荫，老柏数十株，大皆十围，其中厕以亭台佛屋，彩色相辉映，月出照水尤可爱。溪中石大者如马，如羊，如棋局可坐。予与二三子摄衣而登，有童子数人咏而至，不知其姓名，与并坐久之。"文中多描述形容，不同景象，徐徐写来，如在眼前。并写出了景之清绝和人之飘然世外的神韵，有以诗为文的特点。此类文章写景叙事之后，还往往结合历史典故，抒写个人身世之概。如此篇抒写"山川常在，而昔之人皆已泯灭其无存。浮生之飘转无定，而余之幸游于此，无异鸟迹之在太空"。《游三游洞记》因"夫乐天、微之辈，世俗之所谓伟人，能赫然取名位于一时，故凡其足迹所经，皆有以传于后世，而地得因人以显"，抒写"若予者，虽其穷幽陟险，与虫鸟之适去适来何异"。其传记类散文，有取材不拘的特点，例如有的是为乞丐立传，有的是为乡野之士立传，也有为节妇所立之传……而要皆能对传主充满同情，并能写出传主的精神气质。如《樵髯传》写主人公樵髯疏放自恣，其有医术，"时时为人治病"，却不往治富家，有不阿权贵、不流同世俗的散逸气质。刘大櫆的论说一类文章，则往往激情充溢，气势强劲。如《答吴殿麟书》写科举弊端，吐抑郁之气，文华辞盛，极富气势。同时，刘大櫆也讲究文章布局。因刘大櫆散文注重艺术，故《清国史·文苑传》说："大櫆虽游学方苞之门，所为文造诣各殊。方苞盖取义理于经，昕得于文者义法；大櫆并古人神气音节得之。"又谓其作文"兼及庄、骚、左、史、韩、柳、欧、苏之长。其气肆，其才雄，其波澜壮阔"。方东树对其成就评价颇高："海峰才自高，笔势纵横阔大，取意取境无不雅，吾乡前后诸贤无一能望其项背，诚不世之才。"但同时也指出其文章之弊："诗文以避熟创造为奇，而海峰不免太似古人。"较之于方苞以学为胜、姚鼐以见识为胜，刘大櫆的以才为胜难免"本源不深、意识浮虚"（方东树：《昭昧詹言》）。

与方苞等人不提倡写诗不同，刘大櫆不仅写，且诗歌数量大，现存还有千首左右。创作宗多家，论者以为《古诗十九首》与陶、谢、李白、孟浩然、黄庭坚等都为之取法。其成就，则袁枚与程晋芳认为"诗胜于文"（袁枚：《随园诗话》）。刘大櫆诗有古体、近体，内容有言志感怀、身世感慨、山水田园、送别酬赠等，风格随诗体不同及内容变化而显出多样化特色，但多为性情之作。他的诗往往自然而兼有壮气，如古体诗《感怀六首》之一："万里向沙漠，横戈扫妖氛。"又如《对酒叹》："少年饮酒气何豪，鲸鱼乱吸沧江涛。酒酣耳热花中卧，仰看日出青天高。"将喝酒写得豪壮而浪漫，语调气势颇类李白。但亦有含意深沉的诗歌。有的诗歌是近体，但仍然写得清新放逸。如《渔人》："江上渔人枕碧流，一声高唱海风秋。朝来偶忆焦山寺，直观孤帆下润州。"《过洪岩寺》："为访支公室，骑驴出凤城。寺中诸客到，陇上一人耕。"亦流转自如，放旷自然。但他也有含意深沉的诗歌。例如古风《送张绣枫》："君家住近姑苏台，门前绿水群鸥来。坐对晴窗诵六甲，桃花灼灼当窗开。几年入洛曳珠履，笔端所向皆披靡。为惜风光不待人，梦魂飞渡吴江水。与君一见论心事，倾筐倒筐无所忌。燕市酒徒今几人，酒酣更洒杨朱泪。遥指秋波江上船，孤帆飒飒凌苍烟。吴中春草碧于染，聊寄相思到日边。"诗歌题下自注："时将归娶。"但内容却非关祝福，而主要写知音离别的惆怅。写法上先是想象张绣枫居住环境的清雅又不失喜庆和主人苦读的举止，以体现其人的修养与品行，随即述其在洛才华逼人而此时却要别离，再叙和对方相谈无拘的情景，最后以江上送别结束，蕴有苍凉失意之感。刘大櫆有的诗歌还有喜欢用典的一面，如其《杂诗十四首》之一："落日临大海，秋风扬其波。逝者无停暑，灵源一何多！高帆似鸟翼，倏忽相经过。我欲乘巨浪，东揽扶桑柯。惜哉时已迈，路远当如何？"几乎句句用典。

九十三　吴敬梓《儒林外史》

吴敬梓（1701—1754），字敏轩，一字文木，号粒民，别号秦淮寓客，清安徽全椒（今属安徽滁州市全椒县）人。清中期重要小说家。生平事迹，主要见于《清代人物传稿》（上编第九卷）、《重修安徽通志》《安徽通志稿》《全椒县志》、程晋芳《文木先生传》（见程晋芳《勉行堂文集》）、胡适《吴敬梓年谱》（见《胡适文存》），等等。李汉秋《儒林外史研究资料》收集了相关吴敬梓生平的各种传记材料。

吴敬梓出身望族，家族前辈出了不少名公巨卿，不仅科第代有美名，且家庭富有。吴敬梓幼时有良好的条件读书习文，他本人记忆超群，又聪慧过人，兼之勤奋用心，因此少有文名。年十三，丧母。十四岁，因父亲任赣榆县教谕，而随之移居赣榆。年二十，考取秀才。二十三岁，父亲去世。吴敬梓袭受遗产，有两万余金，但他"素不习治生，性复豪上，遇贫即施，偕文士辈往还，饮酒高呼穷日夜"（程晋芳：《文木先生传》），不受世俗观念约束。三十岁时，家中"田庐尽卖"，"奴逃仆散"（吴敬梓：《减字木兰花》），财产殆尽，至使乡里引以戒子弟。此时，其妻叶氏也已去世。

尽管生活困窘，但积习难改，或得接济即买酒歌呶。年三十三，移家南京。三十六岁，安徽巡抚赵国麟欲举荐他应考博学鸿词，吴敬梓参加了学院、抚院和督院三级考试，因病未能参加后续考试。此后不再关心应试科考，后半生亦始终穷困潦倒，至以书易米，环堵萧然。晚年客居扬州。乾隆十九年（1754），突然亡故，年五十四。

吴敬梓交游较广，著名学者或艺术家如程廷祚、程晋芳、金兆燕、王蓍都与之关系密切。

吴敬梓平生最重要的成就即撰写完成长篇小说《儒林外史》。这部书前后花了二十年左右的时间。据其好友程晋芳记载，吴敬梓在49岁时已经完成创作。

《儒林外史》概况：

吴敬梓所著甚富，但传存有限。现存《文木山房集》收作者40岁之前所作诗词赋，共四卷（赋一卷，共四篇；诗二卷，共一百三十七首；词一卷，共四十七首），最早的刻本为清乾隆时期所刊印，此本还另附有吴敬梓长子吴烺的诗词。该本，《续修四库全书》予以影印（见集部第 1428 册）。李汉秋点校的《吴敬梓吴烺诗文合集》，收录了《文木山房集》；另收吴敬梓佚文三十二篇另两句，题"文木山房集外诗文"，收集较全，附录亦多，于 1993 年由黄山书社出版。吴敬梓还有学术著述《文木山房诗说》，为研究《诗经》的经学专著，现存有四十三则。此籍，长期湮没无闻，直到 1999 年周兴陆先生在上海图书馆发现手抄本，又整理刊布，学界始闻。吴敬梓的《儒林外史》五十六回（也有五十五回的本子，少第五十六回。论者或以为第五十六回系后人伪作），为长篇小说。《儒林外史》初刻本系金兆燕在作者去世十余年后所刊。现存最早的版本为清嘉庆八年卧闲草堂本，为五十六回本，回末有总评（第四十二、四十三、四十四、五十三、五十四、五十五回缺回末总评），总评多从艺术角度着笔。《续修四库全书》第 1795 册所录即为影印此本。清代重要的本子还有苏州潘氏抄本、苏州群玉斋本、上海申报馆第一和第二次排印本、齐省堂本，它们都是五十六回（据李汉秋《儒林外史研究资料》）。现通行本中有人民文学出版社所出张慧剑校注本（有 1958 年版、1978 年版和 1995 年版）；江苏古籍出版社 1989 年所出陈美林《新批〈儒林外史〉》，此本校以潘氏抄本和多种刊本，加以新式标点，并重加文学批评，后多次再版，曾获得全国古籍图书整理一等奖；上海古籍出版社 1984 年出版（2010 年修订再版）的李汉秋《儒林外史汇校汇评》本，此本汇集十种清末以来对此书的评点，并加以校勘，亦受到肯定。当代研究《儒林外史》杰出者亦为陈美林、李汉秋诸人。山东人民出版社 1999 年所出竺青选编的《名家解读儒林外史》汇集了 20 世纪胡适、鲁迅等众多名家的研究或介绍文章。

文学成就：吴敬梓文才过人，"其学尤精《文选》，诗赋援笔立成"（程晋芳：《文木先生传》），诗、赋、散文、小说皆佳；学术上也有研究成果，程晋芳记其"晚年亦好治经"。其长篇小说《儒林外史》更以杰出的讽刺艺术奠定了作家坚实的文学地位。

《儒林外史》为长篇章回体社会讽刺小说，书成后深受读者欢迎和学界重视，被誉为古代讽刺小说的典范，蜚声世界文坛。胡适曾给予其高度评价："安徽的第一大文豪，不是方苞，不是刘大櫆，也不是姚鼐，是全椒的吴敬梓。"（胡适：《吴敬梓传》）鲁迅的评说颇为平允有据："迨吴敬梓《儒林外史》出，乃秉持公心，指时弊，机锋所向，尤在士林；其文又感而能谐，婉而多讽：于是说部中乃始有足称讽刺之书。"（鲁迅：

《中国小说史略》）"在中国历来作讽刺小说者，再没有比他更好的了。"
（鲁迅：《中国小说的历史的变迁》）国外如英国大百科全书指出《儒林外
史》是一部杰出的讽刺文学作品，不论对故事情节还是对人物性格的描
绘，这部小说都远远超过了前人；美籍中国文学研究者亨利·韦尔斯
（Henry W. Wells）《论儒林外史》一文也认为《儒林外史》非常出色，表
现在风格活泼生动和无与伦比的描写文人阶层及社会众生相方面，人情
味浓郁，因之也是一部世界文学杰作（英、美评论见王丽娜《〈儒林外
史〉在国外》，载竺青选编《名家解读儒林外史》）。现已有英、法、德、
俄、日等多语种译本。

　　《儒林外史》的成功之处，就像鲁迅所评《红楼梦》："传统的思想和
写法都被打破了。"（鲁迅：《中国小说的历史的变迁》）

　　小说内容主旨，是借描绘儒林形形色色的文人形象，讽刺追求功名富
贵的众生和虚伪的社会风习，批判当时的科举制度和封建礼教。实则是对
当时社会主流思想的反驳。鲁迅曾概括说明了这部具有独特内容主旨小说
产生的原因及其成功之处：吴敬梓创作之时，"时距明亡未百年，士流盖
尚有明季之遗风，制艺而外，百不经意，但为矫饰，云希圣贤。敬梓所描
写者即是此曹，既多据自所闻见，而笔又足以达之，故能烛幽索隐，物无
遁形，凡官师，儒者，名士，山人，间亦有市井细民，皆现身纸上，声态
并作，使彼世相，如在目前。"（鲁迅：《中国小说史略》）

　　小说的讽刺艺术最为出色。鲁迅一再强调它的婉而多讽，认为"讽刺
小说是贵在旨微而语婉的，假如过甚其辞，就失了文艺上底价值"。清末
出现的谴责小说如《官场现形记》《二十年目睹之怪现状》正是这样的作
品，因此"《儒林外史》是讽刺，而那两种都近于谩骂"。基于此点，他认
为"讽刺小说从《儒林外史》而后，就可以谓之绝响。"（鲁迅：《中国小
说的历史的变迁》）《儒林外史》讽刺方式，往往是用人物本身鲜明的富于
个性特征的言行来写出人物的骨髓，传神而含蓄。例如脍炙人口的范进中
举一段文字，写范进得闻自己中举，竟然疯癫。但是由于前面已经写了范
进多年应试无果、生活窘迫、一再遭受到老丈人胡屠户的鄙夷和痛骂等作
铺垫，他的疯癫失态又显得合情合理。夸张和细节描写也是作者用于讽刺
的手段。范进疯癫，胡屠户不得已打了他一巴掌，却再也回不过手指，夸
张地写出了胡屠户因女婿身份地位变化而产生的心理之变，突出了人物的
势利形象。严监生病到临死，"一声不倒一声的，总不得断气，还把手从

被单里拿出来，伸着两个指头"，原来是嫌灯盏中点了两根灯草，在灯草去掉一根后，"他方才点点头，咽了气"。一个吝啬鬼形象据此得到生动的刻画。

《儒林外史》人物的复杂性也是它成功的原因之一。韦尔斯认为吴敬梓不写通俗小说常见的英雄或恶霸，而显示出价值观方面的不明确和暧昧。这反倒给读者留下更广阔的解释空间。小说中的人物有作者肯定的"正面"形象，如杜少卿实则以作者本人为原型，但也显出不完美处。严监生行事吝啬，难以复加，但他对妻子王氏却真心爱护，为她不惜钱财延请名医治病，又给她服食人参等贵重药材。其临死托孤，反映出对晚辈的负责。这些做法在他不完美的身上添加上了几许夺目的光彩。这样的人物反倒给读者留下更广阔的解释空间。小说中的人物数量较多，其中不少以现实人物为原型，但作者并非直接照搬现实，而是融入了许多艺术加工。复杂而难以定性的人物，正是作者在艺术上的自觉追求的结果。如严监生放心不下两根灯草的事情，有原型依据，但他善对妻子儿女则是作者为塑造其真实可信的形象而虚构出来的。

小说的特殊结构也为学者关注。"惟全书无主干，仅驱使各种人物，行列而来，事与其来俱起，亦与其去俱讫，虽云长篇，颇同短制；但如集诸碎锦，合为帖子，虽非巨幅，而时见珍异，因亦娱心，使人刮目矣。"（鲁迅：《中国小说史略》）这种串珠式的结构，非常适合于随时补充人物故事和形象刻画。《儒林外史》取材现实，有些形象直接来源于当时人物，现实中的这些人物的变化也被作者不时取用，因此这是"一部生长型的小说"（商伟：《〈儒林外史〉与十八世纪文化转折》，载《读书》2012 年第 8期），作者采用特殊结构实际上对修改人物形象是比较方便的——只需动局部，不至扰乱全体。

其他如较纯净的白话语体作为《儒林外史》的一大特征，在长篇小说史上也有其地位。

《儒林外史》影响卓著。其后一大批谴责小说的创作直接受到其影响。胡适认为之后产生的《官场现形记》《文明小史》《老残游记》《孽海花》《二十年之目睹怪现状》等富于现实性、批判性的小说"皆为《儒林外史》之产儿"（胡适：《再寄陈独秀答钱玄同》）。美国著名中国文学研究者夏志清认为："由于晚清及民初以来许多小说家的模仿，《儒林外史》的白话形式也极有力地影响着现代散文作家。与《儒林外史》同时期的小说，无论它的个别成就如何，能具备像《外史》那样重要的形式及技术上的改革，以及对中国小说发展深具影响力的，可谓绝无仅有。"（夏志清：《中国古典小说：评论介绍》，见王丽娜《儒林外史》在国外）《儒林外史》作为世界文学名著，不仅有英、法、德、俄、日语等多种译本，而且被一些国外学者关注和研究。

九十四　程晋芳《勉行堂诗文集》

程晋芳（1718—1784），初名志钥，后改名廷镇、晋芳，字鱼门，号蕺园。清安徽歙县（今属安徽黄山市歙县）人，迁居江都（今属江苏）。清代中期重要诗人、经学家，也是藏书家。生平事迹，主要见于《清史稿》卷四八五本传、《清史列传·文苑传》（卷七十二）本传（附于袁枚）、《皖志列传稿》本传、李元度《国朝先正事略》、袁枚《翰林院编修程君墓志铭》、翁方纲《蕺园程君墓志铭》、刘声木《桐城文学渊源考》等，魏世民点校《勉行堂诗文集》（黄山书社 2012 年版）附录收集程氏生平材料甚为齐备。

程晋芳出身富商之家，"两淮殷富，程氏尤豪侈"（《清史稿》本传）。家庭条件的优越，使程晋芳自幼就受到良好的教育。他本人酷爱读书，"见长几阔案则心开，铺卷其上，百事不理"（袁枚：《翰林院编修程君墓志铭》）。于学，经史子集无所不窥。早年随从父程廷祚习经学，随刘大櫆学古文，又与袁枚、商盘等诗人往来唱和，儒学、诗文创作都闻名一时。但科举不顺，"屡试南闱不第，试京兆不第"（袁枚：《翰林院编修程君墓志铭》）。直到乾隆二十七年（1762），适逢皇帝南巡，程晋芳献赋，于是被召试行在，程晋芳当即作《江汉朝宗》诗四章，皇帝嘉之，拔为第一，拜中书舍人。这时程晋芳已经四十余岁。又十年，才得以成进士，时五十岁，改吏部文选司。不久，乾隆开四库馆，程晋芳被荐，钦命改翰林院编修。

程晋芳不善治生，家事委诸仆人而任之窃取；又好藏书，罄尽其资财购书五万卷，是当时著名的藏书家；喜欢宴请文友，赒济贫困，最终他自己也陷身窘困，追债之声不绝于耳。为生计所迫，程晋芳不避酷暑，舟车劳顿，前往陕西投奔中丞毕沅。至后一月，病卒，时六十七岁。而其儿女尚幼，在生前好友的资助下，遗体才得以安葬，儿女也才得到抚恤。袁枚《翰林院编修程君墓志铭》记载说："赠君葬地者，松太巡道章公攀桂；赠葬费者，陕西巡抚毕公沅也。"毕沅不仅出资安葬费，还抚恤其幼小。时人邓廷桢在三十年后帮助程晋芳后人编辑、刊刻《勉行堂诗集》，书成，为"叙"云："其殁于秦中也，秋帆尚书以数千金经纪其丧，恤其诸孤。"（秋帆即毕沅的字）而据《清史稿·文苑传》，袁枚本人也在程晋芳逝世后，"举借券五千金焚之，且恤其孤焉"。

程晋芳为人豪爽善良，"生而颀长，美须髯，酒酣耳热，纵论时事，则掀髯大笑"，"至于奖掖后进，则有誉无否也"（江藩：《国朝汉学师承记》）。又性好客，延揽四方名流，与袁枚、赵翼、蒋士铨、戴震、朱筠、章学诚及吴敬梓等都是好友；即使那些好学而"略识字、能握笔者"（袁枚：《程君鱼门墓志铭》），程晋芳亦热情款待，为他们提供书籍阅读。

《勉行堂诗文集》概况：

程晋芳一生勤于读书著述，撰作宏富，不少为学术性著述，其中大部分又属于经学一类，如《周易知旨》《尚书今文释义》《左传义疏》《礼记集释》《毛郑异同考》《诸经答问》等。他的诗歌、散文数量本来也有不少，但流失很多。据程晋芳长子程瀚《勉行堂诗集记》，程晋芳死后，诗文遗稿被毕沅"留付剞劂"，但毕沅后来赴任楚地，稿遂散失。程瀚经多年收集而成的《勉行堂诗集》相对于作者平生所作而言只是"片鳞一羽"。程晋芳现存诗文类作品，有《蕺园诗集》十卷、《蕺园近诗》两卷、《勉行堂诗集》二十五卷和《勉行堂文集》六卷，这四种都有清刻本。《续修四库全书》第1433册收录的《勉行堂诗集》二十四卷、《卷首》一卷，为影印嘉庆二十三年邓廷桢等刻本，《勉行堂文集》六卷为影印嘉庆二十五年冀兰泰吴鸣捷刻本。黄山书社2012年出版的由魏世民整理的《勉行堂诗文集》，是将这四种集子去其重复、合编而成。具体做法，据魏世民"整理说明"，诗歌方面取录《勉行堂诗集》全部作品，另收《蕺园诗集》《蕺园近诗》中收录而《勉行堂诗集》没有收录的作品；文集方面则保留了《勉行堂文集》。此外，编者还从时人的文集中搜辑程晋芳的佚文、佚诗，编入《勉行堂诗文集》的"诗文辑补"之中。因此，此集可谓目前所能见到的收录程晋芳诗文最全的一部书了。《勉行堂诗文集》在《附录》中还收录了"一些正史、私家著作里有关程晋芳的传记、墓志铭以及相关诗文集序"（魏世民：《勉行堂诗文集》"整理说明"）。

文学成就：程晋芳长于诗歌创作，时人和他自己也都如此认为。如袁枚谓其"于学无所不窥，而一生以诗为最"，并引程晋芳自云："所学，惟诗自信。"（袁枚：《随园诗话》）数量上，仅现存诗歌就有近三千首。诗歌渊源所自，作者云："余之诗，盖出于桐城两方。"（程晋芳：《南堂诗钞跋》）两方者，一为方贞观，另一为方世举，为同一家族的两位著名诗人。方贞观师法中晚唐，以清新宕逸为主。程晋芳谓其"尝欲选唐人，自刘长卿以下，至中唐之末为一集，去昌黎、长吉、卢仝、刘义四家，而以义山、牧之、飞卿、致尧继焉，以教世之学诗者"但程晋芳对这样的想法不完全认同："余谓此教初学，以正其体，使上溯汉魏六朝，下逮宋元以降，可也。若专事乎此，恐被唐人缚住。"（程晋芳：《南堂诗钞跋》）方世举"议论专主唐宋大家，而于杜、苏尤嗜焉"（程晋芳：《春及草堂诗钞跋》），程晋芳曾随其学诗。可见程晋芳一方面倡导应多学唐人，另一方面也主张诗学多家，不为前人所囿。创作上，认为诗歌与文不同，提出诗有三类："诗人之诗""学人之诗""才人之诗"，而以"诗人之诗"为第一。他自己的诗，体式多样，且各体都能突出体式特征。其四言诗颇似《诗经》，语言质实，风格庄重，例如长诗《圣驾三幸江浙诗》开头："帝省南方，壬午春月，于兖于徐，于江于浙。"同样是歌颂皇帝巡幸的另一首长诗《圣驾巡幸天津恭纪》为七言民歌体，作者在序中自言"谨撰《天津棹歌》三十六章，述草野之忱"，于是其中诗句充满民歌式的清新自然之趣："湾湾月子深深柳，遥映鸾旗出淀来。"其古风、律诗也都能按体写诗，因而诗歌呈现多种状态。程晋芳的诗歌，内容题材丰富，举凡"咏物、怀古、游览、筵宴、送别、忆亲、题画、怀人、杂感等皆备，凡生活中一切琐屑之事及可歌可泣之事物，晋芳皆能以诗道之"（魏世民：《勉行堂诗文集》"整理说明"）。其诗歌多抒写闲适自在的情绪，只有极少作品注意到社会民生，但后一类作品也往往被融入作者的情致。如《煤黑子》写煤黑子"面煤可洗独不洗""日斜叱驭鼓长鞭，足踏车檐及马尾""生葱尺长饼一尺，举碗立啖充其饕"，虽然"执技贱且粗"，但"手口所需不患无"，而"世人巧艺累千百"，却是"谁能肖尔得自如"。刻画出一个自在潇洒、令人欣羡的形象。程晋芳诗歌艺术上勇于创新，如其《忆菊》题下云："禁霜、露、风、雨、烟、月、蜂、蝶、蟹、酒、黄昏、篱、径等字。"有意识不受前人诗歌制约。刘声木亦评云："诗亦戛戛独造，风格颇事生新，不规矩于唐人。"（刘声木：《桐城文学渊源考》）其诗善于写情。有时用景象烘托气氛，情感浓郁。如《送舍弟述先之广陵》："河桥一携手，碧柳未成丝。春水方生夜，孤帆独去时。岸荒人语少，雨急雁飞迟。亦识前期近，其如怆别离。"用早春景象烘托凄冷荒凉气氛，使读者感受到兄弟之间的离别之怆。其具有叙事性的诗歌还工于心理描写，并善用细节表情达意。如《馨儿病愈后作》用"发怒责乳媪，调视功弗专"的细节表达自己闻知孩子生病后的焦虑，《华发二十韵》用"甫觉星星长，还思一一除。怕成翁意态，频对镜踌躇"，写出自己"年才四十余"就已华发早生，因此想要除去星星白发而恢复盛年状态的心理，心理刻画细致真切。在当时袁枚性灵诗大倡天下的情况下，程晋芳的诗歌可谓别树一帜。风格上则以平易为主。

程晋芳的文章多属学术类，有论、校考、辨、说、书序、跋文、书信等，其文学性较强的散文则主要是记、传和墓志铭。文章特点，按刘声木评价，为："其文醇于义理，密于体裁，优柔平中，不尽而长，不峭而洁，不钩稽而辨析，不枯槁而淡远；揖让进退，自然合于矩度。"（刘声木：《桐城文学渊源考》）其文章有不少与文论有关。程晋芳的文论见解与桐城派一致。其实，"桐城派"之名亦与他有关。刘声木《桐城文学渊源考》说："晋芳与历城周书昌皆谓'天下文章在桐城'，世遂有'桐城派'之目。"他提倡古文，曾说："时文之学，有害于古文；词曲之学，有害于诗。"（袁枚：《随园诗话》）又力主文章应载道，反对只讲形式技巧："唐韩、柳、李而外，非无奇峭奥衍之文，然皆使气矜才，修饰字句，于道盖未之闻也。"但也反对只关心内容、不讲文采的做法："南宋以降，迄乎元明，多能阐发理蕴而无淹博之学以振之，所谓言之无文，行且不远。"（程晋芳：《望溪集后》）都与桐城派观点一致。他还认为各体文章应有其相应的内容，强调文章应切实用。如其《书魏叔子文钞后》借论策一体云："夫所谓策者，或行之千百年无弊，或切中当时事，坐而言、起而行之而可以救时。"在《读日知录》中，作者感慨道："由明以上迄于秦汉，儒家者流学博而精，所见者大，坐而言可、起而行者殆无几人。惟亭林及黄子梨洲于书无所不通，而又能得古圣贤之用心，于修己治人之术独探其要，其所论述，实有可见诸行事者。"他另外提出文有两类："学人之文""才人之文"，而以"学人之文"为第一。因为："文以明道，指事叙情，必根诸道而言始无弃。"（程晋芳：《望溪集后》）故其书评文字一般都从内容着眼。这类学术性较强的文章风格上直率敢言，语言平实。例如，他对顾炎武、黄梨洲十分推崇，但是也毫不客气地指出他们学说的缺陷，认为："亭林欲以米绢易银，行均田，改选法，之数者有必不能行，有行之而必不能无弊。""梨洲则必欲复封建井田，此则童儒皆知其不可也。"（程晋芳：《读日知录》）对自己的师祖方苞也是如此。褒扬之外，也有批评，如说："大抵望溪读书本不多，其于史学涉历尤浅，自《三国志》以下皆若未见，何论稗官野乘。"（程晋芳：《望溪集后》）语气甚为直接，甚至有些尖刻。而对自己的老师，他也直言批评，如前述对方扶南选诗的评价。他对吴敬梓的《儒林外史》钦佩有加，称扬之曰"仿唐人小说"，"穷极文士情态"（《文木先生传》），可谓抓住了作品的精髓，但也未曾虚夸。其文学性散文，写人者能抓住人物情态，描写细致逼真，如《文木先生传》写吴敬梓生平的文字，描述吴敬梓家财挥霍殆尽，在"冬日苦寒"又"无酒食"之中，邀约同好五六人"乘月出城南门，绕城堞行数十里，歌吟啸呼，相与应和，逮明，入水西门，各大笑散去"。生动地描摹出传主睥睨贫穷的豪态。写物者，也往往归结到人，融入人的性情。如《淮阴芦屋记》写芦屋所在自然环境，但更多的笔墨则用在先后拥有芦屋的两个主人身上：边颐善画，于是同慕名而来的客人坐于亭中，"煮茶焚香"，面对芦苇、野鸭，"杂研丹、黄……随意所作"；孝廉不会画，又生性简朴，"得逸地，有而弗居"。从形象的描摹中传递人物神态和性情是其写人的特点。

九十五　方成培《雷峰塔》《词榘》

方成培（1731—1789），字仰松，号岫云，又号后岩，别署岫云词逸，清徽州歙县（今安徽黄山市歙县）人。清中期著名学者、词曲家、医学家。生平事迹，主要见于民国《歙县志》、好友汪启淑《续印人传·方后岩传》、亲家周皑《黄山二布衣词序》等，徐凌云校点《皖人戏曲选刊·方成培卷》（黄山书社 2008 年版）中《方成培研究资料汇编》收集方氏生平材料较多。

方成培出身耕读之家，其父做过来安县教谕。成培幼即颖慧，"髫龄即能文"（汪启淑：《续印人传·方后岩传》）。但体弱多病，终日"在药裹间"（《歙县志》），父兄于是规劝不使苦学。方成培不走科举之路。稍长，学医不辍，又研究道家的养生之法，十余年后身体康复。他与同里医家、当时著名咽喉病专家郑梅涧交好，将郑氏家传喉科用药秘本及针灸疗法整理成《重楼玉钥》一书，民间广为传抄，按方疗疾，极为灵验。此书道光年间（1838）刊刻之后，被多次翻印，成为喉科医学名著。方成培本人也是当时著名医学家，著有《运气图解提要》《太乙神针》等。又其博学多才，爱好广泛，除医学外，经传及诸子百家、词曲乐律等都是他悉心探究的对象；他的文学创作范围也较广，诗词曲文等，都有创获，尤其是戏曲创作更为人瞩目。其交游者亦不乏当世文贤，如翁方纲、程瑶田、汪启淑等。

方成培为人"和易坦率，敦内行"（《歙县志》），又"气度闲雅，飘飘然有逍遥远举之致"（汪启淑：《续印人传·方后岩传》）。平生亦好游，黾勉跋涉，探幽抉奥，累月经旬而不返。曾客游淮扬多年，最终殁于客邸，时康熙己酉年（1789）（据周皑《黄山二布衣词序》），享年五十九。

《雷峰塔》《词榘》概况：

方成培学涉多科，兼善创作，著述颇丰。据《歙县志》等文献记载，有《词尘》《词榘》《诵诗记疑》《镜古续录》《谈咫》《记后岩学诗》《听奕轩小稿》《雷峰塔》《双泉记》等二十余种。多已失传。今存著名者有《雷峰塔》《词榘》两种。他的词现存七卷，见于《黄山二布衣词》（集中还有另一位作家周皑的词）。《词榘》为大型词谱类撰著，达二十六卷，现存较完整者为方氏手写本（存安徽省博物馆），此本缺失第三、第四两卷。《雷峰塔》版本，现存最早的是方氏水竹居刻本（乾隆三十六年），及乾隆三十七年水竹居续修本，《续修四库全书》所收《雷峰塔传奇》即据后者影印（见集部第1776册）。其后还有多种刊刻本（方成培《雷峰塔》传奇的各种版本，2009年扬州大学张弘的硕士论文《方成培〈雷峰塔〉研究》有全面介绍）。今以王季思主编的《中国十大古典悲剧集》点校本（上海文艺出版社1982年版）和李玫注本（华夏出版社2000年版）较为通行。

文学成就：方氏所有的创作中，《雷峰塔》传奇最为著名，文学成就也最为突出，被誉为中国古典十大悲剧之一。

方成培《雷峰塔》，共三十四出。有关禅师镇压白蛇于雷峰塔的传说，宋代已有。清人黄图珌《雷峰塔》传奇（看山阁刻本）是现存最早的相关内容的戏曲。方成培的《雷峰塔》即改编自清人黄图珌《雷峰塔》和民间梨园抄本。有关改编内容，朱万曙《〈雷峰塔〉的梨园本与方成培改本》（见朱万曙《明清戏曲论稿》）述之最详。改编缘由，据方成培《雷峰塔自叙》，当时"朝廷逢璇闱之庆，普天同忭。淮商得以薛襄盛典，大学士大中丞高公语银台李公，令商人于祝嘏新剧外，开演斯剧"，但其剧"在知音繙阅，不免攒眉，辞鄙调讹，未暇更仆数也"，于是"重为更定，遣词命意，颇极经营，务使有裨世道，以归于雅正"。改编结果，《自叙》亦谈道："较原本曲改其十之九，宾白改十之七。'求草''炼塔''祭塔'等折，皆点窜终篇，仅存其目。中间芟去八出。'夜话'及首尾两折，与集唐下场诗，悉余所增入者。"改编之处既多，又很成功，"既成，同人缪相许可"，并很快盛演于梨园，至今影响不衰，并被改编成多种地方戏及影视作品。

与黄本相比，方本不仅在词语、音乐等方面"颇极经营"，语言雅洁，并且在人物形象的塑造上也表现出较大变化。黄本中的白娘子虽然已经有了女性的温柔多情，但作者对她的态度仍然是否定的，视之为妖蛇，从而否定她与许仙的恋爱。例如他反对民间上演时增加"生子得第"的情节，认为妖蛇之子不能"入衣冠之列"。方本中的白娘子则受到作者肯定，因之作品更多地表现了她对爱情婚姻的忠诚与不懈追求，为此作者还删去了黄本中白娘子盗官银以及惩治渔民的情节，并参考梨园旧钞而增加了"端阳""求草""水斗""断桥""合钵"等情节。方本借助白娘子形象表现出民间和时代在爱情婚姻方面的诉求。论者认为，方本改动最成功之处就在于白娘子形象的妖怪气息和人情内涵达到了巧妙、和谐的统一。方本的许仙形象，较之于黄本，增添了对白娘子的些许爱惜之情，如得知妻子为白蛇变身，一方面希望摆脱，另一方面又怜惜妻子，当被法海要求以钵收妖之时，他很矛盾："禅师呵，此妖一时无状，水漫金山，致遭天谴，理所应该。但弟子夫妻之情，不忍下此毒手。"总之，方本人物形象更趋于复杂，剧中场次、内容也为突出人物形象而发生变化，对雷峰塔与白蛇故事起到了定型的作用。由于方本《雷峰塔》的杰出成就，被今人列为中国十大古典悲剧之一。

《词榘》内容，从其现存二十四卷看，为词谱。其中录 744 种曲调，1436 体（据 2009 年安徽大学孙书文硕士论文《方成培〈词榘〉稿本研究》），较之清人万树所编《词律》的 660 调 1189 体多出不少，但不及王奕清《钦定词谱》的 826 调 2306 体。《词榘》之撰晚于后两者，其中多有比较和评判两者的内容。该撰特点是采集宏富，对词调、词体考校细致，多谈词曲乐律。由于不曾刊刻，所以研究者不多。

九十六　姚鼐《惜抱轩诗文集》《古文辞类纂》

姚鼐（1732—1815），字姬传，又作稽川，一字梦谷；室名"惜抱轩"，故世称"惜抱先生"。清安徽桐城（今属安徽安庆市桐城县）人。清中期著名学者、文学家、书法家。生平事迹，主要见于《清史稿·文苑传》（卷四八四）本传、《清史列传》（卷七十二）本传、姚鼐从孙姚莹《朝议大夫刑部郎中加四品衔从祖惜抱先生行状》（见姚莹《东溟文集》卷六）、门人吴德旋《姚惜抱先生墓表》（见吴德旋《初月楼文续钞》卷八）、马其昶《桐城耆旧传》、刘声木《桐城文学渊源考》、郑福照《惜抱先生年谱》，今人孟醒仁《桐城派三祖年谱》，等等。此外，周中明《姚鼐研究》有年谱，并在附录中列出后人有关姚鼐的传记、墓表、墓志铭等很多相关材料。

姚鼐出身桐城望族，祖上有多人为名宦，但姚鼐父亲只是布衣之士，家道也就此衰落。姚鼐自幼好学，又才敏过人。他的伯父姚范为乾隆进士，学通经传诸子百家，又与刘大櫆友善，得方苞作文义法，姚鼐少时随之学经，又亲受其文法。姚鼐还是刘大櫆的得意弟子。刘大櫆谓其"时甫冠带，已具垂天翼"（刘大櫆：《寄姚姬传》）。

姚鼐在二十岁即中举，时乾隆十五年（1750）。但其后科举不顺，多次参加礼部会试都以失利告终，直到第六次应试才终得进士及第。时乾隆二十八年（1763），姚鼐三十二岁，即授庶吉士。三年后，主事礼部。历任山东、湖南乡试考官，会试同考官，门下多知名人士，如孔广森、钱澧等。不久又迁任刑部广东司郎中。乾隆三十八年（1773），四库馆开，姚鼐经刘文正、朱竹君荐举，充任纂修官。当时非翰林而充四库纂修官者仅姚鼐、戴震等八人。四库书竣，姚鼐乞养归里，年四十四。当时两淮盐运使朱孝纯闻知后，遣人迎至扬州，"以新筑梅花书院居之"（刘声木：《桐城文学渊源考》）。姚鼐从此开始了主讲书院的生涯，前后主讲江南梅花书院、敬敷书院、紫阳书院、钟山书院等四十余年。家贫，但他却谢辞大学士于敏中等人的多次提携，坚守初衷，日以教授后学生徒为务，方东树、梅曾亮、姚莹、管同、刘开、方绩、马宗琏、陈用光等都是其学生。嘉庆十五年（1810），姚鼐离中举之时恰好六十年，于是按照惯例重赴鹿鸣宴，诏加四品衔。嘉庆二十年（1815），姚鼐逝世，享年八十五。

姚鼐为人"貌清而癯，而神采秀越，风仪闲远，与人言终日不忤"（姚莹：《惜抱先生行状》），"清约寡欲"，"自然高迈"（马其昶：《桐城耆旧传》）。而终生好学，"自少及耄，未尝废学"（姚莹：《惜抱先生行状》）。又待人极为和蔼，不分贵贱"皆乐与尽欢"，但若有关道义，又能坚守原则而不姑息。因此"世言学品兼备，推鼐无异词"（《清史稿》本传）。

《惜抱轩诗文集》《古文辞类纂》概况：

姚鼐所著，据《桐城耆旧传》，有《九经说》十七卷，《三传补注》三卷，《老子章义》一卷，《庄子章义》十卷，《惜抱轩文集》十六卷、《文后集》十二卷，《诗集》十卷，《法帖题跋》一卷（《清史稿·艺文志》著录为三卷，题"惜抱轩法帖题跋"），《笔记》十卷，《书录》四卷，《尺牍》十卷。此外，还编有《古文辞类纂》七十四卷、《五七言今体诗钞》十八卷。又据《清史稿·艺文志》，姚鼐另著有《国语补注》。其中最能体现姚鼐文学创作及文学主张的是《惜抱轩文集》《文后集》《诗集》《古文辞类纂》。

姚鼐诗文集现存重要版本有清同治年间所刻《惜抱轩全集》、民国时期上海涵芬楼影印原刻本《惜抱轩诗文集》，四部丛刊本即据涵芬楼本影印；嘉庆三年刻增修本，《续修四库全书》第1453册即据此本影印（包括惜抱轩文集十六卷后集十卷惜抱轩诗集十卷后集一卷）。整理本也有几种：姚鼐后人、清末著名经学家、古文研究家姚永朴为姚鼐诗集作注，名《惜抱轩诗集训纂》，此书征引丰富，并交代每一首诗歌的写作年代和背景，黄山书社2001年出版了由宋效永整理的点校本；上海古籍出版社1992年出版刘季高点校的《惜抱轩诗文集》；此外，今人周中明的《姚鼐文选》（苏州大学出版社2001年版）评选了姚鼐各体散文一百篇，选评原则主要顾及文学性较强及有论述文学主张的篇目，内容包括姚鼐文章、选者解题和注释。周中明又撰《姚鼐研究》（安徽大学出版社2013年版），对姚鼐家族、生平、思想、文学主张及创作成就有系统探讨，书中还有所编年谱，书末则附有采撷众多的传记资料、众家评论和姚鼐作品的序跋资料。

姚鼐《古文辞类纂》影响巨大，刻本众多，刻印至有数十百起。据周远政《古文辞类纂版本述略》（载《古典文学知识》2003年第5期）介绍，该纂在姚氏生前只有钞本，最早的刻本是嘉庆时期康绍镛据姚鼐中年所订钞本刊印；道光年间吴启昌又据姚鼐晚年订本刊刻；光绪年间李承渊得姚鼐传其幼子姚雉之圈点本，请萧穆详勘以康、吴本后刊刻，是为求要堂本。这是较为重要的几部版本。《续修四库全书》第 1609—1610 册所录为清道光元年合河康氏家塾刻本。1916 年，徐树铮集评本《诸家评点古文辞类纂》由都门印书局出版；2012 年，国家图书馆出版社又据此影印出版。现较通行的《古文辞类纂》本有 1998 年浙江古籍出版社影印求要堂本、岳麓书社出版的边仲仁点校本。又，安徽教育出版社 1995 年出版了《古文辞类纂评注》，系吴孟复先生主持、蒋立甫等数位先生参与评注而成。此书以李本为底本，用多种资料校勘，加以标点；吸收多家注释而出解详明，又辑录了各家评论。注释范围较为广泛，除词语解释外，还有解题及对原文"层次、脉络及伏应、提顿之妙"的提示及文学评价。解题则切实，包括解说文体，指出作意、背景，点明结构。所辑各家评论，"以方、姚、吴、张之说为多"，对今人如钱基博、吕思勉等人的评语也间有吸收。是目前所见精良的校注本（参见吴孟复《〈古文辞类纂〉评注序》）。

文学成就：姚鼐系桐城派三祖之一（另两位，一是方苞，二是方苞学生刘大櫆。姚鼐系刘大櫆门人）。他倡导古文，亦擅古文。他精研学术，在散文理论方面有深入探讨，并因此完善了方苞、刘大櫆的主张，是桐城派理论的集大成者。

姚鼐主张为文要"道与艺合"："文者，艺也。道与艺合，天与人一，则为文之至。"（姚鼐：《敦拙堂诗集序》）抓住了文之所以为文的特点，认为为文就要讲究技艺。而"技之精者必近道，诗文美者命意必善"（姚鼐：《答翁学士书》），技艺的完善到了"道"的境界，才能写出好的文章即"道与艺合"的作品。这实际上是不同于"文以载道"的主张。在艺术形式的探讨上，姚鼐在刘大櫆"神气"说的基础上进一步提出"神、理、气、味、格、律、声、色"的概念。刘大櫆认为"神气者，文之最精处也；音节者，文之稍粗处也；字句者，文之最粗处也"（刘大櫆：《论文偶记》）。姚鼐则说："神、理、气、味者，文之精也；格、律、声、色者，文之粗也。然苟舍其粗，则精者亦胡以寓焉！"（姚鼐：《古文辞类纂序》）这是对刘说的完善。所谓神、理、气、味，与文章精神气韵有关；所谓格、律、声、色与文章艺术形式有关，两组都属于艺术范畴但境界不同。姚鼐认为由粗至精，才能达到散文创作的最好境界，借此指出了作文的途径。此外，他认为阴阳为天地之道，万物因之而变化无穷，因此主张为文应"统二气之会而弗偏"（姚鼐：《复鲁絜非书》），这是将文学风格划为阴柔和阳刚两类，进而主张两者在散文中应你中有我，我中有你，既有侧重又需相补互融。姚鼐论文还主张平淡，认为好的文章应有自然的风格："故文章之境，莫佳于平淡，措语遣意，有若自然生成者。"（姚鼐：《与王铁夫书》）好的文章"在乎当事切理，而不在乎华辞"（姚鼐：《〈稼门集〉》序）。这种看法实则与桐城派主张散文应清晰简明一致。姚鼐的这些主张完善了桐城派的散文理论，他也因之被誉为桐城派理论的集大成者。郭绍虞先生曾指出，姚鼐之论"比方氏更精密，所以桐城之派至姚氏而始定，因此他的论文主张亦更为重要"（郭绍虞：《中国文学批评史》）。姚鼐的创作也以散文最为著名，散文创作与其理论主张一致。自谓文事所能致力者，"陈理义必明当；布置取舍、繁简廉肉不失法；吐辞雅训，不芜而已"（姚鼐：《复鲁絜非书》）。刘声木称其"所为文高简深古，才敛于法，尤近司马迁、韩愈"（刘声木：《桐城文学渊源考》）。又，《清史稿》载："论者以为辞迈于方，理深于于刘。三人皆籍桐城，世传以为桐城派。"（《清史稿》本传）

姚鼐还提出著名的义理、考据、词章三者不可偏废之说，即以阐发义理为目的（刘声木《桐城文学渊源考》："其论文根极于性命而探原于经训。至其浅深之际，有古人所未尝言，鼐独抉其微而发其蕴。"），以词章为阐发义理的手段，以考据为阐发义理的依据，这种主张是针对"学问之事"即学术性研究而言（姚鼐《复秦小岘书》："天下学问之事，有义理、考据、辞章三者之分，异趋而同为不可废。"），具有深刻的学术思想背景。当时正值宋学影响巨大而汉学也日以趋盛之际，宋学重义理，汉学唯重训诂考据，姚鼐三者相互为用的主张表现出他的卓识和通达。但其所谓义理，仍然是指程朱理学的内容。

《惜抱轩诗文集》是姚鼐的代表作。其集内容丰富，而主旨淳正。从文学性较强的一部分来看，记人或述事者描写形象，议论说明者清楚明了；语言简洁，但富于变化，蕴含深厚。姚莹认为好的文章只需"平平说来，断制处只一笔两笔，是非得失之理自了，而感慨咏叹，旨味无穷"，姚鼐文章正是如此，具有"不轻发议论，意思自然深远"的特征（见姚莹《识小录·惜抱轩诗文》）。例如，《范蠡论》虽是论说文体，开篇却叙述范蠡之子杀人，系于楚，范蠡营救失败的故事，然后才分析论说其原因，得出"君子重修身而贵择交"的结论，颇有寓言意味。他为人称道的游记散文《登泰山记》叙述自己离京而冒雪登泰山以观日出的过程，介绍了泰山的位置，及欲登顶日观峰而峰顶距山下"四十五里，道皆砌石为磴，七千有余",加之雪天"道中迷雾冰滑,磴几不可登"的攀登艰辛之状,以及登顶后"苍山负雪,明烛天南;望晚日照城郭,汶水、徂徕如画,而半山居雾若带然"的感受,还描写了泰山"山多石,少土;石苍黑色,多平方,少圜;少杂树,多松,生石罅,皆平顶;冰雪,无瀑水,无鸟兽音迹"的特殊之处,又写登顶所见泰山日出的壮观,以及雪后泰山景象、留存古迹等,内容丰富而层次井然,描摹细腻,表泰山之象若在眼前。短短500余字篇幅,或介绍说明,或叙事描写,或抒写感受,从容道来。语言多短语,风格简洁而内容富于变化,且蕴意丰富。结语"日观数里内无树,而雪与人膝齐"一句,只写日观峰大雪之后特殊景象,而其带给人的开阔印象、观者敞亮喜悦的心情俱蕴含其中。刘师培谓姚鼐文章有"丰韵"(见刘师培《刘申叔先生遗书·左庵外集·论近世文学之变迁》),此文可为印证。姚鼐亦能诗,现存诗歌783首。他主张学诗要先从明七子诗入手,而后以唐宋诗为依归。创作上,取法唐宋而自有特点,意正词洁,清远拔俗,后人称之。清人程秉钊云:"惜抱诗精深博大,足为正宗。"(程秉钊:《国朝名人集题词》)近人刘声木谓其"诗亦有标格,正而能雅,劲气盘折,能以古文义法通之于诗"(刘声木:《桐城文学渊源考》)。但长久以来为文名所掩,学者探究不多。

《古文辞类纂》是姚鼐编撰的一部文、辞(赋)兼收的古文选集,其中有姚鼐简要的评说校雠。始纂成于乾隆四十四年(1779)姚鼐辞官之后、主讲扬州梅花书院之时,其后三十余年时时修订。书初成,即四方传抄,刊刻也随后而起,故钞本、刻本甚多。《古文辞类纂》大体按照文通字顺、简洁雅正的桐城派古文标准,遴选了自战国时期《战国策》、屈原赋作到清初方苞、刘大櫆散文共700余篇,尤其重视选入唐宋八大家的文章,量大而精,能体现古文流变。全纂将古文分为十三类:论辩、序跋、奏议、书说、赠序、诏令、传状、碑志、杂记、箴铭、颂赞、辞赋、哀祭。论者以为较之《昭明文选》之烦琐分类,姚鼐的分类精审合理。姚鼐还在《古文辞类纂序目》中对每一文类都述其源流,并说明选录理由,如序跋类:"序跋类者,昔前圣作《易》,孔子为作《系辞》《说卦》《文言》《序卦》《杂卦》之传,以推论本原,广大其义。《诗》《书》皆有序,而《仪礼》篇后有记,皆儒者所为。其余诸子,或自序其意,或弟子作之,《庄子·天下篇》《荀子》末篇皆是也。余撰次古文辞,不载史传,以不可胜录也。惟载太史公、欧阳永叔表志叙论数首,序之最工者也。向、歆奏校书各有序，世不尽传，传者或伪，今存子政《战国策序》一篇，著其概。其后目录之序，子固独优已。"此书因取录广博、选择精当、分类合理、评说简洁精要而影响甚巨。"闻之前辈：此二三百年间，人之读书而成学者，无论后来所就，或汉学或宋学，或考据或辞章，或旧学或新知，而要其始，未有不读《古文辞类纂》者也。"（吴孟复：《〈古文辞类纂〉评注序》，载《吴孟复安徽文献研究丛稿》）后世选本及文体研究也深受其影响。如清末王先谦所编《续古文辞类纂》三十四卷，承接姚氏，选录乾隆至咸丰年间文章455篇；黎庶昌所编《续古文辞类纂》二十八卷，则为增补姚氏，另选先秦至清代方苞、刘大櫆文449篇。

九十七　方东树《昭昧詹言》

方东树（1772—1851），字植之，原名巩至，号歇庵，又号冷斋，别号副墨子；晚年慕卫武公耄而好学，以"仪卫"名轩，自号"仪卫老人"，清安徽桐城（今属安徽安庆市桐城县）人。为清代中期文学家、思想家，桐城派的重要人物，与梅曾亮、管同、刘开并称"姚门四杰"。生平事迹，主要见于马其昶《桐城耆旧传》、刘声木《桐城文学渊源考》、《清史稿·文苑传》（卷四八六）本传、《清史列传·儒林传》（卷六十七）本传、《桐城县志》等，清人郑福照撰有其年谱（见王云五主编、台湾商务印书馆1978年出版《新编中国名人年谱集成》第4辑所收题"清方仪卫先生东树年谱"）。

方东树出身书香门第。父方绩工诗，有诗文集；又曾校正史传、诸子，著有《经史札记》《屈子正音》等。方东树幼时学有家范，稍长又师事姚鼐。他聪颖好学，幼时作诗即传名乡邑。一生读书治学不倦，博览群书，"自诗文、训诂、义理以逮浮屠、老子之说，无不综练"（马其昶：《桐城耆旧传》）。眼界开阔，又承教姚鼐，服膺程、朱，有自己的见解且能坚守，故在汉学兴盛之时撰著了《汉学商兑》《书林扬觯》二书，强有力地维护了宋学义理之说。又好深思穷究，"论道术、文艺，必抉其所以然"（马其昶：《桐城耆旧传》）。

方东树学问精深广博，为乡邑大师。但科举不顺。本来少时即补诸生，有用世之志，却多次参加乡试均未获利。于是自道光七年（1827）不再应试。其后虽有好友愿意相助、其师姚鼐荐举，都被他婉言拒绝。主要靠书院讲学课徒维持生计，曾主讲庐州、亳州、宿松、廉州、韶州等地书院。八十岁时，卒于祁门东山书院。

其为人高介而有原则，不随人俯仰。常闭门撰著，而又关心时事。鸦片输华之时，方东树撰《匡民正俗对》，力倡禁烟；又作《病榻罪言》力主自强之策，但都未被采纳。逝世后，弟子方宗诚"刊布其书，名乃大著"（《清史稿》本传）。

《昭昧詹言》概况：

作者一生著述不辍，数量颇为可观，据刘声木《桐城文学渊源考》统计有《考盘集文录》（弟子方宗诚选刊本改名《仪卫轩文集》）十二卷、《外集》一卷、《诗集》六卷、《汉学商兑》四卷、《书林扬觯》二卷、《昭昧詹言》十卷《续》八卷《续录》二卷，另有杂著若干种；刘声木《桐城文学撰述考》共列方氏著述达三十七种，其中仅《待定录》就有一百余卷，惜多未流传。《仪卫轩全集》（即《方植之全集》）收录了方东树已刊各集。据文化部《第一批国家珍贵古籍名录》，方东树所撰稿本现存（题《仪卫轩遗书》，不分卷，藏桐城市图书馆）。《考盘集文录》，《续修四库全书》有收录（见集部第1497册），为影印清光绪二十年年刻本，中国人民大学和北京大学编纂的《清代诗文集汇编》第507册同此。此外，后者还影印了清光绪十五年《方植之全集》中的《半字集》《考槃集》《王余集》《仪卫轩遗诗》。

方东树的诗话著作《昭昧詹言》由《昭昧詹言》正集十卷、《昭昧詹言续录》二卷、《续昭昧詹言》八卷三种构成，卷帙浩繁。初刻于光绪年间，收在《桐城方植之先生遗书》内；光绪十七年重刊，收于《仪卫轩全集》。《续修四库全书》第1705册收录的《昭昧詹言》十卷、《续》八卷、《续录》二卷，即为影印清光绪十七年刻本。此后还有几种续刻本，续刻本在卷帙上有所增益，而以民国年间武强贺氏刊本为好。人民文学出版社1961年所出汪绍楹点校本即以贺本为底本。点校本于校勘甚为用力，以北京图书馆所藏正十卷、续十卷的钞本参校，并摘要附录；1984年、2006年重印。点校者在《校点后记》中对《昭昧詹言》的版本有细致记载。

文学成就：方东树的文学成就主要体现在诗学理论和古文及诗歌创作方面。方东树作为姚鼐的弟子，服膺桐城文论，并完善了桐城派的诗歌理论。方东树所作古文，主要见于《考盘集文录》（250篇左右）。其为文作诗，前人评曰："好构深湛之思，醇茂昌明，言必有物，穷源尽委，沉雄坚实，无不尽之意，无不尽之词，不尽拘守文家法律，诗则用力尤至沉着坚劲。"（刘声木：《桐城文学渊源考》）《昭昧詹言》是其诗话著作，集中反映了桐城派的诗学理论。

《昭昧詹言》的内容是评析诗歌，评析的主要对象是五言古诗、七言古诗和七言律诗。全书以诗体为经、时代为纬的体例进行编排。正集约完成于道光十九年（1839），专论五言古诗，首卷为"通论五古"，从第二卷开始依次评释汉魏、阮籍、陶渊明、谢灵运（附谢惠连、颜延之）、鲍照、谢朓（附张九龄、李白、柳宗元）、杜甫、韩愈、黄庭坚（附陈师道）等人诗作。《续录》首卷为"通论七古"，后卷依次评释王维、李直、高适、岑参、李白、杜甫、韩愈、欧阳修、王安石、苏东坡、黄庭坚……至元代虞集、吴莱等人诗作。《续昭昧詹言》完成于道光二十一年，首卷为"通论七律"，第二卷开始分别评释了初唐诸家、盛唐诸家、李白、中唐诸家、李商隐、苏轼、黄庭坚等人的诗作，附卷为陶诗附考。

《昭昧詹言》以桐城派"诗文一律"的观点论诗，集中体现了桐城派的诗歌主张。全书主要是对王士禛《古诗选》与姚鼐《今体诗钞》所选作品的评释，故而所论往往针对具体诗篇，但往往体现出对诗人及诗歌创作的普遍要求。《昭昧詹言》中体现出的诗学主张与桐城派文论一致，主张"诗与古文一也"（卷十四），故以论古文之法论诗，如强调诗人须加强自身学问修养，应文以载道。但另外又认为诗主性情："诗之为学，性情而已。"（《昭昧詹言》卷一）方氏主张，诗人一方面应说"本分语"、显"自家面目"，但另一方面也不应违逆于雅正的内容。论者以为这是在调和言志与缘情之说，而以言志为统。

全书以对诗篇的解析评价为主体，有的评析长达数百字（如卷二评析《古诗十九首》之《行行重行行》一篇，多达四百来字），有的短至数字（如卷二对无名氏《拟苏李诗》之《晨风鸣北林》一篇只评其中"明月"二句，评语仅有六字；评文帝《杂诗》，更只用"比也行役"四字了之），还有略而不论的。具体内容则有解释诗篇意旨，分析结构及作法。方东树的诗论在清代诗论中属于由肌理说到同光体的中阶。与其他诗话相比，方东树这部诗话特别重视诗歌艺术技巧（作者称之为"能事"），书中指出的具体技巧多达二十余种，对具体诗歌的评释也偏重于艺术。例如"通论七古"针对七古的诗体特征和作法，说明特详。如说"诗莫难于七古"，因为"七古以才气为主，纵横变化，雄奇浑颢，亦由天授，不可强能"；"其次则须解古文者而后能为之",即"以古文之法行之"。又说"七言古之妙朴、拙、琐、曲、硬、淡缺一不可;总归于一字曰老","凡歌行要曼不要警","七言长篇不过一叙、一议、一写三法耳"。但仅仅是"叙",就须"逆叙、倒叙、补叙、插叙,必不肯用顺用正"。

方氏所论与宋代诗学为近,又有融合唐宋、兼综各派的特点。从其论说来看,非常推崇汉魏古诗,例如卷二说,"汉魏诗陈义古,用心厚,文法高妙浑融,变化奇恣雄峻,用笔离合转换,深不可测";"汉魏人用笔,断截离合,倒装逆转,参差变化,一波三折,空中转换挢挽,无一滞笔平顺迂缓骏塞。谢、鲍已不能知。后来惟李、杜、韩、苏四家,能尽其变势"。具体诗人,则以为谢灵运诗精工,但不如汉魏古诗,因为谢诗能够摘句,而汉魏诗皆主气象浑沌、不可句摘。谢也不如陶,因为"康乐之诗精工,渊明之诗质而自然耳"。

方东树所论虽然多采撷桐城诸家(汪绍楹《昭昧詹言》"校点后记"指出其所采"以姚范、姚鼐为主体"),但新意亦复不少。论者或以为方东树论诗,观点不一。但他重义法、主性情、强调创变则一也,所以对陶渊明、李白、杜甫、韩愈等不同做派的诗人,都能欣赏且加以肯定。另需指出的是,方东树的文学批评能秉持公正,不袒护,不溢美。如评论同乡兼文学前辈刘大櫆的文学创作,一方面指出其长:"海峰才自高,笔势纵横阔大,取义取境无小雅,吾乡前后诸贤,无一能望其项背,诚不世之才。"另一方面指出其短:"然其情不能令人感动,写景不能变易人耳目,陈义不深而多诐激。"并揭示原因:"此由其本源不深,意识浮虚,而其词义习熟滑易,多袭古人形貌。"故此,《昭昧詹言》的批评文字至今为学者看重。

九十八 包世臣《艺舟双楫》

包世臣(1775—1855),字慎伯,晚号倦翁、小倦游阁外史,又被称为"包安吴"(因其为泾县人,泾县在汉代叫作"安吴"),清安徽泾县(今属安徽宣城市泾县)人。清后期思想家、书法家、书法理论家、文学家。生平事迹,主要见于《清史列传·文苑传》(卷七十三)本传、《清史稿·文苑传》(卷四八六)本传、近人胡朴安的《包世臣传》和《包世臣年谱》(两篇均为今人李星、刘长桂点校之《包世臣全集·小倦游阁集、说储》）收为附录；包世臣本人的文章也有涉及。

　　包世臣出身清贫，"父亲以教蒙馆为业"（吴孟复：《略论包世臣的文学思想与诗文创作》，载《吴孟复安徽文献研究丛稿》）。他本人"四岁就小学"，就是跟随父亲读书。包世臣二十二岁之前的生活都是以居家读书为主。"七八岁即好韵语，昼夜不辍"（包世臣：《与王惜庵书》），尤其喜欢诵读《文选》。且能文善思，"七岁成文章"（包世臣：《启安徽兵备奕岩先生》），"幼读书至《孟子》'五亩之宅'章，即问：'今日制产何以不如此?'"（胡朴安：《包世臣传》）稍长，爱好兵法，十九岁开始有意识系统读古今兵法之书，并与《左传》《国策》等记载战事的书籍相参照。这一年，父亲病重，包世臣一面栽种果蔬、课教童子等维持生计，一面坚持读书。二十岁，父亲去世，包世臣二十二岁时服阙，于是走出家门。先是游芜湖，拜中江书院山长程世淳为师。因《冰赋》一文大受称赞，遂被荐于徽宁道之宋熔之幕。当时正值大旱，包世臣受宋熔命写《诛旱魃文》，文成，名传皖江，被正在巡抚皖江的大司马朱珪看中，招致门下。朱珪问以兵事，包世臣为之分析、建议，朱珪非常赞许。但不久，朱珪离开安徽，包世臣的不少切实可行的具体建议未能实施。

　　包世臣有济世之志，主张经世致用之学。离开朱珪、宋熔之后，一面辗转各地诸多官宦幕府，一面坚持不懈参加科举考试，但始终未能进士及第。只是在嘉庆十三年（1808）三十四岁时中举，在道光十八年（1838）六十四岁时担任过新喻知县（第二年即卸任）。不过，包世臣知文、知兵、知农政与经济，对时局有深刻的认识、而受到时人重视与肯定。如朱珪曾多次邀约他进入幕府，其他不少臣僚也延请他为幕僚，林则徐也曾专门向他咨询过禁烟问题。他自己也以治世救弊为己任，如主张抗英禁烟，又为在上者积极出谋划策，且著书立说以求传播。

　　书法探索，也是包世臣的兴趣所在。二十六岁时，借得古帖十余种，遂即"以朱界九宫移其字，每日习四百字，每字连书百数，转锋布势必尽合于本而后已"（胡朴安：《包世臣传》）。二十八岁，又先后结识书法家钱鲁斯、邓石如等人，技艺因此大增。自称："慎伯中年书从颜欧入手，转及苏董，后肆力北魏，晚习二王，遂成绝业。"（包世臣：《安吴四种》叙录）成为书法大家。他还总结自己的心得，撰写书法理论著作，如其《艺舟双楫》中的后半部分就是专门的书法理论文字。他的书论倡导北魏碑学，对后世书法界影响至为深远。

对于作文之法，包世臣也积极探讨，常教人文法，且撰写成文，其《艺舟双楫》前半部分即为文论内容。

包世臣喜欢游历，少时曾随父远游，壮时至老亦多处游历，"性好登高望远"（包世臣：《王海楼倚栏看日出图记》）。且喜结交当时名士，朱珪之外，段玉裁、钱玷、李兆洛、姚鼐、张惠言、龚自珍等都与之深交。

咸丰五年（1855），包世臣辞世，享年八十一。

《艺舟双楫》概况：

包世臣志趣广泛，勤于著述。他的《安吴四种》三十六卷包括谈河漕盐水利内容的《中衢一勺》、文论和书法内容的《艺舟双楫》、汇集其诗词赋等文学作品的《管情三义》、谈农礼刑兵内容的《齐民四术》。除此之外，"大小杂文与《四种》无可附丽者，尚十数万言，别录清本与《说储》上篇并藏于家"。李星点校之《小倦游阁集》所收即"包世臣赋诗词文词之未见于《四种》者"（李星：《包世臣全集·小倦游阁集、说储》"整理说明"），《说储》上篇则由刘长桂点校，这两部由黄山书社合刻为《包世臣全集》之一种。《安吴四种》，最早的刻本为道光二十四年刊本，其后在咸丰元年、同治十一年、光绪年间等多次刊印。《艺舟双楫》目前较通行的刻本有万有文库本（王云五主编，商务印书馆 1929 年刊印）、艺林名著丛刊本（中国书店 1983 年刊印）、包世臣全集本（李星点校，黄山书社1994 年刊印）。祝嘉的《艺舟双楫疏证》（中华书局 1978 年刊印）则只疏证了《艺舟双楫》中书论部分。王水照主编的《历代文话》本（复旦大学出版社 2007 年据清光绪刊本）则只收录论文部分。

《艺舟双楫》七卷，前四卷论作文技艺等问题，后三卷则专论书法，故此取名"双楫"。其中书法理论对后世影响很大，如康有为的书法名著也随之取名为"广艺舟双楫"（又名"书镜"），包、康两书在书论上不囿前人、富于革新精神方面是一致的。《艺舟双楫》至今仍然为书法学界所推崇。

《艺舟双楫》前四卷主要由《文谱》及一些书信、序文（诗序、文序）、书后、题词等构成，还有极少数为诗歌、传记、行状等体式，这些文字集中体现了包世臣的文学思想。

包世臣的文学思想富于革新精神。作者将其经世致用的思想贯彻到文论之中，主张作文应言之有物。此"物"指基于社会生活而具有的真知卓见，故需"读书多，涉世久，精心求人情世故得失之源"（包世臣：《零都宋月台古文抄序》），即"要求把书本理论与实际经验相结合，深造自得，有自己的真知灼见"（吴孟复《略论包世臣的文学思想与诗文创作》，载《吴孟复安徽文献丛稿》）。因此他公开反对"文以载道"的说法，因为此"道"的内涵乃是"离事与礼"的虚说之道。他的言之有物与桐城派的言之有物主要为程朱理学是不同的，体现出创新精神。他还表示对于"近世治古文者，一若非言道则无以自尊其文"的现象不能苟同。对于"法"，包世臣也有自己的主张："天下之事，莫不有法。法之于文也，尤精而严。夫具五官，备四体，而后成为人，其形质配合乖互，则贵贱妍丑分焉，然未有能一一指其成式者也。"（包世臣：《与杨季子论文书》）因此不能将作文之法固化。

在具体的艺术技巧方面，包世臣首先强调言必有序，他说："深求古人文法，而以吾身入其中，必使其言所可言、所当言；又度受吾言者所可受、所当受，而后言之；而言之又循乎程度。"（包世臣：《雩都宋月台古文抄序》）即"要使文章表达自己的思想，能为读者所接受，能以合乎文理、文法。"（吴孟复：《略论包世臣的文学思想与诗文创作》）在这一方面，包世臣的看法又与桐城派相通。包世臣在《文谱》中，还指出作文的各种技巧："余尝以隐显、回互、激射说古文，然行文之法，又有奇偶、疾徐、垫拽、繁复、顺逆、集散。不明此六者，则于古人之文，无以测其意之所至。而第其诣之所极，垫拽繁复者，回互之事；顺逆集散者，激射之事；奇偶疾徐，则行于垫拽繁复顺逆集散之中，而所以为回互激射者也，回互激射之法备而后隐显之义见矣。"并进行了具体说明，颇便操作。与桐城派比较，他总结的这些艺术手法及其说明显然与刘大櫆的"神气""音节"和姚鼐的"神理气味格律声色"之说都不相同，亦具有新颖特点。

在散文、骈文孰优孰劣的问题上，包世臣既反对桐城、阳湖派以散文为正宗、排斥骈文的主张，也反对阮元相反的做法，他认为散体、骈文各有所长，可以互补："凝重多出于偶，流美多出于奇。休虽骈，必有奇以振其气；势虽散，必有偶以扶其骨。"（包世臣：《文谱》）属于折中一派（参青木正儿《清代文学评论史》）学者以为"通达之论"（吴孟复：《略论包世臣的文学思想与诗文创作》）。

《艺舟双楫》还有属于文学批评的内容，且具有识见。如《答张翰风书》说："诗本合于陈思，而别于阮、陆，至李、杜而复合。""盖格莫峻于步兵，体莫宏于平原。步兵之激扬易见，平原之敹荡难知。""太冲追步公干，安仁接武仲宣，虽云遒丽无足与参。彭泽沉郁绝伦，惟以率语为累。"等等。对于以往的文学成果，包世臣尤其推崇六朝，他说："宋氏以来，言诗必曰唐；近人乃盛言宋；而世臣独尚六朝。"但对于六朝的靡丽文风却颇以为然：尚六朝者，皆以排比靡丽为工；而世臣独求顿挫悠扬，以鬯目送手挥之。"（包世臣：《答张翰风论诗书》）看重的是当时声律的协调和自然之风。

由于包世臣书法理论的影响巨大，学者多研究《艺舟双楫》中的书论文字，而对其中的文论探讨较少，后一领域的研究以吴孟复先生的《略论包世臣的文学思想与诗文创作》一文较早，也深为人看重。

九十九　徐璈《桐旧集》

徐璈（1779—1841），字六骧（亦作六襄），号樗尹，清安徽桐城（今属安徽安庆市桐城县）人。清后期文学家、经学家。生平事迹，主要见于《清史列传·文苑传》（卷七十三）本传、方东树《仪卫轩文集》（原名《考盘集文录》）、《桐城县志》《续碑传集》《皇朝经世文续编》、马其昶《姚总宪光布政徐阳城传》（见《桐城耆旧传》）、刘声木《桐城文学渊源考》以及徐璈本人所编《桐旧集》等。

徐璈自幼学习刻苦。其父少孤贫，靠辛勤治生，但长子乡举不久即早卒，徐璈见双亲悲恸，于是发奋努力。于嘉庆十九年（1814）进士及第，授户部主事。后因母亲年老，徐璈于是改外任浙江寿昌县知县。任上身体力行，倡导开荒种地，且兴办书院。母亲去世后，徐璈调任山西阳城仍为知县。逢蝗灾，阳城民众以为神虫，不敢扑杀，徐璈就当众吞食蝗虫以示毋庸畏惧，于是阳城人开始捕杀，虫害得以治理。徐璈还在当地建立文庙，传播礼乐文明，以教育民众。在阳城任职 6 年，引疾辞归故里，阳城人民为之立祠祭祀。

徐璈辞官，实际上与其性情有关。徐璈为人清正坦荡，"行事率胸臆，不能伺应颜色"，又关心民情，常为之"与长官争是非"，故很难顺心畅意，也很难得到上级倚重。他自己曾说："性不随时，才不周务，不堪世用也。"（马其昶：《姚总宪光布政徐阳城传》）其自号"樗尹"也由此而来。

致仕之后，徐璈致力于兴办教育和研经、著述事项。他历主亳州、徽州书院，又与经学家胡培翚等人交往密切，从事《诗经》训诂等研究；还广泛收集桐城明清两朝文人先贤诗歌，并编录成集。

道光二十一年（1841），徐璈辞世，享年六十三。

《桐旧集》概况：

徐璈喜撰述，"自少至老，纂述不辍"（马其昶《姚总宪光布政徐阳城传》），其《诗经广诂》三十卷、《牖景录》六卷、《黄山纪胜》四卷、《樗亭文集》四卷、整理乡邦文献成《桐旧集》四十二卷等存世。《桐旧集》四十二卷，由徐璈编辑。因资金匮乏直至徐璈去世时，该集仅有三分之一得到刊刻，而徐璈生前已为此花费六十余万，资材耗尽。其后在姚莹等人的呼吁、帮助之下，方东树、马瑞辰等多人慨然解囊，后续工作由马树华与徐璈外甥苏惇元襄举，终在道光元年（1851）得以全部刊印（见徐寅《桐旧集跋》）。现存最早的刻本即清咸丰元年（1851）本；另有民国16年（1927）本，为影印前者。这两种版本，安徽省图书馆均有收藏。

《桐旧集》为大型诗歌总集，收录明清两代（自明建文初至清道光庚子共四百七十余年间）桐城诗人1200余人的诗作共7700余首（许结《〈桐旧集〉与桐城诗学》统计，《桐旧集》收诗人1262，诗作7704，另附编者徐璈1人96首，共计1263人7800首。许文见程章灿主编《中国古代文学文献学国际学术研讨会论文集》，江苏古籍出版社2006年版）。此书与江潘《龙眠风雅》中的作品有一些重复，但从收录范围看，《桐旧集》所收在时间跨度上要比《龙眠风雅》长得多，所收作家也更为广泛，作品数量也大大增加。此书在编排体例上也与《龙眠风雅》有所不同，它是以作者为单元收列作品，作者又大致以姓氏归列（后两卷以"列女""方外"为类），不同姓氏则按所录诗人中生年最早的一位其姓氏为先、后生者姓氏为后依次为序。因为收纳作家众多，故所录作品都经过择选。徐璈还对作者用小传形式加以介绍，其中往往含有引述众家评述作者诗作的文字；对所选诗作则或有评点，这不仅能帮助读者更深刻地理解具体作品，也反映出桐城一代诗史及诗学主张。总体而言，《桐旧集》体现出明清时期桐城诗人的审美取向，如普遍重视诗歌内容的"平实雅正""适性缘情"（许结：《〈桐旧集〉与桐城诗学》），等等。

因《桐旧集》其书难得，至今尚乏人研究，唯今人许结对《桐旧集》有较深入的研究，学者陈仲明（号若水庐）也有评介文字。

一百 姚莹《东溟文集》（含《东溟外集》《东溟文后集》《文外集》）《东槎纪略》《康輶纪行》《后湘诗集》

姚莹（1785—1853），字石甫，号明叔，晚号展和，又以十幸名斋而自号幸翁，清代安徽桐城（今属安徽安庆市桐城县）人。清后期著名官宦、抗英名将、桐城派著名文学家，与方东树、梅曾亮、管同同列"姚门四杰"。生平事迹，主要见于姚莹之子姚浚昌为父所撰《年谱》（见姚莹《中复堂全集》附录）、姚莹弟子徐子苓《诰授通议大夫广西按察使司按察使姚公墓志铭》（见姚莹《中复堂全集》附录）、清马其昶《姚按察传》（见《桐城耆旧传》）、刘声木《桐城文学渊源考》以及姚莹本人文集《东溟文集》等。《清史稿》（卷三八四）、《清史列传·文苑传》（卷七三）、《清代人物传稿》（下编第六卷）也并为其作传。今人施立业《姚莹年谱》收集资料最全，记载姚莹生平事迹也最详备。

姚莹出身望族，书香门第，曾祖父姚范为翰林院编修，亦为桐城派中著名作家，姚鼐则为其从祖父。姚莹的父亲博学多洽，母亲亦皆通经史。姚莹幼时从母亲学诗文，六岁入学。稍长，"悉发其曾祖编修君遗书数百卷，遍读之"（马其昶：《姚按察传》），又师事姚鼐，很快在诗歌、古文领域获得声名。年十七，偶遇里人、已经驰誉文坛的张阮林，交谈之后，张阮林"大惊，悔其所作，尽焚之"，"由是博及群书，以著作为己任"（姚莹：《张阮林传》，见《东溟文集》卷六）。

姚莹后来通过科举入仕，表现出出众的政治才华及良吏品格。

嘉庆十二年（1807），姚莹参加乡试，中举；第二年参加会试，殿试进士及第，时年二十四。次年，游广东，又次年赴香山，主讲榄山书院。嘉庆二十一年（1816）经谒选，得福建平和县知县，时三十二岁。不久调任龙溪县令。龙溪地方，民俗强悍，"械斗仇杀无虚日，盗贼因之四出，官兵无如何"。姚莹上任后采取暂时不拘捕的政策，但发布《召乡民入城告示》，"招徕乡民入城，使自陈，日为平断曲直"，又选拔乡勇"养之击捕盗贼"，并"手擒巨恶数人，讯实罪状，胪榜郭门，使万人环观而毙之，远近股栗"，而后"循行田野，亲至各社，晓以大义，经其疆理，字其幼孤。暇则课农劝学，一时弃刃修和者七百余社"（姚浚昌：《年谱》）。总督董文恪公盛赞其为闽地治行第一。但姚莹也由此受人所忌。

嘉庆二十三年（1818），调台湾知县，"漳人上书乞留者，日千百数，镇道亦以为言。制府许之，更留逾岁"（姚浚昌：《年谱》），方始成行。台湾任上，还兼理海防同知、噶玛兰通判。姚莹整肃地方，清理海盗，受到当地民众拥戴。道光元年（1821），因被诬陷，革职离任。此后宦途起伏。

先是在江苏担任武进、元和等地知县，后因江苏巡抚林则徐等人举荐，于道光十四年（1834）升为高邮知州。林则徐认为姚莹不仅"学问优长"，而且重视实地调研，常常深入底层了解民情，"所至于山川形势，民情利弊，无不悉心讲求"，因此"能洞悉物情，遇事确有把握"。又谓其"前任闽省，闻其历着政声，自到江南，历试河工漕务，词讼听断，皆能办理裕如。武进士民，至今畏而爱之"。姚莹未及赴知州之任，又调署淮南监掣同知。其后，道光十七年（1837），皇帝因姚莹治才而擢其为台湾兵备道，加按察使衔。姚莹在台，以实际行动支持林则徐抗烟，积极训练水师以严禁鸦片走私，并多次成功阻击英军的侵扰，与英军交战中从未失败。道光二十一年（1841），在厦门失守、台湾震动的情况下，姚莹手下"获黑夷百余名，并夷炮十门、夷图、夷书等件"（姚浚昌：《年谱》）。次年又亲自指挥伏击英军，结果"杀毙数十人，生擒白夷十八人、红夷一人、黑夷三十人、广东汉奸五名，获夷炮十门，又获铁炮、鸟枪、腰刀、文书等，皆镇海、宁波营中之物"（姚浚昌：《年谱》）。大大鼓舞了士气，英军一度不敢有异志。姚莹也因此获赐二品冠服。但清廷软弱，道光二十三年，姚莹反倒因抗夷而入狱。因民众反应激烈，数月后获释，以同知知州被调四川补用，时姚莹已六十岁。接着两次被派遣西藏解决乍雅地区正副呼图克图争权问题。事毕，补顺庆府属之蓬州。其后归里。

姚莹六十五岁时受陆建瀛之邀编《海运纪略后编》，同年又受淮南监掣同知童濂之邀修《南北史注》。六十六岁时，授湖北盐法道。咸丰元年（1851），姚莹已六十七岁，被授广西按察使。遇洪秀全率领的太平军攻陷永安洲，姚莹除自身前往攻剿外，还多方提攻打方案，当时提军向荣等人未予采纳。眼见太平军势力日强，官军无所作为，姚莹焦劳忧郁，终于病倒，于咸丰二年（1851）年底辞世，年六十八。

姚莹其人"状短悍，视炯炯，发声如钟"（徐子苓《诰授通议大夫广西按察使司按察使姚公墓志铭》，见《中复堂全集》附录），甚有威严；为人"忠诚不苟"；为官清廉干练；为学"于书无所不窥"，但"不好经生章句"。他敬佩贾谊、王守仁，主张"体用兼备，不为空谈"（方东树：《东溟文集序》）。又多交接，尤其是当世以文章经济而见推崇的名士贤达如方东树、马瑞辰、李兆洛、龚自珍、林则徐、魏源、张际亮、汤鹏等均与之过从甚密。

《中复堂全集》概况：

姚莹勤于著述，成果丰硕。据姚浚昌《年谱》记载，姚莹对自己的诗文皆曾亲订，计有《东溟文集》六卷，《外集》四卷，《东溟文后集》十四卷，《文外集》二卷，《后湘诗集》九卷、《二集》五卷、《续集》七卷，《东溟奏稿》四卷，《东槎纪略》五卷，《康輶纪行》十六卷，《寸阴丛录》四卷，《识小录》八卷，《姚氏先德传》六卷，且俱刊行，总名《中复堂全集》。姚莹自编本刻于道光二十九年（1849），此本今存。因版毁于兵，姚浚昌遂在同治六年（1867）重新刊刻，并将姚莹晚年文章（主要是状、书信以及墓志铭、序几类）编为《中复堂遗稿》（五卷）、《续编》（二卷）也予收录在内，总共九十八卷。这是收录姚莹撰作最为齐全的版本（今人方盛良从黄爵滋《仙屏书屋初集年记》检得姚莹书札四通并五言诗一首，为姚氏佚文。见方盛国良《姚莹集外书札四通考释》一文），今存。较通行的全集本有台湾文海出版社 1974 年出版沈云龙主编的《近代中国史料丛刊》续编本（收有《中复堂全集》），大陆目前较通行的是集中各书的单行本。《东溟文集》（含《东溟外集》《东溟文后集》《文外集》）《后湘诗集》《东槎纪略》《康輶纪行》《寸阴丛录》《识小录》等都有单行本。《康輶纪行》还有手稿留存（藏安徽省图书馆）。其刻本则以清同治刻本为早，1997 年《四库未收书辑刊》收录此本予以影印出版。民国年间上海进步书局石印《笔记小说大观》有《康輶纪行》，江苏广陵古籍刻印社 1984 年据此重印了《笔记小说大观》（《康輶纪行》见第二十四册）；黄山书社 1990年出版了由施培毅、徐寿凯点校的《康輶纪行》与《东槎纪略》合订本，以同治六年本为底本；中华书局 2014 年《历代史料笔记丛刊》之《清代史料笔记》亦收录此书（为欧阳跃峰整理）。《续四库全书》集部第 1512—1513 册收有《东溟文集》六卷，《东溟外集》四卷，《东溟文后集》十四卷，《文外集》二卷，《后湘诗集》九卷、《二集》五卷、《续集》七卷、《中复堂遗稿》五卷，《续编》二卷，用同治六年本影印。《清代诗文集汇编》第 549 册所收姚莹著作同之。

文学成就：

姚莹诗文创作不仅成果丰硕，而且自有特色。他将经世思想与创作结合起来，散文方面，主张文以载道"（余）以为文者所以载道，于以见天地之心、达事物之情，摧明义理，羽翼六经"（《东溟文集·复吴子方书》），尤其重视文章的实用性。方东树在为姚莹《东溟文集》所作序文中指出："石甫平居慕贾谊、王文成之为人，故其学体用兼备，不为空谈。"在多达千余人的桐城派作家中，"倡说'经世'，转移风气，洞达世务，晓畅民俗，激昂奋发者首推姚莹"（施立业：《姚莹年谱·前言》）。姚莹文章还具有"一自抒所得"（方东树：《东溟文集序》），"往往成一家言"（姚浚昌：《年谱》）的特点，刘声木谓其"论事之作尤能自出机杼"（刘声木：《桐城文学渊源考》）。诗歌方面，姚莹亦看重言之有物，主张确有深情厚感才能发言为诗，同时不废艺术，他在为孔蘅蒲诗集所作序中说："诗为六艺之一，动乎性情，发乎声音，畅乎言辞，中乎节奏。其始也必有所感，感于情者深厚，然后托于辞者婉挚"，以达到"使人读之不觉其何以油然兴观群怨"的效果（见姚莹《东溟文集》卷二）。创作主张与姚鼐相似，如认为学诗应先从明七子入手，"诗自明七子入而以盛唐为宗，大抵于古人善处别有会心，不肯貌袭，往往成一家言"（姚浚昌：《年谱》）。

《东溟文集》（含《外集》《东溟文后集》《文外集》）：姚莹的各种政治见解、"指陈时事利病"之作及文学见解主要见于他的这些著述，它们代表了姚莹散文成就的主要方面，也体现出姚莹文章有识见、主旨明晰、慷慨而富激情的特点。文集所见散文体式多样，计有论、说、议状、考据、序、跋、传、行状、墓志铭、墓表、碑文、祭文、告示、书信、记、杂文等，另有两篇赋体之文。文章内容涉及面也极为广泛，"举声音笑貌、性情心术、经济学问、志趣识见乃至家声境遇，靡不悉载以出"（方东树：《石甫文钞题辞》）。而尤以"指陈时事利病"之论、文集诗集序跋、传记、游记类为人瞩目。姚莹"文章善持论，指陈时事利病，慷慨深切"（姚浚昌：《年谱》）。尤其是有关台湾防务的"指陈时事利病"的文章，不仅数量多，且雄健直率，爱国忧民之心在体现，姚莹文章的主体风格可于此略见。在这类文章中，姚莹还往往给出相应对策，且论说详备，毫无扭捏虚饰之态，体现出认真、务实的精神。如写于道光二十年的《上督抚言防夷急务状》（见《东溟文后集》卷四）鉴于夷情紧急、台湾防备不足，姚莹提出七条防务措施，每一条都言之具体，且理由充分，如第一条"募壮勇以贴兵防"，先一一列出需要防务的五处港口、要地，再说及水师不足，陆兵还要防腹内奸民，而台湾历来有"借义民助力"的传统，且收义民还可"免为贼用"，又述及募兵人数、驻扎地、驻扎时间、资粮薪水解决办法等。此类文章甚多，忧国忧民之情浓烈，读之令人感动。姚莹的行状、传记、游记等文章，写人叙事咏物，大都事例具体，同时寓有己见。他的《来孝女传》（见《外集》卷三）写来氏女年仅十岁就曾伤身以血救父，年十四岁就为救落水父亲而溺水身亡。作者对来氏女发于真情的救父行为非常赞赏，在文末论云："世有以殉身为愚孝者，观于来女，可爽然矣。"其传记一类多写节妇孝子，但也有如《武陵赵公行状》为治贪安民、"水陆获盗无数"的良吏等他类人物所作传记。姚莹的游记名篇《游榄山记》（见《东溟文集》卷五）素来脍炙人口，文章开头写天下太平、独广东"海盗内蹿，烽火警日闻"，一年之后方得以平息，继写作者游广东之榄山，见到的已是"居稠而民富"，"人士彬彬有文采"的升平景象，随后笔锋陡转：友人一番"此战场地"的介绍使作者"瞿然以惧，乃废游而返"。因为作者认为承平既久，则"武事渐弛，人不知兵，一旦有急，被难无足异"。文章揭示了居安思危的重要，体现出政治家的情怀，具有思想性和现实性。姚莹还有寓言一类作品，往往描写生动、论理透彻。如《捕鼠说》述鼠初入人家亦忌猫，必"伺猫之出而后至"，"一旦猝遇，鼠愕然以窜"，但由于猫视鼠若未见，久之变成猫怕鼠，竟需主人为之"盖藏"，"一不谨，则猫摇尾长鸣以向主人，而鼠转为猫患矣"。文中其后用两段文字究其原因，指明为主人宠猫太过；更有甚者还有蓄鼠甚于蓄猫者，以致"洋鼠之戏盛"，不仅说理清楚，且含义深长，就当时国情而言亦极富警示意味。

《东槎纪略》为作者所记在台任职期间见闻经历及相关论说，完成于道光九年（1829）。今存较早版本有道光十二年刊本。内容有关台湾事务，作者自序云："余以羁忧，栖迟海外。目睹往来论议区划之翔实，能明切事情、洞中机要；苟无记之，惧后来老习焉不得其所以然。……乃采其要略于篇，附及平素论着涉台政者，而以陈周全之事终焉。"所谓"陈周全之事"为陈周全叛乱之事。姚莹友人吴德旋作序谓其"习知其地势、民俗，遇事激昂奋发，锐欲有以自树立。其为是书也，始平定许杨二逆事，而以陈周全案纪事终焉，凡五卷。其中言兵事诸篇，切实详备，凿凿可见之施行，既不减龟家令矣；而记台异篇，议论尤卓绝；未之言也，人人意中所未尝有，而及其既言之也，又若人人意中所共有也。韩子曰：'其皆醇也，然后肆焉'，其是之谓欤！"评论颇为中肯。是书所记内容较杂，但作者忧时伤国之情则贯穿始终。

　　《康𫐐纪行》则是作者两次赴西藏处理地方执政争端的笔记，完成于道光二十五年（1845）。该作内容十分丰富，按作者自序，涉及六个方面："一乎雅使事始末，二剌麻〔喇嘛〕及诸异教源流，三外夷山川形势风土，四入藏诸路道里远近，五泛论古今学术事实，六沿途感触杂撰诗文。"具体则"记所历山川、风俗、人物，杂论古今学术文章政事，因考达赖、班禅、黄红教而及天主教回教之源流是非，明辨之以防人心陷溺之渐，因考前后藏而及五印度、西域诸国，以及西洋英吉利、佛兰西、弥利坚之疆域情事，详著之以备中国抚驭之宜"（姚莹：《东溟文后集·与林则徐书》）。主旨在于"备中国抚驭（外夷）之宜"，故不仅介绍西藏情况，也介绍西方先进的技艺、器物乃至思想。全书文字多因国情感慨而作，文风明快畅达；其中登楼临流之诗亦感慨系之，声情并茂。

　　《后湘诗集》集中收录了姚莹的诗歌创作。姚莹能诗，与桐城派主流作家不擅作诗形成差异。其诗现存千首左右，体式为五言、七言，或古体或近体，而以近体为多。姚莹认为诗人唯有"胸中之有磅礴郁积者"才能写好诗，"其蓄之也厚，故发之也无穷"，不是凭"其声音文字之工"就能写出佳作（见姚莹《黄香石诗序》）。又其写诗主张"不强作"，故其"或终岁靳一咏，或旬月累一编"（陈方海：《后湘诗集序》）。姚莹诗歌内容较为丰富，题材小到家庭邻里、个人交游见闻，大到国防、军政，但多为个人感受，或抒怀寄情，或咏物写景，或褒赞孝悌，或"撝覆细过"（陈方海：《后湘诗集序》），风格真率自然。如其古体诗《海船行》："海船之大如小山，挂帆直在青云间。船头横卧曰杉板，板上尚可容人千。我始见船颇疑怪，缘梯拾级心悬悬。好风人众不得驶，坐待海月迎潮圆。初行金厦犹在眼，横山一抹如云烟。放洋渐远不可见，但见八表银波翻。日光惨淡昼无色，夜从水底观星垣。水天空蒙只一气，我船点黑如弹丸。清晨无风浪千尺，何况月黑风狂颠。到此心灰万虑死，呼息莫辨人鬼关。舟中海客坐谈笑，白发宛宛披盈肩。自言逐伴五十载，海中往反当营田。西穷红毛东日本，吕宋禄赖门庭前。……"（见《后湘诗集二集》卷二）诗中所写景象奇特，情感多变，语言流畅自然又不乏文采，颇似盛唐李白诗歌气象。其近体诗用典华彩，但亦有境界阔大、性情真率的特点，如《送张霞裳内渡》之二："漫言万里掣长鲸，一夕天涯白发生。未必文章通造化，可能谈笑取公卿。赵岐自昔佣东海，李广何年守北平？皎月三更边柝静，倚栏又见斗牛横。"姚莹不仅写诗，也评论诗歌，《后湘诗集》中《论诗绝句六十首》素为学界看重。这组诗评论了从《诗经》至清代的诗歌，尤其是对一些重要诗人及其作品有专门论说。其诗歌理论与其创作一致，推崇盛唐，又倡导汉魏古风，并表现出对豪壮、自然诗风的特殊喜爱。

一百○一 潘纶恩《道听途说》

潘纶恩（1802—1858），字炜玉，又字苇渔，号籦园，清安徽泾县（今属安徽宣城市泾县）人。清代后期志怪小说家。生平事迹，主要见于潘纶恩之子潘江藻所编《荥阳潘氏统宗谱》中小传（陆林《潘纶恩生卒定考》一文引有全文）、潘纶恩堂弟潘申恩《道听途说序》，今人陆林所撰《潘纶恩事迹系年》（见其所点校的《道听途说》附录）、《清代文言小说家潘纶恩生卒定考》（载《明清小说研究》2004年第4期）两文考述较为详尽。

潘出身普通人家，父亲无功名且在纶恩出身之前即过世。潘纶恩早慧，潘申恩谓其"少时负隽才，有不可一世之概"（潘申恩：《道听途说序》），记忆尤其惊人。25岁时，考中秀才。此后经多年考试，都未能再进一步。平生钟情山水，喜好游历，26岁时开始出游各地，十几年后才返回故乡。其间，曾在其堂兄潘锡恩（时任江南河道副总督）署中任职两三年；又曾投靠知府陈煦，在其衙中掌刑名狱案。归乡之后，仍然爱好山水，但这时也有意识地到田间地头与村农野老接触，以收集传闻野史等材料。潘申恩为之不解，潘纶恩告之"吾将藉是以有成耳"（潘申恩：《道听途说序》）。后来果然借助访谈收集，撰写完成笔记小说集《道听途说》，时约为咸丰三年（1853）或之前。潘纶恩殁后第二年（1859），得选盱眙司训，论者惜之未尽文才。

《道听途说》概况：

据潘申恩《道听途说序》，潘纶恩著述有《籦月山房诗抄》和《道听途说》两种。唯一流传下来的作品是《道听途说》，共十二卷。作者生前只有钞本，去世近二十年，才得以付梓，时光绪元年（1875）。今台北天一出版社1985年则收入《明清善本小说丛刊初编》出版，黄山书社1998年收入安徽古籍丛书出版（陆林点校本），北京出版社2000年收入《中国文言小说百部经典》出版，上海古籍出版社2007年收入《清代笔记小说大观》出版。

文学成就：潘纶恩的文学造诣主要体现在《道听途说》中。这是一部笔记小说集，作品鲜明地体现出寓教于文的特点。

是书十二卷，收有文言笔记小说一百一十余篇。体例一定，先讲故事，结尾附"筹园氏曰"，对人物行事作评价，并揭示主旨。这部小说集在小说史上有其特殊地位：历史上大凡重视情节曲折的一类小说，其内容多为狐神鬼怪，《道听途说》中的小说情节也多曲折，但内容多取材现实。它描绘各色人物的离奇经历，反映了社会种种弊端与污浊，颇受现代学者的关注。有的内容与鬼神有牵连，但仍然以反映现实为主。如《屠铃》，只是在主人公梦中出现了鬼神。纯粹讲鬼怪内容的极少。且作者对鬼怪的态度是："'妖由人兴'之说，岂不信哉！"（卷二"董子龙"）作品还多借文末"筹园氏曰"的形式，将作者的观点和评价直接写出，内容则往往为批判社会，见解深刻，言辞尖锐。如卷一"孙新秦"结尾借筹园氏形式评曰："若天下有大才者必有大伸，则人见大才者，又谁敢以白眼相加哉？正唯穷达不可知，故人得易而侮之，不磨折死，亦气愤死。犹曰：'增益其所不能'，又何赖有此'增益'哉！"这是在结合孙氏遭遇批驳孟子"天将降大任于斯人也，必先苦其心志，劳其筋骨，饿其体肤，空乏其身，行拂乱其所为，所以动心忍性，曾益其所不能"的言论。也有的是讲为人处世之道。如卷二"狐母"一文借"筹园氏曰"和文中狐母所言，告诫世人要自廉勿贪，"无求于人者，未必有亏于我"。

这部小说集在艺术上的特点，则如潘申恩《道听途说序》所云："嬉笑怒骂、笔挟风霜，如太史公之善道俗情，驱议论于叙述之间，俯仰低昂，令千载下奕奕如见其为人。"人物各具形象特征，是这部小说集的重要成就。如卷二"江本直"中，江本直的无赖；"李二妈"中，李二妈的悍鸷横暴、丈夫兴茂的懦弱，等等，都给人留下深刻的印象。又作品在风格上或体现出"道听途说"的特点：有时在文中直接讲清故事来源于听闻，如卷一"旅店冤鬼"开头："余在皖江陈太守署，陈戚周十六，言其先人因之官陕右……"有的不明言是听闻，但叙述中掺杂地名、风物皆实有，如卷二"江本直"开头："皖城有坐地虎江本直，一布衣猾棍，把持衙门，要结官府。省垣中所有乐部优伶、琵琶小唱，以及上竿踏索、藏钩耍戏，一切操烟花业者，无不寄其膝下。"又文中屡次出现"桐城""怀宁"等地名，和"臬使周公（即安徽巡抚周天爵）"，为真实地名和实有人物。这种处理能够加强叙述的可靠性；有的叙述简单，也可看出因"听闻"所得而囿于材料的特点，如卷一"蛇妖"，记载蛇妖作祟，致使一童养媳所烧汤水总现不洁，后来该媳想办法处死蛇妖，"其怪乃绝"，故事也就此结束，全文仅两百多字。但总起来看，《道听途说》善于曲折叙事，描写生动，细节真实，对听闻而来的材料进行了艺术改造。小说结局则有大团圆式；但也有不少非大团圆式，这一部分往往现实性更强。例如卷一"孙新秦"：孙新秦好读书，富有文才，但遭际却非常不幸。作者借书中人物说："古人所谓'天降大任'数语，非有铁铸人，早被磨折死矣！焉俟'大任'之至乎？前于河决之遭，不死者几稀。若复有当日之事，将索我于枯鱼之肆，安得有'不能'之'增益'哉！"

一百〇二　许奉恩《里乘》（《兰苕馆外史》《留仙外史》）

许奉恩（1816—1878），字叔平，室名兰苕馆，清安徽桐城黄华里（今属安徽铜陵市枞阳县）人。清后期小说家。生平事迹，散见于许奉恩著述及其前言序跋等材料，今人李伟实、许志熹有《许奉恩家世及生平考略》（见《明清小说研究》1991年第4期）和《许奉恩评传》（《明清小说研究》1999年第2期）两文，对许奉恩生平事迹有集中叙述。

许奉恩出身书香门第。父亲许丙椿，为岁贡生，亦善诗文，著有《敉园诗谈》（八卷）、《续编》（二卷），清人刘声木《苌楚斋续笔》云"实系诗集，名之曰《诗话》"。许奉恩本人少年时期即显出文学才华，年八岁即能模仿苏洵《辨奸论》而作《君子小人论》，受到时人称赏。及其成人，更以诗文创作见赏于当时文人名宦，如包世臣、姚莹、汤雨生等。他原想借读书应试走上仕宦之路，但只是在童子试、邑试中成功，乡试以上始终不曾如愿。在坚持多年科举应试后，许奉恩五十余岁时最终放弃科考之路。

许奉恩直到四十余岁，家中经济都较优渥。后因太平天国运动，时事混乱，家庭也遭遇变故，如其继室曾被劫，许奉恩本人则或流转各地官宦幕下，或避乱于乡，经济每况愈下，多次接受赒济。同治二年（1863），经人荐举得授知县一职，却因缺乏资材未能赴任。于是专心幕僚生涯。他颇具政治才华，为不少地方执政看重，延为幕僚。

晚年体弱多病，客死于吴礼园为之提供的寓所。时年六十三岁。

许奉恩其为人，"真率无饰，恂恂然书生本色，可亲可敬，望而知为有道士也"（刘毓楠：《里乘序》）。又喜欢读书，阅读范围甚广，且常搜集异闻佚史，并写诗撰文。

《里乘》（又名《兰苕馆外史》《留仙外史》）概况：

许奉恩善诗能文，其著述多达十余种（据《里乘》方锡庆跋），主要有《里乘》十卷、《兰苕馆诗钞》十一卷、《桐城许叔平文品论诗合钞》二卷、《转徙余生记》一卷（许奉恩口述，方浚颐记）、《兰苕馆杂记》一卷。《里乘》（《兰苕馆外史》、《留仙外史》）完本为十卷，最早刊行于同治十三年（1874），而以光绪己卯抱芳阁刊本较为常见。此外还有（民国）上海进步书局辑《笔记小说大观》八卷本（为删后二卷而成），扫叶山房丛钞四卷本（系摘选原书而成，仅录24篇），还有一卷本（亦系摘选原书而成，录46篇）等。今通行本较多，如江苏广陵古籍刻印社据上海进步书局《笔记小说大观》本于1983—1984年重印（名《里乘》，见第三十三册）本、俞驾征点校本（名《留仙外史》，八卷，浙江古籍出版社1989年版）、诸伟奇点校本（名《兰苕馆外史》，以抱芳阁十卷本为底本，黄山书社1996年版）、文益人校点本（十卷，以抱芳阁十卷本为底本，齐鲁书社1988年版），等等。《兰苕馆诗钞》为许奉恩自选诗集，现存有光绪十一年刊本。《桐城许叔平文品论诗合钞》为许奉恩文品、诗论，据《清人别集目录》记载有稿本，收藏于安徽省图书馆。《转徙余生记》为许奉恩口述、方浚颐记，收入清光绪年间刊印《庚辛泣杭录》中，今通行本有《丛书集成续编》本、中国史学会主编《中国近代史资料丛刊·太平天国》（上海人民出版社、上海书店出版社2000年版）收入；杨家骆主编《中国近代史文献汇编之一·太平天国文献汇编》（鼎文书局1973年版）亦予收录。《兰苕馆杂记》，有许奉恩家事及个人迹，现存有稿本（藏安徽省图书馆）。

文学成就：许奉恩作品以《里乘》著称。这是一部文言笔记小说集，共收190篇作品。作品以描述现实生活内容为主，生动再现了世俗百态，叙事简要明晰。

作者为创作《里乘》，前后花费了三十余年〔开始于道光二十二年（1842），终成于同治十三年（1874）〕。此书以劝善惩恶为宗旨，多寓教诲意义，故时人评价说："慈悲说法，寓草野之褒讥；穷愁着书，操稗官之笔削。"（许星翼《里乘》序）又创作上，强调真实性，有意区别于当时"类皆狐鬼，可意凭造"的其他笔记小说，"所记皆信而有征，不托之玄虚缥缈"（金安清：《里乘》跋）。但其材料来源，有的为传闻，有的为实事，有的为作者虚构。是书内容丰富，反映了作者所处社会的方方面面，如官场是非、科考成败、冤案诉讼、风俗民情、男女爱情、鬼怪祟惑等，人物则侠士忠臣、名流贤达、商人市民、妓女僧人、节士贞女等各阶层都得到描绘，作者借此写出了社会百态，作品富于批判精神和时代特征。论者以为《里乘》兼具有《聊斋志异》和《阅微草堂笔记》的特色，它一方面模拟前者；另一方面又求真实，多数篇章并不追求故事的奇异和曲折，有"修辞立诚"之誉（许星翼《兰苕馆外史》序），并多借"里乘子曰"以作论断，因此又似《阅微草堂笔记》。

《里乘》叙事多简洁而生动，体现出平实雅洁的风格特征。例如《方老宫保》："家大人又言，吾乡方恪敏公，生性孝友。封翁以事戍边，卒于戍所。恪敏年甫逾弱冠，闻耗，跣足徒行数万里，至塞外负父骸骨归。后以布衣获马周之遇，官至直隶总督。其子勤襄公葆岸宫保、犹子来青宫保，先后相继，均官总督。时人荣之，以为恪敏平日存心孝友之报。"为人物事迹作简要记载，直似史家笔墨，简要质实。但也有一些长篇，叙事颇为生动曲折。如《褚祚典》，写褚祚典身为山东按擦使，却又参与绿林，一次受抚军之命缉盗，于是"急檄所属府州县，严行缉盗，如敢姑息宽纵，立予纠劾不贷"。属下"奉檄畏劾"，因限期比捕，仍无所获。群捕不得已出厚资求助已赋闲在家的名捕梁科，后者初不步同意，捕员遂用激将法使之出山。褚祚典黑夜作案，被梁科弹伤，逃入官衙。梁科让抚军"急谕稽桌署人等，额有伤者即盗"，抚军令众人出检，褚祚典装病坚辞，"抚军大疑，即自下舆径入其寝室"，褚祚典强盗身份终于暴露。此篇故事奇妙，情节亦起伏多变。《里乘》众多篇章还具有描绘细致传神的特点。如写方恪敏"至塞外负父骸骨归"，用"跣足徒行数万里"的细节，使孝子形象油然而立。又如《伊莘农相国言》，记载伊莘农在被罢官而无资材回乡之时"欲谒抚军求谕，寅朋凑赆资斧"，但"司阍者以谬误废员，斥不与通"。经"恳告再三，始领之，令少待。"于是，伊莘农眼巴巴地"见大小吏分队晋谒白事，司阍者次第传命"，只听守门官吏传命道："司道也入，司道也出；府厅也入，府厅也出；州县也入，州县也出；佐贰也入，佐佐贰也出；武弁也入，武弁也出……"好不容易轮到该自己被传，守门官吏却又说："抚军今日接见属吏，一一处分公事，为时久，甚矣惫，闲人毋得干麰，尔且退，期以诘朝相见。"一连三日均如此。而在等待无聊之时，伊莘农只得"屏息枯坐"，"始仰屋默数堂皇，自西讫东，木橼若干。继默数椽上承尘方砖若干，目谛心识，顺算逆复，周而复始"。这些细致描述，真实地写出了被废官员的求告艰辛和无奈，形象逼真。

一百〇三 宣鼎《夜雨秋灯录》《夜雨秋灯续录》

宣鼎（1832—? 1880），字子九（九，或作"久"），号瘦梅、素梅、香雪道人、云山到处僧、金石书画之丐、东鲁游人、瘦尊者、太瘦生、虎口通客、花身馆主、铎处士，等等，清安徽天长（今属安徽滁州市天长县）人。清代晚期小说家、戏曲家、书法家、画家。生平事迹，主要见于宣鼎本人的《夜雨秋灯录自序》《寰宇琐记》、蔡尔康《夜雨秋灯续录序》，《夜雨秋灯录》及其他文献材料如《安徽通志稿》《天长县志》等也略有记载。

宣鼎出身书香门第，生父和嗣父都担任过官吏，且饶有家产。宣鼎幼时被过继给伯父，后者遂成其嗣父。宣鼎从小就接受了良好的教育，加上聪慧好学，在书法、文章方面建树很早。他自言"年十一习楷书"，而即能就"匾额屏障"上"挥洒"；十五岁时即"解为文"（宣鼎：《夜雨秋灯录自序》）。成人之后，主要靠卖字画为生。又喜欢搜集秘籍，好读异书。

由于嗣父母在其20岁时俱去世，原本富有的家道也因被人豪夺强取而破落，宣鼎身陷贫困，甚至于流落街头，"以弹铗吹箫，嗟来就食"（宣鼎：《寰宇琐记·金石书画之丐赋》）。后遇荒年，几乎饿死。不得已，26岁上，奉生父之命"入赘外家"（宣鼎：《夜雨秋灯录自序》），生活才见安稳。但第二年，太平军攻陷天长，一家人又被迫流亡异地。29岁时，宣鼎从军，差一点战死沙场。不久，流落上海，靠卖字画度日。此后，断续做过一些地方官员的幕僚，并开始创作戏曲与小说。40岁时，"取生平目所见、耳所闻、心所记忆且深信者，仿稗官例，先书一百余目，每夕作文一篇或两篇"，"居两年，……计得文一百一十五篇"（宣鼎：《夜雨秋灯录自序》），结集为《夜雨秋灯录》，后又作《续录》。宣鼎41岁辞去公务，复以贾售字画作为生计。因为有了名气，靠字画也能维系较为充裕的生活。

宣鼎自小身体孱弱多疾，19岁时还一度咯血，其后虽然病愈，但体质状况应该受到了影响，不到50岁就辞世了。

其为人好佛老，喜欢游览寺院，自言茹素十九年，对怪异神鬼之事也好奇并深信之。

《夜雨秋灯录》《夜雨秋灯续录》概况：

这是宣鼎撰写的两部小说集，各有小说 115 篇。前者于光绪三年（1877）由上海申报馆首次刊印，后者于光绪六年（1880）也由上海申报馆刊印行世。《续修四库全书》第 1789 册所收《夜雨秋灯录》和《续录》即为影印申报馆本。民国时期刊印的同名著述中属于宣鼎本人作品的仅仅 55 篇，新中国成立后不少本子也如此。目前所见与首印本所收宣鼎作品一致的，有上海古籍出版社 1987 年所出桓鹤校点的《夜雨秋灯录》《夜雨秋灯续录》合订本、时代文艺出版社 1987 年所出宋欣校点的合订本、黄山书社 1999 年所出项纯文校点的合订本。三种之中，以项纯文校点本所收各种附录最多。此外，宣鼎还撰有戏曲《返魂香传奇》（光绪三年上海申报馆刊印）及一些诗文。

文学成就：宣鼎最为后人看重的文学创作为文言小说集《夜雨秋灯录》和《夜雨秋灯续录》。两部小说集在内容和艺术方面都有自己的特色，或被视为晚清文言小说的压卷之作。

《夜雨秋灯录》（含《续录》，下同）仿照《聊斋志异》，多述鬼怪奇异，但体现的却是人的情感。其内容丰富，思想多受佛道影响。如有的写因果报应，劝人为善。像《玉红册》写朱鉴和正在睡觉，忽然遭遇勾魂使，原来朱氏前世曾有亏一女，故得报应；但又因"今生有两善事"，故而最终获赦。作者在文末借懊侬氏曰"放下屠刀，立地成佛"，表明主旨。但也有的借神异为象征，而反对一味信佛。例如《奚大瘤》，写一奚姓之人腰下患瘤，其后瘤内竟然有人声嘈杂，几个女子依次从其人眼、耳、鼻、口、毛孔、心上跃出，且与之育儿养女。小说末尾直言说："佛以眼耳鼻舌身意，为六贼。其贼也，即其性也。忍制之，则曰性；纵恣之，则曰贼。然天有阳即有阴，地有人即有鬼，人有形即有性。使尽如佛氏所云'灭性归寂'，则此形又何所寄乎？"对人之天性做了肯定。还有不少作品宣扬忠孝节烈，如《忠魂入梦》《吴孝子》《王大姑》等。论者多认为值得注意的是有些作品表现出对情的重视，并认为这是受到冯梦龙《情史》里观念的影响。如《晁十三郎》中的女主人公霞姑为情而死，又为情而复活，直似杜丽娘了。作者还直接出面说："霞姑……由死而生，由生而死，竟有百折不回之概，天神地祇，当何如钦敬与？"又在《邬生艳遇》末尾评曰："情之所在，父母师保不能止，天地鬼神不能禁，山川河海不能隔。"《夜雨秋灯录》作品还往往反映社会种种黑暗现实，如官场腐败、人情冷暖，等等，并进行旗帜鲜明的批判。如《王大肉》末尾云："公门之中，凡仰承长官鼻息者，莫不竭民脂膏，饱己囊橐，均人而魅者也。"

《夜雨秋灯录》形式上"仿稗官例"，写人写事往往提供实有地名与时代，以传记方式而抒写离奇内容。作品多具有奇幻曲折的情节，故能引人入胜。其塑造的人物形象也往往个性鲜明而丰满。例如《雪里红》写一勾栏女不同于一般勾栏女，既不"工吟善咏"，也不能"刺鸳鸯锦"，独以武功韬略见长，又"貌虽极妍，而性极生硬"。曾女扮男装，面对呼啸而至的响马土匪，只身独挡，将来敌全歼。集中奇女子形象和侠义之士的形象颇多，且因形象鲜明令人印象深刻。如《麻风女邱丽玉》，邱丽玉面临生死抉择而将死亡留给自己；《王大姑》中的王大姑则在强盗侵入村庄之时，舍己而救村民；《父子神枪》里，父子侠士武艺高强、打抱不平，等等。其刻画人物、推动情节，往往利用人物对话或逼真的细节描述来达到，因此格外生动。近人蔡尔康在《夜雨秋灯录序》中曾称扬小说："书奇事则可愕可惊，志畸行则如泣如诉，论世故则若嘲若讽；摹艳情则不即不离。是盖合说部之众长，而作写怀之别调。"《夜雨秋灯录》的语言也为人称道，风格清丽雅正，富于韵味。

主要参考文献(著作类)

一 断代原典及断代相关著述

先秦部分

(先秦) 管子撰,(清) 戴望校正:《管子校正》,中华书局 1954 年版。

(先秦) 管子撰,郭沫若、闻一多、许维遹集校:《管子集校》,科学出版社 1956 年版。

(先秦) 管子撰,朱迎平、谢浩范译注:《管子全译》(修订本),贵州人民出版社 1996 年版。

耿振东:《管子研究史》,学苑出版社 2011 年版。

胡家聪:《管子新探》,中国社会科学出版社 1995 年版。

罗根泽:《管子探源》,岳麓书社 2010 年版。

张固也:《管子研究》,齐鲁书社 2006 年版。

(先秦) 老子:《老子道德经》,王弼注,上海书店 1986 年版。

(魏) 王弼注,楼宇烈校释:《老子道德经注》,中华书局 2011 年版。

(宋) 范应元:《老子道德经古本集注》,《续古逸丛书》景江安傅氏藏宋本,民国商务印书馆版。

陈鼓应:《老子注译及评介》,中华书局 1984 年版。

高明:《帛书老子校注》,中华书局 2004 年版。

廖明春:《郭店楚简老子校释》,清华大学出版社 2003 年版。

马叙伦:《老子校诂》,中华书局 1974 年版。

任继愈:《老子今译》,古籍出版社 1956 年版。

任继愈:《老子新译》,上海古籍出版社 1985 年版。

徐子宏译注：《老子全译》，贵州人民出版社 1989 年版。

徐志钧：《老子帛书校注》，学林出版社 2002 年版。

张松辉：《老子研究》，人民出版社 2009 年版。

朱大星：《敦煌本〈老子〉研究》，中华书局 2007 年版。

朱谦之：《老子校释》，中华书局 1984 年版。

（先秦）庄子：《南华真经》，郭象注，《古逸丛书三编》影宋本，中华书局
    1988 年版。

（清）郭庆藩：《庄子集释》，中华书局 1961 年版。

（清）王先谦：《庄子集解》，中华书局 1987 年版。

曹础基：《庄子浅注》，中华书局 1982 年版。

陈鼓应：《老庄新论》，上海古籍出版社 1992 年版。

陈鼓应：《庄子今注今译》，商务印书馆 2007 年版。

崔大华：《庄学研究》，人民出版社 1992 年版。

方勇：《庄子诠评》，巴蜀书社 2007 年版。

方勇：《庄子学史》，人民出版社 2008 年版。

方勇译注：《庄子》，中华书局 2010 年版。

胡道静主编：《十家论庄》，上海人民出版社 2008 年版。

刘生良：《鹏翔无疆——庄子文学研究》，人民出版社 2004 年版。

刘文典：《庄子补正》，安徽大学出版社、云南大学出版社 1999 年版。

陆永品：《老庄研究》，中州古籍出版社 1984 年版。

陆永品：《庄子通释》，中国社会科学出版社 2006 年版。

陆永品：《老庄新论》，中央编译出版社 2014 年版。

阮忠：《庄子创作论》，中国地质大学出版社 1993 年版。

孙克强、耿纪平：《庄子文学研究》，中国文联出版社 2006 年版。

杨国荣：《庄子的思想世界》，华东师范大学出版社 2009 年版。

张松辉：《庄子研究》，人民出版社 2009 年版。

张远山：《庄子复原本注译》，江苏文艺出版社 2010 年版。

（先秦）左丘明：《春秋左传》，阮元校勘《十三经注疏》本，中华书局 1980
    年影印版。

（先秦）韩非子撰，（清）王先慎集解：《韩非子集解》，中华书局 1998 年版。

（明）宋濂：《诸子辨》（顾颉刚标点），朴社 1927 年版。

过常宝：《先秦散文研究——早期文体及话语方式的生成》，人民出版社 2009

年版。

罗根泽：《诸子考索》，人民出版社 1958 年版。

谭家健：《先秦散文艺术新探》，首都师范大学出版社 1995 年版。

章沧授：《先秦诸子散文艺术论》，安徽大学出版社 1996 年版。

两汉部分

（汉）刘安：《淮南子》，高诱注，《诸子集成》本，上海书店影印世界书局
　　1990 年版。

何宁：《淮南子集释》，中华书局 1998 年版。

刘文典集解：《淮南鸿烈集解》，中华书局 1989 年版。

刘康德：《淮南子鉴赏辞典》，上海辞书出版社 2012 年版。

孙纪文：《淮南子研究》，学苑出版社 2005 年版。

许匡一译注：《淮南子全译》，贵州人民出版社 1995 年版。

（宋）洪兴祖：《楚辞补注》，上海古籍出版社 1983 年版。

（清）王夫之：《楚辞通释》，《船山全书》本，岳麓书社 2011 年版。

潘啸龙：《楚辞导读》，中国国际广播出版社 2008 年版。

汤炳正：《楚辞今注》，上海古籍出版社 1996 年版。

游国恩：《楚辞概论》，商务印书馆 1934 年版。

（汉）桓谭：《新论》，上海人民出版社 1976 年版。

朱谦之校辑：《新辑本桓谭新论》，中华书局 2009 年版。

董俊彦：《桓谭研究》，（台湾）文史哲出版社 1986 年版。

苏诚鉴：《桓谭》，黄山书社 1986 年版。

钟肇鹏、周桂钿：《桓谭王充评传》，南京大学出版社 1993 年版。

（汉）司马迁：《史记》，中华书局 1975 年版。

（汉）班固：《汉书》，中华书局 1975 年版。

（南朝·宋）范晔：《后汉书》，中华书局 1975 年版。

龚克昌：《全汉赋评注》，花山文艺出版社 2003 年版。

韩兆琦、吕伯涛：《汉代散文史稿》，山西人民出版社 1986 年版。

刘跃进：《秦汉文学编年史》，商务印书馆 2006 年版。

王启才：《汉代奏议的文学意蕴与文化精神》，人民出版社 2009 年版。

徐复观：《两汉思想史》，华东师范大学出版社 2001 年版。

许结：《汉代文学思想史》，人民文学出版社 2010 年版。

赵敏俐：《汉代诗歌史论》，吉林教育出版社 1995 年版。

魏晋六朝部分

安徽亳县《曹操集》译注小组：《曹操集译注》，中华书局 1979 年版。

夏传才：《曹操集注》，中州古籍出版社 1986 年版。

张作耀：《曹操评传》，南京大学出版社 2001 年版。

朱永嘉：《论曹操》，上海社会科学院出版社 2012 年版。

黄节：《魏武帝魏文帝诗注》，人民文学出版社 1958 年版。

夏传才、唐绍忠：《曹丕集校注》，中州古籍出版社 1992 年版。

魏宏灿：《曹丕集校注》，安徽大学出版社 2009 年版。

洪顺隆：《魏文帝曹丕年谱暨作品系年》，《新编中国名人年谱集成》第廿
　　一辑，台湾商务印书馆 1989 年版。

（魏）曹植：《曹子建文集》，《续古逸丛书》景常熟瞿氏藏宋大字本，民国
　　商务印书馆版。

（魏）曹植：《曹子建集》，《四部丛刊》初编江安傅氏双鉴楼藏明活字印本。

（清）丁晏：《曹集诠评》，文学古籍刊行社 1957 年版。

黄节：《曹子建诗注》，叶菊生校订，人民文学出版社 1957 年版。

赵幼文：《曹植集校注》，人民文学出版社 1984 年版。

钟优民：《曹植新探》，黄山书社 1984 年版。

河北师院中文系古典文学教研组：《三曹资料汇编》，中华书局 2004 年版。

李景华：《建安文学述评》，首都师范大学出版社 1994 年版。

孙明君：《三曹与中国诗史》，清华大学出版社 1999 年版。

王巍：《建安文学研究史论》，吉林大学出版社 1994 年版。

王巍：《建安文学概论》，辽宁教育出版社 1999 年版。

王巍：《三曹评传》，辽宁古籍出版社 1995 年版。

王巍：《曹氏父子与建安文学》，辽海出版社 2001 年版。

张可礼：《建安文学论稿》，山东教育出版社 1986 年版。

张可礼：《三曹年谱》，齐鲁书社 1983 年版。

（魏）薛综：《薛综集》（佚文佚诗），分别见（清）严可均《全上古三代秦
　　汉六朝文·全三国志文》，商务印书馆 1999 年版；逯钦立《先秦汉魏
　　晋南北朝诗》，中华书局 1983 年版。

（魏）曹叡：《曹叡集》（佚文佚诗），分别见（清）严可均《全上古三代秦

汉六朝文·全三国志文》，商务印书馆 1999 年版；逯钦立《先秦汉魏
晋南北朝诗》，中华书局 1983 年版。

（三国）夏侯玄：《夏侯玄集》（佚文），见（清）严可均《全上古三代秦汉
六朝文·全三国文》，商务印书馆 1999 年版。

（魏）嵇康：《嵇中散集》，《四部丛刊》初编，影印江安傅氏双鉴楼藏嘉靖
中刊本。

（魏）嵇康：《嵇康集》（鲁迅校勘并手自抄出），文学古籍刊行社影印本
1956 年版。

戴明扬：《嵇康集校注》，人民文学出版社 1962 年版。

殷翔、郭全芝：《嵇康集注》，黄山书社 1986 年版。

卢政：《嵇康美学思想述评》，中国社会科学出版社 2011 年版。

皮元珍：《嵇康论》，湖南人民出版社 2000 年版。

童强：《嵇康评传》，南京大学出版社 2006 年版。

王晓毅：《嵇康评传：汉魏风骨尽，竹林遗恨长》，广西教育出版社 1994 年版。

徐公持：《阮籍与嵇康》，上海古籍出版社 1986 年版。

曾春海：《嵇康的精神世界》，中州古籍出版社 2009 年版。

张节末：《嵇康美学》，浙江人民出版社 1994 年版。

庄万寿：《嵇康研究及年谱》，台湾学生书局 1990 年版。

（魏）桓范：《世要论》（佚文），见（清）严可均《全上古三代秦汉六朝文·
全三国文》，商务印书馆 1999 年版。

（晋）夏侯湛：《夏侯常侍集》（佚文），见（清）严可均《全上古三代秦汉
六朝文·全晋文》，商务印书馆 1999 年版。

（晋）曹摅：《曹摅集》（佚文佚诗），分别见（清）严可均《全上古三代秦
汉六朝文·全晋文》，商务印书馆 1999 年版；逯钦立《先秦汉魏晋南
北朝诗》，中华书局 1983 年版。

（晋）嵇含：《嵇含集》（佚文佚诗），分别见（清）严可均《全上古三代秦
汉六朝文·全晋文》，商务印书馆 1999 年版；逯钦立《先秦汉魏晋南
北朝诗》，中华书局 1983 年版。

（晋）嵇含：《南方草木状》，商务印书馆 1955 年版。

（晋）嵇含：《南方草木状》，见（清）王谟辑《增订汉魏丛书》，西南师范
大学出版社 2011 年版。

张宗子：《嵇含文辑注》，中国农业出版社 1992 年版。

（晋）桓温：《桓温集》（佚文），见（清）严可均《全上古三代秦汉六朝文·全晋文》，商务印书馆 1999 年版。

（晋）曹毗：《曹毗集》（佚文佚诗），分别见（清）严可均《全上古三代秦汉六朝文·全晋文》，商务印书馆 1999 年版；逯钦立《先秦汉魏晋南北朝诗》，中华书局 1983 年版。

（晋）戴逵：《戴逵集》（佚文），见（清）严可均《全上古三代秦汉六朝文·全晋文》，商务印书馆 1999 年版。

洪惠镇：《戴逵》，上海人民美术出版社 1988 年版。

（晋）桓玄：《桓玄集》（佚文佚诗），分别见（清）严可均《全上古三代秦汉六朝文·全晋文》，商务印书馆 1999 年版；逯钦立《先秦汉魏晋南北朝诗》，中华书局 1983 年版。

（晋）戴祚：《西征记》（佚文），见（北魏）郦道元著，王国维校，袁英光、刘寅生标点《水经注》，上海人民出版社 1984 年版；（唐）封演《封氏闻见记》，《丛书集成》本。

（晋）戴祚：《甄异传》（佚文），见鲁迅《古小说钩沉》，人民文学出版社 1953 年版。

（南朝）何尚之：《何尚之集》（佚文佚诗），分别见（清）严可均《全上古三代秦汉六朝文·全宋文》，商务印书馆 1999 年版；逯钦立《先秦汉魏晋南北朝诗》，中华书局 1983 年版。

（晋）陈寿：《三国志》，中华书局 2006 年版。

（梁）沈约：《宋书》，中华书局 1997 年版。

（唐）房玄龄：《晋书》，中华书局 1974 年版。

（唐）李延寿：《南史》，中华书局 1975 年版。

（唐）李延寿：《北史》，中华书局 1974 年版。

曹道衡：《魏晋文学》，安徽教育出版社 2001 年版。

曹道衡：《中古文学史论文集》，中华书局 2002 年版。

曹道衡、沈玉成：《中古文学史料丛考》，中华书局 2003 年版。

陈绶祥：《魏晋南北朝绘画史》，人民美术出版社 2000 年版。

程章灿：《魏晋南北朝赋史》，江苏古籍出版社 2001 年版。

范子烨：《中古文人生活研究》，山东教育出版社 2001 年版。

傅刚：《魏晋风度》，上海古籍出版社 1997 年版。

景蜀慧：《魏晋诗人与政治》（修订本），中华书局 2007 年版。

胡阿祥：《魏晋本土文学地理研究》，南京大学出版社 2001 年版。

胡大雷：《中古文学集团》，广西师范大学出版社 1996 年版。

胡国瑞：《魏晋南北朝文学史》，上海文艺出版社 1980 年版。

姜剑云：《太康文学研究》，中华书局 2003 年版。

李健中：《魏晋文学与魏晋人格》，湖北教育出版社 1998 年版。

李士彪：《魏晋南北朝文体学》，上海古籍出版社 2004 年版。

刘大杰：《魏晋思想论》，上海古籍出版社 1998 年版。

刘叶秋：《魏晋南北朝小说》，上海古籍出版社 1978 年版。

陆侃如：《中古文学系年》，人民文学出版社 1985 年版。

罗宗强：《魏晋南北朝文学思想史》，中华书局 2006 年版。

聂石樵：《魏晋南北朝文学史》，中华书局 2007 年版。

钱正熙：《魏晋诗歌艺术原论》，北京大学出版社 1993 年版。

谭家健：《六朝文章新论》，北京燕山出版社 2002 年版。

容肇祖：《魏晋的自然主义》，东方出版社 1996 年版。

田余庆：《东晋门阀政治》，北京大学出版社 1989 年版。

万绳楠整理：《陈寅恪魏晋南北朝史讲演录》，黄山书社 1987 年版。

王葆铉：《正始玄学》，齐鲁书社 1987 年版。

王瑶：《中古文学史论集》，上海古籍出版社 1982 年版。

王钟陵：《中国中古诗歌史》，人民出版社 2005 年版。

王仲荦：《魏晋南北朝史》，中华书局 2007 年版。

卫绍生：《魏晋文学与中原文化》，学苑出版社 2004 年版。

吴云卷主编：《魏晋南北朝文学研究》，北京出版社 2001 年版。

吴正岚：《六朝江东士族的家学门风》，南京大学出版社 2003 年版。

萧涤非：《魏晋六朝乐府文学史》，人民文学出版社 1984 年版。

熊治祁、张桂喜、徐炼、朱海燕：《乱世四大文豪合集注译》，湖南文艺出
　　版社 1996 年版。

徐公持：《魏晋文学史》，人民文学出版社 1999 年版。

余敦康：《魏晋玄学史》，北京大学出版社 2004 年版。

张可礼：《东晋文艺综合研究》，山东大学出版社 2001 年版。

张可礼：《东晋文艺系年》，山东教育出版社 1992 年版。

张可礼：《东晋文艺综合研究》，山东大学出版社 2001 年版。

张可礼：《三曹年谱》，齐鲁书社 1983 年版。

张振龙：《建安文人的文学活动与文学观念》，兰州大学出版社 2005 年版。

周勋初：《魏晋南北朝文学论丛》，江苏古籍出版社 1999 年版。

［日］兴膳宏：《六朝文学论稿》，岳麓书社 1986 年版。

隋唐五代部分

（唐）刘长卿：《刘随州集》，《四部丛刊》初编，影印上海涵芬楼藏正德中刊本。

储仲君：《刘长卿诗编年笺注》，中华书局 1996 年版。

杨世明：《刘长卿集编年校注》，人民文学出版社 1999 年版。

陈顺智：《刘长卿诗歌透视》，湖北人民出版社 1994 年版。

（唐）张籍：《张文昌文集》，《续古逸丛书》景萧山朱氏藏宋蜀本，民国上海商务印书馆版。

（唐）张籍：《张司业诗集》，《四部丛刊》，影印上海涵芬楼藏明刊本。

（唐）张籍著，中华书局上海编辑所编：《张籍诗集》，中华书局 1959 年版。

陈延年：《张籍诗注》，商务印书馆 1938 年版。

李冬生：《张籍集注》，黄山书社 1989 年版。

徐礼节、余恕诚：《张籍集系年校注》，中华书局 2011 年版。

纪作亮：《张籍研究》，黄山书社 1986 年版。

焦体检：《张籍研究》，河南大学出版社 2010 年版。

（唐）李绅：《追昔游诗》，见《全唐诗》，中华书局 1960 年版。

（唐）沈亚之、李绅：《沈下贤集、追昔游集》，上海古籍出版社 1994 年版。

卢燕平：《李绅集校注》，中华书局 2009 年版。

王旋伯：《李绅诗注》，上海古籍出版社 1985 年版。

（唐）费冠卿：《费冠卿集》，见刘世珩编《贵池唐人集》，黄山书社 2013 年版。

（唐）许棠：《文化集》，见《全唐诗》，中华书局 1960 年版。

（唐）许棠：《奇男子传》，见《唐人说荟》，民国十一年扫叶山房本。

（唐）曹松：《曹松诗集》，见《全唐诗》，中华书局 1960 年版。

（唐）汪遵：《汪遵诗》，见《全唐诗》，中华书局 1960 年版。

（唐）周繇：《周繇诗》，见《全唐诗》，中华书局 1960 年版，（清）刘世珩辑《贵池先哲遗书》，民国九年本。

（唐）张乔：《张乔诗集》，见《全唐诗》，中华书局 1960 年版，（清）刘世珩辑《贵池先哲遗书》，民国九年本。

郭向东：《郑谷与张乔诗集》，中国民间艺术出版社 2006 年版。

（唐）顾云：《顾云诗文》，诗见《全唐诗》，中华书局 1960 年版，文见《全唐文》，中华书局 1983 年版，诗文合集见（清）刘世珩辑《贵池先哲遗书》，民国九年本。

（唐）康骈：《剧谈录》，古典文学出版社 1958 年版。

（唐）康骈：《剧谈录》，（清）刘世珩辑校《贵池唐人集》，郑玲校点，黄山书社 2014 年版。

（唐）康骈：《剧谈录》，《唐五代笔记小说大观》本，上海古籍出版社 2000 年版。

徐凌云、许善述点校：《唐宋笔记小说三种：贾氏谈录；剧谈录；睽车志》，黄山书社 2011 年版。

汪辟疆校录：《唐人小说》，上海古籍出版社 1978 年版。

（唐）杜荀鹤：《唐风集》，见《杜荀鹤诗·聂夷中诗》，中华书局 1959 年版。

（唐）杜荀鹤：《杜荀鹤文集》，上海古籍出版社影印宋蜀本 1994 年版。

胡嗣坤、罗琴：《杜荀鹤及其〈唐风集〉研究》，巴蜀书社 2005 年版。

（唐）张蠙：《张蠙诗集》，见《全唐诗》，中华书局 1960 年版。

（唐）张蠙：《张象文诗集》，《续修四库全书》第 1313 册，上海古籍出版社 1995 年版。

（唐）殷文圭：《殷文圭诗文》，诗见《全唐诗》，中华书局 1960 年版，文见《全唐文》，中华书局 1983 年版；诗文合集见（清）刘世珩《贵池先哲遗书》，民国九年本。

（唐）伍乔：《伍乔诗集》，（清）刘世珩辑《贵池先哲遗书》，民国九年本。

（唐）高仲武：《中兴间气集》，国家图书馆出版社 2009 年版。

（唐）房玄龄：《隋书》，中华书局 1977 年版。

（唐）郑谷：《云台编》，文渊阁《四库全书》本，上海古籍出版社 1987 年版。

（后晋）刘昫等：《旧唐书》，中华书局 1975 年版。

（宋）欧阳修：《新唐书》，中华书局 1977 年版。

（宋）薛居正：《旧五代史》，中华书局 1976 年版。

陈尚君：《旧五代史新辑会证》，复旦大学出版社 2005 年版。

（宋）欧阳修：《新五代史》，中华书局 1974 年版。

（宋）陆游：《南唐书》，商务印书馆 1985 年版。

傅璇琮、徐海荣、徐吉军主编:《五代史书汇编》,杭州出版社 2004 年版。

(清) 吴任臣:《十国春秋》,中华书局 1983 年版。

(五代) 王定保:《唐摭言》,文渊阁《四库全书》本,上海古籍出版社 1987
年版。

(五代) 何光远:《鉴诫录》(《宋重雕足本鉴诫录》),上海科学技术文献出
版社 2004 年版。

(宋) 王谠撰,周勋初校证:《唐语林校证》,中华书局 1984 年版。

(宋) 计有功:《唐诗纪事》,上海古籍出版社 2013 年版。

王仲镛:《唐诗纪事校笺》,巴蜀书社 1989 年版。

(宋) 刘克庄:《后村先生大全集》,上海古籍出版社 1984 年版。

(宋) 罗大经:《鹤林玉露》,中华书局 1983 年版。

(宋) 孙光宪著,林艾园校点:《北梦琐言》,上海古籍出版社 1981 年版。

(宋) 尤袤:《全唐诗话》,何文焕《历代诗话》本,中华书局 1981 年版。

(元) 辛文房撰,周本淳校正:《唐才子传校正》,江苏古籍出版社 1987 年版。

(元) 辛文房撰,傅璇琮校笺:《唐才子传校笺》,中华书局 1990 年版。

(明) 高棅:《唐诗品汇》,上海古籍出版社 1982 年版。

(明) 胡震亨:《唐音癸签》,上海古籍出版社 1981 年版。

(清) 董浩等编:《全唐文》、陆心源补遗《唐文拾遗》、《唐文续拾》,中华
书局 1983 年版。

岑仲勉:《隋唐史》,中华书局 1982 年版。

陈尚君:《全唐文补编》,中华书局 2005 年版。

(清) 李调元编:《全五代诗》,《丛书集成》初编本。

(清) 李调元编,何光远点校:《全唐五代诗》,巴蜀书社 1992 年版。

(清) 刘世珩集校,郑玲校点:《贵池唐人集》,黄山书社 2013 年版。

(清) 彭定求等编:《全唐诗》,中华书局 1960 年版。

陈尚君:《全唐诗补编》,中华书局 1992 年版。

(清) 沈德潜:《唐诗别裁集》,上海古籍出版社 1979 年版。

(清) 徐松:《登科记考》,中华书局 1984 年版。

(清) 王夫之:《唐诗评选》,《船山全书》本,岳麓书社 2011 年版。

(清) 王士禛:《五代诗话》,郑方坤删补,戴鸿森校点,人民文学出版社
1989 年版。

陈伯海、朱易安:《唐诗书录》,齐鲁书社 1988 年版。

陈伯海编：《唐诗论评类编》，山东教育出版社 1993 年版。

陈伯海编：《唐诗汇评》，浙江教育出版社 1995 年版。

陈弱水：《唐代文士与中国思想的转型》，广西师范大学出版社 2009 年版。

陈尚君：《唐代文学丛考》，中国社会科学出版社 1997 年版。

程国赋：《唐五代小说的文化阐释》，人民文学出版社 2002 年版。

程毅中：《唐代小说史》，人民文学出版社 2003 年版。

邓星亮、邬宗玲、杨梅：《鉴诫录校注》，巴蜀书社 2011 年版。

杜晓勤：《初盛唐诗歌的文化阐释》，东方出版社 1997 年版。

杜晓勤：《隋唐五代文学研究》，北京出版社 2001 年版。

傅璇琮：《唐代诗人丛考》，中华书局 1980 年版。

傅璇琮：《唐代科举与文学》，陕西人民出版社 1986 年版。

傅璇琮：《唐代科举与文学》，陕西人民出版社 2003 年版。

龚鹏程：《唐代思潮》，商务印书馆 2007 年版。

蒋寅：《大历诗风》，上海古籍出版社 1992 年版。

蒋寅：《大历诗人研究》，中华书局 1995 年版。

景遐东：《江南文化与唐代文学研究》，人民出版社 2005 年版。

李斌城：《唐代文化》，中国社会科学出版社 2002 年版。

李定广：《唐末五代乱世文学研究》，中国社会科学出版社 2006 年版。

李浩：《唐代三大地域文学士族研究》（增订本），中华书局 2008 年版。

李剑国：《唐五代志怪传奇叙录》，南开大学出版社 1993 年版。

林庚：《唐诗综论》，清华大学出版社 2006 年版。

刘国盈：《韩愈丛考》，文化艺术出版社 1999 年版。

刘开杨：《唐诗通论》，四川人民出版社 1981 年版。

吕思勉：《隋唐五代史》，上海古籍出版社 1984 年版。

罗联添：《隋唐五代文学批评资料汇编》，（台湾）成文出版社 1978 年版。

罗宗强：《隋唐五代文学史》，高等教育出版社 1993 年版。

罗宗强：《隋唐五代文学思想史》，中华书局 2003 年版。

孟二冬：《中唐诗歌之开拓与新变》，北京大学出版社 1998 年版。

孟二冬：《中唐诗歌之开拓与新变》，北京大学出版社 2006 年版。

聂石樵：《唐代文学史》，中华书局 2007 年版。

孙昌武：《唐代文学与佛教》，陕西人民出版社 1985 年版。

孙昌武：《道教与唐代文学》，人民文学出版社 2001 年版。

谭优学：《唐诗人行年考》，四川人民出版社 1981 年版。

谭优学：《唐诗人行年考·续编》，巴蜀书社 1987 年版。

汤用彤：《隋唐佛教史》，北京大学出版社 2010 年版。

唐晓敏：《中唐文学思想研究》，北京师范大学出版社 2000 年版。

陶敏、李一飞：《隋唐五代文学史料学》，中华书局 2001 年版。

万曼：《唐集叙录》，中华书局 1980 年版。

王重民、孙望、童养年辑：《全唐诗外编》，中华书局 1982 年版。

吴庚舜、董乃斌：《唐代文学史》，人民文学出版社 1995 年版。

吴汝煜、胡可先：《全唐诗人名考》，江苏教育出版社 1990 年版。

吴相洲：《唐代歌诗与诗歌》，北京大学出版社 2000 年版。

吴相洲：《中唐诗文新变》，学苑出版社 2007 年版。

吴在庆：《唐五代文史丛考》，江西人民出版社 1995 年版。

吴在庆、傅璇琮：《唐五代文学编年史》，辽海出版社 1998 年版。

吴在庆：《唐代文士的生活心态与文学》，黄山书社 2006 年版。

肖占鹏：《韩孟诗派研究》，南开大学出版社 1999 年版。

肖占鹏：《隋唐五代文艺理论汇编评注》，南开大学出版社 2002 年版。

熊礼汇：《隋唐五代文学史》，武汉大学出版社 2009 年版。

乔惟德、尚永亮：《唐代诗学》，湖南人民出版社 2000 年版。

杨启高：《唐代诗学》，岳麓书社 2011 年版。

阎文儒：《唐代贡举制度》，陕西人民出版社 1989 年版。

余恕诚：《唐诗风貌》，安徽大学出版社 1997 年版。

曾昭明、曹济平、王兆鹏等编：《全唐五代词》，中华书局 1999 年版。

赵荣蔚：《晚唐士风与诗风》，上海古籍出版社 2004 年版。

郑学檬：《唐代江南文士群体初探》，见《唐史论文集》，武汉大学出版社
　　1995 年版。

周勋初主编：《唐诗大辞典》，凤凰出版社 2003 年版。

周勋初主编：《唐人轶事汇编》，上海古籍出版社 2006 年版。

周祖譔主编：《中国文学家大辞典——唐五代卷》，中华书局 1992 年版。

邹劲风：《南唐国史》，南京大学出版社 2000 年版。

宋代部分

（宋）姚铉：《唐文粹》，林志烜校，《四部丛刊》初编，影印上海涵芬楼明

嘉靖校宋刊本。

（宋）姚铉：《唐文粹》，吉林人民出版社 1998 年版。

（宋）孙抗：《映雪斋集》，文渊阁《四库全书》本，上海古籍出版社 1987 年版。

（宋）梅尧臣：《宛陵集》，《四部丛刊》初编，影印上海涵芬楼藏明刊本。

（宋）梅尧臣：《宛陵先生文集》《拾遗》《附录》，四川大学古籍整理研究所编《宋集珍本丛刊》第 3—4 册，影印明正统四年刻本，线装书局 2004 年版。

（明）梅一科：《二梅公年谱》，《四库全书存目丛书》本，齐鲁书社 1996 年版。

（清）梅朝宗等修宣州宛陵宦林：《梅氏宗谱》，清宣统二年刻本 1910 年版。

夏敬观选注：《梅尧臣诗》，商务印书馆 1940 年版。

周义敢、周雷编：《梅尧臣资料汇编》，中华书局 2007 年版。

朱东润编：《梅尧臣集编年校注》，上海古籍出版社 1980 年版。

朱东润：《梅尧臣传》，中华书局 1979 年版。

（宋）郭祥正：《青山集》，四川大学古籍整理研究所编《宋集珍本丛刊》第 23 册，影印宋刻本，线装书局 2004 年版。

（宋）郭祥正：《郭祥正集》，孔凡礼点校，黄山书社 1995 年版。

莫砺锋：《郭祥正——元祐诗坛的落伍者》，《中国典籍与文化论丛》第 6 辑，中华书局 2000 年版。

（宋）张耒：《宛邱集》，文渊阁《四库全书》本，上海古籍出版社 1987 年版。

（宋）张耒：《宛丘题跋》，《丛书集成初编》第 43 册，影印本。

（宋）张耒：《柯山集》《拾遗》《续拾遗》，武英殿聚珍藏版福建本。

（宋）张耒：《张右史文集》，《四部丛刊》初编，影印上海涵芬楼藏明钞本。

（宋）张耒：《张太史明道杂志》，见《宋代笔记小说》，中华书局 1985 年版。

（宋）张耒：《明道杂志》，查清华、潘超群整理，《全宋笔记》第二编，大象出版社 2006 年版。

（宋）张耒：《张耒集》，李逸安、孙通海、傅信点校，中华书局 1990 年版。

（宋）张耒：《宛丘先生文集》，四川大学古籍研究所编《宋集珍本丛刊》第 29—30 册，影印清康熙吕无隐抄本，线装书局 2004 年版。

（宋）阮阅：《郴江百咏》，文渊阁《四库全书》本，上海古籍出版社 1987 年版。

（宋）阮阅：《郴江百咏》，见《全宋诗》，北京大学出版社 1991 年版。

（宋）阮阅：《增修诗话总龟》，《四部丛刊》，影印上海涵芬楼藏明嘉靖刻本。

（宋）阮阅：《诗话总龟》，周本淳、陈新校点，人民文学出版社 1987 年版。

（宋）周紫芝：《太仓稊米集》，文渊阁《四库全书》本，上海古籍出版社
　　1987 年版。

（宋）周紫芝：《竹坡老人诗话》，《历代诗话》本，中华书局 1981 年版。

（宋）周紫芝：《竹坡词》，见《全宋词》，中华书局 1965 年版。

（宋）《太仓稊米集跋》，四川大学古籍研究所编《宋集珍本丛刊》第 34—
　　35 册，影印清钞本，线装书局 2004 年版。

（宋）胡舜陟：《胡少师总集》，四川大学古籍研究所编《宋集珍本丛刊》
　　本，线装书局 2004 年版。

（宋）胡舜陟：《胡少师总集》《卷首》《附录》，《续修四库全书》第 1317
　　册，影印清道光十九年金紫家祠刻本，上海古籍出版社 2002 年版。

（清）胡培翚等：《胡少师年谱》，《宋人年谱丛刊》本，四川大学出版社
　　2003 年版。

（宋）胡仔：《苕溪渔隐丛话》，人民文学出版社 1962 年版。

（宋）胡仔：《苕溪渔隐丛话》，文渊阁《四库全书》本，上海古籍出版社
　　1987 年版。

（宋）王铚：《四六话》，文渊阁《四库全书》本，上海古籍出版社 1987 年版。

（宋）王铚：《默记》，文渊阁《四库全书》本，上海古籍出版社 1987 年版。

（宋）王铚：《默记》，与宋人王栐《燕翼诒谋录》合编，朱杰人点校，中
　　华书局 1981 年版。

（宋）王铚：《雪溪集》，四川大学古籍研究所《宋集珍本丛刊》第 42 册，
　　影印冰蘑阁钞本，线装书局 2004 年版。

（宋）王明清：《挥麈录》，《四部丛刊》续编，影印汲古阁景宋钞本。

（宋）王明清：《挥麈录》，中华书局 1961 年版。

（宋）王明清：《挥麈录》，上海书店出版社 2001 年版。

（宋）王明清：《投辖录》，上海书店出版社影印本 1991 年版。

（宋）王明清：《投辖录》，上海古籍出版社 2001 年版。

（宋）王明清：《投辖录》，与《玉照新志》合订，朱菊如、汪新森校点，上
　　海古籍出版社 2012 年版。

（宋）王明清：《玉照新志》，中华书局 1985 年版。

（宋）王明清：《玉照新志》，上海书店 1991 年影印学津讨原。

（宋）王明清：《玉照新志》，上海古籍出版社 2001 年版。

（宋）王明清：《玉照新志》，与《投辖录》合订，朱菊如、汪新森校点，上海古籍出版社 2012 年版。

（宋）王明清：《摭青杂说》，中华书局 1985 年版。

张明华：《王铚、王明清家族研究》，黄山书社 2014 年版。

（宋）王之道：《相山集》，文渊阁《四库全书》本，上海古籍出版社 1987 年版。

（宋）王之道：《相山集》，四川大学古籍研究所《宋集珍本丛刊》第 40 册，影印清翰林院钞本，线装书局 2004 年版。

（宋）王之道：《相山集》，沈怀玉、凌波点校，北京图书馆出版社 2006 年版。

（宋）吕本中：《童蒙诗训》，见郭绍虞《宋诗话辑佚》，中华书局 1980 年版。

（宋）吕本中：《紫微诗话》，《历代诗话》本，中华书局 1981 年版。

（宋）吕本中：《东莱先生诗集》，《四部丛刊》续编，影印东京内阁文库藏宋刊本。

（宋）吕本中：《东莱先生诗集》，北京图书馆出版社影宋刊本 2006 年版。

（宋）吕本中：《东莱诗词集》，黄山书社 1991 年版。

（宋）吕本中：《官箴》，文渊阁《四库全书》本，上海古籍出版社 1987 年版。

（宋）吕本中：《东莱吕紫微师友杂志、紫微杂说》，中华书局 1985 年版。

（清）徐祯卿、张泰来等：《新倩籍、吴郡二科志、江西诗社宗派图录》，《丛书集成》初编本，商务印书馆民国 26 年版。

（宋）吕祖谦：《吕祖谦全集》，浙江古籍出版社 2008 年版。

（宋）吕祖谦：《吕东莱文集》，《丛书集成》初编，据金华丛书本排印。

（宋）吕祖谦：《东莱集》，文渊阁《四库全书》本，上海古籍出版社 1987 年版。

（宋）吕祖谦：《东莱吕太史文集》十五卷、《别集》十六卷、《外集》五卷、《丽泽论说集录》十卷、《附录》三卷、《拾遗》一卷，四川大学古籍整理研究所《宋集珍本丛刊》第 62 册，影明宋嘉泰四年吕乔年刻元明递修本，线装书局 2004 年版。

（宋）吕祖谦：《东莱博议》，文渊阁《四库全书》本，上海古籍出版社 1987

年版。

（宋）吕祖谦编：《宋文鉴》，文渊阁《四库全书》本，上海古籍出版社 1987 年版。

（宋）吕祖谦编：《皇朝文鉴》（《宋文鉴》），《四部丛刊》初编，影印常熟 瞿氏铁琴铜剑楼藏宋刊本。

（宋）吕祖谦编：《宋文鉴》，齐治平点校，中华书局 1992 年版。

（宋）吕祖谦编：《校正重刊官本宋朝文鉴》，四川大学古籍整理研究所《宋 集珍本丛刊》第 91—93 册，傅增湘校，影明五经堂刊本，线装书局 2004 年版。

（宋）吕祖谦：《古文关键》，《丛书集成》初编，据金华丛书本排印。

（宋）吕祖谦：《吕氏家塾读诗记》，文渊阁《四库全书》本，上海古籍出 版社 1987 年版。

（宋）吕祖谦：《吕氏家塾读诗记》，《四部丛刊》续编，影印常熟瞿氏铁琴 铜剑楼藏宋刊本。

（宋）吕祖谦：《东莱吕太史春秋左传类编》，胡文楷校，《四部丛刊》续 编，影印常熟瞿氏铁琴铜剑楼藏旧钞本。

杜海军：《吕祖谦文学研究》，学苑出版社 2003 年版。

杜海军：《吕祖谦年谱》，中华书局 2007 年版。

潘富恩、徐庆余：《吕祖谦评传》，南京大学出版社 1992 年版。

（宋）朱翌：《灊山集》，文渊阁《四库全书》本，上海古籍出版社 1987 年版。

（宋）朱翌：《猗觉寮杂记》，文渊阁《四库全书》本，上海古籍出版社 1987 年版。

（宋）朱翌：《猗觉寮杂记》，《丛书集成初编》第 284 册，据知不足斋丛书 本排印年版。

（宋）张孝祥：《于湖居士文集》，《四部丛书》初编，影印慈溪李氏藏宋刊本。

（宋）张孝祥：《于湖居士文集》，徐鹏校点，上海古籍出版社 1980 年版。

（宋）张孝祥：《张孝祥诗文集》，彭国忠校点，黄山书社 2001 年版。

韩酉山：《张孝祥评传》，南京大学出版社 1991 年版。

韩酉山：《张孝祥年谱》，安徽人民出版社 1993 年版。

宛敏灏：《张孝祥词校笺》，中华书局 2010 年版。

（宋）朱熹：《朱子全书》，华东师范大学古籍研究所整理，上海古籍出版社、安徽教育出版社联合出版 2003 年版。

（宋）朱熹：《晦庵先生朱文公文集》，《四部丛刊》初编，影印上海涵芬楼
　　藏明刊本。

（宋）朱熹：《晦庵先生文集》，四川大学古籍整理研究所《宋集珍本丛刊》
　　第 56—59 册，影印宋刊浙本，线装书局 2004 年版。

（宋）朱熹原著，陈利用编：《朱文公大同集》，四川大学古籍整理研究所
　　《宋集珍本丛刊》第 59 册，影印元刊闽本。

（宋）朱熹：《诗集传》，《四部丛刊》续编，影印东京静嘉堂文库藏宋本。

（宋）朱熹：《朱子语类》，中华书局 1986 年版。

（宋）朱熹：《晦庵集》，文渊阁《四库全书》本，上海古籍出版社 1987 年版。

（宋）朱熹：《朱熹集》，郭齐、尹波点校，四川教育出版社 1996 年版。

（宋）朱熹：《诗集传》，中华书局 2011 年版。

（宋）朱熹：《楚辞集注》，广陵书社 2010 年版。

（宋）朱熹：《四书章句集注》，中华书局 1983 年版。

胡迎建：《朱熹诗词研究》，中山大学出版社 2011 年版。

李士金：《朱熹文学思想研究》，人民文学出版社 2013 年版。

莫砺锋：《朱熹文学研究》，南京大学出版社 2000 年版。

束景南：《朱熹佚文辑考》，江苏古籍出版社 1991 年版。

吴长庚：《朱熹文学思想论》，黄山书社 1996 年版。

束景南：《朱熹年谱长编》，华东师范大学出版社 2001 年版。

（宋）朱弁：《曲洧旧闻》，文渊阁《四库全书》本，上海古籍出版社 1987
　　年版。

（宋）朱弁：《风月堂诗话》，文渊阁《四库全书》本，上海古籍出版社 1987
　　年版。

（宋）朱松：《韦斋集》，文渊阁《四库全书》本，上海古籍出版社 1987 年版。

（宋）朱松：《韦斋集》，四川大学古籍整理研究所《宋集珍本丛刊》第 40
　　册，影印清雍正四年蒲泰钞本，第 41 册，影清雍正六年朱玉刻本，傅
　　增湘校，线装书局 2004 年版。

（宋）汪莘：《方壶存稿》，文渊阁《四库全书》本，上海古籍出版社 1987
　　年版。

（宋）汪莘：《方壶存稿》，北京图书馆古籍珍本，丛刊影印汪璨等刻本，
　　书目文献出版社 1998 年版。

（宋）汪莘：《方壶先生集》，四川大学古籍整理研究所《宋集珍本丛刊》第 69 册，影印清雍正刻本，线装书局 2004 年版。

（宋）汪莘：《方壶词》，文渊阁《四库全书》本，上海古籍出版社 1987 年版。

（宋）汪晫：《康范诗集》，文渊阁《四库全书》本，上海古籍出版社 1987 年版。

（宋）汪晫：《西园康范存稿》，四川大学古籍整理研究所《宋集珍本丛刊》第 78 册，影印录明嘉靖刻本，线装书局 2004 年版。

（宋）华岳：《翠微南征录》，文渊阁《四库全书》本，上海古籍出版社 1987 年版。

（宋）华岳：《翠微南征录》，张元济校，《四部丛刊》三编影印旧抄本。

（宋）华岳：《翠微南征录》，四川大学古籍整理研究所《宋集珍本丛刊》第 78 册，影印清黄虞稷钞、吴锡麒批校本；清末刘世珩贵池刻本，鲍廷博、劳权、傅增湘校，线装书局 2004 年版。

（宋）华岳：《翠微北征录》，（清）刘世珩《贵池先哲遗书》，民国九年本。

（宋）华岳：《翠微南征录北征录合集》，马君骅编录、点校，黄山书社 1993 年版。

（宋）吴潜：《履斋遗集》（梅鼎祚辑），文渊阁《四库全书》本，上海古籍出版社 1987 年版。

（宋）吴潜：《许国公奏议》，四川大学古籍研究所《宋集珍本丛刊》第 84 册，影印清光绪刻本，线装书局 2004 年版。

（宋）吴潜修，梅应发、刘锡纂：《开庆四明续志》，中华书局 1990 年版。

（宋）方岳：《秋崖先生小稿》，四川大学古籍研究所《宋集珍本丛刊》第 85 册，影印明嘉靖刻本，线装书局 2004 年版。

（宋）方岳：《秋崖集》，文渊阁《四库全书》本，上海古籍出版社 1987 年版。

秦孝成：《秋崖诗词校注》，黄山书社 1998 年版。

（宋）李心传：《建炎以来系年要录》，文渊阁《四库全书》木，上海古籍出版社 1987 年版。

（元）脱脱：《宋史》，中华书局 1977 年版。

（清）陆心源：《宋史翼》，中华书局 1991 年版。

（宋）陈鹄：《耆旧续闻》，文渊阁《四库全书》本，上海古籍出版社 1987 年版。

（宋）陈思编，元陈世隆补：《两宋名贤小集》，文渊阁《四库全书》本，上海古籍出版社 1987 年版。

（宋）梅应发、刘锡：《开庆四明续志》，《宋元方志丛刊》本，中华书局 1990 年版。

（宋）余靖：《武溪集》，文渊阁《四库全书》本，上海古籍出版社 1987 年版。

（宋）叶适：《水心先生文集》，《四部丛刊》初编，影印乌程刘氏嘉业堂藏正统十三年刊本。

（宋）刘克庄：《后村先生大全集》，《四部丛刊》初编，影印上海涵芬楼藏赐砚堂钞本。

（宋）陆游著，黄立新、刘蕴之编注：《入蜀记约注》，中国文联出版社 2004 年版。

（宋）陆游：《渭南文集》，马亚中、涂晓马校注，《陆游全集校注》本，浙江教育出版社 2011 年版。

（宋）欧阳修：《欧阳文忠公集》，《四部丛刊》初编，影印上海涵芬楼藏元刊本。

（宋）欧阳修、司马光：《六一诗话、温公续诗话》，中华书局 2014 年版。

（宋）王安石：《临川先生文集》，商务印书馆 1929 年版。

（宋）王称：《东都事略》，文渊阁《四库全书》本，上海古籍出版社 1987 年版。

（宋）王称：《东都事略》，孙言诚、崔国光点校，齐鲁书社 2000 年版。

（宋）严羽、郭绍虞校释：《沧浪诗话校释》，人民文学出版社 2005 年版。

（宋）杨万里：《诚斋集》，文渊阁《四库全书》本，上海古籍出版社 1987 年版。

（宋）佚名编：《新刊国朝二百家名贤文粹》，四川大学古籍研究所《宋集珍本丛刊》录宋庆元三年书隐斋刊本，线装书局 2004 年版。

（宋）周密：《癸辛杂识》，中华书局 2010 年版。

（清）厉鹗：《宋诗纪事》，上海古籍出版社 1983 年版。

（清）陆心源：《宋诗纪事补遗、小传补正》，台湾鼎文书局 1971 年版。

（清）吴之振、吕留良、吴自牧：《宋诗钞》，中华书局 1984 年版。

北京图书馆出版社影印室编：《宋代传记资料丛刊》，北京图书馆出版社 2006 年版。

北京大学古文献研究所编：《全宋诗》，北京大学出版社 1998 年版。

陈衍评点，曹中孚校注：《宋诗精华录》，巴蜀书社 1992 年版。

陈衍编，高克勤导读，秦克整理集评：《宋诗精华录》，上海古籍出版社 2008
　　年版。

程杰：《北宋诗文革新研究》，内蒙古教育出版社 2000 年版。

程千帆、吴新雷：《两宋文学史》，上海古籍出版社 1991 年版。

傅璇琮：《黄庭坚和江西诗派研究资料汇编》，中华书局 1978 年版。

顾易生等：《宋金元文学批评史》，上海古籍出版社 1996 年版。

郭绍虞：《宋诗话考》，中华书局 1979 年版。

郭绍虞：《宋诗话辑佚》，中华书局 1980 年版。

韩经太：《理学文化与文学思潮》，中华书局 1997 年版。

胡云翼：《宋词研究》，华东师范大学出版社 2004 年版。

孔凡礼：《宋诗纪事续补》，北京大学出版社 1987 年版。

孔凡礼：《宋代文史论丛》，文苑出版社 2006 年版。

南京师范大学主编：《宋代文学史》，人民文学出版社 1996 年版。

李剑国：《宋代志怪传奇叙录》，南开大学出版社 1997 年版。

刘琳、沈治宏：《现存宋人著述综录》，巴蜀书社 1995 年版。

刘扬忠：《宋代文学研究年鉴 2000—2001》，武汉出版社 2002 年版。

马积高：《宋明理学与文学》，湖南师范大学出版社 1989 年版。

木斋：《宋词体演变史》，中华书局 2008 年版。

莫砺锋：《江西诗派研究》，齐鲁书社 1986 年版。

莫砺锋主编：《宋代文学史》，高等教育出版社 1999 年版。

莫砺锋：《以俗为雅，推陈出新的宋诗》，辽海出版社 2007 年版。

欧阳光：《宋元诗社研究丛稿》，广东高等教育出版社 1996 年版。

钱钟书：《宋诗选注》，生活·读书·新知三联书店 2002 年版。

钱钟书：《宋诗纪事补正》，辽宁人民出版社 2003 年版。

沈松勤：《宋代文人与党争》，人民文学出版社 2004 年版。

四川大学古籍整理研究所：《宋集珍本丛刊》，线装书局 2004 年版。

陶尔夫、刘敬圻：《南宋词史》，黑龙江人民出版社 1992 年版。

唐圭璋：《宋词四考》（修订本），江苏古籍出版社 1985 年版。

唐圭璋编，王仲闻参订，孔凡礼补辑：《全宋词》，中华书局 1999 年版。

王水照主编：《宋代文学通论》，河南大学出版社 1997 年版。

韦海英：《江西诗派诸家考论》，北京大学出版社 2005 年版。

吴洪泽、尹波主编：《宋人年谱丛刊》，四川大学出版社 2003 年版。

吴文治主编：《宋诗话全编》，江苏古籍出版社 1998 年版。

谢思炜：《唐宋诗学论集》，商务印书馆 2003 年版。

许伯卿：《宋词题材研究》，中华书局 2007 年版。

许总：《宋诗史》，重庆出版社 1997 年版。

曾枣庄、李凯、彭君华：《宋文纪事》，四川大学出版社 1995 年版。

曾枣庄、刘琳主编：《全宋文》，巴蜀书社 1988—1994 年版；上海辞书出版
    社、安徽教育出版社 2006 年版。

张宏生：《江湖诗派研究》，中华书局 1995 年版。

张瑞君：《南宋江湖派研究》，中国文联出版社 1999 年版。

张思齐：《宋代诗学》，湖南人民出版社 2000 年版。

张毅：《宋代文学思想史》，中华书局 1995 年版。

张毅主编：《宋代文学研究》，北京出版社 2001 年版。

张智华：《南宋的诗文选本研究》，北京师范大学出版社 2002 年版。

周裕锴：《宋代诗学通论》，巴蜀书社 1997 年版。

元代部分

（元）方回选评，李庆甲集评校点：《瀛奎律髓汇评》，上海古籍出版社 1986
    年版。

（元）方回：《瀛奎律髓》，文渊阁《四库全书》本，上海古籍出版社 1987
    年版。

（元）方回：《瀛奎律髓》，诸伟奇、胡益民点校，黄山书社 1994 年版。

（元）方回：《桐江集》，影印宛委别藏本，商务印书馆 1981 年版。

（元）方回：《桐江续集》，文渊阁《四库全书》本，上海古籍出版社 1987
    年版。

（元）方回：《文选颜鲍谢诗评》，文渊阁《四库全书》本，上海古籍出版
    社 1987 年版。

毛飞明：《方回年谱与诗选》，杭州大学出版社 1993 年版。

潘柏澄：《方虚谷研究》，（台北）新文丰出版公司 1978 年版。

詹杭伦：《方回的唐宋律诗学》，中华书局 2002 年版。

张哲愿：《方回〈瀛奎律髓〉及其评点研究》，（台北）花木兰文化出版社 2008
    年版。

（元）曹伯启：《曹文贞公诗集》，文渊阁《四库全书》本，上海古籍出版社

1987 年版。

（元）贡奎：《云林集》，文渊阁《四库全书》本，上海古籍出版社 1987 年版。

（元）贡师泰：《玩斋集》，文渊阁《四库全书》本，上海古籍出版社 1987 年版。

（元）贡性之：《南湖集》，文渊阁《四库全书》本，上海古籍出版社 1987 年版。

（元）贡奎、贡师泰、贡性之：《贡氏三家集》，邱居里、赵文友校点，吉林文史出版社 2010 年版。

（元）余阙：《青阳集》，文渊阁《四库全书》本，上海古籍出版社 1987 年版。

（元）余阙：《青阳先生文集》，《四部丛刊》续编，影印常熟瞿氏铁琴铜剑楼藏明刊本。

（元）舒頔：《贞素斋集》，文渊阁《四库全书》本，上海古籍出版社 1987 年版。

（元）赵汸：《东山存稿》，文渊阁《四库全书》本，上海古籍出版社 1987 年版。

（元）赵汸：《杜律五言注》，影印明万历郑云竹刻本，台湾大通书局 1974 年版。

（明）宋濂等：《元史》，中华书局 1976 年版。

柯劭忞：《新元史》，中国书店 1988 年版。

魏源：《元史新编》，见《魏源全集》第 8—11 册，岳麓书社 2004 年版。

王德毅、李荣村、潘柏澄：《元人传记索引》，中华书局 1987 年版。

（元）《古今杂剧三十种》，《续修四库全书》第 1760 册，影印日本大正三年（1914）京都帝国大学影印元刻本，上海古籍出版社 2002 年版。

（元）孔克齐：《至正直记》，庄敏、顾新点校，上海古籍出版社 1987 年版。

（元）李祁：《云阳先生集》，文渊阁《四库全书》本，上海古籍出版社 1987 年版。

（元）马祖常：《石田集》，文渊阁《四库全书》本，上海古籍出版社 1987 年版。

（元）夏庭芝：《青楼集》，中国戏曲研究院编《中国古典戏曲论著集成》本，中国戏剧出版社 1959 年版。

（元）孙崇涛等：《青楼集笺注》，中国戏剧出版社 1990 年版。

（元）钟嗣成：《录鬼簿》，中国戏曲研究院编《中国古典戏曲论著集成》本，中国戏剧出版社刊本 1959 年版。

贾仲明：《新校录鬼簿正续编》，巴蜀书社 1996 年版。

（元）杨朝英：《阳春白雪》，上海书店 1987 年版。

（元）杨朝英：《朝野新声·太平乐府》，中华书局 1987 年版。

（明）宋濂：《宋文宪公全集》，文渊阁《四库全书》本，上海古籍出版社 1987 年版。

（明）臧晋叔：《元曲选》，中华书局 1978 年版。

（清）陈衍编辑，李梦生校点：《元诗纪事》，上海古籍出版社 1987 年版。

（清）顾嗣立编：《元诗选》，文渊阁《四库全书》本，上海古籍出版社 1987 年版。

（清）顾嗣立编：《元诗选》，中华书局 1987 年版。

邓绍基：《元代文学史》，人民文学出版社 1991 年版。

李修生、查洪德主编：《辽金元文学研究》，北京出版社 2003 年版。

李修生主编：《全元文》，江苏古籍出版社 2004 年版。

罗立刚：《宋元之际的哲学与文学》，复旦大学出版社 1999 年版。

门岿：《元曲百家纵论》，教育科学出版社 1990 年版。

隋树森：《全元散曲》，中华书局 1989 年版。

孙楷第：《元曲家考略》，上海古籍出版社 1981 年版、（台湾）文史哲出版社 1900 年版。

唐圭璋：《全金元词》，中华书局 1979 年版。

王韶华：《元代题画诗研究》，中国传媒大学出版社 2010 年版。

王树林：《金元诗文与文献研究》，中华书局 2008 年版。

王文才：《元曲纪事》，人民文学出版社 1985 年版。

杨镰：《元诗史》，人民文学出版社 2003 年版。

周清澍：《元人文集版本目录》，南京大学出版社 1983 年版。

明代部分

（明）朱权：《太和正音谱》，《续修四库全书》第 1747 册，影印民国九年影抄明洪武本，上海古籍出版社 2002 年版。

（明）朱权：《太和正音谱》，中国戏曲研究院编《中国古典戏曲论著集成》本，中国戏剧出版社 1959 年版。

（明）朱权：《太和正音谱》，学海出版社 1977 年版。

姚品文：《太和正音谱笺评》，中华书局 2010 年版。

（明）朱权：《琼林雅韵》，文渊阁《四库全书》本，上海古籍出版社 1987 年版。

（明）朱权：《新刻原本王状元荆钗记》，《古本戏曲丛刊初集》景明钞本，中华书局 1962 年版。

（明）朱权：《古本荆钗记》，《古本戏曲丛刊初集》影印明刊本，中华书局 1962 年版。

（明）朱权等：《明宫词》，北京古籍出版社 1987 年版。

任遵时：《周宪王研究》，（台北）三民书局 1974 年版。

姚品文：《朱权研究》，江西高校出版社 1993 年版。

姚品文：《王者与学者——宁王朱权的一生》，中华书局 2013 年版。

（明）朱有燉：《诚斋杂剧》，国家图书馆出版社影印明刻本 2012 年版。

（明）朱有燉：《诚斋乐府》，翁敏华点校，上海古籍出版社 1989 年版。

（明）朱有燉：《诚斋录》《诚斋新录》《诚斋牡丹百咏》《诚斋梅花百咏》《诚斋玉堂春百咏》，《续修四库全书》第 1329 册，影印嘉靖刻本，上海古籍出版社 2002 年版。

［美］伊维德（Wilt L. Idema）：《朱有燉的杂剧》，张慧英译，北京大学出版社 2009 年版。

赵晓红：《朱有燉研究》，齐鲁书社 2012 年版。

（明）程敏政：《篁墩集》，文渊阁《四库全书》本，上海古籍出版社 1987 年版。

（明）程敏政：《篁墩程先生文集》，台北故宫博物院藏明正德二年何歆等编刻本，国家图书馆出版社影印本 2014 年版。

（明）程敏政：《明文衡》，文渊阁《四库全书》本，上海古籍出版社 1987 年版。

（明）程敏政：《皇明文衡》，《四部丛刊》初编，无锡孙氏小绿天藏明刊影印本。

（明）程敏政：《新安文献志》，何庆善、于石点校，黄山书社 2004 年版。

（明）朱诚泳：《小鸣稿》，文渊阁《四库全书》本，上海古籍出版社 1987 年版。

（明）郑之珍：《新编目连救母劝善戏文》，朱万曙整理，黄山书社 2005 年版。

（明）郑之珍：《新编目连救母劝善戏文》，《续修四库全书》集部第 1774

册，影印明万历十年高石山房刻本，上海古籍出版社 2002 年版。

（明）汪道昆：《太函集》，胡益民、余国庆点校，黄山书社 2004 年版。

（明）汪道昆：《太函副墨》，《四库全书存目丛书》本，齐鲁书社 1997 年版。

（明）汪道昆：《大雅堂杂剧》，见沈泰《盛明杂剧》，中国戏剧出版社影印本 1958 年版。

（明）汪无竞：《汪左司马公年谱》，明崇祯刊本。

（明）朱载堉：《醒世词》，阎永仁重编，中州古籍出版社 1992 年版。

（明）朱载堉撰，李天纲编：《朱载堉集》，上海交通大学出版社 2013 年版。

戴念祖：《朱载堉——明代的科学和艺术巨星》，人民出版社 1986 年版。

陈万鼐：《朱载堉研究》，（台湾）"国立"故宫博物院出版社 1992 年版。

（明）梅鼎祚纂辑，田璞、查洪德校注：《青泥莲花记》，中州古籍出版社 1988 年版。

（明）梅鼎祚纂辑，陆林校点：《青泥莲花记》，黄山书社 1998 年版。

（明）梅鼎祚纂辑，田璞、查洪德校注：《才鬼记》，中州古籍出版社 1989 年版。

（明）梅鼎祚：《鹿裘石室集》，《续修四库全书》第 1378—1379 册，影印明天启三年玄白堂刻本。

（明）梅鼎祚：《长命缕》，见《古本戏曲丛刊》，中华书局影印明刊本 1962 年版。

（明）梅鼎祚原撰，李卓吾批评：《李卓吾批评玉合记》，中华书局影印容与堂刊本 1962 年版。

（明）梅鼎祚：《玉合记》《昆仑奴》，见毛晋《六十种曲》，中华书局 2007 年版。

（明）梅鼎祚：《古乐苑》，文渊阁《四库全书》本，上海古籍出版社 1987 年版。

（明）梅鼎祚：《历代文纪》，文渊阁《四库全书》本，上海古籍出版社 1987 年版。

（明）梅鼎祚：《释文纪》，文渊阁《四库全书》本，上海古籍出版社 1987 年版。

（明）潘之恒：《亘史钞》，齐鲁书社 1997 年版。

（明）潘之恒：《鸾啸小品》，明刊本。

汪效倚辑注：《潘之恒曲话》，中国戏剧出版社 1988 年版。

（明）汪廷讷：《坐隐先生全集》，《四库全书存目丛书》第 188 册，齐鲁书社 1997 年版。

（明）汪廷讷：《狮吼记》，《古本戏曲丛刊二集》影印汲古阁刊本，中华书局 1962 年版。

（明）汪廷讷原著，黄飚评注：《狮吼记评注》，黄竹三等主编《六十种曲评注》第 20 册，吉林人民出版社 2001 年版。

（明）汪廷讷：《玉茗堂批评种玉记》，《古本戏曲丛刊二集》影印明刊本，中华书局 1962 年版。

（明）汪廷讷：《重订天书记》，《古本戏曲丛刊二集》影印明刊本，中华书局 1962 年版。

（明）汪廷讷：《三祝记》，《古本戏曲丛刊二集》影印明刊本，中华书局 1962 年版。

（明）汪廷讷：《投桃记》，《古本戏曲丛刊二集》影印明刊本，中华书局 1962 年版。

（明）汪廷讷：《彩舟记》，《古本戏曲丛刊二集》影印明刊本，中华书局 1962 年版。

（明）汪廷讷：《义烈记》，《古本戏曲丛刊二集》影印明刊本，中华书局 1962 年版。

（明）汪廷讷：《汪廷讷戏曲集》，李占鹏点校，巴蜀书社 2009 年版。

（明）曹臣：《舌华录》，《四库全书存目丛书》影印明万历刻本，齐鲁书社 1997 年版。

（明）曹臣：《舌华录》，陆林校点，黄山书社 1999 年版。

（明）阮大铖：《春灯谜记》《牟尼合记》《双金榜记》《燕子笺记》，见《古本戏曲丛刊》，中华书局影印本 1962 年版。

（明）阮大铖：《阮大铖戏曲四种》，徐凌云、胡金旺点校，黄山书社 1993 年版。

（明）阮大铖撰，蔡毅校注：《石巢传奇校注》，光明日报出版社 1999 年版。

（明）阮大铖：《怀远堂批点燕子笺》第二卷，《续修四库全书》第 1775 册，影印明崇祯刊本，上海古籍出版社 2002 年版。

（明）阮大铖：《咏怀堂诗集》《外集》，《续修四库全书》第 1374 册，影印明崇祯八年刻本，上海古籍出版社 2002 年版。

（明）阮大铖：《咏怀堂诗集》，胡金旺、汪长林点校，黄山书社 2006 年版。

（明）张岱：《石匮书后集》，《续修四库全书》第 320 册，影印南京图书馆藏稿本，上海古籍出版社 2002 年版。

（明）《明实录》，台湾"中央研究院"历史语言研究所影印"红格本"1962 年版。

胡金旺：《人生喜剧与喜剧人生——阮大铖研究》，中国社会科学出版社 2004 年版。

（清）张廷玉等：《明史》，中华书局 1974 年版。

〔美〕牟复礼、〔英〕崔瑞德：《剑桥中国明代史》，中国社会科学出版社 1992 年版。

（明）过庭训：《本朝分省人物考》，《续修四库全书》第 533—536 册，影印北京大学图书馆藏明天启刻本，上海古籍出版社 2002 年版。

（明）焦竑：《献征录》，上海书店 1987 年版。

（明）焦竑：《国朝献徵录》，广陵书社 2013 年版。

（明）沈德符：《万历野获编》，中华书局 1980 年版。

（明）沈泰辑：《盛明杂剧初集》，《续修四库全书》第 1764 册，影印民国七年董氏诵芬室刻本，上海古籍出版社 2002 年版。

（明）沈泰辑：《盛明杂剧二集》，《续修四库全书》第 1765 册，影印民国十四年董氏诵芬室刻本，上海古籍出版社 2002 年版。

（明）宋濂：《宋学士文集》，《四部丛刊》初编，影印侯官李氏观槿斋藏正德中刊本。

（明）张岱：《陶庵梦忆》，江苏古籍出版社 2000 年版。

（清）陈田：《明诗纪事》，明代传记丛刊本，上海古籍出版社 1993 年版。

（清）黄宗羲：《明儒学案》（修订本），中华书局 2008 年版。

（清）计六奇：《明季北略》，中华书局 1984 年版。

（清）沈德潜：《明诗别裁集》，中华书局 2007 年版。

（清）汪楫：《崇祯长编》，北京古籍出版社 2002 年版。

（清）王夫之：《明诗评选》，《船山全书》本，岳麓书社 2011 年版。

（清）夏完淳：《续幸存录》，《续修四库全书》第 440 册，上海古籍出版社 2002 年版。

（清）朱彝尊：《明诗综》，中华书局 2007 年版。

陈国军：《明代志怪传奇小说研究》，天津古籍出版社 2006 年版。

陈寅恪：《柳如是别传》，生活·读书·新知三联书店 2001 年版。

陈万鼐：《全明杂剧》，（台北）鼎文书局 1979 年版。

邓绍基、史铁良主编：《明代文学研究》，北京出版社 2001 年版。

邓子勉主编：《明词话全编》，凤凰出版社 2012 年版。

韩结根：《明代徽州文学研究》，复旦大学出版社 2006 年版。

金宁芬：《明代戏曲史》，中国社会科学出版社 2007 年版。

李圣华：《初明诗歌研究》，中华书局 2012 年版。

李圣华：《晚明诗歌研究》，人民文学出版社 2002 年版。

凌翼云：《目连戏与佛教》，广东教育出版社 1998 年版。

刘祯：《中国民间目连文化》，巴蜀书社 1997 年版。

戚世隽：《明代杂剧研究》，广东高等教育出版社 2011 年版。

徐朔方：《晚明曲家年谱》，浙江古籍出版社 1993 年版。

徐朔方、孙克秋：《明代文学史》，浙江大学出版社 2006 年版。

徐子方：《明杂剧研究》，（台北）文津出版社 1998 年版。

徐子方：《明杂剧史》，中华书局 2003 年版。

许子汉：《明传奇排场三要素发展历程之研究》，（台北）“国立”台湾大学
　　出版委员会 1999 年版。

宋佩韦：《明文学史》，上海书店 1989 年版。

司徒秀英：《明代教化剧群观》，上海古籍出版社 2009 年版。

唐力行：《徽州宗族社会》，安徽人民出版社 2005 年版。

台湾“中央图书馆”：《明人传记资料索引》，中华书局影印本 1987 年版。

汪超宏：《晚明曲家考》，中国社会科学出版社 2006 年版。

吴承学：《晚明小品研究》，江苏古籍出版社 1998 年版。

吴文治主编：《明诗话全编》，江苏古籍出版社 1997 年版。

俞为民、孙蓉蓉：《历代曲话汇编》（明代编），黄山书社 2008 年版。

曾永义：《明杂剧概论》（修订本），（台北）学海出版社 1999 年版。

张仲谋：《明词史》，人民文学出版社 2002 年版。

朱万曙、徐道彬：《明代文学与地域文化研究》，黄山书社 2005 年版。

［日］八木泽元：《明代剧作家研究》，罗锦堂译，（台北）中新出版社 1977
　　年版。

清代部分

（清）方文：《嵞山集》，影印清古槐堂本，上海古籍出版社 1979 年版。

（清）方文：《嵞山集》《续集》《再续集》，《续修四库全书》第 1400 册，影印清康熙二十八年王概刻本，上海古籍出版社 2002 年版。

（清）方文：《方嵞山诗集》，胡金望、张则桐点校，黄山书社 2010 年版。

李圣华：《方文年谱》，人民文学出版社 2007 年版。

（清）孙默：《国朝名家词集》，康熙留松阁刻本。

（清）孙默：《十五家词》本，文渊阁《四库全书》本，上海古籍出版社 1987 年版。

（清）龚鼎孳：《定山堂诗集》，《续修四库全书》第 1402 册，影印清康熙十五年吴兴祚刻本，上海古籍出版社 2002 年版。

（清）龚鼎孳：《定山堂诗集》，《清代诗文集汇编》第 52 册，影印清康熙五十三年龚志说刻本，上海古籍出版社 2010 年版。

（清）龚鼎孳：《定山堂诗余》，《续修四库全书》第 1402 册，影印清康熙十五年吴兴祚刻本，上海古籍出版社 2002 年版。

（清）龚鼎孳：《定山堂诗余》，《清代诗文集汇编》第 52 册，影印清康熙五十三年龚志说刻本，上海古籍出版社 2010 年版。

（清）龚鼎孳：《定山堂古文小品》，《续修四库全书》第 1403 册，影印清康熙五十三年龚志说刻本，上海古籍出版社 2002 年版。

（清）龚鼎孳：《龚鼎孳诗》，陈敏杰点校，《清名家诗丛刊初集》，广陵书社 2006 年版。

（清）龚鼎孳：《龚鼎孳全集》，孙克强、裴喆编辑点校，人民文学出版社 2010 年版。

（清）钱澄之：《藏山阁集》（诗存十四卷文存六卷）、《田间尺牍》，《续修四库全书》第 1400 册，影印清光绪三十四年铅印本，上海古籍出版社 2002 年版。

（清）钱澄之：《田间文集》《田间诗集》，《续修四库全书》第 1401 册，影印清康熙刻本，上海古籍出版社 2002 年版。

（清）钱澄之：《藏山阁集》，汤华泉点校，黄山书社 2004 年版。

（清）钱澄之：《田间诗集》，诸伟奇点校，黄山书社 1998 年版。

（清）钱澄之：《田间文集》，彭君华点校，黄山书社 1998 年版。

（清）钱澄之：《所知录》，诸伟奇辑校，黄山书社 2006 年版。

（清）施闰章：《学余堂文集》《诗集》《外集》，文渊阁《四库全书》本，上海古籍出版社 1987 年版。

（清）施闰章：《施愚山先生学余文集》《诗集》，《清代诗文集汇编》第 67
  册，影印清康熙四十七年刻本，上海古籍出版社 2010 年版。

（清）施闰章：《施愚山先生别集》，《清代诗文集汇编》第 67 册，影印清乾
  隆十二年刻本，上海古籍出版社 2010 年版。

（清）施闰章：《施愚山先生外集》，《清代诗文集汇编》第 67 册，影印清乾
  隆三十年刻本，上海古籍出版社 2010 年版。

（清）施闰章：《施愚山集》，何庆善、杨应芹点校，黄山书社 1992 年版。

（清）施闰章：《施闰章诗》，吴家驹点校，《清名家诗丛刊初集》，广陵书
  社 2006 年版。

（清）潘江：《龙眠风雅》，影印清石经斋刊本，北京出版社 1997 年版。

彭君华主编：《龙眠风雅全编》，黄山书社 2013 年版。

（清）张潮：《虞初新志》，上海书店 1986 年版。

（清）张潮：《虞初新志》，河北人民出版社 2001 年版。

（清）张潮：《虞初新志》，《续修四库全书》第 1783 册，影印清康熙三十九
  年刻本，上海古籍出版社 2002 年版。

（清）张潮：《虞初新志》，王根林校点，上海古籍出版社 2012 年版。

（清）张潮：《昭代丛书》，上海古籍出版社 1990 年版。

（清）张潮：《檀几丛书》，上海古籍出版社影印本 1992 年版。

（清）张潮：《幽梦影》，陈书良点评，中国青年出版社 2008 年版。

（清）张潮：《幽梦影》，孙宝瑞译注，中州古籍出版社 2008 年版。

（清）张潮：《幽梦影》，王峰评注，中华书局 2008 年版。

（清）张潮：《幽梦影》，段干木明译注，黄山书社 2011 年版。

（清）戴名世：《南山集偶钞》，《续修四库全书》第 1418 册，影印清康熙四
  十年尤云鹗宝翰楼刻本，上海古籍出版社 2002 年版。

（清）戴名世：《南山集》《补遗》，《续修四库全书》第 1419 册，影印清光
  绪二十六年刻木，上海古籍出版社 2002 年版。

（清）戴名世：《戴名世集》，王树民辑校，中华书局 1986 年版。

（清）戴名世：《戴名世遗文集》，王树民、韩明祥编校，中华书局 2002
  年版。

（清）戴名世：《忧庵集》，中华书局影印本 2012 年版。

［法］戴廷杰：《戴名世年谱》，中华书局 2004 年版。

何冠彪：《戴名世研究》，（台北）稻乡出版社 1988 年版。

徐文博、石钟扬：《戴名世论稿》，黄山书社 1985 年版。

（清）王之绩：《铁立文起》，王水照主编《历代文话》第四册，复旦大学出版社 2007 年版。

（清）方苞：《方苞集》，刘季高校点，上海古籍出版社 1983 年版。

（清）方苞：《望溪集》，文渊阁《四库全书》本，上海古籍出版社 1987 年版。

（清）方苞：《望溪先生全集》，《四部丛刊》初编，影印上海涵芬楼藏戴氏刊本。

（清）方苞：《方望溪全集》，中国书店 1991 年版。

（清）方苞：《方望溪遗集》，徐天祥、陈蕾辑录点校，黄山书社 1990 年版。

（清）方苞：《古文约选》（署名允礼），清雍正十一年（1733）果郡王府刻本。

（清）方苞：《古文约选评文》，王水照主编《历代文话》第四册，复旦大学出版社 2007 年版。

许福吉：《义法与经世（方苞及其文学研究）》，学林出版社 2001 年版。

（清）吴震生：《太平乐府》（《玉勾十三种》），清乾隆刻本。

（清）吴震生、程琼批评：《才子牡丹亭》，华玮、江巨荣点校，（台北）学生书局 2004 年版。

（清）刘大櫆：《刘大櫆集》，《续修四库全书》第 1427 册，影印清刻本，上海古籍出版社 2002 年版。

（清）刘大櫆：《论文偶记》，王水照主编《历代文话》本，复旦大学出版社 2007 年版。

（清）刘大櫆：《刘大櫆集》，吴孟复点校，上海古籍出版社 1990 年版。

（清）吴敬梓：《儒林外史》，张慧剑校注，人民文学出版社 1958 年版。

陈美林：《新批〈儒林外史〉》，江苏古籍出版社 1989 年版。

陈美林：《吴敬梓研究》，南京师范大学出版社 2006 年版。

陈美林：《吴敬梓评传》，南京大学出版社 2011 年版。

李汉秋：《儒林外史汇校汇评》，上海古籍出版社 2010 年版。

李汉秋：《儒林外史研究资料》，上海古籍出版社 1984 年版。

李忠明：《儒林外史研究史》，海峡文艺出版社 2006 年版。

刘兆林：《儒林怪杰——吴敬梓传》，作家出版社 2014 年版。

竺青选编：《名家解读儒林外史》，山东人民出版社 1999 年版。

商伟：《礼与十八世纪文化转折：〈儒林外史〉研究》，生活·读书·新知三联书店 2012 年版。

朱一玄等编：《儒林外史资料汇编》，南开大学出版社 1998 年版。

（清）程晋芳：《勉行堂诗集》，《续修四库全书》第 1433 册，影印清嘉庆二十三年邓廷桢等刻本，上海古籍出版社 2002 年版。

（清）程晋芳：《勉行堂文集》《续修四库全书》第 1433 册，影印清嘉庆二十五年冀兰泰吴鸣捷刻本，上海古籍出版社 2002 年版。

（清）程晋芳：《勉行堂诗文集》，魏世民点校，黄山书社 2012 年版。

（清）方成培：《词榘》，方成培手写本（现藏安徽省博物馆）。

（清）方成培：《雷峰塔》第四卷，《续修四库全书》第 1776 册，影印清乾隆三十七年序水竹居刻本，上海古籍出版社 2002 年版。

（清）方成培：《雷峰塔》，王季思主编《中国十大古典悲剧集》点校本，上海文艺出版社 1982 年版。

（清）方成培：《雷峰塔》，李玫注，华夏出版社 2000 年版。

（清）徐凌云注：《皖人戏曲选刊·方成培卷》，黄山书社 2008 年版。

（清）姚鼐：《惜抱轩全集》，四部备要本。

（清）姚鼐：《惜抱轩文集》《诗集》，《四部丛刊》初编，景上海涵芬楼藏原刊本。

（清）姚鼐：《惜抱轩诗文集》，刘季高点校，上海古籍出版社 1992 年版。

（清）姚鼐原著，姚永朴训纂：《惜抱轩诗集训纂》，宋效永点校，黄山书社 2001 年版。

（清）姚鼐：《惜抱轩尺牍》，卢坡点校，安徽大学出版社 2014 年版。

（清）姚鼐：《古文辞类纂》，浙江古籍出版社影印求要堂本 1998 年版。

（清）姚鼐：《古文辞类纂》，边仲仁点校，岳麓书社 1998 年版。

周中明选评：《姚鼐文选》，苏州大学出版社 2001 年版。

吴孟复：《古文辞类纂评注》，安徽教育出版社 1995 年版。

周中明：《姚鼐研究》，安徽大学出版社 2013 年版。

（清）方东树：《半字集》《考槃集》《王余集》《仪卫轩遗诗》，《清代诗文集汇编》第 507 册，影印清光绪十五年《方植之全集》本，上海古籍出版社 2010 年版。

（清）方东树：《考槃集文录》，《清代诗文集汇编》第 507 册，影印清光绪二十年刻本，上海古籍出版社 2010 年版。

（清）方东树：《昭昧詹言》《续》《续录》，《续修四库全书》第 1705 册，影印清光绪十七年刻本，上海古籍出版社 2002 年版。

（清）方东树：《昭昧詹言》，汪绍楹校点，人民文学出版社 1984 年版。

杨淑华：《方东树〈昭昧詹言〉及其诗学定位》，（台湾新北）花木兰文化
　　出版社 2008 年版。

郑福照：《清方仪卫先生东树年谱》，（台北）商务印书馆 1978 年版。

（清）包世臣：《小倦游阁集、说储》，李星、刘长桂点校，黄山书社 1991
　　年版。

（清）包世臣：《中衢一勺、艺舟双楫》，李星点校，黄山书社 1994 年版。

（清）包世臣：《管情三义、齐民四术》，李星点校，黄山书社 1997 年版。

（清）包世臣：《艺舟双楫》，王水照主编《历代文话》本，复旦大学出版
　　社 2007 年版。

（清）徐璈：《桐旧集》，民国 16 年影印清咸丰元年本。

（清）姚莹：《康輶纪行、东槎纪略》，施培毅、徐寿凯点校，黄山书社 1990
　　年版。

（清）姚莹：《康輶纪行》，影印清同治刊本，北京出版社 1997 年版。

（清）姚莹：《东溟文集》六卷、《外集》四卷、《文后集》十四卷、《文外集》
　　二卷、《后湘诗集》九卷、《二集》五卷、《续集》七卷、《中复堂遗稿》
　　五卷、《续编》二卷，《续修四库全书》第 1512 册，影印清同治六年姚
　　濬昌安福县署刻《中复堂全集》，上海古籍出版社 2002 年版。

黄季耕：《姚莹论诗绝句六十首注》，黄山书社 1986 年版。

［新］杨松年：《姚莹〈论诗绝句六十首〉论析》，（台北）文史哲出版社 1995
　　年版。

施立业：《姚莹年谱》，黄山书社 2004 年版。

（清）潘纶恩：《道听途说》，《明清善本小说丛刊初编》本，（台北）天一
　　出版社 1985 年版。

（清）潘纶恩：《道听途说》，陆林点校，黄山书社 1998 年版。

（清）潘纶恩：《道听途说》，《中国文言小说百部经典》本，史仲文编撰，
　　北京出版社 2000 年版。

（清）潘纶恩：《道听途说》，《清代笔记小说大观》本，上海古籍出版社 2007
　　年版。

（清）许奉恩：《兰苕馆外史》，诸伟奇校点，黄山书社 1998 年版。

（清）许奉恩：《文品》，王水照主编《历代文话》第六册，复旦大学出版

社 2007 年版。

（清）宣鼎：《夜雨秋灯录》《夜雨秋灯续录》（合订本），桓鹤校点，上海古籍出版社 1987 年版。

（清）宣鼎：《夜雨秋灯录》《夜雨秋灯续录》（合订本），宋欣校点，时代文艺出版社 1987 年版。

（清）宣鼎：《夜雨秋灯录》《夜雨秋灯续录》（合订本），项纯文校点，黄山书社 1999 年版。

（清）宣鼎：《夜雨秋灯录》八卷，《续录》八卷，《续修四库全书》第 1789 册，影印清光绪铅印申报馆丛书本，上海古籍出版社 2002 年版。

（清）陈鼎：《留溪外传》，文渊阁《四库全书》本，上海古籍出版社 1987 年版。

（清）国史馆：《清国史》，中华书局影印清嘉业堂钞本 1993 年版。

（清）赵尔巽：《清史稿》，中华书局 1998 年版。

（清）陈同、谈则、钱宜合评：《吴吴山三妇合评牡丹亭》，上海古籍出版社 2008 年版。

（清）丁福保辑：《清诗话》，上海古籍出版社 1978 年版。

（清）顾贞观、纳兰性德辑：《今词初集》，《续修四库全书》第 1729 册，影印清康熙刻本，上海古籍出版社 2002 年版。

（清）江藩：《国朝汉学师承记》，中华书局 1983 年版。

（清）蒋景祁辑：《瑶华集》，《续修四库全书》第 1730 册，影印清康熙二十五年刻本，上海古籍出版社 2002 年版。

（清）李桓辑：《国朝耆献类征》，广陵书社 2007 年版。

（清）李元度：《国朝先正事略》，易孟醇校点，岳麓书社 2008 年版。

（清）刘声木：《桐城文学渊源考、桐城文学撰述考》，徐天祥点校，黄山书社 1989 年版。

（清）刘声木：《桐城文学渊源考》，黄山书社 2014 年版。

（清）钱仪吉、缪荃孙、闵尔昌、汪兆镛编纂：《清碑传合集》，上海书店影印本 1988 年版。

（清）沈德潜：《清诗别裁集》，岳麓书社 1998 年版。

（清）史震林：《西青散记》，海阳汪氏三余堂刻本。

（清）王夫之等：《清诗话》，上海古籍出版社 1963 年版。

（清）张维屏：《国朝诗人徵略》，陈永正点校，中山大学出版社 2004 年版。

（清）郑方坤：《国朝名家诗钞小传》，《三十三种清代人物传记资料汇编》本，齐鲁书社 2009 年版。

（清）周亮工、汪启淑：《印人传、续印人传》，江苏广陵古籍刻印社 1998 年版。

（清）邹祗谟、王士禛辑：《倚声初集》，《续修四库全书》第 1729 册，影印清顺治十七年刻本，上海古籍出版社 2002 年版。

阿英：《晚清文学丛抄》，中华书局 1960 年版。

蔡冠洛：《清代七百名人传》，北京图书馆出版社 2008 年版。

程千帆主编：《全清词顺康卷》，中华书局 2002 年版。

董乃斌主编，郭英德著：《长河落日——中华文学通览·清代卷》，中华书局 1997 年版。

杜桂萍：《清初杂剧研究》，人民文学出版社 2005 年版。

段启明、汪龙麟：《清代文学研究》，北京出版社 2001 年版。

郭绍虞：《清诗话续编》，上海古籍出版社 1983 年版。

国家清史编纂委员会：《清代诗文集汇编》，上海古籍出版社 2010 年版。

蒋寅：《清代文学论稿》，凤凰出版社 2009 年版。

柯愈春：《清人诗文集总目提要》，北京古籍出版社 2002 年版。

来新夏：《近三百年人物年谱知见录》，中华书局 2010 年版。

梅向东、李波：《桐城派学术文化》，合肥工业大学出版社 2011 年版。

孟醒仁：《桐城派三祖年谱》，安徽大学出版社 2002 年版。

秦同培主编：《文言对照清代文评注读本》，世界书局 1923 年版。

钱仲联主编：《清诗纪事》，凤凰出版社 2003 年版。

清史编委会编：《清代人物传稿》，中华书局 1984—2001 年版。

《清史列传》（王锺翰点校），中华书局 1987 年版。

沈粹芬、黄人、王文濡辑：《清文汇》，北京出版社 1990 年版。

王绍曾：《清史稿艺文志拾遗》，中华书局 2000 年版。

王献永：《桐城文派》，中华书局 1992 年版。

王镇远：《桐城派》，上海古籍出版社 1990 年版。

魏际昌：《桐城古文学派小史》，河北教育出版社 1988 年版。

吴孟复：《桐城文派述论》，安徽教育出版社 2001 年版。

谢正光：《清初诗文与士人交游考》，南京大学出版社 2001 年版。

徐世昌：《晚晴簃诗汇》，中华书局 1990 年版。

阎崇年：《清朝开国史》，中华书局 2014 年版。

严迪昌：《清词史》，江苏古籍出版社 1990 年版。

严迪昌：《清诗史》，浙江古籍出版社 2002 年版。

严迪昌：《清词史》，江苏古籍出版社 2001 年版。

杨怀志、潘忠荣：《清代文坛盟主桐城派》，安徽人民出版社 2002 年版。

杨翼骧：《清代史部序跋选》，天津古籍出版社 1992 年版。

俞为民、孙蓉蓉：《历代曲话汇编》（清代编），黄山书社 2008 年版。

章钰等编，武作成补编：《清史稿艺文志及补编》，中华书局 1982 年版。

张宏生主编：《全清词顺康卷补编》，南京大学出版社 2008 年版。

张宏生主编：《全清词雍乾卷》，南京大学出版社 2012 年版。

赵建章：《桐城派文学思想研究》，北京图书馆出版社 2003 年版。

周中明：《桐城派研究》，辽宁大学出版社 1999 年版。

周妙中：《清代戏曲史》，中州古籍出版社 1987 年版。

［法］米盖拉、［中］朱万曙主编，《法国文学》丛书编辑委员会编：《徽
州：书业与地域文化》，中华书局 2010 年版。

［美］谢正光：《清初诗文与士人交游考》，南京大学出版社 2001 年版。

［日］青木正儿：《清代文学评论史》，中国社会科学出版社 1988 年版。

二 目录类

（宋）晁公武：《郡斋读书志》，上海古籍出版社 2005 年版。

（宋）陈振孙：《直斋书录解题》，上海古籍出版社 1987 年版。

（宋）王尧臣等：《崇文总目》，上海古籍出版社 1995 年版。

（宋）尤袤：《遂初堂书目》，《丛书集成》初编本，商务印书馆 1935 年版；
文渊阁《四库全书》本，上海古籍出版社 1987 年版。

（明）高儒：《百川书志》，上海古籍出版社 2005 年版。

（清）丁立中：《八千卷楼书目》，国家图书馆出版社 2009 年版。

（清）黄虞稷：《千顷堂书目》，文渊阁《四库全书》本，上海古籍出版社 1987
年版。

（清）陆心源：《皕宋楼藏书志》，中华书局 1990 年版。

（清）莫友芝原编，傅增湘订补：《藏园订补郘亭知见传本书目》，中华书局
2009 年版。

（清）钱曾原作，瞿凤起汇编：《虞山钱遵王藏书目录汇编》，上海古典文学出版社 2005 年版。

（清）阮元：《四库未收书目提要》，傅以礼重编，商务印书馆 1955 年版。

（清）邵懿辰撰，邵章续录：《增订四库简明目录标注》，上海古籍出版社 1979 年版。

（清）杨绍和、杨保彝撰，王绍曾、崔国光订补：《订补海源阁书目五种》，齐鲁书社 2002 年版。

（清）永瑢等：《四库全书总目》，中华书局 2003 年版。

（清）张之洞撰，范希曾补正：《书目答问补正》，上海古籍出版社 2001 年版。

安徽图书馆：《安徽文献书目》，安徽人民出版社 1961 年版。

陈飞：《中国文学专史书目提要》，大象出版社 2004 年版。

陈正宏、章培恒主编：《中国学术名著提要——文学卷》，复旦大学出版社 1999 年版。

程毅中：《古小说简目》，中华书局 1981 年版。

董康：《曲海总目提要》，人民文学出版社 1959 年版。

费振刚：《中国古代文学要籍导读》，北京大学出版社 2003 年版。

傅惜华：《元代杂剧全目》，作家出版社 1957 年版。

傅惜华：《明代杂剧全目》，作家出版社 1958 年版。

傅惜华：《明代传奇全目》，人民文学出版社 1959 年版。

傅惜华：《清代杂剧全目》，人民文学出版社 1981 年版。

傅璇琮：《中国古代诗文名著提要》，河北教育出版社 2009 年版。

傅增湘：《藏园群书题记》，上海古籍出版社 1989 年版。

高文柱、周卫滨：《中国文学名著速览》，华夏出版社 2010 年版。

郭英德：《明清传奇综录》，河北教育出版社 1997 年版。

黄立振：《800 种古典文学著作介绍》，中州古籍出版社 1982 年版。

黄立振：《800 种古典文学著作介绍续编》，中州古籍出版社 1987 年版。

黄仁生：《日本现藏稀见元明文集考证与提要》，岳麓书社 2004 年版。

江苏省社会科学院明清小说研究中心、江苏省社科院文学研究所编：《中国通俗小说总目提要》，中国文联出版公司 1990 年版。

蒋元卿：《皖人书录》，黄山书社 1989 年版。

金开诚、葛兆光：《古诗文要籍叙录》，中华书局 2005 年版。

金开诚、葛兆光：《历代诗文要籍详解》，北京出版社 1988 年版。

柯愈春：《清人诗文集总目提要》，北京古籍出版社 2002 年版。

来新夏：《清人笔记随录》，中华书局 2005 年版。

来新夏：《近三百年人物年谱知见录》，中华书局 2010 年版。

李灵年、杨忠：《清人别集总目》，安徽教育出版社 2000 年版。

李剑国：《宋代志怪传奇叙录》，南开大学出版社 1997 年版。

李昭恂：《文史书目手册》，吉林大学出版社 1986 年版。

李树兰：《中国文学古籍博览》，山西人民出版社 1988 年版。

李树兰：《中国文学古籍博览续编》，山西人民出版社 1996 年版。

李修生：《古本戏曲剧目提要》，文化艺术出版社 1997 年版。

李玉安、黄正雨：《中国藏书家通典》，（香港）中国国际文化出版社 2005
年版。

刘景龙、胡家柱主编：《安徽历代书画篆刻家小传》，南京大学出版社 1994
年版。

刘琳、沈治宏编著：《现存宋人著述综录》，巴蜀书社 1995 年版。

穆克宏：《魏晋南北朝文学史料述略》，中华书局 1997 年版。

宁稼雨：《中国文言小说总目提要》，齐鲁书社 1996 年版。

钱南扬：《中国古典戏曲存目汇考》，上海古籍出版社 1982 年版。

邵曾祺：《元明北杂剧总目考略》，中州古籍出版社 1985 年版。

上海图书馆：《中国丛书综录》，中华书局 1959—1962 年版。

四川大学古籍整理研究所：《宋集珍本丛刊书目提要》，载四川大学古籍整
理研究所《宋集珍本丛刊》第 108 册，线装书局 2004 年版。

舒位：《三百年来诗坛人物评点小传汇录》，中州古籍出版社 1986 年版。

孙殿起：《贩书偶记》，上海古籍出版社 1999 年版。

孙楷第：《戏曲小说书录解题》，人民文学出版社 1990 年版。

孙楷第：《日本东京所见小说书目》，人民文学出版社 1981 年版。

王承略、刘心明主编：《二十五史艺文经籍志考补萃编》，清华大学出版社
2011—2014 年版。

王德毅编：《中国历代名人年谱总目》，（台北）华世出版社 1979 年版。

王重民：《敦煌古籍叙录》，商务印书馆 1958 年版。

王重民：《中国善本书提要》，上海古籍出版社 1983 年版。

王重民：《中国善本书提要补编》，北京图书馆出版社 1997 年版。

谢巍：《中国历代人物年谱考录》，中华书局 1992 年版。

续修《四库全书》总目提要编纂委员会：《续修四库全书总目提要》，上海古籍出版社 2014 年版。

杨殿珣：《中国历代年谱总录》（增订本），北京图书馆出版社 1997 年版。

严灵峰：《周秦汉魏诸子知见书目》，台湾正中书局本，中华书局影印 1993 年版。

袁行霈、侯忠义：《中国文言小说书目》，北京大学出版社 1981 年版。

袁行云：《清人诗集叙录》，文化艺术出版社 1994 年版。

查洪德：《中国古代诗文名著提要》，河北教育出版社 2009 年版。

章培恒、陈正宏：《中国学术名著提要：文学卷》，复旦大学出版社 1999 年版。

张舜徽：《清人文集别录》，中华书局 1963 年版。

朱一玄、宁稼雨、陈桂声：《中国古代小说总目提要》，人民文学出版社 2005 年版。

祝尚书：《宋人总集叙录》，中华书局 2004 年版。

庄一拂：《古典戏曲存目汇考》，上海古籍出版社 1982 年版。

中国科学院图书馆藏：《续修四库全书总目提要》，齐鲁书社影印本 1996 年版。

中国国家图书馆、中国国家古籍保护中心编：《第一批国家珍贵古籍名录图录》，北京图书馆出版社 2008 年版。

《中国古籍善本书目》编辑委员会：《中国古籍善本书目》，上海古籍出版社 1990 年版。

赵景深、邵曾祺：《元明北杂剧总目考略》，中州古籍出版社 1985 年版。

赵万里：《赵万里文集》，冀淑英、张志清、刘波主编，第一至第三卷，上海科学技术出版社、国家图书馆出版社 2011—2012 年版。

三　部分方志类

（唐）李吉甫：《元和郡县图志》，中华书局 1983 年版。

（宋）王象之：《舆地纪胜》，中华书局 1992 年版。

（宋）乐史：《太平寰宇记》，王文楚等校，中华书局 2007 年版。

（宋）罗濬：《宝庆四明志》，文渊阁《四库全书》本，上海古籍出版社 1987 年版。

（元）袁桷：《延祐四明志》，文渊阁《四库全书》本，上海古籍出版社 1987
　　年版。

（明）曹学佺：《蜀中广记》，文渊阁《四库全书》本，上海古籍出版社 1987
　　年版。

（明）彭泽：《（弘治）徽州府志》，齐鲁书社 1997 年版。

（清）丁廷楗、卢询修，赵吉士等撰：《（康熙）徽州府志》，黄山书社 2010
　　年版。

（清）洪亮吉、凌廷堪：《（嘉庆）宁国府志》，黄山书社 2007 年版。

（清）贾汉复修，沈荃纂：《（顺治）河南通志》，清顺治十七年刻本。

（清）马世永纂修，李月章续修：《（康熙）池州府志》，庄华峰整理，国家
　　图书馆出版社 2014 年版。

（清）穆彰阿、潘锡恩等：《大清一统志》，上海古籍出版社 2008 年版。

（清）尹继善、赵国麟修，黄之隽、章士凤纂：《江南通志》，影印乾隆元
　　年刻本，台湾华文书局 1967 年版。

（清）张楷：《安庆府志》，安庆师范学院、安庆市地方志编纂委员会整理，
　　中华书局 2009 年版。

（清）赵宏恩：《（乾隆）江南通志》，文渊阁《四库全书》本，上海古籍出
　　版社 1987 年版。

（清）洪亮吉等重修，焦作市地方史志办公室、沁阳市人民政府整理：
　　《（乾隆己酉年）怀庆府志》（校注本），中州古籍出版社 2013 年版。

安徽通志馆：《安徽通志稿》，影印民国 23 年本，台湾成文出版社 1985 年版。

何绍基：《（光绪）重修安徽通志》，《中国地方志集成》本，凤凰出版社 2011
　　年版。

金天翮：《皖志列传稿》，见《中国地方志丛书·华中地方安徽省》，台湾
　　成文出版社有限公司 1974 年版。

开封市地方史志办公室整理：《康熙三十四年开封府志（整理本）》，北京
　　燕山出版社 2009 年版。

赵明奇主编：《新千年全本徐州府志》，中华书局 2002 年版。

中华书局编辑部：《宋元方志丛刊》，中华书局 1990 年版。

《中国地方志集成·安徽府县志辑》，江苏古籍出版社 1998 年版。

中国社会科学院图书馆编：《稀见中国地方志汇刊》，中国书店 1992 年版。

四 其他

（汉）郑玄注，（唐）孔颖达等正义：《礼记正义》，《十三经注疏》本，中华书局 1980 年版。

（晋）葛洪原撰，杨明照校笺：《抱朴子外篇校笺》，中华书局 1997 年版。

（南朝·宋）刘义庆撰，刘孝标注：《世说新语》，中华书局 1999 年版。

（南朝·宋）刘义庆撰，余嘉锡笺疏：《世说新语笺疏》，中华书局 1983 年版。

（南朝·梁）刘勰著，范文澜注：《文心雕龙注》，人民文学出版社 1958 年版。

（南朝·梁）萧统：《文选》，中华书局 1977 年版。

（南朝·梁）钟嵘著，陈延杰注：《诗品注》，人民文学出版社 1980 年版。

（北魏）郦道元：《水经注》，凤凰出版社 2011 年版。

（唐）封演：《封氏闻见记》，文渊阁《四库全书》本，上海古籍出版社 1987 年版。

（唐）李瀚撰，（宋）徐子光集注：《蒙求集注》，文渊阁《四库全书》，上海古籍出版社 1987 年版。

（唐）何光远原著，邓星亮、邬守玲、杨梅校注：《鉴诫录校注》，巴蜀书社 2011 年版。

（宋）葛立方：《韵语阳秋》，上海古籍出版社 1984 年版。

（宋）洪迈：《容斋随笔》，北京燕山出版社 2008 年版。

（宋）李昉、李穆、徐铉等编：《太平御览》，中华书局 2000 年版。

（宋）李之仪：《姑溪居士后集》，文渊阁《四库全书》，上海古籍出版社 1987 年版。

（宋）司马光：《资治通鉴》，中华书局 1956 年版。

（宋）王安石撰，李之亮笺注：《王荆公文集笺注》，巴蜀书社 2005 年版。

（宋）王楙：《野客丛书》，中华书局 1987 年版。

（宋）王钦若、杨亿、孙奭等编纂：《册府元龟》，中华书局 1985 年版。

（宋）王应麟：《困学纪闻》，翁元圻注，栾保群、田松青、吕宗力校点，上海古籍出版社 2008 年版。

（宋）叶绍翁：《四朝闻见录》，中华书局 1989 年版。

（宋）郑樵：《通志二十略》，王树民点校，中华书局 1995 年版。

（元）马端临：《文献通考》，上海师范大学古籍研究所、华东师范大学古籍研究所点校，中华书局 2011 年版。

（元）陶宗仪：《说郛》，上海古籍出版社 1988 年版。

（明）陈霆：《渚山堂词话》、杨慎《词品》（合订本），王幼安校点，人民文学出版社 1998 年版。

（明）程明善：《啸余谱》，《四库全书存目丛书》，齐鲁书社 1996 年版。

（明）戴廷明、程尚宽等撰，朱万曙、胡益民点校：《新安名族志》，黄山书社 2007 年版。

（明）胡应麟：《诗薮》，上海古籍出版社 1958 年版。

（明）胡应麟：《少室山房集》，文渊阁《四库全书》本，上海古籍出版社 1987 年版。

（明）蒋一葵：《尧山堂外纪》，文渊阁《四库全书》本，上海古籍出版社 1987 年版。

（明）金德玹：《新安文萃》，《四库全书存目丛书》第 292 册，影印明天顺四年刻本，齐鲁书社 1997 年版。

（明）李东阳：《怀麓堂诗话》，李庆立校释，人民文学出版社 2009 年版。

（明）李祁：《云阳集》，文渊阁《四库全书》本，上海古籍出版社 1987 年版。

（明）李清：《三垣笔记》，中华书局 1982 年版。

（明）毛晋辑：《六十种曲》，《续修四库全书》，影印上海图书馆藏明末毛氏及古阁刻本，上海古籍出版社 2013 年版。

（明）毛晋辑：《六十种曲》，中华书局 2007 年版。

（明）宋濂：《文宪集》，文渊阁《四库全书》本，上海古籍出版社 1987 年版。

（明）王骥德：《曲律》，中国戏曲研究院编《中国古典戏曲论著集成》本，中国戏剧出版社 1959 年版。

（明）王骥德：《曲律》，湖南人民出版社 1983 年版。

（明）王世贞：《弇州山人四部稿》，文渊阁《四库全书》本，上海古籍出版社 1987 年版。

（明）吴讷、徐师曾：《文章辨体序说、文体明辨序说》，于北山、罗根泽校点，人民文学出版社 1962 年版。

（明）徐复祚：《曲论》，中国戏曲研究院编《中国古典戏曲论著集成》本，中国戏剧出版社 1959 年版。

（明）杨慎：《全蜀艺文志》，刘琳、王晓波点校，线装书局 2003 年版。

（明）张禄：《词林摘艳》，文学古籍刊行社 1955 年版。

（明）张溥：《汉魏六朝百三名家集》，影印清光绪彭懋谦刻本，江苏古籍
　　出版社 2002 年版。

（明）张溥编、殷孟伦注：《汉魏六朝百三名家集题辞注》，中华书局 2007
　　年版。

（清）毕沅：《续资治通鉴》，中华书局 1957 年版。

（清）程敏政：《新安文献志》，何庆善点校，黄山书社 2004 年版。

（清）邓汉仪：《诗观》，《四库全书》存目丛书，齐鲁书社 1996 年版。

（清）丁福保：《历代诗话续编》，中华书局 1983 年版。

（清）丁福保：《清诗话》，中华书局 1963 年版。

（清）丁福保：《全汉三国晋南北朝诗》，中华书局 1959 年版。

（清）杭世骏：《道古堂文集》，《续修四库全书》本第 1426 册，影印清乾隆
　　四十一年刻光绪十四年汪曾唯增修本，上海古籍出版社 2002 年版。

（清）何文焕：《历代诗话》，中华书局 1981 年版。

（清）何焯：《义门读书记》，中华书局 1987 年版。

（清）黄宗羲、全祖望：《宋元学案》，中华书局 1986 年版。

（清）黄宗羲：《黄梨洲文集》，中华书局 2009 年版。

（清）洪亮吉：《北江诗话》，陈迩冬校点，人民文学出版社 1983 年版。

（清）况周颐撰，屈兴国辑注：《惠风词话辑注》，江西人民出版社 2000 年版。

（清）李渔：《闲情偶寄》，沈新林注评，凤凰出版社 2009 年版。

（清）刘声木：《苌楚斋随笔》，《清代史料笔记丛刊》本，中华书局 1998 年版。

（清）刘世珩辑：《贵池先哲遗书》，民国 9 年本。

（清）马其昶：《桐城耆旧传》，黄山书社 1990 年版。

（清）钱谦益：《列朝诗集小传》，上海古籍出版社 1983 年版。

（清）全祖望原著，朱铸禹汇校集注：《全祖望集汇校集注》，上海古籍出版
　　社 2000 年版。

（清）阮元编：《宛委别藏》，江苏广陵古籍刻印社 1988 年版。

（清）阮元：《揅经室集》，《续修四库全书》第 1478—1479 册，影印清道光
　　阮氏文选楼刻本，上海古籍出版社 2002 年版。

（清）阮元：《畴人传汇编》，彭卫国、王原华点校，广陵书社 2009 年版。

（清）沈辰垣：《历代诗余》，浙江古籍出版社 1998 年版。

（清）沈德潜选：《古诗源》，中华书局 2006 年版。

（清）沈德潜原著，王宏林笺注：《说诗晬语笺注》，人民文学出版社 2013

年版。

（清）沈季友：《槜李诗系》，文渊阁《四库全书》本，上海古籍出版社 1987
　　年版。

（清）沈廷芳：《隐拙斋集》《绩集》，《四库全书存目丛书补编》影印清乾
　　隆刻本，齐鲁书社 2001 年版。

（清）汪懋麟：《百尺梧桐阁集》，《四库存目丛书》，齐鲁书社 1996 年版。

（清）徐子苓：《敦艮吉斋文钞》，《丛书集成》续编第 160 册，台湾新文丰
　　出版公司 1989 年版。

（清）王夫之：《古诗评选》，《船山全书》本，岳麓书社 2011 年版。

（清）王夫之：《姜斋诗话》，《船山全书》本，岳麓书社 2011 年版。

（清）王谟辑：《增订汉魏丛书》，西南师范大学出版社 2011 年版。

（清）王士祯：《分甘余话》，张世林点校，中华书局 1989 年版。

（清）王士祯：《池北偶谈》，中华书局 1997 年版。

（清）王士祯：《王士祯全集》，齐鲁书社 2007 年版。

（清）吴德旋：《初月楼文钞》《续钞》《诗钞》《古文绪论》，《清代诗文集
　　汇编》第 486 册，影印光绪八年至九年镇海张氏花雨楼刻本，上海古
　　籍出版社 2010 年版。

（清）许承尧：《歙事闲谭》，李明回、彭超、张爱琴点校，黄山书社 2001
　　年版。

（清）严可均：《全上古三代秦汉六朝文》，影印清光绪刻本，中华书局 1987
　　年版。

（清）永瑢、纪昀等编：《四库全书》，影印文渊阁本，上海古籍出版社 1987
　　年版。

（清）袁枚：《随园诗话》，顾学颉校点，人民文学出版社 2006 年版。

（清）曾国藩：《曾文正公全集》，中国书店 2011 年版。

（清）查礼：《铜鼓书堂遗稿》，唐圭璋辑《词话丛编》本，中华书局 1986
　　年版。

（清）赵翼：《瓯北诗话》，凤凰出版社 2009 年版。

（清）赵执信、翁方纲：《谈龙录、石洲诗话》，陈迩冬点校，人民文学出
　　版社 1981 年版。

（清）朱彝尊：《静志居诗话》，人民文学出版社 1990 年版。

《安徽文化史》编纂工作委员会、《安徽文化史》编委会：《安徽文化史》，南

京大学出版社 2000 年版。

《安徽历史名人词典》编委会：《安徽历史名人词典》，安徽教育出版社 2008 年版。

白寿彝：《中国通史》，上海人民出版社 1989—1999 年版。

北京大学哲学系美学教研室：《中国美学史资料选编》，中华书局 1980 年版。

卜利：《明清徽州社会研究》，安徽大学出版社 2004 年版。

卜孝萱、卢燕平编：《中国历代著名文学家评传》，山东教育出版社 1989 年版。

蔡毅：《中国古典戏曲序跋汇编》，齐鲁书社 1989 年版。

蔡仲翔：《中国古典剧论概要》，中国人民大学出版社 1988 年版。

曹道衡、沈玉成：《中古文学史料丛考》，中华书局 2003 年版。

陈平原：《小说史：理论与实践》，北京大学出版社 1993 年版。

陈文新：《传统小说与小说传统》，武汉大学出版社 2005 年版。

陈文新：《文言小说审美发展史》，武汉大学出版社 2007 年版。

陈正祥：《中国文化地理》，生活·读书·新知三联书店 1983 年版。

陈友冰：《海峡两岸唐代文学研究史》，广西师范大学出版社 2001 年版。

程华平：《明清传奇编年史稿》，齐鲁书社 2008 年版。

程瞳：《新安学系录》，黄山书社 2006 年版。

程毅中：《宋元小说研究》，江苏古籍出版社 1999 年版。

程毅中：《古代小说史料简论》，山西人民出版社 2005 年版。

程毅中：《古体小说钞》（宋元卷），中华书局 1995 年版。

程毅中、薛洪勣：《古体小说钞》（明代卷），中华书局 2001 年版。

程毅中等：《古体小说钞》（清代卷），中华书局 2001 年版。

程毅中：《宋元小说家话本集》，齐鲁书社 2000 年版。

《丛书集成初编》，中华书局 1985、1991 年版。

《丛书集成续编》，上海书店影印本 1994 年版。

《丛书集成三编》，台湾新文丰出版公司 1997 年版。

褚斌杰：《中国古代文体概论》（增订本），北京大学出版社 1990 年版。

邓长风：《明清戏曲家考略全编》，上海古籍出版社 2009 年版。

邓之诚：《清诗纪事初编》，上海古籍出版社 2012 年版。

丁放：《金元明清诗词理论史》，安徽大学出版社 2000 年版。

丁放、余恕诚：《唐宋词概说》，安徽教育出版社 2002 年版。

丁锡根：《中国历代小说序跋集》，人民文学出版社 1996 年版。

董乃斌等主编：《中国古典文学学术史研究》，新疆人民出版社 1997 年版。

费振刚主编：《先秦两汉文学研究》，北京出版社 2001 年版。

冯武、夏文彦：《图绘宝鉴》，中国书店 1983 年版。

复旦大学历史地理研究所：《中国历史地名辞典》，江西教育出版社 1986 年版。

高宇：《古典戏曲导演学论集》，中国戏剧出版社 1985 年版。

高明：《新编诸子集成》，中华书局 1996 年版。

葛晓音：《八代诗史》，陕西人民出版社 1989 年版。

葛晓音：《汉唐文学的嬗变》，北京大学出版社 1990 年版。

葛兆光：《中国思想史》，复旦大学出版社 2001 年版。

国家新闻出版署和国家古籍整理出版规划小组：《续修四库全书》，上海古籍出版社 2002 年版。

《古本戏曲丛刊》编辑委员会：《古本戏曲丛刊》，文学古籍刊行社 1957 年版。

郭绍虞：《中国文学批评史》，商务印书馆 2010 年版。

郭英德：《明清文人传奇研究》，北京师范大学出版社 1992 年版。

郭英德：《中国古代文人集团与文学风貌》，北京师范大学出版社 1998 年版。

郭英德：《明清传奇史》，江苏古籍出版社 1999 年版。

郭英德：《明清传奇戏曲文体研究》，商务印书馆 2004 年版。

郭英德：《中国古代文体学论稿》，北京大学出版社 2005 年版。

郭预衡：《中国散文简史》，北京师范大学出版社 1994 年版。

合肥师范学院中文系古典文学教研组编：《安徽历代文学家小传》，安徽人民出版社 1961 年版。

侯外庐：《中国思想通史》，人民出版社 2004 年版。

侯忠义：《中国文言小说参考资料》，北京大学出版社 1985 年版。

侯忠义：《中国文言小说史稿》（上册），北京大学出版社 1990 年版。

侯忠义、刘世林：《中国文言小说史稿》（下册），北京大学出版社 1993 年版。

洪湛侯：《诗经学史》，中华书局 1999 年版。

胡家柱、杨守廉等主编：《安徽历代著作家小传》，南京大学出版社 1993 年版。

胡静之主编：《中国古典美学丛编》，中华书局 1988 年版。

湖南师范学院中文系编：《中国历代作家小传》，湖南人民出版社 1981 年版。

胡世厚、邓绍基：《中国古代戏曲家评传》，中州古籍出版社 1992 年版。

胡适：《古典文学研究论集》，上海古籍出版社 1988 年版。

胡适：《胡适书信》，北京大学出版社 1996 年版。

胡适：《胡适文存》，黄山书社 1996 年版。

黄金明：《汉魏晋南北朝诔碑文研究》，人民文学出版社 2005 年版。

黄裳：《来燕榭读书记》，辽宁教育出版社 2001 年版。

霍旭东主编：《历代辞赋鉴赏辞典》，商务印书馆 2011 年版。

牟世金编：《中国古代文论家评传》，中州古籍出版社 1988 年版。

姜亮夫等：《中国历代著名文学家评传》，山东教育出版社 2009 年版。

蒋星煜、齐森华、赵山林：《明清传奇鉴赏辞典》，上海辞书出版社 2004
年版。

李昌集：《中国古代散曲史》，华东师范大学出版社 1991 年版。

李凯：《儒家原典与中国诗学》，中国社会科学出版社 2002 年版。

李简：《元明戏曲》，北京大学出版社 2003 年版。

李剑国：《唐前志怪小说史》，人民文学出版社 2011 年版。

李生龙：《道家及其对文学的影响》，岳麓书社 2005 年版。

李文初：《中国山水诗史》，广东高等教育出版社 1991 年版。

李艳：《明清道教与戏曲研究》，巴蜀书社 2006 年版。

李壮鹰：《中华古文论释林》，北京大学出版社 2011 年版。

廖奔、刘彦君：《中国戏曲发展史》，山西教育出版社 2000 年版。

刘兰英、赵桂藩等：《中国古典文学大辞典》，广东教育出版社 2012 年版。

林树中：《中国美术全集》，人民美术出版社 1988 年版。

刘汝霖：《汉晋学术编年》，中华书局 1987 年版。

刘汝霖：《东晋南北朝学术编年》，商务印书馆 1936 年版。

刘师培：《中国中古文学史讲义》，上海古籍出版社 2000 年版。

刘世德：《中国古代小说百科全书》，中国大百科全书出版社 2006 年版。

刘叶秋：《古典小说论丛》，中华书局 1959 年版。

刘叶秋：《历代笔记概述》，中华书局 1980 年版。

刘叶秋：《古典小说笔记论丛》，南开大学出版社 1985 年版。

刘叶秋主编：《中国古典小说大辞典》，河北人民出版社 1998 年版。

刘勇强：《中国古代小说史叙论》，北京大学出版社 2007 年版。

鲁迅：《中国小说史略》，《鲁迅全集》（第 8 卷），人民文学出版社 2005 年版。

鲁迅：《中国小说的历史的变迁》，中国文史出版社 2002 年版。

鲁迅：《古小说钩沉》，人民文学出版社 1953 年版。

鲁迅：《而已集》，见《鲁迅全集》（第 3 卷），人民文学出版社 2005 年版。

陆侃如、冯沅君：《中国诗史》，人民文学出版社 1956 年版。

陆侃如、冯沅君：《中古文学系年》，人民文学出版社 1985 年版。

逯钦立：《先秦汉魏晋南北朝诗》，中华书局 1983 年版。

吕澂：《中国佛学源流略讲》，中华书局 1979 年版。

吕惠鹃等编：《中国历代著名文学家评传》，山东教育出版社 1985 年版。

吕思勉：《文学与文选四种》，上海古籍出版社 2010 年版。

吕薇芬、金宁芬等主编：《古典剧曲鉴赏辞典》，湖北辞书出版社 2004 年版。

缪钺：《诗词散论》，上海古籍出版社 1982 年版。

敏泽：《中国文学理论批评史》，吉林教育出版社 1991 年版。

莫砺锋：《唐宋诗论稿》，辽海出版社 2001 年版。

聂石樵：《先秦两汉文学史稿》，北京师范大学出版社 1994 年版。

欧阳光：《宋元诗社研究丛稿》，广东高等教育出版社 2011 年版。

齐森华：《曲论探胜》，华东师范大学出版社 1985 年版。

飘逸轩主人校编：《笔记小说大观》，广陵古籍刻印社 1983—1984 年版。

漆绪邦：《中国散文通史》，吉林教育出版社 1994 年版。

钱基博：《中国文学史》，中华书局 1993 年版。

钱南扬：《戏文概论》，上海古籍出版社 1981 年版。

钱穆：《中国文化史导论》，商务印书馆 2005 年版。

钱钟书：《管锥编》，中华书局 1979 年版。

钱钟书：《谈艺录》，中华书局 1984 年版。

卿希泰：《中国道教史》，四川人民出版社 1996 年版。

秦川：《中国古代文言小说总集研究》，上海古籍出版社 2006 年版。

秦学人、侯作卿：《中国古典编剧理论资料汇辑》，中国戏剧出版社 1984
　　年版。

任继愈主编：《中国道教史》，上海人民出版社 1990 年版。

任继愈主编：《中国佛教史》，中国社会科学出版社 1985 年版。

任中敏辑编，曹明升点校：《散曲丛刊》，凤凰出版社 2013 年版。

戎毓明主编：《安徽人物大辞典》，团结出版社 1992 年版。

《四库禁毁书丛刊》编委会：《四库禁毁书丛刊》，北京出版社 1997 年版。

《四库全书存目丛书》，齐鲁书社1997年版。

沈云龙辑：《中和月刊史料选集》，《近代中国史料丛刊》本，台湾文海出版社1970年版。

隋树森校订：《类聚明贤、乐府群玉》，上海古籍出版社1982年版。

孙明君：《汉魏文学与政治》，商务印书馆2003年版。

孙逊：《中国古代小说与宗教》，复旦大学出版社2001年版。

谭帆、陆玮：《中国古典戏剧理论史》，中国社会科学出版社1993年版。

谭家健：《中国古代散文史稿》，重庆出版社2006年版。

谭正璧：《中国文学家大辞典》，中华书局1992年版。

汤华泉：《唐宋文学文献研究丛稿》，安徽大学出版社2008年版。

汤用彤：《汉魏两晋南北朝佛教史》，中华书局1983年版。

唐圭璋：《词话丛编》，中华书局1986年版。

唐力行：《徽州宗族社会》，安徽人民出版社2005年版。

童庆炳、王一川、李春青主编：《文化与诗学》，北京大学出版社2011年版。

王伯敏：《中国绘画通史》，生活·读书·新知三联书店2000年版。

王步高：《唐宋诗词鉴赏》，北京大学出版社2003年版。

王国维：《人间词话》，中华书局1982年版。

王国维：《宋元戏曲史》，上海古籍出版社1998年版。

王季烈：《螾庐曲谈》，（台北）商务印书馆1971年版。

王季思：《王轮轩戏曲新论》，花城出版社1993年版。

王平：《中国古代小说叙事研究》，河北人民出版社2001年版。

王绍曾、杜泽逊编：《渔洋读书记》，青岛出版社1991年版。

王水照：《历代文话》，复旦大学出版社2007年版。

王书：《文选评点述略》，上海古籍出版社2012年版。

王尧主编：《佛教与中国传统文化》，北京宗教文化出版社1997年版。

王云五主编：《新编中国名人年谱》，台湾商务印书馆1981—1982年版。

王子云：《中国雕塑艺术史》，人民美术出版社1988年版。

王枝忠：《汉魏六朝小说史》，浙江古籍出版社1997年版。

汪超宏：《明清曲家考》，中国社会科学出版社2006年版。

吴昌绶、陶湘辑：《景刊宋金元明本词》，中国书店2011年版。

吴梅：《吴梅戏曲论文集》，中国戏剧出版社1983年版。

吴梅：《读曲记》，《吴梅全集·理论卷》，河北教育出版社2002年版。

吴梅:《顾曲麈谈、中国戏曲概论》,上海古籍出版社 2010 年版。

吴雄和:《唐宋词汇评》,浙江教育出版社 2004 年版。

吴毓华:《中国古代戏曲序跋集》,中国戏剧出版社 1990 年版。

吴海林、李延沛:《中国历史人物生卒年表》,黑龙江人民出版社 1981 年版。

吴孟复:《吴孟复安徽文献研究丛稿》,黄山书社 2006 年版。

吴文治:《中国古代文学理论名著题解》,黄山书社 1987 年版。

吴志达:《明清文学史》,武汉大学出版社 1991 年版。

吴志达:《中国文言小说史》,齐鲁书社 1994 年版。

吴组缃、沈天佑:《宋元文学史稿》,北京大学出版社 1988 年版。

谢柏梁:《中国戏曲文化学》,南京师范大学出版社 2004 年版。

徐培均、范民声主编:《三百种古典名剧欣赏》,上海辞书出版社 2005 年版。

谢思炜:《禅宗与中国文学》,中国社会科学出版社 1993 年版。

谢思炜:《唐宋诗学论集》,商务印书馆 2003 年版。

谢桃坊:《中国词学史》,巴蜀书社 2002 年版。

谢雍君:《傅惜华古典戏曲提要笺证》,学苑出版社 2010 年版。

徐复观:《中国艺术精神》,广西师范大学出版社 2007 年版。

徐培均、范民声主编:《三百种古典名剧欣赏》,上海辞书出版社 2005 年版。

徐朔方、孙秋克主编:《南戏与传奇研究》,湖北教育出版社 2004 年版。

许总:《宋明理学与中国文学》,百花洲文艺出版社 1999 年版。

杨东甫:《中国散曲史》,广西人民出版社 1995 年版。

杨廷福、杨廷甫编:《清人室名别称字号索引》(增补本),上海古籍出版社 2001 年版。

杨义:《中国古典小说史论》,《杨义文存》(第六卷),人民出版社 1998 年版。

杨义:《中国古典文学图志——宋、辽、西夏、金、回鹘、吐蕃、大理国、元代卷》,生活·读书·新知三联书店 2006 年版。

阴法鲁、许树安主编:《中国古代文化史》,北京大学出版社 1989—1991 年版。

俞陛云:《唐五代两宋词选释》,上海古籍出版社 1985 年版。

俞陛云:《诗境浅说》,中华书局 2010 年版。

俞为民、孙蓉蓉:《历代曲话汇编》,黄山书社 2008 年版。

余英时:《士与中国文化》,上海人民出版社 2003 年版。

袁行霈、孟二冬、丁放:《中国诗学通论》,安徽教育出版社 1996 年版。

袁行霈、严文明、张传玺、楼宇烈：《中国文明史》，北京大学出版社 2006 年版。

袁行霈：《中国文学概论》（增订本），北京大学出版社 2010 年版。

阎桂夫：《徽州历史档案总目提要》，黄山书社 1996 年版。

叶长海：《中国戏剧学史稿》，中国戏剧出版社 2005 年版。

叶长海：《曲学与戏剧学》，学林出版社 1999 年版。

叶德均：《戏曲小说丛考》，中华书局 1979 年版。

叶嘉莹：《汉魏六朝诗讲录》，河北教育出版社 1997 年版。

叶嘉莹：《唐宋词名家论稿》，北京大学出版社 2008 年版。

余秋雨：《中国戏剧史》，上海教育出版社 2006 年版。

臧励龢：《中国古今地名大辞典》，（香港）商务印书馆 1982 年版。

曾枣庄主编，李文泽、吴洪泽副主编：《中国文学家大辞典》，中华书局 2004 年版。

赵萼庭：《昆剧演出史稿》，赵景深校，上海文艺出版社 1980 年版。

赵华富：《徽州宗族研究》，安徽大学出版社 2004 年版。

赵景深：《小说戏曲新考》，世界书局 1943 年版。

赵景深：《中国戏曲初考》，中国书画社 1983 年版。

赵景深、张增元：《方志著录元明清曲家传略》，中华书局 1987 年版。

赵山林：《安徽明清曲论选》，黄山书社 1987 年版。

赵山林：《中国戏剧学通论》，安徽教育出版社 1995 年版。

赵山林：《中国古典戏剧论稿》，安徽文艺出版社 1998 年版。

赵树功：《中国尺牍文学史》，河北人民出版社 1999 年版。

张恩普、任彦智、马晓红：《中国散文理论批评史论》，东北师范大学出版社 2009 年版。

张庚：《戏曲艺术论》，中国戏剧出版社 1980 年版。

张庚、郭汉城主编：《中国戏曲通史》，中国戏剧出版社 1981 年版。

张立文主编：《中国学术通史》，人民出版社 2004 年版。

张梦新主编，张大芝等编写：《中国散文发展史》，杭州大学出版社 1996 年版。

张燕瑾、赵敏俐主编：《20 世纪中国文学研究论文选》，社会科学文献出版社 2010 年版。

张璋、职承让、张骅、张博宁编纂：《历代词话续编》，大象出版社 2002 年版。

郑振铎：《古本戏曲丛刊》，中华书局影印 1962 年版。

郑振铎：《插图本中国文学史》，人民文学出版社 1957 年版。

中国戏剧研究院编校：《中国古典戏剧论著集成》，中国戏剧出版社 1959 年版。

中华书局上海编辑所编辑：《重辑渔洋书跋》，中华书局 1958 年版。

周贻白：《中国戏剧史》，湖南教育出版社 2007 年版。

周光培编：《历代笔记小说集成》，河北教育出版社 1994 年版。

周晓光：《徽州传统学术文化地理研究》，安徽人民出版社 2006 年版。

周振鹤：《中国历史文化区域研究》，复旦大学出版社 1997 年版。

周勋初：《文史探微》，上海古籍出版社 1987 年版。

周勋初：《中国文学批评小史》，长江文艺出版社 1981 年版。

朱万曙：《徽州戏曲》，安徽人民出版社 2005 年版。

朱万曙：《戏曲、民俗、徽文化论集》，安徽大学出版社 2005 年版。

朱万曙：《明清戏曲论稿》，安徽大学出版社 2008 年版。

朱万曙、卞利编：《戏曲民俗徽文化论集》，安徽大学出版社 2004 年版。

朱孝臧：《彊村丛书》，上海古籍出版社 1989 年版。

［美］恒慕义主编：《清代名人传略》，青海人民出版社 1995 年版。

［美］孙康宜、宇文所安主编：《剑桥中国文学史》，生活·读书·新知三联书店 2013 年版。

［日］青木正儿：《中国近世戏曲史》，中华书局 2010 年版。

［日］守屋美都雄：《中国古代的家族与国家》，钱杭、杨晓芬译，上海古籍出版社 2010 年版。

五 博士论文

池万兴：《〈管子〉研究》，博士学位论文，西北师范大学，2003 年。

尹清忠：《〈管子〉研究》，博士学位论文，曲阜师范大学，2009 年。

孙雪霞：《文学庄子探微》，博士学位论文，华南师范大学，2004 年。

刘红红：《庄子思想与魏晋时期中国文艺的自觉》，博士学位论文，暨南大学，2010 年。

刘秀慧：《〈淮南子〉与汉初文学》，博士学位论文，陕西师范大学，2011 年。

程勇：《汉代经学视野中的儒家文论叙述》，博士学位论文，复旦大学，

2003 年。

高一农：《汉赋专题研究》，博士学位论文，陕西师范大学，2003 年。

韦运涛：《魏文帝曹丕研究》，博士学位论文，陕西师范大学，2013 年。

邢培顺：《曹植文学研究》，博士学位论文，山东师范大学，2010 年。

施建军：《建安文学专题研究》，博士学位论文，复旦大学，2004 年。

朱秀敏：《建安散文研究》，博士学位论文，山东师范大学，2011 年。

郑焕钟：《嵇康研究》，博士学位论文，山东大学，1998 年。

宋展云：《汉末魏晋地域文化与文学研究》，博士学位论文，扬州大学，
　　2012 年。

阎秋凤：《竹林玄风研究》，博士学位论文，华东师范大学，2013 年。

渠晓云：《魏晋散文研究》，博士学位论文，苏州大学，2004 年。

汪军：《魏晋南北朝的艺术批评》，博士学位论文，东南大学，2005 年。

刘昆庸：《先唐辞赋的文化传承与文体流变》，博士学位论文，山东大学，
　　2000 年。

许云和：《佛教与六朝文学研究》，博士学位论文，南京大学，1996 年。

于展东：《"张籍王建体"研究》，博士学位论文，陕西师范大学，2009 年。

魏娜：《中唐诗歌新变研究》，博士学位论文，浙江大学，2011 年。

涂序南：《梅尧臣研究》，博士学位论文，-南京师范大学，2013 年。

韩文奇：《张耒及其诗歌创作艺术研究》，博士学位论文，西北师范大学，
　　2006 年。

殷海卫：《苕溪渔隐丛话》，博士学位论文，陕西师范大学，2006 年。

孙凯昕：《方回研究》，博士学位论文，复旦大学，2010 年。

顾世宝：《元代江南文学家族研究》，博士学位论文，中国社会科学院，
　　2011 年。

翟朋：《元代宣城贡氏文学家族研究》，博士学位论文，南开大学，2014 年。

赵晓红：《朱有燉杂剧研究》，博士学位论文，南京大学，2002 年。

阮东升：《程敏政交游研究》，博士学位论文，华东师范大学，2014。

刘彭冰：《汪道昆文学研究》，博士学位论文，复旦大学，2008 年。

陈晨：《梅鼎祚文学创作与文学批评研究》，博士学位论文，复旦大学，
　　2008 年。

张秋蝉：《潘之恒研究》，博士学位论文，苏州大学、复旦大学，2008 年。

郭永锐：《安徽明代作家研究分析》，博士学位论文，上海师范大学，

2008 年。

刘竞：《明中期戏曲研究》，博士学位论文，浙江大学，2006 年。

胡金望：《阮大铖研究》，博士学位论文，南京师范大学，1997 年。

季翠霞：《阮大铖传奇研究》，博士学位论文，华东师范大学，2010 年。

万国花：《诗家与时代：龚鼎孳及其诗论、诗歌创作研究》，博士学位论文，复旦大学，2011 年。

江增华：《清初历史文化视野中的施闰章研究》，博士学位论文，上海师范大学，2007 年。

师雅惠：《方苞学术思想与文论》，博士学位论文，中国社会科学院，2009 年。

王鹏：《徽州历史人物碑传研究》，博士学位论文，安徽大学，2012 年。

（单篇及硕士论文略）

后　记

　　《皖人文学要籍解题》是笔者于 2007 年开始主持的安徽省教育厅安徽文献基地一般项目（项目批号：2007SK296）。2015 年工程即将告竣，又被立为安徽省社科规划后期资助项目（项目批号：AHSKHQ2015D08）。

　　本书在内容上，是一部论述安徽地方古代文学家创作和文学研究成果的著述，为此选择了省内历史上（从先秦到公元 1840 年）一百多部文学要籍为之解题。选择范围较广，有古人的创作，也有他们的研究，还有其编选的文学总集，每一题解本身又涉及好几项内容，需要查检和探讨的地方很多，所以编写时间较长。但由此带来的收获也很多，且在编撰过程中常心生感激。因为可资利用的材料很多。如人物生平事迹方面，在介绍清人程晋芳身后事，主要根据有程氏好友袁枚《翰林院编修程君墓志铭》中的记载："赠君葬地者，松太巡道章公攀桂；赠葬费者，陕西巡抚毕公沅也。"还有为程晋芳后人编刻《勉行堂诗集》的邓廷桢在《勉行堂诗集叙》的说法："其殁于秦中也，秋帆尚书以数千金经纪其丧，恤其诸孤。"毕沅（秋帆即毕沅的字）不仅出资安葬，还抚恤其幼小。这些材料，多亏邓廷桢在程集里先行著录，笔者才得以补充《清史稿》谓袁枚在程晋芳逝世后"举借券五千金焚之，且恤其孤焉"的记载。作家著述方面，有的原典失传，但因后人著录，还能一窥原貌。如戴祚《西征记》本已亡佚，但《水经注》等文献多所引述，而陈寅恪先生《桃花源记旁证》从中检出《西征记》不少佚文，更为笔者对戴氏著述的说明提供了检索方向和直接材料。先贤时俊整理、汇集的各种作家或作品研究资料，都使笔者面对浩瀚古籍不至于茫然而无头绪。至于学者的文学批评及文学理论研究、文学史研究等成果对笔者更深有启迪。因此，没有古今学人的努力，就不会有拙稿的最终完成。前贤新晋之功不可埋没。本撰尽可能在正文中指出了采撷来源，欲借以表达敬意和谢意。但由于撰写前后近乎十年，尽管也常常在修改之时不断寻查相关研究，但遗珠肯定不在少数，因此不免心存遗憾。

编撰伊始，研究生梁永雪、朱淑娟曾为我抄录《皖人书录》中有关材料；工作将结束，王晶也为我做了一些格式完善的工作，凡此，俱为苦工，令人感念。而笔者因家人支持，无家务繁杂之累，故能安然伏案，也自觉欣慰。

书稿初成，淮北师范大学从文学院到社科处等相关部门积极支持立项；书稿完成之后，又幸得王政老师热心联络出版，中国社会科学出版社也慨然相助，这些都促进了本书的顺利面世。对此，谨一并致以由衷的感谢。

郭全芝

记于 2016 年 7 月